Encontro com o Acaso

ELISETE DUARTE

astral cultural

Este livro foi revisado segundo o Novo Acordo Ortográfico da Língua Portuguesa.

Editora responsável Tainã Bispo
Produção editorial Juliana Albuquerque, Marcio Coelho e Walmir Santos
Revisão Jonathan Busato
Fotos Shutterstock Images
Capa Agência Mov

Agradecimentos: Agradeço a Dra. Juliana Torritani, nefrologista, que contribuiu com as informações médicas.
doencarenal.com.br

Dados Internacionais de Catalogação na Publicação (CIP)
Angélica Ilacqua CRB-8/7057

D871e Duarte, Elisete
Encontro com o acaso / Elisete Duarte. – Bauru, SP : Alto Astral, 2017.
448 p.

ISBN: 978-85-8246-602-5

1. Literatura brasileira I. Título

CDD B869

Índice para catálogo sistemático:
1. Literatura brasileira

ASTRAL CULTURAL É A DIVISÃO LIVROS
DA EDITORA ALTO ASTRAL.

BAURU
Rua Gustavo Maciel, 19-26
CEP 17012-110
Telefone: (14) 3235-3878
Fax: (14) 3235-3879

SÃO PAULO
Rua Tenerife, 31 - Conj. 21 e 22
CEP 04548-904
Telefone/Fax: (11) 3048-2900

E-mail: contato@astralcultural.com.br

PRÓLOGO

§

Desde que me conheço por gente, tenho uma verdadeira paixão pelo esporte. Aos 6 anos, comecei minha vida de maratona correndo pela casa, derrubando tudo o que encontrava pelo caminho e deixando meus pais furiosos. E piscina, então? Aquelas águas transparentes me causavam uma verdadeira adoração. Era só descuidar um segundo e pronto: lá estava eu dentro dela, sem ao menos saber nadar! Uma grande preocupação para os meus pais, que ficavam o tempo todo alertas com as minhas aventuras perigosas. Embora fosse muito pequena, essas lembranças ficaram marcadas em minha memória.

Iniciei minha vida esportiva quando entrei na educação infantil. Participava de todas as competições de corrida e natação e acabei me apaixonando pelo ciclismo. Com tanta paixão, não poderia ter sido diferente: após muita dedicação, acabei me destacando. Aos 12 anos tornei-me praticante do triátlon e não parei mais.

Tornei-me obsessiva, querendo me superar mais e mais a cada prova. Ganhei vários campeonatos importantes, mas ainda faltava a Olimpíada: o maior dos meus sonhos, assim como o de todos os atletas. Para essa conquista teria que superar meus limites, chegar ao extremo.

Ainda tinha tempo, e poderia ter dado certo se eu não fosse tão burra! Arrisquei o que mais amo fazer na vida para ganhar massa muscular de uma maneira rápida e forçada. Uma prática que custou toda a minha carreira.

E agora estou aqui, no centro desta sala enorme, sentada ao lado da minha mãe, batucando meus dedos nervosos sobre o tampo de vidro da mesa com o olhar atento no Dr. Paulo Coimbra, aguardando um parecer favorável para o meu infortúnio. Ele está de cabeça baixa há longos minutos, preenchendo aquele relatório imenso, após analisar meu caso.

Você é a minha única esperança!, mentalizei otimista, e respirei fundo.

Joguei-me na cadeira e comecei a mexer em meu bracelete de couro, focando na frase motivacional gravada nele: *Se perder a capacidade de sonhar, vai perder muito mais que o combustível da vida: você vai desnutrir sua alma.*

Aliás, era o que eu fazia quase vinte e quatro horas por dia, só descontando o tempo que estava dormindo. Mesmo assim, eu sonhava com aquelas palavras, sonhava com dias melhores.

— Pronto! — pronunciou a palavra de consolo e repousou a caneta sobre a mesa antes de me encarar.

Admito que foi um olhar muito torturante. Então, soltando o ar pesado e demonstrando cautela, apoiou os cotovelos sobre a mesa e esfregou o rosto efusivamente sobre as manchas vermelhas, resultado de uma irritação de calor em sua pele.

Claro que gelei! Todo aquele cuidado só poderia significar algo negativo. Percebendo aquele gesto, minha mãe colocou sua mão quente sobre a minha.

Engoli em seco, sentindo-me derrotada, quando ele começou a falar, com um longo suspiro:

— Sinto muito, Annie.

Meu coração parou bruscamente de bater com aquela frase bombástica. Minha cabeça girou, numa tontura tão forte que precisei inspirar profundamente e expirar devagar. O peso daquela frase era o de uma tonelada caindo sobre minha cabeça, me pressionando para o buraco que se abriu sob meus pés.

O médico baixou os olhos, pegando o envelope branco tamanho ofício ao lado daquele relatório que roubou tanto de seu tempo — e do meu — e ficou ali, olhando para ele, introspectivo, calculando as palavras a dizer, pois entendeu o estado em que eu estava.

Até um leigo entenderia: meu estado emocional tinha desabado, e meus olhos encharcados deixavam isso nítido. Sentia-me sufocada com aquela frase incompleta seguida por seu silêncio tortuoso. Era como se uma bomba estivesse ali, ativada, bloqueando minha garganta, quase explodindo por um fio.

Uma sensação incômoda se instalou em meu estômago, comecei a sentir um frio que me roubou o resquício de esperança que havia em meu interior.

— A notícia aqui neste envelope não é agradável, porque confirma todos os outros resultados — disse por fim, soltando o envelope sobre a mesa. Em seguida se debruçou sobre ela, olhando-me com profundo pesar, e cruzou seus dedos gorduchos. — Mas antes de explicar o resultado, gostaria de trocar algumas experiências com você.

Estreitei meu olhar, arfando, e sustentei o dele, sem acreditar no que estava acontecendo.

— Como assim, trocar experiências? — Exaltada, espalmei as mãos sobre a mesa, sem conseguir conter o tremor generalizado que tomou meu corpo.

Nervosa, olhei rapidamente para minha mãe. Comovida, ela trouxe mais uma vez sua mão sobre a minha e a apertou em apoio.

— *Calma* — articulou ela com os lábios, sem pronunciar.

Não havia como alcançar tranquilidade diante da verdade que se revelava, mas respirei fundo, voltando a encará-lo. Sua expressão continuava séria.

— Olha, minha jovem, no meu ramo, enfrento problemas semelhantes ao seu a todo instante. — Um franco sorriso se desenhou em seu rosto e logo sumiu.

— Por favor, não faça disso uma rotina normal, ambos sabemos que não é. — Meu tom de voz saiu baixo.

Dr. Paulo respirou fundo, dando de ombros antes de continuar:

— Costumo trabalhar da forma mais transparente possível. Talvez seja reconfortante para você saber que não está sozinha, que isso acontece — justificou.

Eu sorria, incrédula, com a tensão em um nível altíssimo.

— Eu gostaria de verdade que o resultado fosse positivo... Sinto muito — emendou.

Explodi, abalada com a repetição daquela frase dolorosa.

Saltei da cadeira, derrubando-a para trás, e bati com as duas mãos espalmadas sobre o tampo de vidro da mesa.

— Ninguém é capaz de sentir mais do que eu! — gritei, desabando em lágrimas. — NINGUÉM!

Não dava para suportar a dor dentro de mim.

Depois daquela bomba, só pensava em uma única saída: MORRER.

— Calma, minha filha! — Minha mãe se levantou e abraçou-me por trás, deitando a cabeça em minhas costas. — Deixe o Dr. Paulo terminar.

Neguei, esquivando-me dela, e segui em direção à porta do escritório. Fiquei ali de costas para todos, desanimada.

— Por favor, minha querida! Tem que se controlar. — A voz embargada de minha mãe cortou meu coração.

Eu sou uma imbecil que não merece estar vivendo neste mundo, não mereço os pais maravilhosos que tenho, não mereço nada. Tudo o que tenho feito na vida é seguir em direção ao abismo escuro e, de quebra, carrego todo mundo comigo. Almas boas que são sensatas e fazem tudo correto na vida, como deve ser.

— Por favor, doutor, tem certeza de que não existe uma maneira de reverter o quadro? — questionou minha mãe, desesperada.

Ele negou de cabeça.

— Infelizmente, só o tempo vai determinar o futuro.

Virei-me quando ele disse essa frase, rindo histericamente e encarando-o com meu melhor olhar colérico.

— Já estou com 27 anos, não tenho mais tempo. — Minhas palavras se misturaram com as lágrimas que explodiram dos meus olhos.

Ele estalou a língua, sacudindo a cabeça e respirando fundo. Apesar de estar acostumado com eventos como este, sabia que ele estava comovido com o meu caso, mas também não podia fazer nada. Cometi o erro e precisava pagar por ele; o difícil era digerir a avalanche de verdades.

Desviei o olhar para minha mãe. Ofegante, seus olhos lacrimejavam em pânico, atenta à minha reação. Eu a entendia, pois era protetora e temia uma atitude drástica da minha parte. Confesso que não parava de pensar em como eu queria desaparecer deste mundo para sempre.

— Venha se sentar, meu amor — pediu e se abaixou, levantando a cadeira que eu tinha derrubado.

— Eu sei que é difícil, Annie — recomeçou o médico, calmamente.

Levantei a cabeça, encontrando seu olhar. Era engraçada a determinação que transmitia, dando-me a impressão de ser a pessoa mais centrada do mundo (e talvez fosse mesmo!).

— É o fim do mundo, aliás, o meu fim. É o mais sensato a dizer.

Ele apertou os lábios finos, levantando as sobrancelhas, e mais uma vez pensou muito antes de continuar:

— Discordo da sua interpretação. — Pegou o envelope na mesa e o suspendeu no ar. — Porém, tenho que ser realista e dizer que o resultado que está aqui é fruto do seu descontrole. E não deveria ser nenhuma novidade, pois você já sabia dos riscos... Todos são conhecedores disso no mundo do esporte.

Cerrei meus olhos, suspirando espaçadamente com aquele aperto enorme no peito.

— Por favor, volte a se sentar. Vamos conversar direito — pediu ele.

— Vem, minha querida! — minha mãe, que até então ouvia em silêncio, chamou-me.

Não esbocei nenhum movimento, e então ela veio em minha direção com a mão estendida e eu a segurei o mais forte que pude.

Precisava do seu amparo, precisava do seu colo. Colo que vinha me dando em meus 27 anos de vida.

Com os lábios fechados, ela sorria, de novo em seu apoio materno.

— Venha se sentar, vai dar tudo certo — confirmou, evasiva.

Fechei meus olhos, totalmente descrente, a um passo dela.

— Não posso viver longe dos esportes — resmunguei, tentando controlar minha respiração acelerada. — Por favor, analise melhor! Talvez haja algum método que agilize o processo, e eu possa retornar mais rápido para as competições — supliquei com aquela esperança estúpida.

Ele ajeitou os óculos e apoiou as mãos nos braços de sua cadeira, ereto, fitando-me, compreensivo. O medo de mais um *não* me fez desviar os olhos para as prateleiras além dele. Eram cinco, com dezenas de livros grossos: não era possível que de algum deles não fosse possível extrair conhecimentos sobre o meu caso. Uma brecha, uma solução, uma saída.

— Como eu já lhe disse: dê tempo ao tempo, não há alternativa além de esperar os trâmites normais — informou.

— Ah! Então é isso? — Estava transtornada. Ameacei me levantar novamente e minha mãe me impediu, segurando em meu ombro.

— Seja paciente, Annie. Escute os conselhos do doutor.

— Procure se tranquilizar, minha jovem! Descanse, acredite em você e não desista nunca — aconselhou-me.

Neguei com a cabeça, angustiada.

— Sou banida pelo resto da vida do esporte e o seu único conselho é me acalmar? — Ergui as mãos, rindo sarcástica. Aquilo só podia ser uma piada.

Sentia como se um punhal houvesse sido cravado no peito, uma angústia, um desespero. A impressão era de que estava dentro de um pesadelo monstruoso! Precisava acordar.

— Não seja pessimista, minha filha. É claro que pode ser reversível, de repente tudo se resolve rápido...

Interrompi minha mãe, jogando a responsabilidade no médico:

— Minha mãe tem razão? Também acredita nessa recuperação?

Acenou com a cabeça, incerto.

— Pode ser que ela esteja certa ou não — ponderou. — Precisamos aguardar.

Doía em meu âmago ouvir aquelas palavras. Mas uma coisa eu tinha que admitir: a forma realista como tratava meu caso era admirável. Embora eu não conseguisse digerir a verdade, ele se mostrava um excelente profissional. *Seu lema é nunca iludir ninguém.*

— O nível encontrado na amostra de sua urina e na contraprova foi substancial. Não existe manipulação ou esquema. É fato. Precisa se cuidar, por favor, aceite — insistiu com clareza.

Assenti em prantos e me levantei, respirando fundo.

— Não sei respirar sem o esporte, eu deveria estar agora me preparando, praticando, e não sendo banida... Não vou viver sem competir... Por favor, me diga que há alguma solução escondida aí debaixo da manga — supliquei mais uma vez.

Ajeitou os óculos no nariz e me fitou com olhar de *sinto muito*; era até possível enxergar suas pupilas dilatadas. Um olhar que dilacerou meu corpo.

— Procuro falar de forma direta justamente para não iludir os atletas. Mas não pense que eu seja indiferente a suas dores e angústias. Só não acho correto dar falsas esperanças.

Solucei, naquele momento, não consegui me conter diante de suas palavras tão desestimuladoras.

Segurando em meus ombros, minha mãe me virou de frente para ela, seus olhos verdes, idênticos aos meus, estavam imersos em lágrimas. Ela colocou meus cabelos castanho-claros como os dela atrás da minha orelha.

— Não se preocupe. Você vai superar — garantiu ela.

Solucei descrente, com os olhos baixos.

— Sabe que é uma guerreira; creia em si mesma, minha filha! — tentava me animar, sacudindo-me como se assim eu fosse acordar.

— Nunca mais vou sair deste pesadelo, mãe. — O desânimo tomava conta de todo o meu ser e eu não achava que conseguiria me livrar dele.

Ela discordava, negando com a cabeça, e então segurou meu rosto, puxando-o para um beijo na minha face corada de tanto chorar.

Fechei meus olhos, nutrindo-me de seu amor. Precisava dele.

— Vamos embora daqui... Preciso respirar, e aqui dentro o ar denso me sufoca — balbuciei.

— É claro! — concordou, beijando minha testa mais uma vez e me puxando para um abraço materno forte e caloroso. — O senhor não vai fazer a leitura do resultado? — perguntou ao Dr. Paulo.

— Talvez seja mais aconselhável que não — ele respondeu, entregando-lhe o envelope.

Olhando-o com uma expressão abatida, ela pegou o documento de sua mão. Mais um golpe no meu coração; assim como eu, ela também viera ao escritório com muita esperança.

— Me desculpem a sinceridade. Eu só estou tentando evitar mais estresse — explicou.

Ela concordou, dobrou o envelope e o guardou na bolsa.

Ansiosa, esqueci-me até de agradecer e segui em direção à porta. Abri-a e abracei meus ombros nus para tentar amenizar o frio da corrente de ar gelada e estranha que vinha do corredor, balançando meus cabelos e me congelando. Uma temperatura não condizente com o calor que fazia naquela manhã.

— Amor, você se esqueceu de agradecer o Dr. Paulo — minha mãe sussurrou, me lembrando, e me virei envergonhada. — Ele foi muito gentil em nos atender hoje sem hora marcada.

— Tem razão.

Voltei para frente de sua mesa e estendi a mão. Ele a apertou, sorrindo, com seus olhos vidrados, deixando claro que estava tudo bem e não havia rancor.

— Obrigada, doutor. Desculpe minha inconveniência, ando muito sem eixo ultimamente.

— Eu compreendo e desejo muita sorte...

Sorri fraco, pensando:

A sorte me abandonou, Deus me abandonou! Perdi totalmente a fé.

— Obrigada — agradeci num fio de voz.

De cabeça baixa, arrasada, segui em direção à porta. Minha mãe me deu passagem e voltou à mesa dele para mais alguns esclarecimentos.

Respirei fundo ao alcançar o amplo e luxuoso corredor, natural naquele prédio de vinte andares de altíssimo padrão e exclusivamente comercial. Notei que a maior parte era ocupada por clínicas e consultórios médicos das mais diversas especialidades.

O som dos meus passos pesados e apressados ecoava no piso em direção ao elevador; minhas sandálias de salto estavam me matando de dor nas pernas e esmagando meus pés.

Não sei por que resolvi calçar esta merda hoje, pensei, pisando mais firme e afrontando a dor.

Na verdade, eu sabia, sim: foi o jeito que encontrei de ficar mais bonita, melhorar a minha autoestima em declínio.

Apertei aquele botão umas quinhentas vezes, como se assim o bendito elevador fosse chegar mais rápido. Entrei e encostei no canto, batendo o pé no chão, incomodada com a dormência.

— Merda de sandália! — rosnei, batendo o pé ainda mais forte e limpado as lágrimas do meu rosto com as mãos, quando um rapaz alto e perfumado entrou no elevador, segurando o celular no ouvido, ficando frente a frente comigo.

Ergui o olhar, e ele seguiu olhando meus pés agitados enquanto respondia a pessoa do outro lado da linha.

— Seu convite é tentador, cara!

Uau, que voz!, pensei. O timbre rouco e aveludado agradou meus ouvidos e despertou minha curiosidade.

Avaliando-o, parecia com aqueles personagens dos livros que eu estava acostumada a ler. Um deus grego rebelde.

Os cabelos castanho-escuros na altura dos ombros, desgrenhados, eram tão brilhantes que causariam inveja em qualquer mulher, e caíam pela lateral do rosto muito bem delineado. A pele bronzeada embaixo da barba cerrada dava-lhe um visual bem estiloso. Era simplesmente perfeito! O fato é que, diante de mim, estava o rosto mais lindo e másculo que já vira em toda minha vida.

— Vou pensar na sua proposta; afinal, um lugar paradisíaco desses vai me ajudar a relaxar.

Levantou a cabeça enquanto falava, e nossos olhos se encontraram.

E que olhos eram aqueles? Levemente puxados, cinza, verdes... Fiquei confusa, mas eram de um tom diferente de verde. Eram muito impactantes e me examinavam com atenção.

Eu deveria corar, mas estava ocupada demais para ter uma crise de vergonha naquele momento. Abri um leve sorriso e torci para ele não perceber a reação que sua beleza máscula me causava. Ele retribuiu, seguindo com a conversa:

— E olha que estou mesmo precisando relaxar, ando muito estressado, e você conhece bem os motivos. Depois quero saber mais detalhes sobre essa casa de veraneio, agora estou atrasado para o lançamento do livro do meu amigo.

Inclinou-se, levando o dedo indicador da mão livre para o botão do subsolo do prédio, quando parou com ele no ar.

— Só um minuto — pediu para a pessoa do outro lado da linha e abaixou a mão com o aparelho se dirigindo a mim ali no canto: — Térreo, garagem, em qual andar você vai?

A pergunta me trouxe de volta à realidade; lembrei da minha mãe e do resto da bagunça que se tornara a minha vida.

— Tenho que esperar minha mãe — expliquei, saindo do elevador.

— Sem problemas, eu espero — ele se ofereceu gentilmente. A voz determinada soou ao meu redor com clareza e caiu no meu agrado, assim como o seu belo rosto.

— Obrigada, pode descer. Eu vou no próximo — insisti.

Deu de ombros, apertou o botão da garagem e voltou com o celular no ouvido com a cabeça baixa, um momento de privacidade que me deu a chance de avaliar mais um pouco antes de a porta começar a fechar.

Foquei no peitoral, engolindo forte. O corte da camiseta cinza escura e de gola redonda exibia seus ombros largos, bíceps protuberantes e os músculos do peito. O cara estava em forma! Algo que aprecio em homens.

Quando a porta fechou, ficou o vazio, e a lacuna foi preenchida com o retorno da angústia.

— Muito obrigada, Dr. Paulo. Foi muita gentileza sua nos atender hoje. — A voz da minha mãe, ainda na sala do médico, ecoou pelo corredor enquanto apertava o botão do elevador.

— A minha vida acabou — resmunguei, apertando o botão do subsolo assim que ela, me olhando com pesar, entrou no elevador e me abraçou forte, acariciando minhas costas.

Deitada em seus ombros, observei a porta se fechar, pensando que minha vida estava exatamente assim: todas as portas se fechando.

— Como vai ser agora, o que eu faço da minha vida? — Em prantos, reclamei em tom alto assim que a porta do elevador se abriu para a garagem. Saímos.

Cobri meu rosto com as mãos, a fim de me esconder dos olhares de algumas pessoas que circulavam pelo estacionamento.

— Eu sei que é difícil, mas peço que não se desespere, pelo amor de Deus, Annie! — pediu minha mãe com a mais absoluta calma. Segurou minha mão, descobrindo o meu rosto. — Não é o fim do mundo, minha querida. Dê tempo ao tempo. — Limpou minhas lágrimas com os polegares e me puxou para outro abraço maravilhoso.

— Para mim, é! — afirmei soluçando e inundando de lágrimas sua camisa branca, negando com a cabeça. Agradecia do fundo do meu coração por seu apoio. Mas nem ela e nem ninguém seria capaz de apaziguar meu coração. — Estou totalmente sem rumo na vida, e o pior de tudo é que não enxergo futuro para mim.

Ela se afastou, e seus dedos pressionaram meus ombros, enquanto seus olhos verdes, aflitos, observavam meu rosto.

Abri um sorriso incrédulo.

— Nunca mais será como antes. O mundo das competições será apenas uma lembrança daqui por diante.

Ela balançou a cabeça, discordando.

— Não seja pessimista, Annie — insistiu autoritária, porém em tom carinhoso. — Precisa encontrar a fé dentro de você.

— Não vou envolver Deus nesta história, Ele não tem nada a ver com isso. — Revirei os olhos recuando, encarando-a.

Ela respirou fundo, sacudindo a cabeça, inconformada com a minha descrença.

— É verdade, mãe — insisti diante de sua perplexidade. — Tenho ciência de que eu deveria erguer a cabeça e encarar minha irresponsabilidade de frente. — Bati forte no peito. — Eu sou a única responsável pelo que está acontecendo agora.

Nervosa, ela friccionava suas mãos contra os olhos. Aliás, nervosas nós duas estávamos, porque essas palavras atingiam meu próprio coração com um punhal afiado.

— Preciso sair daqui.

Perdida e sem raciocinar, atravessei correndo para o local em que o carro estava estacionado, mas estava tão transtornada que nem notei a moto vindo.

Só me lembro de ouvir o berro da minha mãe, que ecoou ao redor:

— ANNIEEEEE, CUIDADO!

— AAAAAAAAAI! — gritei, fechando os olhos quando vi a moto enorme praticamente em cima de mim numa freada brusca, sem me atingir.

Meus pés não aguentavam mais todo aquele aperto, e formigavam bastante já. Tanto que perdi a sensibilidade e não sabia identificar se tropecei com o pé direito no esquerdo ou se foi o contrário. Desequilibrei-me e caí de frente, conseguindo proteger meu rosto, levando as mãos ao concreto. Mas, infelizmente, não consegui impedir minha quase nudez. Meu vestido rodado e curto subiu, revelando tudo da cintura para baixo.

Céus! Graças a Deus eu escolhi uma calcinha nova para vestir hoje.

Só me faltava acontecer algo daquele tipo mesmo.

Não, não, não, mentalizei com os olhos fechados.

É um sonho, não acordei ainda! Não teve consulta com o Dr. Paulo, assim como esta situação bizarra também não aconteceu. É apenas um pesadelo, Annie. Acorde! Mas os burburinhos — "Nossa!", "Será que ela está bem?" e "Jesus!" — indicavam o quanto tudo aquilo era real.

Num impulso, eu me sentei, ajeitando meu vestido e me cobrindo, me sentindo ofendida ali no chão.

— Filha, filha! — gritou minha mãe, correndo em minha direção.

— Ah, me desculpa, me desculpa. Você se machucou? — A voz do meu quase atropelador saiu aflita dentro do capacete, com ele se aproximando depois de largar a moto caída no chão. Estreitei meu olhar, reconhecendo-o. Era o cara do elevador.

Eu não acredito que isto está acontecendo!

— Eu vou te ajudar — disse ele num fio de voz, com a enorme mão estendida à minha frente. Embora abafada dentro do capacete, percebi que a voz era de preocupação.

Estendi uma mão, enquanto a outra tirava a sandália. Meus pés precisavam respirar.

— Só um minuto.

— Nossa, que horror! Você está bem, se machucou? — perguntou minha mãe em pânico, se abaixando na minha frente enquanto passava a mão em meu ombro.

— Não. Estou bem. Só preciso aliviar meus pés — respondi com meus olhos presos na mão grande que tinha acabado de descer com o capacete ao lado da perna. E que mãos! E as pernas, então? Os músculos definidos marcavam na calça jeans escura... e que mala de responsa era aquela? Céus, um delírio! O pacote de atributos completo.

— Aconselho você a dar um fim nesta sandália, ela realmente é uma arma em seus pés.

Parei na mesma hora de massagear meus pés, achando o comentário ofensivo. E não parou por aí.

— Numa hora dessas, podem acabar te matando — ele ainda teve a audácia de comentar.

Seu arrogante!

Aquele comentário me desestabilizou, fazendo desabar tudo dentro de mim, e matou toda a magia que tinha nascido. Fechei meus olhos sem conseguir reter as lágrimas, que rolaram por minhas bochechas.

— Eu já estou morta — resmunguei com um suspiro profundo, desabafando.

Antes tivesse me atropelado, pensei num soluço silencioso, e fitei seus olhos verdes de arrepiar, comovidos, se estreitando, observando-me.

— Nunca mais fale uma asneira dessas, minha filha! — interveio minha mãe, decepcionada, segurando meu braço na tentativa de me levantar.

— Eu ajudo. — Sua mão grande surgiu em frente ao meu rosto. Recusei.

— Saia de perto de mim, por favor — rosnei sem levantar a cabeça.

— A culpa do acidente não foi minha — retrucou. — Você que se jogou na minha frente — defendeu-se, e eu grunhi, furiosa.

— Ninguém se jogou na sua frente — disse, enquanto me levantava. — E as câmeras podem confirmar minhas palavras. — Confrontei-o, olhando ao redor enquanto puxava meu vestido para baixo, ajeitando-o no corpo. E notei seus olhos curiosos dando-me uma geral e parando nas laterais dos meus seios escapando da roupa. Imediatamente levantei o vestido, escondendo-os.

Embora ele estivesse com a razão.

Ele balançou a cabeça, indignado.

— Irresponsável! — emendei com os dentes trincados.

Seus lábios se separaram, e um vermelho tomou seus olhos verdes.

— Irresponsável aqui é você!

Meu sangue ferveu com a arrogância e encarei-o com fúria, devorando-o. Ele não se abalou e continuou seu raciocínio:

— É isso mesmo! Ou a senhorita é uma maluquete desmiolada ou uma suicida — atacou maldosamente em alto e bom tom.

Bufei enfurecida, querendo atarracar em seu pescoço. Apertei meus olhos, trincando a mandíbula para não mandá-lo à merda. Os olhos da minha mãe cresceram para cima dele, não sabia se repreendendo-o ou preocupada com minha explosão, quase a ponto de acontecer.

— Vamos sair daqui, mãe. — Peguei sua mão, quase a arrastando em direção ao nosso carro.

— Ei, sua maluca? Esqueceu as sandálias! — Sequer olhei para trás, nem minha mãe. Seu tom de provocação me deixou irada por um segundo, mas logo comecei a refletir sobre minhas atitudes grosseiras e dispensáveis. Não tinha motivos para toda aquela explosão.

Ri sozinha no silêncio. Realmente começava a enlouquecer, e estava fazendo todo mundo enlouquecer comigo. A verdade é que, de alguma forma, eu dividia meus problemas com os outros.

De canto de olho, minha mãe sorria no interior do carro, quando saímos do estacionamento do prédio e alcançamos a rua pacata, uma travessa da avenida Giovanni Gronchi, no Morumbi. Olhei para o céu de sol forte e limpo, de um azul cristalino, enquanto analisava o ocorrido, e concluí o quanto tudo foi cômico.

— Não fale nada — repreendi.

Aí que ela riu mais, se divertindo às minhas custas.

— Em toda minha vida, nunca presenciei uma cena tão inusitada como aquela. Chegou a ser ridícula! — Gargalhava tão agarrada ao volante que eu também queria rir, porém me segurei, encarando-a séria.

— Ah, qual é, Annie? Coloque um sorriso nesse rosto, querida! E reze para ninguém ter filmado.

Franzi a testa, e em seguida explodi em risos.

— Daria uma boa pegadinha — comentei, fazendo as gargalhadas aumentarem.

CAPÍTULO 1

§

Annie

Não estava fácil aceitar a nova realidade. Perder a chance de ter a tão sonhada medalha olímpica me fez perder também o chão, minha vida.

Poxa! Preparei-me a vida inteira para isso!

Mas de nada ia adiantar ficar presa dentro de casa, lamentando e vendo minha vida se esfacelar. Assim que mamãe entrou com o carro na garagem de casa, decidi sair, espairecer a cabeça com o que mais gosto de fazer quando me sinto angustiada: entrar numa livraria e me perder no mundo da ficção, numa história clichê com final feliz, como gostaria que fosse a minha. Porém, a cada instante eu perdia as esperanças: o tempo passava devagar e se tornou meu grande inimigo.

— Vou ligar para a Leila, convidá-la a me acompanhar a uma livraria. Acho que preciso dar uma volta para não perder o pouco juízo que ainda me resta — informei enquanto abria o cinto de segurança.

Minha mãe grunhiu ao desligar o motor e me fitou, discordando.

— Precisa descansar, minha querida.

Sem responder, abri a porta do carro e desci, enquanto ela fazia o mesmo e vinha em minha direção.

— Preciso ocupar minha mente para não ficar pensando bobagens, mãe. Uma mente ociosa é oficina do diabo — pronunciei, subindo as escadas em direção à porta da cozinha, sentindo meu coração muito apertado no peito.

Meus demônios interiores me incitavam a cometer uma besteira, porque realmente estava a um fio de enlouquecer. Apesar da fraqueza, meu lado racional sempre me surpreendia, sussurrando que eu não poderia deixar toda aquela tristeza me dominar. Que deveria estar à frente da minha vida, dominando aquilo que queria me derrotar.

No degrau atrás de mim, ela protestou:

— Não é preciso sair para isso, Annie. Temos bons livros na estante.

Rindo, eu me virei para trás assim que entrei na cozinha.

— Pode não acreditar, mas com todo o tormento que se tornou a minha vida de uns tempos para cá, engoli todos os livros — expliquei, tirando o vestido enquanto me dirigia para a lavanderia ao fundo. Joguei-o sobre o tanque e abri as janelas de vidro que proporcionava luz natural à cozinha para arejar o ambiente. — Preciso comprar uns novos e urgente — concluí ao voltar.

Encostada na pia e de braços cruzados na altura do peito, minha mãe analisava-me em silêncio.

— Bem... se é assim, eu concordo. Aliás, seu amor pelos livros é muito gratificante para mim.

Beijei sua bochecha com carinho.

— Se não fosse por eles, não sei o que seria de mim. — Fui sincera.

Meus pais eram jornalistas e apaixonados por leitura. Foi com os livros que ambos conseguiram me acalmar, e assim eu cresci e continuei apaixonada por eles, por uma boa história.

Ela me abraçou forte.

— Preciso ir à redação, tenho uma montanha de tarefas para realizar — sussurrou ao meu ouvido. Segurou em meu ombro e me afastou. — Tenha cuidado, tá?

Assenti.

— Qualquer coisa, me liga.

— Fica tranquila!

Beijou minha testa e saiu. Segui para meu quarto a fim de um bom banho. Além de sufocada com o resultado da consulta, eu me sentia suja por causa da queda no estacionamento.

***

Aspirei com profundo prazer, sentindo aquela imensa sensação de paz interior e proteção assim que meus pés tocaram o chão da livraria. Foi um alívio depois da manhã tumultuada.

Era como um ponto de partida, o lugar onde podia criar meu mundo particular, tudo seria perfeito com o cheiro inebriante de livros.

Pelo menos aqui eu posso sonhar com um mundo perfeito!

Mas a perfeição passava a milhões de anos-luz de distância da minha vida, que, de repente, se tornou cinza como um dia de tempestade.

— Olha, amiga, a sua sorte é que eu a amo de paixão... — A um passo atrás de mim, Leila bufava, olhando ao redor do ambiente superlotado.

Ri do seu jeito, seguindo seu olhar. Minha cabeça estava envolta em tantos conflitos que sequer havia prestado atenção na aglomeração.

Ela era a minha melhor amiga, ou seja, a minha quase irmã. Muitas vezes, em uma relação de irmãos, não existe tanta cumplicidade como a que havia entre nós duas.

— Para tudooooo! — exclamou na maior empolgação.

E, para a minha surpresa, quando pousei meus olhos nela, não havia mais nenhum sinal de descontentamento. A cara carrancuda com a qual foi até a livraria, contrariada com a minha insistência, deu lugar a seu sorriso perfeito. Seus olhos negros, que lembravam jabuticabas, brilhavam em contato com um homem, dono de um sorrisão simpático, até que bem-apessoado, de uns 36 anos ou menos, sentado em uma mesa ao canto. Deduzi ser um autor, pois autografava um livro. Havia uma fila enorme de pessoas aguardando a vez, usando roupas brancas, que me davam a certeza de que o livro era da área médica.

Franzi a sobrancelha, incrédula.

Afinal, fora um sufoco convencê-la a me acompanhar, precisei implorar muito além da minha rotineira chantagem emocional. Coisas de amigas muito chegadas!

Ela ficou muito chocada com tudo o que lhe contei, inclusive com o quase atropelamento.

Expliquei também a esperança de que naquele lugar abençoado da magia e entretenimento eu pudesse encontrar respostas para minhas questões. Uma reflexão que me trouxe esperança, pois eu acreditava que encontraria, em algum livro, informações sobre meu caso...

— Esse autor é um gato — frisou boquiaberta, passando por mim e se aproximando da mesa.

— Eu, hein! — reclamei, rindo do seu jeito.

Reparei nas mãos do homem, de dedos longos e unhas bem-feitas, segurando firme na caneta, e entendi todo o seu interesse! A Leila era obcecada por mãos masculinas, uma tarada, melhor dizendo!

Balancei a cabeça, ouvindo seus suspiros de satisfação.

— Preciso ler o livro dele... — Ela chegava a ser hilária com aquele comportamento.

— Sua assanhada! — Ela estava se lixando para minha opinião, e deixou isso claro no movimento de ombro. Colocando os cabelos cacheados atrás da orelha, continuou focada no rapaz.

Estreitei meus olhos, achando aquele momento muito divertido, e me veio à cabeça o tombo no estacionamento.

Senti vontade de rir da minha situação, mas o frio na barriga ao me lembrar daquele homem me deixou perturbada. Sacudi a cabeça para espantar as lembranças.

— Você não vale nada, amiga!

Ela continuou me ignorando.

Torci a boca com os olhos nela.

— Duvido muito que se interesse pelo conteúdo — expus olhando em torno. — Pelo público dele, deve estar relacionado a algum assunto técnico, com certeza na área médica.

— E daí? Estou começando a me interessar pela área. — Ela me olhou, dando de ombros.

Suspirando, ela persistiu no olhar, e não é que ganhou um sorrisinho meio safado dele no momento em que um leitor lhe entregava o livro para autografar? Enquanto respondia às perguntas, ele a olhava com interesse. Também pudera, babando daquele jeito!

Admito que não vi beleza, porém ele esbanjava simpatia.

— Ele piscou para mim, você viu?

Não, eu não vi nada, pensei, apenas rindo para não desapontá-la.

— Amiga, ainda vai se dar mal com esses seus assanhamentos. Céus! — alertei-a e, rindo, me afastei.

— Espera, aonde você vai?

Parei antes de entrar no corredor dos livros quando ela me chamou e me virei.

Ela ajeitava o vestido floral no corpo perfeito; sua cintura fina era de causar inveja.

— Vou perambular por aí, quem sabe encontro algum livro diferente — respondi, observando aquele sorriso de dúvidas se espalhando pelo seu rosto.

Na verdade, durante o percurso até a livraria, eu havia mudado de ideia em relação ao gênero dos livros que pretendia comprar. Achei que talvez fosse interessante e útil procurar algo que se encaixasse nas questões que estava vivendo. Embora ciente de que só o tempo poderia me ajudar, mesmo assim gostaria de entender melhor, aumentar meu conhecimento na área.

— Pretende comprar muitos? — indagou com as sobrancelhas arqueadas, simulando preocupação.

Compreensível, pois da última vez que fôramos àquela mesma livraria, cometi um de meus maiores exageros de todos os tempos. Saímos abarrotadas de livros. Comprei tudo o que tinha direito, quase estourando meu cartão de crédito. E tivemos que gastar uma bala de táxi, que foi ela quem pagou.

— Uns trezentos exemplares, talvez! — respondi com humor, enquanto ela cerrou os olhos, me repreendendo. — Estou brincando, hoje prometo que vou maneirar.

Seus lábios se abriram num pequeno sorriso incrédulo com minha resposta evasiva, sem credibilidade alguma.

Caí na gargalhada.

— Sei! Quem te conhece que te compre, minha amiga. — Voltei e beijei sua bochecha. Ela sorriu, sacudindo a cabeça. — Você não tem jeito mesmo, não, Annie?

— Preciso deles e você sabe muito bem disto — elucidei com pesar.

Inclinou a cabeça, me olhando solidária, e me puxou para um abraço fortemente acolhedor, transbordando sua energia boa.

— É claro que sei, amiga... — sussurrou em meu ouvido. E, ao se afastar, segurou em meus ombros, sorrindo. — Desculpe por cortar seu barato. — Colocou meus cabelos longos sobre meus ombros e me abraçou novamente.

— A leitura tem contribuído para me ausentar um pouco da minha dura realidade — expliquei.

Como sempre, seus olhos compassivos e compreensivos prenderam os meus, enquanto sua mão direita alisou meu braço descoberto.

— Eu sei, minha amiga! Inclusive só vou deixá-la sozinha porque aqui não há perigo de você sair correndo e ser atropelada.

Outro friozinho tomou minha barriga, com os olhos de um tom diferente de verde surgindo em minha mente.

Ela olhou ao redor, rindo das pessoas se atropelando umas nas outras de tão cheio que se encontrava o espaço. Torci a boca.

— Será?

— Bem... pelo menos vai sobreviver a esse tipo de atropelo. — Rimos alto. — Vá lá e compre o que desejar. E, se precisar, eu pago o táxi de novo — ofereceu com exultação. Suspirei e fechei meus olhos por um momento, com seus braços passando ao redor do meu pescoço num outro abraço acolhedor. — Não vou julgar você desta vez, eu juro.

Levantei a cabeça, fitando diretamente seus olhos negros.

— Por favor, né, amiga! Sabe muito bem o que penso em relação a julgamentos — alertei-a.

Ela riu, sarcástica.

— "Antes de julgar os outros, pare e reflita! Assim, verá que tem tantos defeitos quanto qualquer um..." — repetiu as minhas palavras.

— Exatamente! Não julgue para não ser julgado. Este é o ensinamento bíblico. Somos humanos e passíveis de erros, infelizmente.

Rindo com aquela expressão orgulhosa, ela me bateu no braço.

Respirei, profundamente ressentida. Eu não conseguia aceitar o meu próprio erro.

E saí vagando pelos inevitáveis corredores apertados. Não parava de chegar gente.

No fim das contas, nem me importei. Eu me deliciava com livros por todos os lados, com as generosas prateleiras repletas deles. Sabe aquele ambiente charmoso, intimista e aconchegante que amamos tanto que o tempo passa e nem percebemos? Aquele era o lugar.

O cheiro maravilhoso dos livros fazia jorrar a adrenalina pelo meu sangue, mas me concentrei no que realmente era mais importante no momento.

Enfiei-me no corredor de livros técnicos e esqueci-me do mundo.

CAPÍTULO 2

§

Enzo

Merda, por que eu resolvi passar justamente hoje na clínica do Dr. Leonard?

Punia-me embaixo do chuveiro, num banho rápido. Com o ocorrido no estacionamento, acabei me atrasando para o lançamento do livro do Alexandre. Além de um dos meus melhores amigos, é também um dos médicos nefrologistas do Hospital Bennet, do qual sou proprietário.

Aliás, o prédio na travessa da Giovanni Gronchi é caminho para o hospital e se tornou parada obrigatória a cada quinze dias. Leonard Francis é um renomado cardiologista do país. E é nele que eu e minha família confiamos a vida do meu pai. Não haveria profissional mais qualificado.

Meu pai sofre de arritmia cardíaca decorrente de um infarto há dois anos, levando assim a um risco muito grande de reincidência e até de uma morte súbita. Esta era a razão do meu excesso de preocupação.

O problema não foi o tempo que ocupei com a conversa, mas sim o que perdi com aquela maluca gostosa no estacionamento.

Como eu poderia imaginar?

Respirei o mais profundamente que consegui, tentando mudar o foco. Mas foi impossível, porque meu corpo logo reagiu, e minha mente projetou a imagem linda de seus olhos verdes.

Meu coração disparou, imaginando que por pouco não a atropelei. Fechei meus olhos, soltando o ar com força para parar o tremor que me tomou. Estranho, mas interessante.

O que ela tinha de bravinha, tinha de gostosa!

Os peitões duros eram admiráveis escapando pela lateral do vestido branco de alcinha. Aliás, a escolha da roupa foi perfeita, pois revelava o quanto seu corpo era escultural: musculosa, porém sem exagero; tudo na medida certa. Uma garota *fitness* com absoluta certeza. E lindíssima, com aquele olhar misterioso de cílios longos; tudo nela era perfeitamente belo. Estremeci com as lembranças de sua bundinha dura empinada e exposta quando ela caiu de bruços.

Delícia! Apertei meu menino eriçado.

Em meio à reação prazerosa, explodi em risos com a cena surreal naquele estacionamento.

Caralho! Se eu contar, ninguém vai acreditar...

— Enzo? Filho... — Estava tão imerso em pensamentos que gelei com meu pai batendo na porta do meu quarto, enquanto me passou pela cabeça que talvez ele não estivesse bem.

Aliás, ele vinha sentindo falta de ar há alguns dias, e esse era mais um dos motivos de eu passar no médico periodicamente. Um sintoma preocupante, considerando seu histórico.

— Pode entrar, pai, já estou saindo. — Desliguei o registro rapidamente, peguei a toalha branca e macia ao lado do boxe, me sequei e larguei-a no chão, saindo do banheiro e passando pelo closet. Preocupado, segui nu mesmo, correndo até o quarto. Seus olhos cravaram em meu pênis, subiram pelo meu abdômen, parando em meus olhos, e um sorriso divertido surgiu em seus lábios. Fiquei aliviado, pois, ao contrário do que imaginei, ele me parecia muito bem.

— Isso é covardia, Enzo, não precisa esfregar na minha cara esta sua boa forma... — Colocou a mão na barriga inchada e acenou com a cabeça, bem-humorado.

— Pai! — adverti-o, cobrindo-me com as duas mãos.

Ele caiu na gargalhada.

— Não posso reclamar da vida! Eu também já tive o prazer das mulheres quererem lavar as suas roupas no meu tanquinho. — Desceu seu olhar sobre minhas mãos. — Agora, robusto deste jeito é um privilégio só seu.

— Ah, pai, pare de modéstia. Conheço muito bem a sua fama de *Don Juan* na juventude — disse, me aproximando e batendo em seu braço.

Ele apertou os lábios num sorriso lânguido que me intrigou.

— É... quando ainda era jovem, eu dei minhas cacetadas — admitiu com orgulho.

— Você continua jovem.

Seus olhos lacrimejaram, enquanto movia a cabeça branca de um lado para o outro, discordando.

A doença o deixara muito debilitado e, com isso, aparentava bem mais do que seus 68 anos.

— Só um minuto, pai, vou me vestir.

Eu queria conversar mais, só que precisava correr contra o tempo para prestigiar meu amigo.

— Hoje é o lançamento do livro do Dr. Alexandre, né? — gritou ele quando entrei no closet.

Senti certa hesitação em seu tom de voz.

— É sim, pai. Inclusive já estou atrasado — respondi, enquanto vestia uma camisa polo azul-marinho. — A cirurgia de hoje foi muito complexa e depois dei uma passadinha na clínica do Dr. Leonard, fazia tempo que não conversávamos. — Ri com as lembranças da bravinha. — E, de quebra, ainda tive um imprevisto no estacionamento que acabou me atrasando.

Ele grunhiu preocupado.

— Algo grave?

— Ainda bem que não — respondi, vestindo a calça jeans escura.

— Melhor assim — disse, aliviado.

Rindo, voltei para o quarto, enquanto tremia só de imaginar que poderia ter atropelado aquela garota.

Ele estava sentado na poltrona de canto de estofado cinza-escuro próximo ao abajur, local que usava para leituras. Um dos poucos móveis que decoravam o amplo ambiente cinza-claro, teto branco e piso de madeira, além da cama *king size* e da TV de tela plana que compunham a parede. Apreciava muito ambientes claros, amplos e com poucos móveis.

— Gostaria muito de prestigiar o Alexandre, mas infelizmente meu estado de saúde não permite. — Olhou para si, consternado.

Meu coração se apertou.

— Quem sabe em outra oportunidade. — Abaixei-me à sua frente, repousando minhas mãos em suas pernas, fitando seus olhos azuis cansados, que tentavam fugir da insistência dos meus.

— Você está estranho, pai.

Ele negou com a cabeça.

— A Valquíria me garantiu que lhe faria companhia hoje — comentei.

— Sim, sim. E estou muito feliz com a companhia da sua irmã. É que me passou pela cabeça que talvez a gente pudesse jogar um truquinho. — Reprimiu os lábios com força antes de continuar: — Queria passar o dia com o meu garoto.

Intrigado, torci a boca.

— Tem certeza de que está bem?

Ele fez que sim com a cabeça, mas não senti firmeza.

— Pai, não pode me esconder nada.

Ele abriu um sorriso confiante que também não me convenceu.

Por um momento, sondei sua expressão procurando algum sinal de dor. Ele tinha esta mania de encobrir as coisas, e sabia fazê-lo como ninguém, mas notei que estava apenas ofegante.

— Quer parar de me olhar com estes olhos de médico? Olhe-me apenas como seu pai — ralhou comigo, encostando suas costas na poltrona confortável e se acomodando enquanto sua mão direita, um pouco trêmula, passou pelos cabelos grisalhos.

Conhecia meu pai, sabia que algo o afligia, mas resolvi não forçar a barra.

— Tudo bem. — Ergui as mãos em sinal de desculpas e segui para o banheiro. O silêncio se estendeu enquanto penteava meus cabelos, e, encafifado, retornei.

No mesmo lugar, agora com a cabeça baixa, seus olhos estavam fixos nos dedos entrelaçados sobre as pernas.

— Seja sincero, pai. Qual é o problema? — insisti.

Ele me fitou e forçou um sorriso. A pressa sumiu, eu já estava pensando em desistir e explicar minha ausência ao Alexandre depois.

— Eu já disse, estou bem. A minha intenção era passar o dia com o meu filho querido, não posso?

Arqueei as sobrancelhas em dúvida.

— Ah, tá... — Bateu com as mãos no braço da poltrona, cedendo à pressão. — Notei o quanto você ficou chocado com a nossa conversa ontem, durante o jantar. Queria consertar isso — confessou.

Realmente tinha me desagradado muito a conversa. Naquele momento, ele não disse nada, mas lembrei das palavras que ouvi a vida toda:

As pessoas têm que ter responsabilidades, princípios e valores. O respeito ao próximo, principalmente por aqueles que sempre lhe estenderam a mão. E o bem material não pode significar mais do que as pessoas que você tem na sua vida.

Dê o seu máximo, para nunca carregar o fardo da omissão, do descaso...

Esse era meu velho, o melhor ser humano deste mundo, e que praticou na vida e como administrador do hospital tudo o que descrevi acima. Uma pessoa extraordinária que nasceu com este espírito bom e de valores excepcionais. E que procurou passar esse ensinamento a mim e a minha irmã. Acho que consegui praticar durante os anos de profissão. Uma herança prazerosa que pretendo carregar até os últimos dias de vida.

O que pegou de verdade foi a forma como pronunciou a nova frase:

— Pois a vida é assim, as pessoas sempre vão embora.

Nesta fase sensível para todos, soou amedrontador. Sabemos que sua intenção é nos preparar para a sua morte, uma possibilidade que estilhaça meu coração.

É melhor nem pensar!

Trabalhando há oito anos como cardiologista e convivendo todos os dias com a morte, percebo o quanto a vida é engraçada.

Afinal, a morte é a única certeza da vida. Um dia ela vem para todos, ninguém será eterno neste mundo.

De repente, sentia-me um covarde só de pensar em meu parceirão partindo de uma hora para outra sem que eu pudesse fazer algo para mudar essa trajetória, restando apenas o cuidado e a vigilância.

Sorrindo, ajoelhei novamente à sua frente, segurando nos braços da poltrona. Percebi que havia uma olheira mais profunda abaixo dos olhos que me encaravam com carinho.

— Olha, pai!

Ele suspirou profundamente, me fitando.

— Seus ensinamentos são inspiradores, perfeitos... Só que, para ser sincero, eu não me sinto mais confortável com esse tipo conversa, não precisa ficar lembrando o óbvio. Sei que todos nós vamos morrer um dia. Só permita que a coisa flua naturalmente, precisa viver o dia a dia sem se martirizar com o amanhã.

Baixou os olhos por um instante.

— Você me entende?

Concordou com a cabeça e, enternecido e profundamente arrependido, me deu um forte abraço.

— Eu só queria...

— Não importa, pai — interrompi, segurando em sua mão e o ajudando a se levantar. — Não precisa ficar o tempo todo querendo nos preparar. Todos nesta casa somos adultos e saberemos lidar com o problema; apenas curta a sua vida. — Dei de ombros, tentando soar convincente.

Com sua doença e a correria no hospital, meu estado emocional estava realmente abalado.

— Você tem razão, meu menino. — Beijou-me a testa. — Vá lá prestigiar o nosso funcionário e me represente também.

Assenti e o abracei mais uma vez.

— Você vai ficar bem com as enfermeiras e a Valquíria?

Ele deu de ombros.

— Espero que sim... — admitiu, receoso. — Estou estranhando ficar sem sua mãe, hoje.

— Ela não teria ido a esse Congresso Anual se não fosse tão importante para sua carreira.

— É claro! Ela tem a profissão dela e precisa seguir em frente — disse com orgulho.

— Não se preocupe, não vou demorar. Vou só dar um abraço no Alexandre, ele conta muito com a minha presença.

Ele piscou.

— Fica bem, pai.

Ele assentiu quando lhe beijei a testa.

Atrasado, saí apressado do quarto.

CAPÍTULO 3

§

Enzo

Até que o trânsito estava calmo, tratando-se de São Paulo, às 16h de uma sexta-feira. Um fim de tarde agradável, com o sol ainda brilhando intensamente no céu limpo sem nuvens.

Ali, na privacidade, comecei a rir sozinho, orgulhoso do pai que tinha.

Refletindo sobre minha vida e profissão de médico cardiologista infantil, cheguei à conclusão de que, além da vocação, levei comigo muitos de seus ensinamentos.

Aos 10 anos, crescendo dentro do ambiente hospitalar, presenciei muitos sofrimentos de pacientes e seus familiares, e acabava sofrendo junto. Sentia as dores na minha própria carne e, com tudo isso, nasceu em mim a necessidade de fazer algo. A medicina foi o caminho para trazer um pouco de paz e tranquilidade a tantas pessoas.

Essa necessidade de amenizar as dores veio do meu pai, de assisti-lo em seu dia a dia. Doou muito de si para as pessoas, até aquelas que não conhecia. Mesmo sendo apenas o administrador, muitas vezes internou pacientes sem condição financeira, apenas por amor ao próximo.

Minha mãe, Solange Bennet, a herdeira do hospital, médica ortopedista e traumatologista, nunca se importou. E nem poderia. De alguma forma, a prática do bem só ajudou o hospital a crescer cada dia mais, e ele acabou se tornando referência nacional em várias especialidades, inclusive em transplantes. Seguia um padrão de altíssima qualidade e, por essa razão, era bem conceituado também no exterior.

Assumi o compromisso com a vida de tentar manter a engrenagem misteriosa do corpo em pleno funcionamento. Sentia-me orgulhoso pelas muitas alegrias e pela paz que os conhecimentos que adquiri com muito estudo e dedicação trouxeram para as pessoas. Mas como nem tudo eram flores, houveram também os momentos de tristeza por não ser capaz de ajudá-las. *Assim é a vida!*

Com anos de profissão, ainda não tinha me acostumado a perder vidas. Quando isso acontecia, por mais que soubesse que tinha feito de tudo e dado o meu melhor, ainda assim me sentia um fracassado. E esse receio vinha crescendo com a doença do meu velho.

Essa sobrecarga me deixava impaciente com tudo e explodia por nada. Talvez estivesse mesmo precisando de uma terapia, como dizia minha mãe, ou mesmo um descanso, pois desde que iniciei a residência não encontrei espaço para férias.

Assim que estacionei a moto em frente à livraria, suspirei, desanimado com a aglomeração. Observar ali de fora era desestimulador: além dos movimentos das pessoas circulando no interior, ainda havia uma fila quase infinita em frente à mesa em que Alexandre autografava os livros.

Não tive alternativa a não ser soltar o ar com força e seguir para o estacionamento ao lado para guardar a moto.

Deus me ajude!

***

— Será que posso pegar o autógrafo do escritor? — Levantei o livro que peguei da prateleira diante da mesa do Alexandre.

Estava distraído, de cabeça baixa, autografando, enquanto uma garota de corpo violão com vestido floral e cabelos encaracolados, curvada ao seu lado, devorava-o com os olhos.

Olhou-me, surpreso.

— Será um grande prazer autografar meu livro para o chefe — disse, estufando o peito com orgulho e entregando o livro para a moça. — Prontinho, Leila, muito obrigado — disse, ao se levantar, e beijou a bochecha da moça. Interessada, ela começou a fazer perguntas, tomando totalmente a sua atenção.

— Vou dar uma voltinha pela livraria, procurar mais alguns livros e já retorno, OK? — informei, colocando o livro sobre a mesa. Foi a forma que encontrei de não atrapalhar a conversa que engatou.

Ele estendeu a mão, assentindo sem me olhar, porque seus olhos eram apenas para a devoradora à sua frente.

Rindo, eu me enfiei pelos corredores abarrotados de gente, sem acreditar que estava me aventurando em meio a toda aquela aglomeração.

Não era do meu feitio toda aquela bagunça, sou mais chegado ao silêncio para pensar, refletir, e todo aquele aperto já estava me dando nos nervos.

"Você é o típico ranzinza"; lembrei, rindo, das palavras da minha mãe quando me recusava a acompanhá-la a lugares superlotados como este. Ela, sim, adorava lugares movimentados!

Meus devaneios foram bloqueados pela imagem daquela mulher linda no corredor. O vestido tubinho preto e básico fazia as honras de revelar cada curva, destacando cada músculo bem definido. Apesar da sandália rasteirinha nos pés, a postura elegante me parecia familiar, e a certeza aumentava com o farto cabelo castanho-claro caindo pelos ombros nus. Simplesmente charmosa!

Não pode ser ela, é coincidência demais!

Em frente à grande prateleira, inclinada para a direita, de costas para mim, estava entretida segurando um livro aberto, em pleno corredor estreito, bloqueando o caminho. As pessoas reclamavam, passando espremidas atrás dela sem que tomasse conhecimento. Uma bela de uma folgada, diga-se de passagem!

Um comportamento que não poderia deixar barato.

— Seus pés estão grudados no chão ou será que ainda não aprendeu a comprar calçados adequados para eles? — provoquei-a, chegando bem próximo ao seu ouvido.

Ela desviou os olhos do papel e os fixou nos meus com desdém.

Sua expressão mudou com os vincos em sua testa, franzida ao me reconhecer. Fiquei meio estático, tanto com o perfume floral, que se espalhou pelo ar com o movimento e me deixou zonzo, como também pela beleza do seu rosto encantador.

Uau! Ergui as sobrancelhas, mudo.

— Você? — O tom surpreso saiu como se ela estivesse diante de um ser de outro mundo.

A garota era muito mais bonita e alta do que me lembrava, além de ser extremamente irritante e ter aquele ar de mal-amada.

— Será que não se tocou que está bloqueando a passagem? — Apontei atrás dela.

Sua boca abriu e fechou, desistindo de falar. Em seguida, deu de ombros, se fazendo de desentendida, porque naquele instante uma senhora gordinha passava por ela, espremendo-se. Ergueu a sobrancelha sem tomar conhecimento e voltou à página do livro.

Irritado, respirei pesadamente, totalmente impaciente, e me aproximei o máximo que pude, a ponto de seu perfume me embriagar.

Ah, sua bandida cheirosa.

Minha ira não evitou o calafrio percorrendo meu corpo, com meus olhos traíras devorando sua pele involuntariamente. Fiz um *tour* pelo ombro ereto e despido, braços e antebraços definidos, parando na pulseira de couro, um bracelete, na verdade, com aproximadamente cinco dedos de largura. Precisei balançar a cabeça e voltar à realidade, o calafrio concentrado no meio de minhas pernas, acordando alguém que dormia tranquilamente.

— Oh, sua mal-educada, você poderia desbloquear o corredor, por favor? — ataquei, até mesmo por pura autodefesa.

Ela rosnou e me encarou novamente.

— Olha, moço! — Sua voz saiu embargada, e seus olhos lindos expressivamente verdes percorreram o espaço ao redor. — Como já deve ter notado, está acontecendo um evento na livraria. O espaço é pequeno, portanto se o aperto o incomoda, está no lugar e na hora errada. Então, sugiro que procure um lugar mais confortável para o senhor.

Senti o ar deixar meus pulmões, arrependido perante aqueles olhos lindos umedecidos.

— Eu não queria... — tentei dizer, mas seu olhar me deixou e voltou ao livro em suas mãos. Insisti, sentindo a necessidade de reparar minha grosseria. — É que a livraria conta com biblioteca e espaço para leitura. — Minha voz saiu tão baixa que nem sei se me ouviu.

— Obrigada por me lembrar — respondeu, franzindo o nariz arrebitado lindo com seu olhar sarcástico, numa indiferença que me irritou desta vez.

Fiquei possesso, sentindo-me um bobão diante dela. Enquanto eu queria me ajustar, ela me alfinetava!

Filha da puta, cínica!

Voltou a ler o livro, tentando manter o ar de impassibilidade.

— Olha aqui, sua desaforada!

Ela não olhou.

— É só isso o que tem a me dizer?

Fechou os olhos, e notei como suas mãos tremiam também. Era nítida a dificuldade em segurar aquele livro.

Como pode ser tão mal-educada?

Ficou em silêncio antes de respirar fundo e jogar seu olhar flamejante em cima de mim, que recebi com desdém.

— Não! Quero pedir também para você me deixar em paz, será que é possível?

Meu queixo caiu ao mesmo tempo que meus olhos cresceram, incrédulos.

— Você quase me matou e, por hoje, é o bastante.

E então, mais uma vez, fui completamente ignorado.

Céus! Como ela consegue ser tão linda e chata!

Em meio a um sorriso consternado, eu balançava a cabeça, furioso. Nunca tinha me estranhado assim com alguém, muito menos com uma mulher.

— Eu não ouvi tal desaforo...

Sorrindo com desprezo, olhou-me confirmando e novamente me deixou no vazio.

— Você é uma idiota, garota! Quase me fez cometer uma fatalidade, correndo em frente à minha moto daquele jeito, e ainda tem a petulância de falar assim comigo? — grunhi com o seu silêncio perturbador.

Estava a ponto de enlouquecer de ódio com aquele silêncio, que parecia uma afronta.

— Você é uma louca varrida... — desabafei.

Não conseguia definir o que estava sentindo: era uma mistura de ódio e mágoa. *Coisa esquisita!* Ela continuou se fingindo de morta.

— Uma suicida! — acusei-a pela segunda vez, recordando de sua frase: "Eu já estou morta!".

Como da outra vez, a palavra mexeu com ela. Não conseguiu se manter indiferente, pois notei seu suspiro infeliz.

— Vai para o inferno, antes que eu me esqueça! — rosnou entredentes.

— Bem, já que não quer cooperar... — alertei em tom de provocação. E, em seguida, como um garoto birrento e teimoso, passei propositalmente pressionando meu peito em suas costas.

Acho que não deveria ter feito isto...

Arfei com o contato direto, meu coração disparou no peito. Perdi totalmente o controle quando ela, enraivecida, se virou com um sorriso frio decorando seu lindo rosto, fuzilando-me com seus olhos emanando sei lá o quê. Não conseguia definir.

Além de muito gata, ela era diferente; sorri, sincero. Por algum motivo, ela me chamou muito a atenção, mas a real é que perdi o controle do meu corpo com o encontro de nossos olhos, quando ela fechou os dela por uma fração de segundo.

CAPÍTULO 4

§

Annie

Isto não está acontecendo, não, não e não! Tentava colocar ordem na minha cabeça.

Fiquei confusa com a reação do meu corpo, que parecia uma britadeira com a aproximação do meu quase assassino... *Atropelador*, corrigi mentalmente.

Céus! Por que estou tremendo? Admito que o cara é atraente, mas também é muito folgado.

Se pelo menos ele não viesse com gracinha... Ele me irritou ao falar da minha sandália.

Cretino!

Não havia meios de me controlar com ele ali, quase grudado a mim. E o mesmo aconteceu no estacionamento: medo e desejo se misturaram com sua aproximação, deixando minha garganta seca, ofegante. Fiquei totalmente desconcertada, indo a um estado de tensão incompreensível.

Impossível! O efeito hipnótico dele associado à beleza máscula se tornou uma arma letal, e minha razão parou de funcionar.

Estava com uma camisa polo azul-marinho de caimento perfeito, revelando muito mais do que já tinha visto pela manhã: um corpo perfeito, malhado na medida certa. Ele me deixou vulnerável com seus olhos enigmáticos expressivamente verdes presos aos meus. Eu não queria, mas era impossível não apreciar.

Céus!

Seu rosto era enigmático e másculo demais, com a barba cerrada contornando seu maxilar, e ao mesmo tempo emanava um ar severo.

— C-como se atreve...? — gaguejei.

Seus olhos insistentes estudavam meu rosto descaradamente, e, por incrível que pareça, eles tinham o poder de me acalmar.

— Eu pedi licença, Annie.

Vacilei com ele dizendo meu nome na defensiva. *Ele não esqueceu*. Seu olhar estranho me deu certo receio. Desvencilhei para o lado, fugindo do contato direto e perturbador.

— Annie? Annie!

Respirando com certa dificuldade, demorei a atender ao chamado da Leila no fim do corredor, acenando.

— Já comprou seus livros, mulher? Esqueceu que o meu primo vai hoje em casa? — argumentou quando acenei.

— Dá li-licença, por fa-favor... — pedi gaguejando, balançando meu corpo de um lado ao outro, confusa em busca de espaço com ele bem à minha frente no meio do corredor, com aquele sorriso de canto, provocante e ao mesmo tempo perturbador.

Não se moveu, pois parecia disposto a me irritar, e atingia o seu objetivo com o olhar birrento e enervante, que me fez sentir falta do chão embaixo dos meus pés.

— Moço, sai da minha frente!

Um sorriso sarcástico e vingativo se levantou no canto dos seus lábios.

— Está com pressa por quê?

Aqueles olhos cerrados em deboche me tiraram do sério. Abri a boca, pronta a enfiar na sua cara palavras grosseiras, mas fechei-a novamente, desistindo de dar um *show* no ambiente lotado.

— Isso é o que acontece quando se bloqueia a passagem de alguém — provocou-me irônico.

Cerrei meus olhos indignada e o empurrei com brutalidade, passando por ele e batendo meu pulso na quina da prateleira, o que doeu à beça, porém nem me importei. Reprimi o grito; eu só queria distância, e precisava dela com urgência.

E rapidamente fugi, indo em direção à Leila. Nem precisei olhar para trás para saber que ele me devorava com seus olhos. Podia sentir a pressão deles sobre as minhas costas.

— Um? — questionou Leila ao ver apenas um livro em minha mão.

— Por hoje basta.

Segurei em sua mão e a puxei em direção ao caixa. A presença daquele homem me causava mal-estar, uma sensação angustiante. Tudo o que queria era me afastar dali o mais rápido possível, para não trocar farpas com ele, porque eu era a pessoa mais calma do mundo desde que não pisassem no meu calo...

Hoje com certeza é o pior dos meus dias.

Fiquei ofegante pela movimentação rápida dentro da loja, causando uma linha de preocupação na testa de minha amiga, que segurou meu braço.

— Você está bem, Annie?

Concordei com um movimento de cabeça, respirando fundo.

— Você está tão esquisita, amiga! — insistiu ao meu lado, analisando minha expressão.

— Impressão sua — respondi, pegando o dinheiro em minha carteira e entregando para a moça do caixa. Sentia uma coisa estranha no peito, uma ansiedade, medo... Sei lá o que estava sentindo! Só sabia que minha razão me aconselhava a correr e fugir.

— Pensei que sairíamos daqui com uma pilha de livros — disse Leila, perdida.

— Depois eu vejo, agora perdi o pique — respondi, enquanto guardava minha carteira na bolsa.

Ela torceu a boca, inexpressiva.

Agarrei no braço dela quando vi aquele homem se aproximando, e saímos da livraria rapidamente.

— O que houve com você? — Ela me olhava descrente, enquanto caminhávamos em direção ao ponto de ônibus. — Tem certeza de que está bem?

— Estou ótima... — menti, reparando na sacola em sua mão. — Que livro é esse?

Rindo, ela deu de ombros.

— Comprei apenas para pegar o autógrafo do escritor de mãos divinas capaz de salvar vidas. — Ergueu a mão direita, rindo. A alça da sacola pendurada no seu polegar. — Aliás, é o que ele faz mesmo. Você adivinhou, é médico nefrologista e salva vidas. Deve ser fera — suspirou, toda interessada. — Como o... — Pausou de imediato, erguendo as duas mãos com expressão de desculpas, quando eu franzi a testa, repreendendo-a.

Fiquei por um instante olhando para a sacola da livraria balançando no ar, pensando no livro em seu interior. Eu precisava de um bendito que me direcionasse nesta vida. Um conteúdo diferente, um que me trouxesse esperança num curto espaço de tempo, já que todos me diziam a mesma coisa: "Só o tempo poderá dizer".

Despertei do transe com ela cutucando meu ombro.

— Nossa, amiga! — exclamou ela, impressionada.

— O quê?

— Precisa me ensinar como você faz isso.

Balancei a cabeça, sem entender.

— Se eu fizesse esta viagem mental caminhando, tenho a mais absoluta certeza de que me esborrachava de boca no chão.

Caí na gargalhada! Não havia como me manter séria com a Leila, ela sempre vinha com essas sacadinhas.

— É sério! Você me assusta com essas pausas. Chega a ser bizarro! — Ergueu novamente as mãos. Ela tinha essa mania de gesticular muito com as mãos enquanto falava.

Soltei o ar com força, exausta de tudo.

— Bem que eu gostaria de pensar menos e agir mais... — lamentei.

Repreendeu-me com os lábios, e baixei a cabeça com aquele aperto enorme no peito.

— É uma pena que nem sempre as coisas sejam como planejamos...

Pendurou a sacola no polegar esquerdo e passou o braço direito pelo meu ombro, colando-o ao dela e apertando-o.

— Não fica assim, com o tempo tudo vai se resolver.

Tempo, tempo... ele está em todas as frases que ouço, todas!

— Quer saber? Chega! Vamos mudar o rumo desta prosa.

Concordou e seguimos falando do Dr. Delícia. Ela confessou que começava a se interessar pela Medicina graças a seu primo. Tinha ficado tão encantada com o homem que queria me arrastar de volta à livraria, mas eu não voltaria lá por nada neste mundo.

Aquele homem me tirou do sério... e de órbita! Sua presença me desestabilizava, me fazia esquecer que existia um mundo ao meu redor que precisava de reparos.

Ei, pode parar por aí, Annie! A voz da minha razão reverberou entre as borboletinhas visitando meu estômago.

Vou jogar inseticida em vocês, se não pararem de fazer festa aí dentro, pensei, pressionado a minha barriga com a mão direita.

— Preciso do telefone dele, Annie — insistiu com a voz chorosa.

— Teve a chance de conversar com ele e não pensou em pedir o telefone? — indaguei, inconformada e ao mesmo tempo com medo.

Um lado meu estava desesperado para voltar, porém a razão estava na linha de frente e me convencia do contrário.

Concentre-se no que é importante, Annie! Uma distração e você se arrebenta de vez.

Exatamente isso que faria: o cara era um grosseirão. Mas um grosseirão lindo, admito.

E outra! Homens sempre estiveram em segundo plano em minha vida, o esporte ficava em primeiro. E, mesmo com todos os laudos apontando para o fracasso, deveria lutar, buscar o equilíbrio, me concentrar em mudar essa trajetória. Não me permitiria uma abstração.

— Não tive a chance com a fila enorme de fãs esperando o autógrafo — justificou toda magoada ao chegarmos no ponto.

— Então vai lá, amiga... — incentivei-a, e ela torceu a boca, pensativa.

— Ah, deixa para lá... quem sabe a gente se encontra por aí — disse, desistindo.

— Pesquise o nome dele na Internet.

Ela inclinou a cabeça, desanimada.

— Todo artista está nas redes sociais.

Ela deu de ombros.

— É diferente! — suspirou em dúvida. — Mas tem razão! Vou seguir sua sugestão.

Sorrindo, acenei para o ônibus que apontou na esquina.

CAPÍTULO 5

§

Enzo

O tempo parou ao meu redor por alguns instantes pela segunda vez. Fiquei estático, com os olhos presos naquela garota fofa e mal-educada ali no caixa da livraria, que quase machuquei em minhas atitudes apressadas. Tive que admitir que suas curvas em meio a um corpo forte e feminino me raptaram.

Aquele jeitinho bravo e a língua afiada, além de intrigante, despertou minha atenção. Viajei mentalmente e nem notei o quanto estava sendo inconveniente com as muitas pessoas tentando circular pelo corredor.

E ri de mim mesmo, olhando-a sair quase correndo da livraria acompanhada da moça que tinha flertado com o Alexandre. E, quando baixei os olhos, notei a pulseira de couro que ela usava ali no chão, bem próximo à prateleira. Peguei rapidamente e corri ao seu encontro.

Cheguei tarde. Muitas pessoas caminhavam de um lado ao outro pela calçada, mas nada dela.

O sol da tarde refletia sobre a frase registrada na pulseira. Palavras lindas que me deixaram emocionado, dando a impressão de que o objeto era um tipo de amuleto da sorte.

Se perder a capacidade de sonhar, vai perder muito mais do que o combustível da vida: irá desnutrir sua alma.

— Eu me sentiria completamente ofendido se você fosse embora sem comprar meu livro. — A voz frustrada do Alexandre às minhas costas me fez corar, me sentindo flagrado.

— Imagina! — Coloquei aquela pulseira dentro do bolso da calça e abri aquele sorriso orgulhoso do meu amigo e parceiro. Bati em suas costas. — Aliás, eu me atrasei porque tive um contratempo depois que saí do hospital, me desculpe.

— Sei bem como é isso, vida de médico — comentou, compreensivo.

Pensei em comentar sobre o real imprevisto, mas desisti.

— Vamos entrar, preciso do meu livro autografado.

Ele riu, satisfeito.

— Sabe muito bem o interesse que tenho na área de nefrologia.

Concordou comigo, pois sou mesmo apreciador da área.

— E lhe garanto que o livro é bem esclarecedor, vai se animar em fazer mais uma especialização.

— É o que venho pensando... Só não fiz ainda devido ao fato da cardiologia exigir muito de mim e, claro, pelo meu pai — confessei, e ele riu com pesar.

— Faço votos que seu pai se recupere bem. — Ele se sentou em sua cadeira, e entreguei o livro que peguei da pilha sobre a mesa.

— Deus te ouça, meu amigo, Deus te ouça.

Meus olhos ficaram presos à porta por alguns instantes, quando o Régis, ainda com a roupa branca do hospital, calça e camisa polo com o logotipo em azul-marinho, surgiu por ela em seus passos apressados e ajeitando os desgrenhados cabelos loiros baixinhos. Deduzi de imediato que viera de moto.

— Me desculpe a demora! — disse, simulando uma luta como se estivéssemos no ringue, e entrei na dele. Um esmurrando levemente o peito do outro, em meio a sorrisos divertidos.

Na época da faculdade, além das baladas, praticávamos boxe apenas como relaxamento, pois os estudos nos deixavam muito estressados. Sempre fomos apaixonados pelo esporte, tanto que éramos conhecidos como os *nerds* mais descolados da faculdade, mas, infelizmente, precisamos nos afastar do boxe, devido à exigência da profissão.

Repousou a mão em meu ombro.

— Precisei atender dois pacientes esta manhã — completou.

— Achei que estivesse visitando a titia... — insinuei, maldosamente. Eu não poderia deixar de destilar o meu veneno. Ultimamente meu amigo andava arrastando asa para uma amiga de sua prima, uma paixonite que custou algumas diversões.

Ele suspirou, desanimado.

— E daí? — indagou com desdém, sem sinal de irritação. — Uma hora o coração é fisgado, fazer o quê? E vai tirando sarro, vai... Daqui a pouco é o senhor que vai se lascar.

— Deus me livre! — Fiz o sinal da cruz e caímos na risada.

— Então você confessa que está apaixonado? — inquiriu Alexandre, sarcástico, desviando os olhos do livro e o encarando. Régis deu de ombros, pensativo.

— Acho que, por enquanto, só interessado... — admitiu num fio de voz, com os dois pares de olhos sobre ele.

— Sei não... — brinquei. — Acho que seu coração foi é capturado de vez.

Nem tomou conhecimento, apenas desviou o olhar para o Alexandre ali na mesa.

— Eu tentei vir mais cedo, Alexandre. O problema foi que o paciente é um senhor de idade e precisei explicar detalhadamente sobre o tratamento — explicou, enquanto me ignorava.

Fiquei até meio sem graça, e me arrependi pela brincadeira.

— O importante é que você veio prestigiar o nosso amigo — falei, repousando a mão sobre seu ombro, um gesto que era também de desculpas. Régis sorriu, assentindo.

— Me sinto lisonjeado com a presença dos meus amigos — comentou Alexandre, levantando e vindo se juntar a nós. Entregou-me o livro em mãos.

— E eu, orgulhoso por ter um amigo intelectual. — O humor do Régis indicou que passara o momento indigesto que os sarrinhos causaram.

— Realmente, não é para qualquer um — emendei na mesma altivez.

— Vocês são os caras... — Com aquela expressão de realização, Alexandre abraçou a mim e ao Régis, colando seus ombros aos nossos. — Obrigado!

Levantei o livro no ar.

— Vou começar a leitura ainda hoje.

— Parece que o Enzo está animado para a especialização na nossa área, Régis. — Os olhos cor-de-mel brilhavam com o sorriso orgulhoso que se formou em seu rosto.

— Fico feliz pelo seu interesse. Afinal, dos amigos, você foi o único que renegou a nefrologia.

— Pois é, meus amigos. — Abri os braços. — Sou um homem que nasceu para o amor, por isso gosto de lapidar corações.

Desta vez a gargalhada foi geral com o meu comentário em tom alto.

— E virou mestre nessa arte — comentou Régis num sorriso, que identifiquei vingativo. — Os suspiros da gostosona da Lenny Fonseca pelos corredores do hospital indicam como seu coração foi transformado.

— Respeito, rapaz — brinquei, e mesmo assim seu rosto ganhou um vermelhão nítido.

— Brincadeirinha! — explicou, sem graça.

A Lenny era a nova e gostosa enfermeira padrão do hospital, contratada havia um mês. Logo nos primeiros dias, já demonstrou seu interesse, e eu, claro, não deixei de passá-la pelo meu crivo.

— O Régis tem razão! — concordou Alexandre.

— Ah, para com isso... — Ergui as duas mãos na frente dos dois me olhando com aquelas caras acusatórias. — Qual é! Nosso caso é apenas sexual, distante do âmbito afetivo — afirmei.

E era mesmo!

— É melhor tomar cuidado, meu amigo — Régis bateu em meu braço. — Se relacionar com alguém tão próximo pode trazer complicações ao coração e à razão.

Franzi a sobrancelha, tenso.

Só de pensar em relacionamento sério me dava um arrepio do inferno, muito mais do que uma noite fria com a temperatura abaixo dos dez graus. Balancei a cabeça e me benzi para afastar aquela urucubaca.

— Deus me livre! — Repeti a mesma ladainha de sempre.

Os dois riram da minha cara, como se eu já estivesse mais do que encrencado.

— Vocês são dois amigos da onça, isso sim.

Os dois acharam mais graça.

— Até parece que você é inocente, Régis.

Suas sobrancelhas se ergueram, imaculadas.

— Seu coração, sim, está encrencado... — Desta vez eu me vinguei: entrei novamente no assunto de propósito e ganhei seu olhar triste.

Que merda!

Travei meus lábios, arrependido.

— Desculpa aí, cara! Não foi minha intenção...

Ele me interrompeu.

— Está tudo bem! — disse meio que abatido e baixou os olhos, pensativo.

Olhei assustado para Alexandre, que trincou os dentes. Na verdade, ficamos preocupados, pois, como amigos de faculdade, profissão e noitadas, conhecíamos os segredos uns dos outros. Dos três, ele era o único que sofria por uma mulher. Não conhecia muito bem sua história romântica, mesmo porque ele dizia resumidamente que ela era a melhor pessoa deste mundo, mas, ao que parece, não estava aceitando bem seus flertes.

— Tranquilo — falou ao levantar a cabeça e reparar em nossa preocupação. Então bateu em meu ombro. — Pelo menos com meus amigos eu posso assumir meus sentimentos — emendou, e mais uma vez viajou, pensativo. — Infelizmente, acho que vou ter que engolir esta paixão.

— Acha que não rola? — indaguei, diante do seu olhar infeliz.

Ele deu de ombros, em dúvida.

— A verdade é que não sei. Em todas as oportunidades que tive e entrei no assunto, ela escorregou como sabão. Talvez eu não tenha nenhuma chance. — Expirou profundamente.

— Ela deve ter problema de visão, para rejeitar meu amigão aqui. — Apertei seu ombro em sinal de apoio, e ele sorriu agradecido.

— Também acho! — retificou Alexandre.

— Ah, quer saber? — Ergueu as mãos em tom divertido. — O que é do homem o bicho não come. — Régis era mesmo uma figura. Até na maior dor, encontrava motivos para gracejar. — Brincadeira. Vou deixar o tempo resolver isso. Não dizem que ele cura todas as feridas? — Deu de ombros, batendo palmas. — E vamos mudar de assunto.

— Em minha opinião, a rejeição é pura sorte sua, ou nossa! Garante sua companhia — falou Alexandre, passando o braço pelo seu ombro e puxando-o para um abraço animador. Seu humor contagiou até a mim.

— Com certeza! Talvez no futuro vocês se entendam. O lado bom da conquista é que ela pode acontecer a qualquer momento — emendei.

Nem acredito que falei isso. Minha vida anda tão tumultuada, eu sem tempo para nada, e meu coração tão assustado, que não há a menor possibilidade para qualquer outro tipo de sentimento.

— Agora, falando sério — mudou de assunto, aparentemente já recuperado. — Já que somos três solteirões boa-pinta e descomprometidos, hoje seria uma boa para lapidar corações, o que acham de sairmos?

— Estou dentro — concordou Alexandre de imediato, enquanto vacilei, passando as mãos pelos cabelos.

— Não sei se hoje vai ser possível, minha mãe está fora, e sabe como meu pai fica deprimido na sua ausência.

Todos concordaram.

CAPÍTULO 6

§

Enzo

Um ano depois...

Mais um ano ao lado do meu paizão e, mesmo com os altos e baixos de sua doença, ele resistiu como um guerreiro, o meu guerreiro! O homem que mais amo nesta vida.

Apesar de toda a tensão à minha volta, confesso que me sentia aliviado. Consegui administrar bem a correria no hospital e a atenção dedicada a ele. Jogamos várias partidas de truco — um hobby que tinha desde jovem, seu passatempo predileto. Aproveitei cada instante livre em sua companhia como se fosse único, ciente de que o tempo não voltaria.

Mas um dia acordei aliviado ao ver que ele dormia tranquilamente quando saí de casa para mais uma cirurgia complexa.

— Dr. Enzo? — perguntou Lenny ao telefone, quando atendi assim que coloquei minha pasta sobre a mesa.

Uma certa tristeza no tom de sua voz me chamou a atenção. Nossa relação era apenas profissional, com uma escapada aqui e outra ali. Eu também não era de ferro, com ela se esfregando em mim em todas as oportunidades e, mesmo não tendo muita intimidade, ela me fez conhecer seus sentimentos. Sabia exatamente seu estado de espírito apenas ouvindo o tom de sua voz.

Notei que estava apreensiva. No mesmo instante fiquei alerta, puxei a cadeira e me sentei ereto, atento. Afinal, hoje não era dia para fraquezas emocionais.

— O paciente já está a caminho do centro cirúrgico. — Sua voz quase não saiu ao finalizar a informação.

Eu sabia! Era uma indicação de que eu deveria me atentar.

Aliviado, olhei para o relógio em meu pulso, pois se precisasse substituir alguém da equipe a hora era essa.

— Ótimo! Ainda tenho algum tempo, acabei de entrar no consultório. Só preciso ajeitar algumas coisas e daqui a pouco estou me dirigindo para lá...

Ela soltou um grunhido desanimado. Mais um sinal de que eu estava certo. Entrei no assunto.

— Será que existe algum motivo que a impeça de participar do procedimento de hoje?

Estranhamente, sua respiração ficou ruidosa.

— É claro que não! — Não vacilou na resposta.

Embora sua voz soasse firme, eu a conhecia o suficiente para saber que por trás daquela fortaleza havia uma trinca a ponto de ruir.

— Tem certeza? — questionei, receoso.

Exigia o máximo de todos diante de uma cirurgia difícil, e sabia que algo a perturbava. Ouvi seu risinho.

— Não preciso lembrá-la de que hoje é um daqueles dias que exige cem por cento de atenção e concentração. Não há tolerância para erros.

— Sei exatamente das minhas obrigações, não precisa perder seu tempo precioso com isso... — Pausou para respirar profundamente, o que me deixou ainda mais intrigado.

Torci a boca, pensando se não deveria substituí-la, pois ela ainda não tinha me convencido.

Minha responsabilidade ia além do meu estado emocional. Mesmo com tantas preocupações, ainda conseguia me preparar física e psicologicamente antes de qualquer procedimento cirúrgico, e exigia o mesmo de toda a equipe médica.

Especialmente hoje, porque se tratava de um transplante de coração para um garoto de apenas 10 anos.

Ergui a sobrancelha, incerto.

— Seja sincera. Se acha que não está bem é só me dizer. Ainda há tempo para substituição — alertei-a, ajeitando alguns prontuários.

Separei o do meu pai, pois, durante todo o percurso até o hospital, vim pensando em seus exames. Embora não fosse seu cardiologista, sempre fazia questão de analisar todos com atenção.

Aliás, fazia isso com frequência, tanto que conhecia seu tipo sanguíneo de cor e seu DNA na íntegra. Acompanhar tudo a respeito dele era uma rotina em minha vida.

— NÃO! — ela gritou do outro lado. — Estou preparada, Enzo, pode se tranquilizar.

Soltei o ar com força, ainda descrente.

Por fim, dei-lhe um voto de confiança, levando em conta que ela estava há alguns dias pensativa e, com minhas broncas, estava se esforçando em dar o seu melhor. Como expliquei, em nosso hospital não havia espaço para erros, então era imprescindível um nível altíssimo de concentração. Por essa razão, os problemas pessoais de cada um da equipe médica ficavam esperando do lado de fora do hospital.

— OK! Até daqui a pouco.

— Até...

Achei mais razoável averiguar os exames do meu pai após a cirurgia, até mesmo para não sobrecarregar minha cabeça, pois precisava muito dela naquela manhã.

Levamos algumas longas horas para finalizar a cirurgia que, graças a Deus, foi um sucesso, tirando algumas falhas de Lenny, que me decepcionou com suas distrações e ganhou minhas advertências. Apesar de não ter atrapalhado o procedimento, confesso que passou pela minha cabeça convidá-la a um afastamento temporário.

— Enzo? — Lenny bateu à porta do consultório uma hora após o final da cirurgia.

Como estava distraído, analisando minuciosamente os resultados dos exames do meu pai, não respondi de imediato.

— Doutor? Doutor... — insistiu na formalidade.

Bufei e soltei os papéis sobre a mesa, olhando para a porta fechada.

— Pode entrar, Lenny — autorizei a contragosto, porque precisava de mais algum tempo sozinho.

— Está muito ocupado ou será que tem um tempinho para mim? — perguntou com a voz manhosa e a cabeça enfiada pelo vão da porta. Entrou em seguida.

Era muito cara de pau!

Grunhi, balançando a cabeça em resposta a seu olhar arrependido quando fechou a porta atrás de si, encostando-se nela.

— Espero que tenha vindo se desculpar, Lenny — fui ríspido propositalmente e pressionei as costas no encosto, encarando-a, mostrando o quanto ela tinha me desapontado.

Sua expressão se contraiu de medo.

Era uma reação natural de todos os funcionários. Ela conhecia as regras internas, não era porque tínhamos um casinho que eu ia amolecer. Não abria exceções para ninguém: o mínimo aceitável em meu hospital era a excelência. Por isso, separava minha vida pessoal da profissional; aqui dentro, eu era o chefe, a amizade ficava da porta para fora.

— Nossa, Enzo! Será que, pelo menos uma vez na vida, você pode baixar sua arma? — reclamou num fio de voz amedrontado, com as mãos para trás, espalmadas na porta.

Tem medo, mas não tem vergonha.

— Porra, Lenny! — Bati com as mãos espalmadas sobre a mesa, irritado por não conseguir tomar a atitude certa, que era demiti-la.

Na verdade, meu senso de justiça falava mais alto, pois a Lenny demonstrava uma dedicação no trabalho que percebia pouco nas pessoas. Mesmo sua carga horária ultrapassava — e muito — os limites da lei. Por esse motivo, me sentia em dívida com ela, o que me impedia de tomar tal decisão.

Assustada, enrijeceu o corpo, seus olhos aumentaram de tamanho e lacrimejaram no mesmo instante, encostando-se ainda mais na porta. Se fosse um portal, teria caído para o lado de fora.

— Credo, Enzo! Que descontrole é esse?

— Não se trata de descontrole, e sim de precaução. A vida dos meus pacientes não pode ser colocada em risco — falei, levantando e prendendo seus olhos aos meus.

Corou de imediato.

— Vai me demitir? — Antes do meu primeiro passo, apressou os dela, vindo ao meu encontro, e com as mãos em meu tórax me empurrou, fazendo-me cair sentado na cadeira.

— Seria o mais correto a fazer.

Seus olhos encheram de lágrimas com a minha rispidez.

— E não me venha com chantagem emocional, Lenny. Conhece as regras, exijo profissionalismo e humanidade. PORRA! — vociferei, impaciente. — Eu daria a minha vida a um paciente se fosse possível.

Engoliu o choro, respirando profundamente, e desatou a falar:

— Você não teria coragem, é um homem generoso, além de extremamente justo. E não pode dizer que sou uma desqualificada, porque não sou, e você sabe muito bem disso — levantou o tom da voz quando expressei a vontade de interceptá-la ao abrir meus lábios. — Dedico minha vida a este hospital e... — falou tão rápido que engasgou e parou para buscar fôlego.

Maldita, agora esfrega na minha cara! Bem que o Régis me alertou sobre me relacionar com pessoas próximas. Eu não dei a mínima...

Balancei a cabeça, bufando, derrotado, é claro! Realmente essa dedicação toda quebrava as minhas pernas.

— Foi apenas um deslize, poxa! — continuou, manhosa.

Apertei meus olhos, me segurando para não rir. Afinal, estava bem bonitinha e gostosinha, nervosa... Ela notou.

Vivida, ela se debruçou sobre a mesa; o decote de seu vestido me deu total visão dos seios não tão grandes, mas durinho, na medida certa, e imensamente apetitosos, com o sutiã de renda branco descendo junto ao decote. Meus olhos grudaram nos bicos rosados e meu pau logo se manifestou.

Quero mordê-los.

A visão dos diabos causou aquela euforia dentro das minhas calças.

Era sempre assim, aquela bandida manipuladora tentava me domar. E o pior: sempre conseguia me derrotar com aquela sensualidade.

Entre a gente, o sexo era sem doçura, sem pudor... Tudo era válido, até os mais extremos fetiches. E o melhor, sem cobranças. A mulher perfeita.

— Não me subestime, Lenny — alertei-a, já num tom mais baixo e manso.

Com os cotovelos sobre a mesa, a safada se movimentava de um lado ao outro, sacudindo aquela delícia na minha cara.

Quem é que aguenta?

— Ah, more... — Encostou seu narizinho no meu e gemeu enfiando a língua dentro da minha boca.

Estremeci, muito excitado.

Minhas necessidades pessoais foram a um nível elevadíssimo. Fechei os olhos com a insinuação, meu pau querendo romper o zíper.

— Te dei a chance de ser sincera, e você mentiu — balbuciei com sua língua circulando meus lábios, deixando-os úmidos. — Se não estava em condições, o mínimo a fazer era me comunicar.

Ela arqueou a cabeça, fazendo carinha de choro e me ganhando.

— Você é uma grande manipuladora, isso sim. — Apontei o dedo indicador em seu nariz. Ela enrugou, fazendo biquinho com cara de inocente, e se inclinou com aquele beição dos infernos, viciantes, abertos, chupando os meus provocantemente, me fazendo arrepiar.

Safada!

Confesso que minha boca encheu de água, e meu pau procurava mais espaço dentro das calças.

Só que me levantei, segurando em seu ombro, levantando-a também, ajuizado. Não era brincadeira, e ela, assim como todos que trabalhavam no hospital, precisava entender.

Ela recuou, toda sem graça.

— Ah, qual é, Enzo! — protestou magoada. — Deu tudo certo, não aconteceu nada... — Exasperou-se e baixou a cabeça, fugindo do meu olhar.

Pressionei meus dedos em seu ombro, obrigando-a a me encarar.

— Estamos lidando com a vida humana. Fiz um juramento de salvá-las. É um compromisso, não posso aceitar negligências no meu hospital — falei em alto e bom tom para deixar o mais claro possível, me segurando porque estava com uma puta dor gostosa no meu pau duro, latejando.

Ofegante e corada, ela assentiu. Satisfeito, voltei a me sentar.

Sentida, permaneceu no mesmo lugar, e então desabou, sem conseguir se conter, mexendo com meu lado emotivo.

Fechei meus olhos com ódio de mim mesmo e com o coração apertado, penalizado, por ter sido rude. O fato é que não me arrependi; a vida das pessoas estava em primeiro lugar, e quem estivesse ao meu lado tinha que entender meus preceitos. Fim de papo.

— Tudo bem, não precisa chorar. Vem aqui, vai. — Arrastei a cadeira de rodinha para fora da mesa e estendi as mãos, chamando.

Com os olhos imersos em lágrimas, ela veio devagar, se enfiando no meio das minhas pernas e inclinando-se com olhar de gatinho amedrontado. Abracei sua cintura.

— Por favor, me desculpa, Enzo... — Ela passou a língua ao redor dos seus lábios e embrenhou os dedos nos meus cabelos. — Prometo que foi a primeira e a última vez. Nunca mais voltará a se repetir.

Ela era mesmo uma diaba. Gostosa demais, tinha que admitir! Assenti, passando as mãos pela lateral do seu corpo. Ela já estava vestida para sair; suas curvas bem feitas no corpo esbelto se destacavam no vestido vinho tipo lápis. Poderia estar ainda mais sexy se arregaçasse aquelas mangas longas. Já era a terceira vez em dez dias que a via vestida assim, mesmo com o calor de trinta graus pedindo algo mais leve. Enfim, era uma escolha que me intrigava, mas que precisava respeitar.

— Estou perdoada? — indagou, manhosa, sondando meu rosto. Seus olhos castanhos puxados de gatinha brilhavam, decorando aquele rosto marcante com um sorriso malicioso entre as lágrimas.

Grunhi estreitando os meus, na mesma onda. Estava mais do que louco para foder com ela. Precisava de um relaxamento desse tipo depois da cirurgia complexa. Ela notou que me fisgou.

— Você é lindo...

Fechei meus olhos quando ela se inclinou, roçando seus lábios nos meus.

— Hmmm...

Passou a ponta da língua em meus lábios entreabertos, provando meu sabor. Meu pau estava implorando para ser engolido por aquele bocão dos infernos. *Muito apetitosa!* Realmente sabia como me provocar, conhecia minha obsessão por bocas sabidas e se tornou mestre em me satisfazer.

— Não existe, neste mundo, pessoa melhor e mais humana do que você. Não é por acaso que todos os seus pacientes te amam, além de ser o especialista mais requisitado de toda São Paulo.

Lambeu meu rosto.

— Um especialista que eu não abro mão... Só precisa arranjar mais tempo para mim. Eu mereço, afinal, vivo te dando presentes e mais presentes... — sussurrou, manhosa.

— Para você, estou sempre disponível... — Soltei minha voz sedutora e tendenciosa, ganhando seu gemido.

Joguei-me de costas na cadeira e coloquei minhas mãos atrás da cabeça, desejando ganhar mais um presente. Não me aguentava mais de tão excitado, e merecia depois de tanta tensão.

— Depois de uma bronca, ouvir tais palavras é reconfortante, só um minuto — pediu e correu em direção à porta para trancá-la, enquanto eu mantinha a minha posição quietinho, só esperando.

Seu requebrado em cima do salto alto era de dar água na boca. Enrijeci-me de expectativa quando ela parou novamente ao meu lado.

— Não brigue mais comigo; afinal, vim até aqui para dar os parabéns pessoalmente ao médico brilhante. — Ela soprou devagar no meu ouvido, fazendo-me arrepiar e esquecer o aborrecimento e as regras do hospital.

Arfou com minhas mãos deslizando pela lateral de seu corpo até abaixo do joelho. Voltei trazendo seu vestido até a cintura, babando naquela silhueta linda, de pele branca e macia somente de calcinha.

Agarrei sua bunda, pressionando-a contra minha boca e beijando sobre a calcinha. Seu cheiro era perturbador de bom. Com ela rebolando na minha cara, meu corpo foi esquentando e meu meninão latejando...

— Uau! — gemeu, arqueada com os dedos afundados em meus cabelos.

— Não acho que deveria ser aqui no hospital, mas já que começou a me atiçar com as carícias, quero deixar claro que não quero os parabéns em palavras, sinto muito! — rugi, descendo sua calcinha até o quadril.

Não sabia definir o que acontecia comigo. Nunca permiti uma farra dessas no ambiente de trabalho, porém a sede era grande: eu precisava beber do seu líquido de prazer. Fiquei ensandecido de tesão, com meu pênis duro guerreando pela liberdade, quase fazendo o zíper da calça arrebentar.

Era mais forte do que eu: não podia, nem queria, ir contra aquele desejo incontrolável. De uns tempos para cá, vinha mesmo sentindo uma carência que não sabia exatamente explicar, mas não era o momento para prerrogativas. Joguei todas as regras para o alto e prossegui me deleitando com o desejo que me fazia um bem danado.

— Ah... Não vai se arrepender, eu lhe garanto. Tenho muitas formas de parabenizá-lo — rosnou com o contato da minha língua. — Nossa, que delícia... Enzo! Caralho! Como você bebe gostoso, cara!

Eu comecei a traçar minha língua em seu clitóris inchado lentamente e então, alucinado, agarrei sua bunda fortemente, apertando em contato com a minha boca, fazendo-a gemer, agarrando meus cabelos.

— Não vai mais cortar os cabelos? — gemeu. Era a terceira vez que fazia a mesma pergunta pelo fato de não curtir meus cabelos nos ombros.

Neguei com a cabeça.

— Não quero falar disso agora.

E comecei a sugar sua carne macia, metendo dentro dela, bebendo com vontade. Gemia baixinho para não despertar a atenção do corredor movimentado, deixando seu quadril rebolar à minha frente.

Uma sensação genuína!

O telefone em minha mesa começou a tocar com insistência. Demorei algum tempo para me afastar, deixando-a frustrada.

— Desculpe, preciso atender... — resmunguei com o corpo trêmulo.

— Tudo bem. — Ela se inclinou, enfiou as mãos entre meus cabelos e puxou meu lábio inferior com força, fazendo-me gemer alto em sua boca.

— Preciso mesmo atender... — resmunguei com sua língua invadindo minha boca entreaberta, chupando-a com uma violência sensacional, deixando claro o que me esperava para logo mais.

Atordoado, meti os dedos nela, fazendo movimentos de vai e vem.

— Você não disse que precisa atender o telefone? — provocou-me.

Tinha me esquecido; no momento, só mesmo a cabeça do pau estava consciente. E, por falar nela, abri o cós da calça e a desci, expondo meu pênis robusto pulsando.

— Ah, que alívio... — Enfiei minha língua naquela boca maravilhosa, agarrei sua cabeça e a empurrei para baixo entre minhas pernas. Ela se ajoelhou, abocanhando-o com vontade. — Ohhhh... — gemi, jogando a cabeça para trás, e aquele barulho estridente da campainha do telefone recomeçou, e, dessa vez, tirou-me a concentração. — Não pare — alertei-a quando estiquei a mão sobre a mesa e peguei o telefone, e ela simulou pausar só para me provocar.

— *Tudo bem, Enzo?* — Notei a aflição do Régis do outro lado da linha.

Nem sei o que faria sem o Dr. Régis Vargas no comando. Hoje ele é o diretor do hospital e, sendo o médico representante e coordenador do corpo clínico no conselho administrativo do hospital, sobra mais tempo para minha mãe e eu nos dedicarmos ao meu pai nesta fase delicada.

— Ohhhh... — rosnei em vez de responder. A bandida da Lenny circulava a cabeça do meu garoto de um jeito tão gostoso que me tirou de órbita, e então chupou e o engoliu. Gritei de novo; Régis ouviu.

— *Não entendi o que disse. Pode repetir, por favor?* — Esse seu jeito educado era admirável: mesmo sendo bons amigos, ainda assim não ultrapassava os limites. Era o cara!

— Quer que eu pare? — Lenny articulou com a boca.

Neguei com a cabeça, empurrando a dela para baixo a fim de continuar seu trabalho.

— N-nada, não... Só escorreguei aqui — menti para Régis, contorcendo-me ali na cadeira. *Puta que pariu, que gostoso!* — Pode falar! — Joguei a cabeça para trás com aquela maldita me judiando.

— Amo degustar deste instrumento tamanho família... — sussurrou em um gemido, olhando para cima, seus olhos, assim como os meus, enevoados de excitação, e o engoliu o máximo que podia até a garganta.

Mordi meus lábios sem poder gritar, jogando minha cabeça levemente para trás e fechando os olhos. Ela se divertia com o meu sofrimento e caprichou ainda mais.

— *Eu preciso muitíssimo de um favorzão seu...* — pausou profundamente consternado. — *É um pedido de amigos!* — O tom contido de sua voz me fez endireitar na cadeira de preocupação, e, desta vez, devagar, empurrei Lenny pelos ombros, afastando-a.

Ela entendeu meu gesto, correspondeu na boa e se recompôs também, vestindo-se.

— Então fala logo, está me deixando agoniado.

Ele fungou, será?

— *Veja bem, se achar que não deve abrir exceção, tudo bem, OK?* — Revirei os olhos, sem acreditar que depois de tantos anos compartilhando sua amizade, ele ainda encontrava uma barreira como esta!

— Já basta de formalidades entre nós, diga logo o que você precisa, meu amigo.

— O que foi? — Lenny quis saber, ajeitando o vestido no corpo.

— É o Régis — articulei com a boca, com a mão estendida pedindo silêncio; e ela, com seus olhos cinco vezes maiores, debruçou-se sobre a mesa.

— *É o meu jeito de ser...* — começou ele. — *Lembra-se daquela amiga da minha prima?*

As engrenagens do meu cérebro me lembraram seu chororô no último ano, em vários momentos de nossas baladas, fervendo com a mulherada. A paixão platônica por esta amiga da prima de segundo grau, que nunca o olhou da maneira que ele desejava.

— E tem como esquecer?

Riu, desanimado.

— *Então, Enzo, estou aqui na casa dela e preocupado...* — Suspirou, demonstrando o quanto estava aflito. — *Muito preocupado mesmo.*

— Por favor, basta de rodeios e diga de uma vez no que posso ser útil. — Passei a mão nos cabelos, que estavam caindo em meu rosto, colocando-os atrás da orelha.

Régis era a última pessoa a quem eu poderia dar as costas. Era muito mais do que apenas um amigo, era meu irmão.

— *Ela está doente, cara, não está nada bem.* — A voz embargada cortou meu coração.

Senti-me muito mal com aquilo, um egoísta. Ele estava ao meu lado me ajudando com o meu pai, dando muito mais do que assistência. Cedeu todo o seu tempo, com alegria e companheirismo. Meu pai gostava dele como um filho e era mais do que justo.

— *Se ela cair em algum hospital sem estrutura adequada, pode morrer. Seu caso requer bons cuidados médicos e é urgente.*

Meu coração se agitou dentro do peito com a sua agonia. Fiquei realmente mexido.

— *E, infelizmente, o plano de saúde dela deixa a desejar.*

Seu estado de nervos chegou ao ponto de engolir suas palavras.

Tive que rir do seu jeito urgente e, ao mesmo tempo, envergonhado.

— Traga-a para cá imediatamente — ofereci sem questionamentos nem delongas. Devia muito a ele. — E, quando chegar, me chame, gostaria de estar a par do caso dela.

— *Deus te abençoe, meu amigo... e, olha, eu faço questão de pagar as contas, parcelado, é claro!*

Ele realmente gosta dela, pensei, comovido.

— Pare de bobagens. E se apresse!

— *Pode deixar* — falou todo eufórico, deixando-me feliz em poder retribuir tudo o que fizera até hoje. Era um amigo com quem eu sabia que podia contar sempre.

— Até daqui a pouco.

— *Até.*

— O que aconteceu com o Régis? — perguntou Lenny, sentando-se em meu colo, colando nossos sexos, introduzindo os dedos por meus cabelos e se esfregando neles, assim que coloquei o telefone no gancho.

— Só um probleminha particular — resumi, beijando seu pescoço. Fui subindo até seu queixo, ficando ainda mais excitado, sentindo-a estremecer com meu pau cutucando-a sobre a calcinha.

Preferi não entrar em detalhes. Afinal, não sabia até que ponto o sentimento dele pela moça era segredo.

Régis andava tendo um caso com uma das enfermeiras da casa. Aliás, queria saber quem estava à frente das contratações, pois tinha que admitir que o responsável sabia refinar a seleção. Uma mulher mais bela que a outra, mas todas com excelentes aptidões. Minha única preocupação era a distração, algo inadmissível em meu hospital, que garantia a porta de saída.

Ela passou uma das pernas para o outro lado do meu quadril, e começou a se esfregar no meu meninão enfurecido, que clamava pelo seu calor interno e crescia assustadoramente.

— Sua safadinha... — Segurando em sua cintura, pressionei-a para baixo, louco para arrancar sua calcinha.

— Ele é um monstro de gostoso, eu o quero dentro de mim — gemeu alto, ensandecida, e eu tapei sua boca.

— Fica quieta, sua maluca.

Ela riu gostoso, enfiando o rosto na curva do meu pescoço.

— Eu te amo tanto... — falou, selando sua boca na curva de seu pescoço.

Travei.

Era a segunda vez que me fazia cobranças; na última transa, já havíamos discutido, justamente por ela entrar nessa pauta.

Aquela frase me desestabilizou, soou contrário a tudo o que havia imaginado até o momento. Afinal, a nossa relação era animal, somente carnal. Não havia sentimentos envolvidos, e o meu desejo era que continuasse assim. Se, depois de tanto tempo transando, meu coração não tinha se manifestado a este respeito, era porque não se manifestaria mais.

E outra: era fato que esse tipo de relação afetiva não me fazia falta alguma.

Ela respirou fundo e expirou com força, deixando bem clara a sua decepção.

Já havíamos conversado sobre sentimentos; eu não queria magoá-la novamente, mas uma coisa que odiava eram mentiras. E o gostoso dessa nossa relação era justamente a liberdade sem cobranças. Lenny mordiscou minha pele, notando a minha hesitação. Estremeci, agarrando sua cintura com força.

— Vamos curtir sem falar em amor, tudo bem?

Concordou com a cabeça, a respiração entrecortada indicando o quanto ficou chocada, e não houve como não esfriar o clima por ali.

Senti um aperto culpado no peito. Não queria ser deselegante, mas, às vezes, minha sinceridade saía e acabava machucando as pessoas.

— Ei, ei... — Segurei na lateral de sua cabeça, obrigando-a a me encarar. E ela me surpreendeu. Simplesmente caiu num choro ressentido, que me deixou confuso. — Também não precisa ficar assim, calma... — Abracei-a forte, alisando seus longos cabelos negros, enquanto desabafava ali deitada em meu peito.

— Você é um cara legal, correto e não me merece — sua voz embargada me fez arquear.

Uma cachoeira saía de seus olhos agora ocos. As lágrimas pareciam não ter fim, descendo pelo rosto e fazendo alguns fios de cabelo grudarem. Cerrei meus olhos com um sincero sorriso comovido e beijei sua testa com carinho.

— Que conversa boba, Lenny...

Soluçou alto, saltou para fora do meu colo e correu em direção às três janelas à direita.

Logo no meu primeiro dia de residência já me instalei nesta sala, porque, além de ser espaçosa, tinha o privilégio da vista para a Ponte Estaiada, um dos mais famosos cartões postais da cidade de São Paulo, graças às três janelas do chão ao teto divididas na parede.

A decoração tinha a minha cara: gostava do estilo contemporâneo com ar conservador. Uma mesa robusta, todos os móveis planejados seguiam a mesma linha de madeira, como o aparador atrás da minha mesa, acoplado a dois armários com cinco gavetas, um em cada extremo. Na parede esquerda, no canto da porta, havia um estofado marrom, e à direita, na parede da janela, um moderno painel para TV.

Levantei-me e vesti minha calça branca, ajeitando a camisa sobre ela. Me aproximei, solidário e preocupado com aquela reação inesperada.

— Converse comigo — pedi, repousando a mão em seu ombro. Ela suspirou profundamente.

Senti um tremor fora do comum em seu corpo que me atormentou.

— Lenny, seja clara comigo, vai! — Segurando em seu ombro, virei-a de frente, e seus olhos caíram a seus pés.

— Não é nada, só acordei melancólica hoje. — A explicação não me convenceu.

Juntei as sobrancelhas, e ela sorriu forçado.

— Eu jurooooo.

— Seu nariz vai crescer. — Cutuquei-o com o meu, e acho que ela se animou um pouco: voltou aquele risinho no rosto e sua mão atrevida desceu.

— Hmmm... Ele está tão duro!

Parei de respirar: ainda estava muito excitado.

Então, coloquei seus cabelos para trás da orelha e com o polegar limpei as lágrimas embaixo de seus olhos, colando-me a ela e beijando-a com gula.

— Ele ainda está com fome de você — sussurrei em sua boca. — Vá para casa e se prepare para mim, deixe nossos brinquedinhos de prazer todos preparados sobre a cama... Quero chegar e já começar aquela pegada forte que curtimos.

— Hmmm... — gemeu, estremecendo toda. — Adoro ser sua submissa — admitiu. — Como vai ser hoje, na pele como da última vez? — insinuou.

O que me fez refletir por um instante sobre a loucura depois do excesso de álcool. Coisa que só veio depois que fiquei sóbrio. Fiquei um pouco preocupado em dar merda em relação à gravidez, porque já sabia que ela não tinha nenhuma doença, estava saudável; todos os funcionários do hospital se submetiam a exames esporádicos.

Bem, até que demorou para um vacilo desses. Realmente, nossa pegada sexual era bem intensa, um prazer válido e saudável, que ambos curtíamos numa boa.

Era uma forma sutil e suave de submissão sexual, uma pegada daquelas que nos proporcionava muito prazer! Ela simplesmente amava ser conduzida no sexo, e eu amava conduzir! Talvez essa fosse a razão por me prender um bocado de tempo...

— O que aconteceu no início da semana não vai se repetir — disse claramente. Ela fez biquinho. — Corremos sérios riscos.

— E se eu tomar anticoncepcional, você topa?

Não me arrisco nem que a vaca tussa! Camarão que dorme a onda leva!

— Depois falamos a respeito. Agora, vai! Só vou esperar o Régis chegar com a amiga dele, dar apoio, ele parecia muito exaltado. Logo estarei batendo à sua porta.

Ela fungou antes de concordar.

— É por uma boa causa — disse e se afastou indo em direção à porta dando um laço nos cabelos. — Só não demore muito. — Sua voz saiu espremida, como se quisesse chorar novamente.

Concordei e pisquei em seguida.

CAPÍTULO 7

§

Enzo

Aquele comportamento emotivo me deixou intrigado, e queria muito esclarecer o que tinha acontecido. Aproveitei que teria de aguardar o Régis e me sentei, ajeitei minha mesa e verifiquei os prontuários. A dificuldade estava em controlar meu pau pulsando dolorosamente.

Tinha duas opções: colocá-lo para fora e bater umazinha ou seguir o rastro da bandida que me causou esse estrago gostoso. Todo o estresse dos últimos dias estava instalado em minhas costas; merecia aquele relax.

Então, o jeito era correr, mas, antes, resolvi ligar para o Régis, já que havia pedido a ele para me chamar quando chegasse ao hospital.

Atendeu ao quinto toque.

— *Desculpa a demora em atender, Enzo* — disse, muito rápido e ofegante. — *É que estava passando por um comando policial.*

Eu o conhecia muito bem e notei seu grau de preocupação.

— Não é preciso justificar.

Não respondeu, e ouvi vozes de mulheres.

— Régis?

— *Oi, oi...* — respondeu, apreensivo. — *Desculpa! Você precisa de alguma coisa?*

— Na verdade, liguei para saber se você precisa! Pintou um compromisso e vou dar uma saidinha, por isso estou ligando. Mas, caso haja a necessidade da minha presença, eu cancelo e...

— *Não, não. Fique à vontade, Enzo. Tudo está sob controle* — interrompeu-me. — *A princípio, vamos fazer exames. Pode sair sem estresse.*

— Tem certeza?

— *Absoluta!*

— Mas quero que saiba que o hospital está à disposição da sua amiga. Faça tudo o que for necessário, sem pensar em custos.

— *Oh, meu irmão! Você é uma pessoa muito humana.*

— Imagina! Me liga se precisar de alguma coisa.

— *Vai em paz, irmão.*

— Obrigado e boa sorte.

— *OK!*

Com a excitação evidente na calça branca, saí pelo corredor de mármore bege, a maleta médica que costumava carregar na minha frente.

Havia alguns pacientes sentados, aguardando o atendimento médico, e outros formavam uma fila no balcão da recepção, onde estavam quatro funcionárias preenchendo fichas.

Em todos os andares o esquema era o mesmo: uma das funcionárias respondia a dois médicos com exclusividade.

Parei na recepção, dirigindo-me à Érica, minha secretária.

— Vou passar o resto da tarde fora. Qualquer emergência, me ligue no celular — instruí.

Ela abriu aquele sorriso simpático costumeiro.

Além de uma simpatia de pessoa, com aquele rostinho redondo, recheado de sardas, quase na mesma tonalidade dos cabelos ruivos, e olhos azuis, transbordava uma energia boa com seu sorriso permanente. Aliás, era uma das melhores profissionais que já tive no hospital.

— Sim, senhor... — respondeu rapidamente, e em seguida ouvi a atendente novata do outro lado do balcão chamar pelo meu nome.

Era uma garota de uns 25 anos, morena, de olhos castanhos, cujo nome ainda não sabia.

— Dr. Enzo?

Assenti.

— Seu pai está aqui na linha. — Ergueu o aparelho em suas mãos.

— Obrigado — agradeci, direcionando-me para o canto do balcão, a fim de não atrapalhar o atendimento, e repousei minha maleta sobre ele. — Oi, pai. Você está bem? — Suas ligações eram sempre uma preocupação, ainda mais no telefone do hospital.

— *Está tudo bem sim, meu filho! Só liguei mesmo para saber como foi a cirurgia.*

Desconfiei de sua hesitação e, a princípio, tudo o que passou pela minha cabeça foi mudar o destino. Uma ducha fria abaixaria minha bola, pelo menos por enquanto. A saúde do meu pai vinha em primeiro lugar, depois a farra.

— Foi um sucesso, graças a Deus...

Ri do seu jeito alegre.

— *Você é um médico sensacional, não poderia ser diferente.*

O orgulho bateu no meu peito com aquele balde de confete.

— Faço o que está ao meu alcance, papai. — Meu tom de voz saiu humilde e ele grunhiu, discordando. Conhecia aquele seu jeito! Podia ver sua cabeça grisalha sacudindo de um lado ao outro.

— *Você é tudo, meu garoto, esplêndido, brilhante, arrebatador...* — falou todo eufórico, e comecei a rir, achando-o demais!

— Quem eu sou e tudo o que conquistei devo a você e à mamãe, sabe disso! — Sou um cara privilegiado, por isso não me canso de agradecer. — Obrigado por tudo, pai.

— *Eu que agradeço por Deus ter me escolhido para cuidar de você, é o meu maior orgulho.*

Respirei fundo ao mesmo tempo em que fechei os olhos, emocionado com suas lindas palavras.

E, quando os abri, Estela, a mais antiga das funcionárias, uma mulher de 40 anos, loira de olhos castanho-escuros, estava com os olhos umedecidos e me fitava com um sorriso de um lado ao outro do rosto. Ela sabia exatamente como era nossa relação familiar.

Apesar de ser uma mulher madura, tinha um ar jovem, com a pele bem cuidada e lisa como pêssego. E o coque no cabelo, exigência do hospital a todas as funcionárias, favorecia-a muito. Retribuí o sorriso.

— Dr. Enzo, tem mais uma ligação aqui para o senhor — disse a recepcionista novata, agora do outro lado do balcão.

— Só um minuto, pai. Se for algum paciente, marque para amanhã, por favor.

— É a enfermeira Lenny, doutor — informou rapidamente, antes de eu voltar à conversa com o meu pai.

Soltei o ar com força.

Calhou de mais uma vez minha mãe estar fora da cidade, em um congresso médico. Não podia deixar meu pai sozinho.

— Peça para aguardar um segundo.

Ela assentiu voltando ao aparelho.

— Pai, preciso atender uma ligação, mas daqui a pouco estarei em casa, prometo.

— *Vai lá, meu filho, não se prenda a mim... Olha! Eu te amo muito!* — disse com a voz embargada.

— Também te amo, meu velho... Até daqui a pouco.

Desligou imediatamente. Certa angústia me bateu, senti meu coração afundar, um vazio tremendo, mas balancei a cabeça para dissipar a emoção. Há algum tempo já vinha mesmo me sentindo diferente.

Chegava à conclusão de que umas férias eram mais do que necessárias. Bem... diante das circunstâncias, não seria possível.

— Oi, Lenny, desculpa, não vou poder cumprir o prometido. Preciso ir para casa, meu pai está sozinho e...

— *Como assim, vai para a sua casa?* — ela interrompeu, gritando.

Aquele comportamento me irritou. Estava farto com tantas pressões de todos os lados.

— Exatamente como ouviu — falei baixo entre os dentes trincados.

Ela bufou.

— Você sabe muito bem que o estado de saúde do meu pai requer cuidados.

— *FODA-SE VOCÊ, FODA-SE O MUNDO!* — vociferou aos prantos.

Já estava ficando encafifado com esse desequilíbrio emocional. Duas coisas que sempre admirei nela foram o autocontrole e a compreensão. Alguma coisa de muito grave estava acontecendo com ela, e precisávamos conversar sobre o assunto.

— Gostaria muito que me explicasse o motivo para deixá-la tão nervosa.

— *AH, ENZO! VÁ PARA O INFERNO!* — gritou sem paciência alguma e bateu o telefone na minha cara.

Fiquei ali, olhando para o aparelho em minhas mãos, abobado e surpreso. *Que atitude desqualificada. Depois eu que sou o intolerante!*

Aquela explosão me deixou confuso. Com o cotovelo sobre o balcão, massageava minha fronte, pensando no que fazer.

Precisava ir para casa e, por outro lado, sentia a necessidade de conversar com a Lenny.

E agora?

Meu coração estava apertado no peito. Juro que preferia me dividir em dois a ter de escolher para qual destino seguir. Apesar de não amar a Lenny, gostava muito dela, era uma mulher culta, e interagíamos muito bem em nossa profissão, trocando experiências. De certa maneira, isso nos tranquilizava. Algo estava me puxando para o seu lado.

Peguei minha maleta sobre o balcão, decidido a dar uma rápida passada em seu apartamento. Do contrário, estaria demonstrando ser um cara sem coração, e essa imagem de egoísmo não poderia preponderar. Meu pai não estava sozinho, tinha a Valquíria e duas enfermeiras, além dos empregados. Uma hora a mais não faria diferença.

Após vários dias com sol entre muitas nuvens, São Paulo tinha uma tarde ensolarada de céu limpo, e precisei fazer quase um *tour* pela cidade buscando trajetos alternativos. Apesar de não ser horário de pico, as ruas e avenidas estavam bem congestionadas.

Uma hora foi o tempo necessário para percorrer 25 quilômetros até o município vizinho. Assim que abri a porta do apartamento, me deparei com a cena mais horrível da minha vida. Inacreditável que aquilo estivesse acontecendo sob os meus olhos sem que eu enxergasse. *Imperdoável.* Agora entendia perfeitamente as roupas com mangas longas, mesmo embaixo de um calor dos infernos, e sua insegurança no procedimento de hoje.

Usuária.

O cômodo longo e estreito, dividido em dois ambientes, estava uma bagunça. Nas paredes ao lado da porta de vidro que dava para a sacada estavam os sofás com estofados creme; sobre o de três lugares, à esquerda, o aparelho de telefone que deveria estar na mesa redonda de apoio ao lado. Notei que o fio tinha sido arrancado.

Na parede, à direita, vi o sofá de dois lugares e sobre ele a sandália de salto que usava quando saiu do hospital, ao lado do quadro todo quebrado. Decerto foi o sapato usado para destruir o quadro. E sobre o tapete marrom felpudo no chão estava seu celular, pisoteado.

Mas a pior cena era ela ali, perto da porta, onde ficava a sala de jantar: nua e debruçada sobre a mesa de vidro, a cabeça sobre o braço todo arroxeado, a seringa ao lado, enquanto o outro braço pendia dependurado ao lado do corpo. Totalmente fora de si, curtia o efeito do entorpecente.

— Droga! — Embora quisesse sair dali, como médico, não poderia; seria antiético. Então, corri para socorrê-la. — Não acredito nisso.

Imóvel, com as pupilas aumentadas, seus lábios se levantaram num sorriso frouxo.

— O que está acontecendo aqui? Pelo amor de Deus! — Agarrei-a pela cintura, levantando-a. Seus braços sem forças caíram ao lado do corpo.

Podia sentir o aumento do número dos batimentos cardíacos e o avanço da temperatura corpórea. Os efeitos dessas drogas eram desastrosos, ainda mais no caso dela, a ponto de ter uma overdose.

— V-você veio — falou, toda largada. — Que bom. — Tombou a cabeça para trás, tentando abrir os braços, que não correspondiam e balançavam de um lado ao outro. — Eu posso voar, olha só que gostoso.

— Só se for um voo rasante para o fundo do poço! — exclamei diante da sua alucinação. Levei Lenny até o quarto, colocando-a sobre a cama.

— Vou levá-la ao hospital.

Ela negou com a cabeça.

— Não preciso de hospital, exagerei só um pouquinho, daqui a pouco o efeito passa. Só me dá um tempo.

Acabei concordando, pois seu estado clínico voltava ao normal. Como ela mesma disse, o efeito já estava passando.

O quarto, em vez de organizado e perfumado como estava acostumado, tinha um ar fétido, e não estava diferente da sala, com tudo fora do lugar. Roupas sujas e limpas misturadas e jogadas pelo chão de assoalho de madeira escura, seringas, guimbas e papelotes se espalhavam junto a elas. Além de nossos brinquedinhos, algemas, coleira, cordas, estava tudo espalhado pelo ambiente.

Penalizado, sentei ao seu lado, passando as mãos pelos cabelos desalinhados, até que ela entrou num sono profundo. Fiquei ali nem sei por quanto tempo, a ansiedade me consumindo com a pressa. No entanto, não conseguia deixá-la sozinha naquelas circunstâncias.

— Enzo? — A voz baixa e sonolenta me fez virar.

Já fazia algum tempo que estava em pé diante da janela, contemplando o horizonte, em choque, sem acreditar no que tinha me envolvido. Parecia até um castigo, com tantos infortúnios ao mesmo tempo.

— Deita aqui comigo, vem, Enzo — bateu no colchão, me chamando.

Mortes, doenças e vícios faziam parte do meu cotidiano, só que algo estava diferente; não conseguia mais enxergar com naturalidade como antes. Tudo, de uma hora para outra, causava-me receio.

Voltei à cama e me sentei ao seu lado.

— Você é uma viciada! — Estava sem palavras.

Ela fungou.

O efeito não bloqueou totalmente sua compreensão.

— Estava limpa há quase dois anos, foi uma recaída — sua voz soou sentida. — Eu não queria, eu juro!

Levantei-me e peguei meu celular no bolso. Estava desligado. Senti um frio na boca do estômago e franzi a testa, preocupado com meu pai.

Por isso ele me ligou no hospital.

— Talvez seja melhor ir ao hospital.

Ela negou de imediato.

— Não. Já passou o efeito! — pediu em aflição, segurando minha mão. — Por favor, só me ajude a tomar um banho que vou ficar bem.

Inflei meus pulmões novamente, olhando para o aparelho em minha mão, esperando que ligasse. Inquieto, com uma sensação estranha, não conseguia parar de pensar no meu pai, e a consternação só aumentava com a demora de entrar o sinal.

Merda!

E, para a minha infelicidade, a porra do sinal não entrou; pior, travou tudo e apagou de vez.

— CARALHO! — gritei, sufocado. Lenny me encarou com seus olhos vermelhos. Fechei os meus a fim de me segurar. Queria esganá-la por me fazer perder tanto tempo.

— O que foi? — ainda teve a audácia de perguntar.

Argh!, rosnei, puto, em pensamento.

— Este caralho de telefone! — reclamei, me levantando naquela impaciência incontrolável e guardando-o no bolso. — Vem, vou te dar um banho. — E resolvi agilizar. Peguei-a no colo e a levei para o banheiro. Não tinha alternativa, seria mesquinho demais deixá-la no estado em que estava.

Mesmo consciente, ela mostrou ter juízo. Não deu um pio, não emitiu nenhum som, nada... Apenas sua respiração pesada que ficou em evidência.

Graças a Deus!

Fiquei numa puta ansiedade, nervoso, com a cabeça lá em casa, no meu pai.

Depois de alguns minutos ensaboando-a debaixo do chuveiro, resolveu se manifestar, começou a tagarelar e a pedir desculpas. Repetiu milhões de vezes que eu era um egoísta que não sabia amar. Nada de útil! Perguntei sobre o tempo que ela usava, se já foi internada para tratamento, mas se esquivou. Enfim, fiquei no vácuo, sem dar muita importância, pois minha cabeça estava toda lá em casa.

O banho ajudou Lenny a relaxar. No instante em que fechou os olhos, aproveitei para pensar, andando de um lado para o outro no quarto.

— Enzo, não vai embora! Vou te explicar, chega mais perto... — balbuciou numa voz sonolenta ao me ver perto da porta e estendeu um dos braços com dificuldade.

Grunhi enfurecido, encarando-a.

— Só quando você estiver cem por cento bem.

Ela suspirou profundamente.

— Conversaremos depois, preciso ir.

Em seguida, saí do quarto.

Aquele ambiente estava me irritando, ela me irritava. Como pude ser tão cego?! Entregando vidas nas mãos dela... Aquilo doía em meu coração.

Na agenda perto do telefone, encontrei o número do seu irmão e desci até o hall do prédio, pedi a ajuda do porteiro para ligar para o número. Informei o ocorrido e, nada surpreso, ele prometeu que estaria ali em menos de quinze minutos.

Agradeci o porteiro pela ajuda, e ele assentiu.

— Poderia, por favor, entregar a agenda para o irmão da Lenny?

— Pode deixar comigo, doutor.

— Tenho um compromisso urgente e não posso esperar. Seria possível dar uma olhadinha nela de vez em quando, até seu irmão chegar? — pedi por precaução.

— Sim, claro. — Muito prestativo, já entrou no elevador a caminho do apartamento, e eu saí em direção à rua. Todos os meus órgãos pareciam ter inflado, pois os sentia pressionando meus ossos, tamanha a ansiedade. Quase não conseguia respirar.

Logo que entrei no Morumbi, bairro onde morava e no qual também estava localizado o hospital, comecei a sentir uma sensação estranha, calafrios... como se precisasse sair dali, algo que me impulsionava para longe do meu destino.

Pensei que talvez fosse pelo choque que sofri com a Lenny, mas ao virar a esquina da rua da minha casa entendi o porquê daquele sentimento. Meu coração entrou em colapso quando me deparei com aquela ambulância estacionada. Perdi até o fôlego. Algo no lugar mais profundo de mim me alertava para algo que não queria aceitar, não mesmo.

Estacionei o carro de qualquer jeito e desci afoito ao desligar o motor. Não havia tempo a perder; a pressa me oprimia e roubava meu fôlego.

Entrei me espremendo pelo vão do portão eletrônico que ainda não tinha terminado de abrir. Sem paciência, corria pelo longo quintal do jardim impecável em direção à entrada da casa, quando a enorme porta branca de madeira de lei se abriu. E, por ela, surgiu minha irmã.

Puxei o ar, sufocado, quando olhei em seu rosto angustiado; em prantos, ela estendeu as mãos. Seus cabelos escuros e curtos estavam desgrenhados pelo desespero.

— Foi o papai? O que aconteceu? — Segurei suas mãos com força, quase quebrando-lhe os ossos dos dedos, as lágrimas deslizando por meu rosto enquanto a fitava me olhando com aquele ar de *sinto muito*.

— Não, não, NÃO!

Larguei-a e corri para dentro, atravessei a grande sala requintada e subi as escadas correndo para seu quarto, com ela correndo atrás de mim em prantos.

— Sinto muito, Enzo, aconteceu tudo muito rápido... Tentei ligar no seu celular várias vezes e não consegui, então liguei para o Régis, ele deve estar chegando por aí — explicou desesperada, chorando muito.

Senti um golpe no peito, como se uma faca penetrasse meu tórax, sem olhar para trás, todo o meu ser estava concentrado no problema do meu pai. Ainda tinha um resquício de esperança de tudo não ter passado de um engano. Que ele ainda estaria vivo, ou que eu daria um jeito de ressuscitá-lo.

Empurrei a porta com força e fiquei estático ainda no corredor.

Meu pai, meu guerreiro, meu herói, jazia inerte sobre a cama. Um silêncio ensurdecedor reinava no quarto, que estava parcialmente iluminado, mergulhado num ar de tristeza, com todas as cortinas fechadas. Os tubos ainda estavam enfiados no corpo, o desfibrilador e tudo necessário para ressuscitação sobre a cama ao seu lado. E, ao redor da cama, os socorristas entristecidos por terem perdido uma vida.

Nem mesmo podia culpar alguém por negligência; todas as necessidades para o procedimento estavam ali sobre a cama.

— Eu sinto muito — disse um dos socorristas, enquanto fui me aproximando devagar. Estava sem coragem de encarar a realidade.

Eu, que sempre encarei a morte, estava com medo dela. Acho que, no fundo, sempre tive. Todas as vezes me questionava a respeito e, agora, eu tinha a resposta.

O medo existia, e não era pouco.

A dor que sentia era imensurável; é horrível ver uma pessoa que você ama tanto partir para sempre. Sentei-me a seu lado deitando minha cabeça sobre seu peito nu sem nenhuma pulsação, tão ferido com os procedimentos.

— Pai... pai... — chorava como uma criança perdida, e todos ali choravam comigo.

— Não quero acreditar que perdemos o papai... E agora, Enzo, o que vai ser de nós? — Valquíria se sentou ao meu lado. Segurei em sua mão e nós dois deitamos sobre o corpo do nosso velho, chorando em demasia, comovendo a todos os presentes.

Sempre sofri com as dores dos familiares que perdiam seus entes queridos. Mas não sabia, de verdade, como era senti-la na própria carne. E, agora, eu entendia. Era insuportável.

Já sentia uma saudade que não tinha fim em meu coração!

— Falhei com você, pai. Eu deveria ter vindo direto para casa.

Minhas lágrimas banhavam sua pele pálida; eu só conseguia me culpar e me odiar pela minha distração.

Lenny, você é uma filha da puta!

Conseguiu tirar minha concentração.

Eu te odeio!

— O Dr. Leonard já está a caminho — informou minha irmã, repousando a mão quente em minhas costas. — Ele teve morte quase súbita, as enfermeiras tentaram de todas as formas reanimá-lo. Não foi possível. Quando a ambulância chegou, ele já tinha partido. Foi muito rápido.

Respirei fundo, levantei em total consternação e assenti com a cabeça.

— Agiram corretamente, obrigado. — Agradeci, dirigindo-me a dona Lourdes, ali ao lado da cama, a enfermeira que cuidava dele, experiente, com mais de trinta anos de profissão.

Apertei meus lábios um sobre o outro sem conseguir reprimir as lágrimas. Detestando-me por inteiro, meu maior temor se revelou.

Por que não verifiquei meu celular antes, por quê?

Talvez eu chegasse a tempo de salvá-lo.

Uma culpa que carregarei pelo resto da vida.

— Seu pai era um homem extraordinário — disse ela solidária, tocando em meu braço.

— Tem razão... O melhor pai do mundo. — Respirei fundo e sequei as lágrimas com os polegares. — Preciso ligar para minha mãe. A parte burocrática da declaração de óbito, para o corpo ser encaminhado a um serviço funerário, vou deixar por conta do Dr. Leonard, já que o acompanhou em toda sua trajetória de tratamento.

— Eu já liguei — balbuciou Valquíria.

Passei o braço pelo seu ombro, puxando-a para um abraço e, em prantos, ela se deitou em meu ombro.

— Para mim, de nada adiantou ele tentar nos preparar para este momento. De qualquer maneira, eu não consigo aceitar... — desabou, e eu a apertei mais forte.

— Nem eu, minha irmã, nem eu... — Fechei os olhos suspirando.

Eu era considerado o temporão da família e, apesar da nossa diferença de idade de seis anos, eu e a Valquíria nos dávamos muito bem. Ela nunca se casou, porém escolheu morar sozinha, o que não foi empecilho para estar ao nosso lado o tempo todo.

Seus olhos comovidos me olhavam com carinho. Eu ainda estava sem eixo. Um buraco enorme se abriu embaixo dos meus pés; era como se eu flutuasse. Ela me puxou para um abraço de frente, e ficamos ali parados, em silêncio.

Olhava para o nada sobre seus ombros. Gostaria de dizer que a morte dele foi inesperada, pois justificaria essa dor no peito. Sentia como se fosse um golpe, arrependido por meus atos nas últimas horas.

Foi um dia inesquecível, com tantos sinais à minha frente, as angústias que estava sentindo, principalmente a ligação. Eu não aceitaria que tinha sido uma despedida, nunca. Era o momento de maior desgaste de toda a minha vida, e ficaria marcado para sempre.

Você falhou, Enzo. Você falhou com ele.

O som ficou ecoando em mim enquanto me dirigi até a janela e, com muita fúria, abri a cortina, chamando a atenção de todos ali presentes.

Os pássaros cantavam como se fosse a alvorada; o sol se infiltrava pela vidraça, batendo diretamente em meus olhos perdidos no horizonte. Ri pensando que o responsável pelo fenômeno deveria ser o início da primavera, que fazia desabrochar as flores e espalhar seu perfume. Das quatro estações, era a mais bonita, enfeitando o mundo, adornando os corações sensíveis de todas as espécies. Menos o meu; não conseguia me sentir tocado, nem apreciar o dia ensolarado como merecia.

Mas aquele gatinho branco, que cruzava o quintal diante dos meus olhos, foi tocado.

Surpreendentemente, parou e me encarou.

Cerrei os olhos, incrédulo com sua expressão de sorriso consolador. Seus olhos se prenderam nos meus de uma maneira intimidadora; pisquei forte para ter certeza de que não estava delirando. E não estava: ele realmente parecia sorrir, numa tentativa de me alegrar.

Comecei a rir ali em silêncio. Mais um sinal de minha distração, ou talvez algum anjo de Deus, que o enviou para acalentar meu coração ferido.

— Não adianta, gatinho, já é uma doença em estágio avançado e se alastrou — sussurrei, de forma que somente eu ouvisse.

Não existe cura para esta ferida que se abriu.

Soltei o ar, exausto, preparando-me para deixar o quarto, sentindo minha expressão mudar enquanto me esforçava para ignorar a dor, o desespero. De repente, meu mundo ganhou uma tonalidade cinza. Essa era a definição mais exata.

— Enzo, meu amigo. — Régis entrou no quarto no momento em que eu saía e me puxou para um abraço de verdade. — Oh, meu irmão. — Batia levemente em minhas costas, dando-me conforto.

— Larguei tudo e vim correndo assim que a Valquíria me deu a notícia — continuou, enquanto eu, como uma criança perdida de seus pais, chorava alto sem conseguir falar, as lágrimas tendo engolido todas as minhas palavras.

— Estou aqui com você, meu amigo. Pode contar sempre comigo.

Eu balançava a cabeça em tom de agradecimento. Não conseguia nada mais além de sofrer, me punir.

— Nunca vou me esquecer de todo o seu apoio — disse, quando foi possível, e me afastei, segurando em seu ombro e ele no meu.

— Você é o irmão que eu não tive, Enzo.

— Obrigado, de verdade. — Bati em seu ombro. — E a garota, como está? Desculpa ter tirado você do hospital, sei o quanto ela é importante!

Ele estalou a língua.

— O problema de saúde dela está sob controle, não se preocupe. Não é o momento para falar de mim, depois conversamos sobre isso.

— Tudo bem... — concordei.

Afinal, ainda havia muito que fazer.

***

Como meu pai pediu, não houve velório.

O corpo foi cremado com a presença de alguns amigos mais íntimos e familiares, e depois nos reunimos em minha casa. Parentes e amigos vestidos de luto estavam ali, na sala enorme e luxuosa da minha casa.

Mamãe e eu ficamos no sofá abraçados por um bom tempo, eu não queria soltá-la. Valquíria, sempre reservada e discreta, já tinha voltado pra casa para chorar. Naquele instante, eu refletia que precisava me isolar em algum lugar mais primitivo, um lugar silencioso e calmo como sempre gostei, onde ninguém mais poderia opinar sobre minha vida. Precisava de um tempo para mim.

— Seu pai foi um guerreiro, não foi?

Eu alisava os cabelos loiros de minha mãe, com sua cabeça deitada em meu peito. Concordei.

— O mais forte que já conheci.

Ergueu a cabeça, e seus olhos castanhos cintilando pelas lágrimas sondaram meu rosto abatido, as olheiras tinham tomado conta.

Depois do ocorrido, não consegui sequer pregar os olhos por um segundo. Sua mão quente veio ao meu rosto.

— Nem sei como vacilei assim... — comentei, e ela se ajeitou de forma que ficou de frente comigo, me olhando com ar sério.

— Exijo que o senhor pare com isso, entendeu? — Bateu levemente no meu braço, em advertência.

Baixei meus olhos e respirei fundo.

— Seu pai partiu porque chegou a hora dele, é simples assim...

O silêncio se estendeu, enquanto aguardava que eu concordasse com ela.

Confesso que estava difícil; mesmo assistindo a momentos milagrosos no hospital, que somente Deus poderia fazer, eu não conseguia aceitar me apegar ao conceito de destino.

— Acho que preciso descansar a cabeça; se não fosse por você, viajaria hoje mesmo.

Balançou a cabeça, rindo.

— Como assim, por mim? — Indagou, parecia estar incomodada. — Sou uma mulher adulta, sei muito bem me cuidar, e sua irmã está sempre por perto. E não pretendo ficar pelos cantos da casa, chorando. Precisa se lembrar das palavras do seu pai quando nos preparava para sua morte.

Balancei a cabeça.

— "Volto para puxar o pé de quem ficar resmungando a minha partida" — repeti suas palavras com saudades.

Ela concordou com a cabeça, rindo com carinho.

— Exatamente! — Sua mão quente segurou firme em meu joelho. — Vamos seguir em frente, meu querido.

Sua força me impressionou. Analisei cada traço de seu rosto lindo. Tinha uma força que sempre achei que eu tivesse, mas me enganei redondamente. Tinha acabado de aprender que era um covarde quando se tratava das pessoas que amava de verdade. Não estava preparado para perder... Acho que nunca estaria, nunca!

— Melhora esta cara, vai? — Seus dedos pressionaram meu rosto um pouco mais forte.

— Se você disser que não se importa em ficar algum tempo sozinha, vou me proporcionar uma pausa. Preciso de verdade desse período antes de voltar ao hospital.

Ela sorriu, me apoiando.

— É uma excelente ideia, e não se preocupe que cuido de tudo por aqui — garantiu, confiante.

— Obrigado, mamãe. — Abracei-a forte.

— Meus sentimentos mais uma vez.

Afastei-me com a voz de Régis às minhas costas. E levantei a cabeça com os olhos marejados.

— Valeu, meu amigo. — Levantei-me, dei a volta pelo sofá e dei-lhe um abraço agradecido por tudo o que havia feito pela minha família. — Obrigado, irmão. Obrigado!

— Eu que agradeço pela sua amizade — falou, batendo levemente em minhas costas. — Seja forte! Ah, o Alexandre mandou um abraço, uma cirurgia de emergência o impossibilitou de comparecer — avisou-me ao se afastar.

— Sem problemas! — Assenti em meio a um suspiro.

Estava inconformado. Acreditava que levaria algum tempo para me conformar, e chegava a desconfiar que isso nunca fosse acontecer.

— Não está fácil, porém vou superar.

Ele segurou em meus ombros.

— O Régis é a pessoa certa para cuidar do hospital na sua ausência — comentou minha mãe ao se levantar. — Aliás, ele já vem fazendo isso.

Régis me olhou, surpreso.

— Vai viajar?

— Estou pensando em tirar umas férias.

Sorriu satisfeito.

— Concordo plenamente. E pode contar comigo no que precisar.

Bati em seu braço, agradecido.

— Eu sei que sim.

— Ótimo, então estamos resolvidos — disse minha mãe dando tapinhas leves em nossas faces. — Com licença, vou conversar com seus tios. — E se afastou, deixando-me sozinho com Régis, que me olhava meio tenso, entrelaçando os dedos.

— É impressão minha ou você está nervoso?

Ele riu sem graça.

— N-não sei se é o momento e o local para tocar neste assun... — gaguejou ele.

Arqueei as sobrancelhas, olhando-o curioso.

— Somos amigos, entre nós não existem essas formalidades. Fala! O que aconteceu?

Ele inalou quase todo o ar existente na sala, muito angustiado.

— Estou meio sem jeito de lhe dizer isto — começou, vacilante.

Franzi a testa em desaprovação, ele se encorajou e continuou:

— Os custos com o tratamento da amiga da minha prima foram e continuam exorbitantes e...

— Pare com isso. — Segurei seu braço e o apertei. — Nem quero saber do que se trata, faça o que for necessário, tem poder cuidando da administração geral do hospital, como também a minha permissão. — O excesso do ar inalado foi escapando por seus lábios entreabertos à medida que eu falava. — E tenho que te pedir desculpas, pois, com tudo o que aconteceu, eu me esqueci completamente do caso — admiti consternado.

Continuou incomodado e sorria sem graça. Seus olhos brilhavam, demonstrando o grau de paixão que nutria pela moça.

— Ainda me sinto desconfortável com os custos...

— Enzo, preciso conversar com você.

Lenny surgiu do nada, parando ao nosso lado e me olhando, envergonhada.

Revirei os olhos, impaciente, e me voltei para ela. O vestido preto em estilo lápis a deixou muito sensual, com os cabelos negros e lisos caindo-lhe sobre os ombros. Em outros tempos, a imagem aumentaria o meu desejo, coisa que não aconteceu. Ela passou a representar meu fracasso. Não dava mais. Disfarçadamente, segurei em seu braço e a puxei mais para o canto. Senti uma ardência nos meus dedos e a soltei.

— Com licença, Régis, a gente conversa depois.

Ele ficou agitado e segurou em meu braço, fazendo-me parar.

— Talvez seja mais coerente transferi-la — insistiu, indeciso. — Eu queria pedir sua autorização para usar o nome do hospital.

— Não, Régis... — fui firme e claro para dar-lhe confiança. — Não a tire do hospital, e faça tudo o que for possível, estamos entendidos?

Era o mínimo que poderia fazer pelo meu amigo. A tensão sumiu em meio ao sorriso e a um suspiro aliviado.

— Você é um cara muito altruísta. Um nobre...

— O que vale o dinheiro se não pudermos fazer algo por quem precisa?

Ele suspirou, agradecido.

— E, mais uma vez, obrigado.

Pisquei e me afastei a contragosto. A Lenny era a última pessoa que queria ver, ainda mais conversar.

— Ah, Enzo! — Régis me chamou mais uma vez. Lenny e ele se entreolharam antes de ele focar em mim. *Com certeza ela reclamou com ele*. — Pega leve com ela — pediu.

Eu sabia.

Bufei e concordei.

Seguimos para o lado externo da casa. Posicionei-me à sua frente e a fitei com desdém. Esse sentimento ficou impregnado em mim; não conseguia evitar vê-la dentro da minha culpa. Não era meu desejo usá-la como escudo, mas era o fato. Sua presença fazia eu me sentir péssimo.

— Deveria estar numa clínica se tratando — falei ríspido.

Corou de imediato, sem tirar os olhos dos meus.

— Eu sei, e é exatamente isso que farei a partir de amanhã. — Respirou profundamente.

Meus olhos repassavam sua expressão de acanhamento e arrependimento, mas eu não conseguia mudar minha linha de raciocínio.

— Isso mostra que tem um pouco de juízo, parabéns! — Disse com escárnio. — Não a quero no meu hospital, os meus pacientes já correram riscos demais em suas mãos.

Ela negou com a cabeça e segurou em meu braço.

O contato trouxe a cena fatídica à minha mente, transbordando minha angústia. Em repulsa, eu me afastei, deixando-a muito magoada. Seus olhos marejaram de imediato.

— O que está dizendo, Enzo?

Lágrimas de crocodilo. Ela não me convenceria do contrário com aquele showzinho; mesmo assim, resolvi ser mais suave.

— Sua atitude é classificada como gravíssima, o que me dá a razão de excluí-la do quadro de funcionários.

— Você não faria isso... — balbuciou chorosa.

— Qual parte você não entendeu?

Suspirou espaçadamente e baixou os olhos por um instante.

— Mas, mesmo com razão, não o farei.

Levantou a cabeça com o final da minha frase, com um sorriso de canto, aliviado.

— Em respeito à sua dedicação com o hospital, e também para mostrar que não sou um insensível, sua única punição será uma licença remunerada.

Seus lábios se abriram de um lado ao outro num sorriso de felicidade.

— Mas... — levantei o dedo indicador direito — com a condição de que vai se internar numa clínica e se tratar. A volta ao trabalho está condicionada às suas condições psicológicas e, claro, físicas...

Ela assentiu, soluçando e rindo.

— Eu vou me curar, eu garanto!

Cumpria meu papel profissional; o problema é que se resumia apenas a isso.

Olhar para ela significava perda, meu fracasso, e estava difícil digerir. A repugnância era tamanha que ficou impossível manter o diálogo.

— Boa sorte! — Girei nos calcanhares, dando-lhe as costas.

Não estava conseguindo enxergar de outra maneira; só via a culpa estampada no seu rosto e no meu ser.

— Não deveria me julgar antes de conhecer minha história.

De costas, dei de ombros com seu tom alto de voz.

Estava exausto da socialização, das pessoas... Desgastado com meu cotidiano, sem condições até de exercer minha profissão no momento. Precisava me desligar do mundo por algum tempo. Deveria seguir o conselho que dei a Lenny, e com urgência.

Tiraria umas férias.

Pensei em aceitar a oferta do Dr. Leonard sobre sua casa de veraneio no lugar mais paradisíaco do Brasil. Em seguida, estremeci ao me lembrar da louquinha linda no elevador e no estacionamento.

E comecei a rir sozinho, pois um ano já tinha se passado e ela sempre fazia umas visitinhas em minha mente. Apesar de esquentadinha e mal-educada, deixou marcas prazerosas.

Enfim, precisava desse espaço, e o lugar me pareceu ideal. Passaria uma temporada por lá e colocaria minha vida em ordem.

CAPÍTULO 8

§

Annie

Três meses depois...

Não estava mais encontrando meu lugar ao sol. Sem poder prosseguir com minha carreira e sem uma perspectiva de futuro, não sabia como seria possível me encaixar neste mundo de Deus. Sentia-me um peixe fora d'água: imergi no submundo. E já estava muito exausta! O tempo, no qual todos aconselhavam-me a me amparar, parecia andar no sentido contrário. E se esvaía tão rápido quanto minhas esperanças. Perdi a conexão comigo mesma e precisava reagir para não acabar com minha existência de vez. A cada dia eu me convencia de que perdera as rédeas da vida. Justamente eu, que sempre estive no controle, assumindo todas as responsabilidades de meus atos. E agora, veja no que tudo tinha se transformado!

Não tive como fugir, me tornei uma dependente, uma fraca, sem forças para combater a depressão que vinha me abatendo nos últimos tempos de maneira progressiva.

Não me sobraram muitos amigos da época do auge de minha carreira — somente os verdadeiros permaneceram ao meu lado. E, mesmo assim, não me bastavam. Nada nem ninguém poderia curar a dor interminável em meu coração, já que a do meu corpo nem me incomodava mais.

Resumindo: descobri da pior e mais dolorosa maneira possível que a mudança teria que partir de mim. Ficar trancada em casa, que acreditava ser o meu único refúgio, enquanto esperava o que não vinha, amargando minha derrota, sofrendo e chorando todas as lágrimas da minha vida, tornou-se maçante. Estava no meu limite, não suportava mais.

Estava cansada de desculpas esfarrapadas; talvez não adiantasse esperar, talvez o meu lugar ao sol nunca mais aparecesse.

Estava indo ao fundo do poço, com ideias sombrias na cabeça, e ainda levando meus pais junto comigo nessa empreitada frágil e solitária.

Eu não posso, não posso.

Não era justo transferir para eles esse fardo só meu. Procurei e achei: esta era a mais verdadeira das verdades! Ia colocar um fim naquela situação, não podia mais aceitar que vivessem em função da minha vida.

Pensei muito, buscando alternativas para viver em paz comigo mesma e tirar o fardo das costas deles. E cheguei à conclusão de que era mais do que necessário fazer uma transição. Porque ali, presa entre quatro paredes, a tendência era piorar a cada dia.

Uma decisão que me deu ânimo e fez renascer um resquício de esperança de uma remota superação. Quem sabe?

Pelo andar da carruagem, eu nunca teria a medalha de uma Olimpíada, mas tinha o maior tesouro, que eram os meus pais.

Mais uma razão para aliviá-los da carga pesada. Novos horizontes desviariam a minha mente, o que poderia dar certo.

— Por que está fazendo as malas, Annie? — Exasperou-se minha mãe ao entrar no quarto e parar no pé da cama.

Respirei fundo, com minha medalha de ouro do Triátlon Internacional de Santos, no litoral de São Paulo, em minhas mãos. Costumava deixá-la bem à vista, para nunca me esquecer de quem eu fui, e quem sabe um dia poderia voltar a ser. Eu a levaria comigo, como um incentivo.

Não dizem que o futuro a Deus pertence?

Bem... isso se Ele existisse.

Apertei meus dedos ao redor do objeto, focada e mentalizando energias positivas por alguns segundos, e então a guardei dentro da mala.

— Você está me assustando, minha filha.

A respiração ruidosa dela me deixou receosa; sabia o quanto a magoaria com a decisão que tinha tomado. Mas não voltaria atrás.

Sentei-me na lateral da cama, fitando-a com o olhar perturbado.

Ela sorriu, nervosa, em pânico.

Inspirei o mais profundamente que consegui, com o peito apertado. Não queria magoá-la, tampouco preocupá-la, mas não poderia desistir; era a única maneira de seguir em frente.

— Isto não representa o que estou imaginando, não é mesmo, Annie? — insistiu com a voz embargada. Arrasada, as lágrimas vertiam de seus olhos iguais aos meus.

Suspirei à procura de autocontrole para não desabar junto com ela. Coragem e determinação eram o que combinavam naquele instante: eu não podia exprimir receio, e sim segurança. Embora ainda hesitante, precisava convencê-la e provar que era capaz de prosseguir sozinha.

— Estou só seguindo o ritmo natural da vida, mãe!

Arfou e continuou em silêncio, apreensiva.

— Não dizem que as mudanças podem significar transformação nas vidas das pessoas?

— Eu não acho... — disse com seus lábios trêmulos.

Estendi a mão, interrompendo-a.

— Preciso resgatar minha dignidade, garantir um novo futuro para mim, já que o projeto anterior foi destruído.

Ela negava com a cabeça, totalmente desesperada.

— Mãe... — Levantei-me, fui até ela e segurei sua mão suada e trêmula. — Por favor, não se desespere assim. Este é o meu momento — tentei não demonstrar fraqueza na voz, com aquela puta insegurança dentro de mim. — Refleti muito e cheguei à minha conclusão: o melhor a fazer no momento é aceitar a oferta do tio Ivan. Talvez ele tenha razão!

Ofegante, sacudia a cabeça efusivamente, mas nem lhe dei tempo de começar a falar:

— Preciso tentar, talvez estar perto da natureza seja uma possibilidade de ver a vida de um ângulo diferente.

— Está equivocada, minha querida. — Desesperada, apertava minhas mãos com tanta força que me machucava. — Ainda segue em tratamento, não pode ficar sozinha, não agora, não ainda. Por Jesus Cristo... você não pode fazer isso!

Implorando, caiu em prantos.

— Estou bem, deu tudo normal nos exames, você esqueceu?

Ela não aceitava.

— Não... não. Esquece essa ideia! É necessário repetir os exames!

— Não posso desistir e não farei exames por enquanto — falei com determinação. — Quando voltar, refaço todos.

Ela me olhou indignada com tamanha teimosia.

— Preciso de um tempo sozinha. Por favor, faça um esforço e compreenda! — Supliquei segurando as lágrimas.

Soltei sua mão e respirei fundo, enquanto voltava a me sentar na lateral da cama.

Ela soluçava em silêncio, discordando.

— Esta decisão não cabe somente a você. — Sua voz saiu esganiçada, enquanto veio em minha direção e parou bem na minha frente. — Somos três nesta casa.

Fechei meus olhos quando a sua mão tocou minha face. Seu toque quente causou uma fragilidade que me irritou. Como poderia tranquilizá-la, demonstrando fraqueza?

— Por favor, preciso que me apoie — tentei.

— Já conversamos muito sobre esse assunto, sozinha é perigoso. — Aborrecida, sua outra mão veio para meu rosto, fazendo-me levantar e ficarmos uma de frente para a outra. — Precisa obedecer, minha querida — disse ofegante, me encarando numa mistura de dor e severidade.

— Para com isso, mãe... por favor! — Supliquei com minha testa colada à dela. A última coisa que queria nesta vida era causar tamanha tristeza, no entanto não encontrei alternativa a não ser seguir meu coração. Sentia seus dedos pressionando-me, enquanto negava com a cabeça, nervosa. — Você precisa entender minhas razões, fui banida do que mais amo nesta vida, mãe.

Tirei suas mãos da lateral do meu rosto, porém ela agarrou as minhas, me puxando de volta e me envolvendo em um abraço acolhedor.

— Não pense assim, meu amor! O pior já passou, agora você só precisa vencer uma segunda etapa e logo vai competir novamente — sussurrou ao meu ouvido, na tentativa de me incentivar, sem sucesso.

Ouvi e respirei fundo antes de me afastar e ficar de costas. Por alguns segundos o som de seus lamentos se misturavam às batidas assustadoramente fortes do meu coração.

Não estava sendo fácil. Olhava para minha cama na bagunça de roupas que descartei, o quadro na parede da cabeceira da minha última competição, um dia especial e do qual saí vencedora. Dava um toque especial à decoração simples, com mais um armário, uma penteadeira com cinco gavetas, enfeitada com várias medalhas, e minha estante de livros.

Embora singelo, o local era meu porto seguro. No entanto, chegara a hora de tentar ter uma qualidade de vida melhor e dar um descanso a meus pais. E dependia somente de mim; ninguém mais poderia me ajudar, eles já tinham se doado demais. Era muitíssimo grata por tudo, por todos os que estiveram ao meu lado, dos quais nunca iria me esquecer.

— Isso nunca mais vai acontecer! — Quebrei o silêncio. — Perdi a credibilidade no mundo do esporte, esquece! Eu mesma não acredito! — Funguei inconformada com aquela realidade. — E a única responsável sou eu mesma. Apenas eu! O meu erro começou no momento em que exagerei, abusei da sorte...

— É claro que não, minha querida. — Deitada em minhas costas, tentava me animar.

Conhecia bem o mundo dos esportes. Sabia que, ao ser banida, criei uma grande barreira, quase impossível de romper. Sacudia a cabeça efusivamente, quando me virei de frente, e cortou meu coração olhar seu rosto, atribulado e preocupado.

— Pare de passar a mão na minha cabeça, mãe. Não pensei nas consequências, acreditava que era invencível. Agora é sentar e chorar, você mais do que ninguém sabe disso.

— Você vai superar, Annie — insistiu angustiada com a mão em meu rosto molhado pelas lágrimas, e sorriu. — Todo mundo erra na vida. Não se puna assim. Não te julgo; pelo contrário, te apoio.

— Por isso mesmo é que precisa confiar em mim, mãe. Eu preciso desse "*time*".

— Tudo bem, mas que seja aqui, junto comigo e seu pai. Nós três juntinhos, sempre.

Segurando suas mãos, afastei-a e me virei, cobrindo meu rosto com as mãos, envergonhada. *Este fardo é meu, não posso dividi-lo, é injusto.*

— Você só vai sair desta casa por cima do meu cadáver — decretou com a voz severa ao notar minha resistência.

Eu me virei de frente para ela, sorrindo com os lábios reprimidos.

— Não torne as coisas mais difíceis. Eu necessito desse tempo em um lugar mais saudável, e Fernando de Noronha vai me proporcionar esse estilo de vida. Ar fresco... preciso de disciplina. Aqui com vocês, não estou conseguindo. Morro de medo de fracassar e ter mais uma recaída, muito do meu futuro depende apenas da minha força de vontade.

— Não, minha filha! Você está errada — retrucou, inquieta.

Passei meus braços ao redor do seu pescoço num abraço forte.

— Por favor, mãe! Faça um esforço para me compreender. Preciso aprender a me virar sozinha, você e o papai estão se privando de suas carreiras na revista, não posso aceitar essa condição. — Segurando seus ombros, fitei os olhos imersos em lágrimas, sentindo uma dor enorme em meu coração. No entanto, a minha decisão já estava tomada.

— Isso não é verdade! — gritou em desespero.

— Onde está o papai, então?

Hesitou com minha pergunta e baixou os olhos, tristes.

— O seu lugar é ao lado dele, fazendo as coberturas das reportagens. São repórteres, e os melhores que há! Precisam ir atrás das informações. Eu só tenho atrasado a vida de vocês.

— Por favor, não puxe tudo para si, Annie.

Revirei os olhos, impaciente.

— Seja flexível, por favor. Minha decisão já está tomada. — Respirei fundo e beijei seu rosto úmido. — Por favor, me ajude concordando. Estou bem agora e vou melhorar ainda mais. Só preciso de um voto de confiança e tranquilidade.

Mordeu o lábio inferior com força e me afrontou.

— Já pensou o que vai fazer se tiver uma recaída? Os efeitos colaterais podem ser desastrosos e você sabe muito bem disso! Não vou estar com você, como acha que vai se sair sozinha? Ainda mais num lugar deserto?

Sorri com carinho. Era amor demais. Então, a abracei forte.

— Isso não vai acontecer, estou seguindo à risca todas as recomendações — disse ao segurar em suas mãos, frias de nervoso. — E não estou sozinha. — Apontei sobre a cama ao lado da mala, onde estava uma pilha de livros. Ela sorriu compreendendo minha paixão por eles.

— Estou me sentindo bem fisicamente. Só que psicologicamente não, presa dentro de casa. Estou esperançosa que, com a natureza, o ar fresco e a maresia, mergulhada em minhas leituras, eu renasça. Preciso disso!

Sorriu com todo o amor do mundo e deitou a cabeça em meu peito.

— Tudo o que desejo, mãe, é vencer esta etapa. E minha autoconfiança só virá à tona se eu tentar — explanei com a mão mergulhada em suas madeixas sedosas e claras.

— Ah, minha filha! — exclamou, agarrando minha cintura com força. — Se você acha que vai ser melhor assim, então eu aceito, mas deixe para ir depois do Natal. — pediu, esperançosa.

Torci a boca, pensativa.

— Então aguente mais três dias.

— Venho tentando comprar uma passagem aérea há dias, e hoje, por sorte, consegui um voo depois do almoço até Recife, e de lá outro para o arquipélago. Se eu perder, só poderei viajar depois de 17 de janeiro. Sabe como Fernando de Noronha é procurado nestas épocas.

Ela grunhiu, olhando-me derrotada.

— Por que fez tudo sozinha, sem avisar ninguém, a Leila, o...?

— Não quero falar a respeito com ninguém — eu a interrompi de imediato. — Não pretendo mudar de ideia, já basta a senhora e o papai ficarem dizendo o que tenho que fazer da minha vida e como devo fazer as coisas...

Eu me considerava uma egoísta, por isso não poderia falar com ninguém a respeito dessa viagem, pois sabia que se tivesse que analisar os prós e os contras, acabaria desistindo.

— Hoje, tudo o que necessito emergencialmente é de tempo, experimentar um pouco dele sozinha, preciso respirar... Além de estar num lugar onde ninguém me conhece. Estou exausta das pessoas me olharem com pena. Quero viver um tempo no anonimato, sem que ninguém saiba onde estou. Você me entende?

Respirou fundo, totalmente contrariada, mas com aquele ar de quem está cedendo.

E estava mesmo!

— O doutor precisa saber e... — interrompi-a com o dedo indicador sobre seus lábios.

— Ninguém — frisei, e pensei na minha melhor amiga. — Bem... apenas a Leila — fui mais maleável.

— Bem, já notei que minha opinião não vale nada neste momento — desistiu, com o olhar abatido.

Com os lábios reprimidos, confirmei com a cabeça.

— Pelo menos, antes de sair, ligue para o seu pai. Se ele souber da sua viagem somente quando chegar em casa, tenho certeza de que vai ficar decepcionado, além de desesperado.

Assenti, concordando, e de mãos dadas fomos à sala para a ligação.

Fiquei surpresa com a reação positiva dele. Incrível! Entendeu todos os meus pontos de vista, e sua palavra de incentivo me deu ainda mais força e me trouxe um ânimo diferente, algo que não existia até aquele momento.

Por mim, pelo seu voto de confiança e pelo amor da minha mãe, eu daria o meu melhor e conseguiria.

***

Havia alguma coisa a mais, uma energia especial no ar, difícil de explicar, mas fácil de sentir. Pisando em solo, então, era tão surpreendente como observando a ilha lá de cima. A vegetação belíssima, rodeada por um mar azul até mais vivo do que o céu daquela tarde.

O arquipélago de Fernando de Noronha era um paraíso sem igual, e ia além da beleza exuberante de suas praias, falésias e mergulhos... Chegava a ser escandaloso de tão bonito. As cores eram mais intensas, a natureza muito presente e as paisagens fortes e marcantes, mas não adiantava tentar descrever. Só estando lá, vivendo a paisagem, para entender o que estou dizendo.

O tio Ivan, irmão do meu pai e a pessoa que me emprestou sua casa, não exagerou em nada. A região merecia atrair visitantes do planeta inteiro para conhecer suas belezas naturais, com uma magia que encantava e fazia mergulhar numa profunda paz.

Mesmo com o número elevado de turistas por estarmos próximos ao Natal, eu me sentia no mais infinito e perfeito paraíso.

Assim que saí do aeroporto, depois de me identificar como parente de morador da ilha e isentar-me da taxa a ser paga por visitantes de acordo com os dias de permanência, segui em busca de uma condução, o que representava uma absoluta disputa.

Escolhi a rampa em vez da escadinha até a calçada e, na metade dela, não resisti e parei, aspirando profundamente o ar puríssimo de maresia para meus pulmões, energizando-os com aquela vibração especial que pairava no ar, com os olhos cheios de água. Envolvida na esperança de que conseguiria vencer cada obstáculo, sentia aquela oferenda que o lugar me proporcionava.

Algo maravilhosamente bom e inexplicável!

Fechei meus olhos por um instante. Precisava mentalizar tudo aquilo dentro da minha cabeça. Queria dormir, acordar para toda aquela perfeição e não pensar em problemas.

— Moça, moça... rápido, dá uma licencinha. — Um arrepio percorreu por minha espinha com aquela voz rouca e desesperada ao meu ouvido. Todo o meu corpo se manifestou num tipo de alegria. Tudo se agitou de uma só vez, dando a sensação de que já a ouvira antes. — Rápido, por favor — insistiu ofegante.

Antes mesmo de me virar ou desviar, senti um impacto no salto da minha sandália e meu corpo foi projetado para frente. Apesar de tudo, meu corpo ainda tinha agilidade, e consegui girar para não cair de boca no chão, mas não consegui evitar e caí sentada na calçada.

— Ai! — Gemi meio perdida, sentindo minha bunda queimar no chão quente.

— Pelo amor de Deus, me desculpe. — A voz rouca, doce e aflita veio junto com aquela mão dourada e enorme estendida em minha direção, ali no chão.

Levantei a cabeça e no mesmo instante fiquei em choque — foi preciso travar a mandíbula para a boca não abrir.

— Você de novo? — Sibilou, perplexo.

Embora escondidos dentro da barba, notei seus lábios cheios e abertos, surpreso.

Os raios do sol iluminavam seu lindo rosto com os cabelos um pouco abaixo dos ombros, agora caindo ao redor dele. A pele bronzeada embaixo dos pelos dava aquele toque rude e muito sensual, e os ombros largos e musculosos estavam totalmente expostos. Não consegui esconder o tremor pelo corpo com aqueles olhos cintilando em contato com os meus.

Ainda confusa, recusei sua ajuda e me levantei sozinha. Ouvi seu rosnado, irritado.

— Devo ter feito alguma coisa de muito ruim em outra vida para tanta falta de sorte! — exclamei, ajeitando de novo meu vestido branco, de alcinha, no corpo. — Droga! — resmunguei, batendo a mão sobre a mancha de sujeira que tinha ficado no tecido.

— Ou talvez seja o contrário — retrucou a voz rouca e ríspida.

Levantei minha cabeça, enfrentando-o. O problema foi evitar meu nervosismo com aqueles olhos na minha frente. Sentia um calor insuportável subir para o rosto, sabia que estava corada. Contava com o sol para enganá-lo.

— Você que deve ser um diabinho louco para me ferrar — completou, irônico.

Ergui as sobrancelhas, desafiando-o.

— Vai à merda, antes que eu me esqueça.

Rosnou com minha agressão verbal e balançou a cabeça com aquela expressão de quem está inconformado. *Que se dane!* Já estava imersa em problemas demais para colecionar mais um.

Ele cruzou os braços sobre o peito duro, repleto de músculos.

— Você é muito chata, hein, garota? Aconselho que desça desse pedestal, antes que caia e se esborrache no chão.

Contraí meu rosto, furiosa. *Sujeitinho mais petulante, quem pensa que é para falar assim comigo?*

— Aliás, do jeito que atrai negatividade isso vai acontecer de qualquer jeito — disse com despeito.

Abri e fechei minha boca, desistindo de mandá-lo para aquele lugar! Não poderia entrar na pauta de tão baixo calão.

Um sorriso escaldante e satisfeito surgiu em seu rosto por ter me afetado. E não é que meu coração pulou dentro do peito! Gente, o cara era simplesmente lindo!

— Quem você pensa que é? — indaguei, balançando a cabeça sem acreditar que ele dizia tais palavras, sentindo o sangue correr em minhas veias.

— Talvez possa não significar muita coisa para você, e não significo mesmo. Aliás, nem te conheço!

Cruzei meus braços na altura do peito, confirmando que era isso mesmo. E continuou com os olhos fixos nos meus, numa arrogância difícil de engolir, me levando a um nível alto de ódio.

— Mas estou dizendo isso justamente para abrir-lhe os olhos. De repente eu posso ser a chance de você sobreviver! Um dia, você vai se dar mal e vai prejudicar alguém... Eu, por exemplo... — Bateu a mão aberta naquele peitoral lindo.

Prossegui, trincando os dentes para a boca não abrir.

— Sou um dos que pode se prejudicar com esses encontros perigosos. Do jeito que vem se atirando na minha frente, é bem capaz de um dia eu acabar matando você.

Franzi meu cenho, irritada. *Babaca!*

Sorriu sorrateiro por ter alcançado mais uma vez seu objetivo e, segurando nos braços do carrinho, olhou-me com desdém.

— Espero de coração que esse tipo de fatalidade nunca recaia sobre mim — finalizou em tom de amargura e seguiu seu caminho, sem me dar a chance de defesa.

Fiquei estática, olhando-o se afastar de costas. Alguma coisa muito esquisita acontecia comigo. Nossa conversa flamejante não contribuiu para fortalecer a raiva que deveria continuar sentindo, mesmo ele tendo me ofendido e me tirado do sério. O engraçado é que todo aquele sentimento de repulsa foi sobreposto pela curiosidade.

Não conseguia desviar meus olhos da visão tão arrebatadora quanto a voz penetrante e mágica.

Seu porte físico à mostra me agradou tanto quanto sua voz e seus olhos. Sem que eu notasse, um suspiro escapou por meus lábios entreabertos, enquanto ele fazia muito esforço empurrando o carrinho, do tipo usado na construção civil, cheio de tijolos de barro.

Foi impossível não admirar o pacote completo, todo suado e queimado de sol: suas costas e seus ombros largos e fortes chegavam a brilhar. Uma tortura! Para completar, ele vestia apenas uma bermuda branca, estilo praia, exibindo as pernas peludas e grossas, douradas do sol, aqueles músculos enormes nas coxas, sendo tensionados conforme ele se movia. E aquelas mãos enormes e ágeis repousando a parte traseira do carrinho? Um corpo perfeito, combinando com os cabelos rebeldes se movimentando com a brisa quente. Com certeza uma visão no mínimo agradável.

Não conseguia desgrudar os olhos daquele deus grego.

O sol estava bem forte, e o céu de um azul incrível! Talvez esse efeito fosse o responsável pela imensa curiosidade.

Balancei a cabeça, sem entender a razão de nossos encontros nem meu interesse naquele indivíduo de aparência rude, mesmo diante de tanta beleza e turistas do mundo inteiro chegando e saindo a todo instante.

Charmoso, tenho que admitir.

Ri do meu pensamento e da conversa agressivamente impiedosa. Agredíamo-nos, e eu nem entendia o porquê! De qualquer forma, agora soara divertido. Há tempos não conseguia sorrir.

E nessa sintonia, peguei minha mala e caminhei para o outro lado, em que havia mais turistas aguardando o transporte.

— Precisa de condução, moça? — Perguntou o bugueiro ao estacionar do meu lado. Um rapaz de pele morena e olhos verde-claros.

A princípio, minha intenção era pegar um táxi, mas o bugue me pareceu uma boa pedida, mesmo custando mais caro. Seria uma grande oportunidade de apreciar e sentir a natureza mais próxima. — Sim, para Porto de Santo Antônio — respondi, já colocando minha mala dentro do veículo.

— Se está indo à praia do Porto de Santo Antônio talvez possamos dividir a corrida, levando-se em conta os custos até lá — sugeriu o homem barbudo e lindo, correndo em nossa direção.

Tentando subir no veículo, revirei os olhos, rindo, sem acreditar que, depois das farpas que trocamos, ele ainda tivesse coragem de sugerir aquilo.

Notando minha dificuldade, suas mãos passaram por minhas costas nuas graças ao decote do vestido. Fechei meus olhos e parei de respirar com o choque que o contato me causou. Aquela corrente elétrica deslizou totalmente por meu corpo. Engoli em seco, abrindo os olhos, e deparei com os dele, a apenas alguns centímetros, com um brilho intenso e perturbador.

— Desculpe pelo incidente, eu também não queria dizer aquilo. Prometo que vou tomar mais cuidado da próxima vez e ser mais gentil — tentou se redimir, enquanto me ajudava a subir finalmente.

— Tudo bem, esquece, foi um acidente e não me machucou, está tudo certo! — respondi num fio de voz, procurando ser imparcial à sua proximidade. — Tenho que me desculpar também pela forma que falei com você, admito que extrapolei.

Riu suavemente, indicando que tinha aceitado minhas desculpas.

— Sem ressentimentos? — Estendeu a mão, e eu a apertei.

— É claro!

Não havia como não sentir uma energia diferente vindo dele. Uma sensação estranha que me assustou e me fez puxar a mão imediatamente, sem saber lidar com ela. Ele também foi afetado, porque notei a mudança em sua expressão.

— A culpa foi do meu chinelo — disfarçou, levantando o pé.

Desviei os olhos, suas pernas peludas e musculosas se tornaram uma ameaça ao meu autocontrole. Eu começava a perdê-lo. Estava difícil encontrar equilíbrio com tudo dentro de mim em desordem. Deslizei para a outra ponta do bugue, a uma distância segura.

— Está tudo bem.

Enquanto eu me ajeitava, ele, sem constrangimento algum, ficou segurando nos ferros do bugue, sondando meu rosto, como se estivesse fazendo um reconhecimento. Aquilo me deixou encabulada.

— Estou pasmo até agora, sabia?

Joguei meu olhar questionador sobre ele.

— Se tivesse marcado de te encontrar não daria tão certo. — Abriu os braços, sorrindo diante da minha cara séria. — Tirando os infortúnios, é claro! Tem que concordar que chega a ser engraçado.

Corei ao me lembrar da cena do estacionamento, quando saía da consulta com o Dr. Paulo Coimbra, e fiquei confusa com tudo aquilo, inclusive com aquele sorriso no canto de sua boca. Sabia que se referia àquele dia.

Perdi as palavras, ou não queria ser grosseira novamente, não sabia ao certo. Aqueles encontros estavam me deixando assustada de um jeito como nunca fiquei antes. Também estava com a mesma sensação que ele descrevia.

Refletindo, mal percebi que meus olhos perambulavam por seu rosto e se fixavam em seus lábios grossos. Mas ele notou e arquejou.

— Espero não estar incomodando você — comentou com aquela linha se levantando em um sorriso.

Que tortura!

Sem graça, suspirei, negando com a cabeça, para sair daquele clima intenso que se instalou dentro de mim.

— Preciso ir, com licença — disse e arregalei os olhos, quando seus braços se esticaram para dentro do bugue para tocar os meus.

— Você ainda não disse se podemos dividir a corrida — lembrou-me com seus intrigantes olhos, observando cada canto do meu rosto.

Com ondas de prazer e pânico, puxei meu braço, fugindo do contato.

— Acho que não, moço — fui ríspida, tentando lidar com aquela sensação desconhecida. Eu queria e não queria... Meu interior estava totalmente em conflito.

Seus olhos se estreitaram embaixo das sobrancelhas grossas, e olhou para o bugueiro, que deu de ombros. Aquela conversa silenciosa me deixou irritada.

— Acredito que não seja uma boa ideia compartilhar a corrida. Portanto, dê licença.

Sem dizer outra palavra, ergueu as mãos em sinal de desculpas e se afastou.

— Podemos ir, por favor? — pedi ao motorista, que deu a partida no motor na hora.

— Sim, senhora! — respondeu e desviou os olhos para aquele homem dando de ombros. — Está fazendo reforma?

— Tive um probleminha com corrosão — respondeu com os olhos sobre mim. *Cara, insistente!* — E o pessoal aqui do aeroporto me arrumou esses tijolos. — Apontou para o carrinho na calçada próximo à rampa.

— OK.

— Podemos ir, por favor? — Minha voz saiu bruta, incomodada com o sol forte torrando meu crânio.

Abriu um sorriso estranho e deu um sinal de positivo para o motorista, que acenou com a cabeça e saiu rapidamente.

Apesar de todo o sacode e o sol forte tostando minha moleira, durante o percurso não me arrependi do transporte que tinha escolhido. A brisa batendo diretamente em meu rosto, aliada à linda paisagem, me trouxe um ânimo novo, uma sensação de vida plena, e isso, na atual conjuntura, me fez um bem danado.

— Qual é a pousada que a senhorita vai ficar? — perguntou o rapaz, quase gritando para vencer o barulho do motor e do vento, olhando-me pelo retrovisor.

— Em nenhuma — respondi, enquanto uma das mãos tentava segurar os cabelos chicoteando meu rosto. — Vou me hospedar na casa do meu tio, irmão do meu pai. Ele é mergulhador e está em turnê pelo mundo, competindo — disse com orgulho dele, o mesmo que sentia de mim, no passado, antes do meu maior deslize.

Sorriu, compreensivo.

— É um bom lugar para se hospedar! — comentou.

— Estou em busca de isolamento, privacidade, tranquilidade, paz — confessei com um sorriso exausto.

Seus olhos cerraram e um sorriso acolhedor surgiu em seus lábios, decorando o rosto bronzeado pela exposição exagerada ao sol.

— De qualquer maneira, há muita coisa a se fazer por lá. É o lugar ideal para quem busca sossego: um ancoradouro natural usado como porto de descarga de embarcações. O lugar também abriga uma embarcação grega naufragada e atrai mergulhadores, uma vez que o navio é lar de tartarugas e cardumes. Além das areias serem brancas, as águas são claras e calmas. Já ouviu falar?

Neguei com a cabeça, pensando que meu tio não tinha mencionado esses detalhes.

— Interessante! — suspirei, criando todo aquele cenário lindo na minha cabeça.

Sorriu, satisfeito com o efeito que sua informação cultural causara em mim. — É de lá que saem os barcos para passeios — concluiu.

— Uauuuu...

— Além de poder fazer um bom mergulho. E as noites de lua cheia são incríveis — desatou a falar e não parou mais; achei-o até simpático. — E somando o pacote no silêncio da noite, dá pra dormir com o som das ondas do mar.

Suspirei com tantos atrativos.

— Tem muito a desbravar por aqui? — questionei, respirando o ar puríssimo do mar.

Assentiu, sorrindo orgulhoso do lugar onde havia nascido.

Meu queixo caiu com a imagem agradável que meus olhos captavam.

Quando o tio Ivan descrevia o lugar belíssimo que escolhera para morar, falando de sua casa embrenhada em meio à natureza exuberante e preservação ambiental, fazia-nos suspirar. Duvidávamos que pudesse haver algo assim tão fascinante, mas tinha mesmo razão, não exagerou em nada.

A casa, que ficava na parte mais alta, era divina! Toda avarandada, com quase todas as paredes de vidro, em volta de um lindo jardim de flores multicoloridas e bem cuidadas. Havia uma mesa, cadeiras e redes para curtir o verde ao redor, além de ser possível desfrutar a vista deslumbrante do oceano azul.

Fechei meus olhos, segurando a respiração por um instante, buscando o silêncio necessário para me certificar de que não era apenas uma impressão. Sim, além de ver, ainda se podia sentir e ouvir todos os sons da natureza: o mar partindo-se em ondas, a melodia dos pássaros.

— Isso é demais! — exclamei, encantada.

— Esta casa é uma das mais bonitas e elegantes da ilha — confessou o rapaz.

Concordei com um aceno de cabeça.

— Não é por acaso que meu tio escolheu esta região e se atentou à belíssima construção, pois sempre foi um cara preocupado com o bem-estar físico e mental, priorizando a qualidade de vida, o relaxamento e a meditação.

— Seu tio é um homem sábio, escolheu sem dúvida uma região indiscutivelmente bela por sua natureza exuberante.

E, para completar, ainda tinha a privacidade necessária para meu momento turbulento: o local ideal, com tudo afastado. Passamos por apenas uma placa que indicava um supermercado.

Foi o que pensei, até que meus olhos foram ofuscados com o barbudão sedutor de mãos quentes e fortes dentro do bugue cruzando a esquina. Um frio idiota tomou minha barriga e, sem perceber, soltei o ar com força, chamando a atenção do motorista do meu bugue. Ele ficou me olhando confuso.

Desanimador... mas irresistível!

Meus olhos curiosos se fixaram na pele bronzeada do tórax bem definido, que reluzia um brilho dourado com a luz do sol. Sentado ao lado do motorista, prestou continência com uma linha de sorriso nos lábios assim que passou por nós.

Mesmo contrariada, não consegui reprimir os suspiros frequentes que saíam involuntariamente. Ele foi se inclinando para trás à medida que se afastava, como se não quisesse perder a conexão que mantínhamos, e assim foi até o momento que o bugue sumiu da minha visão ao virar a outra esquina, deixando um certo vazio dentro do meu peito. Balancei a cabeça para dissipar aquela percepção idiota.

Não acredito que estou suspirando. Que merda!

— O Enzo é uma boa pessoa. — A voz do bugueiro tirou-me do mundo dos delírios. Repousei meu olhar ainda perdido nele, que sorria, de forma estranha.

Senti um calor subir pela minha face.

Que mico!

— Ah! — Tentei ser indiferente, enquanto pegava o dinheiro em minha bolsa.

Eu precisava sair dali, pois me sentia constrangida com sua expressão de quem acha graça.

CAPÍTULO 9

§

Enzo

A curiosidade com aquela garota linda me tirou um pouco de rumo... *Annie*, me peguei suspirando ao pensar no nome dela. Aliás, nunca me esqueci daquele nome.

Balancei a cabeça, resmungando na tentativa de arrancar ela lá de dentro.

Que inferno!

Fiquei estressado, e esse sentimento ruim havia desaparecido nos três meses aqui na ilha. Não pretendia deixar que invadisse minha vida novamente.

Mas não havia meios de se desviar das lembranças. As engrenagens do meu cérebro funcionavam de forma intensiva, levando-me à total exaustão, o que me deixou ainda mais tenso. Sacudia a cabeça, bufando, até um pouco irado com o rumo que meus pensamentos insistiam em seguir.

Um absurdo!

— Quer ajuda para descer os tijolos? — O tom agudo de voz do Zezinho me trouxe de volta à realidade.

— Por favor. — Pulei do bugue e corri em direção à varanda para pegar o carrinho encostado na parede, que tinha um buraco causado pela umidade da maresia, ao lado da rede.

Foi uma decisão acertada vir a Fernando de Noronha para descansar. Estava literalmente nos braços de Deus, pois aqui era, sem sombra de dúvida, um santuário natural, o lugar onde se podia fazer uma conexão com Ele.

Depois de uma semana na ilha foi que compreendi onde o Dr. Leonard buscava sua paz interior. Por ser um homem elegante, ele me surpreendeu com o estilo simples e aconchegante de sua casa de veraneio. Além da bela natureza, com um jardim fascinante, ainda oferecia a visão deslumbrante do mar.

Exercitando-me ao ar livre, nessa região encontrei minha paz interior e exterior. Algo transcendental, que me viciou.

Porém, esse eixo ainda continuava frágil: mesmo estando aqui há três meses, tendo extrapolado a projeção que fiz de ficar apenas um mês de férias, ainda necessitava de um pouco mais de tempo, porque ainda não tinha recuperado toda minha confiança.

Não estava sendo fácil relutar com toda a pressão que vinha sofrendo de minha família e também de meus pacientes. Todos aguardavam ansiosos pelo meu retorno.

Pensar na vida corrida em São Paulo, com tantos confiando sua vida a mim, passou a soar assustador. Era como se tivesse perdido a mim mesmo, mas na verdade perdi a confiança em minhas mãos e em meus próprios pensamentos. Não sabia precisar quanto; só esperava que o tempo me curassse da insegurança dos últimos meses.

O fato era que eu carecia de mais um pouco, ou muito dele; não estava ainda preparado para definir meu futuro.

— Essas construções antigas não suportam a erosão — comentou Zezinho, ajudando a descarregar os tijolos.

— Nem me fale, rapaz. A sorte foi que consegui os tijolos que sobraram da reforma do aeroporto. — Respirei recuperando o fôlego, após descarregar uma pilha enorme deles e colocar dentro do carrinho. Com o antebraço, limpei o suor escorrendo por minha testa — Só espero que a casa não caia sobre minha cabeça. — Ambos rimos.

Ele ergueu a cabeça para o céu; a tarde estava calma depois de uma explosão de sol. Agora o ar abafado dera lugar a uma brisa agradável, e meu coração começou a gritar dentro do peito, como se quisesse se libertar.

— Acho improvável, afinal não há sinal de chuva — comentou, tirando-me de meus devaneios e clareando minha mente com uma ideia magnífica, que me fez suspirar. — Se precisar de um pedreiro estou de boa o resto da tarde, posso ajudar — ofereceu.

— Obrigado — agradeci, colocando o último tijolo sobre o carrinho. — Acho que a manutenção da parede vai ter que esperar, mas aceito uma carona até próximo à Baía do Sancho. Daqui a pouco vai começar o pôr do sol, e curto caminhar por lá.

— É claro que sim... — concordou, sorrindo.

— Só um minuto que vou entrar e calçar um tênis. — Peguei o carrinho, empurrando-o até a varanda, e o estacionei por ali.

Enquanto trocava a bermuda pela sunga branca em frente ao espelho, do lado da pequena penteadeira, no pequeno, mas confortável quarto, com a cama de casal e um armário para roupas, as engrenagens do meu cérebro buscavam as lembranças do ano passado. Das duas vezes que me encontrei com Annie. Não pude evitar: fechei meus olhos diante do espelho, revivendo o calor do seu corpo embaixo dos meus dedos quando a ajudei a subir no bugue.

— Ei, cara! Está pirando, é? — falei em voz alta, sacudindo a cabeça para minha imagem refletida. Precisava expulsar aquela sensação.

Na verdade, estava confuso com a reação desmedida do meu corpo, que se arrepiou tanto quanto naqueles momentos.

Meus neurônios pareciam estar todos fora do lugar, perdidos, procurando um espaço no cérebro, dando-me aquela sensação agradável de frio na barriga. Ponderei, pensando que talvez seu jeito arredio tivesse me deixado curioso.

Sempre me senti atraído por mulheres de língua solta, e ela tinha uma qualidade, ou defeito, a mais. Era arredia e, me peitando daquele jeito, tornou-se um desafio.

Eu amo desafios. Isola, Enzo, isola!, alertei meu cérebro.

O fato é que ela mexeu comigo de uma maneira diferente, que nem sei explicar: o temperamento hostil, o olhar, o calor... Um sentimento enxerido, que eu almejava a ponto de odiar.

Em vão, movimentei a cabeça mais uma vez, bloqueando aquela linha de raciocínio. Mas ela continuou mais firme que antes, trazendo o arrepio de novo, tomando todo o meu corpo com aquela puta vontade de encontrar com ela novamente.

Acabei acusando minha vulnerabilidade: meu cérebro apenas fazia uma projeção mentirosa, seduzido pela solidão que me propusera a viver nos últimos três meses.

Estava muito bem, praticando esportes, que faziam bem ao meu corpo e alma. Não queria ficar encafifado com mais nada.

Apesar de simples, a casa era completa e confortável; na parede em frente à cama tinha uma TV de tela plana e, ao lado dela, o aparelho de ar-condicionado que, aliás, equipava os três cômodos. Afinal, quem é que aguentava o calor absurdo da região?

Havia também uma geladeira tão pequena que mais parecia um frigobar, um pequeno jogo de sofá de couro marrom e todos os utensílios que um lar exige, além do meu parceiro e amigo de porradas, o Bob, um boneco muito útil para momentos de alívio do estresse. Eu socava a cara dele! Servia para outras finalidades também, como fortalecer os músculos. Costumava me exercitar em excesso por aqui. E tudo isso aliado à vista deslumbrante do mar.

Rapidamente calcei o meu tênis, coloquei a garrafa com água fresca na cintura e saí apressadamente — não queria perder o espetáculo da natureza. Na volta, viria de carona com alguma das embarcações de turistas, que terminavam os passeios na praia justamente para admirar o pôr do sol.

Meu celular tocou sobre a mesa assim que abri a porta para sair e retornei para atender: era minha mãe.

— *Oh, meu filho, que saudades!*

Fechei os olhos, pensando que ela deveria ter um sexto sentido.

Suas ligações sempre aconteciam num momento de turbulência.

Já me sintia melhor, mas a superação não foi fácil. Vivia me punindo pelo desvio do caminho. Embora isso ainda acontecesse, era mais leve, conseguia refletir melhor e bloquear a dor insuportável.

— Sabe que, às vezes, chego a pensar que você tem olhos no coração, mãe.

Riu amorosamente com meu comentário.

Era sempre bom ouvir sua voz; ela me dava muito apoio naquela fase zen, embora já estivesse ficando preocupada com o tempo da minha ausência.

— *Penso muito nisto também.* — suspirou profundamente antes de continuar. — *Há momentos em que sinto um aperto no peito pensando em você. Seu silêncio é muito doloroso, meu querido. Queria muito que voltasse o quanto antes para casa.*

— Acho que ainda não estou preparado, mãe. Preciso de um pouco mais de tempo.

Ela resmungou, apoquentada.

— O que foi? Sinto que está apreensiva.

— *Passei o dia inteiro no hospital, pensando em você* — comentou, deixando-me com pena. Minha relação com minha mãe sempre foi muito próxima, até mesmo pelo fato de nossa profissão ser a mesma. — *O Régis e o Alexandre estão vindo para cá...*

— Mãe! Está tudo bem? — Fiquei desconfiado com seu tom de voz baixo.

— *Ah, meu filho! Bem, bem, eu não estou* — confessou, aflita. — *Minha paciência com a ausência do meu filho já perdeu a validade. É impossível ficar bem sem você aqui perto e por esse período tão prolongado. Sinto muito sua falta, muito, muito, muito.*

— Também sinto muito sua falta e da Valquíria. Logo estarei de volta, prometo! — Fiquei em dúvida se ela riu ou chorou. O murmúrio foi diferente.

— *Pois é. Enquanto isso, vou dando meu jeito* — comentou com a voz embargada. — *Marquei uma confraternização hoje com seus amigos aqui em casa. É uma forma de matar um pouco a saudade. E também achei necessário para animar o Régis* — emendou com preocupação. — *Ele chegou a te ligar?*

Franzi a testa, surpreso com a indagação.

— Não.

— *Então... ele não anda muito bem, sabe? Acredito que seja o estresse de ter que carregar o hospital nas costas. Talvez esteja na hora de você retornar e dar-lhe a chance de tirar umas férias, afinal ele tem uma vida pessoal e precisa de descanso.*

— Mas ele chegou a reclamar, falou alguma coisa?

— *É claro que não! Sabe como o Régis é adorável...*

Concordei. Realmente sua dedicação era indiscutível.

— Vou ligar mais tarde para ele, pode deixar!

Embora atribulado, a informação passada pela minha mãe soou falsa, pois o perfil que traçava não condizia com o comportamento do meu amigo. Eu o conhecia como a palma da minha mão, e a tristeza sempre passou longe dele.

— *Eu até poderia assumir o lugar dele na direção, aliviar um pouco da carga sobre suas costas, mas você sabe que não tenho vocação para esse cargo. E como sei!*

Ela nunca teve jeito mesmo para a administração. Depois que meu pai adoeceu e ficou impossibilitado de cuidar do hospital, se não fosse o Régis, acho que meu estado emocional estaria ainda mais prejudicado. Devo muito ao meu amigo, que cedeu muito da vida dele pelo projeto que meu pai construiu!

Afinal, administrar um hospital não era uma tarefa fácil: eu entendia o Régis, principalmente ao me dar conta da minha falta de atenção, pois ele estava passando por um problema difícil com sua amada misteriosa, e eu só me preocupei comigo mesmo.

— Um pouco antes de eu vir para cá, ele tinha me pedido para internar uma garota por quem é apaixonado. Sabe se ela está bem?

Minha mãe riu. Só não consegui distinguir se era descrença ou surpresa.

— *Aquela moça a quem deu total assistência é a namorada dele?*

— Até nossa última conversa, não eram um casal... — *Ah... é uma pena! Considero o Régis um filho, e a mocinha realmente me deixou encantada pela educação e sensatez, além de linda, é claro! Fariam um lindo par. Eu mesma cuidei de algumas sessões de fisioterapia a pedido dele. Pena que com a correria de meus pacientes, não consegui acompanhar o caso dela* — informou com pesar.

— OK. Depois falo com o Régis, talvez o relacionamento não tenha evoluído como pretendia e por isso anda nesse desânimo.

— *Faz sentido!* — afirmou. — É bem a cara dele mesmo, é discreto além da conta. Por mais que tente disfarçar, seu semblante não *contribui*.

Ouvi o inconfundível som dos motores das motos, quando parou de falar.

— Pelo som das motos, devem ser os dois chegando.

Além do boxe, as motos sempre foram nossas paixões no mundo esportivo. Foi preciso deixar as lutas de lado, mas a moto não teve como! Embora todos tivessem carros bons e esportivos, a moto era nossa primeira opção de locomoção, mesmo em dias chuvosos ou nos quais a temperatura despencava.

— *Sim...* — confirmou — *só um minuto, filho, vou recepcioná-los.*

— Tudo bem, eu espero.

Logo ouvi a voz de meus amigos e de mulheres que não reconheci.

— *Chegaram numa boa hora, o Enzo está ao telefone.* — Ouvi minha mãe informar.

— *Aquele folgado.* — Ouvi a voz do Régis e ri. Era bem assim mesmo nossa liberdade. — *Deixe-me falar com ele.*

— *E aí, moleque!* — disse todo eufórico, numa alegria sem fim, que não combinou com a tristeza que minha mãe descreveu. — *Não volta mais para casa, não? Abandonou todo mundo?*

Caí na gargalhada com seu jeito bem-humorado.

— Aproveitando, né? Já que tenho excelentes profissionais no comando do meu hospital, do qual posso me dar ao luxo de me ausentar.

— *Muito obrigado pela parte que me toca.* — Respirou satisfeito, e ouvi os risos altos de mulheres.

— Minha mãe comentou que você está meio para baixo. Tem a ver com a garota misteriosa?

— *Triste, imagina! Estou realizado, meu amigo, o amor da minha vida está aqui comigo agora. Peraí, fala com ela. Vem aqui, Tânia, falar com meu amigo e irmão.*

— *Olá, como vai, famoso Enzo?* — disse a moça toda feliz, e aquilo me deixou feliz também.

Desejava o melhor para o meu amigo de coração.

— Famoso nada. Isso é coisa que inventaram — brinquei, e ela riu.

— *Não seja modesto, só o que ouço é seu nome o tempo todo.*

— Você está de parabéns, garota! — Ela riu toda feliz. — Ganhou na loteria, o Régis é um cara de ouro.

— *Eu sei disso...* — respondeu, suspirando — *por isso venho lapidando essa pedra preciosa, a cada segundo* — concluiu, fazendo-me sentir afortunado.

— Faz um favorzão para mim, tá?

— *Qualquer favor... É amigo do meu amor, então é meu também.*

— Cuida bem do meu amigão, OK? — pedi com toda a sinceridade deste mundo.

— *Pode ficar tranquilo! O Régis está em boas mãos.*

— Obrigado. Passa o telefone para ele, quero lhe dar uns conselhos agora — disse com humor, e ela riu, chamando-o.

Porém, foi minha mãe ansiosa que pegou no telefone.

— *Filho, estamos sentindo muito sua falta. Eu mais do que ninguém.*

— *Volta logo, irmão!* — Ouvi os gritos do Régis ao fundo.

Minha mãe riu, emocionada.

— *Está vendo, meu querido, como todos gritam por seu retorno?*

— Ah, mãezinha! — Meu coração se aqueceu com aquela demonstração de carinho incondicional.

— *Seja razoável e volte, meu filho, já passou da hora! Além das saudades que eu e sua irmã estamos de você, tem seus pacientes, que ligam a todo instante, querendo saber quando será o retorno do melhor cardiologista.*

Estremeci. Não me sentia capacitado para atender ninguém.

— Deixa passar o ano, talvez em janeiro eu volte.

Um riso de alegria explodiu do outro lado da linha.

— *Faça um esforço, meu querido* — pediu com toda a ternura do mundo, que encheram meus olhos de lágrimas.

Concordei com um longo suspiro.

— Um beijo no seu coração.

— *Outro no seu, meu querido.*

A despedida nunca era fácil. Ali, olhando para o aparelho em minhas mãos, surgiu uma nostalgia que me torturava e me carregava de volta no tempo, trazendo lembranças do meu pai, e que doíam muito.

Uma sensação amarga que se impregnava.

Cheguei à conclusão que, com a caminhada ao pôr do sol, a natureza faria sua função de me restaurar naquela tarde. Era o que sempre acontecia comigo quando me expunha a ela, absorvendo toda sua beleza.

***

— Desculpa a demora, é que a minha mãe ligou... — expliquei, entrando no bugue.

Zezinho balançou a cabeça. — Não precisa se desculpar por nada! — Ligou o veículo. — Já encerrei meu expediente por hoje.

— Valeu, meu amigo! — Bati em seu ombro.

Sorrindo, seguiu viagem.

CAPÍTULO 10

§

Annie

Todo o encanto que sentia veio por terra quando fechei a porta da casa. A insegurança bateu com força novamente, ali sozinha.

Comecei a rir, incrédula... Insegurança que aquele sujeitinho grosseiro e lindo me fez superar por alguns momentos. Toda a minha angústia foi camuflada pela sua presença.

Eu, hein!

Larguei minha mala perto da porta e avancei em direção à sala, com o som de minha sandália ecoando sobre o piso de porcelanato rústico. Olhava ao redor; a decoração litorânea me encantou na hora. O interior era tão belo e aconchegante quanto o exterior.

A planta foi pensada para espantar o calor, com um pé direito alto. *Lindo!* Tudo na mais perfeita ordem, mas lá no fundo do meu coração, o medo se fazia presente.

O que era razoável, após um ano e três meses. Esta era minha primeira aventura fora de casa, e me sentia muito temerosa. Acho que era medo da reincidência.

O sufocamento se aproximava com os pensamentos, e não poderia permitir. Apesar da reclusão, o lugar era lindo, a natureza abundante, a representação da vida! Decidi embarcar nessa onda positiva e corri para abrir as cortinas, deixando a natureza se revelar. A luz magnífica do fim de tarde que entrava pela janela da sala refletia em meus olhos, enchendo-me de sonhos, aqueles que nunca deixarei de sonhar. Fechei os olhos, com o coração batendo rápido no peito, minhas memórias todas retornando, traduzindo a realidade do meu universo interior. Sacudi a cabeça para afastá-las. Tentaria uma nova e boa fase. Lutaria com unhas e dentes por ela.

Quando abri os olhos, deparei com aquela garota de cabelos loiros brilhantes sobre os ombros eretos e olhos muitos azuis, como o céu estava hoje, no canto de uma das janelas.

Ela acenava em direção à porta com seu sorriso vistoso, alegre e cheio de vida. Algo que me faltava.

Eu invejava tanto otimismo... Almejava muito sentir isso novamente.

Assenti, forçando um sorriso. Por mais que estivesse determinada a mudanças, meu corpo não correspondia na mesma sintonia. Pesava uma tonelada e, por isso, só pensava em me deitar e relaxar. Era a única maneira de me sentir bem.

Apontei em direção à porta, dando a entender que abriria. E ela correu até lá.

— Olá — disse toda eufórica quando abri a porta.

Era uma graça de pessoa.

Seus olhos vagaram pelo interior, encantados.

— Uauuu, que maneiro!

Sorri diante do seu elogio espontâneo.

Tudo nela era agradável. Sua voz, meiga e acolhedora, em um conjunto perfeito: rosto, corpo, a forma de se vestir...

Estava um charme no short curtinho de brim branco e regata de lycra cor-de-rosa da mesma cor do batom nos lábios finos e bem-feitos. Ela me olhou ainda admirada e estendeu a mão.

— Eu sou a Meg — titubeou, revirando os olhos — Na verdade, Marília Guedes, mas odeio esse nome. Não sei o que deu na cabeça da minha mãe quando resolveu me registrar com ele!

Sua expressão de horror fazia parecer que disserá algo ruim.

— Eu gosto — fui sincera.

À primeira vista, gostei dela; a forma livre de se expressar dava-me a impressão de que não tinha problemas, ou era imune a eles.

— Sua mentirosa! — Brincou, e entrou se dirigindo ao meio da sala.

Caí na gargalhada com seu jeito direto de falar. Eu vivia um momento bom na sua companhia, e gostei.

Seus passos leves lembravam uma bailarina entrando no palco com graciosidade: seus pés flutuavam.

Parou, girando nos calcanhares, admirando cada canto. Realmente meu tio caprichara em seu lar; além da beleza descolada, a natureza gritava ali dentro, com vasos espalhados nos quatros cantos, como lá fora.

— E você, como se chama? Mora onde?

— Annie Campbell.

Seus lábios se abriram com espanto.

— Nome lindo! Só que, pelo seu sotaque, deduzo que não seja americana.

Comecei a rir e me joguei sobre o sofá, abrindo os braços sobre o encosto. Ela foi se sentar no sofá da frente, me encarando.

— Eu sou brasileira, nasci em São Paulo, meu bisavô era americano — expliquei.

— Eu sou de Recife. Meus tios têm uma pousada legal aqui perto, e vim com uns amigos passar a virada do ano. É o terceiro ano consecutivo que faço isso — contou-me, levando as madeixas loiras para cima da cabeça e amarrando num rabo de cavalo com os próprios fios.

— É minha primeira vez aqui em Noronha, e estou amando.

Estava exausta, com os músculos das pernas doloridos, — o tempo excessivo de voo foi um agravante, mas não disse isso a ela. Eu me afundei no confortável estofado que pareceu me abraçar.

— E veio sozinha? — indagou, mudando de lugar, sentando-se ao meu lado e se inclinando.

— Sim, estava precisando de um tempo para relaxar — respondi evasivamente, baixando os olhos com um aperto no peito.

Notou o meu ar sombrio, que era muito difícil disfarçar, e segurou em minhas mãos, tão solidária e linda!

— Está no lugar certo. — Sorrindo em dúvida, mordia os lábios. — Será que essa tristeza desenhada no seu rosto significa a perda de algum amor?

Rindo, levantei-me e respirei fundo.

Perdi muito mais que um amor, perdi um pedacinho da minha alma.

Era uma fofa, disponibilizando seu ombro e tudo mais, só que eu precisava de isolamento para me encontrar.

— Porque se for, eu lhe asseguro que aqui no arquipélago vai conseguir ocupar a lacuna aí no seu coração. — Apontou em direção ao meu peito. — Tem muita coisa legal para fazer — emendou, levantando.

Virei-me de costas para ela, concordando num movimento de cabeça, mas aquela possibilidade soou mentirosa e apertou meu coração. *Não, não e não*, pensei, sacudindo a cabeça imperceptivelmente, para mandar aquele negativismo embora.

— Foi o que o bugueiro me disse. — Engoli forte, segurando-me para não deixar a tristeza voltar. No entanto, estava bem cansada e sem a mínima vontade de conversar. Sem querer, deixei escapar um suspiro de contrariedade. E ela entendeu.

Ouvi seu risinho sem graça.

Apertei meus lábios e me virei. Precisava consertar aquela impressão.

— Olha, me desculpe se eu...

— Eu que peço desculpas — interrompi, tentando um sorriso natural. — Às vezes, os pensamentos invadem minha cabeça — *Cale a boca, Annie, o que está dizendo?* — Bem... resumindo, o fato de estar aqui não está relacionado a nenhum caso amoroso, só preciso entrar em sintonia com a natureza, apenas isso. — Voltei a me sentar.

Com a mão na cintura, ela se posicionou na minha frente, ali no sofá.

— Toquei em alguma ferida, não foi? Mais uma vez, me desculpe... — disse, com sinceridade.

— Não precisa se desculpar por nada, imagina! — Neguei com a cabeça, sorrindo.

Ela retribuiu o sorriso, cautelosa.

— Só comentei porque comigo foi exatamente assim que aconteceu. — Começou a falar e se atirou do meu lado, sentando em cima da perna, muito espontânea. Um comportamento que causou uma inveja boa. Gostaria muito de me sentir leve e segura como ela demonstrava, mas não tinha muito a ver comigo, porque eu era mais conservadora.

— Levei um baita fora do namorado e me apaixonei por um carinha assim que cheguei aqui na ilha. Um gatão! É meio sério, na dele. Mas vou quebrar o gelo, com certeza. Aliás, este lugar tem o poder de transformar as pessoas.

Assim espero! Suspirei com esperança.

— É uma informação muito animadora! — respondi quando ela saltou, olhando para o relógio em seu pulso.

— Estou atrasada para um compromisso, mas, olha, se quer sair dessa tristeza toda, eu lhe sugiro assistir ao pôr do sol. Uma beleza daquelas nos transforma. — Olhou mais uma vez no relógio. — Se você correr, ainda dá tempo.

Franzi a sobrancelha, incerta.

— Já ouviu falar na Baía do Sancho? — Continuou, tentando me convencer.

Fechei meus olhos, desanimada. O cansaço em meu corpo pedia por uma cama macia e muitas horas de sono.

— Já sim, amiga! Ah — soltei o ar exausta —, obrigada pela dica, mas acho que não rola esse passeio hoje, não estou em condições físicas para me aventurar entre as rochas.

— Qual é, Annie? — Ela se abaixou em minha frente com as mãos em meus joelhos como se fôssemos amigas íntimas. — Anime-se, estamos na célebre e belíssima ilha Fernando de Noronha, onde as noites costumam render imagens impressionantes e únicas no céu. — Ria do seu jeitinho meigo e cativante, tentando me colocar para cima. — É cansativo, concordo, mas a vista vale muito a pena! É uma experiência incrível descer pela escada por entre as pedras.

— Animador e cansativo ao mesmo tempo. — Eu declinava, porém ela estava firme na argumentação.

— É um dos roteiros mais extraordinários da viagem à Noronha. E você pode chegar lá de barco. Daqui a pouco vai sair uma embarcação, o porto está pertinho daqui, dá até para ir a pé, além de ser uma excelente oportunidade de fazer uma boa caminhada ecológica.

Enruguei o nariz, ainda em dúvida.

— Imagine a beleza que vai proporcionar a seus olhos, é paradisíaco! Uma lembrança que vai carregar pelo resto da vida. As águas cristalinas e bancos de corais... a praia do Sancho é sem igual, a vista do mirante é espetacular.

Eu cedia não pela beleza, e sim pela expectativa: cheguei à conclusão de que não podia desapontá-la após tanto esforço para me deixar feliz.

— Pronto, já me convenceu. — Levantei, e ela fez o mesmo, toda saltitante.

— Ótimo — falou, caminhando em direção à porta. — Nos vemos mais tarde. — Bateu a porta ao sair.

Comecei a rir. Queria saber se aquela garota tinha tempo para dormir, pois a primeira impressão era que não. De qualquer forma, seus conselhos me animaram. Levei minha mala para o quarto, que, assim como toda a casa, era de suspirar.

Todo branco e cinza, o cômodo ganhava amplitude com a porta balcão de vidro e a esplêndida visão do sedutor banheiro a céu aberto, cercado de um jardim maravilhoso. Quase desisti do passeio pensando em entrar naquela banheira de hidromassagem, imaginado que ali mesmo eu poderia ver o sol, a lua ou até algum animal selvagem na ilha. E depois me jogar na cama redonda e confortável, com roupas de cama brancas, limpas e macias.

— *Resista, Annie, resista, pelo amor de Deus!* — falei comigo mesma em voz alta, lembrando-me de que o intuito da viagem era justamente me fortalecer.

Escolhi um biquíni preto e uma saída de praia longa de crochê, na mesma cor, pelo charme, beleza e frescor que esse tipo de peça proporcionava naquele verão intenso. E completei o look de praia valorizando com um colar.

Entretanto, precisava de um café encorpado para me manter acordada: além de ser indispensável na minha rotina de vida, era mais um de meus vícios, e com esse eu poderia continuar sem me preocupar com julgamentos.

Encontrei o pó de café, um pouco de açúcar, mas entrei numa espécie de crise de abstinência, mais uma... ao me certificar de que o acendedor automático do fogão não funcionava, peguei a caixa de fósforos vazia em cima do armário. Soltei o ar decepcionada.

O café vai ficar para amanhã, agora me animei para ver o pôr do sol.

***

Realmente, o passeio em mar aberto valeu muitíssimo a pena. O lugar estava meio vazio: dava para contar os turistas nas pontas dos dedos, como se aquele momento tivesse sido preparado só para mim.

Sentia uma paz espetacular ao pisar nas areias, o céu começando a ganhar o tom dourado, que mudava a coloração da água, sobrepondo os tons de azul e verde estampados no mar. Além da incrível vida marinha, a beleza do lugar era inquestionável. O cenário perfeito para minha alma, que buscava tranquilidade e um pouco de inspiração.

Um futuro que me dava um medo terrível por não ter o controle dele em minhas mãos. Ninguém tem esse controle, porém cada um define algumas diretrizes com base no que espera dele. E eu nem isso tinha! Não via esperança, nenhuma.

Fechei meus olhos com força. *Não vou chorar, vou superar!*, pensei caminhando pela orla da praia. O esforço para não pensar na realidade me sufocou.

— DROGA, DROGA! — gritei a plenos pulmões, jogando aquela angústia para fora a fim de não explodir.

Envolvida em meus conflitos, os olhos marejados me impediram de ver aquele homem barbudo e sarado vindo correndo em minha direção. Só o vi com clareza a alguns metros, lindo de morrer! Vestia apenas a sunga branca e aquele tênis no pé. Era tão forte que dava a impressão de ter sido esculpido em bronze, com sua pele dourada, brilhando com o resquício de sol que já se escondia no mar, ele parecia tão iluminado como um anjo.

Ele sorriu e deixou à mostra uma fileira invejável de dentes brancos e perfeitos.

Fungando com os lábios reprimidos, abri um sorriso forçado.

Eu me sentia ainda mais asfixiada, com meu coração batendo rápido, empurrando aquele caroço na minha garganta, me impedindo de respirar, e com o suor de nervoso brotando nos poros da minha testa.

O que amenizava um pouco o desconforto era a brisa litorânea, que refrescava...

— Olá — disse ao passar por mim, encarando-me como se estivesse em câmera lenta.

Não respondi, apenas dei alguns passos à frente para me distanciar desse incômodo. Ele era um tormento à minha razão, porque criava obstáculos enormes para minha capacidade de raciocínio.

Será possível que esse homem vai ficar me perseguindo?, pensei, olhando para o céu como se Deus fosse capaz de me responder.

Mas eu sabia que perdia meu tempo, Ele nunca falava comigo. Deixara de ter fé faz tempo, e só queria acreditar no tangível, no que meus olhos pudessem ver e minhas mãos pudessem tocar. Não havia mais como tomar posse do impossível.

A superação está apenas em minhas mãos.

Quando não ouvi mais seus passos, me senti segura. Já era tempo, pois me sentia exausta ao extremo e, para completar, ainda surgiu aquela dorzinha muscular incômoda.

Esforço físico é um veneno com minha saúde atual.

Fechei os olhos e desabei sentada sobre a areia. Encolhi minhas pernas, abraçando os joelhos. E fiquei ali assistindo o espetáculo da natureza, buscando nele a alegria que não fazia mais parte do meu cotidiano.

— Além de lindo, o pôr do sol é muito interessante e intrigante, ou será que só eu que o vejo dessa maneira?

Enrijeci com aquela voz rouca aveludada atrás de mim, causando ondas de arrepios.

— Se importa se eu me sentar aqui com você?

Levantei a cabeça. Ele estava tão perto que eu podia sentir o calor do seu corpo.

— A praia é pública, fique à vontade — falei, apertando meus punhos, na tentativa de reprimir o tremor em minhas mãos.

Ficamos algum tempo em silêncio, com os olhos no espetáculo. Eu sequer prestava atenção; meu olfato estava conectado com o cheiro de suor, misturado a uma fragrância deliciosa de perfume que o vento fazia questão de esfregar na minha cara.

— Noronha tem uma magia diferente, nos faz sentir um grão de areia — quebrou o silêncio e inclinou a cabeça em minha direção.

Fechei meus olhos, buscando coragem. Eu não sabia o que estava acontecendo comigo: aquele homem me incomodava, me fazia sentir uma adolescente tímida. Eu era conservadora, porém tímida nunca fui.

Respirei fundo e joguei meu olhar para o dele — olhos verdes e curiosos. Segurei todinho o ar que inspirei, totalmente desconcertada com a avaliação que ele fazia de cada canto do meu rosto.

Um turbilhão de sensações estranhas me tomou. Tive uma forte impressão de que já o conhecia há muito tempo... antes de nos esbarrarmos naquela situação bizarra. Como se houvesse um longo elo entre nossas vidas.

Nunca passou pela minha cabeça uma definição esquisita dessas.

Estendeu a mão com aquela expressão séria, sedutoramente agradável, tenho que admitir.

— Não precisa ficar de pé atrás comigo — emendou com meu silêncio, e decerto minha expressão causara essa impressão nele. Acho que tudo o que sentia estava estampado em meu rosto. Me esforcei a abrir um sorriso para disfarçar, mas quem disse que foi possível? Meu batimento cardíaco desfez toda e qualquer intenção de me acalmar.

— Talvez possamos começar novamente, e de uma maneira mais pacífica, sem contratempos.

Desviei os olhos de suas mãos grandes e fixei em seu rosto novamente. Não era o que eu queria, mas sentia! Uma mistura de incerteza, admiração e medo que não deixou eu me mover. Perfeito! O pacote era perfeito. Ele deu de ombros.

— Vamos lá, Annie, não há motivos para desavenças num paraíso como Fernando de Noronha.

Ri de canto de boca do seu jeito fofo.

Sorrindo sorrateiro, ele piscou.

— Acredita mesmo que é possível? — Ergui as sobrancelhas, incrédula.

Ele desatou a rir. Fiquei confusa, sem entender.

— O que é tão engraçado? — Tentei ficar séria.

No entanto, as risadas dele eram contagiantes. Ainda rindo, ele balançava a cabeça efusivamente.

— Não tem como ficar sério com as lembranças do nosso primeiro encontro. — E riu ainda mais.

Franzi o nariz, mas por fim explodi em risos junto com ele.

Afinal, tinha razão. Foi algo inusitado, totalmente imprevisível.

— Está vendo! Não tem como essa aproximação dar certo — retruquei, e ele segurou em meu braço, discordando.

Enrijeci ao contato. Mesmo ofegante, procurei disfarçar com um sorriso fraco.

— Uma coisa não tem nada a ver com a outra; tem que concordar que foi engraçado.

— Ridículo, você quer dizer!

Inclinou a cabeça, olhando-me de um jeito tão especial... acho que via ternura ali, não sei ao certo. Fiquei meio dividida.

— Não! — Ficou sério, analisando minha cara com aquela expressão carinhosa. — Apesar das circunstâncias, você estava linda. Amei a sua calcinha preta de renda.

Abri e fechei a boca em choque. Não esperava aquele comentário, porém não me envergonhei.

Ele apertou os lábios e seus olhos aumentaram de tamanho. Era possível ver o reflexo do meu rosto em suas pupilas dilatadas.

— Eu sabia que você estava olhando... — resmunguei entredentes.

Ele travou a boca para não rir. — Foi impossível evitar, você ficou toda exposta ali na minha frente.

Apertei os olhos e não teve como não cairmos na gargalhada. Bati em seu braço e ríamos muito, até que nos jogamos de costas na areia, olhando para o céu que ganhava um tom alaranjado.

— Uma quase tragédia, mas divertido... — admiti, quando deu. E virei a cabeça, me deparando com seus olhos verdes cintilando. Um sorriso fraco surgiu em seu rosto, um sorriso que aqueceu meu coração. Suspirei profundamente. — Havia me esquecido o quanto é bom rir. *Obrigada!*

Prendi a respiração com sua mão segurando a minha na altura do meu quadril. O calor que irradiava delas me causava uma onda de arrepios pelo corpo.

— Foi um prazer servi-la.

Senti as borboletas no meu estômago se agitando com a entonação e o ritmo de sua voz aveludada, extremamente sedutora.

Jesus!

Engoli seco e puxei minha mão, voltando ao alaranjado do céu, perdida.

— Se eu disse alguma coisa que a desagradou, me desculpe — falou rapidamente com a minha reação.

Neguei com a cabeça e voltei a encará-lo.

— Imagina! Você está sendo uma excelente companhia — disse ao me sentar novamente, enquanto ele fazia o mesmo.

— Já que estamos aqui, neste paraíso encantado... — Olhou ao redor e eu o segui.

E bota paraíso nisso!, pensei, suspirando, olhando o oceano se tornando tão laranja quanto o céu. *Surpreendente.*

— Poderia me dar a chance de provar que não sou o lobo mau que devora as mocinhas. Ao contrário, trato da saúde delas.

Franzi a testa, achando engraçada sua frase, e joguei meu olhar sobre ele, aguardando ansioso pela resposta.

— Essa foi a forma de você me dizer que é um sedutor irresistível? — brinquei.

Ele jogou a cabeça levemente para trás, em outra gargalhada contagiante, que o deixou realmente demais.

— Sua conclusão está equivocada, no entanto não posso negar que foi criativa — disse, ainda rindo lindamente, levando os cabelos que caíam sobre o rosto atrás da cabeça em um coque tipo "samurai".

Babei literalmente, e engoli forte para não escorrer pelo canto da boca.

— Por que, ficou com medo? — indagou com ar sorrateiro.

Confesso que, pela primeira vez, não quero sair correndo.

Sua presença despertava algo diferente, uma segurança boa, algo difícil de explicar.

— Me diga você! Eu devo me preocupar? — respondi com uma pergunta.

Ele riu, incrédulo.

— Absolutamente! Acho que funciona melhor se a gente esquecer os infortúnios de São Paulo e da sua chegada à ilha. — Ri da sua cara de inocente. — Pelo menos por enquanto — emendou com o meu silêncio. — É o tempo que precisamos para nos conhecer melhor. Aí você faz um julgamento mais válido a meu respeito.

— É justo! — concordei e foquei no mar à minha frente. De repente, as águas cristalinas começaram a causar aquela dor chata e melancólica em meu ser — mas voltei toda a atenção para a presença dele, que se sobrepunha completamente a ela, me trazendo prazer. — Apesar dos atropelamentos, não saí ferida — finalizei.

Ele riu mais uma vez do meu comentário.

— Nem sei como classificar nossos encontros.

— Obra do acaso — concluí.

Seu olhar insistente se mantinha em meu rosto. Porém, embora intimidada, eu não desviei.

— Seus olhos são lindos! — elogiou encantado, me pegando de surpresa.

Abri meus lábios, ofegante, sem saber o que responder. No entanto, ele se encarregou de consertar o momento constrangedor.

— Brilha como o sol — disse, desviando os olhos para onde o sol se escondia.

Eu fiquei ali, estática, analisando seu perfil, seu rosto marcante que a barba não era capaz de esconder.

Acabou me pegando em flagrante e sorriu ao notar meu rubor. Pelo calor que sentia subindo, sabia que deveria estar semelhante a um tomate maduro.

E, mais uma vez, retornou seu olhar ao mar. Fiquei aliviada e sorri, desconsertada.

Fiz o mesmo, e todo o brilho que ele mencionou se apagou. Não havia como contemplar nada com todo o meu fracasso vindo à tona, sem que eu pudesse reprimir. Fiquei desolada, chegando à conclusão de que deveria voltar para a casa do meu tio.

— O sol, como tudo que vem dele, está brigado comigo — disse sem pensar. — Ele se esconde de mim... Aliás, nem sei o que eu vim fazer aqui. — Levantei num impulso e saí caminhando apressada pela areia, desiludida.

CAPÍTULO 11

§

Enzo

Segura sua onda, Enzo... Você não precisa disso! Onde já se viu correr atrás de mulher, ainda mais uma impulsiva como essa!, pensava ali sentado, olhando-a se afastar em seus passos apressados como sempre.

Toda aquela estrutura que pretendia manter ruía.

Que inferno!

A real é que eu queria mais um tempo ao lado dela, e a distância aumentando me fez levantar num impulso.

— Espera...

Ela engoliu forte quando segurei seu braço. Sentia sua vibração, e era a mesma que a minha. O contato foi poderoso, me confundindo com aquela soma de sensações: arrepios, aceleração cardíaca, respiração ofegante, frio na barriga, tudo...

— P-por favor, eu preciso ir! — Puxou o braço e caminhou, ganhando distância. Seu tom de voz indeciso me encorajou a insistir.

— Seria um desperdício voltar agora — instiguei, caminhando ao seu lado. Ela me olhou, querendo sorrir. — Fica, vai! Tem muita coisa linda ainda para se apreciar antes do cair total da noite!

Ela parou, resmungando em meio a um sorriso lindo. Olhando fixamente em seus olhos, meu coração disparava. *Vai entender!* Então ela olhou para céu.

— Eu prometo ser educado. — Postei-me à sua frente.

Ela gargalhou e me encarou.

Um momento de hipnose aconteceu naquele instante, enquanto nos olhávamos pensativos. Eu não sabia o que se passava em sua cabeça; na minha, um emaranhado de questões. Uma delas era sua expressão melancólica, que me deixava intrigado. E medo, concluí, com sua cabeça meneando em negativo.

— Acho que estou precisando descansar, fica para outra ocasião. — E mais uma vez avançou. Eu novamente me coloquei em sua frente, bloqueando sua passagem. Seria a última tentativa.

Ela poderia muito bem desvencilhar para o lado, mas não o fez. Ficou ali imóvel, fitando-me com atenção, enquanto eu aguardava ansioso. Então ela fechou os olhos e virou para o lado do mar, respirando fundo, reflexiva, mas com uma expressão de quem estava quase cedendo. Eu não perderia a chance.

— Não posso acreditar que esteja entediada.

Deu certo! Ganhei seu olhar, só que apreensivo, e franzi o cenho. Afinal, a cada segundo a seu lado a incógnita que ela era aumentava mais.

Ela me ignorava, mas também não conseguia esconder o quanto ficava mexida com minha presença.

— Não é tédio...

— O problema sou eu?

Ela riu com o meu olhar sorrateiro, o que ajudou a diminuir a tensão. Também me senti aliviado.

Caralho, Enzo! Que babaca!

Não adiantava me repreender. Havia dois lados me comandando, de um lado a emoção e do outro a razão — que, infelizmente, estava literalmente desacreditada.

Que poder é esse?

— O problema é comigo... — admitiu, puxando o ar e soltando de uma só vez.

— Não sei o que se passa com você, e também não precisa me contar. Apenas me dê o prazer de sua companhia.

Inclinou a cabeça com um meio sorriso, quase sucumbindo. Eu torcia por um sim.

— Seja maleável. Acho que posso te animar, é só deixar — insisti.

Ainda em dúvida, avaliava o meu rosto ansioso.

— Como veio para cá? — perguntei, no maior entusiasmo.

— De barco. Só de pensar nas escadarias me cansei — foi sincera.

Sacudi a cabeça, incrédulo com aquele sorrisinho dos céus. Suspirei com o calor dentro do peito.

Linda!

— Precisa experimentar, é incrível a escada encravada em uma fenda no meio de uma rocha, é uma aventura prazerosa — afirmei, como se fosse a coisa mais natural do mundo, o que era para mim, mas acho que para ela não, porque seu rosto franziu numa expressão cansada. Eu queria muito entender melhor aquela mulher.

— Exige muito esforço físico — reclamou exausta, confirmando sua comunicação corporal.

Eu a medi de cima a baixo, descrente.

— Não acho que seja um problema para você. Aparentemente tem muita massa muscular, o que me dá a certeza de que curte estar em boa forma.

Revirando os olhos, ela suspirou, chateada com meu comentário.

— Deixa para lá — falei, frustrado. Ela notou e resmungou, amenizando sua expressão, até que um leve sorriso brotou.

O que era mais do que justo; afinal, eu estava sendo o mais natural e espontâneo possível. Mulher nenhuma ganhou tanto a minha atenção como ela. Não era possível que ela persistisse na recusa.

— Como posso resistir? — pronunciou séria. — Seu jeito é muito contagiante, você é muito bom na arte do convencimento. De repente, pode ser divertido.

Abri um sorrisão.

— Você não faz ideia do quanto! E também não é um bicho de sete cabeças.

Torceu a boca; havia muitas dúvidas. Tipo, ela queria, mas algo a impedia. Sorrindo, cruzei os dedos e beijei-os em tom de juramento.

— Eu juro, é tranquilo! Sei que vai curtir. — Mostrei-lhe a garrafa de água. — Desidratada você não vai ficar.

Ainda ponderou por alguns instantes e murmurou:

— É uma loucura!

Neguei com a cabeça.

— Está enganada, é uma aventura inesquecível, além de emocionante, garanto. E não se preocupe, em caso de esgotamento, eu carrego você no colo.

Ela desceu seus olhos dos meus ombros ao abdômen trincado, deixando-me arrepiado, e se concentrou em meu pênis, que deu um pulo.

E a danada não se abateu; ao contrário, abriu um risinho safado.

Santa estou vendo que não é.

— Acredito que vai ser como carregar uma folha de papel — brincou, com uma voz para lá de sensual. Foi o suficiente para o volume ficar evidente em minha sunga. Não havia como esconder a ereção incontrolável, e eu nem queria. E não devia temer; ela que provocou.

— Vai se surpreender! Eu garanto. — Rindo, segurei as pontas dos seus cabelos voando ao vento.

— Você me convenceu — falou em um fio de voz, com seus olhos no volume fazendo uma farra dentro da sunga, pulsando dolorosamente.

Não consegui resistir: avancei um passo, colando-me a ela. Ambos paramos de respirar. Nossos olhos faziam uma conexão sexual incrível! E toquei em seu braço, sentindo-o trêmulo.

Riu meio constrangida, mas eu não poderia assustá-la. Então desci minha mão, agarrando a dela, e a puxei em direção às rochas.

— Depois da trilha, vai conhecer todo o esplendor da Baía dos Porcos e o Morro Dois Irmãos, o cartão postal magnífico de Fernando de Noronha! Tenho a mais absoluta certeza de que a vista vai seduzir você! — garanti eufórico, olhando para ela a um passo atrás de mim. Pela sua expressão, soube que ganhara a sua admiração.

Naquele instante comecei a refletir sobre a minha hostilidade em sua chegada, apesar de não estar sozinho nesta. Ela também não poupara ofensas.

— Pelos comentários que já ouvi, acredito que seja mesmo tudo isso que está me dizendo — comentou, ofegante.

Então diminuí minhas passadas rápidas.

— Desculpe, ultimamente eu me canso com facilidade — explicou.

Um sentimento de ternura me tomou, quando concluí que ela era muito vulnerável.

— Acho melhor desistir — parei.

Fez que não com a cabeça.

— Não quero desistir agora. Você falou de um jeito tão emocionante que me deixou curiosa. Estou animada para experimentar algo novo, e confio em você.

— Pode confiar. — Segui em frente, puxando-a, mas agora em passos mais lentos.

— Annie Campbell — disse, inesperadamente. Seu tom baixo soou como música aos meus ouvidos.

Parei e me virei, deparando com a expressão mais linda que já vi na vida. Suas sobrancelhas bem feitas estavam levemente arqueadas em cima dos olhos verdes, que brilhavam intensamente. E aqueles lábios apetitosos entreabertos levaram-me quase à insanidade. Eu ansiava muito prová-los.

Cada vez mais aquela mulher me transmitia uma familiaridade que ainda não poderia haver entre nós.

Apertei firme sua mão, de um jeito protetor. Ela sorriu diferente, o medo se dissipou de vez; ali estava uma nova pessoa. Mais leve, determinada.

— O sobrenome é tão lindo como o nome...

Ela engoliu seco, sem graça.

— Como você.

— Obrigada — respondeu, baixando os olhos.

Ela sorriu lindamente.

— Eu sou Enzo Bennet, e é um grande prazer conhecê-la. — Puxei-a num impulso, colando-me a ela, que paralisou.

Também parei de respirar, sentindo o calor de sua respiração batendo em meu rosto. Com meus polegares, tirei os cabelos grudados em seu rosto pelo suor, e com as costas da mão direita comecei a alisar sensualmente a face quente, estudando minuciosamente cada canto.

— Você tem um ar de tristeza — proclamei pesadamente.

Ela resmungou.

— Está tão nítido assim? — questionou, meio que fugindo.

Assenti.

— Muito — respondi com carinho. — Não sei por que, mas sinto vontade de proteger você.

Baixou os olhos com pesar. Sua expressão de dor confirmava minha teoria e, de uma maneira que desconhecia, aqueceu tudo dentro de mim.

— Já tem muita gente cuidando de mim, entretanto ninguém resolve nada.

Pisei na bola, mas ela não escondia a amargura escancarada em seu tom de voz.

— Às vezes me passa pela cabeça o que você disse no estacionamento.

Ela ergueu a sobrancelha, buscando em suas lembranças. Tínhamos trocado farpas de montão naquele dia.

— Sobre já estar morta!

Me arrependi de entrar naquele assunto, porque vi que ela ficou profundamente ressentida.

— Vamos mudar o disco, não quero entrar nessa pauta — declinou, recuando.

Eu a segurei forte, impedindo que desse um passo sequer para trás.

— Tudo bem, tudo bem, não vamos falar sobre isto, OK? — Segurei seu rosto, obrigando-a a me encarar.

Consentiu com um meio sorriso.

— Não quero me indispor mais com você. Já basta a forma rude como a tratei quando nos conhecemos.

— Ah, nisso eu tenho que concordar. Um grosseirão de marca maior.

Estreitei os olhos, simulando estar ofendido.

— Não se faça de vítima, porque a senhorita também não foi exatamente uma lady — retruquei em minha defesa, e ela começou a rir.

— Vamos parar com esse assunto — sugeriu ainda rindo —, senão a coisa vai esquentar novamente.

Concordei, erguendo as mãos.

— Tem razão. Somos dois temperamentais. Não vamos começar tudo de novo! O passado tem que ficar no lugar dele. O que passou, passou.

— Exatamente.

Inesperadamente, seus braços delicados se cruzaram em minhas costas num abraço carente, tão confortável que não havia meios de explicar o que sentia, ainda mais com seu rosto colado ao meu peito. Estremeci ao sentir o calor da sua respiração. Abracei-a pelos ombros e apoiei o queixo sobre sua cabeça.

— Não sou temperamental — sussurrou ela. — Pelo menos não era. Eu me tornei.

Seu desabafo me deixou emotivo. Arqueei a cabeça, porque precisava olhar em seus olhos.

— Quer conversar a respeito?

Ela negou com a cabeça.

Sem resistir, selei meus lábios aos dela, quentes e macios, roçando-os lentamente, antes de minha língua invadir o interior de sua boca. E o beijo molhado, quente e gostoso foi inevitável. Nossas línguas se entrelaçavam famintas, uma queria devorar a outra. Eu não acreditava que poderia existir no mundo uma boca dessas.

Que sabor era esse?

Uma loucura! Um sabor diferente de qualquer outro que já experimentei, que aumentou e muito a minha temperatura e a dela. Todo o calor ficou centralizado em meu pau, que se preparou para a guerra, deixando-me meio que preocupado com a reação dela ao senti-lo.

Calminha aí, garoto!

E, para a minha surpresa, ela gemeu sem nenhum constrangimento.

— Ah!

Gemi com ela, correspondendo ao contato, toda trêmula. Ousei circulando sua cintura e agarrei na curva da sua bunda, puxando-a, colando totalmente a mim. Eu estava numa necessidade sexual tão grande que começou a doer.

— Você é muito gostosa... — murmurei em seus lábios.

E mais um gemido escapou dos dela, desta vez sem receio. Molinha, jogou seus braços para o meu pescoço, dependurando-se nele e se esfregando gostoso, curtindo minha dureza, sentindo o pulsar. Eu queria mais, muito mais... uma loucura deliciosa.

— Que magnetismo é esse? — Tremendo, ela rosnou entredentes, me apertando e me levando à loucura.

Estremeci, gemendo audivelmente. O prazer fazia meu coração bater mais rápido. Soltei seus lábios, deslizando pela sua face, indo para o pescoço, e comecei a distribuir beijos ardentes famintos. Sua pele perfumada e macia me fazia perder a razão junto com ela.

Suas mãos seguraram meu rosto, puxando-me. Com a ponta da língua deliciosa, circulou meus lábios de forma sensual, provocativa. Fechei meus olhos, imaginando-a fazendo aquele trabalho sensual na cabeça do meu pênis, e estremecemos eu e ele, latejando.

— Você é demais... — Sua língua invadiu faminta a minha boca, num outro beijo intenso, quente e arrebatador.

Não dava mais, minhas necessidades iam além do meu controle; eu desejava sentir seu calor. Desci as mãos pela lateral do seu quadril até quase nos joelhos, e voltei trazendo a saída de praia até a sua cintura, sem soltar sua boca. Eu estava extasiado, doido.

Ela sacudiu com meu dedo em sua virilha afastando o elástico do biquíni. E parou de respirar, assim como eu, quando alcancei sua lubrificação, deslizando sobre ela, circulando seu clitóris inchado, ouvindo seus gemidos de dor e prazer.

— Aaaaaah... Que sensação gostosa.

— Eu quero você. Nossa, como está molhadinha!

Estava cada vez mais ensopada, e me deixando com um tesão fora do comum.

— Que delícia! — Rugi em seus lábios e infiltrei o dedo, circulando, levando-a às nuvens, enquanto se contorcia em minha mão.

— Ah... — gemeu alto, sem conseguir esconder seu desejo. — Por favor, paraaaaa... — Sua voz estava baixa e arrastada, hesitando, e conseguiu escapar dos meus lábios famintos que a devoravam.

Eu a capturei novamente, segurando sua nuca, enquanto a outra mão degustava de tudo dela.

— Pelos deuses, é melhor a gente parar.

Neguei com a cabeça, sentindo-a vacilar.

— Eu não consigo, eu quero muito sentir você. — Com uma mão, agarrei sua bunda e a puxei para mim; com a outra, libertei o pau para fora da sunga, duro como uma rocha e doendo pacas, e encaixei-o no meio de suas pernas, ao que ela suspirou profundamente. — Olha só como você me enfeitiçou! — E me esfregava nela de um jeito magnífico e delicioso.

Não havia razão que conseguisse bloquear aquele instante, mas as vozes que ecoaram de repente, sim. Ambos saltamos para trás, tentando nos ajeitar.

Pensativo e ofegante, eu a fitava, enquanto um grupo de turistas passava por nós.

Ela sorriu, trêmula, e eu retribuí na mesma sintonia.

— Então, voltando ao assunto — comecei, e ajeitei a sunga para esconder a ereção volumosa ali marcada. Ela riu da cena. — Não ria, porque você é a responsável — brinquei, apontando o dedo para ela.

— Eu? — Fez cara de inocente.

Concordei, fazendo a mesma cara inocente.

Ela caiu numa gargalhada divertida com meu olhar de vítima. Um momento que aliviou a tensão.

Seu estado emocional deu um salto: de melancólica, passou a uma alegria contagiante. Uma nova mulher, que ganhava minha admiração a cada instante.

Respirei fundo antes de continuar:

— É engraçado a sensação que tenho de conhecê-la há um tempão, como se você fosse uma conterrânea.

Ela riu do meu comentário, e eu também.

— Puxa! Você tirou conterrânea do fundo do baú.

— Foi o que veio à minha cabeça, e não sou tão velho assim! — defendi-me, descontraído como ela. — Trinta e seis anos é considerado bem jovem. — Rindo, eu me aproximei, segurando em seus ombros, sentindo sua respiração em meu rosto, deixando-me totalmente fora de órbita.

— N-não... eu tam-também acho que não — gaguejou num fio de voz.

Achei lindo seu jeito tímido e o tremor pelo seu corpo.

Inclinei-me, unindo nossos lábios úmidos e trêmulos. Nosso desejo mútuo era nítido.

— Acho melhor a gente continuar a caminhada — ela disse, num tom de voz ajuizado. Se dependesse de mim, sei não!

Concordei e, segurando firme em sua mão, seguimos nosso destino.

CAPÍTULO 12

§

Annie

Meu cérebro enviava mensagens a meu corpo para que resistisse à fraqueza, mas as dores, embora menores, ainda persistiam. Entretanto, a presença dele se tornou um estímulo gratificante, tornando a dor um detalhe. Meu corpo ainda estava em ebulição, e com absoluta certeza o dele também, pois o calor de sua mão irradiava para a minha.

Uma sensação nova, fascinante.

Precisava de momentos assim: eu não parava de suspirar, olhando para sua bunda dura e deliciosa, morrendo de vontade de mordê-la.

A um passo atrás dele, eu vibrava com a visão dos céus... ou do inferno. Estava muito confusa sobre o que estava sentindo. Mas dei de ombros. Céu ou inferno, não importava: a atração era forte. Tinha em mãos algo que se sobrepôs ao que queria me derrotar, e isso não tinha preço.

Comecei a rir ali, no anonimato, refletindo sobre meus atos. Chegava a ser incompreensível ceder daquela maneira, — homens folgados me davam nos nervos. *Então, por que agora estou facinha assim?*

Ele era muito seguro de si, e me dava atenção em abundância. Então, como me sentia muito sozinha, pois havia algum tempo que não me relacionava intimamente com alguém, bom... devia ser essa a explicação.

Ou um presente, talvez?, pensei, olhando para a imensidão alaranjada. A noite ainda não tinha tomado seu lugar de direito, enquanto fazia mentalmente a pergunta a Deus... Balancei a cabeça e decidi parar com aquilo.

Ele nunca me ouviu nem olhou por mim; era apenas obra do acaso, isso sim.

Respirei fundo, concentrando-me no caminho e me deixando ser levada por ele.

Caminhamos pela areia por alguns minutos num ensurdecedor silêncio, e subimos devagar as escadas. Minha respiração se manteve estável, mas o peso nas pernas se tornou insuportável.

— Falta muito ainda? — reclamei, olhando para cima.

Apesar do ar fresco e da noitinha chegando, estava me sentindo indisposta, minhas pernas não respondiam às minhas vontades. Mesmo assim, me mantive firme.

— Muito pouco. Já estamos quase lá.

— Jura? — A exaustão já me deixava desconfiada.

— Sim. — Inclinou a cabeça, fitando-me um degrau abaixo dele, estudando-me por alguns instantes. — Ânimo, mocinha, você ainda é muito jovem para se cansar tanto.

— É a preguiça.

Ele piscou com a minha desculpa.

E seguimos subindo um pouco mais lentamente. Continuei babando na sua bunda dura, as pernas musculosas e peludas, com uma coisa estranha dentro de mim.

Ri, fazendo-me de inocente. Estava era excitada com aquele homem.

Ah, Nossa Senhora do Juízo, me proteja!, pensei olhando para o céu mais uma vez, com um sorrisinho assanhado quando alcançamos o último degrau.

— Será que todo esse silêncio significa medo de mim? — Quebrou o silêncio.

Ri ofegante.

— Tenho motivos para sentir medo? — Isso o fez parar e me fitar.

Revirei os olhos imperceptivelmente com aquele frio na barriga.

Ele me encarou sem dizer nada, e seus olhos foram em direção aos meus seios. Como num sincronismo ensaiado, os meus desceram até seu pau, que já estava duro novamente, em um volume assustadoramente envolvente.

Fiquei embasbacada.

— Acho que sim, seu poder de fogo é altamente letal — insinuou, devorando-me com o olhar que percorreu todo o meu corpo, deixando-me arrepiada com um tremor generalizado.

Perdi o controle até mesmo das minhas pernas: quase caí, sem conseguir sustentar o peso do meu corpo com o pico de adrenalina.

— É melhor seguir adiante antes que escureça — disse, antes de se virar. E me arrastou.

Era engraçado a excitação que me arrebatou com aquele olhar devorador; minha calcinha já estava mergulhando numa inundação inexplicável. Nunca senti tanta vontade de transar com um homem quanto sentia naquele momento.

A distância que percorremos pela trilha não foi irrisória e me deixou com dor de cabeça. Entretanto, a beleza deslumbrante era maior. E tenho que dizer que, de todas as praias, esta estava sendo minha preferida. Um esforço compensador, levando-se em conta a pequena praia com faixa de areia estreita e muitas pedras, que formavam piscinas de águas transparentes visíveis de cima do mirante.

E havia alguns turistas praticando *snorkeling*, um esporte muito apreciado na região pela vida marinha abundante. Havia um paredão rochoso altíssimo, pedras vulcânicas e uma pequena baía em que as ondas quebravam bem de leve, além da vista do Morro Dois Irmãos, que completavam o visual de tirar o fôlego.

— É um dos lugares mais paradisíacos desta ilha — disse baixinho ao pé do meu ouvido, e notei que foi proposital.

Fechei os olhos, suspirando ao sentir suas mãos abraçarem minha cintura pelas costas, como se fôssemos íntimos.

— S-sem sombra de dú-dúvida — gaguejei ainda com os olhos fechados, sentindo o tremor de suas mãos em meu estômago, além de sua respiração ofegante sobre meus cabelos.

O hálito quente despertava meus desejos mais primitivos. Notando o quanto eu vibrava, colou seu corpo ao meu, me dando o prazer de sentir toda aquela dureza pulsando e o privilégio de sentir seus batimentos cardíacos em minhas costas.

Quero muito senti-lo dentro de mim.

Minha boca encheu de água com o pensamento.

Era incrível o poder que tinha de me fazer esquecer os problemas que dilaceravam minha alma.

— Precisa experimentar *snorkel* — murmurou em minha cabeça, apertando com mais força.

De repente, fiquei confusa em relação ao julgamento que ele fazia sobre mim.

Será que está pensando que sou uma vadia?

Mas também não iria entrar nessa pauta.

Nunca fui santa, tampouco promíscua. De qualquer forma, em defesa de minha honra, mesmo já quase me entregando a ele, segurei suas mãos, tirando-as de mim, e fugi de seu contato.

— Aqui é o paraíso, sem sombra de dúvidas. — Abri meus braços, girando, disfarçando.

Apesar de estar mesmo encantada, parei e o olhei me admirando, sem nenhum sinal de abalo com minha fuga.

— Eu sabia que iria curtir.

Ele combinava com tudo aquilo.

Sorri e fui retribuída com um sorriso iluminado.

— Cada vez que olho para você, lembro de nossas discussões. — Ele riu. — Fui muito hostil.

Deu de ombros parecendo não ligar muito.

— Uma reação natural e necessária. Afinal, não se pode dar trela a um estranho que pode ser um potencial agressor ou mesmo um assassino. Aliás, ficou registrado o perigo que é surgir em minha frente — proferiu sarcástico.

Reprimi a vontade de rir, pensando no cenário que nós dois projetávamos ali naquele espaço afrodisíaco e deserto. Não seria muito ruim se ele fosse a primeira opção. Aliás, ele já se tornara um agressor ao meu juízo querendo se render.

Sua idiota!

Zombei de meus devaneios e me virei, despertando sua curiosidade.

— Ah, agora tem que me dizer qual o motivo desse sorriso — insistiu, rindo, e se colocou à minha frente.

Eu me virei de costas, gargalhando, e ele segurou em meu ombro, virando-me de frente. Suspirei sem perceber diante da magnitude de seu olhar enigmático, instigante. Havia muito escondido atrás de sua aparência rude.

— Acho que já entendi o que passou pela sua cabecinha. — Seu dedo indicador voou até a ponta do meu nariz e a tocou de leve, espalhando ondas elétricas pelo meu corpo.

Fechei os olhos em êxtase, sentindo seu hálito adocicado. Aliás, êxtase era a definição exata do que ele causava, e era muito bom, diferente do que já senti até hoje. — Eu nunca faria mal a alguém, ao contrário, costumo salvar as pessoas, como já comentei antes. — Aquela voz rouca soprando ao meu ouvido era de enlouquecer; mergulhei no som das ondas do mar quebrando nas pedras.

Afaste-se dele. Ele é um tubarão faminto que saiu do oceano para te devorar inteira, Annie.

Acho que aquela era a voz da Nossa Senhora do Juízo. Mas acho que não tinha tanta força assim, porque não conseguia resistir a ele. Estava muito difícil, especialmente depois de sua ousadia ao revelar sua virilidade.

Eu queria saber por onde andava o meu medo! Em alguns instantes, ele surgia, mas era por um segundo, e depois zarpava. E agora desaparecera de vez! Tudo o que conseguia sentir naqueles braços era alegria. Meu corpo e tudo nele se entregavam involuntariamente, o que permitiu que um gemido escapasse de meus lábios. Uma reação que já estava saindo do meu controle.

Ele então levou sua mão direita ao meu pescoço. Minha respiração ficou curta, minha cabeça pendeu para o lado, enquanto ele foi descendo pela lateral de meu corpo, até chegar à minha mão e me puxar para mais perto.

Ergueu meu braço e ficou ali, fitando minha pulseira de couro, lendo os dizeres que fiz questão de deixar registrados para nunca me esquecer. E então um sorriso diferente, pensativo, se abriu em seu rosto.

— Sem dúvida, os sonhos movem a vida — comentou, ofegante.

Em seguida, enrijeci com sua mão em minha cintura, que me puxou, unindo nosso corpo. Cada célula minha se movimentou na direção do toque dele; eu já podia sentir cada uma delas entrando em combustão.

Sentia a dureza do seu pau pulsando em contato com minha vagina, já excitada ao extremo.

As contrações chegavam a ser dolorosas. O fato é que aquele estranho me excitava ainda mais, e insistia sutilmente!

Uma emoção desconhecida tomava toda a minha razão. *Que se dane!* Cometeria qualquer pecado naquele instante sem pensar nas consequências.

E travei com minha consciência me cobrando.

Esse tipo de sentimento eu tinha obrigação de sentir por pessoas mais próximas e que o mereciam. No entanto, recusei todas as investidas pelo simples fato de não ter sentido a química que experimentava agora. Um egoísmo pelo qual talvez tivesse que pagar um alto preço.

— É... É... — Até que me esforcei, porém não foi possível dizer qualquer palavra em meio a tantas emoções.

Seus olhos cerraram, flamejando, sem perder o contato com os meus.

— É incrível... — completou a frase, sussurrando. Deslizando a mão por minhas costas, me torturava. A ausência de pessoas naquele horário tornou o momento ainda mais perigoso.

Podia sentir o tremor de seu corpo, assim como o do meu. Me apertou mais ainda contra seu corpo suado, incrivelmente excitante, e se inclinou, parando seus lábios a centímetros dos meus.

Fechei os olhos, sentindo seu hálito convidativo dentro de minha boca entreaberta, fazendo com que me esquecesse de respirar.

— O que é incrível? — murmurei num fio de voz, totalmente anestesiada. Era óbvio que percebera minha vulnerabilidade; eu deveria reagir, só que não fazia ideia de como.

— Você... — respondeu, tocando a ponta do meu nariz com o dele, esfregando sensualmente.

Ah, meu Deus! Nossa Senhora do Juízo, agora é sério, me socorre! O perigo está iminente.

— Este efeito que estou sentindo... Não consigo resistir.

Você deve falar isso para todas, seu galinha!

E do que adiantava a conclusão? Minhas pernas amoleceram com aquela voz aveludada jorrando partículas de saliva, que invadiam minha boca como um tsunami. Tudo ali com ele soava intenso e bom... delicioso.

— E a natureza ao nosso redor está dando uma forcinha.

Arqueando apenas um pouco a cabeça, seus olhos vagaram para o horizonte.

Ainda estava claro, e a lua surgiu no céu, inspiradora, com sua beleza ímpar. As águas do mar lá embaixo criavam um efeito mágico. Uma magia esplêndida de que precisava muito, muito mesmo!

— Veja como o anoitecer é lindo. Ele brilha de forma diferente hoje.

Suspirei junto a ele.

— Agora feche os olhos e ouça — pediu, agarrando minha cintura com as duas mãos, colando totalmente nosso corpo excitado, não restando nenhum espaço entre nós. Fechamos nossos olhos juntos.

Estava ciente de que não podia deixar fluir, mas como poderia impedir? Eu sequer conseguia respirar!

O pulsar de seu coração se misturava ao som das ondas do mar arrebentando nas pedras.

— Venho aqui praticamente todas as noites... — Baixou os olhos para nossos pés, e os levantou em seguida. — Gosto do silêncio para pensar, refletir... — falou com a voz tomada por saudade, e me fitou profundamente.

Fiquei ali o analisando, com a impressão de ver a umidade pelo vão de seus olhos, como se estivesse querendo chorar.

— Talvez este seja o melhor local que o seu coração encontrou para desabafar — deduzi.

Afinal, era exatamente o que eu procurava, um lugar para fazer as pazes com a vida.

Abriu um leve sorriso de satisfação.

— É... — Meneou a cabeça lindamente. — Tem que concordar comigo que aqui é o lugar ideal para chorar. — Ergueu a mão girando ao redor.

— Sim... eu concordo! Só não imagino um brutamontes como você, que se esconde atrás de tantos cabelos, chorando!

Gargalhou, jogando a cabeça levemente para trás e segurando em meus ombros.

— Engraçadinha!

Ergui minhas sobrancelhas, inocente.

— Pode me chamar de louco, eu aceito. Mas tenho que dizer...

Dei de ombros com aquele suspense todo.

— ... É como se você fizesse parte de tudo aqui.

Sacudi a cabeça, com a razão me cobrando com severidade:

Cai fora rápido, ele está lendo seus pensamentos.

Enquanto eu só pensava, ele ainda pronunciava de forma poética. Claro que suas palavras eram lindas, maravilhosas e me fascinavam. E isso era um forte indício para eu abrir os olhos.

Ele apenas me seduzia, e o pior era que estava conseguindo com maestria, tornando meu desejo obsessivo. Ele me enfeitiçou com sua presença, e me esqueci de todo o resto.

Um estranho..., minha razão me cobrava. Mas não conseguia vê-lo como tal, pois tinha uma forte impressão de que via através de seus olhos um passado no qual estive.

Sacudi a cabeça para dissipar aquele absurdo.

Real ou não, sincero ou não, o fato é que aquele barbudão era muito intrigante, instigante e... perigoso.

Precavida, eu o empurrei com as mãos em seu ombro, recuando a uma distância segura.

— Acho que já chega, é melhor irmos embora — falei com as mãos no ar.

— Me desculpe! Me desculpe! — Totalmente constrangido, ele se aproximou, segurando em meu ombro novamente, obrigando-me a encará-lo.

Cara persistente!

— Não sou nenhum tarado desconhecido, me desculpe — implorou, me fazendo sorrir junto com ele.

— Sei que não. O motorista do bugue me disse que você é um cara legal.

Ele grunhiu, sorrindo.

— É sério?

Assenti.

— Então quero fazer jus, provar que sou uma pessoa decente. E, para começar, eu a convido para um suco de fruta natural na minha humilde casa.

Ri diante daquela cordialidade.

— Talvez um bom café! — sugeri com a boca cheia de água.

Ergueu a sobrancelha, surpreso, e então acenou com a cabeça, concordando.

— Embora essa opção seja estranha num lugar quente como este, assim seja, o que desejar! — E inocentemente passou a ponta da língua apetitosa ao redor dos lábios, deixando-os úmidos.

Suspirei com uma vontade louca de senti-lo mais uma vez. Notando a direção de meus olhos, suas mãos vieram aos meus braços e desceram riscando-os até seus dedos se entrelaçarem aos meus. Ele me puxou, permitindo que eu sentisse sua ereção, fazendo-me arfar.

— Você não perde a chance?

Joguei a cabeça levemente para trás com seus lábios roçando a pele de meu pescoço com suavidade, e lá estava eu, novamente embasbacada com seu atrevimento.

— Você é uma bruxinha que roubou meu cavalheirismo.

— Ah... — meu gemido soou como permissão.

— Você tem um cheiro tão bom! — rosnou, mergulhando uma das mãos em minhas costas, descendo até minha bunda, depois me apertou com força, fazendo-me estremecer, e gemeu no meu pescoço.

Você quer me foder, isso sim!

— Acho melhor pararmos — falei, mas acho que foi só mentalmente, pois continuou me provocando. Totalmente entorpecida, ainda tentei me desvencilhar de seu aperto, e ele começou a roçar seus lábios nos meus levemente, paralisando-me.

— Ah, você está aí! Estava te procurando, cara!

Saltei para trás com a voz masculina e ofegante, vinda de longe, misturando-se ao vento e às ondas se quebrando.

— Cara, você me fez subir todas essas escadas — reclamou, esbaforido.

Enzo ficou ali me olhando, ainda perdido — ambos estávamos ofegantes — antes de se virar para aquele rapaz.

— Todos já estão no barco. Se quiserem evitar uma boa pernada é melhor se apressarem, a não ser que estejam pensando em dormirem por aqui — informou, insinuante.

Enzo se virou com um sorriso escaldante e iluminado do tipo “eu quero”.

O rapaz riu e se afastou, seguindo em direção às escadarias.

Resmunguei, inclinando a cabeça para o lado, descrente com aquele convite.

CAPÍTULO 13

§

Enzo

Que merda! Eu preciso muito foder com ela.

Tá difícil!

Ela sorriu, timidamente envergonhada.

— A alvorada é tão magnífica quanto o pôr do sol — sugeri com uma voz sedutora, na tentativa de convencê-la.

Seus olhos brilhavam, deixando-me na expectativa. Santa eu já notei que não era. Mentalmente rezei uma Ave-Maria e um Pai-Nosso, aguardando ansioso por um sim. Precisava dar uma com ela, ou a comeria em casa, apenas com a mão.

— Prefiro amanhecer na minha cama.

Aquele balde de água fria me frustrou.

Não acredito que não vou comer esta mulher. *Caralho!*

O tempo voou, mas bem que poderia ter passado mais lentamente.

Sorri, tentando esconder minha frustração. Se consegui não sei, mas ela me deu as costas, seguindo em direção às escadarias.

— Você é um grande perigo para a minha razão — comentou.

Ri sozinho com sua sinceridade, nem tudo estava perdido.

***

Enquanto os poucos turistas estavam dependurados ao redor do barco, ansiosos para o passeio pelo Mar de Dentro, que geralmente era ladeado pelos golfinhos, minha ansiedade era outra. Meu corpo entrou numa espécie de vibração aguda quando embarquei.

E me abalou o fato de Annie estar nitidamente constrangida com a presença do Carlinhos e ir para o fundão do barco, na parte onde não havia ninguém, e permanecer lá, admirando as águas que ganharam um tom platinado com a luz da lua sobre elas.

O suor minava de meus poros por puro desejo: seu cheiro, o calor do corpo, o tremor, tudo ficou impregnado, e, venerando-a ali de costas, precisei esconder minha ereção eterna. Em seguida, aproximei-me dela.

— Mergulhar à noite é tão perfeito quanto de dia.

Ela pulou de susto quando toquei seu ombro.

— Ah, que susto!

— Não quis assustá-la.

Ela ficou imóvel, arfando.

— Como estava dizendo, principalmente quando se tem sorte de nadar com os golfinhos, embora não seja permitido, com risco de multa — expliquei, e ela continuou quietinha. — Esta região tem como característica as águas transparentes e a vida marinha abundante — concluí, louco para me encostar nela. Era tudo o que eu e meu amigão dentro da sunga desejávamos.

Respirou fundo e se virou de frente.

— Deve mergulhar muito por estas regiões, não é mesmo?

Assenti.

— Aqui em Fernando de Noronha a gente se conecta com a terra e o mar — respondi, desviando os olhos para o horizonte, observando e recordando-me de meu pai, lembranças que sempre me traziam uma forte emoção.

Sentei-me, observando-a. Ela olhava ao redor da embarcação, reparando nos detalhes.

O barco tinha uma boa estrutura, muito espaço para circular, vários lugares para sentar, uma boa área aberta e outra grande coberta.

— Senta aqui comigo — pedi gentil.

— Estou encantada com tanta beleza — comentou ao se sentar.

— É a sua primeira vez aqui?

Assentiu com uma expressão séria, entrelaçando os dedos das mãos. Parecia preocupada.

— Pelo que estou vendo você é um frequentador nato do arquipélago — desviou o assunto para mim. Mas não questionei.

— Quando resolvi vir para cá era apenas com o intuito de tirar umas férias, descansar a cabeça, mas fui seduzido pela beleza. Estou aqui há uns três meses.

— Nossa! Bastante tempo.

Eu me inclinei, sentando em cima da perna e ficando de frente para ela.

— E acredito que vai te seduzir também quando fizer o mergulho — sugeri animado, passando a mão em meu peito, e ri com seus olhos fascinados.

Nossa, seu olhar me instigava cada vez mais. Corada, ela desviou imediatamente e esticou os braços se espreguiçando. A visão da silhueta me deixou com água na boca.

— Embora ainda me sinta insegura, o mergulho é uma de minhas prioridades aqui na ilha — disse por fim, olhando num ponto qualquer ali dentro do barco.

Linda!

— Eu sou a pessoa ideal para te mostrar tudo. Explorei cada centímetro desta ilha, e garanto, vale muito a pena. Só precisa ter mais disposição, um pouco de preparo físico.

Ela baixou a cabeça, rindo, notando onde eu queria chegar.

— A culpa é do sedentarismo. Há algum tempo não pratico exercícios.

Meus olhos foram dos seios até suas coxas torneadas e estremeci. Ela arfou.

— Não é o que seu corpo está demonstrando. Tem corpo de quem malha, Annie. Pelo menos parece ter uma boa massa muscular.

— É minha genética.

— Parabéns! Embora não sei se seja possível ter músculos como o seu apenas por genética. No meu conhecimento, é preciso uma quantidade de atividade física.

Ela corou com a minha avaliação.

Eu e minha boca!

— Não a estou acusando de mentirosa — expliquei com as mãos estendidas.

Ela resmungou, rindo, e baixou os olhos para suas mãos ainda agitadas.

— Enfim... Como eu estava lhe dizendo, vale também conferir o pôr do sol nos mirantes do Forte Nossa Senhora dos Remédios ou no Boldró. E o Bar do Meio é sensacional; dá vontade de ficar ali eternamente.

Tem muitos outros passeios... — mudei o rumo da prosa na tentativa de animar nossa conversa. — Eu me contrato como seu guia.

Caiu na gargalhada com meu jeito sorrateiro. *Ufa!*

— A proposta é tentadora — disse, olhando-me diretamente nos olhos. — Trato feito.

Ela torceu a boca antes de pegar na minha mão estendida. E a apertou, sacudindo efusivamente em tom de humor.

Além de sua companhia ser agradável, era uma fofa que deixou meu coração aquecido. Um mistério em pessoa, mas uma graça que eu queria provar.

De repente, todos da embarcação se levantaram, felizes com a visita dos golfinhos, que acreditávamos que ficaríamos sem ver ao cair da noite.

A princípio, fiquei do seu lado. Eram muitos golfinhos e estavam por todos os lados do barco, na frente, atrás, nadando livremente. Uma visão espetacular! Quando os animais se aglomeravam no mesmo ponto, a concentração de pessoas fez com que eu me colocasse atrás dela para dar espaço aos apreciadores. Com as mãos na sua cintura, como se fôssemos namorados, fechei meus olhos, sentindo-a vibrar debaixo dos meus dedos à medida que o meu hálito atingia seus cabelos.

Ela me transmitia algo bom. Estava adorando sua presença na ilha.

— Quem aí vai querer uma água de coco? — ofereceu Carlinhos. Notei sua vergonha por nos ter flagrado num momento "um pouco mais íntimo". — Deixa eu me apresentar — disse, estendendo a mão livre, que ela apertou. — Este mulato lindo de olhos cor de mel é o Carlinhos, o cara que vai te levar para conhecer toda a ilha e ainda lhe oferecer mordomias. — Ergueu o coco com olhar matreiro e a encantou de cara.

— Annie Campbell, muito prazer... — Balançou a mão, entusiasmada com o olhar dele. — Parabéns, Carlinhos, é um excelente vendedor. — Um sorriso orgulhoso se abriu em seu rosto, e ele me olhou, dando de ombros. — Mesmo que não estivesse com sede, compraria seu coco — disse, pegando a garrafinha de sua mão e virando de uma vez na boca, saboreando com prazer a bebida fresquinha. — Estava com sede e nem sabia. — Rimos, nos entreolhando.

— Eu também aceito uma — disse, pegando a que ele acabara de abrir.

— E quais os planos para amanhã à noite? — perguntou-me.

Ergui as sobrancelhas, perdido.

— Noite de Natal, cara! Esqueceu?

Meus lábios se abriram com a surpresa.

— Para falar a verdade, Carlinhos, eu tinha me esquecido totalmente — disse com a expressão séria desviando o olhar para o horizonte negro.

Depois da morte do meu pai, não conseguia abrir mão do silêncio e da privacidade.

— O pessoal da ilha marcou a ceia no Bar do Meio — informou ele. — Se quiser aparecer por lá será bem-vindo. — Em seguida dirigiu-se para Annie. — Você também está convidada.

— Acho que não, mas obrigada pelo convite — respondeu, certa de que não compareceria.

Levamos mais meia hora navegando em mar aberto, até chegarmos à praia do Porto Santo Antônio, repleta de barcos de passeios ancorados.

Mostrei a ela meu lado humano, narrando sem pausa para descanso os três meses de minha estadia na ilha. Ela se animou, e notei que evitava falar de si própria.

O tempo que passamos na embarcação permitiu colocá-la a par de tudo. Como qualquer outro lugar, a ilha paradisíaca também tinha alguns problemas, afastados dos olhos dos turistas.

Comecei falando da falta de estrutura hospitalar, sem esconder minha revolta, e à medida que a conversa a respeito se estendia, ela também se mostrou indignada. Depois a pauta saltou para recursos para educação, além de outros problemas também comuns.

— Você já precisou de atendimento médico? — perguntou, curiosa, baseando-se no meu comportamento, logo quando o barco atracou.

Limpei a garganta e me levantei rapidamente sem responder.

— Ah, então você aceitou minha sugestão!

Annie se virou de imediato. Parecia conhecer a Meg.

Vestida apenas num minúsculo biquíni floral verde, entrou na embarcação caminhando em seus passos quase flutuantes e parou em nossa frente, com as mãos segurando os quadris. O detalhe: a pergunta fora direcionada a Annie, no entanto seus olhos estavam em mim. Senti uma quentura subir, com medo de a garota atrapalhar minha conquista.

— E aí, me conta como foi: o pôr do sol supriu suas expectativas?

Desviei da Meg, buscando o olhar da Annie, e fiquei preocupado. Havia uma tensão enorme neles.

— Amei. — Annie abriu as mãos, meio confusa, naquela situação um tanto constrangedora.

— Eu sabia que ia gostar, é muito exótico! — comentou Meg, e segurou em minhas mãos.

Os lábios da Annie se abriram e um suspiro chocado escapou por eles. Então ela engoliu forte, atordoada, e disfarçadamente se virou, caminhando em direção à escadinha de saída.

— Você encontrou com a Annie na praia?

— Sim, sim... nos encontramos por acaso.

Eu queria correr atrás dela. Também estava incomodado com tudo aquilo.

E o pior de tudo foi que, enquanto ela descia as escadas, olhou para mim bem no momento em que a Meg segurou em minhas mãos, colocando-as em seu quadril.

Gelei de imediato, mas não tive tempo. Ela desceu quase correndo, e eu não consegui me desvencilhar da Meg.

Ainda vi quando ficou perdida, olhando de um lado ao outro, depois de falar com o Carlinhos, mas a Meg segurou em meu rosto exigindo atenção, e quando retornei não a vi mais.

CAPÍTULO 14

§

Enzo

Engraçada minha sensação de perda quando a Annie, linda, de olhar quente e ao mesmo tempo melancólico, desceu da embarcação. Sentia uma compulsão absurda de ir atrás dela, conversar mais um pouco, saber mais a seu respeito.

Que porra é essa?

Aquele tipo de sentimento nunca me acometera, tampouco estava em meus planos. Uma sensação de urgência me tornava escravo, e eu estava odiando aquilo. Aliás, tinha vindo para cá justamente para relaxar, fugir de problemas, e agora essa! Não, não, eu não poderia me deixar seguir por essa estrada perigosa.

A Meg surgiu como minha salvação, prendendo-me ali.

Era o que eu queria que fosse, porém não era! A ansiedade em ir atrás dela era tamanha que fiquei tenso: meus olhos inquietos a procuravam do lado de fora da embarcação, enquanto passava as mãos pelos cabelos me segurando ali. Não pretendia ser deselegante; afinal, a garota sempre fora uma fofa, prestativa em tudo.

Ela desatou a falar sem parar, assuntos que não me diziam respeito, chatos. Estava impossível prestar atenção com a cabeça do lado de fora do barco. Afinal, o que eu esperava de uma jovem de 20 anos de idade?

O assunto estava bem de acordo com sua geração.

— OK, Meg... só me dê um minuto... — Desvencilhei para o lado e segui em direção à saída, enquanto ela me olhava incrédula.

— Enzo!

Parei com o tom alto e inconformado de sua voz e me virei.

Seus olhos cerrados e os vincos na testa mostravam sua perplexidade.

— Você ouviu minha pergunta?

Respirei fundo.

— Er... É... — *E agora?*, indaguei mentalmente, com os olhos de Meg aguardando minha resposta.

Levantei os braços, tentando ganhar tempo, e ela me salvou.

— Vai ou não à nossa ceia de Natal amanhã no Bar do Meio?

Ufa!

Todas as festividades deixaram de fazer parte do meu calendário. Só pensar na aglomeração já me causava arrepios, porém agora a coisa tinha mudado de figura. A simples pergunta me causou um friozinho na barriga e um rebuliço dentro da sunga. O mesmo aconteceu quando o Carlinhos falara sobre isso. Havia ainda a localização do bar, que fica entre Praia da Conceição e a Praia do Meio. Pra mim, era o melhor lugar para curtir o pôr do sol.

— Vejo isso depois, OK? — Desci rapidamente sem olhar para trás, ignorando seus grunhidos.

Não a encontrei por ali e me aproximei do Carlinhos, que estava conversando com seus funcionários.

— Carlinhos, você viu a garota que veio comigo?

— Ela foi por ali — respondeu, apontando a direção.

— Obrigado!

Segui em passos tão apressados que nem notei a pedra no meio do caminho e tropecei. Mas não poderia perder a chance, então me recompus e continuei.

Droga!, reclamei, sentindo que o solado do meu tênis fora danificado. Faltava alguma coisa, segui mancando, sem tempo para verificar.

Parei na esquina e nada dela. Considerei a ideia de ir até a casa onde ela se hospedou, mas desisti, achando-me um tremendo babacão. Já estava me saindo um adolescente com juízo zero.

Tudo bem que já estava há muito tempo sem sexo, mas pelo amor de Deus! Qualquer mulher poderia me satisfazer, então porque essa obsessão em relação à Annie?

Qual é Enzo, vê se cai na real!

A real era que estava difícil me concentrar em outra coisa a não ser naquele rostinho lindo, naquele corpo torneado de atleta com músculos na medida certa. Meu corpo todo estremeceu, revivendo seu corpo em meus dedos. Ainda sentia o calor de sua pele, o sabor de seus lábios...

Pensei em dizer-lhe sobre sua outra pulseira comigo, mas desisti! Deixaria o tempo correr, e então lhe faria uma surpresa.

Bem que eu imaginei que se tratava de um amuleto, já que ela usava uma similar, com os mesmos dizeres.

Fechei os olhos, suspirando profundamente, pensando em como tudo poderia acontecer.

O que é isso que estou sentindo?

Meu corpo entrou numa espécie de erupção, meu pau duro começou a latejar, escapando por cima do elástico da sunga. Um tesão que chegava a doer. Apertei-o prazerosamente e tremi todo de vontade de sentir o calor dela. Poderia comê-la com as mãos, mas a possibilidade se tornou desinteressante. Eu necessitava de mais... Nós necessitávamos.

Né, amigão?

Ele respondeu pulando, deixando-me ainda mais alucinado. O jeito foi recorrer ao meu amigo compreensivo ali no canto da sala, o Bob. Soquei a cara dele com toda a minha força.

— Ainda bem que você está aqui — disse em voz alta, e soquei a cara dele de novo.

Um amigão e tanto este meu boneco! Apanha sem reclamar, fortalece meus braços e ainda alivia meu estresse. Mas desta vez ele falhou: meu pau inquieto ainda palpitava.

A imagem da Annie se agarrou à minha mente como um carrapato.

— Mas vou resolver isso — falei em tom maldoso com o Bob. — É só foder com ela uma vez e pronto! Tudo volta aos eixos...

Assim eu esperava, pois foi só pensar em seu calor que meu pau pulou, e desta vez eu gemi alto, apertando-o.

É foda!

Corri para o quarto, incomodado com o tênis, e com um pé arranquei-o, jogando em algum canto, fazendo o mesmo com o outro. Só então abri o armário onde deixei minha mochila de viagem.

Colocando-a sobre a cama, tirei de dentro dela aquela pulseirinha de couro que Annie tinha deixado cair. A frase era bem interessante, e refleti muito sobre ela. Acho que foi por essa razão que a carregava comigo.

— Exatamente a mesma frase — li em voz alta.

Se perder a capacidade de sonhar, vai perder muito mais do que o combustível da vida, irá desnutrir sua alma.

Estremeci, fechando os olhos, revivendo aquele dia, nosso esbarrão, a discussão desnecessária.

Céus, como este mundo é pequeno!

O fato é que fiquei curiosíssimo para conhecer seus mistérios...

Ela estava mais magra, porém continuava a mesma.

Sensual.

Depois de nossos encontros, passei alguns dias com aquela sensação pelo meu corpo. Soltei o ar com pesar; voltar no tempo me fez recordar do meu pai, e o desânimo me tomou por inteiro. Aquela saudade dentro do peito, o sentimento de culpa... Sentimentos que logo foram apagados pelo rosto da Annie em minha mente, causando uma puta euforia em meu corpo, deixando meu menino mais agitado.

Eu preciso experimentar.

Segui para o banheiro me despindo, deixando a sunga pelo meio da sala. Ele pulsava na minha mão, implorando por sexo. Soltei meus cabelos sobre os ombros e optei por um banho frio, para tentar apagar aquela chama.

Liguei o chuveiro e me joguei embaixo do jato de água fria, causando um choque prazeroso pelo meu corpo quente. Cada curva do corpo dela ficou gravada em minhas memórias, que vinham à tona. Ela me deu um tremendo apetite. Comecei a me masturbar gostoso; precisava aliviar rapidamente toda aquela tensão. E o desejo aumentava à medida que meu cérebro injetava as recordações do seu hálito morno, seu olhar brilhante...

Linda!

Minhas pernas estavam bambas com o aumento da velocidade, naquele vai e vem gostoso. Eu necessitava muito foder com ela, meter bem fundo dentro daquele corpo gostoso.

— Talvez eu possa dar uma ajudinha... — A voz de Meg se misturou com o ruído do boxe se abrindo.

De costas, eu me virei.

Meus olhos fixaram na depilação, uma seta direcionada a sua vagina magrinha. Meu pau pulou na minha mão.

E por que não? Não era de ferro, e também era uma oportunidade e tanto a que a Meg me oferecia. De repente, uma transada seria o suficiente para apagar aquela onda de arrepios que o tempo todo vinha em meu corpo com um simples pensamento.

— Desculpa eu entrar assim sem bater... — disse, trocando minha mão pela dela, agarrando-o com força no movimento provocante.

— Ohhhh — rosnei, jogando a cabeça levemente para trás.

Seus lábios bebiam a água em meu peito, provocante.

— Espere um pouco, garota.

Ela parecia surda, e continuou com sua tortura.

— Você chegou numa péssima hora, garotinha! — alertei-a com um pouco de remorso, pensando que ainda era uma adolescente.

— Está errado — sussurrou na minha pele, deixando-me arrepiado, descendo e beijando todo meu peito, minha barriga. E minha expectativa foi aumentando. — Cheguei na hora certa, e com certeza na melhor hora... — gemi ao sentir seus lábios tocarem nele sensualmente. Eram macios e quentes, ela lambia maravilhosamente bem. — Deveria me agradecer... — balbuciou nele.

Segurando na base, engoliu o que deu, até a garganta. Meu pau chegava a tremer de duro, as contrações foram ficando mais fortes. Estava tão excitado que fiquei a ponto de gozar na boca quente dela, trabalhando como uma excelente escultora, enquanto segurava na cabeleira dourada, ajudando-a no movimento alucinante.

— Eu não deveria. Ah... — gemi com seus lábios pressionados ao redor dele, causando dor, latejando. — Então tá! — Relaxei no pico do prazer. — Chupa, chupa gostoso — supliquei, rosnando, conforme ela aumentava a velocidade.

Em seguida, abocanhou meu saco e o mordeu levemente, chupou e lambeu.

— Assim... gostoso... continua. Seu boquete é muito bom, garota! — elogiei, ganhando uma chupada tão intensa que me fez vibrar. Percebi que não poderia me controlar por muito mais tempo. Então, a safada simplesmente continuou a sugar ainda mais forte e levantou os olhos cheios de desejos, vendo-me delirar.

— Gata... que loucura... assim vou goz... — Não deu tempo, fiquei em um estado de excitação tão grande pensando na Annie que não consegui segurar. — Oh... — rugi, sentindo jatos sendo lançados para dentro de sua garganta. Ela fez um trabalho completo: engoliu cada gota, sem deixar vestígios, e ainda lambeu os beiços. — Delícia... — Fechei o registro do chuveiro. — Vem cá. — Segurando em seu ombro, puxei-a para cima, selando seus lábios, sentindo meu gosto. — Para uma garotinha, você é bem experiente... — sussurrei em seus lábios, roçando-os, e indo em direção ao seu pescoço, sentindo-a tremer.

— Se quer mesmo conquistar um homem, é imprescindível saber chupá-lo bem — balbuciou ela, gemendo aos meus carinhos. Descia lentamente pelo colo e abocanhei seu seio, mamando como um bebê faminto. — Nossa! Sua barba faz cócegas — rosnou, arqueando com os dedos envolvidos nos meus cabelos.

— É uma reclamação ou um elogio? — sussurrei em seus seios, passando a língua ao redor da aréola.

— É sensacional. É a primeira vez que transo com um homem de barba. — Abriu as pernas com meus dedos circulando seu clitóris.

— Então hoje você vai experimentar. Acho que vai se amarrar.

— Com certeza! — gritou quando cheguei em sua vagina meladinha e toquei com a ponta da língua.

— Você tem preservativo? Esqueci de comprar.

Ela negou com a cabeça.

— Não precisa, eu confio em você.

Arfei levantando os olhos, encarando-a.

— Não é assim que funciona, mocinha.

Ela franziu a testa sem entender.

— Não se trata de confiança, e sim de segurança.

Ela não demonstrou nenhuma preocupação, agarrando minha cabeça, apertando-me contra sua vagina. Eu continuei o tratamento, arrancando suspiros dela.

— Enzo? Enzo... — A voz do Carlinhos surgiu e nos tirou de nossa concentração.

— Ah, não... Por favor, não responda — suplicou ela, com voz manhosa.

— Enzo? — Carlinhos batia insistente na porta. Levantei-me rapidamente e peguei a toalha para me secar, enquanto ela reclamava baixinho.

— Vou ficar aqui te esperando — informou frustrada, encostando-se à parede com as mãos para trás, seus olhos azuis atentos a cada movimento meu.

— Não demoro. — Saí do banheiro, vesti a sunga que estava no chão e abri a porta, ajeitando meus cabelos molhados caídos pelo rosto para trás.

— Foi mal... — se desculpou Carlinhos, olhando para dentro da sala por cima dos meus ombros.

Não notei sua expressão tensa pelo simples fato de estar paralisado, surpreso, olhando além dele em direção à rua. Sem asfalto nem iluminação pública, Annie desfilava em vez de andar, sendo agraciada com a luz da lua e os pontos luminosos das estrelas, cintilando ainda mais.

Seus cabelos úmidos caíam sobre os ombros nus naquele vestido claro e soltinho de alcinha, destacando os braços torneados, e curto o suficiente para exibir as pernas grossas e bem definidas.

— Vim te trazer o solado que se soltou do seu tênis quando tropeçou. — Peguei de sua mão, sem desviar os olhos dela.

— Por acaso está perdida, Annie? — Não resisti. — Só um instante, Carlinhos.

Passei por ele e segui na direção dela, que ficou pasma com seus olhos na direção da porta.

Quando olhei para trás, Meg piscou maldosamente, enrolada na mesma toalha na qual tinha me secado.

Revirei os olhos, perplexo com sua atitude infantil.

— Oi, Annie! — gritou, com um sorriso cínico. Conseguiu deixá-la corada.

— Oi — respondeu num tom de voz baixo, acenando em direção à porta, porém me olhando daquele jeito estranho, cético. — Não estou perdida, não, só estou indo até o supermercado comprar uma caixa de fósforos. Até...

Desviou e seguiu apressada, como se tivesse visto algo que a tinha assustado.

— Tenho algumas caixas extras, posso lhe dar uma — ofereci.

— Obrigada, a dispensa está vazia, já vou aproveitar para comprar outras coisas! — gritou, apenas acenando sem olhar para trás.

Droga!, praguejei, retornando, bufando e fuzilando Meg com o olhar.

Seu comportamento atrevido e proposital me deixou possesso.

Notando minha contrariedade, abriu um sorriso vitorioso e entrou correndo, sumindo da minha visão.

O fato é que não era só o comportamento de Meg que tinha me irritado; o meu também. Sentia um aperto no peito, uma sensação de perda que me deixou confuso.

Por que estou dando tanta moral para essa garota?

— Valeu, cara, me salvou de jogar o tênis no lixo. Vim mancando de lá até aqui. — A frustração estava estampada em meu rosto e meu estado de nervos.

Carlinhos coçou a cabeça, franzindo o nariz.

— As coisas saíram do controle, não foi? — Ouvi e respirei fundo. E o encarei, sem resposta para sua pergunta.

— Você bem que poderia lhe dar uma carona — pedi com os olhos nela, admirando a delicadeza de seus passos, a meiguice. O quanto era adorável, encantadora. — Eu pago a corrida, só não comente com ela.

Ele sorriu, batendo em meu ombro.

— Até parece que vou cobrar alguma coisa, nem precisava me pedir isso. Aliás, é um prazer atender um pedido seu.

— Obrigado.

Entrou no bugue e partiu.

Fiquei ali parado, hipnotizado, com aquela puta vontade de correr atrás dela e revelar sobre a pulseira. Mas desisti, porque com certeza qualquer tentativa de aproximação seria rejeitada depois do que ela presenciara no barco e aqui.

Fiquei sem chão quando entrei e fechei a porta. Sentia-me mal com a situação, me achando um imbecil. Eu nem a conhecia, então não havia razões para me sentir um lixo. O problema é que estava, e fiquei engasgado com a atitude da Meg. Tudo o que ansiava era pedir para que ela fosse embora.

E, para minha surpresa, encontrei-a deitada pelada sobre a minha cama, exibindo-se para mim.

— Vem, gostoso, estou prontinha para você. — Sua língua circulava os lábios rosados e finos, com seus braços estendidos em minha direção, me requisitando. E nem assim eu me excitei. Não havia como, pensando no rosto decepcionado da Annie.

— Desculpa, Meg, sem camisinha não vai rolar... — Saí do quarto.

Ela veio correndo ao meu encontro, deitando a cabeça em minhas costas.

— Você está bravo comigo. Eu sei!

— E não era para estar? — Virei de frente. — Você parece não ter juízo, garota! — exclamei, inconformado.

Movimentou os ombros, sem sinal algum de apreensão.

— Não estou entendendo, somos livres e desimpedidos — comentou na maior naturalidade.

Neguei com a cabeça, perplexo.

— Estou falando sobre você... Ficou estranho aparecer na porta seminua...

Ela deu de ombros, tipo "e daí?".

— Precisa se preservar mais, garota! — aconselhei-a, recuando alguns passos.

Ela estava perto demais.

— Acho que sua definição está equivocada. Não estava nua, e sim enrolada na toalha de banho — disse, irônica.

Cínica!

— Dá na mesma. — Abri minhas mãos, indignado. — Você me deixou em uma situação desconfortável com sua exibição na porta. — Aproximei-me e segurei seus ombros, estudando seu rosto jovial, inexperiente. — Foi uma atitude forçada demais.

Ela me encarou em afronta.

— Será que o motivo é minha honra ou tem outro?

Ergui minha sobrancelha, achando-a bem folgadinha.

— Que se dane!

Tenso, desvencilhei-me e segui para socar a cara do meu amigão Bob; ao primeiro golpe, ela pulou, encarando-me assustada.

— Às vezes eu tenho mesmo esses momentos de bobeira. Desculpa!

Soquei novamente, rosnando alto.

— Você parece estar com raiva do mundo — reclamou.

Só depois do terceiro golpe olhei para ela.

— O momento foi de extremo embaraço, porém vai passar. Vou levar em conta sua imaturidade. — Preferi a sinceridade, sem pensar nas consequências de minhas palavras.

— Qual é o problema, Enzo?! — exaltou-se, franzindo a testa e deixando clara sua consternação. Seguiu até a mesa, puxando a cadeira, e se sentou. — Está certo que meu exibicionismo foi exagerado! Mas isso não justifica a forma repugnante como está me tratando!

Senti-me um canalha por um instante. Afinal, ela me satisfez, e juro que me sentia na obrigação de recompensá-la, mas o problema era o momento. A Annie não saía da minha cabeça; o idiota aqui queria explicar tudo a ela. Por isso, não conseguia me concentrar em nada.

Fechei os olhos por um momento, pensando no que acontecia dentro de mim. Era como antes de uma cirurgia complexa, que exigia o máximo de minha concentração e dedicação. Vidas em jogo, e sentia que agora a minha estava por um fio.

Estranho!

— Ah, desculpa, vai? — Puxei a cadeira, sentando ao seu lado, alisando as madeixas loiras molhadas sobre as costas nuas, sentindo-a estremecer. Por prudência, tirei a mão rapidamente, para não haver nenhuma interpretação equivocada.

Ela levantou a cabeça, comprimindo os lábios com força.

— Se esse foi seu jeito educado de me chamar de criança, quero que saiba que não me sinto uma. Mas a noite, sim, é uma criança, e eu posso ser seu brinquedo.

Acabei rindo do seu jeito delicado e inocente e, segurando em sua mão, puxei-a e segurei seus ombros, empurrando-a para trás em direção ao banheiro onde estava seu biquíni.

— Eu não a considero apenas um objeto de prazer. Pelo contrário, admiro e valorizo a pessoa amiga que você é. E deveria seguir meu exemplo, menina. — Peguei seu biquíni ali no chão e coloquei em sua mão, ignorando seu olhar frustrado. — Agora se vista, por favor — pedi e saí do banheiro rapidamente, ouvindo o ronco do motor do bugue.

Segurando o canto da cortina levantada, senti uma emoção diferente. Vendo Annie naquele sorriso espontâneo com o Carlinhos, senti saudade do nosso momento descontraído na praia. Refletia se deveria ou não procurará-la ainda hoje, para esclarecer o mal-entendido.

— O que você está vendo aí fora? — Saltei para longe da janela com o susto.

Ela ergueu a cortina e tudo o que viu foi o bugue virando a esquina.

Respirei aliviado.

— Nada. — Joguei-me no sofá, apoiando meus braços abertos no encosto, e a fitei.

— Posso te fazer uma pergunta, Enzo?

— Até mais do que uma, se desejar.

Ela veio sorrateira.

Sua atitude me deixou mais à vontade, pois indicava que não tinham restado resquícios de mágoa. Em seguida, ela se sentou ao meu lado.

— O que você fazia antes de vir para o arquipélago? Tem essa aparência descolada. — Sua mão acariciou meu rosto sobre a barba. — No entanto, é um homem conservador. — Sorriu, hesitante em continuar seu raciocínio.

— Prossiga — dei corda, encorajando-a.

Sorriu antes de concluir com humor:

— Você é um baita de um careta, vamos combinar!

Eu joguei a cabeça para trás numa gargalhada e me levantei, ficando de frente para ela.

— E uma incógnita! — emendou ela.

Como a Annie é para mim.

— Precavido, minha cara! — corrigi, apontando o dedo indicador em sua direção. — Se tem uma coisa que a minha profissão me ensinou é que, por causa de um pequeno vacilo, sua vida pode ficar arruinada para sempre. Cada decisão tem suas consequências, e, em alguns casos, pode restar o sofrimento pelas escolhas impensadas.

Ela ergueu as sobrancelhas, confusa.

— E o pior é que tem vezes que não há um retorno, é para sempre. O maior dos delitos contra nosso corpo e alma...

Ela torceu a boca, ainda mais confusa.

— Foi o que a vida me ensinou — completei, levantando-me.

— Você parece um velho de 80 anos falando — definiu, fazendo-me rir.

— É verdade! — Revirei os olhos, pensando numa resposta clara sem lhe revelar muita coisa. Afinal, ficara no anonimato por três meses, e preferia que continuasse assim, pelo menos por enquanto. Pois ali eu era somente eu, com meu conflito interior.

— A gente aprende com o sofrimento das pessoas.

Ela ficou me olhando, ainda mais perdida.

— Seja mais claro, por favor, Enzo! — exigiu, colocando as duas mãos atrás da cabeça, encarando-me com atenção, curiosa. — Diga-me qual seria essa profissão, que fez você trancar seu coração e faz de você um cara tão correto? — perguntou, ao se levantar e chegar perto.

Segurei em seu braço, arrastando-a em direção à porta.

— Não se trata de ser correto, minha flor! — Beijei sua face macia e abri a porta. — Como já lhe expliquei, a vida me ensinou muito, inclusive a não ser inconsequente. Tchau.

— Espere — protestou, e parou com as mãos na porta, me impedindo de fechar. — Você falou, falou e não disse nada. Mas tudo bem! Só posso dizer que você é o cara certo para mim com sua inteligência transcendente. Estou disposta a aprender tudo o que você tiver para me ensinar. — Seu olhar insinuante desceu para meu pênis, sorrindo sugestiva.

— A gente pode retornar a esta pauta depois. — Foi a única forma de me livrar dela.

Seus lábios se abriram, na maior expectativa.

— Amanhã? — Ficou me olhando esperançosa. — Vai passar a ceia de Natal com a gente, não é mesmo? — insistiu.

— Esta pergunta eu respondo amanhã — disse, rindo.

Nas pontas dos pés, ela se dependurou em meus ombros, selou meus lábios e saiu saltitando como uma criança feliz.

CAPÍTULO 15

§

Annie

— Muito obrigada pela carona, Carlinhos! — agradeci, apreensiva, assim que ele desligou o motor do bugue em frente à casa do meu tio.

Carlinhos inclinou-se, dando a entender que pretendia conversar.

— Eu... — começou e parou por alguns instantes, me encarando com expressão de dúvida.

Ergui as sobrancelhas, curiosa.

— Sabia que eu e o seu tio Ivan somos bons amigos? — Gelei com a informação. Minha expressão de apreensão o fez pegar o celular sobre o console e mostrar-me a última mensagem trocada com meu tio.

Na medida em que meus olhos percorriam as palavras na tela do celular, meu corpo vibrava e meu coração batia rápido, o que era nítido pelo movimento acelerado do meu tórax.

Conto com você para manter minha sobrinha querida em segurança.

Sorriu compreensivo, assumindo seu papel de protetor.

— Pode ficar tranquila, seu segredo está bem guardado comigo. O Ivan me contou tudo o que está acontecendo com você.

Agora entendia sua expressão quando lhe disse meu nome no barco.

— Agradeço sua discrição... — Encarei-o. — É muito importante.

Ele assentiu.

— Vim para cá em busca de um recomeço, e o anonimato é indispensável para isso.

Concordou, meneando a cabeça.

— É claro, é claro! O Ivan foi bem transparente comigo — disse, transmitindo-me confiança.

— Embora não esteja ainda convencida de que vir pra cá foi uma escolha acertada, ainda tenho esperanças de que tudo de ruim que se apoderou da minha vida seja passageiro. Precisava muito de ar puro para revitalizar meu corpo — ri com ele me olhando atento — e minha alma também. Com a paralisação em minha vida, até ela ficou perdida.

— Não há lugar melhor neste mundo para libertação do que Noronha. E pode contar comigo — ofereceu, apertando meu braço.

— Obrigada, Carlinhos! Mas cheguei à conclusão de que só conseguirei sozinha, por isso cortei o cordão umbilical com meus pais. Estou confiante que aqui os contadores vão zerar. — Respirei fundo, com esperanças e o rosto do Enzo povoando minha mente e invadindo meu coração, que acelerou aquecido.

E logo em seguida veio a imagem da Meg na porta de sua casa, e um ódio mortal se apoderou de mim, expulsando a esperança. Voltei à estaca zero. Sentia-me usada por aquele cretino sedutor; devia pegar todas pelo caminho com seu jeito carinhoso. Não estava acreditando que tinha me deixado ser tocada por ele.

Imbecil!

Ai que ódio!

Não me conformava de entrar em sua lista de seduzidas.

— Enfim... espero muito reformular minha vida — concluí.

— Não tenho dúvidas de que você vai conseguir... — Ainda oscilei diante de suas palavras animadoras.

Ele, gentilmente, tocou minha face.

— Vou fazer meu papel, como o Ivan pediu — afirmou, fitando-me com ternura, demonstrando grande amizade com meu tio. Deixou o aparelho sobre o console, antes de continuar. — Vou cuidar de você, mantendo-a em segurança.

Assenti e respirei profundamente para ativar minhas células. Sentia algumas dores repentinas pelo corpo, que se aliaram à dor de cabeça, além da sonolência absurda.

— Eu agradeço pelo apoio.

— Se precisar, é só gritar. — Sorriu. Pisquei e pulei para fora do bugue, e ele me entregou as sacolas do supermercado.

— Ah, espera! — Rapidamente pegou o aparelho celular. — Diga o número do seu celular.

Após digitar o número que informei, ele ligou. O toque soou dentro do bolso do meu vestido.

— Pronto, agora você tem meu número, pode me chamar quando quiser.

— Mais uma vez obrigada, Carlinhos. — Beijei-lhe e me dirigi para a varanda, olhando para aquele céu agradável e reconfortante, incrivelmente estrelado com o fundo negro, perfeito!

Eu precisava muito de uma coisa perfeita dessas em minha vida!

— Ah, vamos nos encontrar no Bar do Cachorro, a vista é sensacional. E, se curtir dançar forró, é o lugar ideal, além de poder apreciar uma boa comida.

Considerei o convite com carinho.

— É muito tentador, mas preciso realmente descansar da viagem. — Ergui as sacolas. — Comprei alguns ingredientes, vou preparar algo leve para comer.

Ele deu de ombros.

— Tudo bem. Caso se anime, apareça por lá! — gritou.

— Beleza! — Dei sinal positivo com o polegar, abri a porta e entrei.

Tentei bloquear a todo custo a direção de meus pensamentos, sem sucesso. O rosto do Enzo era nítido em minha mente, causando aquele turbilhão de emoções. Desliguei todas as luzes da casa, contando apenas com a iluminação do abajur, aliada à generosa luz da lua que atravessava a janela.

Por alguns instantes, ali, parada no meio do ambiente acolhedor, pensava nos ingredientes que tinha comprado a fim de preparar algo, e a falta de apetite não me ajudava a decidir. O desânimo estava impregnado em meu corpo; as partes mais afetadas eram minhas pernas, do joelho para baixo. Pareciam inchadas, dificultando qualquer movimento. A fraqueza já fazia parte daquele momento, e estava impossível me animar.

Vai ficar tudo bem, enfrente numa boa. Coragem, Annie!

Fechei meus olhos com força, bufando, irritada com aquela situação. O gesto rendeu-me a imagem do Enzo em minha mente mais uma vez, fazendo-me sua visitinha, e adivinha? As borboletas sobrevoavam meu estômago. Tentei bloquear. Não poderia deixar aquele sentimento fluir, e a Meg batendo em minha porta indicou que eu estava certa.

— Annie? Annie...

Respirei fundo para apagar aquela sensação até meio prazerosa, e abri a porta.

Cortou meu coração vê-la apenas naquele biquíni verde minúsculo, com seus olhos azuis banhados em lágrimas.

— O que foi, Meg?

Desabou ali na minha frente.

— Entre, por favor. — Segurando sua mão, levei-a até o sofá e me sentei ao seu lado.

Ela soluçava, cobrindo o rosto com as mãos.

— Calma, amiga, respire! — aconselhei-a, com a mão em suas costas.

Ela movimentava a cabeça em prantos.

— Minha vida é uma merda, não tenho sorte mesmo — reclamou, com a voz embargada.

— Mas o que foi que aconteceu? — Comovida com seu estado emocional, passei a mão pelo seu ombro.

Meu estado emocional estava todo ali em minhas mãos trêmulas; fechei os punhos para ela não notar. Estava ocupada demais para perceber, e o pior foi que me deixou vulnerável, desabando ainda mais.

Puxei-a para um abraço.

— Acabei de ser rejeitada mais uma vez, você acredita? — confessou ressentida, deitando a cabeça em meu ombro, soluçando alto.

Fiquei sem saber como agir naquele instante. Há muito tempo eu era vigiada, cuidada, e acho que perdi a noção de como cuidar de alguém.

— Se quiser desabafar, estou aqui...

Mas que oferta sem pé nem cabeça, Annie. Você é quem precisa de ajuda! Eu queria ser útil, no entanto estava difícil, com o incômodo pelo meu corpo.

— O Enzo não me quer, Annie. — Levantou a cabeça, me encarando. — Parece uma maldição, ninguém se atrai por mim. — Levantou, olhando-me indignada, com os braços abertos — Você me acha feia, sem graça? — Balançava a cabeça, confusa.

— Você é linda, Meg — eu não mentia.

Além de esbanjar sensualidade em seus passos de bailarina, demonstrava controle absoluto do próprio corpo. Era tudo o que eu desejava neste mundo.

Talvez a única coisa.

— Não deveria se menosprezar assim... — tentei encorajá-la.

— Então por que ele me rejeita, por quê? — Ela se jogou ao meu lado ali no sofá, aguardando minha resposta, enquanto pensava no que responder.

Não sabia a resposta para nenhuma pergunta nesta vida. Aliás, era tudo o que eu fazia ultimamente, perguntas e mais perguntas, e todas sem respostas.

— Talvez essa conclusão seja precipitada, dê tempo ao tempo. — *Mas o que é que eu estou falando, céus?!* Pregando o que eu não acreditava.

Ela saltou do sofá num pulo.

— Já sei, vamos ao Bar do Cachorro encontrar o pessoal, dançar vai me ajudar a superar essa angústia, mesmo porque vou dar o meu jeito de conquistá-lo, ou não me chamo Meg.

Neguei, olhando em seus olhos, incrédula com sua facilidade de superação. Não estava em condições de sair, e precisava ficar sozinha.

— Vai, sim senhora! — insistiu.

— Hoje não vai dar mesmo, desculpe. Preciso me recompor da viagem.

— Tudo bem, então. — Inclinou-se, beijando meu rosto. — O motivo é plausível, mas na ceia de Natal não vou aceitar nenhuma desculpa, hein! — Incitou-me a sorrir com seu jeitinho meigo.

— Combinado!

Todo aquele mal-estar durou até eu comer alguma coisa. Só então consegui desfazer minha mala e guardar as coisas no armário do quarto. Deixei minha medalha sobre a mesinha de centro da sala, peguei um livro a fim de mergulhar num romance intenso, que me ajudaria a esquecer da realidade. E me joguei ali sobre o sofá, à meia-luz do abajur. Apesar da solidão e de as coisas continuarem como antes, ao pensar no que aconteceu na praia, mesmo sem querer, eu me sentia diferente, até animada.

O sol refletia diretamente em meus olhos quando acordei. Sem dores, mais leve. Uma sensação diferente e boa tomou meu corpo, além do apetite voraz, coisa rara nos últimos tempos. Parecia um sonho dos bons, porque depois de um bom descanso, estava restaurada e desejava mais do que simplesmente acordar: eu queria viver de perto todo o esplendor lá fora, com o sol acolhedor me aquecendo.

Abri meus olhos vagarosamente, curtindo o momento que representava a vida, decidida a caminhar até o supermercado, pensando num pão fresquinho e crocante que fez meu estômago roncar.

Depois de um banho refrescante, optei por um biquíni branco e uma saída de praia na mesma cor. A escolha da cor estava relacionada a dar mais luz à escuridão em que eu vivia. Coloquei meus óculos de sol e parti em busca do meu tão desejado pão.

Parei de respirar com a imagem que se apresentou a alguns metros. Meus pés perderam a firmeza sobre a rua estreita de terra, com a vegetação nativa ao redor se revelando exuberante.

A luz do sol refletia sobre o corpo forte e dourado do Enzo, que estava no último degrau da escada, assentando um tijolo.

Respirando fundo, busquei o equilíbrio; a reação que aquele homem causava sobre esta mera mortal era, no mínimo, idiota. Tentava colocar isso na minha cabeça, mas nada convencia minha emoção, bombardeada por aquela imagem dos deuses.

Eu estava a ponto de retornar quando senti algo passando pelo meu pé.

— Ai! — gritei, chamando atenção do Enzo, que se virou, me olhando com humor.

Corri, descendo a rua sem olhar para trás.

— Calma, Annie, é só um lagarto inofensivo — explicou, descendo da escada. Parou bem na minha frente. — É muito comum aqui na ilha, é o *Trachylepis atlantica*, uma espécie exclusiva daqui.

— Mesmo assim, prefiro manter distância.

À minha frente, seus olhos pareciam sorrir com o sol refletido neles. Sua pele brilhava de suor sob a barba, a qual fiquei com muita vontade de tocar.

Balancei a cabeça para expulsar aquele pensamento ao me lembrar da Meg.

— Não sei se vai ter êxito... — comentou sério, analisando meu rosto com atenção, e desceu fixando-os em cada parte do meu corpo.

Não consegui segurar a onda; tremia como uma folha de papel ao vento.

Deslizei para o lado e voltei a descer a ladeira em direção ao meu destino, quando ele gritou:

— Não aconselho fazer caminhada a esta hora.

Eu me virei, deparando com sua cabeça inclinada, enquanto seus olhos avaliavam o céu limpo e muito azul.

— O sol forte pode lhe fazer mal.

— Só vou ao supermercado para comprar pão — expliquei, descendo a ladeira de costas e colocando a mão na barriga. — Acordei com muita fome. Até mais!

— Sabe que essa sua ideia me animou! — mencionou quando me virei, dando-lhe as costas. — Estou desde a madrugada arrumando esta parede, agora que me lembrei de comer. É uma oportunidade e tanto para um café. — Meu coração pulou com sua sugestão. Não parei, mas diminuí os passos a um ritmo de tartaruga.

Estava mais do que ciente do perigo que era estar perto desse homem, ainda mais com a Meg no meio do caminho. Fechei os olhos com uma onda de prazer percorrendo meu corpo. Minha emoção travou uma luta sem igual com a razão. Sabia que não podia, mas eu queria, e como queria!

— É só um café — insistiu, com a minha hesitação em me virar.

Respirei fundo, cedendo à vontade de olhar seu rosto, então me virei. E confesso que não me arrependi, ao deparar com um sorriso genuíno.

— Não acho uma boa ideia... — ainda oscilei.

— E qual é o problema?! — gritou, quando fiz menção de dar-lhe as costas novamente. — Vamos apenas tomar um café inocente, como duas pessoas comuns se conhecendo e mais nada.

Revirei os olhos indignados, com sua expressão casta.

— O fato é exatamente este, não vim para Fernando de Noronha em busca de problemas. O mais sensato é manter distância deles.

Sua testa franziu, especulativa, e eu, mais do que depressa, segui meu caminho.

Em passos apressados, ele me alcançou, caminhando no meu ritmo.

— Será que poderia ser um pouco mais clara? — Fez-se de desentendido.

Parei, cruzei os braços na altura do peito e o encarei, séria.

— Acha mesmo necessária mais clareza em minhas palavras, Enzo?

Seus olhos cresceram embaixo das sobrancelhas grossas com minha exasperação.

Notei seu receio.

— Acho que está fazendo julgamentos precipitados a meu respeito. Aconselho que se acalme.

— É sério mesmo isso? — interrompi-o.

Arqueou a cabeça, surpreso com minha reação.

— Você não me conhece a ponto de saber meu estado emocional — completei, inconformada, soltando o ar exausta, sentindo meu couro cabeludo torrar embaixo do sol, que começava a ficar forte.

— Ei, vá com calma, Annie! — pediu, repousando as mãos em meus ombros, obrigando-me a encará-lo. — Não faça de mim um inimigo antes de me conhecer, por favor.

Senti um calor subir pelo meu rosto, envergonhada com minha rispidez, e revirei os olhos, fugindo dos dele, suplicantes. Minhas faces ardiam como se tivesse levado um baita tapa com luva de pelica. Estava sendo injusta, tinha de admitir. Ele não merecia esse tratamento.

— Mas, se não estiver a fim, tudo bem! — Convenceu-se e deu as costas, me deixando no vazio.

Algo estranho se instalou em meu ser, um sentimento semelhante à ternura, sei lá.

Mordi o lábio e segurei seu braço.

— Espera! — falei rápido.

Ouvi seu grunhido de alívio, e ele me encarou, sério.

Procurando as palavras certas, olhei para o chão, quando seus dedos seguraram meu queixo e levantaram meu rosto com muita delicadeza.

Fechei meus olhos, nutrindo-me do seu hálito morno e perfumado, que me deixava desnorteada.

— Você pintou um quadro diferente da realidade, Annie.

Abri meus olhos ao sentir sua respiração pesada em meu rosto, e deparei com o olhar mais intenso que já vi em minha vida. Meu coração queria sair do corpo.

— Estava tentando pular a parte chata da explicação, até mesmo para proteger a Meg. Ela entrou de surpresa na minha casa, no momento em que eu estava no banho, e...

Meu sangue ferveu em minhas veias, com um medo terrível tomando conta de todo o meu ser: medo dos meus sentimentos. Sabia de sua inocência, porque a própria Meg tinha me dito. O fato é que ele se tornava uma ameaça para minha saúde.

— Para, por favor... — Recuei. — Você não precisa me dar explicações. — E ao primeiro passo para me afastar, ele segurou em meu pulso.

— Juro que não aconteceu nada entre nós! — Ergueu meu braço e ficou ali, analisando minha pulseira de couro por alguns instantes.

— Eu sei disso...

Seus olhos subiram especulativos, cruzando com os meus.

— Ela esteve lá em casa ontem à noite — expliquei.

— Então sabe que ela provocou intencionalmente aquela cena.

Joguei a cabeça de lado, numa confusão tremenda.

— Estava muito triste por ter sido rejeitada — entreguei-a.

— Então, Annie! — Puxou meu pulso, aproximando-se como se tudo tivesse sido resolvido.

Recuei com as mãos erguidas à sua frente.

— Ela é uma pessoa doce, amiga, e não pretendo magoá-la. Por favor, fique longe de mim — supliquei, com ele me olhando, perplexo

Peguei-me suspirando diante da sua beleza máscula.

— Tudo bem. — Respirou fundo, chocado.

Será que foi isso mesmo que eu vi?

— Não precisa tomar café comigo se achar desconfortável. Mas meu cargo de guia turístico se inicia agora, já! E, para começar, vou acompanhar você até o mercado. Só um minuto que vou lavar minhas mãos — deu-me as costas sem esperar minha resposta.

— Enzo! — gritei.

Decidido, sequer me deu atenção.

Eu diria sim de qualquer forma, se pedisse minha permissão, pois seu tom alegre me contagiou, e entrei naquela mesma sintonia. Sua presença mexia com todos os meus instintos, e isso era muito bom.

Um minuto depois, ele estava de volta. E, para a minha surpresa, com os cabelos soltos e molhados. As gotas de água caíam das pontas e escorriam pelo peito brilhando.

Engoli em seco.

— Vamos.

— Claro!

A proximidade me causava uma euforia imensa, sentindo o leve perfume que usava, e minha mente foi para a Meg automaticamente. Doía lembrar-me de seu sofrimento.

— Você está maravilhosa! — comentou, após a passagem simultânea de vários bugues com turistas eufóricos sobre eles. — Arrasando nesse modelito de sereia.

Corei de imediato com o elogio.

— E aí, Enzo! — um dos motoristas o cumprimentou.

Ele acenou.

— Obrigada.

— Sabe que você chegou à ilha no momento certo?

Ergui a sobrancelha, olhando-o em dúvida. Ele voltou a olhar para frente, perdido no horizonte.

— Deu mais brilho à região, à minha permanência — retornou, me encarando, aguardando minha reação.

— Eu poderia dizer que está fazendo o joguinho de cantada barata.

Caiu na gargalhada, jogando a cabeça levemente para trás.

— Concordo com você, mas, asseguro que não foi essa a intenção — confirmou sem me convencer. Segurou forte em minha mão, enrijeci com o contato. — Estava pensando em deixar a ilha, só que agora não posso mais, porque tenho uma obrigação contigo.

Ri, e ele deu de ombros, inocente.

— Estou falando sobre apresentar a ilha a você. Minha candidatura como seu guia oficial ainda permanece de pé.

Apertei os olhos para aquela cara casta. — Ah, bom... — me fiz de desentendida. Uma brincadeira que soou gostosa e interessante. — Acho que dei outro sentido à frase.

Ele acenou com a cabeça.

— Será que identificou um duplo sentido?

Não consegui conter a gargalhada com sua cara imaculada. Ele era mesmo um fofo.

Apertou ainda mais a minha mão e parou, posicionando-se em minha frente.

— Ambos sabemos que não é apenas isso, não é mesmo?

Levou minha mão aos lábios e a beijou levemente. Corei com aquele gesto.

Era muito bom sentir o toque de seus lábios em minha pele; normalmente não deixaria algo assim acontecer, e estava realmente nervosa com aquilo. Porém, com Enzo era diferente, eu gostava de sentir seu contato e estar com ele. Devia estar louca por me sentir assim sem nem ao menos conhecê-lo.

— Não sei... — falei, confusa, baixando meus olhos.

— Tudo bem, me desculpe. — Colocou-se ao meu lado, segurando em meu braço, e prosseguimos nosso caminho. — Só que está claro agora para você que eu não tenho nada com a Meg, certo?

Assenti que sim.

— Ótimo! Assim está bem melhor.

Olhei-o, admirada com sua desenvoltura.

— Você é muito bom com as palavras.

Riu, estufando o peito, satisfeito com o elogio.

— Sou muito melhor em outras coisas.

— Por exemplo?

Ele riu, suspirando.

— Prefiro demonstrar meus dons na prática — falou sugestivo.

Franzi a testa com sua cara atrevida.

— Lá vem você fazendo julgamentos precipitados. — Pegou minha mão, colocando em seu braço, e começamos a caminhar. — Enquanto estiver lhe apresentando o arquipélago, há uma grande probabilidade de uma amizade mais intensa fluir, e o melhor... — me jogou seu olhar sorrateiro —, com naturalidade.

— Apenas numa conversa informal, certo?

Concordou com a cabeça.

— Com a mente saudável, damos espaço para coisas boas surgirem em todas as esferas.

— OK! Acordo fechado! — concordei, estendendo minha mão. Apertou-a com um suspiro aliviado, fazendo-me rir.

Era lindo, gentil, interessante e mexia comigo de um jeito que nunca ninguém mexeu. E, além de tudo, demonstrava ser um cara inteligente.

Com suas qualidades, ele ativou um lado meu adormecido; há tempos tinha me afastado de relacionamentos amorosos. Mas com ele poderia deixar fluir, um romance provisório e passageiro, como um caso de verão. No entanto, minha razão tentava me alertar dos riscos. A perfeição dele era realmente admirável e poderia deixar marcas profundas, o que, somado a meus problemas recorrentes, poderia significar uma morte mais rápida.

Reprimi meus pensamentos, tentando prestar atenção em suas explicações culturais sobre a ilha.

Perguntou se eu estava com muita fome, caso contrário poderíamos dar um pulo nas ruínas do Forte Santo Antônio, de onde veríamos o Morro do Pico. Explicou que era o ponto mais alto de Fernando de Noronha. Deixou claro que qualquer vista era deslumbrante e rendia muitas fotos. Sugeriu também o Atalaia, uma das mais conhecidas praias de Noronha, e descreveu a linda piscina, que me deixou interessada.

— Com fome eu estou, porém, do jeito que você fala, com tanta empolgação, concluo que a vista vai me alimentar adequadamente.

Sorrindo, segurou em minhas mãos, levando-as aos lábios, e me olhou por cima delas.

— Há três meses estou sendo alimentando por toda beleza ao redor, e garanto que estou bem nutrido.

Dei de ombros, cedendo.

— Se é assim, aceito seu convite.

— Não vai se arrepender. — Pegou em minha mão, e deixei que ele me guiasse.

Ele me levou primeiro para conhecer as piscinas do Atalaia.

No Atalaia existiam duas modalidades da mesma trilha. A primeira era curta, e foi a que escolhi explorar. Aproveitando o horário e a maré baixa, o lugar conseguia mesclar aventura com descanso, com a oportunidade de flutuar com *snorkel* em um verdadeiro berçário, repleto de vida marinha. A segunda modalidade era a trilha longa, que Enzo até sugeriu, fazendo descrições que me deixariam curiosa, mas quando falou sobre a distância e sobre caminhar nas pedras soltas e escorregadias, desisti logo de cara. Por insegurança, achei que andar muito tempo sobre pedras soltas poderia ser bem dolorido, além de arriscado, no meu caso.

O acesso à praia é restrito e controlado pelo Ibama, que só permite um grupo pequeno de pessoas a cada meia hora, além de ser necessário agendar. Surpreendi-me com Enzo, pois estava com o agendamento em mãos, e não pude deixar de parabenizá-lo.

— Puxa! Você realmente pensa em tudo.

Sorriu, satisfeito, e segurou minha mão, apertando-a levemente.

— Um guia turístico organizado vale por dez. — Piscou.

— Estou começando a acreditar nisso.

Rimos juntos.

Então, curvou a cabeça de lado até encontrar a minha, e se posicionou à minha frente, andando de costas.

— Pretendo lhe apresentar cada pedacinho da ilha.

— Espero que o serviço seja compensador.

— Vai ser, pode ter certeza — afirmou, voltando ao meu lado.

Seguimos pela trilha conversando sobre os mais variados assuntos.

Adorei as pautas; em nenhum momento ele entrou no assunto de nossa vida fora do paraíso. Criamos uma bolha em volta da ilha, o que me deixou completamente feliz. Há muito tempo não me sentia tão confortável. Nem enxergava o sol brilhando no céu. Diante de meus olhos, os dias se apresentavam cinza e muito escuros. Todos eram terríveis, um mais doloroso que o outro. O Enzo fazia a diferença, e eu estava adorando.

Assim que chegamos, minha boca se abriu, e meu queixo bateu no peito.

Realmente se tratava de um berçário esplêndido de vida marinha! O banco de corais pertinho da areia era um excelente ponto de Noronha para mergulhar com o *snorkel*. Além dos peixes coloridos de várias espécies, polvos, tartarugas e pequenos tubarões. Sem dúvida alguma era simplesmente maravilhoso.

Ele conseguiu pegar emprestados dois coletes e tudo o necessário com outros guias. Boiamos nas águas cristalinas, naquelas piscinas naturais, com uma beleza sem igual. E sempre preservando os corais, sem pisar nem ajoelhar neles.

Apesar de estarmos dentro do limite do nosso tempo e encantados com toda a beleza natural exuberante, decidi voltar. Sentia-me indisposta, até porque o próprio passeio era cansativo, com aquele sol fortíssimo sobre nós.

— Será que podemos voltar, Enzo?

Ele me olhou preocupado, deslizando as mãos por meus ombros.

— O que foi, não está gostando do passeio?

— Amando... Só estou me sentindo fatigada. — Olhei para o céu, apertando os olhos. — Deve ser o sol forte — justifiquei.

— Creio que sim — concordou de imediato.

Apertou minha mão, sorrindo, e logo me abraçou, amparando-me em seu corpo forte e quente. Naquele momento, o mundo estava em minhas mãos; me sentia feliz, ainda mais com sua demonstração de cavalheirismo.

Os turistas ainda permaneciam nas praias, curtindo o restante do tempo cronometrado, e deixavam a trilha sombreada pela vegetação só para nós, que caminhávamos lado a lado.

Enzo arrancava as flores que encontrava e colocava atrás da minha orelha, olhando-me com ternura.

— Uma sereia em minha vida — comentou, me arrancando um suspiro prolongado. — Você é uma grande surpresa na minha vida.

Seus olhos pareciam duas pedras brutas lapidadas, de valor inestimável, inalcançável. Era como a esperança com a qual eu dormia e acordava todos os dias. Soava tão real naquele dia de sol, ao som das ondas rolando no mar. Um sonho que fazia bem ao meu coração, mas que era apenas um sonho, eu sabia. Logo eu acordaria, e toda aquela magia se dispersaria no ar.

— Estou com muita vontade de sentir seus lábios — disse, ficando à minha frente e curvando-se.

Fechei meus olhos, entreabrindo-os na expectativa.

— Será que posso? — murmurou, tão próximo ao meu rosto, que senti os respingos de sua saliva morna sobre meus lábios. Os dele, molhados e gostosos, tocaram sensual e levemente os meus. Com meu silêncio, deslizou a boca pela minha face até minha orelha, causando ondas de arrepios por meu corpo entorpecido.

— Você é tão linda! — sussurrou, roçando a ponta do nariz na lateral da minha cabeça. Com suas mãos fortes, agarrou em minha cintura, colando-me a ele.

Trêmulo, meu corpo correspondeu totalmente ao seu carinho.

Beijou minha orelha mais uma vez e continuou a trilha de beijos até chegar à minha boca. Sua língua faminta a invadiu, explorando cada canto num beijo ardente.

Totalmente entregue, espalmei minha mão em seu peito nu, sentindo as vibrações que emanavam dele.

Um momento encantado, que foi quebrado com o som das vozes se aproximando, que se misturavam aos sons da natureza. Logo reconheci um dos tons femininos e me afastei rapidamente, seguindo em frente, deixando-o ali, parado, sem entender minha reação.

— Enzo? É você mesmo? — Meg, como sempre provocante, com um biquíni minúsculo preto, vinha no próximo grupo. Carlinhos estava entre eles, sorrindo, acenando com a cabeça, e olhou surpreso para Enzo, com a Meg pendurada em seu pescoço.

Seus olhos desconfiados oscilavam entre mim e o Enzo. Por um momento, fiquei muito incomodada com ele, mas refleti e enxerguei a gravidade da situação.

CAPÍTULO 16

§

Enzo

— Que bom que te encontrei aqui, querido! — Meg sussurrava em meu pescoço, beijando o meu rosto totalmente, como se fôssemos íntimos.

— Só um minuto, Meg.

Ela se fazia de surda.

Segurei suas mãos ao redor do meu pescoço, tentando soltá-la, sem sucesso. A única maneira de me desvencilhar dela era com brutalidade, e poderia machucá-la.

Com a cabeça arqueada, procurei os olhos da Annie. Meu coração inflou dentro do peito; apertado ao notar que eles estavam marejados. Ela ficou sem reação com aquela atitude da Meg. Todos ficamos.

— Por que não me avisou que viria a Atalaia? — Sua voz manhosa chocou Annie, ela nos deu as costas e saiu apressada pela trilha.

— Annie? — chamei, segurando no quadril da Meg e empurrando-a, com minha paciência indo ribanceira abaixo com a provocação maldosa. — Dá um tempo, garota! — E corri em direção a ela, desesperado.

Precisava esclarecer aquele equívoco. Tanto que ignorei os gritos histéricos da Meg chamando meu nome.

— Vamos conversar, Annie.

— Não toque em mim, por favor! — vociferou, puxando o braço com brutalidade quando a segurei. E continuou andando em passos apressados, sem olhar para trás.

— Você não vê que ela fez isso de propósito? — insisti, caminhando ao seu lado, no seu passo, porém, ela fugia do meu olhar com a cabeça virada para o lado oposto. — Não menti para você, eu juro!

Ela sacudiu a cabeça, recusando-se a acreditar, e continuou se afastando quando desisti e parei.

— OK, já entendi, é melhor mesmo você se afastar de mim — disse por fim, convencido de que perdia a parada.

Mas o fato é que aquelas palavras doeram em meu peito. Um caroço enorme interrompeu minha garganta, com aquela puta sensação de perda voltando com tudo.

Sacudi a cabeça para afastar aquele sentimento. Só que estava difícil, observando-a com aquele jogo de cintura perfeito, as curvas de seu corpo se revelando na saída branca encharcada, grudada ao corpo. A bunda empinada e bem redonda, perfeita!

— Já vi que é daquelas pessoas que desistem fácil das coisas. Não gosta de lutar por um objetivo, não é mesmo? — gritei, atacando-a, irritado com sua teimosia, ou melhor, minha teimosia.

O meu objetivo de estar aqui não a incluía.

Ela parou de repente, respirou fundo algumas vezes e olhou fixamente para um ponto qualquer à sua frente, antes de se virar.

— Não sei o que de fato está acontecendo entre a gente — comentou, vindo lentamente ao meu encontro, e meu coração disparou no peito. Estava totalmente ensopada, e o cabelo comprido chicoteava seu rosto com a brisa forte, linda. Simplesmente linda!

— Uma atração... — balbuciei.

— Eu até concordo! O problema é que não podemos... — Incerta, parou a menos de um metro de mim — A Meg... — Pausou, olhando-me aborrecida, e respirou fundo mais uma vez, erguendo a cabeça para o céu azul-claro, com as belas nuvens brancas, graciosas como ela, que resolveram fazer as honras, pairando.

— Não concordo com você...

Ela baixou os olhos para os pés, pensativa.

— Estou há três meses nesta ilha com o único objetivo de viver em paz. Mas você mudou isso.

Seus olhos de dúvida encontraram os meus ao levantar a cabeça.

— Não me relacionei com ninguém, nem mesmo com a Meg.

Empertigando-se, avançou um pouco mais e parou. Percorri seu corpo, notando-a tremer, e não era de frio.

— A Meg gosta de você e...

— Basta — pedi com as mãos no ar. — Esqueça a Meg; o assunto agora somos nós dois. Somos adultos e podemos resolver isso de maneira madura, não acha?

Uma linha de sorriso se abriu nos lábios reprimidos.

— Como um romance de verão? — comentou ela, ofegante.

— E por que não?

Acenou com a cabeça e se aproximou, parando agora a alguns centímetros do meu corpo.

Com as mãos em seus ombros, deslizei pelos braços, sentindo a pele macia arrepiada, como eu mesmo estava.

— Sinto medo de você, e ao mesmo tempo uma segurança inexplicável — admitiu, arqueando a cabeça e oferecendo-me seu pescoço.

Explorei todo o espaço, deslizando os lábios molhados por ele, sentindo o sal da água do mar, enquanto minhas mãos contornavam cada curva e cada detalhe do seu corpo tão maravilhoso. Ela era perfeita como toda a natureza criada por Deus: chuva, tempestade, rio, mar, oceano...

— Escolha a segurança — sussurrei em seu ouvido, arrancando gemidos dela. — Só dê a chance de experimentar essa sensação divina... É incrível como meu corpo clama pelo seu. — Circulei as mãos na curva de sua bunda, apertando-a contra mim. Ela gemeu, sentindo minha ereção a ponto de bala, louco para possuí-la.

— Tenho de aceitar que o mesmo está ocorrendo comigo — admitiu num murmúrio, arqueando a cabeça para trás com meus beijos subindo pelo pescoço, queixo, até encontrar seus lábios úmidos e roçá-los sensualmente, ainda mais excitado.

— Você tem um hálito doce, é muito bom... — finalizou a frase, abrindo a boca, oferecendo sua língua apetitosa, que chupei com prazer, estremecendo, sentindo-a vibrar em meus braços.

Ela se afastou, respirando profundamente, quando vozes se aproximavam, deixando-me numa lacuna enorme.

— Preciso pensar... — disse ela muito ofegante, porém com um sorriso enorme no rosto.

— Não. — Avancei meus passos, ela recuou com as mãos nitidamente trêmulas, estendidas em minha direção. — Apenas deixe rolar, como acontece na vida das pessoas — insisti.

— Preciso de um momento para refletir, não venha atrás de mim. Promete?

Confuso com seu rosto, que tomava uma cor pálida, concordei com a cabeça.

— Prometo, depois que me prometer duas coisas.

Suas sobrancelhas se ergueram antes de ela pegar os óculos na roupa e esconder seus olhos abatidos.

— Precisa comer alguma coisa rapidamente, você ficou muito abatida de repente.

Ela sorriu amplamente.

— Isso eu posso prometer. E a outra?

— Que vá ao Bar do Meio. Hoje na ceia de Natal.

— Não tenho certeza de que posso cumprir essa promessa — disse, quando a voz escandalosa da Meg surgiu ecoando ao redor.

— Olha eles ali. — Apontou. E logo atrás dela vinham os amigos e o Carlinhos, que tomou à frente, oscilando o olhar entre mim e Annie.

Ele compreendeu o que acontecia ali.

— Vou levar a galera para o passeio no Mar de Dentro. Será que vocês não querem vir com a gente? — convidou ele.

Desviei o olhar para Annie, que, ainda respirando forte, parecendo muito exausta, fez que não com a cabeça.

— Vem com a gente, Annie! — Interveio Meg, agora no seu jeito natural, eufórico.

Fiquei indignado com aquele comportamento: ela parecia realmente um anjo inocente, deixando a impressão de que tudo o que havia feito até agora não era intencional.

— Você vai se amarrar no mergulho na Ilha Rata. Além da emoção que vai sentir na baía dos golfinhos — a enseada é rodeada de paredões de pedra que eles usam como refúgio. São tantos que vão rodear você... Vai ficar indecisa para qual lado olhar! Annie sorriu preguiçosamente diante da animação da Meg.

— Obrigada! — agradeceu, inalando muito ar. Seu estado começava a me preocupar. — Vou voltar para casa — informou com um sorriso fraco, e deu-nos as costas.

Ameacei correr atrás dela quando Carlinhos me impediu, segurando em meu ombro.

— Deixe-a — aconselhou-me. — Acredito que precise descansar um pouco — comentou com os olhos fixos nela, deixando-me incomodado.

— Fala como se a conhecesse — comentei.

Ele riu, meneando a cabeça negativamente.

— Não, não. Algumas pessoas têm maior dificuldade de se adaptar a este calor intenso da ilha.

Dei de ombros, concordando, e pensando que fazia sentido, ainda mais porque ela não tinha se alimentado.

— É, pode ser, ela não fez seu desjejum ainda.

— Esqueça a Annie — interveio a Meg, colocando-se à minha frente, enfiando os dedos no cós da bermuda preta e acariciando minha pele de maneira insinuante.

Carlinhos riu daquela atitude, que afinal me desagradava, pois eu sabia que ela não era aquela pessoa equilibrada, querendo demonstrar maturidade. A imaturidade estava estampada em seu rosto e gestos.

— Por favor, Meg... — Segurei em seu pulso, erguendo-os.

Ela fez biquinho, decepcionada.

Algumas verdades vieram à minha língua sobre seu comportamento, conselhos que não sacrificariam sua autoestima. Mas, preferi omitir minha opinião, pelo menos por enquanto. Mesmo porque ela poderia não entender, e eu não queria causar uma desilusão desnecessária.

— Vem com a gente, Enzo — implorou com seus olhos azuis brilhando em contato com os meus.

Neguei com a cabeça.

Não me sentia animado para a aventura.

— Vou ficar por aqui, vão vocês. — Soltei seus braços, ganhando uns protestos.

CAPÍTULO 17

§

Annie

Eu não estava conseguindo lidar com aquela atração. Esses sentimentos perturbadores estavam me afetando emocionalmente e me fazendo mal, tornando-me uma fraca, que não conseguia segurar a onda.

Sentia-me cada vez mais impotente, necessitando mais e mais daquilo que me mantinha em pé. O medo da minha mãe fazia sentido: eu estava chegando mesmo ao ponto de ter uma recaída. Analisando os sintomas, começava a notar alguns que não tinha até chegar na ilha.

Droga, droga!

Reclamei com ódio de mim mesma por ser essa palerma tentando achar o buraco da fechadura. Minhas mãos tremiam, dificultando tudo.

— CARALHO DE FECHADURA! — gritei, chamando a atenção de algumas pessoas que passavam naquele instante em suas caminhadas ecológicas saudáveis.

Nem forças para tal eu tinha.

Vida de merda!

Suspirei, segurando a chave com as duas mãos. Achar o buraco da fechadura era como procurar uma agulha no palheiro, impossível!

O sol forte que invadia a varanda me atingia em cheio e contribuía para debilitar ainda mais meu corpo, que entrou numa espécie de abstinência. Aliado ao meu nervosismo, não tinha disposição nem para segurar a chave.

Só Deus sabe o esforço que fiz para não cair ali na varanda, isso se Ele existisse mesmo! Pois ninguém mais poderia saber da minha condição, ninguém.

— Vamos lá, Deus, é uma boa hora para me provar Sua existência — roguei, apertando a chave entre os dedos que chegavam a doer. Olhava o buraco da fechadura... Era uma vertigem, e não consegui, infelizmente!

Raramente pedia algo a esse Deus invisível, já me frustrara o suficiente. Acho que Ele nunca estenderia sua mão, e lamentava, ciente de que deveria me conformar e lutar. Era a única maneira de doer menos, não poderia deixar o desânimo tomar conta.

Eu não poderia desistir de insistir.

E não cedi à exaustão: alguns longos minutos se passaram até que, com obstinação, consegui encaixar a chave, abrir a porta num impulso e entrar. Minhas pernas fraquejavam — não era somente a dor de cabeça, eu sentia um imenso mal-estar, com menos energia. Até mesmo fechar a porta pareceu um parto, uma dificuldade tremenda.

O que é isso?

— Céus... será que vai começar tudo de novo? — resmunguei baixo. Não estava em condições de nada.

Em prantos, arrastando meus pés pelo chão, segui para o quarto, preocupada com as cortinas abertas, rezando para que nenhum curioso enfiasse a cara no vidro como fez a Meg da outra vez. Desta vez eu me sentia insegura, sozinha.

E com muito sacrifício consegui alcançar a porta do quarto. Eu precisava da minha mala com extrema urgência, era caso de vida ou morte.

***

De repente, me sentia em meio a um temporal com aquele tormento de sons dentro da minha cabeça. Os barulhos se misturavam e me confundiam, e aos poucos ganhavam sua particularidade. Meu corpo sacudia sobre a superfície fria e dura a cada batida forte do coração, o sangue quente correndo em minhas veias pareciam as águas de um rio de forte correnteza. Estava totalmente perdida dentro de mim: não conseguia distinguir se estava no céu ou no inferno, na luz ou nas trevas, pois sentia uma euforia incontida tomando meu ser.

Forcei minhas pálpebras pesadas, levantando-as, e abri meus braços, encostando em algo, e vi que era a mala ali do meu lado. Foi quando a dolorosa consciência retornou, dando-me a dimensão do que havia acontecido comigo ali, caída no chão do quarto escuro, enquanto a porta balcão do banheiro ao ar livre era iluminada pela luz da lua.

Fiquei tão fora de órbita, que não recordava o que tinha acontecido depois que peguei minha mala no armário. Era sempre assim após a crise.

Eu não posso acreditar que vai começar tudo de novo... *NÃO!*

Aos poucos comecei a ouvir, ao longe, o alarme do celular, misturado ao som da noite: algumas vozes animadas de pessoas passando pela rua, os roncos dos motores dos bugues, os fogos de artifício lembrando-me que o Natal estava próximo. Nem sabia mais quantos Natais teria se continuasse naquele caminho.

De repente ficou claro que o som do celular vinha da sala. Finalmente consegui me levantar, e até que me sentia bem: a dor tinha cessado. O medo passou, dando a certeza de que era só me manter no controle que tudo daria certo.

— *Annie, minha filha!*

Fechei meus olhos. Ouvindo a voz emocionada da minha mãe, respirei fundo para recuperar o fôlego.

— Mãe... — Segurei o choro, e ela notou.

Sempre notava quando eu não estava bem.

— *Você está chorando... Sabia que isso de viajar sozinha não daria certo.*

Ela me conhecia a ponto de pular a pergunta e seguir direto para a afirmação. Passou pela minha cabeça comentar sobre o novo sintoma, mas desisti. Estava tudo bem, era apenas um reflexo do passado. Eu deveria aguentar; só assim poderia superar tudo.

— Não. — Mordi os lábios com tanta força que chegou a doer.

— *Não adianta querer me enganar! Está precisando de mim? Porque se estiver, pego o primeiro avião e...*

— Por favor, mãe — interrompi. Ela estalou a língua, inconformada. — Estou bem e preciso de mais algum tempo. Não dificulte as coisas — implorei.

Ela resmungou alguma coisa que não entendi, mas sabia que era com meu pai quando ouvi seu comentário:

— *Não pressione a menina, meu bem!*

Meu pai era aquele cara de espírito livre, descolado, como o tio Ivan. Talvez por essa razão não tenha se oposto à minha vinda para cá.

— *Está bem, meu amor. Então se cuide, siga todas as orientações corretamente.*

Balancei a cabeça. No fundo, eu gostaria de estar ao lado dela, deles...

— Pode deixar.

Ela fungou.

— Feliz Natal, mãe, desejo muita paz, muita mesmo. Eu amo vocês!

— *Nós também te amamos, minha querida.* — Ouvi a voz desesperada do meu pai, querendo tirar o telefone dela. — *Espere um pouco, Abner...* — reclamou ela. — *Annie, sabe o quanto estou desesperada aqui, não sabe?*

— Sei sim, mãe.

— *Olha, quero que você me ligue todos os dias em qualquer horário, você me entendeu? Me prometa isso, filha!*

— Eu prometo...

— *Feliz Natal, meu amor, e fique com Deus, tá?*

— Tá bom... E Feliz Natal para vocês, também.

— *Fale com seu pai, ele está em pânico aqui do meu lado.*

— *Anjinho da minha vida... estou morrendo de saudades de você.* — Meu coração apertou com sua voz embargada.

— Com você eu posso me abrir, não está fácil, pai... Mas eu espero conseguir.

— *Você vai conseguir, tenho certeza! Apenas se dê uma chance, você está no lugar mais lindo do Brasil, no verdadeiro paraíso. Não se isole do mundo, minha querida. Afaste-se da depressão, saia, explore tudo o que a natureza te oferece. Acredito que sua força vai tirá-la desse grande dilema.*

— Você acredita mesmo, pai, mesmo com tão pouco que sobrou para mim? Talvez não tenha sobrado nada.

Ficou em silêncio por alguns instantes, pensando no que dizer.

Eu conhecia meu pai; sua sabedoria sempre foi extraordinária.

— *Infelizmente, nem tudo é como a gente quer ou espera que seja, meu anjinho. No entanto, você pode criar o caminho do seu jeito, não importa se difere do anterior... Sei que a sua força vai apavorar o seu adversário interior, ela é a sua maior arma. Eu, sua mãe e seus amigos estamos todos aqui na maior torcida.*

Comecei a rir, emocionada com suas lindas palavras. Ele era mesmo um sábio.

Solucei.

— *Ah, a Leila está aqui conosco* — emendou em seguida.

— *E aí, sua fujona!* — Ouvi seus gritos e sorri emocionada.

— *Eu já passo o telefone para ela, só me deixe terminar, minha filha!*

— Gosto tanto dos seus conselhos, pai. — Sorri, ainda mais apaixonada pela família formidável que eu tinha. — Não sei o que seria da minha vida tumultuada sem vocês. Errei demais nesta vida, e me arrependo amargamente!

— *Não se arrependa, meu bem! Permita que seus erros sejam sua motivação. Você tem capacidade para superar tudo isso. Apenas desfrute de tudo o que a vida lhe oferece, eu sei que isso vai lhe dar uma boa dose de autoestima. Priorize-a. Dê valor às amizades. Não selecione a felicidade: permita-se sentir que a esperança vem em dose dupla e acelera o processo de aprendizado.*

— Pai... — Fechei os olhos, nutrindo-me de suas palavras estimulantes. O engraçado é que tudo o que minha mente projetou com seus conselhos foi a imagem do rosto do Enzo. Meu coração foi inundado por um sentimento imenso de ternura.

Era inexplicavelmente prazeroso, trazendo algo similar à expectativa para meu coração tão doente.

Eu ainda podia sentir o sabor do beijo que me encheu de emoção. E todo aquele turbilhão tinha sido causado apenas com um beijo e algumas passadas de mãos. Imagina o serviço completo! *Uau!*

— Eu te amo, pai... — disse, estremecendo.

— *Eu também te amo, minha filha. Feliz Natal! Fale aqui com a Leila.*

— Passa o telefone para ela... Te amoooo muitooo.

— *Eu não sei se te mando à merda ou choro de tristeza por você sumir sem avisar. Tem gente que está louca perguntando de você* — reclamou a Leila, com um tom de voz severo.

Comecei a rir do seu jeito.

— Não diga onde estou, por favor!

Estalou a língua contrariada, mas nada comentou.

— E também não me julgue, amiga, só me deseje um Feliz Natal.

Resmungou, antes de rir carinhosa.

Ela conhecia todos os meus problemas.

— *Posso até fazer isto se você me prometer que vai deixar os livros de lado, sair da ficção e cair de cara na vida real agarrando um gostosão aí em Fernando de Noronha. Ouvi falar que tem homens maravilhosos... Hum...*

Caí na gargalhada, ouvindo meus pais na mesma sintonia. E, como não poderia ser diferente, com o Enzo na minha cabeça. Fiquei ansiosa por revê-lo.

— Estou pensando seriamente nessa sugestão... — falei, rindo.

— *Não é para pensar, é pra cair de boca* — frisou, maliciosamente.

Sacudi a cabeça, ouvindo meus pais rindo alegres, sem estranhar aquela conversa.

Eles conheciam a maluca e espevitada da minha amiga.

— Vou fazer isso, sim. Aliás, hoje vai ter uma ceia de Natal num bar em que todos da ilha vão se concentrar.

— *Isso, isso...* — Eu podia vê-la pulando como uma louca, e comecei a rir enternecida da minha querida quase irmã. — *Quero você presente nessa celebração, você me entendeu, Annie?*

— Sim, senhora. — Prestei continência, rindo, emocionada por ter uma amiga como ela fazendo parte da minha vida.

Quando viajei, não pensei que pudesse me arrepender do silêncio. Ela merecia uma satisfação, pois tinha participado ativamente dos meus dias. Respirei fundo para bloquear a dor da culpa. Não suportava mais nenhum fardo.

Afinal, era Natal, um dia abençoado de comemoração que me faria bem abraçar.

— *Annie?* — Sua voz assumiu um tom doce que aqueceu meu coração, já imaginando que vinham palavras de conforto. Leila tinha dessas coisas. Afinal, era muito mais do que apenas uma espevitada — era uma pessoa com qualidades imensuráveis.

— Sim — respondi com meus olhos fechados, com meu coração numa batida harmoniosa.

— *Eu te adoro, amiga. Sabe disso, não sabe?*

Assenti, sorrindo com o coração leve, feliz e ansiosa para desligar.

— *Você está presente em cada batida do meu coração...*

— Eu também te adoro, Leila! Estamos ligadas neste universo grandioso.

— *Estamos, sim. Faz um favorzão para mim?*

— Qualquer favor deste mundo.

— *Me prometa que, quando se cansar da natureza divina e bater aquele tédio, aquela vontade de voltar para casa, vai me ligar antes, e de preferência com uma semana de antecedência, para que eu possa correr atrás da passagem aérea para curtir um pouquinho da beleza de Fernando de Noronha.*

Comecei a rir com ela, assim como meus pais ao fundo. Ela sabia fazer humor, alcançando seu objetivo de nos deixar mais leves, descontraídos.

— Farei isso por você...

Suspirou satisfeita.

— Um beijo no seu coração, e um abençoado Natal.

— *Para todos nós. Um beijo e fica com Deus!*

— *Nós te amamos, querida!* — gritou minha mãe, e depois meu pai.

Suspirei realizada, por estar rodeada de pessoas maravilhosas.

— Eu também amo vocês — balbuciei, sentindo aquele aperto no peito por um instante, temerosa que sentia por estar só.

— *Viu só como você é amada, Annie?* — disse Leila.

— Eu agradeço a todo instante por esse privilégio.

— *Fica bem, tá? Vai lá se preparar para sua ceia de Natal e divirta-se.*

— Pode deixar.

Despedimo-nos mais um pouco, e então desliguei, voltando para o quarto. Ao passar a mão no pulso, notei que estava sem meu bracelete de couro. Sua ausência me incomodava bastante. Encontrei-o perto da minha mochila no chão. Li e reli a frase para nunca me esquecer, nunca.

Precisava regar aquela semente dentro do meu coração, para que ela brotasse e desse bons frutos.

Coloquei tudo em seu devido lugar, e tomei um banho frio para tirar a inhaca do corpo e me animar. Deu certo.

Para vestir, escolhi um vestido branco com tiras pretas de três dedos na diagonal, curto e justo, realçando as curvas do meu corpo. Precisava melhorar minha autoestima. A roupa cumpria todo o requisito, além de dar aquele ar sofisticado, sem deixar a desejar no quesito conforto.

Coloquei um bracelete preto largo em madeira, que cobriu meu bracelete de couro, apliquei uma maquiagem leve, deixando meus cabelos soltos, calcei uma sandália preta rasteirinha e passei um bom perfume.

Dei um tremendo pulo com os gritos da Meg se misturando ao ronco do motor, quando trancava a porta.

— Se tivesse marcado não daria certo! — exclamou naquele jeito tempestuoso, e os amigos que estavam no bugue caíram na risada. — Vem com a gente!

— Teria como usar seu banheiro rapidinho? — Desviei os olhos para o motorista de olhos escuros, que reluzia à luz da lua.

— Ah, não inventa, Robson... — reclamou Meg, bufando e revirando os olhos, impaciente. — Já perdi o pôr do sol por sua causa, use o banheiro do bar.

Deu-lhe um tapinha nas costas e puxou o cabelo loiro, fazendo-o encolher o corpo.

— Está maluca? — protestou.

— O mundo não vai acabar, Meg — repreendi-a, rindo, e abri novamente a porta. — Pode vir.

Um sorriso agradecido estampou o rosto do moço antes de pular do bugue.

Era mais alto do que parecia, por volta de 1,90 m, e bem bonito. Vestia uma camiseta branca e justa e uma bermuda jeans clara, roupa que demarcava seu peito e ombros largos e o quadril estreito.

— Valeu. — Estendeu a mão, eu apertei. — Robson Freitas, primo da maluquete ali. — Apontou, rindo, em direção à Meg, fazendo careta.

— Pode entrar, o banheiro fica à esquerda.

Ficou no banheiro por exatos três minutos. Levantei do sofá quando ele retornou, sorrindo, com os olhos brilhando, surpresos, sobre a mesinha de centro.

— Essa medalha é sua?

— É, sim. — Peguei-a em minhas mãos, sem consegui evitar que meus olhos se enchessem de lágrimas.

Ele se aproximou, tirando-a de minhas mãos, analisando-a com atenção.

— Medalha de triátlon! — exclamou, orgulhoso. — Então você é uma triatleta?

— Fui — resumi, recolocando o objeto sobre a mesa, porque ainda doía um pouco. E segui em direção à porta.

Eu não acreditava mais no retorno e, até chegar aqui, não desejava viver sem isso. Mas algo aconteceu, e acho que o Enzo era o responsável. Tinha mais ânimo ao acordar.

Suas sobrancelhas se ergueram sobre os olhos, me seguindo.

— Esporte também é a minha vida. Eu sou nadador profissional. — Respirei aliviada quando o foco foi todo para ele.

— É... Você tem mesmo um porte de nadador. Aliás, atletas altos aliam força e habilidade para exercer seu domínio nas piscinas — comentei, e ele riu, descontraído.

— Exatamente isso — concordou, quando a Meg entrou tropeçando pela porta.

— Pelo amor de Deus, gente, vamos!

Rimos. Apesar de tudo, Meg era uma fofa, e o braço de Robson sobre seu ombro indicava o carinho que tinha por ela.

CAPÍTULO 18

§

Enzo

O bar com estilo *lounge* estava localizado na Praia do Meio e tinha uma vista maravilhosa dela e da Conceição, além do Morro do Pico. As pessoas não paravam de chegar; a impressão que eu tinha era de que toda a ilha se concentrava ali.

Curti o pôr do sol ali no bangalô lindo, bem decorado, com drinques maravilhosos e comida boa, e nada da Annie chegar. Varria meus olhos ao redor, procurando-a como se fosse um tesouro.

Mas estava valendo: afinal, o local era mesmo digno de apreciar, além de muito agradável com seus colchões e tendas. Ideal para curtir o entardecer com aquela preguicinha e tomando uma deliciosa e gelada água de coco.

O difícil foi engolir a saliva. Babei quando vi Annie chegando com aquele visual deslumbrante — linda, simplesmente maravilhosa! E precisei me segurar para não a arrancar do lado daquela girafa albina.

Ela sorria de um lado ao outro do rosto, como se tivesse encontrado a outra metade da sua laranja. *Filha da puta!*

— Oi, Enzo! — gritou a Meg três passos atrás dos dois, apontando em minha direção. Abri um sorriso forçado e notei quando Annie baixou os olhos por um instante. — A gente se encontra por aí — avisou Meg, em alto e bom som, o suficiente para me deixar agitado.

— Não levante. — Ela estendeu a mão quando ameacei levantar para cumprimentá-la. — Deixe-me apreciar você mais um pouco.

Levantei as sobrancelhas e relaxei, mantendo os olhos no casalzinho, observando-os.

— Como você é lindo, Enzo! — exclamou, ganhando minha atenção. Seu minivestido azul-claro combinava com seus olhos, que faziam um *tour* pelo meu corpo e acabaram parando em meu pau.

Os cantos dos seus lábios se levantaram num sorriso sugestivo.

É muito safada!

— Perderam o pôr do sol — comentei e saltei em seguida, colocando-me ao seu lado.

Sua expressão se fechou em decepção.

— Ah, Enzo, por que se levantou? — Dependurou-se no meu pescoço e, nas pontas dos pés, beijou meu rosto, ficando ali grudada.

— Estou há muito tempo deitado — expliquei, com a ansiedade tomando conta.

Por cima do ombro da Meg, notei Annie segurando na mão da girafa. Em seguida os dois sumiram em meio a uma aglomeração de pessoas bebendo. — Estava esperando a donzela da *minha prima* se aprontar... — sussurrou em meu ouvido, aspirando minha pele. — Hmmm... seu perfume é muito bom! — disse, começando a me incomodar.

Aliás, eu já estava irritado. E, antes que pudesse me equilibrar, ela se afastou, segurando meu rosto com as duas mãos.

— Sua prima? — questionei, tirando discretamente suas mãos do meu rosto. Estava muito curioso para saber quem era o rapaz com a Annie.

Ela grunhiu em meio a um sorriso divertido.

— É só jeito de falar. É o Robson. — Virou o pescoço, procurando-o, e não o viu. — Enfim, é aquele rapaz com quem cheguei. — Deu de ombros. — Deve ter se embrenhado por aí com a Annie. Aliás, os dois têm muitas afinidades, são do mundo do esporte.

Franzi a testa com a novidade.

— Não sabia.

— Eles vieram todo o trajeto conversando sobre isso. Nossa, fiquei até com tédio! — reclamou, balançando a cabeça, seguindo em direção ao balcão. Eu a segui, intrigado, talvez preocupado, na verdade — Por favor, faça uma caipirosca para mim — pediu ao garçom.

Encostada no balcão, ficou me olhando com certa curiosidade.

— O que foi?

— Nada. — Deu de ombros. — Só estou te admirando.

Passei a mão sobre a barba no rosto, e a dela veio pelo outro lado e acariciou-me, sorrindo.

— Sempre usou barba, Enzo?

— Não... Quero dizer, não grande como está agora. Este visual é novo, tem apenas três meses.

Sorriu e suspirou antes de pegar a bebida que o atendente acabara de deixar sobre o balcão. Bebericou com prazer, com os olhos brilhando em contato com os meus.

Ansioso, eu me segurava para não arrastá-la comigo dali em busca do casal desaparecido.

— Aceita? — Ofereceu, estendendo o copo à minha frente.

Neguei de cabeça.

— Estou dando um tempo no álcool.

Ela torceu a boca, descrente, e bebericou mais uma vez, enquanto acenei para o atendente.

— Quero uma água de coco, por favor.

— Só um minuto — informou, atendendo outro cliente do nosso lado no balcão.

— Conte mais sobre sua profissão, Enzo. Você deixou isso vago na outra conversa, ou melhor, deixou muita coisa inacabada!

Grunhi com sua voz maliciosa e olhar maroto.

— Sou salva-vidas! — Menti.

Foi o que veio de imediato em minha cabeça, primeiro para fugir do assunto de cunho sexual. E também era exatamente isso o que eu fazia o tempo todo: tentando, dando o meu melhor para essa missão.

Suas sobrancelhas se ergueram com a surpresa.

— Hmmm... Poderia salvar minha vida, não acha? — sugeriu, circulando o copo com a ponta da língua, com aquela cara de tarada.

Ela não desiste nunca.

Rindo, repassei meu olhar ao redor, e nem sinal da Annie. Minha inquietude já estava dando na cara.

— Acho que vai se dar bem com meu primo — comentou constrangida, notando meu desinteresse. — Ele é nadador profissional.

Suspirei e voltei o olhar. Apesar de envergonhada, não havia sinal de rubor em seu rosto. Ela virou o copo na boca e engasgou, obrigando-me a socorrê-la, batendo em suas costas.

— Nossa, quase me afoguei — comentou em meio à tosse.

— Talvez devesse beber com mais calma.

Ela riu com minha sugestão.

— Então seu primo é nadador profissional? — perguntei, não me aguentando de curiosidade.

Ela assentiu, limpando a boca com o braço.

— E a Annie, em qual área do esporte atua, você sabe?

— Sua água de coco. — O atendente desviou nossa atenção. Peguei de sua mão.

— Obrigado.

— Às ordens — respondeu gentilmente.

— Ela é triatleta, e é bicampeã...

Sorri para mim mesmo com os olhos perdidos no horizonte, recordando as mãos pelo seu corpo, os músculos definidos. Agora estava explicada sua excelente forma. *Genética!*

— Mas vamos lá com eles, quero te apresentar o Robson. — Segurando minha mão, ela me puxou para fora do bar.

Seguimos no meio das pessoas bebendo e dançando na pista improvisada na areia, e deparamos com o Carlinhos, dançando agarradinho com sua namorada. Perguntamos sobre a Annie.

— Ah, eles estão ali. — Apontou com a mão que segurava o copo.

Avistamos os dois sentados confortavelmente nas almofadas, enquanto conversavam animadamente no último bangalô da praia, ou seja, onde terminava a iluminação, o que me despertou certo ciúme em mim.

— Será que a gente atrapalha? — perguntou a Meg, já se enfiando dentro do bangalô e se jogando sobre a almofada no outro canto, fazendo sinal para que eu também me sentasse.

Meus olhos se prenderam aos da Annie, ela estava tão mexida como eu.

— Oi. — Articulei com a boca, e ela sorriu toda corada, linda!

— É claro que não! Fiquem à vontade — disse a girafa, até que educadamente.

— Robson, este é o Enzo.

Inclinei-me, apertando sua mão estendida.

— Como vai, cara?

De canto de olho notei os olhos da Annie percorrendo meu rosto, e senti uma fisgada na boca do estômago. Respirei fundo para afastar aquela sensação estranha. Mais uma vez eu voltava no tempo, com as minhas atitudes de garoto adolescente.

— Não poderia estar melhor: num paraíso de tirar o fôlego e em boa companhia. — Jogou um olhar interessado sobre a Annie ao seu lado.

Ela sorriu fraco, me encarando, e não consegui reprimir os ciúmes, nítidos em minha expressão. E nem respondi: apenas entrei, me segurando para não socar a cara da girafa.

— Com licença — pedi. Ele se arrastou mais ao canto, dando-me passagem, e para minha ira encostou-se à Annie enlaçando sua cintura com uma das mãos.

— O que você está bebendo? — perguntou à prima, que, sorridente, toda animada, segurou em minha mão.

— Caipirosca: vodca, limão, açúcar e gelo. Você quer? — Estendeu o copo.

Pegando, ele quase virou tudo na boca.

— Nossa! Eu quero uma... Está uma delícia!

— Pego para você — Annie ofereceu, levantando num pulo.

Algo ali estava incomodando. Fiquei na dúvida se era a ousadia daquele cara ou as mãos de Meg acariciando as minhas. *Bem que gostaria que fosse a segunda opção.*

— Estou com sede e preciso urgente de uma água de coco — explicou Annie.

— Espere, Annie, deixa que eu mesmo pego.

Robson segurou em sua mão, e ela puxou de imediato.

— Imagina, não custa nada — retrucou, afastando-se, sem aguardar sequer eu oferecer meu coco.

De certa maneira, fiquei feliz, com os olhos fixos em cada passo dela, encantado.

— O Enzo é salva-vidas, Robson. — Meg cortou o silêncio.

Ele me olhou surpreso.

— Sério, cara? Mas você é daqui mesmo?

— De São Paulo.

— Ah, legal! Sou nadador profissional. — Bebericou do copo em suas mãos.

— Faz tempo que está no esporte? — indaguei, curioso.

— Muito. Comecei em um clube, na escolinha do meu bairro, como esporte para manter o peso. Nossa, tenho que admitir que eu era um menino muito guloso! – Riu de si mesmo. – Acabei me identificando e aproveitei a oportunidade.

— E hoje ele é como um nadador principiante, faz muito barulho, joga muita água para os lados. — Meg ironizou.

— Engraçadinha.

— Estou brincando, Enzo. Ele é o cara! Nadador profissional, quase um peixe — falava, quando a Annie retornou com as bebidas.

Ele sorriu todo orgulhoso.

— Obrigado, Annie.

Ela acenou com a cabeça.

Só que desta vez ela não entrou de fato; ficou ali, com seus pés mergulhados na areia fofa e os olhos perdidos no horizonte.

Atento a cada movimento dela, notei quando seus olhos se fecharam e ela suspirou, dando a impressão de que curtia o som da natureza. No ponto onde estávamos, longe da agitação e da música alta, era possível apreciar o som do vento e sentir a brisa do mar. Eu tinha a mais absoluta certeza de que ela provava o sabor, respirando com os lábios entreabertos, a satisfação em sua expressão de prazer.

— Como nadador, superou todas as expectativas — continuou Meg. Ele parecia um bobão naquele sorriso todo. — É uma referência olímpica. E é merecido, porque sua dedicação e disciplina fizeram dele um campeão.

— E você, Annie?

Ouvi o fungado da Annie ali de costas para nós, quando Meg direcionou o assunto a ela. Foi um sinal de que sua alma ruía diante daquele assunto. Uma coisa que aprendi a identificar em minha carreira é justamente um sentimento frustrante de raiva.

Respirou fundo antes de se virar. A luz do bangalô a deixava ainda mais linda — ela me fazia suspirar. Meus olhos a envolveram ternamente com sua expressão magoada.

— O que tem eu? — Respirando ofegante, eram visíveis seus olhos brilhando pela umidade das lágrimas, passando a impressão de estarem a ponto de explodir.

— Fala um pouco sobre seu esporte, da sua maior motivação. Como é ser uma triatleta?

Seus olhos ficaram agitados, olhando para todos os lados. Eu sabia que estava aflita.

— Afinal, o maior sonho de todos os atletas é ter uma medalha olímpica. Não é mesmo?

— É... é... — gaguejou. — Licença, por favor — completou, afastando-se para o lado mais escuro da praia.

Ainda consegui ver o momento em que tirou as sandálias, seus passos apressados demonstrando o quanto precisava de privacidade.

— O que será que deu nela? — questionou Meg, preocupada.

Segurei seu ombro quando ela ameaçou se levantar.

— Deixa que eu falo com ela — sugeri, ganhando um olhar contrariado. Porém ela não fez nenhum comentário.

— Vou buscar mais uma bebida desta, estou viciado — comentou Robson, indo em direção ao bar.

— Tudo bem, mas não demora, OK? — concordou a Meg.

Assenti e corri ao encontro da Annie.

Não sabia explicar o aperto que, de repente, tomou meu peito. Era como se eu sentisse sua dor. Fiquei com uma vontade enorme de estar com ela, um sentimento que já vinha me visitando.

Caminhava com apenas a iluminação do luar em direção à base do Morro do Pico, e a jornada foi boa, porque onde ela estava era afastado de tudo. Vi apenas um vulto na noite, entre trilhões de estrelas que manchavam o céu sem lua, onde só se ouvia o barulho calmo das ondas quebrando na praia. Annie estava recostada nas pedras, observando o horizonte com um lindo, porém triste sorriso no rosto.

Sorri, aproximando-me. Meu coração disparou quando ela desfez o sorriso ao me ver.

— É um bom lugar para refletir, não concorda? — Quebrei aquele silêncio, invadindo seus pensamentos. E me encostei ao seu lado, fixando meus olhos no mesmo horizonte, com as recordações retornando. Fechei os olhos por um instante. — Desde que vim para cá, venho buscando respostas para minhas questões. — Respirei fundo quando ela virou a cabeça e sorriu com seus olhos brilhantes analisando cada parte do meu rosto, me dando aquele friozinho gostoso na barriga.

— Você não está com uma cara muito boa — falou receosa, e respirou fundo. — Isso me faz deduzir que não deve ter achado o que procura — finalizou, desanimada, voltando os olhos para o horizonte.

— O fato é que não conhecemos as essências das coisas. — Virei o rosto, encarando-a. — Encontrei mais do que isso, eu acho...

Seus olhos se estreitaram, um pouco confusos, desenhando seu rosto perfeito.

— Respirar o ar do arquipélago me trouxe noites mais tranquilas, afastou os frequentes sonhos sombrios. — Minha voz saiu quase em um sopro.

Baixou a cabeça e permaneceu olhando seus pés por alguns instantes, refletindo sobre minhas palavras; depois, sorrindo, tirou os cabelos do rosto, trazidos pela rajada de vento.

Eu me arrepiei todo sentindo o aroma de seu perfume. E, sem resistir, inclinei um pouco mais minha cabeça e aspirei devagar, tentando disfarçar, mas sem sucesso.

— Aqui descobri que a grande experiência da vida está no tempo: ele pode não curar um coração ferido, mas com toda a certeza o conforta — emendei.

Ela arfou, buscando meus olhos.

Fiquei em sua frente, e ela sorriu, resmungando. Havia algo a machucando e eu queria muito compartilhar, só que estava ciente de que não podia. Ela não me dera espaço o suficiente, e decidi não ser um intrometido.

— Gosto de conversar frente a frente. — O fato é que estava fascinado como nunca estive antes.

Encabulada, baixou os olhos.

— O contato visual com você me assusta. — Finalmente me encarou.

Segurei as pontas dos cabelos esvoaçando ao vento, chicoteando seu rosto, e coloquei atrás da orelha.

— Não há motivos para medo — disse, na maior incerteza deste mundo. Como ela, eu também não estava entendendo o turbilhão em mim. Tudo aquilo era muito novo.

É passageiro, Enzo! Só um romance de verão, repeti em pensamento algumas vezes.

Fingi que consegui me convencer.

O frio na boca do estômago chegava a ser insuportável, com aquela puta vontade de ser franco, de dizer que ela era a parte boa, que eu estava em posse do seu amuleto, que me dava uma sorte danada!

Desisti.

— Acredita mesmo que o tempo possa curar? Acha isso possível? — A frase soou tão vaga quanto ela. Sua desesperança me atingiu, infiltrando-se em minha alma.

Estava muito difícil segurar a emoção que ameaçava explodir meu corpo. Eu desejava demais envolvê-la em meus braços — é só no que vinha pensando desde o pôr do sol da praia.

Algo que não sentia há três meses.

— Acho sim... — respondi, avançando mais um passo e ficando a um centímetro dela. Ambos respirávamos ofegantes. — A receita infalível é deixar cada segundo seguir seu ritmo natural. — Minha mão direita tocou seu rosto de leve, e ela suspirou, fechando as pálpebras. Contornei-a com meus dedos, lentamente desenhando seu nariz e contornando seus lábios entreabertos, trêmulos.

O desejo me corroía, e eu nada podia fazer para contornar a situação. Precisei me tornar um guerreiro a fim de me reprimir.

— A vida é totalmente imperfeita, mas a questão é dar sempre mais uma chance — continuei falando, e ela ali, respirando rápido, com seus olhos queimando nos meus. — A vida é única, Annie, e a chance, não. Não importa quantos tombos você tomar, o importante é sempre se levantar e seguir seu coração. — Com o dedo contornei seu rosto e desci passando no meio dos seus seios fartos, posicionando-o abaixo do esquerdo, perto do coração, sentindo seu pulsar violento, que me dizia algo que deixei de acreditar. Ela trazia à tona um instinto natural. Então ela, ofegante, fechou o rosto numa expressão assustada.

— É melhor ficar longe de mim — avisou, com a voz tão trêmula quanto seus lábios.

Avancei um passo, e ela recuou outro.

— Calma, está tudo bem — disse, estendendo minhas mãos. Ela se recusou negando com a cabeça.

— Nada está bem. Você está avançando o sinal, e uma colisão está próxima de acontecer.

Balancei a cabeça, confuso com a forma como ela montava a frase.

— Do que você está falando? — questionei, embora soubesse de onde vinha seu temor.

— Não se faça de inocente, sabe muito bem do que estou falando.

— Não me culpe pelos sentimentos da Meg, eu nunca lhe dei esperanças; ao contrário, sempre deixei claro que só queria amizade.

Ela respirou fundo e caminhou alguns passos, distanciando-se. Fiquei ali observando, refletindo se deveria deixá-la a sós em sua privacidade. Não consegui, porque algo me puxava para aquela mulher. Então eu a segui, parando a menos de um metro dela.

— Não é justo! — falei, com ela se virando de frente, aflita. *Gata!*

— A vida não é justa — retrucou, com voz contida.

— Eu também achava isso.

— E por que não acha mais?

Abri os braços e, ao me aproximar devagar, notei o quanto ela respirava rápido.

— É só olhar ao seu redor, respirar fundo... — Inalei muito ar e parei bem em sua frente, fixando meus olhos nos dela.

— A vida é um emaranhado de problemas e acontecimentos, e você é um deles.

Ela sorriu timidamente, apertando os lábios um sobre o outro.

— Um acontecimento prazeroso. Gosto da sua companhia.

— Nossa! Que profundo isso — balbuciou, encarando cada parte de meu rosto, parando nos lábios. — Você fala como um bom entendedor da vida. — Seu dedo indicador repousou sobre meus lábios, incitando-me a beijá-la, e deixei todo aquele desejo explodir. Enlacei sua cintura, colando nosso corpo. Foi a união perfeita, e nos beijamos deliciosamente. Um beijo gostoso, quente, em que as línguas se enrolavam.

— Seu beijo é tão quente... — sussurrou em meus lábios, quando pausamos para respirar.

Acariciei seus braços macios.

— Não sei se devo... — hesitou, fazendo uma leve pressão para trás.

Eu não lhe dei a chance de escapar; explorei cada canto de sua boca com sabor de quero mais. Ela se rendeu e deixou rolar o beijo ardente, único.

O jeito que ela sugava, lambia e mordia era surreal, gostoso demais. Quanto mais sugava sua língua, mais eu queria. Queria tudo dela.

Deslizei minhas mãos para suas costas e desci até sua bunda durinha e empinada, apertando-a contra meu quadril. Senti-a estremecer em meus braços num gemido de prazer, experimentando minha ereção, e suas mãos vieram ao meu pescoço, com uma delas entrando pelos meus cabelos e segurando minha nuca.

Nossas línguas bailavam numa sintonia perfeita. Havia muita química entre nós, algo que me surpreendeu.

— Espera, Enzo, espera... — sussurrou em minha boca, apreensiva, porém trêmula o suficiente para não resistir quando a apertei com força, encaixando meu pau ensandecido de tesão no meio de suas pernas. — Ah... — gemeu, envolvendo os dedos entre meus cabelos, aceitando minha língua de volta, pressionando nosso corpo, fazendo-me sentir seus seios, com os bicos rígidos. — Não podemos... A Meg...

Ela ainda tentou falar, mas eu a silenciei com outro beijo ainda mais abrasador.

Entramos em combustão, ali onde as únicas plateias eram o mar, o céu e as estrelas. Uma delícia que eu precisava degustar.

Agarrei seus cabelos com os dedos e puxei para trás, levando-a a me encarar. Seus olhos estavam flamejando, e sua respiração curta de desejo.

— A Meg não pode ser uma barreira diante do que estamos sentindo. Eu quero você... — implorei, roubando dela outro beijo forte e guloso, enquanto ela gemia, derretida em meus braços.

O movimento sensual de seu corpo rebolando me deixou insano. Ela desgrudou nossos lábios e instintivamente se virou de costas para mim. Agarrei seu quadril com força, num amasso gostoso.

Ela me provocava, rebolando aquela bunda faceira, encorpada e firme no meu pau, dando o maior tesão do mundo. Um deleite! E forçava para trás, enquanto me olhava por cima do ombro.

— Uauuu, que loucura! — murmurou e pendeu o pescoço para o lado.

— Uma loucura compreensível! — retruquei. Minha boca exigia que eu percorresse toda a extensão da pele do seu ombro nu, enquanto massageava seus seios durinhos em um convite ao pecado. — Você é muito linda, Annie. — falei vibrando, sentindo-a tremer em meus braços. E desci uma das mãos pela sua barriga sequinha até a barra do vestido.

Sentindo-a arfar, voltei por dentro, erguendo-o e apertando suas pernas pela parte interna, arrancando suspiros.

— Está molhadinha. — Enrijeci, sentindo a umidade de sua calcinha, e afastei o elástico, deslizando em sua excitação deliciosa. — Preciso sentir você, preciso... — supliquei, com minha língua desenhando sua clavícula e continuando a trilha subindo pelo pescoço.

Ela se inclinou, oferecendo sua boca quente e molhada, e nos beijamos deliciosamente.

Ela gemia alto e rebolava o quadril em meus dedos infiltrados em sua cavidade quente, úmida, que eu desejava com a força da minha alma.

Meu pau doía de tão duro, ainda preso na bermuda verde-água, quando ela se virou de frente, tomando meus lábios num beijo enlouquecedor. Ela o apertou com força, me fazendo rosnar.

Fechei os olhos, arrepiado, enquanto ela puxava minha camiseta branca para cima. Sua boca quente e molhada, que sugava minha língua, se desprendeu e desceu pelo meu queixo, aspirando minha barba, fazendo a curva do meu pescoço, espalhando beijos pelo meu tórax. Abri meus olhos e vi uma cena perfeita: seus cabelos brilhavam platinados, com a lua fazendo as honras.

Havia uma aura ao seu redor; eu era capaz de ver, e, inexplicavelmente, sentir.

— Você trouxe vida à minha solidão aqui na ilha... — admiti.

Sorriu lindamente, com a cabeça arqueada, enquanto abria o cós da minha bermuda, me empurrando para trás até minhas costas apoiarem na pedra. Annie colocou o prisioneiro latejando para fora, e ficou olhando para ele com admiração.

Eu ofegava.

— Puxa... Será que aguento isso tudo?! — exclamou, tentando colocar pavor na expressão excitada.

Joguei a cabeça para trás numa gargalhada divertida.

— É muito grande e grosso!

— Isso é uma reclamação?

Ela piscou, com uma expressão faminta.

Realmente, a natureza foi bem generosa comigo.

— Por enquanto é só um comentário. — E já foi descendo e circulando a ponta da língua apetitosa ao redor da cabeça. Gemi alto.

— Fantástico!

Segurando meu instrumento com as duas mãos, seus lábios se fecharam ao redor da glande sensível e deslizaram, apertando-o para dentro o máximo que ela conseguiu, e retornaram exercendo a mesma pressão, levando-me à loucura.

— Caralho! Que boca gostosa! — Rugi sem ar, arqueando o corpo levemente para trás, agarrado aos seus cabelos.

Aquela boca era única — conseguia aquecer até mesmo meu coração.

Em seguida, lambeu a cabeça e sugou-a repetidas vezes. Depois desceu, lambendo até o saco de um modo tortuoso, lento demais. Estava a ponto de pirar, literalmente.

— Chupa ele todinho, chupa! — implorei.

A resposta veio com ela abocanhando-o inteiro, subindo e descendo devagar com a boca. Eu alçava voo ao céu, delirava!

— Enzo, Annie, onde estão vocês?

Annie saltou para trás, caindo sentada no chão ao ouvir a voz da Meg.

— Cuidado, Annie! — Estendi a mão, que ela recusou. Levantou rapidamente, ajeitando sua roupa no corpo, enquanto eu tentava fechar o zíper com meu pau duro como uma rocha, sem conseguir de jeito nenhum. — Droga!

— Ah, rápido, Enzo!

Grunhi, sorrindo da sua voz tremida. Sua expressão de medo era quase contagiosa.

— Fique calma, tá? — Puxei-a pelo braço, colocando-a na minha frente a fim de esconder a ereção. Embora ela tenha dado um passo para frente para desgrudar do meu corpo, não houve tempo para protestar, já que a Meg estava parada bem na nossa frente.

— Vocês estão bem? — perguntou, tentando ser simpática, sem conseguir. Sua voz derramava ácido.

— Estamos ótimos — respondeu a Annie, toda nervosa, aproximando-se dela.

Sem remorso, a Meg desvencilhou-se dela e veio até mim, me abraçando pelo pescoço numa atitude malvada.

Notei a Annie enrijecendo.

— Por favor, Enzo, ajude meu primo. Ele desmaiou.

— Como assim? — Meu instinto de médico me puxou em direção ao bar. Ambas vieram correndo para me alcançar. — O que aconteceu com ele?

— Ah, sei lá... Acho que bebeu demais, misturou... Avisei para largar aquele copo de caipirosca... E pior que bebeu uns cinco, como se fossem água — falou com voz chorosa.

— Está tudo bem. — A Annie tentou confortá-la. Novamente ela se esquivou e veio caminhando ao meu lado.

Quando chegamos, a girafa albina estava sentada sobre a almofada, rodeada de pessoas, e o Carlinhos estava ao seu lado. Era nítido seu estado de embriaguez, com o corpo cambaleando de um lado ao outro.

— Como se sente? — perguntei.

Ele arqueou para trás fazendo bico.

— Muitíssimo bem — respondeu com a voz mole, soltando um soluço alto.

— Você está bêbado, isso, sim — acusou-o Meg. — Odeio esses vexames. Você me ajuda a levá-lo para casa, Enzo? — pediu, agarrando meu braço.

— É claro que sim.

— Até parece que preciso de babá! — Rosnou Robson, protestando, enquanto se levantava na maior dificuldade. — Ficou maluca, Meg?

A dificuldade era ainda maior em manter-se ereto: o corpo não obedecia, balançando de um lado ao outro. Soluçando, ele passou por cima de todos ali e saltou para fora do bangalô.

— Aonde você vai? — gritou a Meg, incrédula.

Ele ignorou — apenas deu com o braço no ar e saiu ziguezagueando em direção à saída, onde havia deixado o bugue estacionado. E a prima saiu atrás, gritando que ele não podia dirigir.

Procurei a Annie em meio à multidão e sorri ao vê-la num canto, com aquele seu rotineiro olhar perdido.

— A gente precisa continuar aquela nossa conversa — falei, aspirando o perfume de seus cabelos com meu corpo colado nela. Ela respirou profundamente e se virou, séria. Eu não entendia aquela expressão, ou melhor, me recusava a aceitá-la.

— Olha, vamos fazer o seguinte: — começou ela.

Estreitei meus olhos, temendo aquela rispidez.

— Fique longe de mim.

Sacudi a cabeça, sem entender, mas ela explicou:

— A opção de vir para a ilha foi justamente para relaxar. Não estou disposta a afrontar ninguém, nem quero problemas.

— Você já falou isso, e se está falando da Meg, eu me recuso...

— Estou falando da Meg, sim — ela me interrompeu. — Desde que cheguei, ela já deixou claros seus sentimentos por você.

— Ah, qual é, Annie — exasperei-me diante de sua infantilidade. — Aqui não tem nenhuma criança, e isso não é uma escolha somente sua.

Ela arregalou os olhos, incrédula, explodindo num riso histérico, sacudindo a cabeça.

— Era só o que me faltava! — Abriu os braços, indignada. — Um desconhecido me dizendo o que é certo ou errado.

Arrependido da explosão, trinquei os dentes. Eu e a minha mania de falar o que me vem à cabeça.

Fechei a cara, ofendido. E ela respirou fundo, arrependida.

— Me desculpe a sinceridade, Enzo. É que já tem gente demais cuidando da minha vida — explicou.

— SOCORRO, SOCORRO! — Novamente a chata da Meg me atrapalhava. Aquilo já estava passando dos limites. — Alguém ajude, por favor.

Ela chorava desesperada, e todo mundo correu em direção ao estacionamento. Estendi minha mão até encontrar a de Annie e a apertei, aceitando o pedido de desculpas. Os gritos da Meg não me deram nem a chance de esperar por uma resposta.

Saí correndo em direção aos gritos, deixando-a ali, parada, num estado que não consegui identificar. Não havia tempo, com o desespero da Meg.

CAPÍTULO 19

§

Annie

Quando minha mãe repetia mil vezes que não se deve subestimar a vida, porque ela tem as suas surpresas, eu nunca acreditei. Mas agora a linha do meu raciocínio fazia uma curva daquelas bem sinuosas, e com isso meu ritmo cardíaco ganhou uma batida diferente, harmônica, quase musical.

Olhando ali para o horizonte, a paisagem, que um dia foi cinza, opaca, agora estava diferente, porque eu via as cores. Inexplicavelmente, a angústia e a tristeza deram espaço para uma nova dimensão, com meu corpo ainda em erupção, clamando por ele.

É uma pena que houvesse a Meg no meio da estrada!

— Eu não posso atravessar o seu caminho — falei em voz alta, sacudindo a cabeça, ouvindo uma gritaria sem igual.

Os gritos da Meg evoluíram para berros, então corri até a aglomeração.

Era inacreditável o que meus olhos viam. No fim de uma rua íngreme, cujo final dava para um desfiladeiro, o bugue do Robson estava quase despencando lá para baixo. Ele estava bêbado, e com a cabeça deitada sobre o volante. Enzo segurava os ferros do carro pela traseira, evitando a queda. Suas veias eram visíveis, saltadas no pescoço e nos braços, tamanha a força que exercia.

— Preciso de ajuda aqui! — gritou com a voz espremida.

— Meu Deus, alguém ajude, por favor! — Meg gritava desesperada, aos prantos.

Não houve manifestação. Parecia que ninguém ali estava disposto a arriscar a vida, uma vez que a terra ia desbarrancando. Enzo sequer notou o perigo, ou, se notou, permitiu-se arriscar. Seus pés eram arrastados pelo chão. Não aguentaria por muito tempo, mas, como um super-herói, não desistiu. Rosnando, forçava o corpo para trás, e finalmente conseguiu trazer o veículo alguns centímetros. Nesse instante, encorajou outros homens a ajudá-lo, porém já em solo firme.

— Força, pessoal! — Um dos homens gritou e, num impulso, conseguiram trazer o bugue para a parte mais segura.

Aplausos e gritos de alegria ecoaram por todos os lados.

Senti um orgulho tão imenso que ri emocionada, sentindo um desejo imenso de parabenizá-lo, tocar aquele rosto lindo e beijá-lo. Mesmo que soasse como egoísmo, precisava pensar em mim, pois eu estava tendo a oportunidade de ser feliz.

Acho que eu mereço!

Respirei fundo e avancei ofegante com aquela onda de alegria tomando meu coração, mas precisei parar no meio do caminho. Meg gritava numa alegria ainda maior, e, do seu jeito espevitado e espontâneo de causar inveja a qualquer um, se dependurou no pescoço do Enzo. Ele precisou segurar no quadril dela a fim de não cair para trás. E foi no mesmo instante que seus olhos me encontraram ali em meio aos curiosos e se estreitaram, perturbados.

Meu coração parou de bater, e minha respiração ficou suspensa.

— Obrigada, Enzo, obrigada... — Meg repetia a frase com seus olhos banhados em lágrimas, beijando cada canto do seu rosto, sentindo a maciez de sua barba, coisa que eu desejava muito.

Eu não entendia aquele sentimento de raiva que sentia até que suas mãos grandes e lindas no quadril da menina bateram como um golpe em meu peito, como se uma lâmina afiada me rasgasse por dentro.

Sem ar, com um caroço enorme me sufocando a garganta, fugi do seu olhar de "sinto muito" e saí apressada dali. Não queria ver toda aquela demonstração de carinho. Fiquei enciumada de verdade.

CAPÍTULO 20

§

Enzo

Não consegui pregar os olhos a noite toda, numa insônia angustiante. E não era pela dor nos braços, nem pelo esforço excessivo. A preocupação com Annie era o motivo. Nunca havia sentido algo semelhante em toda a minha vida; seu rosto ficou impregnado em minha mente, apertando meu coração, levando a um nível alto de ansiedade.

Era exatamente isso que acontecia naquele instante — aquele incômodo dentro do peito causava toda minha perturbação.

Virei-me de lado, de frente para a janela, os raios do sol invadindo o ambiente pela fresta, e gemi com a dor, que resolveu aumentar. Estiquei meus braços doloridos, ficando com as mãos fora do colchão apoiadas no vazio, da mesma forma que ficava meu coração sempre que a frase "Fique longe de mim" martelava em minha cabeça.

Passei a noite planejando reverter sua decisão. Não deixaria aquela oportunidade passar, e sabia que ela estava tão envolvida quanto eu.

Joguei minhas pernas para fora da cama e fiquei em pé, decidido a procurá-la. Fui impedido de me espreguiçar por causa da dor latejante.

— Merda! — Segui para um banho, que sempre me ajudava com essas tensões. O sacrifício foi enorme com o simples gesto de girar o registro, e a dificuldade me fez gemer alto.

Encostei a cabeça na parede e fiquei ali com os braços estendidos, na esperança de que a água quente diminuísse o inchaço. Não foi nada grave, porém a dor estava me incomodando. Optei então por um analgésico, além de raspar a barba e cortar o cabelo — não seria possível cuidar deles com a lesão.

Em frente ao espelho do banheiro, praguejava em vez de gemer de dor, a cada movimento da lâmina deslizando em meu rosto e rompendo os pelos — parecia que cortava um pedaço de madeira. Estava me sentindo impossibilitado, e aquilo me irritou profundamente.

— Enzo? Enzo, você está em casa?

Fechei os olhos com a voz doce da Annie adentrando meus ouvidos, ativando cada terminação nervosa do meu corpo.

— Enzo? — insistiu.

— Pode entrar! — gritei, ouvindo o trinco da porta girar, e estremeci, engolindo em seco, sem acreditar que ela estava ali. — Estou aqui no banheiro, só um minuto.

Parei com a lâmina no meio do meu rosto, embasbacado, olhando-a pelo espelho, aspirando com prazer! Todo o ambiente ganhou o aroma de seu perfume.

Estava ainda mais linda e meiga, fantástica... com quase nada de maquiagem, apenas um rímel deixando seus cílios mais alongados, destacando ainda mais seus lindos olhos verdes presos aos meus pelo espelho. Senti um gelo na barriga com seu olhar descendo lentamente pelas minhas costas e parando em minha bunda, enrolada na toalha branca.

Um sorriso de admiração misturado com ternura se abriu numa linha fina em seus lábios cheios, enquanto encostava-se ao batente da porta.

Linda!

— Desculpe invadir sua casa, eu queria te dar os parabéns pelo feito de ontem. Sua coragem foi esplêndida, arriscando sua vida para salvar a do próximo — disse, arfando.

Os movimentos da respiração acelerada deixaram-na ainda mais sensual, os seios fartos querendo escapar pelo minúsculo biquíni branco. E aqueles cabelos sedosos, caindo sobre os ombros?! Tudo nela era perfeitamente maravilhoso. Respirei fundo para reprimir a vontade de me virar e agarrá-la; ela mexia com o mais intenso de mim. Inacreditável!

— É o que faço. — Baixei o braço com a lâmina apoiando as mãos na pia, com ela atenta a cada movimento meu. — Eu salvo vidas. — Seus olhos se apertaram, especulativos — Sou médico! Salvar vidas e trazer mais qualidade de vida às pessoas é a minha função — expliquei, ganhando um olhar impressionado. Aquilo me alegrou profundamente. Senti como se estivesse ganhando o mundo.

Ela avançou e parou bem ali ao meu lado. Com uma das mãos ela segurava na pia, e a outra ficou estendida ao lado do corpo. Meus olhos subiram, encontrando um olhar diferente, que me causou uma onda de arrepios, acelerando ainda mais meu coração.

— Então você é um doutor?

Assenti. Seus olhos brilhavam, e ela abriu um sorriso confuso.

— Há alguma objeção quanto a isso? — questionei sua expressão sofrida. É isso mesmo que estou vendo?

Apertou os lábios, dando de ombros. Seus olhos fitavam o teto.

— Cada vez mais me sinto surpreendida pela vida. — Baixou-os, encarando-me. — Aos poucos ela está me fazendo mudar de opinião.

Permaneci em silêncio, permitindo que se explicasse. Cada palavra que saía de sua boca soava como um desabafo.

— Eu tinha certeza de que ela havia me esquecido, apagando sua luz, me deixando aprofundar na escuridão total. — Finalizou num murmúrio.

— Toda essa melancolia tem algo a ver com saudade? — perguntei, preocupado, imaginando que talvez todo aquele sentimento pudesse estar relacionado a algum amor impossível.

Ela negou com a cabeça e depois confirmou. Depois apenas baixou-a e ficou distante.

Fiquei confuso, sentindo necessidade de tocar sua face. Mas quem disse que conseguia levantar o braço? Gemi.

— Está tudo bem? — Segurou forte em minha mão, apertando-a, e subiu ao braço. Os dedos arrastavam-se deliciosamente por minha pele. O calor se espalhou pelo meu corpo, concentrado em sentir o toque lento e torturante.

— Quase — disse, brincando.

Ela riu sem vontade.

— A saudade faz parte da vida — continuou o desabafo. — Se um dia ela faltar, será porque o coração parou de bater. — Suas palavras eram lindas, porém me confundiam, era como se ela falasse em parábolas. — Esquece... É que você espera por algo que não vem nunca e fica triste, é isso. Sua generosidade me encantou — disse, passando as mãos pela minha barba, antes que eu pudesse dar alguma opinião.

Fechei os olhos, ofegante, sentindo o calor de seus dedos.

— Se você quiser, posso dar uma mãozinha com sua barba — ofereceu com voz suave.

— Sério?

Ela assentiu, sorrindo com malícia.

— E quanto àquela frase: “Fique longe de mim?” — perguntei.

Ela riu, enquanto seus olhos percorriam meu rosto com carinho.

— É Natal, Enzo! O momento de perdoar e ser perdoado. — Inclinou-se, ficando com seu rosto bem próximo ao meu, soprando seu hálito morno e me fazendo arrepiar.

Fiquei quieto, entregando-me de corpo e alma àquele momento extraordinariamente bom. Ela pegou o creme de barbear sobre a pia, colocando uma boa quantidade nas mãos.

— Fica lindo nessa barba, não posso negar, mas é fato que ela esconde muito de você.

Abri um leve sorriso, enquanto ela começava a passar o creme de barbear a partir do meu queixo com muita sensualidade.

— Não consigo ver sua boca — ela suspirava, sentindo o tremor em meu queixo.

Estava muito difícil me segurar. Meu pau levantava com ela me tocando daquele jeito; seu cheiro era inebriante.

Não conseguia controlar minha respiração. Ela foi subindo até minha orelha, chegando bem perto. E encostou seu rosto, soprando a região, me torturando enquanto pegava a lâmina de minha mão.

Estremeci, excitado e louco por ela. Segurei seu pulso sobre a pulseira de couro que ela não tirava nunca, na intenção de puxá-la, e travei com as suas sobrancelhas se erguendo, incomodada.

Imediatamente deslizei as mãos, respirando fundo.

Ela sorriu de maneira divertida.

— O que foi, doutor, está com medo? — perguntou, astuta.

Eu ri do seu jeitinho meigo.

— Precavido! Precisa me dar garantias de que sabe manusear uma lâmina, e que não vai retalhar o meu rosto.

Ela jogou a cabeça levemente para trás, rindo espontânea, e ri também. Precisava daquele momento para não avançar o sinal antes do tempo. Não podia assustá-la.

— Não sei se posso passar uma promissória...

Apertei meu olhar de dúvida com seu ar de maldade.

— Levando-se em conta que é a primeira vez que cumpro essa tarefa.

— Então estou correndo um sério risco? — Entrei na sua linha de humor. Ambos estávamos à vontade.

— Sim. — Puxou o braço com delicadeza, livrando-se da minha mão. — Sua única vantagem é que costumo cumprir o que prometo. Então você tem duas alternativas: sair correndo daqui ou relaxar!

Escolhi a segunda opção e fechei os olhos quando ela começou a raspar da costeleta e foi descendo num movimento lento e extremamente sensual. Não havia como não me excitar. Era possível ouvir as batidas escandalosas de nosso coração se misturando ao barulho da lâmina quando ela mergulhava-a na água da pia.

— Estou começando a temer pelo seu trabalho — resmunguei sem abrir os olhos, extasiado.

— É mesmo? — sussurrou, firme em sua função.

Assim que os abri, me deparei com seus lindos olhos, avaliando meu rosto na parte onde os pelos já tinham sido raspados.

— Se continuar tremendo assim, com certeza vai deixar marcas na minha pele.

Ela sorriu, inclinando-se.

Seus lábios pressionaram minha face úmida, e uma nova onda de arrepios inundou meu corpo.

— Prometo que vou tomar cuidado — assegurou num fio de voz. Em seguida se afastou, dando sequência ao barbear. — A única marca que pretendo deixar tatuada na sua pele é a dos meus beijos.

Estremeci, sem conseguir me conter.

Virei-me de frente, agarrando sua cintura, colando nosso corpo. Ela tremeu, jogando a cabeça para trás, ao sentir minha ereção.

— Ah... — gemeu, e engoliu em seco. Beijei seu pescoço, e desci minha mão até sua bunda, pressionando-a contra meu quadril.

— Acho que não consigo esperar — segredei em sua pele, sentindo-a vibrar em meus braços.

Segurando em meus ombros, ela me empurrou, mais sensata do que eu.

— Precisa deixar que eu termine.

Fazendo que não com a cabeça, fechei a cara, frustrado. Com aquela carinha de peninha e ao mesmo tempo crueldade, continuou raspando cada pelo, atenta a cada detalhe do meu rosto. Um momento extremamente íntimo, que acalentava meu coração. E, à medida que ficava livre dos pelos, ouvia seus grunhidos de satisfação.

— Você está bem? — Ela tinha vincos na testa e as sobrancelhas minimamente franzidas sob seus olhos.

Permaneceu em silêncio, prestando atenção apenas na face limpa.

— Você é muito, muito bonito... — suspirou, encantada com o que seus olhos viam. E, de repente, ficou triste.

Eu só conseguia sentir ternura com a sua reação, arrancando todo o oxigênio dos meus pulmões. Esqueci completamente de respirar, observando-a naquela angústia da qual eu precisava tirá-la.

Selei seus lábios com carinho.

— E me dá um medo danado... — concluiu.

— Por favor, não tenha medo de mim. Não deixe que isso se torne um obstáculo entre nós! — Expus, temendo que ela desistisse.

Eu ansiava por mais. Meu desejo estava ficando fora de controle, eu precisava muito senti-la.

Ela sorriu fracamente, quebrando meu coração em mil pedaços. Puxei-a para um abraço apertado, e a dor me fez resmungar com o movimento brusco.

— Ah, seu braço, cuidado! — Ameaçou se afastar, mas eu não deixei. Segurei-a com mais força.

— Não está mais doendo. — Eu não disfarçava minha dor; fora somente uma fisgada rápida, que não se repetiu. Era pouco comparado ao tamanho da emoção que transbordava meu corpo. O silêncio se estendeu em torno de nós; sentia o calor de sua respiração em minha pele. Era impossível estar tão perto dela, sentir sua pele grudada na minha, respirar o mesmo ar, sem desejá-la.

— Sou uma boba, mesmo — quebrou o silêncio e arqueou a cabeça, os dois pares de olhos verdes conversando entre si. — Nós dois aqui sozinhos nesta ilha paradisíaca, em meio a este clima, e eu aqui, vacilando, temendo quando não há o que temer.

Concordei, com um suspiro divertido.

— Não há mesmo!

Segurei na lateral de sua cabeça, alisando seus cabelos, e o movimento causou a leve fisgada, que me fez contrair o rosto.

Ela sorriu, preocupada.

— Seu braço! — Soltei de seus cabelos, movimentando-os no ar.

— É só uma dorzinha. Daqui a pouco o remédio pra dor faz efeito.

Então, seus dedos invadiram meus cabelos, e com rapidez abracei-a forte, tomando seus lábios num beijo ardente, enquanto todo meu desejo explodia. Apertava-a contra mim, aprofundando ainda mais o beijo, explorando cada canto de sua boca e apreciando o sabor doce de sua saliva, sentindo-a sugando a minha.

Havia uma reciprocidade diferente entre nós, algo incompreensível.

Suas mãos macias passeavam livremente pelas minhas costas quando desgrudamos nossos lábios. Permaneci com os olhos fechados, curtindo seus beijos estalados em meu queixo, nariz e bochecha.

Eu ria, emocionado, com aquela brincadeira sensual.

— Estou me sentindo a última bolacha do pacote — murmurei, abrindo meus olhos, e ela me abraçou forte, prendendo-me a ela.

Achei sua atitude o máximo.

Respirei fundo, para sentir o cheiro de seu cabelo e pescoço.

— E eu acho que você é mesmo — confirmou, abraçada a mim.

Tirei seus cabelos do rosto e beijei levemente sua testa, fixando seus olhos enevoados de desejo como os meus. E, na ponta dos pés, selou meus lábios num outro beijo calmo, molhado e gostoso.

Pegou minhas mãos e as colocou em seu quadril, me fazendo querer mais de seu corpo. Respondi, apertando-a com força, trazendo seu quadril para mais perto do meu, sentindo a quentura do seu corpo em ebulição, o que aumentou minha gula de fazê-la minha.

Gemi involuntariamente com aquela maldita dor nos braços. Ela enrijeceu, me olhando receosa.

— A parte difícil deixa comigo, ok?

— É claro que sim. — Deixei meus braços caírem na lateral do corpo, enquanto ela tomava as rédeas da situação.

Minhas pálpebras lacraram, trêmulo com suas mãos delicadas, macias e quentes deslizando com suavidade em meu ombro e braço, contornando cada músculo e me levando às nuvens. O carinho foi até minhas mãos, e então ela entrelaçou seus dedos nos meus. Estava amando aquilo e, ao abrir os olhos, deparei com seu olhar curioso, analisando cada expressão em meu rosto, em total excitação.

Ofegante, tomou meus lábios e mordeu o inferior, puxando sensualmente. Assim que meu pau latejou, apertei suas mãos, puxando e colando nosso corpo, roçando minha dureza nela, arrancando seus gemidos, os quais abafei enfiando minha língua dentro da boca deliciosamente perfeita, com sabor de frutas.

Céus, que sensação maravilhosa!

— Estou muito preocupada com sua lesão — balbuciou em minha boca, toda trêmula em meus braços.

Eu a apertei com mais força, beijando-a com fúria. Queria mais dela, queria tudo e mais um pouco, pois a sensação era inusitadamente diferente de tudo o que já tinha experimentado — e era capaz de superar qualquer dor.

— Se estiver doendo, eu não estou sentindo — falei, passando levemente minhas mãos pela pele macia da barriga dela, degustando todo seu corpo se arrepiando.

— Ah... — gemeu gostoso.

Deslizava devagar para saborear seus músculos durinhos embaixo da pele quente e macia.

Desgrudei meus lábios dos dela, descendo por todo seu pescoço, respirando rápido a cada toque de suas mãos delicadas e quentes sobre meu corpo, costas, barriga...

A cada toque que ela me dava, era como se estivesse me moldando. Esta mulher me fazia tremer nas bases.

Muito gostosa!

Meu corpo foi tomado pela sensação extasiante quando alcancei seus seios arfando, beijando o colo e deixando sua pele toda arrepiada.

Gemendo, ela arqueou, fazendo-me enfiar a cara no meio deles, enquanto seus braços foram para trás, desamarrando o biquíni, libertando-os para este mero mortal.

Um presente dos céus, que engoli com prazer, sugando-os e mordendo os bicos rígidos, arrancando gritos de prazer dela.

Meu pau latejava deliciosamente com seu corpo grudado daquele jeito, esfregando-se nele, cada vez mais acesa.

— Enzo... — gemeu assim que chupei o bico do outro seio, implorando pelos meus lábios. E enfiei com pressa a língua em sua boca. Ela chupou com deleite, deixando-me ensandecido.

Recuei um pouco para admirar seus seios. Abocanhei um e comecei a chupar o mamilo, sugando-o com vigor, sem machucá-lo. Passava a língua em volta dele e mamava com gosto, agarrado à sua bunda e pressionando-a contra meu garotão faminto.

Ela gemia, rosnava, gritava e acariciava meus cabelos, e eu degustava completamente aqueles seios tão grandes.

— Deus... eles são lindos demais! — Rosnei, massageando os dois levemente, arrancando-lhe aqueles gemidos angustiantes de querer, fazendo-a jogar a cabeça levemente para trás, excitadíssima. E caí de boca novamente, fazendo-a gritar gostoso.

Meu cajado pulsava e doía de tão duro, fazendo a toalha cair aos nossos pés, escapando do confinamento.

Ela travou, sentindo-o no meio das suas pernas.

Assim que olhei para ela, vi um sorriso safado e malicioso brincar por seus lábios. Nossos olhares ficaram fixos um no outro por longos segundos, e pude sentir aquela tensão sexual querendo explodir entre nós, se espalhando por todo o ambiente.

Era espantoso o sentimento parecido com ternura que sentia por aquela mulher.

— Quero senti-lo. — Mordi meu lábio inferior, concordando com a cabeça.

Segurando em meu quadril, ela escorregou para baixo, olhando-o com admiração.

— Ele é admiravelmente grosso e grande, Enzo!

— E todinho seu. Pode degustar e se lambuzar à vontade!

Estremeci com a ponta quente e úmida de sua língua em volta da glande.

— Caralho, que delícia!

Segurou-o pela base, chupando a glande com vigor e deliciosamente, me fazendo gritar de prazer, sentindo-o pulsar naquela boquinha linda e maravilhosa.

— Você é demais, linda! Demais... — Já não sentia dores. Toda minha concentração estava ali no ato extremamente prazeroso.

Eu amava bocas sábias, e a dela era muito mais do que isso, era mestre em lapidar meu instrumento de sobrevivência.

Céus, como ela era gostosa! Única.

Ela lambeu com movimentos lentos, tragando. Em seguida o levou um pouco mais fundo, até onde deu.

— Cuidado para não engasgar, lindinha! — Alertei-a, rugindo.

Ela assentiu sem parar, pois parecia uma faminta que não se alimentava há muito tempo.

— Gulosa!

Apertou-o entre os lábios e olhou para cima, com a outra mão massageando bem gostoso a bola do saco.

— Eu estava quieta no meu canto, e você me abriu o apetite.

Respirei fundo com seu humor e sorri para ela. Uma mulher nova e feliz estava ali comigo. Bem diferente da Annie que esbarrou comigo naquele dia do estacionamento, depois na livraria, e na chegada aqui.

— Se depender de mim, eu vou te alimentar sempre.

Ela sorriu, mas, não sei por que, senti que queria chorar também. E logo em seguida voltou ao trabalho, se empanturrando enquanto eu gemia segurando sua cabeça, ajudando-a no movimento sem igual.

Foram longos minutos me saciando, até os espasmos tomarem meu corpo. Rapidamente agarrei seus cabelos, trazendo-a para cima, e, não senti incômodo algum. Segurei sua nuca e levei meus lábios para seu pescoço, lambendo e mordendo com certa força, fazendo-a agarrar meu cabelo e gemer.

Minhas mãos foram da nuca para sua bunda, que apertei com força, fincando minhas unhas. Arranquei sua canga amarrada na cintura, e ela desceu a calcinha do biquíni. Estremeci circulando com o dedo seu clitóris inchado, todo molhadinho, uma loucura de tesão.

— Você é tão gostosa, Annie — murmurei em seu ouvido, encostando a ponta do meu garotão em sua vagina escorregadia e quente. — Quero sentir seu sabor. — Resvalei para sua boca, chupando sua língua saborosa.

Ofegante, assentiu com os lábios entreabertos.

— Vou te contar um segredo! — falei na sua boca.

Ela inalou o ar forte, num gemido prazeroso.

— O dia do acidente sempre vinha à minha cabeça. Sua calcinha de renda preta se tornou um vício em minhas lembranças.

Ela riu, mordendo meu lábio inferior com força e puxado-o levemente, em vingança.

Rosnei de desejo, tomando sua boca num beijo gostoso.

— É claro que você ficou olhando, né? — cochichou em minha boca.

Agarrei sua cintura com força.

— É tão linda. Necessito te foder todinha e agora.

— Então seja feita sua vontade, venha logo! — Segurando meu ombro, ela me empurrou para baixo, surpreendendo-me com sua desenvoltura. Obedeci como um cordeirinho. Eu a queria de qualquer jeito, em qualquer circunstância.

Ajoelhado em sua frente, suspirei encantado. Ela era linda.

— Nossa! Vocês duas raptaram meu coração.

Passei a ponta da língua em seu meio. Ela arfou, deixando-me ainda mais doido. E chupei gostoso, tomando muito do seu sabor adocicado, muito similar ao mel.

Emaranhou as mãos em meus cabelos e não os soltava mais, gemendo alto, enquanto eu chupava freneticamente. Cheguei a um nível altíssimo de tesão: queria mais, queria tudo, e coloquei uma de suas pernas sobre meus ombros, abrindo-a satisfatoriamente. Naquele instante não dei trégua, andava tão faminto nesses três meses que não deixei passar nenhum detalhe. Chupei-a com vontade, força, sentindo todo seu tremor. Infiltrando a língua, circulando-a, fazendo-a delirar.

— Você é muito bom nessa arte, doutor — murmurou sem fôlego, puxando-me para cima pelo cabelo e me olhando por alguns instantes.

Embora escuros, seus olhos não estavam mais sombrios, e sim lindos, aliados à respiração encurtada.

— Minhas aptidões vão até o coração.

Suspirou quando ao ouvir isso.

— Você existe mesmo?

Passei meus braços ao redor do seu pescoço, puxando-a para um abraço forte e quente. Havia algo especial nela: até suas palavras soavam como preciosas.

— De carne e osso, minha linda! — falei bem baixinho em seu ouvido, e ela retesou. Era bom demais sentir a sua pele toda arrepiada. — De carne e osso — repeti, virando-a de costas para mim, necessitando invadi-la, possuí-la por inteiro, uma sensação que me deixou cego e ensandecido.

Encaixei meu pênis na sua bunda e avancei com ela em direção ao quarto. Seus olhos repassaram rapidamente ao redor, porém não fez nenhum comentário.

— Só um minuto — pedi, e corri para pegar um preservativo na gaveta da cômoda, entregando a ela.

Seus olhos apreciaram o meu menino por alguns instantes, apontando ereto para ela. Então, com jeito, ela o vestiu, empurrando-me em direção à cama.

Rindo, caí de costas.

— Hoje é por minha conta, não quero que faça esforço com o braço.

— Realmente preciso estar preparado para quando o efeito do remédio passar.

Com aquele sorriso iluminado no rosto, saltou sorrateira sobre a cama e engatinhou em volta do meu corpo. Segurei sua cintura e nos beijamos carinhosamente. Uma sensação diferente, única.

Então ela rodeou a base do meu pau com uma das mãos, apertando de leve, e encaixou em sua vagina molhadinha. Nós dois estremecemos com o contato.

A expectativa de nos unir era tamanha que sentíamos a magia no ar.

Apoiou as mãos macias sobre meu tórax arfante e rebolou lentamente, esfregando a vagina molhada. O sorriso lindo nos lábios dela era muito excitante. Meu pênis doía e latejava, em uma sensação nova, desconhecida. Ela foi descendo devagar e parando, acostumando-se ao tamanho. Agarrei seus peitos num rugido, experimentando seu calor úmido e apertado.

Fui metendo, enquanto ela cavalgava feito louca, como se quisesse tirá-lo do lugar.

— Ah, Enzo, você é muito gostoso! Nossa! — Rosnou quase sem ar. — Eu precisava disso e não fazia ideia.

— Eu também... eu também — balbuciei sufocado, com o meu ritmo cardíaco nas alturas.

Meu coração parecia querer sair pela boca quando essa mulher começou a rebolar em círculo, forte e sensualmente, no meu instrumento de prazer, uma delícia absoluta.

Coloquei uma mão em um dos seus seios e o massageei com força, enquanto a outra desceu até sua vagina e começou a massagear seu clitóris. Ela não parou nem por um segundo de cavalgar forte. Uma louca fora de controle — senti como se ali ela praticasse um desabafo, há muito tempo reprimido em seu interior.

Essa sensação era muito intensa e prazerosa. Eu curtia com corpo e alma, coisa que nunca acontecera antes com nenhuma outra mulher.

— Assim, Enzo, isso... Eu quero tudo, mais forte.

Segurando seu quadril, eu a ajudava no sobe e desce. *Que mulher é essa?*

Nossos gemidos ecoavam por toda a casa. O suor minando de sua pele escorria sobre seus seios. Ela mordia os lábios e ficava de olhos fechados, delirando, curtindo deliciosamente o momento.

Seu corpo tremia em espasmos; eu a desejava em meus braços. Então agarrei a sua cintura e girei com ela, colocando-a por baixo. Tirei os cabelos grudados no rosto, namorando sua face, que ardia de desejo.

Ela sorriu timidamente. Nem parecia aquela garota fervorosa pulando como louca em cima de mim.

— Seu braço — balbuciou ela.

— Esqueça isso.

Com minhas pernas, abri as dela. Precisava me aconchegar nela para me aquecer no seu calor o mais rápido possível.

Eu o encaixei e introduzi devagar. Ela arfava em meus braços em um momento íntimo, ali olhando diretamente em seus olhos.

Mergulhei em seus lábios em outro beijo delicioso, e penetrei profundamente até encontrar seu limite, com ela se contorcendo embaixo de mim. Tirei rapidamente, recebendo seus protestos em rosnados, e arremeti devagar. Na hora senti seu corpo tremer e aumentei as estocadas de forma lenta e forte.

— Ah, Enzo, eu vou go... goz... Ohhh! — gritou, quando seu corpo começou a tremer.

Sentia as contrações de sua cavidade em meu mastro encorpando cada vez mais, latejando dentro dela, naquele calor viciante. Eu sugava sua língua, e ela a minha, com suas unhas cravadas em minhas costas. Nossa respiração aumentou, e nossa língua estava a ponto de dar um nó. Minha cabeça dava voltas com aquele turbilhão de sensações; eu parecia que ia explodir de fato. Arremetia com mais força em estocadas ritmadas, ao que nosso corpo respondia com espasmos de prazer.

Como ela, eu estava prestes a chegar ao orgasmo.

— Eu também, meu anjo — rosnei. — Eu também.

Soquei forte e, com o coração a mil, enterrei meu rosto na curva do seu pescoço, chupando-o a ponto de explodir, e não demorou muito para tudo ser liberado.

Fiquei em cima dela alguns instantes, com ela agarrada ao meu corpo, mole, até que, recuperado, me joguei de costas na cama, grunhindo alto, enquanto meu corpo ainda pegava fogo.

— Você foi ótimo — comentou, virando-se de frente. Fiz o mesmo.

Seu rosto tinha um ar angelical, porém com uma expressão sofrida. Eu queria muito perguntar sobre sua vida, saber um pouco dela, mas acabei desistindo, pois em outras tentativas ela se esquivava. Aquela pulseira que ela não tirava do pulso me deixava intrigado.

— E você, sublime. — Acariciei o rosto úmido pelo suor, e ela fechou os olhos. — Vou te confessar uma coisa.

Ela me encarou, séria.

— Hoje quebrei um jejum de três meses. — Era o que eu considerava. O sexo oral com a Meg não contava.

Ela caiu na gargalhada, descrente.

— É verdade, juro — confirmei, rindo também.

— Ah, tá bom! Até parece que eu acredito.

— Juro. — Sentei e cruzei os dedos, simulando uma cruz, e beijei.

Ela ainda balançou a cabeça, duvidando.

— Será que eu tenho mesmo essa cara de mentiroso?

— Não, é claro que não! — Ela se sentou de frente, cruzando as pernas e cobrindo suas partes intimas com o travesseiro.

Fiz um biquinho decepcionado, e ela riu, inclinando-se e me alegrando com um beijinho rápido, só o suficiente para aquecer meu coração.

— Convenhamos que seja meio complicado acreditar, devido às mulheres lindas da ilha. Inclusive a Meg — mencionou baixinho.

— Não se preocupe, eu não tenho nada com ela — afirmei.

Respirou fundo.

— Não é o que ela pensa. Ela tem certeza de que tem você.

Segurei suas mãos, encarando-a.

— O que aconteceu com a gente foi surreal. Não é justo parar apenas pelo capricho de uma garota.

— Ninguém está colocando ponto final, mas se queremos levar esta aventura adiante, precisamos fazê-lo às escondidas.

Neguei, recusando.

— Imagina! Escondido... não somos crianças, Annie.

— Mas a Meg é... é uma fofa! Não estou disposta a magoá-la, mas não estou a fim de abrir mão do que experimentei aqui. — Suas palavras me deixaram megafeliz.

— Isso quer dizer que sua presença nos meus braços está garantida?

— Seu bobo. — Rindo, bateu em meu tórax, empurrando para trás, e caí de costas na cama. Ela veio por cima e me beijou calorosamente.

— É a única condição. Namoro escondido?

— Sim — respondeu. — A não ser que queira dar um basta.

Neguei com a cabeça efusivamente.

— De jeito nenhum, agora que está bom! — Agarrei sua cintura e nos beijamos.

Sentia uma espécie de plenitude ao lado dela — parecia o fim de uma solidão de três meses e o encontro da paz que tanto procurei. Ela me fazia sentir forte e esquecer um passado doloroso. E aquilo para mim soava muito promissor, muito mais do que eu tinha planejado ou esperado.

— Eu gostaria muito de fazer uma revelação — falei em seus lábios.

Ela travou, arqueando a cabeça e me fitando meio perplexa.

— Não vai me dizer agora que é casado? — Chutou.

Caí na gargalhada, colocando seus cabelos, que caíam ao redor do rosto, atrás das orelhas.

— Errou feio!

Ela relaxou, respirando aliviada.

— Quero te mostrar algo.

Sorrindo emocionada, assentiu, caindo ao meu lado na cama.

Levantei-me, entrei no banheiro, tirei o preservativo e fui direto ao armário onde estava minha mochila, ouvindo seus suspiros de satisfação enquanto apreciava meu corpo. Peguei a pulseira de couro e retornei, entregando seu pertence.

Ela se sentou, cruzando as pernas, paralisada. Lia e relia a frase com os olhos marejados.

— Passei dias tentando lembrar onde eu a tinha perdido. — Ergueu-a no ar, olhando-a com admiração ou esperança, não sabia ao certo.

Sentei-me na cama em sua frente.

— Deve ser muito importante para você — comentei, olhando em seu pulso. Olhou também e sorriu, com os olhos umedecidos.

— Você não imagina! — Começou a rir, numa mistura de desânimo e silêncio, refletindo, evitando continuar a explicação. Não era a resposta que esperava, porém não iria pressioná-la. — E por que não me contou?

— Não sei... — dei de ombros —, talvez pelo fato de termos começado com o pé esquerdo — respondi, com um sorriso torto.

Ela riu.

— Ah, claro! Deve ter ficado envergonhado com a forma grosseira como me tratou. — Embora o sorriso estivesse ali em seu rosto, ela foi bem irônica.

— Falei e repito: você também não foi uma das mais educadas — retruquei.

Balançou a cabeça, abraçando aquele amuleto com força.

— Naquele dia, não se tratou de educação. Eu não estava bem, e seu sarcasmo ao falar da sandália foi a gota d'água. Fiquei irritada de verdade e explodi em autodefesa.

Grunhi, rindo, pensando quais seriam os segredos que a deixavam com a expressão padecida. Ficou só nos pensamentos — se um dia ela quisesse me contar, tudo bem. Senão, tudo bem também.

Eu só a queria por perto pelo máximo de tempo possível.

— Diga-se de passagem, você deu uma de maluquete, correndo sem olhar para os lados — brinquei. Ela ria incrédula com minha sinceridade, e continuei provocando-a. — Além de se mostrar uma folgada, interceptando o caminho das pessoas naquele corredor estreito da livraria.

Ela discordou, sacudindo a cabeça.

— Nem tinha percebido. Estava envolvida no assunto do livro e, quando isso acontece, pode cair o mundo que nem vejo, perco a conexão com o real.

Meu coração se apertou com minha injustiça.

— E sobre o estacionamento, eu estava nervosa, discutindo com minha mãe, e minha razão se ausentou. Portanto, foi sem querer nas duas vezes.

— A terceira também, afinal, comprei o chinelo no camelô da esquina. — Ela riu, tão lindinha.

— Então devo pedir desculpas pelos equívocos. — Segurei seus braços, trazendo-a para mais perto. Inclinei a cabeça em direção ao seu rosto, e ela fechou os olhos. Vivíamos um momento só nosso naquele instante, enquanto eu aspirava seu perfume.

— Fica tranquilo — disse, tocando em meu braço e se afastando. — A culpa foi minha também. — Pausou por um instante com o olhar perdido, pensativa novamente.

— Você pensa demais, me faz achar que existe algum mistério a ser desvendado. — Minha curiosidade era tamanha que deixei escapar.

— Não — ela me interrompeu, sacudindo a cabeça. — Estava pensando numa probabilidade que eu havia deixado de crer.

Ergui as sobrancelhas, ainda mais curioso. Lá vinha ela novamente com suas parábolas.

— Acho que estou me perdendo na ironia do destino.

Baixou os olhos com uma expressão amedrontada, pálida.

— Você me instiga, Enzo. — Seu fio de voz me intrigou. Segurei em seu queixo, obrigando-a a me encarar. — E também me traz segurança. — Riu, confusa com sua própria conclusão. — É difícil definir o que estou sentindo.

— É bom, não é?

Ela deu de ombros. Seus olhos já não eram mais verdes — tinham escurecido com aquela expressão sombria. De sua pele fluía uma doçura tépida. Comovido, me joguei na cama e a puxei para deitar ao meu lado.

Ficamos um em frente ao outro num prolongado silêncio.

— Talvez você precise degustar mais um pouco de mim para resolver esse impasse — quebrei o silêncio.

Ela apenas sorriu, passando a mão pelo meu rosto suavemente e me deixando arrepiado, aceso.

— Você tem razão. — Sentou-se em cima de mim novamente, a mais bela visão do mundo. Aquilo reacendeu a chama que mal chegava a se apagar meu pênis começou a reagir mais uma vez, quente e arquejando.

Transamos mais uma vez ali na cama, outra na sala, depois no chuveiro, e só depois, exaustos, dormimos a tarde toda, aninhados um nos braços do outro.

CAPÍTULO 21

§

Annie

De repente, abriu-se em minha frente um novo horizonte, no qual o prazer e a esperança caminhavam de mãos dadas e seguravam nas minhas, me levando em direção à luz.

Não fazia ideia de como aquilo foi acontecer. Ainda estava perambulando nas perguntas, vagando nos turbilhões de emoções que transbordavam do meu interior.

Seu hálito morno em meu rosto me inundava de vida, vida na qual já nem acreditava mais. Pensar nela era pensar no vazio, no oco.

Não conseguia tirar os olhos de seu rosto limpo e lindo sem a barba, em seu sono profundo. Bem... era lindo de qualquer jeito. Perfeito! E além de tudo gentil. Ele me trouxe uma realização completa, como sua expressão ali, respirando tranquilamente no mundo dos sonhos, com seus braços em volta de mim.

Será que faço parte do seu sonho? Tomara!

Porque ele passou a ser o meu, um sonho possível e incrivelmente fortalecedor. De repente, meu passado ficou mais leve, quase não importava mais, porque, com seu jeito carinhoso, ele me transformou. Só não sabia como seria dali em diante — mas também, qual a relevância disso?

Nenhuma!

O que ele me proporcionara nas últimas horas compensara meu último ano vazio. Que foi quase totalmente preenchido!

Se tudo acabasse agora, eu teria algo bom para recordar. Sentia-me outra.

Obrigada!, pensei, observando sua perfeição, seu rosto másculo, aqueles lábios cheios e deliciosos. Precisei me segurar para não lhe roubar mais um beijo, dos tantos que roubei nas seis horas em que já estávamos trancados naquela casa.

Mas não poderia tirá-lo do seu merecido descanso. Cada suspiro me encantava mais. Ele me presenteou com muito nesse curto período.

Fechei meus olhos, recordando o acidente, o dia na livraria, o quanto seu contato me perturbou. Agora eu entendia os motivos: cada toque me fez delirar e deixou minhas pernas bambas. Abri meus olhos de repente. A indisposição aparecia, aliada àquela maldita dor de cabeça, que agora se estendia até a nuca.

De novo não!

Lamentei revoltada em pensamento, com aquele nó enorme se formando em minha garganta. Esta era minha condição; a cada dia eu me odiava mais por ter me permitido um erro tão grave no passado.

Como fui burra, inconsequente... deveria me atentar aos riscos.

Eu me sentia sufocada, mas precisava respirar lentamente para não o acordar. Levantei seu braço, escorregando para fora da cama, e fiquei ali admirando aquele deus dormindo tranquilamente. Lindo de morrer, totalmente nu, com apenas uma parte do fino lençol de algodão cobrindo-lhe a metade do quadril. Um calmante para meu coração dilacerado.

Aproximei-me da janela, abri uma pequena fresta em busca de ar fresco e aspirei profundamente a brisa que me foi oferecida.

Tudo parecia perfeito, exceto eu mesma. Muitas pessoas caminhavam pela ilha, desfrutando o sol naquele final de tarde e tudo que a natureza lhes oferecia: as revoadas dos pássaros, os balanços das folhas com a brisa leve e fresca, o som das ondas se quebrando... Fechei os olhos e me permiti curtir todo aquele som restaurador, com uma única certeza: eu deveria ser forte. Nunca mais ia deixar de ouvir meu coração; eu ia me cuidar.

— Eu queria ser vidente para saber o que minha princesa está pensando aí com o olhar perdido no horizonte.

Fechei meus olhos com seu hálito quente sobre meus cabelos.

— Porque estou pensando que você é a mulher mais linda e gostosa que já conheci — emendou, passando as mãos na lateral do meu quadril levemente, como se o estivesse emoldurando.

Arqueei minha cabeça para trás, deitando em seu peito.

— Talvez você seja o maior mentiroso desta Terra, que joga esse tipo de cortejo para ganhar uma parada.

Negou, rindo, esfregando aquele monstro delicioso na minha bunda, reacendendo minha chama.

— Não, senhoraaaa...! — defendeu-se, brincalhão.

— Mesmo que seja mentira, devo confessar que me faz muito bem acreditar — murmurei, sentindo-o ereto e pulsando.

Apertando-me pela cintura, ele o encaixou no meio das minhas pernas num movimento sensual, me deixando arrepiada e aumentando o tremor pelo meu corpo.

Também grunhiu, gemendo, colando seu rosto macio sem barba no meu, roçando levemente.

— Acho que mereço um voto de confiança — suspirou em meio a um gemido, beijando o lóbulo de minha orelha enquanto descia. Repousei minhas mãos sobre as dele em meu estômago, sentindo toda sua energia boa. — Não sou o tipo de homem que mente — segredou na pele do meu pescoço.

Levei meus braços para trás, embrenhando-me em seus cabelos sedosos. Suas mãos subiram e passavam livremente pelo meu corpo, até encontrar meu calor, e deslizando em meu líquido de prazer.

— Ah... — gemi, entreabrindo meus lábios com seu dedo polegar circulando meus lábios desenhados. Era incrível como seus toques conseguiam sobrepor minha abstinência. A reação de prazer que me proporcionava ia além do que eu poderia imaginar. Soava como uma esperança, um novo e poderoso medicamento.

E então ele me virou de frente. Segurando-me pela nuca, puxou-me para um beijo quente, calmo, molhado, sensual e extremante excitante, enquanto a outra mão deslizava em minha umidade.

— Eu me viciei em você... — murmurou em meus lábios, jorrando toda sua saliva abarrotada de tesão, me deixando toda derretida, em completa rendição.

— Ah, você é um tremendo galinha, pelo que estou vendo — arfei, juntando seus cabelos num rabo de cavalo e puxando-os para trás, com ele introduzindo dois dedos em meu interior, me levando à doidice, rebolando em sua mão.

— Ainda duvida de mim, né? Sua descrente!

Arrepiei-me com sua voz grave, rouca e doce. Ele me pegou em seu colo e andou comigo em direção à cama.

— Mas vou dar um jeito de mudar sua opinião. — Com todo cuidado e carinho, subiu de joelhos na cama, colocou-me sobre ela, deitando no meio das minhas pernas. E com os cotovelos sobre a cama, ficou ali, admirando cada canto do meu rosto.

— O que foi? — perguntei, colocando os cabelos atrás da orelha.

Fechou os olhos, estremecendo com meus dedos roçando-lhe a face, ao mesmo tempo em que senti o pulsar do seu pênis.

— Você me faz sentir diferente — murmurou, abrindo os olhos, arqueando o quadril e encaixando aquilo tudo em minha vagina. Estremeci e fechei meus olhos, excitada, sem juízo, desejando-o com a força de minha alma. O tremor natural se misturou ao tremor do desejo, e aquilo era bom. Confundiu meu corpo, minha mente... Ele era seguramente extasiante.

— Diferente como? — perguntei, com ele pressionando a entrada. E gemi sem controle, como ele.

Ambos perdêramos o juízo.

Ele tomou meus lábios numa gula incrível, empurrando bem devagar. Sentia uma sensação indescritível, única. Sabia que deveria me preservar mais, só que não havia meio de parar.

— De um jeito estranho... Ah... — murmurou, gemendo em meus lábios quando afrouxou.

Roçou seu nariz no meu, deslizando-o pela minha face, respirando forte e colocando de novo tudo para dentro.

— Como você é gostosa, apertada, quente... — rugiu entredentes. — Me corrompeu completamente, mulher! — Apertou fundo.

Gritei de tesão, sentindo espasmos pelo corpo.

Ele me deixava totalmente entorpecida com seu jeito carinhoso.

— Surgiu numa boa hora, com um pacote enorme de ânimo. — Beijou meus lábios, tirando-o lentamente. — Um novo sentido, algo bom! — Arremeteu novamente e com força.

Delirei.

— Ohhh... É recíproco, você também me faz sentir diferente — confessei, contorcendo-me embaixo dele, cravando as unhas em suas costas. Estava ocupado demais para dar atenção às dores — eu sabia que tinha perdido o controle, machucando-o.

Estocava forte e efusivamente. E tirou-o todo, me deixando uma lacuna, olhando em meus olhos numa expressão de desejo absoluto. Entendendo minhas necessidades, novamente arremeteu com força, ao mesmo tempo em que infiltrava a língua dentro da minha boca, em uma dança alucinante.

— Céus, isso é muito bom — pronunciei, me contorcendo. Gemeu alto e deslizou a boca para a curva do meu pescoço, dando chupões na minha pele e acariciando minha orelha com a ponta da língua, em meio ao entra e sai fantástico.

— É maravilhoso estar aqui com você...

E os movimentos se intensificaram. Ofegantes, gritamos juntos com o orgasmo se aproximando.

— Goza você primeiro, lindinha, goza — rosnou muito alto, e todo meu corpo se contraiu com o resultado do nosso ato. — Que quentinho, nossa!

Sentia seu pau crescendo, ficando mais apertado, pulsando, quando ele o tirou, apoiando-o sobre meu ventre, jorrando todo seu sêmen sobre minha pele.

Seus braços passaram por minhas costas e sua cabeça ficou ali em meu ombro. Ambos tremíamos, saciados, sem nos preocuparmos com o que tínhamos acabado de fazer. Um ato totalmente questionável, mas não queria pensar nisso. E, pelo que notei, ele também não.

Fechei meus olhos, realizada. Sua presença me transmitia proteção e uma paz que me abandonara e da qual já estava sentindo muita falta. Ele me completava, e, mesmo sem nada resolvido na minha vida, ainda assim eu me sentia confiante. Aquela percepção era singular e memorável.

Ele levantou a cabeça e, sorrindo, beijou minha testa.

— Gostaria que você definisse esse jeito estranho como mexo com você.

— Você me traz coragem para seguir em frente.

Suas sobrancelhas se ergueram, curiosas.

— Deixa para lá. — Balancei a cabeça com uma expressão triste, respirando profundamente.

Ele se jogou ao meu lado sem me soltar, e ficamos nos olhando.

— Do jeito que falou, me deu a impressão de que havia desistido... — Sorriu confuso. — Sinto que você tem segredos sérios. Por que não me conta?

Pulei no mesmo instante da cama, sentindo o ar deixar meus pulmões. Segui em direção à janela.

Ele se postou atrás de mim e me virou pelos ombros.

— Não precisa dizer se não se sente confortável... Respeito sua vontade.

Sorri com os lábios reprimidos, encantada com seu jeito compreensivo. Ele me envolveu em seus braços.

— Meus problemas são tão comuns quanto os de qualquer outro — disse, evasiva.

Arqueou as sobrancelhas, fitando-me.

— Não creio que seja tão comum. Afinal, o triátlon é uma modalidade que exige muito esforço e dedicação. Sei que não é fácil nadar, pedalar e correr.

Ri do comentário.

— Meg comentou quando você estava grudada na girafa albina.

Grunhi com seu comentário maldoso.

— Ah, para com isso. — Bati em seu ombro com humor, e ele riu também. — O Robson é um cara legal. Não merece tanta hostilidade.

— Tudo bem — respondeu, com as mãos estendidas no ar. Em seguida, foi para a beirada da cama e ficou me fitando com curiosidade. — Vamos falar de você, então.

Torci a boca.

— Sobre o triátlon — corrigiu ele.

— É um esporte que requer preparação, ou seja, aquecimento adequado antes de treinos e provas para não ficar exposto a lesões... — balbuciei, suspirando, e revirei os olhos para o teto, engolindo forte o caroço imenso na minha garganta.

— Imagino! Como eu também sou chegado em esporte, ouvi muito falar sobre triátlon. Tem atleta que chega a nadar mais de 3,8 km, corre 42 km e pedala por volta de 180 km.

Sentindo-me em casa, fui me sentar ao seu lado.

— Pois é... Não é fácil. — Soltei o ar com pesar, e ele ficou me olhando pacientemente. — O triátlon não é só o meu esporte, é meu estilo de vida.

Suas sobrancelhas se juntaram com o tom funesto de minha voz.

— Isso é maravilhoso, Annie... — disse ele, sem entender.

Eu não poderia dizer-lhe muita coisa. Não queria revelar a ninguém a mais dura realidade da minha vida. Baixei a cabeça e fiquei em silêncio com aquela enorme dor no peito, quando sua mão quente veio à minha face.

— Não sei o motivo de sua amargura, mas gostaria de deixar registrado que torço muito por você. E que gostaria muito de acompanhar sua carreira meteórica.

Solucei, sem conseguir me segurar, e levantei, catando meu biquíni pelo chão. Vesti-me com ele ali, me observando, perplexo.

— O que foi que eu disse?

Não respondi. Toda minha angústia ficou estampada em minhas ações descabidas enquanto me vestia, e aquilo o magoou.

— Se não me quer por perto, então está resolvido! A gente encerra minha participação aqui mesmo, em Fernando de Noronha.

Fiquei envergonhada com minha atitude e respirei fundo, me acalmando, fitando-o ali sentado na beirada da cama, perdido.

— Não tem nada a ver com você, Enzo. — Amarrei a canga na cintura e me aproximei, segurando seu rosto arqueado. — O problema sou eu, comigo...

Ficou me olhando por alguns instantes, até que suas mãos vieram à minha cintura e me puxaram entre suas pernas. Curvei-me, deitando minha cabeça em sua testa. Todo meu corpo começou a ficar estranho, a fraqueza nas pernas aliada à dor de cabeça, que antes era leve, mas acabou apertando. *Por favor, de novo não!* Estiquei meu corpo, batendo levemente os pés no chão.

— Minha história é complicada. Avancei o sinal vermelho — declarei bem baixinho, sentindo muita raiva de mim.

— Então, quando você se lembra do fato, perde a cabeça? — perguntou ele, fitando-me.

Perdi o foco, revivendo todos os momentos de explosão, que machucaram as pessoas ao meu redor.

— Aquele dia no estacionamento, você vivia essa angústia, não é mesmo? — perguntou, sorrindo, compreensivo.

Continuei ali, sem saber o que dizer.

Abraçou-me pela cintura, deitando a cabeça em minha barriga.

— Seja lá o que for, acho que você precisa encarar. Acredito que seja a única maneira de se livrar desse tormento.

Ao concluir, levantou o rosto, encarando-me, preocupado.

Ah, como eu queria ter feito tudo diferente na minha vida!

A reação natural se misturou ao meu nervosismo. Perdi totalmente o controle do meu corpo, e ele notou.

— Por que está tremendo assim?

Neguei com a cabeça.

— Se falar sobre o assunto causa-lhe desconforto, então deixemos...

Coloquei meu dedo em seus lábios para silenciá-lo.

— Não é isso... — Beijei-lhe em seguida, e ficamos por alguns segundos respirando juntos. — São as enfermidades — sussurrei.

Grunhiu em um meio sorriso e se levantou, envolvendo-me em seus braços com força, aquecendo meu corpo e meu coração.

— Eu sou médico, talvez possa ajudar... — sussurrou ao meu ouvido.

Seria tão bom...

Confesso que aquele jeito afetuoso fez com que me sentisse a pessoa mais protegida da face da Terra.

Mas só o tempo poderia me ajudar; apesar de difícil, eu já estava conformada com isso. E agora queria mais do que nunca a cura.

Arqueei a cabeça, observando seus olhos lindos brilhando, enquanto sua mão direita acariciava minha face.

— Qual especialidade?

— Coração... — disse, rapidamente.

Na ponta dos pés, selei seus lábios.

— Do meu coração você já está cuidando — admiti, e beijei-lhe mais uma vez com ardor. Todo o meu corpo começava a entrar em ebulição, quando a voz da Meg soou como um jato de água sobre nós, apagando o fogo.

— Posso entrar?

Me afastei com os olhos arregalados, ao contrário dele, que sorriu sorrateiro com meu pânico.

Quase mecanicamente desviamos nossos olhos em direção à porta.

— Fique tranquila!

Orientou-me, sem nenhum sinal de perturbação. Ao contrário, era a calma em pessoa.

Como?

— Vista-se, pelo amor de Deus! — gritei, olhando pelo chão à procura de sua roupa. Ele nem aí. Só então me lembrei de que o encontrei no banheiro, com a toalha enrolada na cintura.

Ela chamou novamente.

— Droga! — Com o coração na mão, deixei o ambiente em direção à sala para evitar um constrangimento maior.

Usando um minúsculo biquíni vermelho, Meg travou no meio da sala, incrédula, ao me ver saindo do quarto. Seus olhos azuis tomaram um vermelho intenso e faiscaram em contato com os meus, apavorados. A hostilidade emergindo deles doeu em minha alma.

— Por que você estava no quarto do Enzo? — Sua voz saiu espremida, e, antes que eu reagisse, ela avançou em direção ao quarto.

Ai, caramba!

Corri atrás dela, preocupada com tudo aquilo. Eu precisava me explicar. Ela se deteve na porta e seu queixo caiu ao deparar com Enzo nu.

Nossos olhos se encontraram por cima dos ombros dela. Acenei com a cabeça, pedindo para ele se cobrir. Ele simplesmente deu de ombros, sem demonstrar qualquer intenção de fazê-lo.

— Fique tranquila, Meg. — Repousei a mão em seu ombro. Ela soluçava.

Ele continuou ali, imperturbável.

Céus, como ele consegue?

— Eu não acredito que estava levando bolada nas costas... — resmungou, virando-se para mim.

— NÃO!

Ela apertou os punhos na lateral do corpo. Recuei um passo, receosa com a fúria em sua expressão. Ela com certeza furaria meus olhos se estivesse com algo que lhe desse a oportunidade.

— Bem que desconfiei que existia algo a mais entre vocês — prosseguiu na acusação.

Eu tentava negar o inegável, movimentando a cabeça.

— Por que, Annie? Poxa! Eu gostava tanto de você, confidenciei sobre meus sentimentos e tudo...

— Não é bem assim, Meg, por favor — tentei explicar, levando a mão em seu braço. Ela recusou, fugindo do contato.

— Calminha, Meg, não agrida a Annie. — Solidário, Enzo me defendeu.

— Não me toque, sua amiga da onça! — gritou em desespero, me desestabilizando. Possessa, ela se virou, encarando-o em seguida, e num ímpeto adentrou com tudo no quarto.

Nesse instante foi que caiu a ficha do Enzo, notando a severidade da garota. Numa atitude primitiva de sobrevivência, ele puxou o lençol da cama e o enrolou em sua cintura rapidamente.

— A coisa aqui ficou tão quente que queimou os pelos do seu rosto? — disse ela. Possessa, transbordando de ódio. Chegava a dar medo.

Num impulso, sua mão voou no ar, acertando um tapa estalado no rosto do Enzo, que simplesmente fechou os olhos sem reagir e a fitou severo.

— Está maluca, menina? — Repreendeu-lhe com a mão no local marcado com seus dedos finos. — É melhor se acalmar... — aconselhou, mas foi o mesmo que nada.

Ela realmente ficou magoada, fazendo-me sentir a pior criatura deste mundo.

— MALUCA NÃO, LOUCA PARA MATAR VOCÊS DOIS AGINDO PELAS MINHAS COSTAS! — gritou ensandecida, enfrentando-o.

Não era a Meg ali. Parecia outra pessoa, colérica de um jeito difícil de explicar. Seus olhos azuis não estavam mais azuis — haviam se tingido de uma cor escura, sinistra, assustadora.

— Por favor, Meg! — A um passo atrás dela, eu me senti aflita, e, mais uma vez segurei em seu ombro.

Eu não deveria ter feito isso.

— JÁ PEDI PARA NÃO RELAR ESSA MÃO IMUNDA EM MIM! — berrou. Dando um tranco para trás, nossos corpos se trombaram. Com as pernas bambas, eu me desequilibrei, caindo de bunda no chão.

— Ah! — gemi com o impacto.

Enzo apressadamente passou por ela e veio em meu socorro.

— Você está louca, garota! — Repreendeu, estendendo-me a mão. Agarrei e ele me puxou. E ficamos ali, lado a lado, com ele segurando minha cintura.

Seus olhos assassinos pousaram sobre a mão de Enzo em mim.

— Louca é pouco diante do que estou sentindo. — Sua ira chegava a ser assustadora, os olhos chispando, encarando-nos, os punhos fechados na lateral do corpo.

Nem parecia a alegre e espevitada Meg que eu conhecia. Estava totalmente desequilibrada. Enzo também sentia o mesmo, e, segurando forte em minha cintura, recuou alguns passos, arrastando-me com ele por precaução.

— Você não está em condições de exigir nada, Meg — começou Enzo, criticando-a.

Ela resmungou, balançando a cabeça, com os olhos cuspindo fogo.

— Desculpe, por favor — tentei mais uma vez, mas Enzo colocou o dedo indicador sobre meus lábios, com um olhar de "deixa comigo".

— Creio que seja melhor você sair daqui. Depois, quando estiver mais calma, podemos conversar.

— O CARALHO! — explodiu ela, apontando o dedo em nossa direção. — NUNCA MAIS QUERO TER O DESPRAZER DE OLHAR PARA A CARA DESLAVADA DOS DOIS, SEUS TRAÍRAS! NUNCA MAIS. — Apressadamente, com passos pesados, ela se dirigiu à porta, enquanto Enzo e eu a seguíamos com o olhar, petrificados.

— Precisamos fazer alguma coisa, Enzo — cochichei.

Ele beijou minha testa e foi para a sala. Segui seus passos.

— Se houver algum juízo dentro dessas cabeças ocas... — começou a falar, em voz baixa e sofrida, quando se virou depois de abrir a porta. — Quando cruzarem comigo pela ilha, aconselho que desviem do meu caminho, pois eu não respondo por mim — ameaçou em prantos, e deu-nos as costas, saindo.

Tanto meus olhos quanto os do Enzo fixaram-se na porta batendo com brutalidade. E então nos entreolhamos, pasmos, sem reação.

Toda aquela emoção absurda me derrubou, não conseguia me controlar. Fiquei meio perdida emocional e fisicamente.

— Eu não estou suportando isso — comentei com o coração apertado, e segui em direção à porta.

— Vai sair assim? — questionou ele.

Parei com a mão na maçaneta e respirei fundo, estava incapacitada de me expressar.

Não esperava por mais essa. Estava muito estressada, e com um mal-estar tão grande que quase não conseguia me manter em pé. Minha mãe tinha mesmo razão quando mencionou o medo de eu ter uma recaída. Alguma coisa errada estava acontecendo, e confesso que sentia medo. Era mesmo uma possibilidade, e estava cada minuto mais próxima. Eu não estava conseguindo segurar a onda. As coisas estavam piorando gradativamente, fugindo do controle.

— Por favor, não deixe que uma garota mimada seja um obstáculo entre nós.

Suspirei, ouvindo seus passos pelo piso, aproximando-se. Fechei meus olhos momentaneamente com as mãos em meus ombros.

— Por favor, eu... Ele estava tão próximo que aspirei com força, nutrindo-me de seu hálito morno e perfumado.

— Temos que ignorar a Meg, e não o que estamos sentindo.

Inalei o máximo de ar em meus pulmões, ameaçando falhar. Tudo ficou em desordem em meu interior.

— Nada pode nos impedir de curtir nosso momento, essa conexão é algo raro, Annie. E pode ser passageiro, é verdade; a vida é curta. Mas quero me jogar de cabeça, depois a gente vê como fica. — Aquilo era mais um pedido do que qualquer coisa.

Sorrindo emocionada, abri meus olhos num longo suspiro, fascinada com os dele brilhando de emoção.

Estava coberto de razão; a química que rolava entre a gente era algo surpreendente e precioso, como eu estava vendo a vida agora. Achava que tinha perdido tudo, e, de repente, ele surgiu me mostrando o contrário.

— Não se deixe levar pelo que aconteceu aqui... — insistiu, com meu silêncio.

— Eu não posso, não dá... — exasperei-me sem conseguir me conter, recordando meu passado, e colei minha testa em seu peito nu, inspirando e expirando lentamente repetidas vezes, tentando tranquilizar minha respiração, enquanto seu queixo roçava sobre minha cabeça, numa sensação gostosa.

É uma pena que tudo isso tenha acontecido!

— Por favor, Annie... Somos livres, não temos compromissos. — Parou antes de continuar. — A não ser que você tenha! — questionou, apreensivo. Fiz que não com a cabeça.

Podia ouvir seu batimento cardíaco se elevar.

Eu já prejudicava vidas demais.

— Acho que vim a Noronha mais para tirar a carga de sofrimento que obriguei meus pais a passarem do que por mim. E isso agora está se repetindo aqui. Não posso suportar ver a Meg sofrendo. Não posso mais fazer isso com as pessoas. É um carma que preciso interromper.

— Me conte seus segredos — exigiu, segurando em meus ombros.

Eu poderia até contar, mas a vergonha do meu erro não deixou.

— Talvez ajude a aliviar essa dor aí dentro. — Seu dedo indicador direito desceu por meu queixo e pescoço, passando no meio dos meus seios até bem em cima do local do meu coração. E seu olhar veio ao meu. — O que acontece? Sinto que há muito que precisa desabafar.

Você não imagina o quanto!

Embrenhei meus dedos nos seus cabelos, levando-os para o alto da cabeça, balançando-a suavemente. Não me cansava de observar cada traço daquele rosto maravilhoso, lábios cheios, rosados e sedutores.

— Você é um cara muito legal — elogiei, suspirando.

Ele abriu os olhos, deslizando suas mãos sensualmente pelo meu corpo, me deixando arrepiada.

— É um presente que a vida me deu, depois de me tirar tanto!

Seus olhos se estreitaram, indagadores, porém nada disse.

— E só de olhar para você já estou desabafando — prossegui.

Naquele instante, os sintomas chatos e persistentes retornaram com força total. Inspirei e desci minhas mãos em seu tórax, disfarçando o tremor.

Deslizei-as por sua pele, brincando com seus músculos, uma delícia que nunca mais esqueceria, e o beijei. Ele me abraçou forte, me prendendo em seus braços. Sem querer, solucei.

— Me desculpe.

— Você está tremendo... — comentou, quase me deixando sem ar de tanto cheirar meu pescoço. — A Meg foi muito grosseira nas atitudes e palavras. Muito ofensivas.

— Não posso julgá-la. Ela chegou primeiro, e eu apenas atravessei seu caminho.

Ele balançou a cabeça, discordando, enquanto eu soltava suas mãos, recuando um passo, sem perder o contato visual.

— Como eu disse, foi você quem quebrou meu jejum — disse, incisivo com meu afastamento.

— Eu adorei cada instante! — Segurei em seu rosto, encarando-o.

Ele torceu a boca, notando meu descontrole, e segurou minhas mãos sobre seu rosto, massageando-as.

— Sentir você, receber seu carinho foi demais, tenho que admitir que você é o cara! Obrigada pelo lindo e prazeroso dia!

Ficou confuso.

— Você é lindo, é um anjo que surgiu na minha vida para me trazer esperança. — Pausei para respirar.

Em silêncio, sondava meu rosto, intrigado

— Não aceito recusa, Annie — disse, sério, com as sobrancelhas erguidas, muito charmoso.

Fofo!

Apesar de toda a confusão, eu desejava tudo dele; porém, precisava de um tempo para refletir, e também para sair daquele mal-estar que tomava meu corpo.

— Só me dê um tempo. — Minhas pálpebras pesavam, querendo se fechar, e tudo ficou esquisito. Respirei fundo para buscar concentração e raciocínio. — Eu preciso ficar sozinha para pensar...

Fugir para alimentar meu corpo com o que ele necessita com urgência.

— Tudo bem. — Ele levou minhas mãos aos lábios e as beijou ternamente. — Mas reflita com carinho sobre nós. Pense só na parte positiva, OK?

Assenti.

Na ponta dos pés, selei seus lábios e saí rapidamente, antes que percebesse meu estado.

Na rua de chão de terra, longa, banhada pelos raios do sol da tarde radiante no céu limpo, eu só conseguia sentir paz. Uma paz interior intensa, que me deixava leve, apesar de todo o mal-estar. Uma sensação deliciosa e difícil de traduzir em palavras. Toda a leveza se manifestava em cada passo. Eu pisava em ovos, refletindo sobre as mudanças que ocorreram em minha vida num curto espaço de tempo.

Ria sozinha, pensando em como as coisas poderiam mudar assim. Ficar trancafiada dentro de quatro paredes se tornou uma tortura; esse comportamento não me representava mais!

Nunca pensei que pudesse me sentir tão feliz por passar quase o dia inteiro dentro delas. Se fosse possível, eu passaria mais horas... a vida toda! Desde que fosse com o Enzo.

Queria curtir, sentir aquela atmosfera romântica que me puxava das trevas, levando-me em direção ao caminho da luz.

Respirei fundo, bloqueando o que queria me destruir, e fui alegre por todo o percurso até a casa do meu tio, cumprimentando a todos que encontrava pelo caminho.

Assim que abri a porta, meu celular começou a tocar sobre a mesa. Fiz um pacto comigo mesma que ficaria longe dele a maior parte do tempo, como também de todos os meios de comunicação. Tudo o que precisava era fugir dos acontecimentos do mundo lá fora. Uma forma de não me aborrecer e de dedicar todo o tempo a mim mesma, até conseguir me enxergar por dentro. O Enzo me trazia essa possibilidade.

Soltei o ar pesadamente ao me lembrar de Meg, refletindo qual postura deveria tomar daqui em diante. Não queria abrir mão do que estava sentindo, mas não queria magoá-la. Precisava pensar com cuidado.

— Oi, mãe.

Ela respirou aliviada.

— *Nunca mais faça isso, menina!* — chamou minha atenção, e eu comecei a rir. Sentia-me feliz como nunca e não disfarcei. — *Seu pai e eu estávamos aflitos, ligando desde manhã e nada de você atender* — desatou a falar, sem ao menos parar para respirar. — *Já estava ligando na companhia aérea para comprar as passagens...*

— Ei, mãe... acalme-se — Interrompi, rindo de seu desespero.

— *Você está rindo, é isso mesmo? Está disfarçando só para não me deixar preocupada. Não minta para sua mãe, minha filha.*

Grunhi, ainda rindo, pensando que tinham perdido totalmente a fé. E eu não podia julgá-los.

— Estou bem, mamãe, e feliz... pelo menos hoje.

Estalou a língua, desconfiada.

— Eu juro, estou vivendo um dia de cada vez.

Decidi não comentar sobre os novos sintomas, tentaria mais um pouco...

Seu silêncio se estendeu por alguns instantes, então ouvi a voz do meu pai ao fundo.

— *Acalme-se, querida, me deixe falar com ela. Annie, querida!*

— Oi, papai, tudo bem?

— *Conosco está tudo em ordem. A pergunta é: você está bem?*

O ceticismo deles cortou meu coração, e eu era a causadora da minha própria fraqueza. Não tive como evitar o tremor e a dor da minha alma.

— Precisam me dar um voto de confiança. Eu estou tentando, pai... — balbuciei com aquele caroço enorme na minha garganta impedindo-me de ser mais clara.

— *É claro que confiamos em você, querida! O fato é que precisa entender que somos seus pais, e estamos preocupados de verdade. Embora tenha concordado com sua viagem, não me sinto tranquilo. E hoje você nos deixou em pânico, então não venha me dizer que não confiamos. Ficamos no escuro o dia inteiro* — ralhou com veemência, fazendo-me refletir.

— Mas, pai...

— *Não tem mas pai nem mãe...* — interrompeu-me. — *Você errou, então assuma suas responsabilidades.*

Ele estava coberto de razão. Foi um grande vacilo da minha parte.

— Me desculpa! — cedi, sentindo minhas pernas fracas e iniciando uma crise de soluços.

Incomodada com aqueles sintomas chatos, me joguei no sofá, e todo o meu corpo entrou num estado de entorpecimento. Aquilo estava se intensificando, e eu já não conseguia me controlar.

Ouvi sua respiração profunda.

Meu pai era o cara mais compreensivo do mundo, e eu, como sempre, abusava da sua generosidade.

— *Sua mãe e eu resolvemos passar o Ano Novo com você.*

Meu coração se apertou com a notícia. Saltei do sofá e quase caí, sem conseguir controlar a emoção naquele estado.

— Por favor, não faça isso. Vocês precisam de paz, estou bem, juro!

— *Não sei se posso acreditar! Sua mãe e eu não queremos mais arriscar, já bastam esses dias deixando-a sozinha. Se algo acontecer com nossa garotinha, não vamos nos perdoar pela omissão.*

— Está sendo muito dramático, pai. Pare, por favor! — supliquei. Foi o mesmo que nada.

— Eu preciso ficar sozinha um pouco mais. Confie em mim, por favor.

E novamente o silêncio ensurdecedor.

— Pai?

— *Não posso prometer, Annie* — foi incisivo.

— Faça um esforço... por mim!

Ele riu com ternura.

— *O que está me pedindo é quase impossível, e você sabe disso.*

— Juro que estou bem. Espere minha ligação.

— *Vou tentar, minha filha.*

Fechei os olhos, derrotada. Conhecia muito bem seu tom incerto.

— *Ah, olha, o amigo do seu tio deve bater na sua porta a qualquer instante. Como não atendeu, eu localizei o Ivan.*

A batida na porta desviou minha atenção.

— Acabou de chegar.

— *Não se esqueça de agradecê-lo.*

— Eu amo vocês.

Os dois riram emocionados, e então desligamos.

Inalei o ar com força assim que abri a porta e a brisa fresca invadiu o ambiente. Ainda assim, não era o suficiente para meus pulmões.

— Como estão as coisas por aqui? — perguntou Carlinhos, sondando meu rosto, receoso, com as mãos no bolso da bermuda jeans surrada.

Segurando a porta entreaberta, tentei respirar com calma, mas minha impressão era que estava dentro de uma bolha sem ar; era sufocante.

— Na mais perfeita ordem. — Seus olhos se apertaram em dúvida.

Para fugir do seu olhar crítico, desviei para os cabelos molhados e penteados, que pareciam mais escuros. O suor minando do seu pescoço, escorrendo por dentro da regata branca, deixava a pele morena brilhante.

— O Ivan me ligou e pediu que eu viesse até aqui...

— Desculpe te incomodar, passei o dia na casa do Enzo e esqueci o celular, foi isso — expliquei de uma vez. Respirou aliviado, mas com as sobrancelhas arqueadas, surpreso.

— Por acaso a Meg ficou sabendo dessa sua visitinha?

Envergonhada, senti o calor subir pelo meu rosto.

— Não precisa responder se não quiser — completou, com um leve sorriso no canto dos lábios.

— E por que está me perguntando isso?

Balançou a cabeça.

— Encontrei com ela quando estava vindo para cá, e não me parecia nada bem. Ela se embrenhou pelas trilhas, ignorando quando a chamei.

A notícia me deixou muito mal. Não consegui controlar mais nada, totalmente sem ar. Tinha relutado até aquele momento; entretanto, precisava relaxar, ou senão morreria nos próximos segundos.

Não estava mais suportando aquele estresse, por mais que tentasse.

— Se importa de me dar uma licencinha? Preciso usar o banheiro.

Ele sorriu, sem graça.

— É claro... eu só queria mesmo saber se estava bem.

— Estou ótima, obrigada.

O sorriso que brotou em seu rosto foi bem convincente.

— Tenha um ótimo final de tarde — desejou-me. — E, se precisar, você tem meu número.

— Agradeço, Carlinhos.

Minha sorte foi que ele não percebeu minha condição, ou pelo menos foi discreto. Mal ele virou as costas, fechei a porta e corri para o quarto para pegar minha mochila, necessitadíssima.

CAPÍTULO 22

§

Enzo

— Yes, yes... — Soquei o ar eufórico, com meu corpo todo fervendo, extremamente feliz. Ainda podia sentir o calor daquele corpinho lindo envolvido em meus braços. Meu corpo correspondia com tremores, excitado, com meu pau tomando posição de ataque.

Fiz uma viagem no tempo, retornando ao passado, e me surpreendi em não sentir aquela angústia dentro de mim. Sempre acontecia, pois o passado significava a dor da perda de meu pai; na verdade, ter perdido a chance de me despedir. Às vezes, até passava pela minha cabeça que, caso eu estivesse em casa naquele dia, poderia tê-lo mantido vivo. Pensar nisso não me abalou; muito pelo contrário, uma euforia tomou conta. Eu me sentia aquele garoto de 18 anos do passado, com um friozinho na barriga e uma ereção constante.

Não tem sensação melhor do que sentir borboletas no estômago.

Um efeito delicioso, intenso e desconhecido. Queria sentir mais, queria bis. Ela era diferente. Essa certeza fez meu coração bater duro no peito.

Ei, Enzo? Já está parecendo um baba-ovo, cara!

A voz da minha razão me cobrava.

E, por um segundo, questionei-me se ela tinha razão.

Por que ela seria diferente?

Não havia resposta, era fato consumado: eu me sentia outro. Tinha apenas uma definição lógica: a Annie surgiu e fez a diferença na vida solitária que me propusera a viver. Pronto! Não queria ir contra aquilo que estava experimentando.

Radiante, aproximei-me do Bob para socar sua cara, e uma leve pontada nos pulsos me fez parar com o braço no ar, rindo alto de mim mesmo. Diante da minha excitação, a dor era apenas um detalhe sem importância! Meu pau duro marcava o lençol enrolado na minha cintura.

Era hilário e ao mesmo tempo interessante, tanto que eu só conseguia pensar nela envolvida em meus braços. Estava com uma vontade louca de beijá-la. Sem dúvida, ela era um contágio saudável.

Abri todas as janelas, dando passagem para a brisa da tarde entrar, e aspirei profundamente a maresia que inundou meu corpo como um bálsamo. Segui para um banho frio, senão com certeza correria atrás dela, sem ao menos respeitar o tempo que ela pediu.

Uma batida na porta me fez parar no meio do caminho.

— Enzo?

Carlinhos batia na porta, e notei que não estava sozinho ao ouvir uma voz masculina.

— Só um instante! — gritei e corri para o quarto.

Fui até o armário e peguei uma bermuda de tecido leve — a mais larga que encontrei, para esconder minha ereção.

Nunca havia sentido isso antes: o pensamento nela não me deixava relaxar, sequer respirar. *Que tesão!* Apertei meu garoto, arrepiado. *Calminha aí, amigão... não vai me deixar constrangido na frente do meu amigo.* Conversei com ele mentalmente, rindo, enquanto saía do quarto.

— E aí, cara? — Carlinhos perguntou, já entrando, sem pedir licença. Logo atrás dele, a girafa albina, que parou do lado de fora. Não tomei conhecimento, pois rapidamente olhei pelo ambiente para ter certeza de que não havia peças de roupas jogadas pelo cômodo. — Como você não colocou a cara para fora de casa, fiquei preocupado e vim saber como anda seu braço.

Franzi a testa com seu tom de voz insinuante.

— Já fui medicado, agora está bom — respondi, apertando as mãos repetidas vezes, com ele me olhando, esperando mais. — É... é... — Pensei no que mais responder.

Afinal, nesses três meses, aquele era o primeiro dia que não saía para fazer uma caminhada, principalmente nas madrugadas.

O alvorecer me fazia sentir mais vivo, mas agora ele não era o único. Estremeci novamente com as lembranças do dia magnífico.

Ei, não sobe!, me repreendi mentalmente, enquanto apertava meu pau disfarçadamente.

— O esforço de ontem me deixou exausto. Acredita que dormi quase o dia inteiro? — Foi o que veio à minha cabeça.

Ele apertou os olhos, me encarando. Seus olhos tinham um ar de dúvida que me intrigou.

Eu minto tão mal assim?

— Será que não vai me convidar para entrar? — Cobrou a girafa albina.

Joguei meu olhar para a porta, fazendo uma breve avaliação de suas roupas, que contrastavam com o sol se escondendo no horizonte. A camiseta amarelo-ouro e a bermuda branca. Meu olhar crítico definia aquela como uma péssima escolha, que o deixava ainda mais branquelo, destacando o pescoço longo.

Abri um sorriso forçado, pensando num enorme "NÃO". Ele corou de imediato, e acabei me arrependendo.

— Entra aí, cara. — Aproximei-me da porta e a abri um pouco mais. — Desculpe minha falta de educação.

Ele assentiu e entrou de cabeça baixa, numa educação que me jogou no chão. Senti-me um lixo.

— Vamos sentar. — Apontei em direção ao sofá, tentando ser receptivo para apagar meu erro.

Sorrindo, aceitou minha oferta.

— Eu precisava vir para agradecer, o que você fez ontem realmente mostrou seu valor.

— Imagina, meu instinto méd...

— Desculpe a sinceridade, mas sua atitude foi no mínimo irresponsável. — Carlinhos me salvou de revelar minha profissão, advertindo-o.

Respirei aliviado. Ainda não estava a fim de revelar nada a meu respeito.

— Por pouco não aconteceu uma tragédia — emendou ele, no mesmo tom de advertência.

O rosto pálido da girafa foi tingido por um vermelho intenso, que descia para o pescoço e o tórax, exposto pela camiseta em decote V.

— Pega leve, Carlinhos — pedi, segurando em seu ombro, notando a tremedeira do cara.

— Pega leve nada... — retrucou Carlinhos, revoltado.

— Ele tem razão — disse Robson, de cabeça baixa. — Na verdade, sou péssimo com bebidas. Acabei me empolgando — admitiu e levantou a cabeça, fitando Carlinhos com aquela cara de cachorro sem dono.

Fiquei com pena. Afinal, quem é que nunca tomou um porre na vida e se arrependeu depois? Eu mesmo sou um deles!

— Mil desculpas... de verdade.

A girafa só faltou chorar.

— Espero que uma cena como aquela não se repita. Como morador, tenho a obrigação de zelar pela boa imagem da ilha; afinal, vivemos do turismo. A partir de hoje, se encontrar você com um copo de bebida alcoólica, vou retirar de suas mãos — alertou-o em tom de humor.

Robson abriu um sorriso aliviado e coçou a cabeça.

— Bem... é isso! Só vim mesmo para agradecer. — Bateu as mãos nas pernas e se levantou.

— Relaxa! — Tranquilizei-o.

Ele assentiu, já indo em direção à porta. Abriu-a e olhou para trás.

— Por acaso vocês viram a Meg?

Neguei, e o Carlinhos me olhou de soslaio.

— Não — respondeu, negando com a cabeça.

— Talvez esteja em alguma praia aguardando o pôr do sol — concluiu, entristecido. Ergui a sobrancelha, intrigado com sua conduta. Então, reflexivo, saiu fechando a porta.

— Eu sei que passou o dia com a Annie! — Carlinhos me encarou, aguardando.

Respirei fundo e soltei o ar, sem comentar nada. Ele continuou:

— Estou preocupado, Enzo — insistiu, coçando a cabeça, uma mania que ele tinha desde que cheguei à ilha. — A Meg estava alterada.

— Na boa, cara! Eu não prometi nada à garota.

Inclinou a cabeça, pensativo.

— Ela está amarradona em você.

Preferi não me manifestar; não pretendia estender aquela conversa. A pressa estava nítida em meu comportamento agitado, e algo me dizia que seus olhos faziam mil perguntas.

Baixei os meus por um instante, quando ele se aproximou, batendo em meu ombro.

— OK! Vou perambular por aí e ver se a encontro. Até mais.

— Até.

Bufei quando ele saiu e fechou a porta.

Minha cabeça estava abarrotada de Annie. Não havia espaço para mais nada, principalmente para uma garota inconsequente como a Meg. Decidi procurar a Annie e nada me impediria, nem mesmo o espaço que ela pedira.

Tomei um banho rápido, vesti uma calça branca, a mesma camiseta chumbo que usava no nosso primeiro encontro, e abri a porta do armário para olhar o espelho.

Fiquei ali passando as mãos nos cabelos, ajeitando aqui e ali, mas nada me agradou. O *look* estava OK, mas os cabelos me incomodaram um pouco; achei-os muito longos sem a barba. E ri da minha própria crítica: a mudança tinha sido radical, mas até há pouco tempo nem me importava com esse tipo de coisa.

Peguei meu relógio na mesa da sala, conferindo as horas. Ainda não eram 18h, então decidi passar no centrinho para resolver aquele probleminha de autoestima. Depois bateria à porta dela.

***

— Annie? — Estava na varanda, com o coração acelerado, na expectativa de olhar seu lindo rosto, quando bati levemente em sua porta.

A resposta foi apenas o silêncio misturado ao som das ondas se quebrando. Demorei mais do que pretendia na barbearia, por causa da fila de espera. Virei-me em direção à rua, encostando as costas na porta, admirando o horizonte encantador, enquanto pensava se insistia ou não; talvez ela estivesse dormindo.

Respirei fundo, como sempre acontecia com toda a beleza naquele pedacinho de paraíso neste mundo. Até a noite em Fernando de Noronha era especial: a lua já tomara seu lugar de direito, brilhante, iluminando o céu negro e toda a vegetação, com a ajuda de todas aquelas estrelas cintilantes. Avancei um passo em direção à rua para deixá-la em paz. Só que não consegui manter a decisão.

Voltei! Eu não aguentaria ficar mais tempo, meu corpo a desejava com muita insistência.

— Annie? — chamei num tom mais alto, com a mão no trinco, e acabei girando, descobrindo a porta destrancada. Abri, enfiando a cara para dentro, suspirando com o ambiente sofisticado. Lindo! — Annie — chamei mais uma vez. Só o silêncio.

Arrisquei e entrei, com meus lábios se abrindo, surpreso.

Impossível não ficar embasbacado com a decoração e a construção. Por fora, era muito bonito; no entanto, por dentro, chegava a ser surreal existir um ambiente como aquele na ilha.

Notei a porta de outro cômodo aberta e fiquei meio assustado quando a vi pela porta balcão de vidro, onde havia um banheiro ao céu aberto.

Ela estava na banheira, sua cabeça apoiada no beiral, e dormia profundamente.

Ou está desmaiada?

Seu rosto ao longe parecia muito pálido. Não sabia ao certo, mas a possibilidade me deixou em pânico. Seu braço esquerdo estava sobre o livro aberto em seu peito, e o direito pendurado para fora da banheira. Fui rápido ao me aproximar.

— Annie? — chamei mais uma vez. Ela não ouviu.

Empurrei a mochila ao lado da banheira e me ajoelhei, ficando ao seu lado. Aproximando-me, senti sua respiração tranquila e morna batendo em meu rosto, seu corpo quase todo mergulhado abaixo das espumas.

Ela só dormia.

— Será que daria para mudar o personagem da ficção para o real? — sussurrei bem rente ao seu ouvido e dei um leve beijo, tomando cuidado para não assustá-la.

Houve um pequeno movimento antes de ela abrir os olhos sonolentos, com uma linha de sorriso nos lábios que me deixou todo arrepiado. Era uma conexão deliciosa de se sentir. *Céus!*

— Dormiu lendo? Poderia ter adormecido em meus braços.

Ela resmungou, bufando forte, como se tivesse acabado de participar de uma maratona. Tanto seu rosto quanto seu olhar pareciam inchados, e sua expressão, desanimada. Era de cortar o coração.

— Peguei no sono — explicou num tom de voz baixo, passando seus olhos verdes pelo meu rosto e meus cabelos molhados. Então ela respirou fundo e muito forte, largando o livro sobre os seios, e sua mão veio ao meu rosto, circulando meu maxilar. Fechei meus olhos, sentindo sua energia enfraquecida. — Sabe que estou sentindo falta da sua barba — disse, molinha.

Abri meus olhos, preocupado, e não houve como não ficar intrigado com a sombra que havia em seus olhos, deixando-os mais escuros.

Ela sorriu fraco, mas de um jeito especial, subindo as mãos pela costeleta, segurando a ponta do meu cabelo.

— Cortou os cabelos?

Meneei a cabeça, sondando seu rosto com meus olhos críticos de médico. Sabia quando uma pessoa estava com a saúde debilitada.

— Ficou lindo... — Subia a mão por dentro, massageando minha cabeça, quando seus olhos cresceram assustados, olhando para seu braço. E, como se lembrasse de algo, ela se virou de costas para mim, debruçando-se na banheira do outro lado e procurando por algo. — Ah, minha pulseira... Onde está minha pulseira? — Sentindo certo desespero em sua voz, me levantei de imediato para ajudá-la.

— Calma, eu te ajudo!

— NÃO! — Quase gritou e se levantou num ímpeto impressionante. Meus olhos se prenderam à bundinha dura e linda, e meu garoto pulou, louco da mesma forma que meu coração. Sacudi a cabeça para clarear minha mente.

Ela desceu pela direita, procurando pela pulseira.

— Droga! — praguejou, abaixando quando a encontrou, colocando-a no braço numa rapidez que me deixou estupefato.

E só então se virou, ofegante, olhando pra mim. *Nua e linda*. Estreitei os olhos com a nítida fraqueza em seu corpo e aquela palidez preocupante.

— Eu não entendi! — Fui sincero, olhando-a especulativo.

Abriu um sorriso fraco, suspirando espaçado, e soluçou.

— Sei que soa ridículo. — Sorrindo sem graça e fazendo um coque no topo da cabeça com os próprios fios, ela deu a volta pela banheira vindo em minha direção. Ofeguei.

Eu e meu menino faminto.

Ela dominava todo o meu corpo; as reações eram involuntárias.

— É que eu só me sinto segura com esta pulseira... Desculpe!

Suas mãos frias vieram ao meu rosto, embrenhando em meus cabelos. Queria fazer mil perguntas.

— Você ficou lindo de morrer...

Sem me segurar, agarrei sua bunda, colando-a em mim.

Ela gemeu, segurando na barra da minha camiseta e tirando-a. Beijou meu peito e deitou a cabeça em seguida, com a respiração acelerada.

— Você não está bem — afirmei, arqueando a cabeça e buscando seu olhar melancólico.

Sorriu sem vontade, quase chorando, e seus braços envolveram meu pescoço. Nossa pele se tornou apenas uma, mas eu precisava averiguar melhor, pois ela jogou todo o peso do corpo, ficando escorada, como se perdesse a força das pernas.

— Tem razão — admitiu com voz baixa. — Estou com uma enxaqueca dos infernos! Meu estômago está dolorido, ânsia de vômito. Acho que comi alguma coisa que não caiu bem.

Analisando por esse ângulo, estava justificado o inchaço. Penalizado, peguei a toalha, secando-a com todo carinho do mundo, arrancando suspiros. Ao chegar aos tornozelos, notei seus pés inchados.

— Você se machucou?

Inclinou a cabeça em direção aos meus dedos examinando-a e sorriu com os lábios apertados.

— Devo ter esbarrado em algum móvel, a enxaqueca me deixa zonza, desastrada. Aliás, você está parecendo minha mãe.

Sorriu lindamente, molinha, enquanto eu me levantava.

— O problema é que eu não sou uma pessoa tão boa assim. — Peguei-a no colo, aspirando o perfume da espuma que ficou em sua pele macia. Ela fechou os olhos, suspirando. — Minha intenção é a pior possível.

Segurando em meu pescoço, jogou a cabeça levemente para trás numa gargalhada.

Eu a levei para cama enquanto tirava minha calça, deitei-me a seu lado, aconchegando sua cabeça em meu peito, e a abracei forte.

— E qual seria essa intenção terrível? — murmurou em meu peito, com a voz lerda, trêmula.

Notei que seu ritmo cardíaco estava muito acelerado. Minha intuição de médico me dizia que ela precisava de uma consulta.

Levantei a cabeça, analisando seu sofrimento.

— Depois revelo. No momento, você requer cuidados. — Beijei sua testa. Sua pele ainda estava fria. — Estou preocupado. Sempre tem dores de cabeça?

Sorrindo, fez que sim com a cabeça, passando a mão pelo meu rosto, fazendo-me deitar novamente no travesseiro.

— Não se preocupe, essa sensibilidade na cabeça e no estômago é uma velha companheira. Se errar na alimentação, eu padeço. Daqui a pouco fico bem, já até tomei meus remédios.

Não estava convencido, e pensei em questionar sobre a medicação que costumava usar. Porém, ela não me dava espaço, e resolvi respeitar.

— Só preciso de mais umas horinhas de sono, e depois estarei novinha em folha. — Bocejou profundamente, deixando-me arrepiado.

Tudo nela era especial, até aquele momento silencioso e de cuidado. Queria protegê-la de tudo e de todos; seu sofrimento começou a doer em mim. Uma sensação familiar — eu sempre tive mesmo isso de sentir as dores das pessoas.

— Vou ficar aqui com você, posso? — balbuciei em sua cabeça.

Ela assentiu, ajeitando-se na cama. Eu a envolvi em meus braços, oferecendo meu corpo para aquecê-la. E não posso negar que eu estava ferrado. Sim, ferradão, de quatro! Com o coração quente e aquela ereção eterna que tentava controlar. A verdade é que nunca me sentira tão confortável e feliz ao lado de alguém.

— Estou adorando sua companhia — admitiu ela em um fio de voz.

Eu também!

— Annie?

— Hum...

— Me fale um pouco de você!

Ela se retesou de imediato, mas logo relaxou.

— O que você quer saber?

Dei de ombros, alisando seu cabelo.

— Tudo.

Ela riu.

— Já teve algum relacionamento sério?

O silêncio se estendeu, enquanto ela pensava.

— Se três meses é considerado sério, então já tive.

Caí na gargalhada, pressionando-a em meus braços. Ela se manteve quieta.

— Estou falando sério.

— Eu também! Foi o relacionamento mais extenso que tive. O esporte me tomou muito tempo, quase 24 horas diárias.

— Detalhe um pouco mais — pedi.

Ela se contraiu e respirou fundo. Sentia sua hesitação, mas estava curioso para conhecê-la melhor.

— Conte o que espera do futuro, essas coisas — insisti.

— Nem sei o que responder, sabia? — resmungou num tom embargado. — Acho que nem quero pensar nisso, pois o futuro a Deus pertence. Estou de férias para relaxar. Pensar me deixa exausta.

Arqueou a cabeça, olhando-me nos olhos. Com o dedo indicador, tocou na ponta do meu nariz. Fechei os olhos com seus lábios cheios e macios úmidos chocando-se na pele do meu queixo, roçando, fazendo a linha do meu maxilar. Seu gesto me encheu de ternura. Ela era diferente, gostosa e muito, mas muito sensual e carinhosa. A cada gesto, ela me ganhava mais.

— O presente me basta — sussurrou, com a sua língua tomando o lugar dos seus lábios fazendo o mesmo percurso. — Você me basta! — completou em minha pele, e estremeci, arrepiado.

— Tem razão, estamos de férias. — Puxei-a de volta ao meu peito. Ela suspirou longamente e fechou os olhos.

Seu desânimo era visível; ela parecia meio anestesiada. Precisei me segurar para não especular, a curiosidade me tomava, e mais uma vez desisti; não poderia interferir na sua vida, pelo menos por enquanto. Esperaria nossa intimidade crescer, algo que parecia inevitável. Só assim ela me daria mais espaço.

Apertei-a ainda mais.

— Como se sente agora, está aquecida?

— Muito mais. Estou me sentindo protegida.

Fechei meus olhos.

— Tem que estar recuperada amanhã. O seu guia aqui tem muita coisa para mostrar.

Ela grunhiu, rindo, sem se mover.

— Esta acordada?

Ela assentiu.

— Então por que você já não me passa a programação de amanhã? — murmurou levemente.

— Então feche os olhos. — Nem precisava pedir, tinha certeza de que já estavam fechados. — Agora mentalize tudo o que já presenciou aqui na ilha, o mar transparente e fascinante, em tons de azul e verde.

Concordou e suspirou profundamente.

— A maravilhosa vida marinha, os golfinhos, as tartarugas, as arraias, os tubarões pacíficos, os peixinhos multicoloridos, lembrando um lindo arco-íris.

— É tudo muito lindo! — Sua voz saiu distante.

— Lindo é pouco, e você vai entender quando mergulhar, pois é impossível vir à Fernando de Noronha e não mergulhar. É de uma beleza inexplicável, espetacular, que você precisa ver com seus próprios olhos e sentir de muito perto.

— Você narra tão lindo, Enzo. É quase visual!

Beijei sua testa quase sobre os cabelos. Suspirou profundamente, jorrando em meu peito seu calor, e ficou quietinha novamente.

— Ainda faltam muitas praias espetaculares que ainda não conheceu. Mar de Dentro, voltado para a terra firme, e Mar de Fora, voltado para o continente africano.

— Estou ansiosa para conhecer. Continue me contando sobre elas.

— São tantos lugares lindos e praias belas: as praias da Conceição; a do Meio, você precisa ver como é linda de dia; Boldró, Americano, Bode, Cacimba do Padre e Cachorro, entre tantas... É tudo majestoso por aqui.

Aos poucos, foi ficando relaxada, até que adormeceu em meus braços. No fundo, eu não sabia ao certo porque estava com ela ali. Nunca na minha vida pensei em passar uma noite inteira com uma mulher, para não parecer sério. Porém, com ela, eu me sentia diferente, um bobão sentindo seu corpo quentinho aquecendo o meu, e não somente ele, mas também meu coração. Realmente queria aquilo, e me sentia completamente à vontade com ela. Pensando nisso, acabei adormecendo.

Despertei com o canto dos pássaros, sabia que a alvorada já viera há muito tempo, com aquelas risadas escandalosas se misturando aos roncos dos motores dos bugues, os latidos dos cachorros incomodados com o giro das rodas dos veículos. Uma mistura de sons altos, que não incomodava a Annie, deitada em meu peito em seu sono profundo.

Ali, com a claridade da manhã invadindo o quarto, não me cansava de olhar para ela, admirar seu rosto encoberto pelos cabelos, seus traços perfeitos. Inspirei com prazer seu perfume com os olhos fechados, e ela se mexeu lentamente com o movimento do meu tórax.

Era incrível como ela despertava algo diferente em meu ser. E o mais forte de tudo: a excitação. Meu pau pulou, ansioso para descobrir mais de cada centímetro de seu corpo. Uma sensação que me deixou encafifado: não me cansei dela como sempre acontecia com outras mulheres; acordar ao seu lado despertou um desejo forte quase obsessivo de posse.

Nosso corpo, banhado de suor, me despertou sensações singulares. Minha ereção fez tremer, desejando-a com a força do meu coração. Devagar, dei um beijo em sua testa, e ela se moveu sensualmente. Senti um arrepio dos pés à cabeça; meu corpo vibrava.

— Que beijo gostoso — balbuciou com o rosto contraído, enquanto se afastava dos meus braços, me deixando no vácuo. — Nossa, que sono ininterrupto foi esse? — questionou, sentando-se e elevando os braços ao alto, espreguiçando.

Meu coração parou de bater com a visão maravilhosa de seus seios durinhos. Agarrei sua cintura, fazendo-a se deitar de costas para mim, abaixei a cueca e encaixei meu pau entre suas pernas. Ela gemeu, respirando mais rápido que o normal.

— Você ainda não me parece muito bem! — comentei.

Ela deu de ombros.

— Acho que agora é fome, estou fraca.

Quando ela disse isso, afrouxei minhas mãos. Ela virou de frente, ficando cara a cara comigo, mexendo em meus cabelos. Beijei seus lábios, e ficamos ali, brincando com nossas línguas numa dança sincronizada.

— Ah, tá com fominha, tá? — brinquei em seus lábios e arrochei, encaixando meu pênis duro como rocha, latejando prazerosamente em seu meio úmido, quentinho e escorregadio.

Ela gemeu toda molinha, linda! E desceu as mãos entre nós, agarrando-o com força, rosnando e me deixando louco.

— Eu também estou morrendo de fome! — Sua mão o apertava de um jeito delicioso.

— E que apetite! — sussurrou em meus lábios, apertando um pouco mais.

Notei que ela se contorceu um pouco, como se sentisse dor.

— Mas antes preciso me alimentar de verdade!

Nesse instante um soluço alto escapou, e ela levou a mão à boca, apreensiva.

— Então, vou resolver seu problema. Vamos ver o que você tem na despensa, sou bom em improvisar um bom café da manhã — disse, solidário, e beijei seus lábios.

Quando ameacei me levantar, ela segurou em meu braço.

— Se quer mesmo matar minha fome e me fazer feliz, vá até o mercado comprar um pãozinho fresquinho... — rogou, manhosa.

Torci a boca, hesitante.

— Então não está tão preocupado comigo como disse.

Passei um braço por baixo e a puxei para um abraço, num beijo longo e gostoso, que me excitou.

— Embora meu menino esteja furioso com a ideia, vou quebrar seu galho, gatinha — sussurrei em sua boca.

Ela riu enquanto eu me levantava e, quando estava em pé, deparei com a visão mais linda e preocupante deste mundo. A linda eram seus olhos verdes marejados percorrendo meu corpo, e a preocupante era a sua cor, de uma palidez considerável.

Pulei sobre a cama, e ela se encolheu, rindo.

— Vou correr, senão você vai morrer de desnutrição. — Passei meus braços em volta do seu corpo e a beijei sofregamente. — Não posso perder o que eu ainda não tenho.

Sorriu, passando as mãos quentes, macias e delicadas em meu rosto.

— Sua pele é tão gostosa... — balbuciou, e contraiu o abdômen.

— Estou machucando você! — Afastei-me, observando-a.

Ela riu, cansada e negou com a cabeça.

— Não me machucou, eu que ainda não me recuperei. — Expirou com força.

Rapidamente me levantei.

— Vou comprar seu pão e não demoro. — Peguei minha calça no chão.

— Por favor... — suplicou ela.

Assenti, indo ao banheiro para minha higiene matinal.

Voltei para o quarto, fechando o zíper da calça e parei, encostando-me à penteadeira, observando-a dormir profundamente. Sua respiração parecia mais calma, agora encolhidinha ali na cama, seus cabelos espalhados pelo travesseiro. Ela me fascinava. Sacudi meus cabelos molhados, passando as mãos pelo rosto, os pelos começando a marcar de novo, e então procurei a camiseta pelo chão. Acabei de me vestir e saí pé ante pé, bem devagar, para o som do piso não ecoar pelo ambiente.

Já na sala, ouvi o seu celular vibrando sobre a mesinha de centro. Os raios do sol atravessando o vidro refletiam sobre ele. Mudei o rumo da saída e fui bisbilhotar, curioso para saber um pouco mais dela.

"Papai Abner". Sorri vendo aquele homem ali na tela denominado papai. A única semelhança com a Annie, para ser sincero, era a linha dos lábios, do resto tudo era o oposto.

Seus olhos eram castanho-escuros, a pele bem mais morena, o nariz, além de consideravelmente grande, era fino, mas uma coisa eu não podia negar: o sorriso de um lado ao outro indicava o quanto ele parecia ser uma pessoa simpática. Passei a gostar ainda mais dela, com seu jeito carinhoso de se dirigir ao pai, um princípio que também tinha em minha vida. As borboletas acordaram no meu estômago, causando um rebuliço. Precisei me concentrar nas prioridades para não voltar para o quarto e dar mais uma olhadinha nela, com muitos beijos.

Ali, segurando aquele celular, meus dedos coçavam com vontade de ver mais, mas minha educação não permitiu. Coloquei o aparelho no mesmo lugar e segui para o mercado. Antes, passaria em casa, para tomar mais uma dose do medicamento, evitando que a dor leve em meus braços ficasse forte de novo.

CAPÍTULO 23

§

Annie

Lágrimas brotavam em meus olhos e escorriam pelas bochechas, encharcando o colchão, tamanha a dor de cabeça que sentia e chegava a irradiar por meu corpo. Uma angústia insuportável...

Na realidade, era mais frustração por ser incapaz de me controlar. Soltei o ar, exausta, aliviada ao ouvir a porta da sala se fechar quando o Enzo saiu. Não aguentava mais segurar minha respiração, todo o meu corpo estava num momento crítico, meu coração acelerado, um soluço insuportável, que piorou meu estado e minha respiração.

Eu aviso ou não meus pais?

A dúvida pairou por alguns instantes, e logo desisti, pois a possibilidade me pareceu desnecessária. Embora um pouco mais intensa, não era a primeira vez que acontecia, e a dor de cabeça latejante e a ânsia de vômito deveriam ser reflexo. Logo estaria bem. Cheguei à conclusão de que dependia apenas de mim; precisava reagir, ser forte e provar que eu era capaz, que conseguiria.

Por mais que me esforçasse, estava difícil controlar tanto mal-estar. Quase impossível. Estava enroscada e perplexa, confesso que até preocupada. Estava ciente do rumo que minha vida tomava: meu corpo não reagia mais às drogas, ansiava cada vez mais por elas e a cada aumento das doses elas se tornavam insuficientes, levando-me ao fundo do poço. O fato é que eu não tinha alternativa, elas eram a minha única opção.

Eu necessitava me aliviar, sair daquele estado deplorável, e, por mais que a consciência gritasse em minha cabeça, abrindo-me a mente, eu me apegava à realidade que se seguia. Meu socorro estava na mochila ao lado da banheira. Só não sei como consegui me levantar dali. Minhas pálpebras pesavam uma tonelada, querendo se fechar. Meus pés pareciam maiores, enrijecidos.

Mas o que é isso?, perguntei mentalmente, enquanto me levantava com dificuldade.

Estou me viciando cada vez mais, só pode ser essa a explicação para todos estes sintomas.

Nua, meus pés duros se arrastaram pelo chão; cambaleando, segui em direção à porta de vidro. Inalei o mais profundo que consegui para expandir meus pulmões, que pareciam grudados, impossibilitando a passagem do ar.

Caí sentada ali no chão. Rapidamente abri a mochila, quando aquela voz tenebrosa, rosnando, soou às minhas costas.

— Sua filha de uma puta! — Meg falou entredentes, afrontando de um jeito que temi por estar de costas. Sem me levantar, girei meu corpo.

— Meg... — balbuciei apenas.

A falta de ar se intensificava, sem que eu pudesse controlar.

O azul de seus olhos se perdeu no vermelho intenso que faiscava em contato visual com os meus, amedrontados. Constrangida, abracei meus joelhos, para esconder um pouco da minha nudez.

Os olhos dela se estreitaram numa fúria mortal.

— Eu vim matar você! — Rosnou, ainda entredentes, avançando os passos.

Meu coração acelerado parou. A vida era mesmo uma caixinha de surpresas! Achava que minha doença me mataria, e não que seria assassinada. Pois esta era a impressão que ela me passava: toda sua expressão era assassina.

Seus cabelos loiros desgrenhados, caindo ao redor do rosto inclinado, seu biquíni e toda sua pele clara estavam sujos, além das narinas estarem inchadas e muito vermelhas. Ela segurava firme uma bolsa marrom de pano, que trazia em seu ombro delicado. Temia que ela tirasse de lá alguma arma letal.

— Não fale besteiras, menina! — Meu instinto de sobrevivência me trouxe uma força inexistente. Num impulso, fiquei em pé e recuei até encontrar a parede. Ela veio em minha direção, seus olhos arregalados, louca e rosnando como se estivesse possuída. — Por favor, refresque sua cabeça... — supliquei num fio de voz. Eu não conseguia respirar, pois estava sufocada, como se alguém apertasse minha garganta com muita força.

— COMO? — explodiu, correu e grudou em meu pescoço. Sem ter para onde fugir, cedi ao peso das minhas pálpebras e fechei os olhos. Fragilizada, meus joelhos se dobraram e caí no chão.

Assustada, ela me soltou e recuou, desabando em lágrimas. Meu coração se apertou de pena. Sua imaturidade mexia comigo. Eu gostava de verdade dela.

— Por que você fez isso comigo? — Seu tom de voz baixou, e ambas chorávamos. Com os punhos fechados, esmurrava as laterais de sua cabeça, totalmente descontrolada. Soluçando, eu negava com a cabeça. — Por que roubou o Enzo de mim? Eu te falei que estava a fim dele. Com ele, eu estava superando o chifre que ganhei. Por quê? QUE MERDA, ANNIE... QUE MERDA!

Estendi a mão, solidária, notando que seu estado emocional estava comprometido com algo que ela tinha ingerido. Era notável em cada gesto e expressão.

— Fique calma e vamos conversar. — Avancei, com as mãos trêmulas de nervoso, estendidas.

— NÃO, NÃO! — gritou.

Deu-me as costas e atravessou a porta de vidro, correndo para dentro do quarto, em direção à sala.

Tentei ser rápida, indo atrás dela. O problema era minha ansiedade, e meu estado piorava com o instante de estresse. Muito irada, ela jogou a bolsa sobre a mesinha de centro da sala, e todos os seus pertences caíram sobre ela, espalhando alguma coisa pelo chão. Respirei aliviada; não havia armas nem outro objeto que julgasse perigoso.

— Eu deveria matar você — disse, se jogando de joelhos ao lado da mesa, soluçando, e começou a guardar seus pertences. — Tem sorte de eu ser uma pessoa boa. Não tenho coragem nem de matar uma barata.

Em meio a lágrimas sentidas, suas palavras partiram meu coração em colapso.

— Nunca quis magoar você. Por favor, acredite em mim — implorei em total sofrimento. A dor se estendia e a fraqueza muscular tomava conta. As lágrimas fluíam aos montes, enquanto me ajoelhava do outro lado da mesa, ficando de frente para ela, que balançava a cabeça, recusando-se a aceitar minhas desculpas. — Mas, olha, não fique assim, eu vou embora da ilha, vou desaparecer. — Ela levantou a cabeça, me encarando com fúria.

Minhas forças me abandonavam; sentia a bílis subindo pela garganta e engoli forte para ela descer, causando uma imensa azia. Puxei o ar, engasgada, e caí sentada.

Ela estava tão brava que nem notava meu estado.

— Não existe a menor possibilidade de perdão nesse caso, a merda já foi feita. Vocês já trocaram contato.

Eu dizia que não, movimentando a cabeça, impedida de falar, sufocada com aquele gosto terrível na boca e com a acidez que subia, queimando minha garganta. Comecei a tossir.

— Me ajuda, Meg. — Debrucei-me sobre a mesa, sem forças para sustentar meu tronco ereto, estendi os braços e apoiei minha cabeça sobre eles, fazendo um esforço incomum para respirar. Tudo ficou confuso em minha frente, até que seu rosto se desfigurou.

— EU É QUE PRECISO DE AJUDA, SUA PIRANHA! — gritou e se levantou. Colocou sua bolsa no ombro, dando-me as costas naquele momento que parecia um ponto final em minha vida.

— M-E-G — sibilei, mas estava difícil respirar e falar ao mesmo tempo. — P-por...

Ela gargalhou, desdenhando antes de se virar com a mão na maçaneta.

— Minha mochila — consegui falar de uma vez.

Continuou ignorando meu estado, me olhando com aqueles olhos apertados.

Já mal conseguia vê-la.

— Se vira, cadela. — Abriu a porta e saiu.

— M-E-G. — Novamente a dor engoliu minhas palavras.

Eu precisava de forças para me levantar, e o fiz com imensa dificuldade. Segui para o banheiro no lado externo, curvei-me para pegar minha mochila e quase caí. Foi um parto esticar meu corpo e manter minhas pernas firmes.

O simples bater do vento em meu rosto impossibilitava minha respiração, de tão acelerado que estava meu coração. Retornei para dentro e fui me sentar no lugar de antes, por achar a mesa de centro mais ampla para os meus procedimentos urgentes. Mal conseguia manusear; a fraqueza atingia todo meu corpo. Nem sabia se estava vendo direito, tudo em minha cabeça se tornou uma confusão.

Arranquei a pulseira para aliviar, e então, do jeito que deu, peguei tudo o que necessitava com urgência, e arrisquei aumentar a dose mais uma vez. Sabia que era um exagero; no entanto, não via alternativa. Usei de todos os recursos e me arrastei de bunda pelo chão até minhas costas encontrarem o sofá. Estiquei minhas pernas e inclinei minha cabeça para trás, deitando-a sobre o estofado. E fiquei ali, concentrada na esperança do meu corpo viciado se tranquilizar.

Alguns minutos se passaram e, como das outras vezes, eu deveria estar bem, mas aquela onda de tranquilidade não veio, não totalmente. Consegui um pouco de conforto, mas não o suficiente.

Ainda estava ofegante quando voltei à mesa, estiquei meu braço e deitei com a cabeça nele; essa posição sempre me ajudava. Permaneci ali, aguardando a melhora que não vinha, rezando para o Enzo chegar e me socorrer. Estava assustada como nunca antes.

Agora não se tratava mais de coragem, de enfrentar... Estava fora do controle — o perigo se tornou iminente, eu podia sentir que alguma coisa de muito ruim estava acontecendo. E não podia vacilar, não agora, não mais... Mais do que nunca eu queria lutar. O Enzo me mostrou uma outro lado da vida, um prazer que me deu uma vida nova — ele acrescentou um novo capítulo.

Ela não pode se encerrar agora.

Estava no meu limite e concordava com meus pais. Eu não estava conseguindo controlar; era muito mais forte do que eu. Estava se agravando gradativamente, e a discussão com a Meg me deixou debilitada.

Levantei a cabeça com um sorriso de esperança quando a porta se abriu, e vi o Enzo, com um sorriso contagiante no rosto. Por incrível que pareça, consegui um pouco de força. Sua presença me mantinha em pé. Ele tinha algo de muito especial, que estimulava minha euforia.

— Trouxe pãozinho para minha gatinha. — Entrou na mesma euforia, falando com aquela voz linda, rouca e doce, um acalento aos meus ouvidos e paz ao meu coração necessitado de amparo.

Eu carecia da sua acolhida. Só ele poderia me ajudar naquele momento. *Fofo*, pensei, sorrindo por dentro, porque meus lábios trêmulos se negavam a abrir. Ali, em pé, nua, eu tentava segurar meu corpo bambo. Minhas pernas estavam cedendo.

Sentia-me fraca, porém megafeliz por ele estar por perto. Dei tudo de mim e puxei o ar, que entrou rasgando minha garganta seca, doendo muito. Então, seus olhos desceram até a mesa e escureceram repentinamente, ao mesmo tempo que suas sobrancelhas se juntaram, incrédulo. Notei todo seu corpo enrijecido, fixando num ponto ali em cima.

— Não acredito! — exclamou com voz dolorosa, meneando a cabeça. Suas mãos se abriram, e o saco de pão caiu a seus pés, enquanto ele se aproximava lentamente, incrédulo.

— O quê? — Eu não entendia aquela reação. Esperava que ele corresse até mim, me tomasse em seus braços para me proteger, mas ele sequer notou meu estado. Estava pasmo, e eu precisava saber a razão que o tinha deixado com aquela expressão pavorosa de ódio, revolta, tudo. E não acreditei ao abaixar minha cabeça sobre a mesa no mesmo ponto que estava o seu olhar. Aquilo não poderia estar acontecendo.

NÃO, NÃO E NÃO! Gelei no mesmo instante.

Eu levaria minhas mãos à cabeça se fosse possível, mas estava péssima. Mal conseguia me expressar, nem mesmo com o corpo. Como eu poderia explicar o inexplicável, que estava ali diante dos seus olhos?

Como isso foi acontecer?

— Que merda é essa, Annie? — Levou as duas mãos à cabeça, decepcionado.

Eu nem sabia qual angústia era maior: minha fraqueza tomando conta ou a frustração dele. Meus lábios trêmulos se abriram... Tentei, juro que tentei falar, mas não deu. Minha voz fora vencida pelo momento de tortura. Não havia meios de lutar. Nem sei como conseguia me manter ereta, juro que não!

— É claro... — murmurou, revoltado.

Com muito esforço, eu negava com a cabeça. Ele não notava; estava cego de ira, ressentido.

— Todo este mal-estar que vem sentindo. — Balançou a cabeça, indignado. — Como eu sou burro, como médico deveria notar os sintomas. Não mereço meu diploma, não mesmo. Sou um cego, uma ANTA!

Precisava fazer alguma coisa, me explicar diante de suas conclusões. Aspirei com toda a pouca força que ainda me restava.

— C-calma... — Ainda assim, a voz saiu entrecortada. Tentei estender minhas mãos. Ele olhava meu pulso sem a pulseira, transtornado. Virei-o para baixo.

— Não tem como ter calma diante de uma situação destas! Eu sinto muito. Não aprovo sua atitude, Annie, nem compactuo com ela. Meu pai morreu por causa dessa PORRA! — gritou, apontando para o objeto sobre a mesa. E me deu as costas, caminhando com passos pesados, revoltadíssimo, em direção à porta, sem dar a chance de eu me explicar.

— Por fa-favor, não vá... — supliquei, respirando profundamente sem conseguir uma gota de ar para alimentar meu cérebro. — E-ENZO... — achei que gritei, só achei! Pois ele saiu por aquela porta, batendo com violência na minha cara.

Queria acreditar que ele não tinha me ouvido. A dor de seu estado emocional causou uma devastação em mim. Desmoronei no chão com a ansiedade e a fraqueza generalizada. Sentia medo, muito medo. Tudo escureceu ao meu redor. Seria meu fim, se não conseguisse pedir ajuda.

Eu só podia contar com Deus.

Ei, Deus do invisível, se você existe, é uma boa hora para me provar sua existência, não acha?

Fiquei confusa, olhando ao redor, quando notei meu aparelho de telefone ao lado daquele objeto maldito sobre a mesa. Em prantos, rastejei para pegá-lo. Deitei de lado no chão, limpando as lágrimas para conseguir procurar o número de meus pais; mas não foi possível, tudo escureceu. Apertei o SEND e contei com a sorte.

— ANNIE, ANNIE! — Ouvi os gritos de meu pai me chamando, mas eu não conseguia responder. Fraca, deixei a mão que segurava o aparelho cair, estendido com o peso. — *Filha, pelo amor de Deus, fale comigo, o que está acontecendo? Liguei para avisar que eu e a mamãe acabamos de desembarcar aqui em Fernando de Noronha e você não atendeu.*

— P-a-p-a-i... — Com muito esforço consegui falar, feliz por eles estarem chegando, por ter tapado os ouvidos quando pedi que me deixassem sozinha. *Eu amo vocês! Só tenho vocês...*, só pensar era possível naquele instante monstruoso, o pior de todos que já passei.

— *Annie, fique firme, já estamos no táxi, chegamos aí em minutos.* RESPIRE FUNDO, POR FAVOR! — gritava do outro lado da linha, e meu coração se apertou ouvindo os soluços da minha mãe.

Apenas balancei a cabeça, com as lágrimas escorrendo pela lateral do rosto, formando um lago no chão.

— *Não desligue, meu amor... fique na linha, a gente vai se falando...*

Eu não estava acreditando na minha falta de responsabilidade. Algo evoluiu, e estava parecendo grave. E agora, ali, totalmente entorpecida, é que entendia a seriedade do problema, e não estava acreditando que me permitira chegar àquele ponto.

Imperdoável!

Se eu quisesse sobreviver, precisava de recursos. Carlinhos invadiu minha cabeça; lembrei que ele havia digitado seu número no meu celular. Eu não havia gravado, mas estava lá, e estava próximo. Afinal, não tinha falado com quase ninguém depois disso!

— N-Ã-O. — Com dificuldade agarrei o telefone e o trouxe até meus olhos, ouvindo os gritos de meus pais. Mas eu não podia deixar o tempo passar. Cada minuto significava vida, e eu a queria com todas as minhas forças, mais do que nunca. Desliguei.

Com muita dificuldade vi um número e chutei. Carlinhos atendeu.

— *Alô.* — Sua voz tinha um tom simpático, que murchou ao meu pedido de ajuda.

— S-O-C-O-R-R-O! — Pausei para inspirar, e o som saiu muito ruidoso, deixando-o em pânico.

— *Annie, é você?* — perguntou em tom de desespero, já entendendo a urgência daquela ligação. Ele já conhecia meus problemas.

— S-I-M — respondi com um fio de voz, quase imperceptível.

— *Estou aqui próximo, já estou a caminho, fique firme.* — Fechei os olhos, e relaxei. Não havia muito mais que pudesse fazer, a não ser rezar. Quem sabe Deus se mostrasse presente?!

Foram menos de seis minutos quando ouvi o ronco do motor do bugue, e logo ele surgiu à porta, gritando.

— ANNIE! — Ao me ver ali, caída, correu em minha direção.

Não conseguia falar; sentia uma porção de coisas ao mesmo tempo: dores pelo corpo, sonolência e confusão, dificuldade de concentração e raciocínio. Fiquei confusa com tantos sintomas.

Ele segurou minha mão.

— Ah, meu Deus! Seus pés estão inchados. — Ouvi sua voz em desespero, então vi seu vulto se levantar e correr para o quarto. Logo ele voltou com um lençol branco e enrolou meu corpo nu. — Vou te levar para o hospital. — Tentou me acalmar, enquanto me pegava no colo. Não tinha forças para nada; meus braços e minha cabeça caíram para trás, pendurados.

Ele corria para fora da casa, quando ouvi uma freada no chão de terra e logo a voz da minha mãe em total angústia. Ouvir sua voz era um tônico.

— ANNIE? Annie... O que aconteceu?

Suspirei aliviada, sentindo suas mãos quentes pelo meu braço.

— Ah, minha filha! — disse, apertando seus lábios em minha face, me beijando. — Eu sabia que não podia deixá-la sozinha, eu sabia!

— Ela me ligou e a encontrei desacordada no chão. — Ouvi o Carlinhos dizer distante, bem distante, em minha rasa consciência.

— FILHA? FILHA! — Agora era o meu pai. Senti um impulso, um chacoalho. Sabia que trocava de colo, e reconheci seu perfume acolhedor, que me trouxe esperanças.

Mesmo quase inconsciente, sabia que não podia deixar o Enzo no escuro. Eu não podia morrer antes de explicar as coisas. O problema é que mal conseguia movimentar meus lábios; aliás, não conseguia mover nada. A força me abandonara de vez! Esforcei-me. Se pelo menos conseguisse pronunciar seu nome, o Carlinhos entenderia, mas não dava.

Eu morreria com um peso enorme na consciência, e com certeza perambularia na escuridão pela eternidade. Não queria ficar presa no limbo, como dizem os religiosos.

— Abner, o que vamos fazer?

— Levá-la ao hospital aqui da cidade, estamos diante de uma emergência. Depois daremos um jeito de transferi-la para São Paulo — disse esbaforido. Pelos sacolejos, percebi que corria comigo. — Abra a porta do táxi! — Ouvia um zum-zum-zum de vozes — curiosos que passavam por ali naquele instante —, o som das ondas se quebrando, e sentia o ardume do sol batendo em meu rosto.

— Deixe que eu abro, senhora. — Ouvi o Carlinhos oferecer.

Queria muito agradecer, porém meus músculos estavam atrofiados. A impressão que tinha era de que quase todos os meus órgãos tinham parado de funcionar. O estrondo do meu coração batendo violentamente contra meu tórax começou a me deixar zonza, perturbada. *Eu estou morrendo, é isso? É assim que acontece quando estamos partindo? NÃO! POR FAVOR, DEUS, AGORA SERIA MUITA INJUSTIÇA. JUSTO AGORA QUE ENCONTREI UMA RAZÃO A MAIS PARA LUTAR. POR FAVOR, SEJA MISERICORDIOSO, PAI!* — gritei no meu silêncio o mais alto que consegui. Eu precisava desta chance, necessitava demais. *PAI!* — gritei mais uma vez. Eu queria acreditar que Ele existia, Ele era a minha única esperança. Acreditei que, mesmo ali, atordoada, sem conseguir me mexer no colo do meu pai, Deus me ouviria. — POR FAVOR!

— Ligue para o médico dela e comunique a situação, rápido — meu pai ofegou ao dizer isso. Senti que entrava comigo no carro. — Até esqueci o nome do médico.

— Tudo bem... Vou ligar, e tenho certeza de que ele vai nos ajudar.

— Os documentos dela, Francielle, corra lá dentro pegar — pediu meu pai.

Ouvi a voz de minha mãe concordando.

Pouco tempo depois, ouvi sua voz novamente, e o barulho da porta do carro se fechando.

— Por favor, motorista, senta o pé, não podemos perder nossa filhinha — ordenou meu pai.

Comecei a chorar no silêncio da minha quase inconsciência, porém tentando colocar na minha cabeça que aquele estado de entorpecimento estava relacionado com o excesso da dose, e nada além disso. Coloquei fé que o efeito logo passaria. Enquanto pensava, sentia os lábios do meu pai beijando minha testa com tanto carinho que me emocionou.

Eu não poderia morrer, não agora... Achei que estava preparada para a morte, mas me enganei. O Enzo me abriu os horizontes; precisava sobreviver para quem sabe um dia encontrá-lo, quem sabe! Solucei, sentindo o calor da respiração acelerada do meu pai em minha testa.

— Você vai ficar bem, meu amor, só seja forte, OK? Aguente firme!

Respondi um SIM com minha alma. Eu precisava crer naquilo.

— Vou com vocês até o hospital — falou Carlinhos. E então ouvi os ruídos da porta se abrindo e fechando, o ronco do motor. — Prometi ao Ivan que cuidaria dela, e não sou homem de quebrar promessas. — Em seguida, ouvi o atrito dos pneus no chão de terra e um silêncio ensurdecedor me tomou. Tudo foi ficando branco, até que senti cada músculo do meu corpo afrouxar, e o mundo se apagou de uma vez.

CAPÍTULO 24

§

Enzo

Senti meus pés flutuando, sem chão firme embaixo. Não estava acreditando no que o destino tinha reservado para mim.

Em toda a minha vida, procurei andar no caminho reto; dediquei todo o meu tempo a salvar vidas, trazer mais conforto às pessoas. E fui um privilegiado em assistir a momentos assim — a cada sorriso e a cada agradecimento, eu sentia orgulho por poder ser útil. Só não compreendia por que tantas pedras eram jogadas em meu caminho, ou porque o chão se abria, enquanto o vácuo vindo das profundezas me puxava.

Andando de um lado ao outro na sala, eu me segurava, com uma imensa vontade de socar a cara do Bob para sair daquele estado convulsivo, esquecer daquela idiota viciada. E nem isso eu podia fazer, para não complicar a distensão dos meus braços.

Parei e ergui a cabeça. Fiquei ali, analisando o teto, como se as marcas da maresia pudessem solucionar minhas questões. Passei as mãos pelo cabelo, tentando fazer meu coque, e ri com a falta dos fios longos. Tinha me preparado para ela, e olha só que bolada nas costas!

Era como se tivesse voltado no tempo. Reviver aquela cena me deixou muito mal, revoltado, frustrado. Eu não podia nem queria acreditar que havia a mão do destino, mas apenas consequência do que semeei. Agora eu colhia a maldição.

Mas por que aquela sensação? Por que estava me sentindo perdido?

Que porra é essa?

Eu deveria apenas estar lamentando por ter perdido um tempo precioso da minha vida, dando atenção àquela idiota viciada.

Vou acabar com essa palhaçada agora. Arranquei a camiseta, jogando-a sobre o sofá, decidido a assentar o restante dos tijolos. Trabalhar era a melhor maneira de não ficar pensando. O melhor que tinha a fazer era superar o choque, acalentar meu coração batendo forte. Pensar nela doía em minha alma.

Que inferno, Enzo! Pare de ser cretino, cara! Você já provou do sabor, agora basta. Foi somente uma transa como qualquer outra!

Não adiantou nada. A sensação de perda se fazia presente, e era forte.

Entretanto, não iria voltar atrás. Não era mais um adolescente inconsequente, e, afinal, não dá para perder o que nem era meu. *Vou esquecer rapidinho, eu a conheço há pouco tempo, ainda não me apeguei.*

— Se estiver precisando de ajuda, é só pedir. — Ouvi aquela voz masculina vindo de trás.

De costas para a rua, no último degrau da escada encostada à parede, parei com um tijolo numa mão e na outra a espátula com o cimento, e fechei os olhos. Sem a menor disposição para conversas, pensei que trabalhar me renderia tranquilidade; no entanto, estava enganado. Tudo o que havia conseguido na última hora fora questionar meu posicionamento, se tinha agido corretamente, dando-lhe as costas sem dar a chance de ela se explicar.

De repente, comecei a me punir, achando-me um tremendo egoísta, desumano. Era a segunda vez que dava as costas para os problemas dos outros. E pensei que talvez o título de pessoa altruísta não coubesse mais em minhas atitudes.

Soa falso! Virei a cabeça, os lábios comprimidos um sobre o outro.

— O sol está muito quente, pode ter uma insolação — comentou Robson em tom de humor, escondendo os olhos na aba do boné branco, a camiseta vermelha combinando com sua pele queimada de sol.

Respirei fundo. Não conseguia sorrir; não encontrava motivos.

— Talvez seja esse mesmo o motivo para trabalhar embaixo deste sol ardente — respondi, mais para mim mesmo do que para ele. O suor descendo de minha testa percorria todo meu corpo, entrando pelo cós da calça. — Quem sabe o sol derreta as ideias erradas em minha cabeça.

Ele riu, sem entender. Aliás, nem eu me entendia.

— É, já vi que não está a fim de papo. — Deu de ombros. — É salva-vidas, então acho que não terá problemas em salvar a sua própria

— disse, sorrateiro. — Até mais, cara! Ah, a Meg apareceu, estava em péssimo estado, e agora está lá de cama — avisou e estendeu a mão, seguindo pela rua.

Levantei minha cabeça. Ele tinha razão, o sol estava muito forte e a claridade ofuscou minha visão; precisei fechar os olhos por alguns instantes. Conforme ia os abrindo lentamente, recuperando-me de toda aquela luminosidade, conseguia reparar no céu azul bonito, com as nuvens brancas como algodão, em constante movimento, recordando o momento com a Annie.

Era como se ela estivesse ali, escondida atrás de alguma delas, me espionando. O pensamento me excitou. Meu garotão começou a se armar, dando aquela puta vontade de estar dentro dela.

Fiquei viciado. Agora minha ereção é involuntária!

Um helicóptero traçou sua rota no céu, deixando atrás de si um rastro de fumaça branca, na qual meu cérebro criou a forma de seu rosto e corpo. Inacreditável! Meu corpo entrou em combustão e meu coração ficou apertado, impossibilitando minha respiração.

Comecei a rir da imagem surreal à minha frente, até ela se desmanchar e se misturar com as nuvens. Era como se tudo me levasse a ela, e comecei a me achar tremendamente injusto — tinha sido um tirano.

Desci rapidamente as escadas, entusiasmado. Senti a pele da minha perna se arrepiar ao tocar em algo peludo, e em seguida ouvi um miado alto. Quando meu pé alcançou o solo, me assustei, prendendo a respiração.

— *Miau, miau, miau!* — Os miados eram muito altos e fortes.

Sacudi a cabeça, confuso com aquele animal me olhando. A pior parte: conhecia aquele olhar. Fiquei arrepiado, recordando da morte de meu pai. Eu poderia jurar que se tratava do mesmo animal daquele dia. Muita coisa ruim povoou minha mente.

— Não, não, gatinho. Não é hora de trazer agouros para minha vida, estou dispensando, ela já está bagunçada demais! — Respirei fundo com mais um miado, e fiz um esforço grande para banir tal pensamento.

Estava me sentindo contagiante, e não poderia deixar aquele animal inocente representar negatividade. Pediria desculpas a ela, estenderia minha mão e a tiraria do vício. Salvá-la seria minha missão nesta vida. Já fazia isso há um bocado de anos; por que com ela seria diferente?

Entrei para tomar uma ducha gelada e tirar o grude do suor do corpo, com a maior certeza da minha vida: eu faria a diferença, daria o meu melhor para curá-la, e também repararia meu erro com a Lenny. Essas eram minhas duas e maiores promessas.

Estranhei quando, a uns cinco metros da casa da Annie, avistei o bugue do Carlinhos parado em frente.

Mas o que será que ele está fazendo na casa dela?

Meu coração se apertou com uma ideia ruim transitando pela minha cabeça: ela talvez tivesse passado mal e ele a socorrera. *Uma overdose?* Balancei a cabeça para dissipar o pensamento. Eu teria notado. Ou meu julgamento me cegou a ponto de não perceber? Enfim, com o coração apertado, corri.

— Annie? — chamei, e só havia o silêncio. Pelo vão da porta aberta, observei o interior, e estava tudo no mais absoluto silêncio. Empurrei a porta. — Annie? — Já do lado de dentro, fixei meus olhos na porta que dava para o quarto, quando senti uma mão pequena e quente no meu ombro. Me virei.

— Meg? — Estranhei seus olhos arregalados, de um vermelho assustador.

— É... É... — Gaguejou, e deu uma espiada no ambiente. — Onde está a Annie?

Ergui a sobrancelha e voltei a olhar em volta. Ficamos os dois parados, um ao lado do outro, buscando uma resposta.

— Eu gostaria de saber. Cheguei aqui, encontrei o bugue do Carlinhos aí fora e a porta aberta — expliquei.

Ela parecia muito nervosa, entrelaçando os dedos das mãos. Ainda assim, atacou.

— Decerto a desfrutável deve estar na maior putaria com ele lá no quarto.

Respirei fundo, apertando os punhos com ódio daquele comentário maldoso. Eu não conhecia muito bem a Annie, mas uma coisa que eu sabia farejar nas pessoas era a sua índole.

Ignorei e segui em direção ao quarto. Entrei prendendo a respiração, caso me deparasse com o inesperado.

E tudo o que encontrei foi a cama desarrumada, as portas dos armários abertas com seu interior vazio e nada mais. Intrigado, voltei para a sala, encontrando a Meg em pé ao lado da mesinha de centro. Notei o quanto estava ofegante; o sobe e desce do seu peito era nítido.

— E então? — perguntou com os lábios trêmulos, a que não dei muita atenção.

Sentia um aperto no peito, um vazio enorme dentro de mim.

— Não tem ninguém em casa — respondi, pensativo.

Resmungou agarrada à bolsa no ombro e se encaminhou para a saída.

— Bem, quando tiver notícias, avise. — E saiu, deixando-me ali com aquele ponto enorme de interrogação.

Fui até o local onde ficava a embarcação do Carlinhos e perguntei sobre a Annie. Ele respondeu que não sabia dela. Na verdade, não me dava atenção, andando de um lado ao outro, averiguando o barco para a próxima viagem. Notei que escorregava como sabão, evitando falar comigo.

— Você deve saber, o seu bugue estava estacionado na porta da casa — cobrei.

Ele cedeu.

— Quer mesmo saber?

Eu assenti.

— Ela foi embora da ilha.

— Foi embora?

Ele deu de ombros.

— Então me dê o número do celular dela.

— Eu não tenho, ela não me deu.

— Ah, qual é, Carlinhos! — Abri os braços, indignado.

— Só existe um motivo para ela não ter dado o número. Ela não quer ser importunada.

Depois daquele balde de água fria, só me restou desistir, até mesmo porque ele adotou a lei do silêncio depois desta última frase, me deixando no vácuo.

Nem quando meu pai morreu experimentei esse vazio. Uma lacuna que se tornou insustentável em Fernando de Noronha. Passei o dia amargurado, arrependido, não consegui dormir direito. O dia seguinte foi de extrema ansiedade, pois havia uma esperança ridícula de que ela voltasse. Então, no próximo, convencido de que não voltaria, decidi que tinha chegado a hora de partir. Com a ausência de Annie, a ilha ficou deserta, mesmo com tantos turistas.

Toda a beleza se apagou diante de meus olhos com a imagem da Annie em minha mente. Meu corpo e meu coração ansiavam por ela. Estava fadado a conviver com aquele sentimento de remorso sufocado no peito, pois teria que ter muita sorte para reencontrá-la novamente.

Em São Paulo, a chance de cruzar com ela era maior. Veio à minha cabeça tentar no prédio do Dr. Leonard, onde a encontrei pela primeira vez. Eles exigiam identificação para o acesso ao prédio; vasculharia também as redes sociais. Contava com a sorte, pois o destino, ou simplesmente o acaso — sei lá como podia chamar isso — nos colocou duas vezes frente a frente. Ou melhor, três. Dizem que um raio nunca cai no mesmo lugar. Eu torcia para ser apenas uma lenda.

— *Enzo, meu querido!* — Minha mãe gritou em lágrimas ao ouvir minha voz ao telefone. — *Ah, como é bom ouvir sua voz, meu filho!* — Soluçava, e me fez chorar.

Eu estava tão vulnerável que era muito fácil me emocionar por tudo.

— Digo o mesmo, mãe — falei, respirando fundo com aquela puta dor no peito. Soltei minha mochila no chão e olhei para o teto.

— *Por que está com essa vozinha desanimada?* — Ela sempre atinava. Minha querida e amada mãe me conhecia melhor do que eu mesmo.

— Engano seu — menti. Não queria preocupá-la. — Estou feliz, meu voo para Recife sai agora à noite. E amanhã cedo embarco para São Paulo.

— *Ah, meu querido, você não poderia ter tomado uma decisão melhor. Eu ia mesmo te ligar hoje. Estamos precisando muito de você aqui em casa, e principalmente no hospital* — disse resumidamente. — *Mas venha em paz, amanhã conversamos pessoalmente e coloco você a par das urgências.*

Assenti, balançando a cabeça, sem entrar em detalhes. Deixaria para pensar depois; já tinha problemas demais em minha cabeça.

— Tudo bem — respondi de cabeça baixa, observando meus pés, pensando no quanto ficaram sem rumo. *Que sensação estranha!*

— *Olha, estou muito feliz que a passagem do ano tenha você aqui conosco* — emendou. — *Estava realmente incomodada com sua ausência.*

— Estaremos juntos. — Isso eu poderia prometer, mas meu espírito estaria vagando em algum lugar, em busca da Annie. Estremeci, rosnando com o punho da mão livre fechado, para expulsar aquela sensação fodida.

Eu mal a conhecia. Não havia lógica em sentir aquele vazio todo.

— *Beijos, meu filho, e que Deus o acompanhe.*

— É o que espero — balbuciei e desliguei.

Eu precisava sair dali, fugir daquela angústia o mais rápido possível, voltar para a minha vida de verdade. Ela me ajudaria a esquecer esse romance repentino, curto e intenso. Sorri de canto de boca, pensando que a Annie tinha marcado uma parte de mim. Se eu nunca a encontrasse, mesmo assim ela estaria comigo.

Um romance para sempre recordar.

CAPÍTULO 25

§

Enzo

A turbulência me acordou dos sonhos, e me esqueci completamente deles, com o meu coração a mil, quase saindo pela boca seca. Agarrei com força nos braços da poltrona olhando pela janela, e entendi os motivos. O dia estava com cara de noite; uma tempestade tomava a Grande São Paulo. Nunca senti tanto medo — clarões assustadores iluminavam o céu tomado de nuvens negras.

Tudo só se acalmou perto de pousar no aeroporto de Congonhas. Confesso que nunca temi tanto viajar de avião em minha vida. Olhei para o relógio e já se aproximava das onze da manhã; o problema foi o atraso do voo em Recife por causa do mau tempo. Acabei ficando no saguão de espera, com a cabeça cheia, e não preguei os olhos. Por isso, assim que sentei na poltrona da aeronave, dormi pesado.

— Cheguei, mãe — avisei, já dentro do táxi a caminho de casa. Com o céu desabando, ri com a molecada na maior curtição, correndo pelas enxurradas que desciam a rua.

— *Ah, graças a Deus, meu filho...* — disse, aflita, soltando o ar.

Torci a boca, preocupado com seu comportamento.

— O que foi, mãe? Estou te achando tensa.

Estalou a língua e ficou em silêncio. Conhecia-a. Estava, sim, alterada, e procurava uma desculpa.

— Mãe? — insisti.

— *Bem...* — Ouvi o estalo de suas mãos. — *Não se preocupe, o assunto pode esperar. Vá para casa, tome seu banho tranquilamente e depois, quando vier ao hospital, conversamos* — instruiu, numa calma forçada.

Curvei a cabeça, olhando para minha roupa: calça jeans escura e a camiseta lisa branca. Apesar de estar um pouco amassada, achei OK.

— Vou fazer isso depois que passar no hospital. — Ouvi seu risinho de satisfação. Afinal, ela conhecia minha ansiedade.

— *Que ótimo... Estou aguardando você* — Não relutou. Uma atitude suspeita, que me deixou com a pulga atrás da orelha, mas resolvi não questionar. Faria isso pessoalmente.

— Um beijo, mãe.

— *Outro, meu querido.*

Desliguei, convencido de que me faria bem conversar, espairecer a cabeça. Não podia ficar naquela morosidade; decidi retomar a minha vida e seguir em frente. E foi com essa confiança que desci do táxi em frente ao complexo hospitalar.

O Hospital Bennet é composto de dois prédios de catorze andares, um de cada lado da rua, interligados por uma passarela que faz parte da paisagem do bairro.

Fixei meus olhos no painel acima da porta automática de vidro fumê e, ao lado, no balcão do *valet parking* lotado de pessoas, algumas aguardando seus veículos, outras chegando ao hospital.

Naquele instante, vi a dimensão da lotação do meu hospital. De certa forma, estava feliz em estar de volta à rotina de trabalho. Afinal, a medicina me proporcionava muita satisfação, trazendo mais qualidade de vida às pessoas. Um cotidiano que fazia parte de mim, corpo e alma.

A porta de vidro se abriu, tirando-me de meu devaneio, e por ela surgiu Francisco, vestido em seu uniforme, de calça preta e camisa branca. Era um dos seguranças do hospital, um homem grande e forte, de olhos castanho-escuros.

Com um guarda-chuva enorme aberto, veio rapidamente ao meu encontro na calçada.

— Bom dia, Dr. Enzo — cumprimentou-me, pegando as malas. — Deixa que eu ajudo o senhor.

— Obrigado, Francisco — agradeci, reparando nas pessoas entrando e saindo a todo instante pela porta de vidro. — Superlotação hoje?

Assentiu, caminhando ao meu lado, em direção à porta.

— Tudo muito agitado por aqui, doutor — comentou, acenando com a mão livre para eu entrar, assim que a porta automática se abriu, e entrou em seguida. — Esse clima seco de São Paulo detona a população com problemas respiratórios. Ainda bem que caiu essa chuvinha — disse, soltando um espirro daqueles.

Também é de se esperar, numa cidade poluída como São Paulo.

— Você quer dizer um dilúvio, né? — brinquei.

Concordou, rindo.

Assim que entrei no saguão todo de mármore bege, chão e parede, fixei meus olhos nas duas recepcionistas, atrás de um balcão redondo de madeira clara bem no meio do ambiente, e cumprimentei-as. Uma loira e a outra morena, ambas vestiam *tailleur*, de saia preta e camisa branca, com os cabelos presos em coques. Havia poucas pessoas no ambiente. Esta parte do hospital era de circulação rápida, usada apenas para identificação ou informação sobre consultas e visitas de parentes e amigos internados.

— Também estou sentindo minha garganta arranhar. — Tossi, limpando a garganta.

Ele sorriu.

— Francisco, leve minha mala para o meu consultório. Vou até o consultório da Dra. Solange.

Anuiu, fechando o guarda-chuva e o colocando dentro do suporte ao lado da porta.

— A doutora tem lamentado muito a ausência do filho — disse, comovido.

Confesso que isso me deixou feliz, pois, na atual conjuntura, a presença de minha mãe se tornara indispensável. Eu precisava de verdade dela. — A senhorita Valquíria está com ela — emendou.

— Opa, isso é bom. — Bati em seu ombro. — Assim já mato a saudade das duas ao mesmo tempo. Obrigado, Francisco.

— Sempre às ordens, doutor! — Disse, acenando com a cabeça. Em seguida encaminhou-se para um corredor que dava acesso aos elevadores, que levava à passarela para o prédio em frente, onde ficava minha sala, na seção de Cardiologia e Nefrologia.

Um dos três elevadores chegou ao andar; enquanto entrava, notei um casal chegando ao balcão de atendimento. A mulher chorava com a cabeça deitada no ombro do marido, abraçado à sua cintura, com uma expressão de dor.

Desci de imediato, comovido com o sofrimento da família diante da recepcionista loira que sacudia a cabeça em tom negativo, embora consternada.

— Será que posso ajudar? — perguntei à recepcionista, quando me aproximei.

— A senhora aqui — apontou — precisa de atendimento, Dr. Enzo, e estou explicando que o convênio dela não cobre as despesas médico-hospitalares em nosso hospital, e preciso pedir autorização para o departamento responsável.

Cerrei meus olhos, inconformado com aquela postura que ela tomava, mas logo desisti de dizer algo; ela seguia as regras do hospital.

— Não temos dinheiro, doutor, e, como pode ver, é uma emergência. Por favor! Estávamos aqui perto quando a minha esposa começou a sentir fortes dores no pé da barriga — implorou o homem em total desespero, e a mulher desabou.

— Fique calmo que a sua esposa vai ter o atendimento necessário! — Acenei para um dos seguranças, que estava ao lado da porta de entrada. Ele veio voando. — Traga a cadeira de rodas e leve esta senhora para a emergência, por favor.

Ele saiu correndo.

— Faça a ficha dela, que eu mesmo assino a autorização.

Muito rapidamente tudo foi providenciado, e a mulher seguiu para a emergência me agradecendo, jogando bênçãos e mais bênçãos. Confesso que me senti leve com tanta gratidão, que me fez lembrar meu pai, generoso como era.

Gentileza atrai gentileza, meu filho!

Só consegui deixar o andar quando tudo foi resolvido. Assim que o elevador parou no sexto andar e a porta se abriu, tive a grande surpresa de deparar com o Alexandre, vestido no uniforme do hospital, calça e camisa branca com o nome do hospital em azul-escuro no lado direito da camisa, os cabelos escuros desfiados e rentes à cabeça, como sempre. Uma das mãos carregava um prontuário de paciente.

Abriu um sorriso contagiante antes de abrir os braços, esbanjando a simpatia costumeira.

— Então, o Dr. Enzo está de volta ao trabalho! Vem aqui, cara. — Abraçou-me forte, batendo em meus ombros.

— Acabei de chegar — disse ao me afastar.

Seus olhos percorreram meu corpo, surpreso.

— Cara, estou vendo que essas férias prolongadas fizeram um bem danado a você — disse, segurando em meu bíceps e apertando.

— Também! Vinte e quatro horas em meio à natureza exuberante de Fernando de Noronha... sobrou muito tempo para cuidar do corpo.

Riu com os lábios comprimidos, concordando de cabeça, e fixou em meus olhos.

— E da alma? — perguntou, cauteloso.

Fiquei meio indeciso sobre a resposta, sentia-me esquisito e fora de órbita. A realidade é que uma ferida cicatrizara, enquanto outra se abrira.

Balancei a cabeça, para dissipar aquela conclusão idiota.

Ele ergueu as sobrancelhas, notando meu pesar.

— Cara! Precisa superar — repreendeu-me.

Sabia que falava do meu pai.

— Estou tranquilo. E você, está indo aonde? — Mudei de assunto rapidamente, incomodado com o rumo que a conversa tomava.

— Vim dar apoio ao Glauco — informou, acenando em direção ao corredor dos consultórios com a mão que segurava o prontuário.

O Dr. Glauco era um senhor de quase 55 anos, calvo, de estatura baixa, supercompetente. Era um dos seis urologistas do hospital, o chefe do Setor de Transplante Renal.

— Ele pediu para examinar uma tia dele. É uma senhora de idade e está apresentando sintomas típicos de insuficiência renal.

— Certo, não quero atrapalhar. — Segurei em seu ombro. — Vou ver minha mãe, e em seguida passo em nossa ala.

— Beleza, cara! Daqui a pouco a gente se vê. — Entrou no elevador e apertou o botão.

— O Régis está no hospital? — gritei, antes da porta fechar.

— Está em atendimento com um caso difícil! — gritou de volta.

Logo que deixei o *hall* dos elevadores, entrei na recepção e cumprimentei a todos, sem fixar em ninguém.

A porta do consultório da minha mãe estava aberta. Sentada em sua mesa em formato de onda, com a cabeça baixa, preenchia um relatório complexo, nem notando a minha presença. Entrei pé ante pé para lhe fazer uma surpresa.

— Será que teria como a Dra. Solange Bennet examinar meu coração? — brinquei.

Imediatamente, ergueu a cabeça, com um sorriso que se ampliou de um lado ao outro do rosto jovial.

Além de excelente profissional, era para lá de vaidosa. Não tinha preconceito algum com o *botox*, e o usava mesmo, ficando com uma aparência vistosa, que combinava com seu jeito sorridente e carinhoso de ser.

— Meu filho, meu filho! — Saltou da cadeira, que quase a derrubou, e veio correndo, atirando-se em meu pescoço e beijando todo o meu rosto. — Você voltou! Que saudade, que saudade!

Sua voz embargada cortou meu coração meio despedaçado.

— Também estava com muitas saudades. Nossa! — Agarrei mais forte sua cintura e a levantei. Seus pés ficaram suspensos no ar. — Está leve como uma pluma. — Pelo calcanhar girei com ela. Com a cabeça inclinada, ela ria e chorava. — Olha só isso! — Brinquei, rindo, apaixonado por aquela espevitada.

Ela se divertia com minha traquinagem.

Essa relação entre nós era muito especial, só nossa.

— Passei uns dias de fome — ironizou, quando a coloquei no chão, rindo da frase que conhecia de cor e salteado, referência a suas dietas.

— E que braços fortes são esses, Enzo? — Suas mãos deslizaram de cima a baixo pelos meus braços, e entrelaçaram meus dedos. — Você não tomou bomba, né? — Seus olhos eram pura reprovação.

Caí na risada.

— Ah, por favor, mãe. Eu sou médico e conheço os riscos. — Puxei-a para mais perto e beijei-lhe a testa.

Beijo que foi recebido com os olhos fechados e um suspiro feliz.

— Todos esses músculos são resultado de dia e noite de excesso de exercícios — justifiquei, olhando meus braços, com um aperto no coração. Pois meus pensamentos viajaram para Fernando de Noronha, mais precisamente para o pôr do sol.

Tinha tanto a lhe mostrar!

Suspirei sem notar. Minha mãe notou e resmungou, com uma expressão séria. E, de repente, segurou meu rosto com os seus lindos olhos castanhos, estudando-o com atenção.

— É preciso ter cautela, Enzo. Sabe que tudo em excesso é perigoso. Inclusive...

Concordei, segurando sua cabeça, alisando as madeixas loiras brilhantes até seu ombro, interrompendo-a, dando um beijão daqueles na face.

Ela riu, toda derretida.

— Sei muito bem me cuidar, Dra. Solange Bennet.

Ela acenou com a cabeça e segurou minha mão.

— Vem, vamos sentar, quero saber de tudo e em detalhes sobre suas férias prolongadas. Tenho que confessar, foi uma tortura para mim. — Arrastou-me em direção à *chaise* de estofado branco combinando com os móveis de seu consultório, no canto da sala. Um móvel de que não abria mão, por considerá-lo um conforto a mais.

Sempre foi minuciosa em relação à decoração, e sabia fazer isso melhor do que ninguém, combinando comodidade e requinte.

Sua sala era ampla e dividida em dois ambientes por um biombo, o de consulta e o de procedimentos, o que refletia sua personalidade, pois era extremamente organizada em tudo. Os móveis tinham sido projetados em laca acetinada branca, com papel de parede liso e na mesma cor dos móveis, o que garantia leveza e delicadeza ao espaço. A sala recebia iluminação controlada, que permitia realizar procedimentos complexos, além de oferecer um clima harmonioso aos pacientes.

Um ambiente admirável.

— Senta aqui do meu lado. — Bateu com a mão no estofado, e me sentei, enquanto ela segurava minhas mãos.

— Estava sentindo falta desse seu jeitinho — confessei num tom meio ressentido. Ainda não me conformava de ter perdido o contato com a Annie.

Ela levantou as sobrancelhas perfeitas e sorriu, indagadora.

— O que foi, meu filho? — Sua mão delicada veio em forma de concha em meu rosto, e fechei os olhos momentaneamente, suspirando. — Achei que essas férias iriam lhe fazer bem — comentou, sibilando.

Levantei a cabeça, encarando-a, confuso.

— Mas, pelo que estou vendo, você continua com bloqueio emocional.

— Na verdade, fez muito mais do que bem...

Sorriu, duvidando.

— Eu lhe garanto...

Ela torceu a boca ainda descrente.

— Então por que esse ar entristecido? — Acariciou a barba cerrada. — E por que tirou a barba? Estava tão lindo com ela.

Ri saudoso, recordando aquele momento lindo com a Annie, e me joguei de costas no estofado, colocando as mãos atrás da cabeça.

Ela não desviou seu olhar; ficou ali, me avaliando.

— É uma longa história... — Dei de ombros. — Quer dizer, foi curta, porém intensa. — Virei a cabeça para fitá-la.

Ela sacudiu a cabeça, grunhindo curiosa.

— Minha experiência me diz que se trata de uma história bem interessante!

Confirmei com a cabeça e virei de frente, fixando-me na janela. As nuvens permaneciam negras, e a água da chuva espancava os vidros com a força do vento.

— Então me conte logo, estou muito interessada — exigiu, batendo em minha perna repetidas vezes.

Contei em detalhes; com ela, não tinha segredos. Ficou pasma com tudo, inclusive com a última cena da Annie, que me decepcionou.

— Em minha opinião, você agiu corretamente! — Começou ela. — Acho que assim foi melhor, vícios como esse comprometem a relação, detonam inclusive com a família. Sabe como as famílias sofrem com isso.

Concordei e voltei meus olhos para a chuva. A cada gota, sentia meu coração vibrar.

O pior de tudo é que, mesmo repudiando aquele ato, por conviver com as tragédias que presenciei em minha carreira, eu me sentia arrependido. Queria muito poder voltar no tempo e recomeçar. Reconstruir uma opinião nova, uma que eu pudesse suportar, e ver aquele vício como uma doença que merecia total atenção e cuidado. Era assim que tratava os pacientes. Afinal, todos erramos, e merecemos uma segunda chance. A Annie merecia minha atenção; eu poderia ter lhe ajudado com um tratamento adequado, salvando-a. Assim, estaria salvando também a mim mesmo.

— Assumo que errei, e estou profundamente arrependido.

Ela negou com a cabeça, discordando.

— Não, meu filho.

— Sim, mãe, coloquei a carroça na frente dos bois. Fui um injusto, cruel — admiti, levantei decidido e segui para a janela. Cruzei os braços com força em punição.

Ali, de costas para ela, ouvia os ruídos de sua respiração pesada.

— Nem ela e nem a Lenny são diferentes de meus pacientes. — Virei-me, encarando-a com firmeza. — Errei — afirmei, balançando a cabeça, inconformado e bastante arrependido. — E o pior: em dose dupla. Agora eu a perdi de vista, nem sei como posso resgatar um perdão. Não tem mais como consertar.

Ela se levantou e veio até mim. Segurando meus braços, deitou sua cabeça loira em meu peito.

— Não se martirize, dê tempo ao tempo. Quem sabe a encontra por aí. O mundo é pequeno.

Mesmo com os planos que tracei para tentar encontrá-la, não estava confiante, pois dois raios nunca caíam mesmo no mesmo lugar; meu caso fora uma exceção. Caíram três; seria surreal demais uma quarta vez.

— Se der tempo, ainda hoje vou dar uma passadinha no consultório do Dr. Leonard, para ver se consigo o registro dela na recepção.

As vozes do Régis e da Valquíria vindas do corredor chamaram nossa atenção.

— Francisco comentou que a maninha estava aqui. Deixe-me fazer uma surpresa. — Segui em direção à porta, e ela me seguiu.

— Não creio! — Valquíria me abraçou assim que abri a porta.

— Ah, minha irmã! Que saudade! — exclamei, feliz por estar ali, com as pessoas que mais amava nesta vida.

Ela estava sempre elegante, no vestido vinho combinando com a nova fase de seus cabelos curtos, que ganharam uma cor avermelhada, deixando-a com um ar mais despojado, um *look* verdadeiramente fatal.

Segurando em meus ombros, afastou-se, analisando meu rosto com seus olhos castanhos, da mesma cor dos de nossa mãe.

— Que bom que voltou, irmãozinho! — Abraçou-me novamente.

Seus braços delicados me apertavam muito forte. Eu alisava suas costas eretas e elegantes e, mais uma vez, lembrei-me da Annie.

Sua postura era realmente formidável.

Pelo ombro da Valquíria, notei o Régis com uma expressão tensa, que, no semblante risonho rotineiro dele, parecia intrusa.

— Voltei, irmãzinha. Estava com muita saudade também. — Segurei em sua nuca e beijei sua testa.

— Graças a Deus! — exclamou minha mãe com as mãos erguidas.

— Deixe-me olhar melhor para você, está enorme! — Valquíria se afastou, segurando meus ombros, com os olhos cintilando de lágrimas de alegria.

— Malhei um pouquinho — disse, rindo.

Balançou a cabeça, centralizou em meu queixo e tocou os dedos sobre ele.

— Ah, não, Enzo! Onde está aquela barba linda? Estava muito sedutor com ela — reclamou, fazendo biquinho.

— Tenho a mesma opinião — emendou minha mãe, simulando uma cara decepcionada.

— Eu achei ridículo — brincou Régis. Embora estivesse com o semblante mais leve, notei que havia algo de errado. — Já matou a saudade da família, agora é minha vez. — Puxou-me para um abraço fraterno. — Voltou em boa hora, irmão. — Respirou aliviado.

Juntei as sobrancelhas, intrigado ao me afastar.

Até o tom triste de sua voz o denunciava: havia sem sombra de dúvidas uma atmosfera pesada pairando sobre ele.

— Amanhã mesmo já estarei de volta às minhas funções.

Ele abraçou a prancheta que trazia com ele — devia ser o prontuário de algum paciente —, quando uma voz feminina desesperada veio do final do corredor, chamando nossa atenção.

— Régis? Régiiiis! — Acenou ela, vindo quase correndo. O som dos saltos da sandália no mármore ecoava ao redor.

— Só um minuto, Enzo — pediu Régis, distanciando uns três passos.

Valquíria, minha mãe e eu ficamos no mesmo lugar, ouvindo a conversa dos dois, frente a frente.

A mulher de olhos verdes, imersos em lágrimas, estava com uma expressão sofrida. Deduzi de cara que deveria ser parente de algum paciente dele.

— Ah, Régis, querido. — Segurou em sua mão livre. — Desculpa vir atrás de você, é que me disseram que estava nesta ala do hospital. Estou muito aflita.

Toda a sua angústia se refletia na respiração ofegante.

Confesso que me afetou; fiquei abalado de verdade.

— Está tudo bem. — Régis sorriu do seu jeito compreensivo, transmitindo-lhe segurança, mas o estado de nervos da moça sequer a deixou reparar em sua nobre intenção. As lágrimas banhavam o rosto bonito. Foquei em seus olhos, pois me lembravam de alguém; eram muito familiares. — Vim conversar um pouco com a Dra. Solange. — Apontou com a mão que segurava o prontuário.

Minha mãe sorriu, acenando com a cabeça.

— Ela é a mãe da moça por quem ele é apaixonado — disse, caminhando na direção dos dois.

— Mas ela não tinha melhorado? — questionei, lembrando de ter falado com ela ao telefone quando estava em Fernando de Noronha.

Ela não respondeu.

Preocupado, me aproximei, e a Valquíria, curiosa, fez o mesmo.

— Como vai? — Minha mãe cumprimentou-a.

— Não posso estar bem com minha filha nessa situação — desabou a mulher, segurando forte a mão estendida da minha mãe. — Por favor, doutora, me dê uma ótima notícia, por favor — implorou com seus olhos sofridos.

Era de causar pena.

Minha mãe assentiu, solidária.

— Deixe-me dar uma olhada no prontuário — pediu ao Régis, que lhe entregou de imediato.

— Vou analisá-lo em minha sala — informou.

Embora contido, a ansiedade estava estampada no rosto de meu amigo. Ele abraçou a mulher, amparando-a de um jeito diferente, bonito.

Ele ama mesmo essa garota!

— Fique calma, ela vai sair dessa, tenho certeza.

Ela assentiu, apoiada ali em seus ombros.

Suas lágrimas escorriam em abundância.

Engraçado... Quando a vi chorando, a sensação de que já a conhecia ficou ainda mais forte.

— Estou fazendo o possível e o impossível — sua voz saiu contida. — Estou confiante que o tratamento vai dar bons resultados, ela vai reagir bem. Ela precisa ficar bem. — Fiquei emocionado com sua última frase.

Aquele sentimento era bem similar ao que eu estava sentindo. Aquela necessidade de proteger, cuidar, querer.

— Eu sei que sim, meu filho, confio cegamente em você — disse ela, aos soluços.

Ao meu lado, Valquíria, comovida, segurou minha mão e a apertou.

— Com licença. — E seguiu em direção à sala da minha mãe.

Estava com uma sensação esquisita. Ela me transmitia algo mais, que eu não entendia.

A primeira impressão era de que deveria estender-lhe as mãos. Respirei fundo, chegando à conclusão de que aquele sentimento era relacionado a Annie e à dívida que tinha com ela.

— E o que aconteceu? Ela me parecia bem. — Pausei com aquela mulher balançando a cabeça positivamente, fitando-me por alguns instantes.

Abri um sorriso meio esquisito.

— Sim — respondeu, enfim. — Ela estava muito bem; no entanto, seu quadro inesperadamente evoluiu, silencioso — disse, chorando.

Régis a abraçou, deixando claro o grau de afinidade entre eles. Todos ficamos comovidos.

— Tranquilize-se, estamos agindo rápido — informou Régis sobre seus ombros, olhando-me com preocupação.

Eu estava confuso ali, pois a última vez que falara com ela, ao telefone, era a pessoa mais apaixonada e saudável deste mundo.

— Qual a situação? — indaguei, com as mãos abertas.

— A situação é que minha filha querida está muito doente — respondeu, soluçando.

Fiquei enternecido de verdade.

— Não fale assim! — Régis a repreendeu, posicionando-se à sua frente.

Com os vincos da testa aparentes, ela soluçou alto, descrente.

— Estamos cuidando dela, correndo contra o tempo. Vai dar tudo certo, seja otimista. Todos os procedimentos já foram realizados com sucesso, hoje mesmo iniciaremos o tratamento.

Ela concordou de cabeça, soluçando. Seu estado me abalou mesmo!

— Vim até aqui justamente para pedir apoio de sua mãe — se dirigiu a mim e segurou na mão da mulher agoniada, em apoio. — Ele é o Dr. Enzo, o mais renomado cardiologista infantil do país, e também o dono do hospital, a pessoa que tornou possível todo o tratamento da sua filha.

Ela suspirou, rindo e chorando ao mesmo tempo.

— Obrigada, obrigada. — Juntou minhas mãos e as segurou com as dela. — Obrigada por tornar a vida da minha filha possível. Você é um anjo — desabou com aquele olhar pensativo sobre mim.

— Imagina! — discordei.

Este título é falso, não me pertence.

— Ela tem razão, cara! — confirmou Régis, batendo em meu ombro. — Você é mesmo a pessoa mais humana e caridosa deste mundo. Nunca conheci alguém semelhante — concluiu, emocionando-me.

Meus olhos marejaram, pensando que aquilo não era verdade. Eu falhei muito, e continuava falhando.

Ah, como eu queria reencontrar a Annie, pedir perdão. Bem que Deus poderia dar uma forcinha.

— Vou voltar para o quarto dela — informou, sem conseguir se conter, e, em lágrimas, deu-nos as costas, caminhando pelo corredor em direção aos elevadores.

— Que situação, meu amigo.

Ele respirou fundo.

— Nem me fale, Enzo, nem me fale! — exclamou, revirando os olhos, e soltou o ar pesado. — Mas não vamos perder a fé. O importante é que agora está estabilizada com o início do tratamento.

— Régis, minha mãe está chamando! — gritou Valquíria assim que saiu da sala, sem me dar tempo de questionar o real problema da moça.

— Bem, vou lá conversar um pouco com sua mãe, porque gosto de ouvir sua opinião, e depois falamos.

— Estou de boa, vou dar um pulinho no quarto da paciente. Qual é o quarto?

Informou o número e seguiu rapidamente para a sala de minha mãe. Fui para o lado oposto, em direção aos elevadores.

— Régis? — chamei, quando recordei da cena na recepção.

— Sim.

— A partir de hoje, quero um atendimento mais humanizado.

Acenou vagamente com a cabeça.

— Faça um requerimento autorizando todos os atendimentos de imediato das pessoas que chegam ao hospital com quadro de emergência, sem exceção.

— Você é quem manda. — Sorriu, satisfeito com minha ordem, pois também era um cara humano, emotivo e compreensivo.

Porém, a tristeza estava ali. Sentia meu coração apertado com a situação de meu amigo; eu fui um egoísta pensando só em mim. O mínimo que poderia fazer agora era ficar ao seu lado, retribuir o que tinha feito pela minha família.

A todo instante precisei parar pelo percurso em direção à nefrologia, com os funcionários perguntando sobre minhas férias prolongadas. E ninguém tomou mais meu tempo do que a Érica, minha secretária. Esbarrei com ela no saguão da entrada assim que a porta do elevador se abriu. Havia tantos recados de pacientes que precisei pedir para ela me passar no dia seguinte, quando tinha planejado retornar ao trabalho.

— Ah... Claro, doutor! — respondeu com um sorriso. — Vou deixar tudo organizado para amanhã, não se preocupe — informou com sua simpatia rotineira.

— Não me preocupo. Sei que a minha agenda está mais do que organizada.

Sorriu toda contente com o elogio.

— Ah, Érica?

Ela se voltou assim que a chamei.

— Gostaria que colocasse o Guilherme como primeiro da lista, por favor!

Guilherme era o garoto de 10 anos da última cirurgia de transplante que realizei.

— Pode deixar... Ele, inclusive, está se recuperando muito bem, sem infecção nem rejeição.

Suspirei, emocionado com o resultado. Doía em meu coração presenciar uma criança impedida de viver sua infância.

— Uma notícia excelente!

— Concordo! Com licença, doutor, ainda tenho uma agenda para organizar — pediu Érica, eficiente como sempre.

— Vou dar uma passadinha no quarto da paciente do Régis e daqui a pouco vou para minha sala, caso precise de mim.

Acenou e seguiu em direção ao elevador. Caminhei em direção à ala da nefrologia, pegando antes um copo de água da máquina.

Passei no consultório do Alexandre, no segundo andar do prédio. Saindo do hall dos elevadores, fiquei surpreso ao ouvir uma voz feminina aos risos, e bati levemente. *Quem será essa paciente tão íntima?*, pensei.

— Pode entrar, por favor. — Ouvi a voz risonha de Alexandre e girei a maçaneta.

Fiquei perdido ali, parado à porta.

Em pé, de frente à mesa do Alexandre, havia uma moça de corpo violão, vestindo uma calça jeans clara de boca larga e uma linda blusa vermelha de mangas longas, na altura do cós da calça. Seus olhos negros apertados, pensativos, brilhavam em contato comigo. Nada de anormal, claro! Se não fossem os cabelos cacheados no ombro, eu teria a mais absoluta convicção de que a conhecia.

— Pode entrar, Enzo — autorizou Alexandre, enquanto se levantava, oscilando olhares entre nós dois, num contato visual intenso, e sorrindo meio sem graça. — Olha só que coincidência, a Leila estava no lançamento do meu livro.

Beberiquei a água, nervoso, o coração quase em colapso com as engrenagens do meu cérebro lendo os fatos. Mal conseguia respirar.

— Veja só que mundo pequeno, não? — continuou o Alexandre.

— Acho que vi você aquele dia — comentou, me analisando.

Engoli em seco, aproximando-me com aquele friozinho na barriga, tamanha a ansiedade. Eu começava a acreditar que ali havia a mão de Deus.

— Viu, sim — falei, pegando em sua mão estendida, o coração a mil, na maior expectativa. — Foi no momento em que eu conversava com a Annie — falei baixinho, só para ela escutar.

Ela soltou o ar, surpresa.

— Ah, claro! Agora me lembro, foi mesmo!

— A Annie... Como posso encontrá-la? — Minha angústia era tanta que nem controlei o tom de voz, que saiu alto.

Ela juntou as sobrancelhas, estranhando minha reação desenfreada. E olhou para o Alexandre, sem me responder.

Ele deu de ombros.

— Mas você conheceu a Annie? — Alexandre estreitou os olhos, indagador.

Neguei. Esperava que tivesse acreditado.

— A Leila é a prima do Régis — continuou, todo entusiasmado, ignorando o vazio da minha resposta.

Meu queixo caiu ao mesmo tempo que esmaguei o copo; por sorte, a quantidade de água era pouca e não transbordou com a pressão da minha mão. Toda aquela informação soava irreal ao extremo.

Céus! Será que está acontecendo de verdade? Então a pessoa com quem falei ao telefone deveria ser apenas um caso sem importância.

Entretanto, estava tão encantado com a moça que nem notou meu nervosismo.

— Somos primos de terceiro grau — emendou ela. — Não tínhamos contato. Isso só mudou depois da primeira visita, quando conheceu minha amiga e virou um frequentador assíduo da minha casa — disse, em tom divertido e inocente.

Engoli forte.

— Graças a Deus! — Ergueu as mãos ao alto em agradecimento. — Ele salvou a vida dela.

— Pois é, Enzo! É incrível! — Alexandre seguiu falando, colocando-se ao lado da Leila. — A Annie é a paixão do Régis, dá para acreditar nisso? — Ria, incrédulo, e comecei a rir na mesma sintonia, totalmente fora de órbita. Aquilo tudo parecia mesmo um sonho absurdo, difícil até de digerir. — Inclusive, ela está internada aqui no hospital, e seu caso de saúde é preocupante! — emendou, abalado.

Mas ninguém estava mais abalado que eu. Meu coração acelerado deu aquele tranco, parou de bater. Perdi totalmente o ar. Não havia meios para mais conversas; não queria acreditar que a Annie poderia ser a paixão do meu melhor amigo.

Dei meia volta e saí voando da sala.

CAPÍTULO 26

§

Enzo

O Alexandre ainda gritou:

— Enzo, espere!

Não respondi, sequer tomei conhecimento. Meu único desejo naquele instante era esclarecer tudo.

Retornei ao *hall* dos elevadores, chamando a atenção das pessoas que caminhavam por ali ou sentavam-se nas salas de apoio, onde aguardavam serem chamadas para consultas ou exames.

Precisava de confirmação; eu não podia acreditar na realidade que se apresentava, não dava. Era coincidência demais... Algo impossível!

Com a mesma pressa que entrei no elevador, saí quando ele parou no quinto andar. Deparei com algumas enfermeiras e mal as cumprimentei; ofegava, e não era pouco.

Minhas costelas doíam com a força das batidas do meu coração ansioso.

Parei em frente à porta do sexto quarto, antes do final do corredor. Os vitrais do fundo refletiam a claridade do sol, com a despedida das nuvens carregadas. Segurei a maçaneta, respirando o mais profundamente que conseguia; a impressão que eu tinha naquele instante era de que todos os meus órgãos internos estavam sendo comprimidos. Parecia que inflava por dentro, com a sensação de que uma dinamite fosse explodir a qualquer momento.

Girei devagar a maçaneta e a abri lentamente. Os ruídos chamaram a atenção da mulher que há pouco conversava comigo e com o Régis. Agora eu sabia de onde a conhecia.

De frente para a cama, de costas para a porta, estava curvada sobre aquele corpo inerte, aos prantos, quando se virou e soluçou ao me ver.

— Dr. Enzo! — Soluçou alto e então voltou, deitando a cabeça sobre o corpo.

Ofegante, travei ali na porta, sem coragem de me aproximar.

— Veja só o estado da minha filhinha — balbuciou, com as lágrimas banhando seu rosto corado. — Entre, por favor — disse, alguns segundos depois.

Em seguida ela se afastou para o lado, dando-me total visão.

Retesei, sem acreditar na imagem que se revelava à minha frente.

Impossível!

Um nó enorme bloqueou minha garganta. Era ela, minha Annie, ali naquela cama.

Não consegui conter as lágrimas que desciam de meus olhos ao vê-la pálida, porém ainda linda, com os cabelos espalhados pelo travesseiro de fronha branca. O cateter venoso central, inserido numa veia jugular no pescoço, indicava o quanto seu caso era grave. Necessitava urgente de hemodiálise.

Fechei meus olhos, totalmente arrependido, fazendo a retrospectiva dos pés inchados, sua fraqueza...

— Por favor, doutor, aproxime-se — insistiu, tirando-me dos devaneios e me olhando angustiada. O copo serviu como um instrumento antiestresse, na falta do meu meu boneco de boxe. Pressionava-o, mas sem muita violência, para o restante da água não transbordar.

Sorri meio perdido e engoli forte, para ver se aquele nó enorme na garganta descia. Seus olhos verdes, seus traços tão iguais aos da Annie.

Como não a reconheci antes?

Fechei os olhos, com aquele friozinho na barriga, e tomei seu lugar. Não conseguia entender o destino, o que havia reservado para mim, para nós. Sem saber, cuidara dela todo aquele tempo.

Se essa porra de destino existe mesmo, tenho que admitir que está aqui se revelando da maneira mais inusitada, neste exato momento.

Fiquei ali, paralisado, com o coração repleto de um sentimento de ternura. Algo que comecei a sentir depois que a conheci.

Estava a ponto de abraçá-la, ampará-la em meus braços e dizer um oi em seu ouvido. Ela estava sob efeito de sedativos, mas eu sabia que me ouviria, seu coração ouviria; era isso que o meu sussurrava dentro do peito. No entanto, os passos no corredor e a voz do Régis conversando com a minha mãe me bloquearam.

Respirei fundo, fechando os olhos, o coração quase saindo pela boca, sem noção alguma do que fazer, de como reagir.

— Você está aí? — A voz ansiosa do Régis me fez refletir sobre o que estava acontecendo.

Não poderia dizer uma só palavra sobre tê-la conhecido, sobre o que estava sentindo. Com certeza arrebentaria o coração daquele amigo, na verdade, um irmão.

Não conseguia me virar. Sentia-me um traíra, só que não era. Não procurei por isso; simplesmente aconteceu. Ele nunca entenderia. Nunca! Eu não compreendia o que era aquilo. E me perguntava mentalmente: *Como algo imprevisível, dessa magnitude, pode acontecer na vida das pessoas, na minha vida...*

Ele se aproximou da cama, colocando-se entre mim e a mãe da Annie. Pôs a mão na testa dela, medindo sua temperatura. Notei sua mão trêmula acariciando levemente a pele macia que eu queria tanto tocar, beijar.

Reprimi meus lábios ao ouvir sua respiração ficar mais rápida e pesada.

— A Annie tem insuficiência renal crônica estágio 5, ou seja, os rins já não dão conta de desempenhar funções básicas. Precisamos iniciar a hemodiálise o quanto antes, e já estamos fazendo exames com os familiares, para saber se alguém é compatível para a doação do rim. Em caso negativo, vamos inscrevê-la na lista de receptores de doador falecido, da Central de Transplantes do Estado. — Régis respirou fundo. Em seguida, pegou o estetoscópio e colocou sobre o peito dela, examinando-a, enquanto a mãe se lamentava.

— Estou com muito medo, Régis — admitiu, com a voz contida.

Da forma mais gentil do mundo, ele se inclinou, beijando sua face com carinho, beijo que foi recebido com um sorriso muito, muito agradecido.

Meu coração pulou; já sentia ciúme daquele gesto.

Jesus!

— Pois não tenha, vai dar tudo certo — garantiu, enquanto ela segurava a mão da minha Annie.

— Obrigada por amar tanto minha filha! — Soluçou alto e deitou a cabeça em seu braço. Uma visão que partiu meu coração ao meio.

— O sentimento que tenho pela Annie é algo que nem sei explicar. — Inclinou-se sobre a cama, e não pude acreditar na atitude. Simplesmente selou seus lábios com tanta ternura que doeu em mim.

Filho de uma puta! Não acredito que ele fez isso.

Revirei os olhos, enciumado, apertei o copo com força e virei a água de uma vez. É claro que engasguei e comecei a tossir.

— Respire com calma, meu filho — disse minha mãe.

Eu me virei, encontrando seus olhos arregalados, pedindo-me calma. Fechei os meus, assentindo. Ela só somou um mais um, depois do que tinha lhe contado. Sentia uma atmosfera diferente.

— Vai morrer, hein, cara — brincou Régis, e voltou aos procedimentos, toda sua atenção direcionada a Annie. Confesso que morria um pouco a cada instante.

Respirei fundo e comprimi meus lábios um sobre o outro para não explodir. O tom de sua voz não era de um profissional, e sim o de um homem apaixonado, que daria sua vida pela amada.

Meus sentimentos ficaram confusos ali. Era algo maior, que fazia com que a minha consciência me cobrasse.

— Aliás, ela estava em Fernando de Noronha, vocês não se cruzaram por lá? — indagou, despretensiosamente, ocupando-se com sua função de cuidar dela, o que fazia com o maior carinho, enquanto eu lhe dei as costas, julgando-a sem lhe dar a chance de se explicar. Eu não a merecia como ele. Toda a assistência que dedicou a ela, como eu poderia ir contra aquilo? Como?

— Nãooo... não! — respondi, em total desordem. Queria saber o que a levou àquele quadro, mas a emoção me bloqueou.

— Esqueci de avisar, Enzo! Precisei pagar o helicóptero de Noronha até aqui, mas fique tranquilo que vou reembolsar a empresa por cada centavo — informou ele, receoso.

Eu ri, assentindo.

Minha falta de convicção e a expressão tensa despertou certa comoção em minha mãe. Depois da pergunta sobre Fernando de Noronha, ela teve a certeza do que já imaginava.

Deu a volta na cama.

— Meu querido! — Estendeu a mão, para que eu segurasse, o raio de sol invadindo a janela atrás dela reluzia os cabelos dourados e nossos olhos conversavam entre si. Ela entendia o que se passava comigo. Nunca consegui esconder minhas emoções daquela mulher admirável.

A mancha roxa na parte interna do pulso, de aproximadamente quatro centímetros, que o bracelete de couro escondia, despertou minha atenção. Passei meu dedo levemente sobre ela.

— A Annie é triatleta, e daquelas obsessivas — explicou o Régis, jogando um olhar tristonho e rápido em minha direção. — Os exercícios intensos e em excesso, sem acompanhamento e hidratação adequada, renderam-lhe a rabdomiólise, Enzo!

Nesse instante a mãe da Annie se desmanchou em lágrimas; quase na cabeceira, ela acariciava os cabelos da filha, ajeitando-os.

Então este é o motivo de toda aquela indisposição ao subir as escadarias. Céus! Ela se arriscou muito!

Embora não fosse da área de nefrologia, era conhecedor da doença. Como o hospital era referência na área nefrológica, já vira muitos pacientes nessa situação; entre eles, um grande número de atletas. O livro do Alexandre também tinha sido muito esclarecedor.

Eu já sabia que rabdomiólise era uma síndrome cuja principal característica era a lesão de células musculares, com a consequente liberação de substâncias nocivas na corrente sanguínea. A principal delas era a mioglobina, com efeito tóxico direto nos rins.

— Annie sempre foi muito determinada na carreira e, quando viu a chance de competir na Olimpíada, exagerou nos treinos. Até notou sua urina mais escura, junto com as dores musculares, que tratou por conta própria com anti-inflamatórios e acabou não dando muita atenção. Ficou obstinada, queria muito, só que seu organismo não suportou a pressão. E, quando notou a enfermidade, era tarde demais. Coitada! — Sacudiu a cabeça, inconformada. — A Olimpíada era a consagração de sua carreira. Mas, infelizmente, precisou parar com tudo para se recuperar. Eu não deveria tê-la deixado ir sozinha para Noronha. Mas fiquei com medo de que, sem poder treinar devido às dores, ela entrasse em depressão, trancada dentro de casa. Fiquei com medo de ela fazer alguma besteira, e acabei concordando — soluçou. — Ela precisa do esporte para respirar...

Tirou a mão da filha da minha, levou-a aos lábios e beijou sobre a mancha.

— Ela vivia dizendo que tinha perdido a fé, mas o bracelete que ela fazia questão de usar sobre esta marca mostrava que não era exatamente o que sentia — suspirou, passando o dedo da outra mão sobre a mancha.

Seu amuleto! Bem que desconfiei...

— O hematoma no braço foi algum erro cometido com a administração de soro por via intravenosa. O tratamento inicial não foi em um hospital estruturado — continuou Régis, atento aos sinais vitais. Ela levantou suas pálpebras e um arrepio percorreu minha espinha.

Poderia ser coisa da minha cabeça, mas o fato é que senti que seus olhos me viram. Era muito complicado manter sigilo sobre ela. Muito complicado. Ainda mais com ele ali, examinando-a com todo cuidado, como se fosse a coisa mais preciosa em sua vida.

— A rabdomiólise foi há mais de um ano, e causou uma insuficiência renal crônica estágio 2. Verifiquei os prontuários, e, apesar da falta de estrutura do hospital, o tratamento adequado foi imediato. Ela teve muita sorte!

Meneei a cabeça, focado.

— Há três meses, ela sentia dores nas costas. Ficamos preocupados, pois poderia ser um alerta. Essa foi a razão de eu ter te ligado aquele dia, pedindo ajuda para interná-la aqui — emendou.

— Obrigada, doutor — agradeceu a senhora.

Assenti, ansioso para saber de todos os detalhes. Régis continuou:

— Não era nada, só mau jeito. Tomamos todas as providências, e ela ficou superbem: os exames normais, os medicamentos reagiram positivamente.

— Só as dores musculares persistiam — emendou a mãe. — Ela já estava desanimada por causa disso.

— Persistiram porque a rabdomiólise reincidiu; a Annie esteve treinando intensamente e às escondidas nas mesmas condições anteriores, sem acompanhamento.

A mãe dela arfou, surpresa com a revelação.

— Ela mesma me contou isso, quando deu entrada no hospital.

— Eu não sabia — admitiu, com os olhos cheios de lágrimas.

— Ela omitiu. E o pior de tudo é que vinha se medicando por conta própria com anti-inflamatórios em altas doses.

— Meu Deus! — Fechou as mãos e levou sobre a boca. — Coitada da minha filha! Ela não queria mais incomodar você, Régis.

— Bobagem! — retrucou, indignado. — O problema é que a insuficiência renal crônica é silenciosa, e progrediu rápido, no caso dela. Estamos fazendo exames mais elaborados. Ela deu entrada no hospital com a pressão arterial elevadíssima. E, pelo quadro, já vem alta há algum tempo. Enfim... O importante agora é tratá-la adequadamente.

— Uma fatalidade! Ela nunca aceitou o fato de ficar longe dos esportes. E olha que passamos por vários especialistas, em busca de opiniões e de uma cura mais rápida.

Quando disse aquilo, fixou os olhos verdes sobre mim, como se forçasse a memória.

— Inclusive, quando estivemos no último especialista, a Annie quase foi atropelada por uma moto... — pausou por um instante.

Enrijeci, torcendo para que não se lembrasse, não ali.

— Devo estar me confundindo, deixa para lá.

Nervosa, ela se curvou sobre a filha.

— Seja forte, meu bem — sussurrou ao ouvido de Annie. — Estamos todos aqui cuidando de você! — E cobriu o rosto em prantos. — Não deveria ter permitido que ela viajasse sozinha, a culpa é toda minha. — Punia-se sem cessar.

— Conhece sua filha, Francielle — comentou Régis, sem parar o que estava fazendo. — Teimosa! Só não perdoo o fato de ter concordado com ela em me esconder seu destino — reclamou, e levantou a cabeça por um instante, em reprovação.

Virei a cabeça, fitando-a com os olhos cerrados, tentando entender. Ela suspirou, com um vermelho intenso tingindo seu rosto.

— Eu só queria o bem-estar dela, apenas isso.

Régis sorriu, exausto, mas foi compreensivo e voltou à sua função.

Ela respirou fundo, tentando buscar controle, e beijou a testa que eu queria beijar e não podia, não agora. Na verdade, nem sabia se seria possível.

— Ela dizia que tinha sido banida para sempre do esporte, coitadinha!

Não reprimi a emoção; sua dor era minha também, incrível isso. Dei a volta pelo Régis, ali em seu procedimento, ficando ao seu lado, e passei o braço pelo seu ombro, puxando-a para um abraço.

— Mantenha a calma, ela vai ficar bem.

Concordou, deitando a cabeça em meu ombro.

— Não sei nem como agradecer a generosidade de vocês.

— Vamos fazer o possível por sua filha, Francielle, esteja certa disso! — Minha mãe estendeu as mãos em nossa direção, com um sorriso agradecido. Fungando, ela segurou na mão de minha mãe e apertou forte. — Está muito bem assistida.

— Com certeza! — afirmou Régis, colocando o estetoscópio no pescoço, fitando-a ao meu lado. — Assim que acordar, vamos dar início à primeira sessão de hemodiálise. As toxinas precisam ser retiradas do sangue com urgência — explicou, descobrindo seus pezinhos muito inchados, examinando a temperatura.

Suspirei disfarçadamente, com o coração apertado. Queria tomá-la em meus braços e beijá-la até não aguentar mais, acabar com seu sofrimento, mas só conseguia me punir pelo julgamento errado.

A cada instante aprendia mais levando pancadas da vida.

— Bem, vou chamar as enfermeiras para colher mais uma amostra de sangue.

— Enzo, querido — chamou minha mãe, aproximando-se e segurando minha mão —, pode vir aqui fora comigo por um instante? Tenho alguns assuntos importantes antes de entrar numa cirurgia de fêmur.

— Com licença. — Apertei a mão da mãe da Annie em apoio e saímos juntos do quarto.

Parei no corredor em frente à porta, sem a mínima intenção de me afastar. A tensão estava me deixando maluco, não podia me distanciar. Porém, ela me arrastou.

— Aqui, não — alertou. Seguimos até o *hall* dos elevadores. Ela se colocou à minha frente, segurando meus braços.

— É ela?

Fiz que sim com a cabeça, respirando fundo.

Minha mãe grunhiu, revirando os olhos, aflita.

— Céus, Enzo! — Segurou meu queixo. — O Régis ama essa menina!

Ali, olhando em seus olhos enormes, não tinha ideia do que responder. Abri meus braços, balançando a cabeça de um lado para o outro rapidamente, perdido, totalmente perdido.

— Ah, meu filho! — Puxou-me para um abraço materno e apertado.

O ciúme tinha desaparecido; eu não podia ter aquele sentimento com meu irmão de coração. Só que não conseguia esconder minha frustração.

— Que situação difícil! — exclamou ao meu ouvido.

— Estou totalmente fora de órbita, mãe — admiti, e me afastei, encarando-a.

Sua mão direita veio à minha face.

— Eu imagino! Acho melhor você ir para casa, tomar um banho e descansar a cabeça. Quando estiver mais sereno, você pensa numa saída.

Estalei a língua, balançando a cabeça, cético.

— Acredita mesmo numa saída sem feridos?

Deu de ombros, suspirando, e colocou as mãos nos bolsos do jaleco.

— Eu, não! — respondi minha própria pergunta, indignado com o destino traçado para mim. — Alguém vai sair machucado dessa história.

Ficou em silêncio por alguns segundos, refletindo, fitando-me seriamente.

— Sinceramente, não sei... — e me afrontou, pensativa. — Estou com uma sensação horrível. Por isso é necessário pensar nas implicações quando o Régis descobrir.

Meu estômago se contorceu de nervoso. Levei as duas mãos à cabeça, olhando para o teto.

Abraçou-me pela cintura, deitando a cabeça em meu peito.

— O momento agora é delicado, de concentração. É necessário discernir entre o que podemos ou não, o que devemos ou não. Cabeça fria... — aconselhou-me mais uma vez.

— Você tem razão — avaliei sua conclusão, puxando a barra da camiseta. Ela sorriu, aliviada. — Vou para casa. Se ficar por aqui vou acabar dando uma bola fora. E magoar o Régis é a última coisa que desejo.

Sorriu, satisfeita com minha conclusão.

— Isso, meu amor. Nunca poderemos nos esquecer do que o Régis fez por nossa família, e continua fazendo. Abdicou de sua própria vida para cuidar do hospital na sua ausência.

Seus olhos acusadores brilhavam.

— Eu não tive culpa! — defendi-me.

— Eu sei, meu querido, eu sei... — Segurando meu rosto, beijou-o com carinho, enquanto alisava seus braços. — E também é importante priorizar a saúde da moça. Evitar qualquer tipo de estresse.

— Annie... — falei num fio de voz emocionado, ajeitando o cabelo para trás. Ela inclinou a cabeça, comovida com meu martírio. — Annie Campbell é o nome dela.

— Nome tão bonito quanto ela.

Abracei-a mais uma vez e fechei os olhos com o queixo apoiado em seu ombro, enquanto suas mãos quentes alisavam minhas costas.

— Enzo, só não entendi uma coisa! — exclamou, e arqueou a cabeça, pensativa. — Você deve ter se equivocado quanto ao objeto de uso de entorpecente que viu sobre a mesa dela.

Balancei a cabeça, negando.

— Não me equivoquei, vi um cachimbo. Estava lá! — Respirei fundo e soltei o ar de uma vez. Minha cabeça estava em parafuso, tanto quanto a dela. — Não quero pensar nisso agora, depois tiro a limpo.

— Tem razão! Vá para casa — pediu segurando em meus braços, se afastando. — À noite conversaremos melhor. Duas cabeças pensam melhor que uma.

— Você sempre tem razão. — Beijei sua testa. — Só me prometa que vai cuidar dela para mim, por favor.

Assentiu com a cabeça.

Contente, entrei no elevador, que tinha acabado de parar no andar.

— Obrigado — articulei com a boca.

Ela mandou um beijo estalado e retornou ao quarto da Annie.

CAPÍTULO 27

§

Enzo

Ainda tenho dúvidas se seguir os conselhos de minha mãe foi o certo, não conseguia relaxar. Precisava conversar com a Annie, pedir desculpas pelo julgamento precipitado, pelo meu engano.

Nem o banho foi capaz de me restaurar. O dia se foi, a noite caiu, e eu ligando de tempos em tempos, na esperança de um momento sozinho com ela. Mas o Régis não arredou o pé.

Passei o dia andando pela casa, com o celular no ouvido, explorando cada cômodo, e várias vezes atrapalhei os serviços dos empregados. Arrisquei ligar mais uma vez, às 22h em ponto. Era a vigésima ligação, todos os funcionários da casa já se encontravam em seus aposentos.

Posicionei-me bem no meio da sala. O ambiente escuro recebia a iluminação natural em abundância, como em quase todos os ambientes: o vidro estava presente em praticamente todas as paredes da casa, da fachada aos quartos. O brilho prata da lua em meio às estrelas no céu escuro invadia a sala pela porta de vidro da piscina e incitava meu coração já agitado, que quase saía pela boca.

As enfermeiras não desconfiaram, porque já comecei perguntando pelo Régis. Nossa grande amizade não era segredo para ninguém.

— O Dr. Régis está sim, doutor — informou a enfermeira do andar. — Está no quarto de uma paciente, quer que passe a ligação?

— Não, não... Obrigado. Depois retorno.

Desliguei arrasado, bufando.

— Caralho, Régis, você não come?! — exclamei com impaciência. Ele não tinha se ausentado por um minuto sequer.

Que merda!, pensei, desabando sobre o sofá atrás de mim.

— Pelo jeito o bicho está pegando! — comentou Valquíria, enquanto descia as escadas de mármore à direita, em direção à sala. Virei a cabeça com um sorriso forçado, sem a mínima vontade de conversar. — A mamãe me ligou — mencionou, insinuante. — Ah, pediu para avisar que a conversa fica para amanhã cedo, pois precisou prestigiar uma amiga que faz aniversário e vai chegar tarde.

— Então ela deve ter lhe contado o que está acontecendo!

— Hum-hum... — confirmou, sentando ao meu lado e se inclinando. — E, para dizer a verdade, sinto pena de você. Não gostaria de estar na sua pele.

Rindo incrédulo, encarei-a, repassando o olhar sobre seu corpo. Estava vestida em seu pijama de algodão cor-de-rosa.

— Para ser sincero, nem eu...

Riu solidária com meu desânimo.

— Voltou para casa? — indaguei.

— Por enquanto, não... — vacilou na resposta, passando as mãos pelos cabelos avermelhados, desarrumando-os. Uma atitude típica de quando não tinha certeza de algo. Torci a boca, encafifado. — Só estou passando uma temporada com a mamãe. Com a sua ausência, ela ficou deprimida.

Respirei fundo, com um sorriso fraco, achando estranho, pois ela sempre fizera questão da privacidade. Não esbocei nenhum comentário.

— É... — Olhei para frente, fixando meu olhar num ponto qualquer. — Se parar para pensar, eu deveria ter voltado mais cedo. — Voltei a ela, analisando a situação. — Ultimamente tenho me ferrado, tudo tem sido tarde demais. Se tivesse voltado uns dias antes, nada disso estaria acontecendo.

Ela discordou, batendo com a mão esquerda em minha perna.

— Como poderia prever algo assim? — Meneava a cabeça. — São as surpresas da vida, meu irmão.

Mentalmente, concordei com ela. Porém, a razão sussurrava em minha cabeça para abandonar o combate, eu havia perdido a guerra.

Respirei fundo e me levantei decidido, pensando: *O Régis é meu irmão de coração, não posso fazer isso. Preciso encontrar um jeito de desviar dessa estrada esburacada, que danifica qualquer estrutura.*

O fato é que me encontrava numa baita confusão. Cruzei as mãos atrás da cabeça, fitando o lustre de cristais pomposo pendurado no teto de pé direito alto, refletindo sobre aquela decisão.

— O Régis é meu irmão e merece minha fidelidade — disse, me virando de frente.

Suas sobrancelhas bem feitas se ergueram, descrentes.

Não houve tempo para nenhuma outra palavra: o celular começou a tocar em minha mão. Era o Régis.

— Alô — atendi, com um puta aperto no peito.

— Você estava me procurando? — ele perguntou com seu tom de voz amigo, que me deixou arrasado.

Sentia-me constrangido, um traíra. Tudo o que pretendia com as ligações era saber o momento que ele deixaria seu posto, para tomar seu lugar.

— Liguei só para dizer um oi, saber se estava tudo bem aí. — *Sou muito falso, mesmo!* — E a moça, como passou, já deu início à hemodiálise?

— Está bem mais animada. Os últimos exames me deixaram mais confiante, acredito que possamos iniciar amanhã cedo. Assim, ela pode descansar mais um pouco. E eu também; afinal, já estou batendo quase 24 horas em claro — comentou, bocejando.

Meu coração pulou de alegria, quebrando toda a estrutura que comecei a construir. Naquele momento, afastar-me deixou de fazer parte de meus planos. A razão dizia para manter distância, mas não o meu coração, batendo de frente, opondo-se e ganhando a parada.

— Eu apoio — incentivei-o, com a mais absoluta felicidade.

Uns minutos de privacidade com ela era algo emergencial, até mesmo para resolver o impasse dentro de mim, pedir perdão... Então decidiria qual caminho seguir: distanciar-me ou não. Caso resolvesse deixar o caminho livre, talvez não fosse tão difícil, até mesmo pelo pouco tempo que ficamos juntos. Quem sabe fosse fácil esquecer!

— A dona Francielle estava muito cansada, por isso aconselhei o senhor Abner, o pai da Annie, a levá-la para casa. Saíram agorinha daqui. Vou aproveitar e dar uma corridinha em casa, tomar um banho e tirar algumas horinhas de sono.

— Pode ir tranquilo, as enfermeiras o manterão informado.

Que canalha eu sou!

— Valeu, Enzo, por ligar — agradeceu e desligou.

Corri em direção à escada.

— Isso soa meio desleal, mas está valendo — comentou minha irmã. A euforia me fez esquecê-la.

Parei no degrau, refletindo por um instante antes de me virar.

— Não posso deixar esse assunto pendente. Preciso resolver.

Ela concordou e piscou em incentivo.

O tempo era precioso demais para deixar passar um segundo sequer. Entrei no quarto correndo, vesti uma jaqueta jeans combinando com a calça, uma botina de couro e corri para o hospital.

Abri a porta do quarto com aquela sensação sem igual. Meu coração batia alucinadamente, a ponto de quase escapar, e as borboletas em meu estômago se agitavam nervosas ao me aproximar da cama.

Seus cabelos espalhados pela fronha reluziam e brilhavam com a luz platinada do luar entrando pela vidraça das janelas.

Ai, lua!, exclamei mentalmente, pensando que eu não era um cara de pouca sorte, como cheguei a pensar. Encontrá-la novamente, mesmo nas condições atuais, não podia significar um agouro. Todos os nossos encontros foram inusitados, ambos fomos pegos de surpresa. Balancei a cabeça, admirando seu rosto abatido, gordinho pelo inchaço, mas lindo.

Não sabia se ria ou chorava. Resmunguei, rindo, e passei a mão pela lateral de sua cabeça, ganhando um baita choque. Uma corrente elétrica adentrou minha mão e se espalhou por meu corpo.

Seu corpo estremeceu junto ao meu. Ela puxou o ar... Sentiu a mesma energia que eu e, muito lentamente, seus olhos se abriram.

CAPÍTULO 28

§

Annie

Não, não... não pode ser real, é claro que não.

Fechei os olhos e os abri de novo. Aquele rosto lindo parecia ser de verdade.

Devo estar sonhando, ainda não acordei!

Seu dedo acariciando meus lábios entreabertos indicava a realidade... Arrepiada da cabeça aos pés, fechei os olhos mais uma vez.

— Oi, bonitinha! — Aquela voz grave e rouca era real, é claro que era!

Sorrindo, abri os olhos mais uma vez, encontrando aquele sorriso magnífico envolvido na iluminação da lua, seus cabelos caindo na lateral do rosto, embrenhando na barba por fazer.

— Você está no meu sonho, visível somente para mim, não é mesmo? — perguntei num fio de voz.

Aqueles materiais incomodavam meu pescoço, mas a emoção que sentia se sobrepunha ao desconforto. Não tinha tempo para sofrer, apenas para sentir. Toquei seu rosto. Ele fechou os olhos enquanto eu esfregava sua barba, sua pele quente, gostosa. Conseguia sentir toda a sua energia, que me dava um ânimo enorme.

— Não, Annie, você não está sonhando... Estou aqui de verdade, em carne e osso! — Segurou minha mão, levando-a aos lábios quentes, e a beijou com tanto carinho que encheu meus olhos de lágrimas. — Preciso te pedir perdão, fiquei cego quando vi aquele instrumento sobre a mesa. Me desculpe, me desculpe. — Segurou meu rosto, beijando cada centímetro com carinho. Meu corpo se aquecia por completo.

Nunca senti algo desse tipo com nenhum outro homem. Um turbilhão de sensações que surpreendeu até a mim.

— Ambos erramos! — declarei, e era a mais pura verdade.

Beijou-me a testa, e fechei os olhos, nutrindo-me de seus lábios.

— Também julguei você. Hostilizei sem necessidade alguma...

Seus lábios desceram até meu queixo, deixando-me toda derretida. E então sua testa colou na minha. Ficamos ali, ofegantes, um sentindo a respiração do outro.

— Eu mereci, também fui grosso! Estava fora de mim, transtornado com muitos problemas. Você surgiu num momento de instabilidade total em minha vida.

Meus lábios se abriram para falar, mas ele continuou, sem me dar a chance:

— O que eu fiz depois foi imperdoável. Julguei sem ouvir, sem conhecer sua história.

Eu negava com a cabeça, e ele dizia sim com a dele.

— Sou um imbecil. — Sua voz saiu contida, fitando-me.

Segurei em seu rosto. Nossos olhos faziam uma conexão incrível. Víamos além deles, até nossa alma, pois o que sentíamos ali era algo inimaginável.

— Aquele negócio não era meu... — Sacudindo a cabeça, segurei seu rosto e o puxei, selando nossos lábios. — Meg esteve lá, deve ser dela... Ela estava muito estranha! — Sussurrei em seus lábios.

Ele assentiu, respirando em meu rosto.

— Verdade! Quando voltei para procurar você, ela apareceu por lá. Estava mesmo muito esquisita.

— Você voltou?

Ele meneou a cabeça e voltou aos meus lábios, esfregando-os.

— Agi como um tolo, egoísta, precisava me redimir. Perdoa-me, por favor! — falou muito baixinho em meus lábios.

Eu fiz que sim com a cabeça, e ele colou nossa testa novamente.

— Tenho pavor dessas coisas, meu pai morreu por causa disso e...

— Você comentou, aquele dia. — Coloquei a mão em seu rosto, comovida. — Sinto muito.

— Isso aconteceu há três meses, por isso estava em Fernando de Noronha. Era sobre ele que falava no mirante, lembra?

— Claro! Notei o quanto estava saudoso. Sinto muito...

— A gente nem teve tempo de se conhecer, não é mesmo?

Concordei.

— Foi uma aventura-relâmpago. — Ri, ele riu também. — Como você me encontrou? Foi o Carlinhos?

— Não... Aquele fura-olho! — brincou. — Ele se recusou a me revelar seu paradeiro.

— Pedi segredo sobre meu caso. Isso mostra que ele tem palavra.

Rindo, ele me beijou com ternura, enquanto eu alisava a lateral de seu rosto.

— Conte como me achou.

— Ah, Annie. — Levantou a cabeça, acariciando minha testa, ajeitando meus cabelos para trás. A luz da lua invadia o quarto discretamente, iluminando-o, lindo! — É uma história complicada, difícil de explicar. Imagina então entender.

Franzi minha testa, confusa.

— Está me deixando curiosa.

Um sorriso invadiu sua face, os olhos verdes brilharam antes de se fecharem numa fração de segundo.

— É nesses momentos que creio de verdade na presença de Deus. Ele se faz presente nessas surpresas da vida. Ela tira algo que dói, que te destrói, mas te dá em dobro depois — falou num fio de voz, admirado.

— Também acho. — Puxei-o, roçando seus lábios. — Deus nos uniu, e eu que pensei que Ele não existia — elucidei.

— Só que estamos diante de um imenso dilema. — Afastou, olhando-me seriamente. — Sou o dono do hospital, e o Régis, além de ser meu melhor funcionário, é meu melhor amigo.

Meu queixo caiu com a revelação e meu coração disparou, roubando-me o ar.

— Não! — exclamei, incrédula e assustada, com os olhos já imersos em lágrimas.

— Pois é, bonitinha... Estamos encrencados.

Eu sacudia a cabeça energicamente, perdida. Passei minhas mãos pelo rosto, nervosa, apavorada.

— Ele não pode saber da gente! Não pode, Enzo — frisei.

Enzo segurou em minhas mãos.

— Calma! Ele não sabe de nada — garantiu.

Soltei o ar, aliviada com a informação, levando a mão direita ao coração.

— Ele fez tudo por mim. Devo minha vida a ele.

— Comigo não é diferente. Ele sempre cuidou de tudo na minha família... É o meu irmão de coração.

— Quem mais sabe?

— Minha família, eu e você.

Afundei minha cabeça no travesseiro, sentindo um peso enorme sobre ela. Mal conseguia respirar.

— Estamos num barco à deriva no meio do oceano, Annie... — comentou, tão chocado quanto eu.

— Ele tem feito muito, até mais do que deveria. — O tremor se intensificou em meu corpo debilitado, deixando-o preocupado.

— Vamos encontrar uma solução. — Beijou meus lábios.

Um beijo intenso e só nosso... Um beijo de reconhecimento de almas. Era assim que começava a entender nosso encontro. Em algum lugar no astral, alguém planejara nos unir. Cada vez mais, começava a entender que, entre o céu e a terra, havia mais mistérios do que podíamos imaginar.

— Não quero pensar nisso, nem você deve pensar. Eu quero salvá-la... — cochichou em meus lábios. — Tenho tudo em mãos, estrutura, conhecimento, só precisamos agora de uma ajudinha do Deus lá em cima. — Apontou o dedo para o teto.

Com a emoção à flor da pele, concordei. Não tinha muita opção; agora era confiar em Deus, que estava me dando mostras de sua existência.

— Pense apenas na sua recuperação, lindinha! Estou aqui com você, vai sair dessa...

Chorei, confusa.

Meu caso requeria muito cuidado. Minha cura dependeria de vários fatores que estavam além da minha vontade.

E a culpa é totalmente minha. Eu procurei por isso.

Não ouvi os sinais do meu corpo, dei importância apenas às ambições pelo esporte. Quando achei que estava bem, voltei a treinar sem disciplina, e, quando notei as dores diferentes pelo corpo, parei de imediato, assustada. E ainda tomei a decisão idiota de me medicar por conta própria. Acreditei que não seria nada demais, apenas dores musculares leves. *Dra. Burrice!* Se arrependimento matasse, eu estaria morta. A reincidência da rabdomiólise afetou meus rins de forma drástica. Não era leiga no assunto; apenas acreditei que nunca aconteceria comigo.

— Será? — desabei. — Estou com medo...

— Não... — balbuciou em minha boca. — Não sinta medo. Vou cuidar de você. Aliás, sempre cuidei, mesmo sem saber.

Rindo e chorando, concordei com a cabeça.

— Você sempre esteve sob meus cuidados.

— Verdade! — resmunguei.

— Nosso encontro não foi por acaso, creio que não. Deus lá em cima cuidou dessa parte.

Baixei meus olhos, um pouco cética.

— Não sei se consigo acreditar em Deus ainda.

— Claro que tem que acreditar, Annie. Só precisamos aguardar um doador compatível. O tempo vai se encarregar de tudo.

— Por favor, não fale mais essa palavra... Tempo... Não suporto mais ouvi-la. Eu queria que ele parasse... O fato é que podemos contar o tempo, mas nunca contê-lo. Veja só o que ele aprontou comigo! Em vez de me curar, evoluiu para uma doença ainda mais grave.

Ele balançava a cabeça compulsivamente, discordando, mas nada faria com que eu mudasse de opinião. Era a realidade.

— Ele só me destrói com sua passagem... Não vale para mim.

Ele começou a rir, numa mistura de preocupação com sei lá o quê.

— Nunca senti tanto medo! — admiti, desolada.

— Você fica linda desse jeitinho amedrontado e infantil. — Apertou minha bochecha levemente.

— Ah, Enzo, que dificuldade!

— Não pense assim. A vida é assim. Os problemas são como o vento, é inevitável que passem por nós. Confie no tempo, pois é verdade: ele é a resposta para tudo.

— Não tenho outra escolha, só tenho o tempo mesmo — bufei, birrenta.

Ele riu do meu comportamento.

— O tempo, a meu ver, é o próprio Deus — começou, no intuito de me trazer mais confiança, e se deitou ao meu lado. Abraçou-me calorosamente. Acariciei seu pescoço. Meus dedos ficaram nervosos, querendo abrir os botões fechados de sua jaqueta. — Pois Ele deu muitos sinais de sua existência nesse tempo que pratiquei a medicina. Sabe aqueles casos em que a ciência não pode fazer mais nada? — disse ao meu ouvido, e assenti. — Então, já vi milagres que a ciência não consegue explicar, apenas aceitar, porque foram fatos. Você está entre esses milagres. Por isso nos encontramos no giro do universo.

Pressionou os lábios em minha face, um beijo que senti na alma, e continuou:

— Como lhe disse, você sempre esteve sob meus cuidados. Uma missão? Um desígnio? Não interessa! O importante é que agora, consciente disso, vou cuidar de você. Vou fazer minha parte, e sei que Deus está nos dando essa oportunidade e fazendo a parte Dele.

Mal terminou de falar e a porta se abriu, sem dar chance de nos recompormos.

— Céus! O que está acontecendo aqui? — Minha mãe colocou a mão na boca e seus olhos aumentaram umas dez vezes. Meu pai vinha logo atrás dela e, apesar da pouca luz, foi possível identificar os vincos em sua testa.

CAPÍTULO 29

§

Enzo

Aquelas duas pessoas paradas à porta e suas expressões assustadas me causaram um mal-estar dos diabos. Saltei da cama, segurando na barra da jaqueta.

— M-mãe... pai... — resmungou Annie, toda desnorteada. — Este é o Enzo.

— Sei exatamente quem é ele — disse sua mãe, pasma, e se aproximou da cama.

Ajuizado, recuei dois passos, e, quando percebi, estava ao lado do pai dela. De soslaio, notei o quanto me fuzilava com o olhar.

— O que precisa ser explicado é o fato de ele estar deitado ao seu lado na cama... — Cobrou, olhando para trás, me encarando.

Abri um sorriso sem jeito e olhei para Annie, que acenou, indicando que era para deixar com ela.

Corri até próximo à porta e acendi a luz. Com o susto, todos nos esquecemos de que estávamos na penumbra.

— A senhora não se lembra dele? — Sua mãe se virou em minha direção, ali na porta, e ergueu a sobrancelha, pensativa. — Foi ele quem quase me atropelou no estacionamento do prédio da clínica do Dr. Paulo Coimbra.

Seus lábios abriram e fecharam, antes de voltar para a filha.

— Bem que achei que o conhecia, mas por que ele estava deitado na cama com você? — perguntou, fazendo-se de desentendida.

— Eu também gostaria de saber, mocinha — emendou seu pai, aproximando-se da cama.

Estava sendo um covarde, e não podia continuar com aquilo: fui para o outro lado da cama, ficando de frente para os dois, que me olhavam apreensivos.

— Porque nos encontramos em Fernando de Noronha e mantivemos um relacionamento, não é mesmo, Annie? — Estendi a mão, apresentando-me. Os dois me olhavam com cara de surpresa, incrédulos. — Muito prazer, Enzo Bennet.

— É... Mãe, pai, por favor, digam oi para o Enzo — suplicou.

Com a outra mão, segurei na dela e entrelacei nossos dedos. Os olhos dos dois se fixaram nelas e vieram aos meus.

— Prazer, Abner Campbell. — O pai dela foi o único a ceder, e apertou minha mão.

— Você não pode sequer cogitar isso, Annie, pelo amor de Deus! — alertou sua mãe em tom de advertência, afagando a mão da filha na tentativa de convencê-la de que estava caminhando por uma trilha equivocada. — Não depois de tudo o que o Régis fez por você. Embora sempre tenha recusado seus flertes, o Dr. Régis tem imensa afeição a você, minha filha. — *E não somente ele*, pensei, irritado com aquela realidade. — Não é justo, chega a ser cruel! — ressaltou.

Annie inalou muito ar para os pulmões, chateada com a situação. Eu também estava, é claro!

— Além do mais, devemos muito a ele — emendou, e me olhou por uma fração de segundo.

— Por favor, pare de me falar o que já sei — Ela exaltou-se, preocupando a todos com sua respiração ofegante.

Segurei em sua mão para lhe dar apoio, e novamente aquele arrepio invadiu meu corpo ao tocá-la. Uma conexão surreal, única, que não pretendia perder jamais!

— Precisa se acalmar... — Orientei, mas ela não me ouviu.

— Estou ciente... É mesmo uma circunstância complicada! — Apertou minha mão. — Como vocês, nós também fomos pegos de surpresa. Ninguém aqui procurou por isso; apenas aconteceu!

Segurei em seu rosto.

— Me escuta, lindinha, você quer desistir?

— Não, claro que não — balbuciou.

Aliviado, colei minha testa à dela.

— Nem eu. O negócio é enfrentar. Está preparada?

Foi convicta no movimento de cabeça.

— Aconselhe sua filha, Abner — cobrou-o dona Francielle, aflita.

Ele apenas riu.

— Ele tem atitude.

Irritada, ela bufou, impaciente.

Os olhos da Annie se encheram de lágrimas com o nervosismo da mãe no momento em que seus lábios se abriram para falar.

— Deixa que eu falo com ela, Annie — intervim, alisando seu rosto de um vermelho preocupante. Não podia deixá-la assumir a responsabilidade sozinha.

Ela assentiu.

— Fique tranquila, dona Francielle. Já conversamos sobre esse assunto, e sabemos das consequências que pode trazer — salientei, enquanto ela balançava a cabeça, indignada.

Trouxe a mão da Annie aos meus lábios e a beijei.

Nossos olhos sorriam um para o outro, enquanto seus pais observavam em silêncio.

Sua mãe foi a mais afetada. Seus olhos verdes, lacrimejando, oscilavam entre nós dois e subiram de encontro aos meus.

— Meu Deus! — exclamou. — Vocês estão muito envolvidos... — O desespero estava nítido em seu tom de voz.

Ela passou as mãos pelo rosto de cima para baixo, suspirando forte.

— Calma, meu amor. — Abner a abraçou por trás, pelos ombros. — Você precisa ver por outro ângulo.

Fechou os olhos, suspirando profundamente, completamente sem chão. Perdida!

— Estou farejando uma tremenda confusão — disse com sinceridade ao abri-los, e segurou no rosto da Annie.

— Ninguém aqui está feliz com a situação. Estamos preocupados. Afinal de contas, o Régis tem uma grande importância na vida de todos.

Concordei com as palavras da Annie sem fazer comentário algum.

Francielle assentiu, rindo, mas querendo chorar.

— Acredito nisso, e, de tudo, o meu maior medo é que uma situação de estresse possa colocar em risco seu tratamento. A única coisa que importa agora é sua recuperação!

Elas se abraçaram carinhosamente e ficaram ali por alguns instantes. Seu pai me olhava com atenção. Por fim, abriu um sorriso leve.

— O Dr. Régis pode não compreender este "acaso" — comentou Abner, cauteloso.

— Fiquem sossegados; por enquanto, será nosso segredo.

Annie me encarou, à medida que a sua mãe se levantava. Havia uma nítida mistura de sentimentos em seus olhos.

— Isso se conseguirem ser discretos! — Duvidou seu pai.

— Não quero parecer uma pessoa fria; porém, como a senhora mesma falou — encarei-a —, aqui a pauta tem que ser a Annie e sua recuperação. — Fui o mais claro possível e pisquei para minha lindinha.

Ela concordou com um sorriso lindo.

Minha definição acalmou os dois. Eles perceberam que minha intenção era das melhores, e notaram, claro, nossas trocas de olhares. A face pálida da Annie ganhou até um pouco de cor. Era o momento ideal para os esclarecimentos. Annie e eu contávamos nossa história. Pelo menos aparentemente, ambos entenderam e aceitaram.

— Para ser sincera... — Começou dona Francielle, já com a expressão mais serena, afagando os cabelos da Annie. — Não me sinto confortável, porém estou feliz de ver este rostinho mais corado. — Apertou a bochecha da filha.

Annie segurou forte minha mão, os cantos de sua boca se abrindo num sorriso divino.

— Minha esposa tem razão! Sua presença está fazendo muito bem à nossa filha.

— Obrigado — agradeci.

— Só espero que vocês dois sejam discretos, e consigam mesmo disfarçar essa relação — disse Francielle, avaliando-nos. Então pegou a mão da filha e me olhou, séria. — Vai ser um choque para o Régis.

— Ele vai saber na hora certa — afirmou Annie, com segurança.

— Exatamente — concordei. — Vamos encontrar o momento adequado para contar. Mesmo porque nunca tive segredos com meu amigo. Ele é a última pessoa que pretendo ferir nesta vida.

A porta do quarto se abriu de repente. Por precaução, acreditando ser o Régis, eu me afastei da cama. No entanto, para minha surpresa, quem surgiu foi a Lenny. Usando um vestido rodado, de mangas, vermelho, e os cabelos negros amarrados num rabo de cavalo, parecia mais saudável e gorda.

— Lenny? — Fiquei branco com a sua presença numa hora daquelas, numa área controlada, sem atualmente fazer parte do quadro de funcionários.

— Oi — respondeu, ignorando todos ali no quarto.

Sua atenção fixou-se toda em mim, deixando claro o grau de importância que eu tinha para ela. Annie ficou ofegante, oscilando o olhar.

— Vim conversar com o Régis, e me informaram lá na recepção que você havia retornado das férias e estaria aqui neste andar — explicou com uma onda de alegria estampada no rosto. Aquela reação chocou Annie e, é claro, seus pais. Não havia como não notar a provocação. Senti ainda mais desinteresse por ela com aquele comportamento. Dei a volta na cama e me aproximei. Precisava tirá-la do recinto.

— São seus parentes? — indagou, escorregando para o lado para fugir da minha mão em direção ao seu braço. Arredia, aproximou-se da cama. — Para estar aqui a esta hora da noite, deduzo que sim.

Annie arregalou os olhos antes de eles encontrarem os meus.

— É... — Fiquei sem palavras. Corri e segurei em seu braço, levando-a para fora do quarto. — Lenny, a Annie precisa descansar.

Ela puxou o braço e voltou.

— Calma, Enzo. Seria muita falta de educação sair sem me apresentar, poxa! — Muito prazer, Annie... — Pausou com a mão estendida.

— Annie Campbell — falou sem jeito.

— Sou Lenny Fonseca, a enfermeira padrão do hospital. Bem, no momento estou afastada de minhas funções por ordem médica, porém retorno em breve — disse e desviou para mim, aguardando uma confirmação que não dei. — Não é mesmo, Enzo?

Franzi a testa, irritado com seu comportamento infantil.

— Quem vai dizer isso são os boletins médicos. — Peguei em seu braço e a arrastei para longe da cama.

— Desculpem, depois converso melhor com vocês — disse com um riso maldoso aos pais da Annie, que observavam a cena em silêncio.

— Pare de ser inconveniente, Lenny — cochichei, levando-a para fora do quarto.

CAPÍTULO 30

§

Annie

Eu não conseguia respirar. Meu coração batia num ritmo alucinado quando aquela porta se fechou...

Quem será esta mulher?, pensei com os olhos querendo explodir em lágrimas. Um ciúme me tomou. Não havia como controlar aquilo.

— Annie... — Minha mãe percebeu, e segurou minha mão.

Não consegui reprimir um soluço, que escapou junto com as lágrimas.

— Fique tranquila, depois ele vai explicar tudo direitinho.

Por mais que estivesse com a razão, não conseguia me acalmar, e precisei segurar o impulso de me levantar, com aquela curiosidade me matando. Dava para ver que eles conversavam; não conseguia escutar, mas, pelo tom ressentido da Lenny, era algo relativo a ela. A realidade era que eu ansiava muito saber sobre o que os dois dialogavam de fato.

— Sua mãe tem razão! — Meu pai segurou minhas mãos, preocupado com meu estado: ofegante e trêmula, tirando-me dos devaneios torturantes. — Você não pode se exaltar e, além do mais, como vocês sabem, ambos tinham uma vida antes de se conhecerem. Isso precisa ficar bem claro em sua cabeça, Annie.

Grunhi, rindo. A sabedoria dele chegava a ser inacreditável. Não diminuiu minha curiosidade, mas me fez refletir melhor, e com isso minha respiração começou a normalizar.

— Mais uma vez tenho que concordar com o senhor. Minha saúde precisa estar em primeiro lugar. — Convenci-me de que não iria adiantar ficar nervosa. E não havia compromisso entre nós, e sim um caso recente, que eu nem sabia se progrediria.

Espero que sim.

Pelo menos até eu conseguir me recuperar. Apesar de nada ter sido resolvido ainda, sentia uma esperança forte dentro de mim: mais do que ninguém, eu desejava minha cura.

— Tenho certeza de que depois da primeira sessão de hemodiálise, você vai ter alta. Estou rezando para o réveillon ser em casa — declarou minha mãe, esperançosa.

— Conforme o Dr. Régis explicou, a dose mínima de diálise é de quatro horas, três vezes por semana. Tenho certeza de que seu organismo vai reagir positivamente à dose mínima. — Torceu meu pai.

Esbocei um sorriso confiante. Precisava sair dessa, e o pensamento positivo contribuiria para alcançar meu objetivo.

— Desculpem a invasão — falou Enzo, ao entrar no quarto com a tensão estampada em seu semblante. — Nem sei como ela conseguiu entrar no andar, a segurança é bem reforçada.

Respirei fundo para recuperar o fôlego, que me fugiu ali, observando os três primeiros botões recém-abertos de sua jaqueta. Claro! Meu cérebro já estava criando cenas amorosas entre os dois no corredor.

— Mas ela não é enfermeira? — questionou meu pai.

Colocando os cabelos atrás da orelha, ele assentiu, e depois negou.

— Sim, é que no momento está afastada de suas funções. Por segurança dos pacientes, não poderia ter acesso a esta ala. — Evitava me olhar, e aquilo me deixou tensa. — Depois verifico de quem foi a falha.

Fechei minha cara, com raiva dele, raiva dela, do mundo e de mim, por me permitir aquele sentimento. Meu corpo reagia a meus sentimentos contraditórios e, com tudo já debilitado, aquilo piorava meu estado clínico, eu podia sentir...

— Está certo! Então vamos indo, né, meu bem? — disse meu pai, notando minha necessidade de ficar a sós com o Enzo.

Minha mãe se recusou.

— Vá você, eu vou ficar aqui no hospital com a Annie.

— Ela está bem, querida — frisou, passando o braço por seu ombro, e levando-a em direção à porta. — Ela precisa ficar *sozinha*. — Enfim, minha mãe entendeu.

— Ah, tá... — concordou. — Vamos até a cantina tomar um café.

— Tudo bem, mãe — respondi sem tirar os olhos do Enzo.

Assim que a porta se fechou, ele começou a falar:

— Antes de você fazer algum comentário, precisa me ouvir.

Deitou do meu lado sem pedir permissão, obrigando-me a me arrastar, dando-lhe espaço, e passou o braço pela minha barriga.

— Não que eu esteja fazendo cobranças; afinal, não temos nenhum compromisso. — Enfiou o nariz entre os meus cabelos e aspirou profundamente.

Fechei meus olhos, arrepiada com o beijo em meu ouvido.

— Está com ciuminho? — Soprou nele. Esticou o braço e apagou a luz na cabeceira. Naquele instante, o quarto foi inundado pela claridade da lua, combinando com a atmosfera que se instalou entre nós.

Gemi, sentindo contrações deliciosas em minha vagina. Notando, ele me trouxe para mais perto, colando-se na lateral do meu quadril. Gemi novamente, sentindo sua ereção dura e apetitosa, enchendo minha boca de água e inundando minha calcinha. Era exatamente assim que me sentia ali: debilitada, bem confortável, ofegante e molhada, desejosa, pronta, sem poder tê-lo intimamente.

— Para ser sincera, nem sei o que estou sentindo. — Virei a cabeça e ficamos brincando com nosso nariz, de olhos fechados. — Você e essa Lenny... — antes de terminar a frase, sua língua invadiu minha boca num beijo ardente, molhado e gostoso, que me silenciou.

Eu suspirava com seus carinhos. Era muito bom estar ali com ele, passando por essa etapa tão difícil da minha vida.

Deve ser um presente de Deus!

— Vamos esquecer todo mundo e nos concentrar na gente. Você não pode se estressar em hipótese alguma — sussurrou em meus lábios.

Assenti, abri os demais botões de sua jaqueta, evitando pensar naquela mulher entrona, e acariciei seu tórax duro, com ele gemendo e apertando a rocha em minha perna.

— Você vai cuidar de mim? — murmurei.

Ele me abraçou firme, aconchegando-me em seus braços fortes.

— Pode contar com isso.

Não foi exatamente uma promessa, mas havia uma certeza nele que me deixou segura. Eu necessitava dessa segurança. Respirei profundamente, sentindo sua respiração em meu rosto. Sabia que ele sentia a minha ali, com os olhos fechados, ofegante e excitado.

CAPÍTULO 31

§

Enzo

Meu pau, como sempre depois que a conheci, latejava de tão duro. E um calor agradável tomou meu rosto, com os primeiros raios de sol surgindo no horizonte e atravessando a janela do quarto. Aliado a eles, o hálito morno da respiração tranquila da Annie jorrava um pouco da sua saliva doce em meus lábios entreabertos, que recebiam muito dela; eu podia sentir o sabor. Todo o meu corpo entrou em erupção e meu coração começou a bater num ritmo diferente, amplo e prazeroso.

Levemente, para não acordá-la, aconcheguei-me mais e estremeci em contato com a lateral de sua perna. Ela se remexeu levemente, enquanto o rosto estava momentaneamente tenso; decerto ainda sentia o desconforto com o cateter. Suspirou e voltou a dormir.

Na madrugada, quando reclamou, foi medicada pelas enfermeiras. Com certeza demoraria um pouco mais para despertar.

Mas não me importei: permaneci ali, olhando-a, fascinado. Seus cílios longos, o formato do seu rosto, o cabelo caindo em seu rosto... perfeita. Não conseguia parar de olhá-la. Era a segunda vez que passava um longo período abraçado a uma única mulher. Não conseguia deixá-la. Mas precisava! Logo mais, o Régis estaria no hospital.

Uma demora positiva: só imaginar ser flagrado por ele me causava arrepios. E também não seria aconselhável, principalmente para a Annie. Ela precisava permanecer distante de situações tensas.

Beijei-lhe a testa e, ajuizado, me soltei do abraço e deixei a cama.

— Fica bem, daqui a pouco eu volto — sussurrei, passando as costas da minha mão sobre sua face.

Saí a contragosto do quarto, seguindo direto para a ala das enfermeiras, que logo deixariam o plantão. As quatro mulheres me olharam diferente. Era razoável; afinal, tinha passado a noite toda abraçado a Annie. Até seus pais, quando entraram no quarto e nos viram abraçados, respeitaram nosso momento e optaram por nos deixar sozinhos.

— Bom dia, meninas!

Elas retribuíram quase em coro.

— Gostaria de sigilo total em relação ao plantão — falei sem delongas. Todas sacudiram a cabeça positivamente, entendendo o recado.

— Eu não vi nada. — A novata foi a única que respondeu, e ainda em tom insinuante, ganhando um olhar atravessado da enfermeira mais antiga.

O Régis esbanjava sentimentos pela Annie, e não se preocupava se estava dando bandeira ou não. O fato é que já deveria haver boatos, e aquilo me fazia mal.

Confesso que senti um aperto no peito, pois tudo aquilo estava mais parecendo uma conspiração.

Preciso resolver logo esse empecilho.

— Tem a nossa discrição, doutor Enzo — confirmou a mais antiga.

Assenti apenas. Dizer o quê?

— Por acaso viram os pais da Annie? — perguntei.

— Estão cochilando na recepção do hospital — informou a novata.

Sorri, desajeitado, e lembrei-me do meu cabelo, que devia estar igual; passei as mãos, ajeitando-o.

— As poltronas confortáveis favorecem um bom cochilo — comentei, e saí apressado pelo corredor em direção aos elevadores.

Que situação a minha!

Nunca me sentira tão estranho.

Bem, tudo por uma boa causa. Tomaria um banho rápido e voltaria ao hospital. Queria assistir a todo o tratamento da Annie de perto, como fiz com o meu pai. E, com ela, não falharia como com ele.

***

Eu não me sentia estranho; eu *estava* estranho! Tudo havia mudado. Nunca vi o sol nascer tão lindo! Seu brilho intenso era semelhante aos olhos da Annie. Batendo no para-brisa do carro, esparramava-se pelo meu corpo e aquecia-me por dentro, inundando tudo com uma paz interior que eu desconhecia. Prestava atenção ao contraste, circulando pelas ruas do Morumbi.

A única sequela que a chuva do dia anterior tinha deixado fora vida e alegria, constatei, ao descer do carro na garagem de casa. Regou os jardins de ambos os lados, que sorriam com seus botões de rosas se abrindo, e da terra a vida se iniciava com brotos. Da mesma forma, eu queria dar à Annie uma nova chance... Faria tudo o que estivesse ao meu alcance para ela permanecer aqui. Pensar nela era excitante, e ao mesmo tempo apavorante.

— Enzo? — chamou minha mãe, parando com a xícara no ar assim que abri a porta da cozinha. Estava em pé, encostada na pia, apreciando a vista maravilhosa do jardim externo da casa pela grande vidraça.

Pretendia entrar na surdina, aproveitando que todos dormiam ou se preparavam para pegar no batente dali a uma hora e meia, justamente para evitar comentários e julgamentos. Já estava me sentindo um calhorda da pior espécie.

— Oi, mãe! — respondi, sem graça, notando que ela já estava com seu uniforme de trabalho.

Fechei a porta, enquanto me avaliava, indagadora.

— Acordou cedo por quê?

— Tenho uma cirurgia às sete. — Olhei para o relógio enquanto me aproximava dela. — Achei que estivesse dormindo — balbuciou, especulativa.

— Estava no hospital. — Peguei a garrafa ao seu lado, enquanto acompanhava cada passo meu. Servi uma xícara de café e segui para a mesa. Ela fez o mesmo.

Puxei a cadeira à sua frente e me sentei.

Ela inclinou a cabeça, com um olhar de advertência.

— Esse era meu maior receio.

Olhei para ela.

— Isso não vai acabar bem! — exclamou, respirando fundo.

Passei a mão em meu queixo, descendo em direção ao pescoço e, agitado, bati levemente sobre o peito, onde o botão estava aberto. Minha mãe me analisou com muita atenção.

— Como sua mãe, deveria aconselhá-lo a ficar longe daquela moça. — Deu um leve sorriso. — Só que sei que não vai adiantar!

Confirmei de cabeça.

— É exatamente isso. — Segurei a xícara com as duas mãos e a encarei. — Minha preocupação é a mesma que a sua; acontece que não estou disposto a ficar longe. Pelo contrário, vou cuidar dela. Amenizar sua dor...

Ela grunhiu, aflita.

— Como médico?

Dei de ombros e beberiquei o café, que desceu raspando pela minha garganta, aliviando um pouco a tensão que a cobrança me trazia.

— Minha história com a Annie não se estende apenas ao cuidado. Tudo entre nós foi inusitado, passamos bons momentos juntos. Estou disposto a enfrentar todos os percalços.

— Serão enormes — alertou-me.

— Estou ciente e preparado. — Larguei a porcelana sobre a mesa, cruzei meus braços e a encarei. — Pretendo esclarecer logo esse caso com o Régis.

Suas sobrancelhas se ergueram, apreensivas.

— Estou desconfortável agindo às suas costas.

— Mas, Enzo, ele é seu melhor amigo... — Estendi a mão. Ela pausou a frase.

— Mais uma razão para abrir o jogo. Como amigo que sou, é minha obrigação ser franco. Sempre fui leal a ele e a todos os meus amigos. — Sacudi a cabeça. — Sei que não vai ser fácil para nenhum dos envolvidos, porém, em termos de consciência, vai valer a pena.

Ela negava, nervosa.

— Não posso mais continuar mentindo. Essa farsa está acabando comigo. Saí do hospital implorando silêncio dos funcionários. Isso é ridículo e não pode prosseguir! — vociferei, batendo com as mãos espalmadas sobre a mesa.

Ela ria, confusa.

— Ele vai ter que entender. E se fosse ao contrário? E se fosse ele que estivesse no meu lugar?

— Você faz a coisa parecer tão fácil! — falou num fio de voz.

Respirei fundo e baixei os olhos por alguns instantes.

— Independentemente de tudo, tem que pensar no bem-estar da Annie — acrescentou.

— Preservá-la é minha meta. — Respirei fundo e me levantei, arrastando a cadeira com as pernas. — Ontem conversei muito com seus pais.

O queixo dela caiu, surpresa.

— Eles sabem?

— Sim, flagraram a gente. — Divaguei, rindo, lembrando da Annie em meus braços. — Ficaram tão assustados quanto você e, por fim, compreenderam.

Ela continuou em silêncio, pasma.

— Não se preocupe. Farei a coisa certa e de forma ajuizada.

Ela riu, descrente, enquanto beijava sua testa.

— Deus te guie, meu filho, Deus te guie — balbuciou em tom baixo.

— Bom dia! — cumprimentou a cozinheira, que entrou pela porta. Uma mulher de 40 anos, magra e vestida em seu uniforme, composto por camiseta e calça branca. Por cima, uma bata preta na altura do quadril e uma touca.

— Bom dia, Rebeca. — Pressionei seu braço ao passar por ela e segui em direção à porta que dava para a sala de jantar.

Parei e suspirei fundo. Aquele ambiente me lembrava muito meu pai, nossas frequentes reuniões — ele fazia questão de juntar todos nas refeições. Um ambiente que me trazia boas recordações dos momentos felizes em família, e lembranças dolorosas também, com a fase da doença, ele sempre querendo nos preparar para sua partida. E meu sentimento de culpa.

Balancei a cabeça para sair daquele momento pesaroso. Preferi me agarrar às novas sensações, porque a Annie surgiu para fazer a diferença. Já que por meu pai não pude fazer nada, por ela estava confiante que faria. Nessa linha de pensamento positivo, segui para meu quarto.

Estar na primeira sessão de hemodiálise seria um pontapé inicial para nossa recuperação. A minha e a dela!

***

Às 7h30 já estava de volta ao hospital. Sempre deixava o carro no *valet parking* em frente à entrada, pela praticidade. Dessa vez, decidi eu mesmo descer a rampa para a garagem para fugir de especulações — mas não adiantou. Confesso que fiquei incomodado com tantos olhares em minha direção, mais pelo Régis do que por mim. Soltei o ar, irritado; não tinha adiantado nada pedir sigilo. A fofoca com certeza já havia se espalhado.

Que inferno!

Estava decidido a jogar limpo com o Régis o quanto antes. Não podia permitir comentários pelas costas se quisesse preservar nossa amizade. Eu já me considerava um ingrato com a decisão de manter esse relacionamento com a Annie, mas precisava dela.

Ele nunca perdoaria algo nesse sentido, nunca. Era triste o caminho que nossa amizade tomava depois de tantos anos.

O elevador chegou ao andar antes mesmo de eu apertar o botão, e, para minha surpresa, ao abrir a porta, Leila conversava com o Régis ali. A presença dos dois tirou qualquer possibilidade de seguir direto para o quarto da Annie. Meu plano de ter meu rosto visto pelos seus lindos olhos verdes antes de qualquer outro seguiam ribanceira abaixo!

Ambos me receberam com um sorriso simpático. Ela estava bem bonita: vestia uma calça jeans escura e justa, revelando seu corpo violão, uma blusa branca elegante, e os cabelos, como sempre, estilosos, com os cachos sobre os ombros. Ficou difícil encarar o Régis.

— Bom dia! — disse, apenas.

— Está preparado para o batente? — indagou Régis, com humor.

— Preciso, né? Chega de moleza. — Tentei ser imparcial, mas estava muito difícil encará-lo. Aquilo me fazia um mal danado.

— Hoje meu dia vai ser corrido. Vou colocar a Annie na máquina de hemodiálise e em seguida acompanhar uma cirurgia de transplante. O Alexandre vai ficar no meu lugar.

Eu não poderia ter recebido notícia mais gratificante.

— E obrigado, vi que deixou a sala VIP reservada para ela. — Bateu em meu ombro em tom de agradecimento.

Eu queria socar minha própria cara.

— É o mínimo, depois de tanta dedicação de sua parte.

Ele sorriu, satisfeito.

Eu não disse isso. Porra!

— Você é um grande amigo. Ah, a Lenny me contou que encontrou com você no quarto da Annie, ontem à noite.

Gelei com a informação, fitando-o. No entanto, demonstrou estar diante de uma situação natural, o que foi um alívio.

— É... É... — Não vinha nada à minha cabeça. — Lembrei-me da consulta de hoje, um caso complicado, e precisava analisar o relatório que estava em minha gaveta.

Ele sorriu compreensivo.

— E você, veio visitar sua amiga? — Sufocado, desviei a atenção para a Leila.

— Vim dar uma força na primeira hemodiálise, que está marcada para 8h30 — respondeu, fechando o sorriso com uma expressão preocupada.

— Acho que não te apresentei minha prima, né? — Ele colocou a mão no ombro de Leila.

Retesei, tentando não dar bandeira.

— Já nos conhecemos na sala do Alexandre — informou ela de imediato.

Ufa!, relaxei.

— Não se preocupe, o tratamento é tranquilo. — Acalmei-a, mudando o assunto.

Régis confirmou, e ela sorriu, descrente.

— Tomara! — Torceu. — Ontem, depois que ela acordou do sedativo, chorou com um pouco de medo.

Deve estar falando de quando minha mãe me tirou do quarto.

— Compreensível. O ambiente hospitalar assusta qualquer um! — explicou o Régis.

— Sofro junto com minha amiga — declarou ela. — Tenho acompanhado sua luta e não tem sido nada fácil.

— Posso imaginar. — Foi a única frase que consegui dizer, no momento em que o elevador parou no andar da Annie. Eu me coçava para descer com eles, mas a prudência me segurou ali dentro.

— Bom, até mais, doutor — disse Leila, descendo.

— Se for possível, dá uma passadinha para visitar a Annie — pediu Régis, despretensioso.

Mais um murro na boca do meu estômago.

— Claro! Só vou atender o paciente e depois dou uma passadinha, sim. — Ele assentiu. — Leila? Dê boa sorte à sua amiga.

— Pode deixar!

E a porta se fechou, deixando-me um vazio. Era incrível meu envolvimento; chegava a doer.

A consulta demorou mais do que eu previa. Meu coração gritava o tempo todo, esmurrando meu peito. Precisava vê-la com urgência.

Segui para a sala da hemodiálise. A porta estava entreaberta, e notei que a Annie procurava não olhar para o sangue nas mangueirinhas; olhava para o lado oposto e conversava com a Leila, sentada na poltrona ao lado. Mesmo na roupa verde de hospital, estava linda e charmosa, com os cabelos presos num coque acima da cabeça. Alguns fios caíam pela lateral do rosto, emoldurando-o.

Retive-me ao ouvir meu nome.

— Aquele gato do doutor Enzo mandou boa sorte para você — comentou Leila. — Lindão e gostoso, vestido de médico, a calça branca marcando a coxa musculosa, a camisa para fora... Acho que é o médico mais lindo que já vi na vida! — suspirou, e eu comecei a rir.

O rosto de Annie resplandeceu com um sorriso, e seus olhos brilharam. A pele pálida ganhou cor de imediato.

Seu sorriso é o mais lindo de todos!

Meu coração ganhou uma batida diferente. Comecei a rir, ofegante, louco para invadir aquele quarto e tomá-la em meus braços, protegê-la, beijá-la inteirinha. Segurei-me para ouvir mais um pouquinho.

— Você encontrou com ele aqui no hospital? Ele falou que viria me ver? — Engatou a falar e perdeu o fôlego, chamando a atenção da amiga e ganhando ainda mais meu coração, que acelerou de felicidade.

— Ei, o que é isso? — Leila levantou-se e ficou de frente a ela.

Ergui as sobrancelhas; Annie respirava profundamente como se se preparasse para um desabafo. Aquilo me cheirava a problema dos grandes.

Ferrou!

— Tem uma coisa que você não sabe.

— É o que estou percebendo, mesmo! — exclamou com os olhos atentos, aguardando uma explicação.

Ela narrou como nos conhecemos nos mínimos detalhes.

— Caraca, Annie! Isso é o que eu chamo de babado!

— É, minha amiga. Entrei sem querer numa situação complicada! — emendou Annie.

— Mas que filha da puta essa Meg, hein! — Sacudia a cabeça, revoltada. — Se tivesse chance, eu a mataria.

— Pare de falar assim, Leila. — Deu de ombros, confirmando com aquela cara de ódio, e logo riu, sorrateira.

— Para tudooo! — Muito bem-humorada, estendeu as duas mãos à frente da amiga, que riu de imediato. Ri também; ela tinha uma desenvoltura impressionante. — Antes de me contar qualquer outra coisa, preciso saber de uma informação que está fervendo dentro de mim!

Annie inclinou a cabeça.

— Não pode mentir, nem omitir — continuou simulando cara de séria. — Precisa me contar o que eu preciso saber, ou vou matar você. E prometo que será da maneira mais lenta e dolorida possível.

Annie fez cara de pavor, rindo.

— Ai que medo! Pergunta logo, até eu estou curiosa.

Eu também.

— Vocês transaram?

Nós dois arregalamos os olhos com a pergunta direta. Olhei para Annie, que sorria satisfeita e apaixonada, e eu me derreti como um tonto.

É isso mesmo que estou vendo?

Annie, quase explodindo de emoção, fez que sim com a cabeça, deixando a amiga com os olhos arregalados.

— E como foi? É grande? — Com os dedos indicadores simulava o tamanho, e a Annie caiu na gargalhada. Eu presenciava aquela conversa, fascinado. Sem me importar com sua resposta — era um momento de distração que fazia bem a ela. O tempo passava sem que ela percebesse.

— Enorme! Perfeito! — respondeu de boca cheia, suspirando.

Comecei a rir. Faltava pouco para invadir o quarto, mas o assunto interessante me segurou ali, só espionando.

— Ah, miga... — Juntou as duas mãos, como se entrasse em uma oração, e revirou os olhos. — Eu vi mesmo como ele é gostoso. Nossa! — E então bateu levemente no braço da Annie, sorrateira. — Você é fodida mesmo... Dois médicos gatões aos seus pés... Vai ser sortuda assim no inferno! — Revirou os olhos novamente, suspirando. — Espero que eu tenha a sorte de pelo menos conseguir catar o Alexandre. Nós estamos amiguinhos, conversamos.

— Sério?

Assentiu com ar malicioso, fazendo-me rir, e à Annie também.

— Quando foi isso?

— Ontem, antes de ir para seu quarto! Nos falamos um montão. Bem, quem sabe? Tomara que dê samba!

— Em se tratando da senhorita, não duvido que isso aconteça.

Ela riu sacudindo o corpo, matreira.

É bem animada essa amiga da Annie!

— Mas não vamos falar de mim. Me conte como está se sentindo.

— Muito diferente de antes, mais animada, sabe? — respondeu com ar de felicidade no rosto, a mão direita aberta sobre o peito.

Ali, ouvindo a conversa, comecei a me questionar sobre a sensação gostosa que sentia.

Leila assentiu e segurou na mão da amiga.

— Embora minha doença seja algo grave e com riscos enormes, eu me sinto viva. Quero lutar até o fim, pensando nele. Ele não sai da minha cabeça; pensar nele me faz bem.

Comigo é assim também!

— Acho que estou conectada ao Enzo.

— Todo esse sentimento está aí, nessa pele corada. — Com o dedo indicador, Leila desceu pela face da Annie, começando bem embaixo dos olhos até o queixo.

Annie fechou os olhos e inalou muito ar para os pulmões. *Linda!*

— Você está parecendo mais saudável do que quando não estava doente, mulher — continuou, animada. — Nada como um Dr. Delícia para curar enfermidades.

Riu, dando de ombros.

— É a hemodiálise, isso sim.

— O cara te curou, o amor é tudo, viu? — finalizou, revirando os olhos, assanhada. — Preciso muito de um Dr. Delícia desses!

Annie caiu na gargalhada.

— Você é uma piada, amiga!

— Qual é a graça? — Fez-se de inocente. — O Enzo trouxe saúde para você.

— Ah, muita saúde — Annie suspirou. — Ele é perfeito.

CAPÍTULO 32

§

Annie

— Você diz perfeito, tipo perfeição?

Comecei a rir de sua frase. Lá vinha ela com mais humor.

— Não ria antes que eu termine todas as perguntas, OK?

Gargalhei, não teve jeito.

— Estou perguntando porque perfeição é algo completo, que não precisa de mais nada.

— Então ele não é, porque ainda precisa de mim — brinquei.

Rindo, ela me abraçou forte, um abraço de amiga.

— Estou chocada e ao mesmo tempo feliz, Annie. — Ela se afastou, segurando em meus ombros. — Vai arrasar o coração do meu primo, o que é uma judiação. Soa meio injusto depois de tudo, não acha?

Concordei e fechei os olhos, sentindo um aperto imenso no peito.

— Acho sim, e estou com o coração na mão. O Régis é muito especial, e tem contribuído para minha sobrevivência. Nunca vou poder pagar o que fez por mim.

— É... Acho que vêm problemas por aí. — Segurou em meu queixo, obrigando-me a encará-la. — E que o Régis não me ouça. Nossa Senhora! Amiga, seja qual for sua decisão, estou com você. E procura não se abalar; você não pode!

Assenti, emocionada com seu carinho e preocupação.

— Vou tentar, vou tentar. — Baixei a cabeça, desolada, e ela a levantou pelo queixo. Estava disposta a me tirar daquele momento triste.

— Você é uma filha da puta sortuda; dois gatões se arrastando aos seus pés. É um presente!

Balancei a cabeça, rindo, pensativa. Não conseguia colocar ordem nos pensamentos. Eu devia demais ao Régis; no entanto, a alegria e o ânimo que o Enzo me trazia não tinha preço. Sentia que ele era meu passaporte para a cura.

— Olá, meninas! — Meu coração saltou com aquela voz grave, doce e rouca que me trazia vida.

Ao vê-lo ali na porta entreaberta, com metade do corpo para dentro, lindo de morrer, tive vontade de correr na direção dele! Leila tinha razão: a roupa branca o deixava um absurdo de gostoso — combinava com seus cabelos rebeldes. *Uau!* Aquele peitoral esculpido sendo revelado pela camisa justa era de deixar qualquer uma de boca aberta.

— Será que posso entrar?

— Mas é claro que sim. — Leila ergueu os braços, já se dirigindo para a porta. — Ela é toda sua — brincou. Senti o sangue subir para meu rosto. Não acreditava na cara de pau dela.

— Leila! — Repreendi-a.

Deu de ombros e, sem olhar para trás, saiu quando o Enzo lhe deu passagem.

— Sua amiga é bem espontânea — comentou, vindo em minha direção. — Gostei dela.

— Gostou?

Assentiu, curvou-se sobre a cama com uma mão de cada lado no colchão e ficou ali, analisando-me com seus olhos de arrepiar. Seu hálito morno banhava meu rosto quente.

— Você está ainda mais linda! — sussurrou.

— Mentiroso! — balbuciei, fechando os olhos, com seus lábios beijando de leve a ponta do meu nariz e roçando meus lábios entreabertos. A sensação quente do desejo sexual me fez estremecer por dentro, todo o meu corpo aqueceu e, como sempre, minha excitação inundou minha calcinha. Gemi em seus lábios, ganhando sua língua, num beijo lento, desbravador.

Explorava cada canto, sentindo o sabor da minha boca, e eu fazia o mesmo. Ofegantes, ficamos alguns instantes com nossa testa colada.

— Você foi embora e nem me falou tchau — reclamei, manhosa.

Virou a cabeça, roçando sua face em meu nariz, deixando-me ainda mais alucinada.

— Você não imagina como foi difícil dormir ao seu lado sem poder avançar o sinal. Deixar você, então... Foi ainda mais complicado.

Arqueou a cabeça, fitando-me intensamente, um colírio para meus olhos fascinados.

Céus, como é lindo! Não acredito que tenho ele aqui comigo, é um sonho!

— Sua noite não foi confortável, precisava descansar. E infelizmente ainda tem o obstáculo Régis que precisamos resolver.

Concordei.

Ele se afastou quando a enfermeira entrou no quarto acompanhada de dois médicos vasculares. Fizeram todos os procedimentos. Enzo ajudou com muito cuidado.

Eu só fazia admirá-lo a cada segundo.

— Você está bem? — perguntou, notando o quanto evitei olhar para a mangueirinha. Aquele sangue me deixava desconfortável.

— Estou sim, sem dor alguma! Só não gosto de ficar olhando.

Rindo, veio e se colou à minha frente.

— E agora, acha que a visão melhorou?

— E como! — Suspirei, ou melhor, babei. Seu pênis tomou forma na calça num volume impressionante.

Sorriu sorrateiro, notando a direção dos meus olhos.

— Não posso tirá-la do tratamento, mas posso lhe proporcionar momentos leves. Algo imenso, que pode lhe trazer muito prazer, já que gostou tanto, como disse à sua amiga! — Abriu os braços, gracejando.

Subi meus olhos, rindo.

— Você estava ouvindo atrás da porta?

Ele deu de ombros, sarcástico, lindo.

— Não resisti... — respondeu, segurando minha mão.

Levantou-me com cuidado e se sentou na cabeceira da cama. Depois me puxou, aconchegando-me em seus braços fortes.

Aspirei o perfume leve e maravilhosamente masculino inundando meu ser, deixando-me toda arrepiada, e deitei a cabeça em seu peito, ouvindo as batidas ritmadas de seu coração.

— E confesso que curti cada palavra. Foi lindo tudo o que declarou. — Beijou minha cabeça, repousou o queixo sobre ela e, em seguida, apertou-me levemente. — Sinto a mesma coisa por você. Confesso que estou com muita saudade de nossos momentos em Noronha.

Fechei os olhos, feliz com ele ali ao meu lado, e enfiei a mão por dentro de sua camisa, sentindo sua pele quente, explorando cada músculo, sentindo-o estremecer debaixo de meus dedos.

— Eu também.

Ergui a cabeça e nos olhamos por um longo instante.

— Depois da sessão, você vai se sentir bem melhor, e então poderá voltar à vida normal — suspirei aliviada com a informação. — Não vejo a hora de foder com você.

Comecei a rir de sua sinceridade, e ele riu também.

— É verdade! Não consigo pensar em mais nada, Annie. Você roubou minha atenção e minha sanidade.

— Isso é bom?

— Está me fazendo muito bem — admitiu, e me beijou levemente. — E não vejo a hora de você sair deste hospital. A gente precisa muito conversar e se conhecer melhor. Quero te contar tudo sobre mim e saber tudo de você.

Suspirei, magoada comigo mesma.

— Fui uma imbecil!

— Ei, não fique assim, lindinha.

Eu tremia de arrependimento.

— Fiz tudo errado na vida.

Ele negava, movimentando a cabeça.

— Sim, Enzo, sou a única responsável. Tinha à minha disposição preparadores físicos excelentes, mas não! A forma correta soou morosa demais. Levando em conta minha idade, decidi apressar as coisas, achei que poderia dar conta do recado sozinha. — Enquanto eu narrava, ele esfregava seu queixo em minha cabeça, dando-me mais confiança em continuar desabafando. Eu precisava explicar.

— Treinava dia e noite sem parar, sem uma dieta adequada, sem a hidratação indicada. Tudo errado. Essa intensidade por período prolongado me causou a enfermidade no músculo.

— Você não poderia prever. — Tentou amenizar minha culpa.

— Previa, sim. Forcei a barra ciente dos riscos, e mesmo assim, prossegui no erro. Duas vezes! A realidade é que tive a triste ilusão de que eu era invencível, que comigo nunca aconteceria. Sabe aquela ideia de que só acontece na casa do vizinho?

Ele assentiu, solidário.

— Foi exatamente isso. E, como se não bastasse, ainda dobrei a dose dos medicamentos para dor por conta própria em Fernando de Noronha. Queria evitar dar trabalho ao Régis, pois sabia que os custos do hospital eram altos, e não me sentia confortável por não ser capaz de corresponder a seus sentimentos. Tudo isso deve ter contribuído para danificar de vez meus rins. Acabei por acreditar que tudo de bom que acontece na minha vida é provisório. Espero que você não seja.

Aspirei muito ar para os pulmões e soltei, desanimada.

— Não que assim, meu anjo. — Deitou sua cabeça na minha. Sentia seu corpo sacudir, enquanto me oferecia toda aquela atenção. — Não estou aqui apenas temporariamente. Estou aqui para te trazer vida, e tenho uma dívida enorme com você.

Grunhi, em meio a um sorriso, ganhando mais um beijo consolador na cabeça, e nos olhamos. Seu polegar circulou meus lábios antes de ele me beijar.

— Ainda tenho uma ilha inteira para te apresentar. São dezessete quilômetros, para ser mais exato. Não tivemos tempo para nada.

— Verdade! — Baixei a cabeça. Ele me aconchegou melhor em seus braços e beijou mais uma vez o topo da minha cabeça, antes de apoiar seu queixo. — Refleti muito sobre você.

— É mesmo?

— Você era a parte do quebra-cabeça que faltava — suspirou emocionado, apertando-me. — Veja como são as coisas. Tudo o que eu sentia era rancor de Deus; eu não vivia mais, apenas me deixava ser levada pelas ondas do mar. E você, com sua língua solta, mudou isso, restaurou minha fé.

— Não se faça de inocente! — Beliscou de leve minha barriga.

— Ah, Enzo, para...! — pedi, rindo das cócegas.

Ambos ríamos soltos, espontâneos.

— Tudo bem, assumo que fui grosseira... Mas só um pouquinho.

Ele me apertou forte.

— Resgatou minha esperança, me fez acreditar em algo maior de que faço parte. Foi o antídoto que me trouxe a vontade de viver.

— Sinto-me lisonjeado em ser essa pessoa tão especial.

Ergui a cabeça e nos beijamos novamente.

— A perda do meu pai doeu muito. Fernando de Noronha foi minha válvula de escape. A beleza da natureza me ajudou a recuperar um pouco da autoestima, e você completou o que faltava.

— Como diz o ditado: tudo o que acontece em nossa vida tem um propósito definido. Estou começando a crer nisso.

Concordou, quando a porta se abriu de uma vez, sem nos dar a chance de nos recompormos.

— É uma miragem o que eu estou vendo? — perguntou o moço do lançamento do livro.

Seus olhos arregalados, incrédulos, oscilavam entre meu rosto e o de Enzo.

Sem muita pressa, o Enzo se levantou, ajeitando-me com todo o cuidado na cama.

— A gente precisa conversar, Alexandre.

Perdido, ele deu de ombros.

— Na sua sala ou na minha? — indagou Enzo, determinado, sem sinal de abalo na voz.

Eu tremia da cabeça aos pés, pensando no Régis.

— Na sua sala — respondeu num fio de voz. — Vou ver se está tudo em ordem com a paciente e me encontro com você.

Enzo sorriu e beijou minha testa com ternura.

— Eu já volto, tá?

— Tudo bem.

E, quando saía pela porta, meus pais surgiram. Eles conversaram um pouco no corredor, e então Enzo piscou e desapareceu, deixando uma lacuna dentro de mim.

CAPÍTULO 33

§

Enzo

Nossa, que sensação boa da porra! Andei pelo corredor em direção aos elevadores flutuando, com um calor tremendo pelo corpo, ansioso. Sabia o que teria que enfrentar dali para frente. Explicar-me para o Alexandre já não seria tarefa fácil. Amigo fiel como ele era, como achei que eu fosse antes de conhecer a Annie, relutaria em me conceder seu silêncio. Porém, estava disposto a enfrentar as feras. Nem que eu quisesse, não podia mais voltar atrás.

Engraçado isso.

Minha intenção, assim como o pedido dos pais da Annie para não deixar essa história vazar, temendo pela saúde da filha, falhou.

Tarde demais. Já está na boca do povo.

A confirmação estava nos olhares tortos dos funcionários, quando cruzavam comigo pelo corredor. E a responsabilidade foi totalmente minha, quando decidi passar a noite abraçado com ela. Estava difícil manter a distância.

O fato é que aqueles olhares não me incomodavam mais.

Sinceramente!

Estava pensando na possibilidade de revelar tudo ao Régis naquele dia mesmo, e seja o que Deus quiser!

— Pode liberar as fichas. — Autorizei a Érica, batendo sobre o balcão onde estavam as quatro funcionárias. Sem parar, segui em direção a meu consultório.

Ela assentiu, cordialmente.

— O próximo é o Guilherme, acabei de ser informada que ele chegou.

— Excelente! — disse, suspirando aliviado.

Alguns instantes de distração, finalmente!

Respirei fundo ao entrar na sala e fechar a porta. Em seguida, vesti meu jaleco.

Apesar de tudo, estava apreensivo só de imaginar qual seria a reação do Régis. *Será que ele me acusará de ser desleal?*

Abri a gaveta da mesa quando reparei nos últimos exames do meu pai. Um conflito perambulou em meu interior; meu coração apertou, com o sentimento de culpa querendo se apoderar. Fechei a gaveta com força.

— Nãooooo! — falei em voz alta, querendo colocar ordem na mente, para que o corpo não sofresse as consequências. Eu superaria o passado, reparando o presente, na esperança de um futuro promissor.

E a Annie me oferecia essa possibilidade. Por isso, me agarraria a ela com unhas e dentes.

— Pode entrar! — Autorizei à primeira batida.

Quarenta minutos foi o tempo da consulta, com tantas dúvidas dos pais a serem esclarecidas. Em seguida, Alexandre veio bater à minha porta. Sua expressão amedrontada me deixou intrigado.

— Antes de mais nada, preciso dar algumas explicações. — Adiantei-me quando ele se sentou.

Apertando os lábios, ele se jogou para trás na cadeira e agarrou seus braços, me encarando sério, indignado!

— Não estou traindo a confiança de ninguém. Tudo o que você viu lá na sala é fruto do acaso, ou destino, como quiser chamar...

Torceu a boca, ao mesmo tempo em que virava os olhos.

— Eu juro! — Espalmei as duas mãos sobre a mesa. Ele soltou o ar e me fitou. — Só fiquei sabendo que a Annie era a paixão do Régis quando cheguei de Noronha.

Ele grunhiu, inconformado.

— Agora que estou entendendo aquela conversa invertida que você teve com a Leila na minha sala.

Neguei de cabeça.

— Bem que achei estranho você perguntar dela tão inquieto.

— Acabamos nos cruzando em algumas situações inusitadas, mas nos conhecemos mesmo em Noronha.

Seu queixo caiu, nervoso.

— Você estava com ela em Fernando de Noronha?

Assenti.

Nitidamente abalado, ergueu os braços, cruzando-os acima da cabeça, pensativo.

— Você tem ideia do tamanho do sofrimento do Régis quando essa moça resolveu viajar sem dizer seu destino?

Sacudi a cabeça, confuso.

— Ele entrou numa espécie de revolta e rejeição quando a Annie viajou sem mais nem menos. E com razão, porque fez de tudo por ela! Na tentativa de se consolar, saiu pegando qualquer garota. Inclusive levou uma na casa da sua mãe.

— Eu sei... Falei com ela ao telefone.

Ele riu histérico, nervoso.

— Eu e a Lenny que o acudimos. Coitado!

Ele se levantou, decidido, ficando de frente para mim.

— Eu não poderia prever, sequer imaginar...! — defendi-me.

— Então, Enzo! — Levantou as mãos e balançou a cabeça. — Você não acha que, no momento em que soube, deveria ter tomado outra postura?

Sacudi a cabeça, confuso.

— Era o que eu faria. POXA! — explodiu. — Somos amigos, cara!

Considerava-os meus amigos de coração, porém nada nem ninguém me faria mudar de ideia. O jeito era ser sincero e enfrentar.

— Será mesmo, Alexandre?!

Grunhiu, inconformado com minha dúvida.

— É fácil julgar quando está de fora. Para entender, você precisava estar na minha pele.

Ele baixou a cabeça, sacudindo-a, enfurecido.

— Não estou pedindo que entenda, nem que escolha um lado. — esclareci quando levantou a cabeça, julgando-me. Levantei e fui até perto dele, repousando a mão em seu ombro, o que causou total confusão da parte dele, que estreitou os olhos. — Só preciso de sua discrição temporária. Vou resolver o mais breve possível.

Ele ainda negou, descrente.

— Prometo!

— Não faça isso, cara! Não me peça para enganar meu amigo, por favor! — murmurou.

— Estou me sentindo péssimo com isso. No entanto, o sigilo é imprescindível, pela saúde da Annie. Ela não pode ficar exposta ao estresse, pelo menos até a alta.

Ficou introspectivo, olhando para mim.

— Fique sossegado, assumo todas as responsabilidades. Mas, por favor, dê um voto de confiança.

Ele riu, sem alternativa.

— Não está correto, porém não quero ser o responsável por prejudicar a saúde da Annie.

Ri, agradecido, batendo levemente em seu ombro direito.

— Só que meu silêncio tem um preço.

Ergui as sobrancelhas, curioso.

— Não quero que se aproxime da Annie enquanto estiver internada. Verifiquei o quadro dela, está bem e deve receber alta em breve.

A contragosto, consenti.

— E tem mais... Se depois, quando estiver em casa, você não contar ao Régis, eu mesmo me encarregarei de fazê-lo. — Foi muito claro e objetivo.

Concordei, sorrindo.

— Não pode ficar pelo hospital se agarrando com ela. Precisa segurar sua onda. Bem... — Afastou-se e bateu nas pernas.

— Já têm uns comentários por aí, afinal, todos já sabem que Annie é a queridinha do Régis.

Ri, pensando na realidade, mas nem comentei, para não colocar mais lenha na fogueira.

— E a sua queridinha também — ironizou, no momento em que a porta se abriu de supetão e Lenny surgiu com olhos enormes, espantados. Logo atrás dela, vinha Érica, toda ofegante, indicando que tinha corrido atrás da Lenny.

— Quem é a queridinha do Enzo?

Gelei, e o Alexandre enrijeceu.

— Desculpe, Dr. Enzo, não tive tempo de anunciar. — Érica tentou explicar e eu acenei com as mãos.

Ela assentiu e saiu, fechando a porta.

— Vocês ficaram mudos, por quê? — Quis saber, aproximando-se. Seus seios explodiam dentro do sutiã de renda meia taça, pelo decote da blusa preta. Ela os colou na lateral do meu braço, seus olhos oscilando entre mim e o Alexandre, que sorriu e me olhou tipo "Se vira aí".

— Bem, vou indo — informou, já em direção à porta. — Estou em cima da hora para a próxima consulta.

— E então? — cobrou-me, posicionando-se na minha frente, colando seu quadril ao meu, estufando os peitos.

Subi meus olhos, deparando com os safados dela, e fui me sentar.

— Vai continuar me ignorando até quando?

Ergui as sobrancelhas, com o tom frustrado.

— Se você não entendeu ainda, vou explicar! — Debrucei sobre a mesa. — O ponto final em nossa relação aconteceu há três meses.

Ela soluçou.

— Lembrou, né?

Lágrimas vertiam de seus olhos.

— Você ainda não me perdoou — balbuciou, chegando mais perto, obrigando-me a virar a cadeira para ficar de frente, e seus dedos adentraram em meus cabelos — Estou limpa agora, segui o tratamento à risca e surtiu efeito. Por favor... — insistiu com os olhos estreitos.

Respirei fundo e, antes de responder, ela ergueu a saia branca rodada, segurou meu quadril e me puxou mais para a beirada da cadeira, subindo em meu colo e colando nosso sexo.

— Espere, Lenny... — Tentei.

— Quero você, preciso de você! — Com as mãos embrenhadas em meus cabelos, enfiava os peitos na minha cara, apertando seu corpo para baixo. — Você é meu macho. Que saudade... — Enfiou a língua dentro de minha boca, devorando-me.

— Não faça isso, garota! — Fugi de seus lábios, enquanto ela se esfregava forte em cima do meu pau, decidida. Inacreditavelmente, nada aconteceu; a realidade era que eu não a queria. A única pessoa que me incitava e excitava era a Annie, somente ela e mais ninguém. Tenho que admitir que me transformei. Ela tinha me tornado uma pessoa nova, e eu estava curtindo muito.

— Eu quero você — persistiu, pegando minhas mãos, colocando em sua cintura e pressionando seu corpo para baixo, estremecendo.

— Está sendo inconveniente, saia! — Segurando firme em sua cintura, empurrei seu corpo, tirando-a do meu colo, e levantei-me em seguida.

Ela ficou na frente, bloqueando minha passagem.

— Que merda você está fazendo, Lenny?

Ela grunhiu, inconformada com minha atitude, fitando-me com os olhos estreitos, e bufou.

— Não estou reconhecendo você.

Revirei os olhos, impaciente, e desviei para o lado, para sair daquele contato incômodo, mas ela segurou minha mão e a levou à sua cintura. Notei sua circunferência maior.

— Deveria se valorizar mais. — Deixei escapar. Considerei minhas palavras grosseiras, mas ela as ignorou, ou nem ouviu. Simplesmente começou a abrir a braguilha da minha calça.

— Me fode, Enzo, me fode.

— Não estou a fim, Lenny! Para! — Segurei suas mãos a fim de impedi-la, porém ela agarrou com tamanha força que a única maneira era agir com violência, e assim poderia machucá-la. Hesitei. — Por favor! — Perdia meu controle e me segurava para não explodir.

Ela sequer tomava conhecimento, e continuou determinada em seu ataque.

— Para de frescura, Enzo! Você gosta disso que eu sei. — Abriu definitivamente o zíper, quase quebrando-o. Num passe de mágica, sua mão entrou pelo elástico da cueca.

Num impulso, empurrei-a e segui em direção à porta.

— Você está maluca! — Adverti-a ao me virar e fechar o zíper.

— Não estou acreditando, você está parecendo uma pedra de gelo! — comentou, indignada. A frustração tomou todo seu rosto; seus olhos pequenos quase se fecharam de tanto que os contraiu.

Estava experimentando um momento diferente, inusitado. Meu corpo reagia se aquecendo e arrepiando apenas pensando na Annie, em seus carinhos, e clamando por ela. O fato é que a Lenny estava me irritando com aquele ataque.

— É melhor nem entrar nessa pauta.

Não houve tempo de fechar a calça. Ela veio em minha direção correndo e, numa habilidade sem igual, tomou o lugar da minha mão, descendo novamente o zíper. Agarrou no cós da calça, abaixando-a junto com a cueca, liberando meu pau. E caiu de joelhos à minha frente, babando nele.

— Caralho, Lenny! Pare com essa tara ou eu mesmo terei que fazer isso! — vociferei, mas foi o mesmo que nada.

Naquele momento, fiz uma breve reflexão e cheguei à conclusão de que eu havia mudado.

Em outros tempos, minha tara não deixaria passar aquela bocona. E agora, ali, mesmo à disposição, não me estimulou.

— CARALHO! — gritei, quando ela se inclinou com a boca pronta a abocanhá-lo. — Céus, Lenny! — Segurei sua cabeça, afastando-a.

— Eu posso te fazer feliz, Enzo — falou baixo, chorosa. — Sou a mulher certa para você.

— Levante logo daí — ordenei, tapando meu pau com as mãos.

— Não... — resmungou com a cabeça inclinada, implorando com os olhos. — Sou sua putinha, sei como satisfazer você.

Agarrei seus cabelos num rabo de cavalo na intenção de levantá-la do chão, quando a porta se abriu. Fomos surpreendidos pelo Régis, que parou à porta com um sorriso alargado, observando a cena estranha sem constrangimento algum. O constrangimento era só meu.

Naquele instante, foi como se uma bomba atômica explodisse ao pé do meu ouvido. Meu coração disparou. Fiquei pensando em como aquilo poderia chegar distorcido até a Annie.

Fiquei sem chão por alguns instantes e saltei para longe da Lenny, recompondo-me, mas ela não se alterou em nada. Simplesmente baixou a saia na maior calma e limpou o canto da boca, olhando de forma estranha para o Régis, dando a entender que tinha acabado de pagar um boquete daqueles.

A expressão de riso do Régis se fechou, talvez por respeito a mim.

E, mesmo não tendo culpa, fiquei me sentindo um canalha.

Ele tossiu.

— Volto depois.

— Não, não, não... A Lenny já estava de saída.

Ela me olhou indignada, negando com a cabeça.

— Não estou de saída, não, senhor! — retrucou. Jogou-se sobre a cadeira e cruzou os braços, marrenta.

— Depois a gente conversa — disse o Régis, sem jeito. — Preciso ver como a Annie está. Estou muito preocupado com ela.

Meu coração pulou uma batida para depois bater acelerado, em desespero, querendo correr na frente dele. O ciúme desenfreado me tomou, causando um desequilíbrio em meu corpo. O sangue errou de veia, fiquei descompassado. E, com todo o turbilhão, veio à tona que fui um fraco. Poderia ter feito mais a fim de impedir a maluca da Lenny.

Céus! Mas o que é que está acontecendo comigo, meu Deus? Eu perdia o controle de todas as situações; precisava de foco.

Quando a porta se fechou, desviei para a Lenny me encarando, incrédula.

— Você e aquela moça de ontem...

Trinquei o maxilar; ela daria com a língua nos dentes. Ainda mais depois de o Alexandre informar que ela estava íntima deles.

Antes que terminasse a frase, segurei em seu braço, levantando-a.

— De que moça você está falando? — Me fiz de desentendido. Arrastava-a em direção à porta. — Aliás, você não deveria entrar nos quartos, Lenny! Ainda está de licença, portanto não tem acesso livre ao hospital. — Deixei bem claro, enquanto abria a porta.

Ela puxou com violência e me encarou.

— Você está muito estranho! — reclamou e se virou, dando de cara com minha mãe.

— Desculpe, Dra. Solange.

— Tudo bem. — Minha mãe levantou as mãos, me olhando.

Então, Lenny saiu apressada em direção aos elevadores.

— Ela não continua de licença?

— Sim — respondi, e ela entrou atrás de mim.

— Como foi a cirurgia? — indaguei, sentando-me.

Com o coração apertado, estava nervoso, enciumado e me segurava ali, seguindo a exigência do Alexandre. Estava coberto de razão, até mesmo em sinal de respeito a meu amigo. Por outro lado, eu também não estava preparado para ver os gestos de carinho do Régis com a Annie.

— Tudo correu muito bem — respondeu, parando em frente à mesa, observando-me ali, pensativo.

— Não vou perguntar o motivo do seu estado nas nuvens. — Comentou em meio a um sorriso. Retribuí, sem a mínima vontade. — Só vim aqui porque, como estou indo visitar a Annie, pensei que talvez você quisesse me acompanhar.

Neguei de imediato.

— Conversei há pouco com o Alexandre, vou me manter afastado até a alta.

— Uma ótima decisão, meu filho. — Deu a volta e veio ao meu lado, beijando o topo da minha cabeça. — Dependendo de como essa revelação for feita, a maior prejudicada será a Annie. E ela precisa ser preservada.

Concordei, suspirando forte, e ela seguiu em direção à porta.

— Mãe? — Ela se virou de imediato, olhando-me com pena. — Se tiver chance, diga a Annie que eu mandei um beijo e que, por motivos de força maior, não pude visitá-la.

Sorrindo, fez que sim com a cabeça.

— Ela vai entender, meu filho. Todos vão entender. — Finalizou e saiu, deixando-me naquele tremendo vazio.

Meu peito estava arfante. Tudo o que pensava era envolvê-la em meus braços, protegê-la, aliviar sua dor, sua angústia. Beijar cada pedacinho de seu rosto. Nunca desejei tanto uma mulher. Eu a queria só para mim!

CAPÍTULO 34

§

Annie

Os raios do sol atravessavam a janela de vidro, dando aquele clima de vida ao quarto, e isso só aumentava a saudade do Enzo. Sua ausência doía mais que a doença propriamente dita; esqueci-me dela completamente. Pensar nele parava meu coração. Eu me sentia mais saudável, viva, era como tocar o céu sem sair do chão.

Porém, entendia a decisão de se manter distante, o que de certo modo era um alívio até para mim. O dia de ontem passou sem que pudesse olhar em seu rosto, contudo fiquei comovida com sua demonstração de carinho ao pedir à mãe para me dar um beijo por ele.

Ah..., suspirei imperceptivelmente, envolvida nas recordações do seu cheiro, do seu toque...

Não fiquei totalmente no vazio, pois conversávamos ao celular nos momentos em que o Régis dava uma trégua. Mesmo assim, foi tempo demais. Depois da cirurgia, o Régis cancelou todas as consultas para ficar ao meu lado.

Era estranho olhar para ele ali, examinando-me com carinho e cuidado, enquanto eu só conseguia lembrar dos momentos com o Enzo. E também refletia, analisando seu lindo rosto, cabelos loiros curtinhos e seu porte físico perfeito. Não era tão forte quanto o Enzo, mas era um cara sedutor, gentil, e que dedicava muito de seu tempo a mim. Fiquei pensando que a vida era mesmo uma caixinha de surpresas. Não escolhíamos quem íamos amar; a vida se encarregava desta parte. Sim, porque o Régis tinha todos os quesitos para que me apaixonasse por ele. No entanto, o que sentia era somente gratidão.

Nem sei como ainda não tinha notado a mudança na expressão preocupada da minha mãe. Estava sentada na poltrona, sem conseguir esconder sua consternação, principalmente com o Régis rasgando elogios a todo instante sobre o amigo, o superamigo, o amigo do peito. Essas eram as suas palavras.

— Está quieta, pensativa — comentou, retirando o aparelho de medir a pressão arterial do meu braço.

Os olhos da minha mãe cresceram de tamanho quando suspirei.

Entendia sua preocupação; era a mesma que a minha.

— Pensando na minha casa, no meu quarto. — Soltei o ar, exausta, com um remorso enorme por enganá-lo assim. — Nos meus livros...

Um sorriso confiante surgiu em seu rosto, e seus olhos castanho-claros brilharam.

— Então pode se animar.

Meu sorriso desabrochou, ansiosa.

— Acho que consigo liberá-la hoje à tarde.

Abri a boca surpresa, feliz, aliviada. Minha mãe saltou da cadeira na mesma alegria.

Trinquei os dentes, pensando na minha atitude, pois minha felicidade tinha nome: Enzo. Meu corpo ganhou um calafrio, que deslocou da espinha e se espalhou totalmente por ele. *Falsa!* Minha consternação não passou despercebida pelo Régis, que apertou os olhos.

— O que foi, não ficou feliz?

Segurei sua mão, sorrindo com carinho.

Merecia todo o afago e reconhecimento do mundo; eu é que não conseguia me sentir confortável nessa história. *Mas o que posso fazer?*

— Muito... — respondi, num fio de voz.

Receosa, minha mãe foi até o Régis, acenando com o olhar. Ri por dentro; ela dava mais na cara do que eu.

— Que bom! — Sua mão direita acarinhava meus cabelos, seus olhos apaixonados sondavam meu rosto, aumentado minha culpa. — A pressão está estabilizada, seus rins responderam bem ao tratamento, todos os exames estão de acordo. Agora é só seguir a dieta balanceada, e o tratamento segue, com a dose mínima de diálise de quatro horas, três vezes por semana. Enfim... Vai seguir com sua vida quase normal. O cateter de longa permanência é mais fácil de esconder na roupa.

Respirei fundo, rindo emocionada com a novidade. Meu coração estava apertadinho, a saudade o esmagava.

Minha vida passou a girar em volta do Enzo, mas também pudera, né? Ele fazia meu coração sorrir, e seu conjunto extraordinário trazia calmaria à minha tempestade. Sua voz doce ao telefone, dizendo todas aquelas palavras lindas, garantindo que, mesmo à distância, estava comigo. Aquela voz grave me trazia esperança, vida...

Era como se ele fosse a solução.

— Vou cuidar de você, Annie. — Régis curvou-se sobre a cama e beijou minha face com tanta ternura que doeu. Envergonhada pela minha atitude, fechei os olhos, apertando os lábios um sobre o outro.

Minha mãe limpou a garganta, salvando-me do momento constrangedor e poupando-o.

— Que notícia magnífica, Régis. — Repousou a mão em seu ombro.

Régis continuou me olhando daquele jeito incômodo. Arrastei minha bunda na cama, tentando me sentar, até mesmo para fugir de sua proximidade.

— Vou ligar agora mesmo para o Abner, ele vai dar pulos de alegria.

— Vou preparar sua alta. Como tenho um procedimento que vai levar toda a tarde, o Alexandre vai ficar encarregado da liberação — informou com um ar sério, e saiu da sala.

— Isso é horrível! — exclamou minha mãe, quando ele fechou a porta.

— É melhor não dizer nada, já basta esse sentimento de culpa que está aqui dentro. — Espalmei a mão no peito.

Naquele instante, a Dra. Solange entrou no quarto, com seu sorriso estonteante e as madeixas douradas sobre os ombros.

— Como está passando, Annie?

— Muito melhor, obrigada.

Colocou as mãos nos bolsos do jaleco branco e acenou bondosamente.

— O Régis acabou de me dar as boas novas. Vai para casa, finalmente!

— Não vejo a hora, doutora.

Ela sorriu, num suspiro profundo.

— Você e meu filho — emendou.

Meu coração aqueceu e ganhou uma batida diferente, divina!

— Não se sente mal com o que está acontecendo, doutora? — indagou minha mãe.

Ela encolheu os ombros, indecisa.

— Mãe! — Eu meneava a cabeça, repreendendo-a.

Ela sequer deu atenção, e continuou sua explanação:

— Notei, pelo tratamento entre vocês, que o Régis não é apenas um funcionário do hospital, pois a senhora o trata como um filho.

Dra. Solange assentiu, com a expressão triste, e baixou os olhos por um instante, como se estivesse refletindo antes de responder.

— Sinto-me muito mal — disse, por fim, levantando a cabeça e fitando minha mãe com o cenho fechado, inconformada. — O Régis faz parte de nossa história, é muito mais que um amigo. Com a doença do meu marido, a ajuda dele fez toda a diferença. — Inalou muito ar para os pulmões e soltou com força. — Mas o que podemos fazer? — Deu de ombros, questionando minha mãe, que permaneceu quieta, atenta. — Meu filho está muito envolvido com sua filha. — Desviou o olhar para mim.

— Perdoe-me! — Estava realmente envergonhada.

Riu, movimentando a cabeça levemente.

— Não tenho o que perdoar! Vocês não tiveram culpa — afirmou, convencida. — Porém, ambos têm dívidas com ele e precisam ser sinceros. — Orientou-me.

Concordei e minha mãe também, mas, coçando a cabeça e revirando os olhos, não deixou de expor seu comentário:

— Que Deus tenha misericórdia!

Dra. Solange riu.

— A senhora tem toda razão.

Ela sorriu e beijou minha face.

— O Enzo pediu para você esperar por ele em casa.

Fechei meus olhos, com uma emoção enorme dentro do peito, agitando as borboletas em meu estômago.

— Estou ansiosa.

Concordou e beijou minha mãe antes de sair.

— Gente! — Leila entrou batendo palmas de felicidade. Estava com um lindo vestido verde-escuro, rodado, combinando com sua silhueta, e o Dr. Alexandre, todo sorridente, vinha logo atrás. — Alexandre acabou de me dar a boa notícia que você está de alta. — Olhou para trás, corado como um tomate maduro. — Quero dizer, Dr. Alexandre — corrigiu com voz manhosa.

Ele piscou para ela.

— Vem logo me ajudar a me vestir! — ordenei, rindo.

E aquele foi um momento quase feliz. Ainda faltava meu pai e, claro, o Enzo.

CAPÍTULO 35

§

Enzo

— Tudo bem, Enzo? — Régis entrou em minha sala assim que meu paciente saiu pela porta, pegando-me de surpresa.

Levantei a cabeça e sorri, dando uma de desentendido.

— Está sim, por quê? — perguntei, ressabiado.

— Não tenho visto você. — Veio se sentar na cadeira à minha frente. — Até sua mãe foi visitar a Annie, e você sequer deu as caras.

Retesei, preocupado.

— Desculpa, Régis, não tive tempo nas últimas horas. — O que não era uma mentira. O ar me faltou, mas foi de saudades.

Sou muito cruel!

Sorriu, tenso. Notei que algo o afligia.

— Passou pela minha cabeça que talvez os custos com o tratamento da Annie...

— Por favor, Régis, não ouse terminar essa frase.

Grunhiu, sorrindo, fitando-me.

— Todos os custos estão relacionados em meu relatório. Pretendo pagar cada centavo, viu?

Neguei de imediato.

— Não seja tolo! — Levantei, mas fiquei sem saber para que lado ir. Então soltei o ar e cruzei os braços na altura do peito.

— Ela pode dar sequência ao tratamento aqui? — indagou.

— É claro que sim... — Aproximei-me, repousando a mão em seu ombro. — Não ouse mudar a regra do jogo agora. — Fui irredutível, e ele sorriu agradecido, com aquele olhar apaixonado. *Que merda!*

Levantou-se, passando as mãos pelos cabelos, ajeitando o que já estava em ordem.

— E não pense em dinheiro, a saúde da Annie precisa vir em primeiro lugar.

— Sua generosidade é admirável.

Revirei os olhos, odiando-me novamente, e, por um segundo, a verdade veio à ponta da língua, mas reprimi meus lábios para contê-la. *Ainda não é o momento.*

— Ela está indo para casa, né?

Ele assentiu, rindo, todo alegrinho.

CARALHO!

— Sim, sim. O pai dela está vindo buscá-la. Eu mesmo queria fazer as honras, mas tenho um procedimento importante agora. Deixei o Alexandre a cargo da alta. Estou confiante; o organismo dela reagiu bem ao tratamento. — Soltou o ar, exausto. — Agora é só aguardar os resultados dos exames da família. Caso seja negativo, vamos inscrevê-la na lista única de receptores de rim, da Central de Transplantes do Estado.

— Se Deus quiser, em breve teremos novidades!

— Valeu, cara! — disse e se foi.

Fechei os olhos, ofegante. Não poderia perder a chance de estar com ela. Sei que isso seria desleal, mas que se dane, já suportara demais a distância.

***

Acabei demorando mais do que previa, pois a Érica entrou com o prontuário de um paciente. Um caso complexo que peguei logo que voltei. E passou toda a agenda do dia.

Cheguei ao estacionamento no momento em que o senhor Abner se curvou em frente à cadeira de rodas para pegá-la no colo. Annie estendeu a mão se recusando.

— Posso fazer isso sozinha. — Sua força era realmente extraordinária.

Suspirei, admirando-a. Depois de tudo, ela ainda conseguia toda aquela leveza na maneira de ser e vestir.

Estava sensual, de camiseta branca e justa ao corpo, marcando sua silhueta definida. No pescoço havia um lenço floral numa mistura de cores: preto, laranja, vermelho — que, além de deixá-la estilosa, com os cabelos caindo-lhe sobre os ombros, exerciam o papel de esconder o cateter.

Ao lado deles estava Leila, dona Francielle e ninguém menos que o Alexandre. O movimento estava intenso com os manobristas do *valet parking* e a entrada e saída dos funcionários. E, mais uma vez, ignorei todos. Não conseguia pensar com a razão, nem esperar até à noite.

Respirei fundo e saí apressado em direção ao carro.

— Deixa comigo — falei ao me aproximar.

Enquanto todos me olhavam, assustados, minha lindinha inalou muito ar aos pulmões, com alegria.

No entanto, Alexandre avançou um passo, a ponto de me fazer retornar pelo caminho por onde tinha vindo. *Foda-se!* Nem me importei, desviei dele.

E tomei o lugar do pai dela.

— Oi, lindinha! — Toquei sua face macia.

Nossos olhos estavam unidos em apenas um ideal: nós dois. Incrível!

— Oi... — respondeu num sussurro, incrédula.

E, quando me curvei para pegá-la no colo, ela retesou.

— Acho que posso entrar no carro sozinha — murmurou, incerta.

— Eu sei... — Peguei-a no colo, mesmo com a recusa. — Faço questão! Preciso muito sentir seu cheiro. — Aspirei seus cabelos profundamente, sentindo-a tremer em meus braços, e a apertei contra mim, sentindo seu corpo quente. As batidas de nosso coração ressoavam no mesmo ritmo, na mesma sincronia.

Ela passou o braço pelo meu pescoço, deitando a cabeça em meu ombro, e passou a outra mão em minha barba cerrada.

— Estou feliz que tenha vindo se despedir! — Soprou em meu ouvido, causando uma onda de calor por todo o meu corpo.

Fitei seus olhos brilhando, marejados. Não queria colocá-la dentro do carro; eu queria sair dali com ela, fugir de todos, voltar para Noronha e viver muito mais do que já tínhamos vivido. O que experimentei com ela nos últimos dias tinha sido muito mais do que já vivenciara com qualquer outra pessoa na vida. O que vivemos foi intenso demais.

Meneei a cabeça, ignorando os resmungos; ali parecia que só eu não tinha juízo. Annie precisava ficar fora dessa estatística.

— Eu precisava te ver, lindinha!

Ela respirou fundo, emocionada. Ficou tão bela, tão carente, tão perdida... Não resisti e selei meus lábios nos dela.

E ouvi os protestos de Alexandre.

— Cara! Por favor! Não faça isso! — suplicou, com as mãos cruzadas atrás da cabeça, desesperado.

Ambos nos afastamos, mas sem perder a conexão do olhar. Sabíamos dos riscos, mas os sentimentos se sobrepunham a tudo.

— Não quero ser do contra, mas você sabe que isso não pode continuar... — emendou, e olhou para Leila, pedindo socorro. — Você precisa dar uns conselhos para sua amiga, Leila. Defender seu primo! — Aconselhou-a.

Leila, que assistia à cena em silêncio, abriu os braços, impotente.

— E o que posso fazer? — retrucou com um sorriso fraco, sem a mínima intenção de atrapalhar nosso momento.

Alexandre bufou e nos deu as costas.

Acho que ela compreendia, e o pai da Annie também. Ele só observava quieto, e eu não via nenhum sinal de preocupação em sua expressão.

— Ele tem razão, vocês dois precisam ter juízo — emendou dona Francielle, afiançando-o.

— É duro! Mas todos estão com a razão — balbuciou Annie, triste.

— Eu concordo... E a próxima etapa é colocar o trem sobre os trilhos, e juntos, OK?

Ela sorriu balançando a cabeça.

— Ah, Enzo! — suspirou, passando a mão em meu rosto, acariciando-o. — Só queria aprender como resistir a você. É impossível!

— Claro que é impossível! — afirmei. — Como já combinamos, não vamos desistir, certo?

Ela concordou com aquele sorriso encorajador, meneando a cabeça.

— A dificuldade parece imensa, só que não é. Podemos dar um jeito!

Sua mãe não conseguiu segurar o sorriso emocionado ao notar a felicidade da filha.

Sorrimos um para o outro, e a coloquei sentadinha dentro do carro. Fiquei ali, com a metade do corpo do lado de dentro, segurando em seu rosto. Ambos estávamos ofegantes, um respirando na pele do outro.

— Logo mais vou para sua casa. Me espera, tá?

Ela assentiu e encostou seus lábios macios e quentes nos meus.

Não conseguia deixá-la. Que dificuldade!

— Vou esperar. Por favor, não demora, viu?

— Prometo que não vou demorar.

— Tá bom... Então, tchau.

Sua voz saiu contida e, mais uma vez, ignorando todos, eu a beijei. Esquecemos do mundo ao nosso redor, porque nossa magia nos blindou de tudo. Não conseguíamos enxergar barreiras. Era como se não existissem.

— Enzo, pelo amor de Deus, cara! — reclamou Alexandre mais uma vez.

Não surtiu efeito.

— Vocês dois vão arranjar problemas — retrucou dona Francielle ao entrar pela outra porta e, segurando no braço da Annie, puxou-a, levando-a de mim.

Olhávamo-nos, rindo, sei lá por que, mas ríamos. E foi bom.

— Até daqui a pouco. — Mandei um beijo estalado, e ela, sorrindo, fechou os olhos e me enviou outro.

— Até... — Despediu-se, insegura.

— Não desanime, lindinha. Não podemos nunca desistir. Vamos passar o réveillon juntos, tá?

Sorriu ternamente, ainda incerta.

— Nos metemos numa enrascada, né?

— Sim... — concordei. — Mas não foi intencional.

— Bem... — Esticou o pescoço, ajeitando o lenço para esconder melhor o cateter. — Longe do *habitat* de vocês, acho que fica mais fácil contornar essa situação.

Assenti, enquanto seus olhos iam em direção aos elevadores.

— A casa caiu! — Alexandre exclamou, em pânico.

Saí de dentro do carro.

Parada ao lado do elevador, Lenny nos fitava, incrédula. Não estávamos muito longe dali, por isso foi possível identificar o quanto estava indignada e furiosa.

— Enzo? — chamou Annie.

Seus olhos cerraram e seu rosto ganhou uma cor branca, que não estava ali segundos antes.

— Fique tranquila, vou ajustar as coisas.

Fechei a porta do carro. Seu pai deu partida e saiu.

— Quero ver como você vai fazer agora! Você tem duas opções, cara! Vai lá falar com ela e implorar por silêncio, como fez comigo, ou deixa a casa desmoronar. — Revirou os olhos, nervoso. — Até agora estou me cobrando, não me sinto confortável em trair meu amigo.

— Relaxa! — disse, respirando fundo. — Vou enfrentar a fera.

Concentre-se, Enzo!, pensei, e fui até ela.

— Embora tenha ficado desconfiada aquele dia em que o encontrei no quarto dela, ainda estou tentando digerir a cena que acabei de presenciar. — Lenny comentou quando parei em sua frente.

Havia muito rancor em sua expressão. Confesso que fiquei assustado com os riscos.

— A gente precisa conversar — falei, colocando as mãos no bolso. E olhei ao redor à procura do Alexandre, que tinha desaparecido.

Ela negava de cabeça, perplexa.

— Régis, seu irmão de coração, ama aquela moça. — Lembrou-me em alto e bom som, apontando em direção à rampa da saída.

Várias pessoas nos observavam.

— Meu carro está estacionado lá no canto. — Apontei, vendo uma chance de fugir do escândalo.

— Eu não quero conversar coisa nenhuma! Não há explicação lógica, Enzo — retrucou, dando as costas, quando a porta do elevador se abriu.

Eu a impedi, segurando seu braço.

— Por favor, Lenny, me escuta!

Puxou o braço com brutalidade e entrou no elevador. Entrei junto, e a porta se fechou.

— Você é um miserável! Até aceito seu desprezo. — Ela me encarou quando disse isso. — Agora, trair o Régis? — Balançou a cabeça, indignada. — É demais.

— Não estou traindo ninguém. Conheci a Annie fora daqui.

Ela resmungou sem comentar.

— Tanto eu quanto ela somos inocentes.

— Ah, Enzo! Conta outra, isso é história para boi dormir. — Seus olhos estreitaram, duvidosos.

Meneei a cabeça negativamente.

— Juro para você!

— OK! — Olhou para cima. — E o que pretende fazer? Vai esconder essa sujeira do Régis até quando, hein? Ele não merece o que você está fazendo — cobrou-me com seus olhos flamejantes.

— Vou chamá-lo para uma conversa. E preciso que me prometa que não vai atravessar o caminho.

Suspirou em meio a um soluço e revirou os olhos, inconformada, antes de me encarar.

— Não acha que está me pedindo demais? — ironizou, estreitando os olhos. — Vou ligar para ele agora mesmo e contar toda essa imundície, porque, diferentemente de você, considero-o um amigo de verdade.

Aquele comportamento hostil me irritou.

— Essa ameaça soa como vingança. Você não parece estar preocupada com o Régis, mas sim em me destruir.

Grunhiu, revirando os olhos, e permaneceu olhando para cima por alguns instantes.

— É pelo bem dele que estou te pedindo, e principalmente da Annie, ela não pode sofrer situações tensas. Bem... — Soltei o ar pesado. — Não preciso lembrá-la disso, porque, sendo enfermeira, está careca de saber.

Seu olhar relutante recaiu sobre meu rosto, e ela riu de um jeito estranho, que não consegui identificar. Naquele instante, o elevador parou no térreo, e a porta abriu. Várias pessoas ficaram nos olhando, aguardando que descêssemos.

— Pelo jeito, sou carta fora do baralho — comentou convicta, saindo do elevador.

— Tenho o seu apoio? — perguntei, ignorando o comentário. As pessoas entravam, curiosas.

— Vá à merda, antes que eu me esqueça! — Caminhando em direção à saída, apenas acenou com a mão. Algumas pessoas riam baixinho, disfarçando.

Ferrou!, pensei, com olhos fixos na porta se fechando.

CAPÍTULO 36

§

Annie

Aquela mulher era linda, com um corpo legal, em uma calça jeans clara de cintura baixa, que moldava o quadril arredondado e a cintura fina. Meu coração ficou tão apertado, que solucei alto sem notar. O mesmo tinha acontecido no quarto, na primeira vez que ela apareceu.

— Quem era aquela? — indagou Leila, sentada na outra porta.

Neguei de cabeça, ele ainda não havia me explicado. Embora eu já soubesse. Deve ter sido um caso dele.

— Acho que é enfermeira do hospital. — Resolvi omitir minha desconfiança, ou melhor, certeza! Lá no fundo, estava ciente de que não era somente esse o papel dela na vida do Enzo. Aquela possibilidade criou um caroço enorme na garganta, sufocando-me.

— Acho melhor deixar esse assunto para lá — aconselhou meu pai, olhando-me pelo retrovisor.

Sentia uma quentura no rosto, que devia estar bem vermelho. Ele entendia meu coração. — Não se atormente, minha filha, esqueça o passado. Dói menos.

— Tem razão.

Ele sempre tinha razão! Seja lá o que ela tinha sido, isso não poderia importar mais, considerando todo o carinho que ele sentia por mim. Deitei a cabeça no vidro do carro e fiquei ali admirando a paisagem, todo aquele emaranhado de carros, transformando as ruas e os faróis num tremendo inferno, de tanta poluição sonora.

Mas aquilo era algo que não me abalava, não mais. Tudo de ruim que me acometeu se tornou apenas um detalhe insignificante. Sentia remorso em relação ao Régis, mas o fato era que não pretendia desistir: o Enzo passou a significar vida, esperança. Não queria perdê-la novamente, nunca mais.

Concentrei-me no dia, que estava lindo. O sol quente aquecia meu corpo, atravessando o vidro do carro. Por todo o percurso que ainda teria pela frente, e estava ciente de que seria longo, eu me considerava revigorada, bem. Sentia uma felicidade tão boa!

E pensar que eu andava sem destino e havia perdido totalmente a razão na estrada que me propus a seguir, enquanto meus pedaços ficavam pelo caminho. E agora só agradecia por ainda estar viva, pela oportunidade de retornar e resgatar meus pedaços perdidos. Tudo que queria era me restaurar, continuar respirando.

Eu queria o Enzo, e precisava de vida para tê-lo. E como ele mesmo disse: eu não podia desanimar e desistir, por mais difícil que possa parecer.

***

— Ah, meu quarto. — Comecei a rir e abri meus braços já em seu interior, girando. Feliz como nunca me senti antes, esqueci até da bonitona intragável.

Ainda de braços abertos, abracei vários livros na estante.

— Meus livros abençoados, queridos!

Caí de costas na cama. Alguns deles caíram ao meu redor, mas tomei cuidado, ciente da minha condição.

Parada à porta, a Leila não acreditou.

— Cuidado, sua maluca! — Veio se sentar ao meu lado.

— O Enzo me traz vitalidade, eu me sinto ótima. Em cada um desses livros tem um pedacinho dele, a junção de cada personagem lindo com quem sonhava durante a leitura acaba na sua perfeição... Poderoso e irresistível!

Fechei os olhos, visualizando seu rosto másculo debaixo da barba atraente, sonhando. Quando os abri, deparei com a Leila me analisando, aturdida.

— É muito bom te ver assim, feliz, com esperança — murmurou com receio.

Eu me sentei e fiquei de frente para ela.

— Sei exatamente o que está pensando, e estou tão preocupada quanto você, minha mãe e todo mundo. Porém, é mais forte do que eu.

— E todo esse bem-estar está nítido no seu rostinho. — Tocou minha face e, sorrindo com carinho, baixou os olhos, entristecida. — Só não quero estar perto quando o Régis descobrir o que está acontecendo bem debaixo do nariz dele.

— Não fala assim. — Abracei-me, sentindo um calafrio percorrer pelo meu corpo. — Isso me assusta.

Ela me encarou convicta.

— Tenho até medo da reação dele... Já ouviu falar que os mais quietos são os mais perigosos?

— Credo, Leila! — Saltei da cama com uma sensação sinistra, horrível!

— Enfim, vai dar tudo certo. — Consertou, ainda muito insegura.

— Vamos mudar o assunto. — Voltei à cama e me sentei na outra ponta, ficando de frente para ela. — E você? Notei que está assim com o Alexandre. — Sinalizei, esfregando os dedos indicadores.

Ela balançou o corpo, entusiasmada.

— Ele me chamou para sair — confidenciou-me.

Não consegui segurar meus lábios fechados.

— Quando?

— Hoje à noite, vou passar o Ano Novo com ele, já que ninguém quer saber de comemorar.

Ri um pouco desanimada e baixei a cabeça.

— Na verdade, não deu nem tempo de pensar nisso. — Voltei a ela, hesitante. — Mas vai, sim... E comemore por mim.

Respirou aliviada.

— Inclusive preciso ir, meus cabelos estão rebeldes e preciso de tempo para domá-los. — Balançou a cabeleira sedosa.

— Rebelde onde?

— Ah! Eu sei que estão! — Ela se levantou e me beijou no topo da cabeça. — Fica bem, tá?

Assenti, olhando-a sair saltitante do quarto, e me joguei de costas sobre os livros. Abri os braços e fechei os olhos para sonhar.

***

— Annie, querida? — Despertei com a voz baixinha de minha mãe.

Não conseguia vê-la na penumbra, peguei no sono profundo.

— Oi, mãe! — Sentei-me. A exaustão tinha me levado.

Acendeu a luz, e o cômodo foi inundado pela claridade. Precisei fechar os olhos com o clarão.

— Ah, desculpa! Você quer que apague? — Levou o dedo ao interruptor ao lado da porta.

— Não precisa, já estou me acostumando. — Fui abrindo os olhos aos poucos e, quando a foquei, notei seu rosto mergulhado em tensão.

— Tem uma visita para você. — Meu coração deu um pulo e acelerou em seguida, acordando as borboletas em meu estômago.

— É o Enzo? — balbuciei.

Torceu a boca, descontente com minha ansiedade, e com um meio sorriso.

— Exatamente ele.

Saltei da cama felicíssima e corri para a frente do espelho pentear os cabelos.

— Droga, estou horrível! — Meus olhos, embora muito pouco, ainda estavam inchados, deixando-me horrorosa.

— Está linda!

— Mentirosa. — Já fui tirando o lenço do pescoço, a camiseta e a calça jeans, largando tudo pelo chão, enquanto seguia para o banheiro.

— Vou pedir para ele esperar.

— Por favor!

Foi um banho vapt-vupt. Corri para o armário e vesti o mesmo vestido branco de alcinha que usava quando o conheci, e as lingeries de renda na mesma cor. Para esconder o cateter, encontrei um lenço bem legal, também floral e colorido, azul, branco, vermelho e rosa, que ficou ótimo! Deu um ar mais alegre. Apliquei apenas rímel nos cílios e um batom cintilante, puxando para o rosa. Penteei os cabelos, o que me agradou, e dispensei o secador. Por último, apliquei uma colônia floral.

Respirei fundo, com aquele frio gostoso na barriga, e fui para a sala.

Meus olhos se prenderam nas costas largas do Enzo, um deus sedutor, na camisa branca esporte, com mangas arregaçadas, revelando aqueles ombros largos e os braços fortes. Seus cabelos ainda estavam úmidos. Meus olhos safados desceram para a bunda dura e gostosa e para as pernas musculosas, que a calça jeans escura esfregava na minha cara. E seu perfume masculino, de fragrância amadeirada, que se espalhava pelo ambiente, deixou-me embriagada.

Estava ao lado do bar, enquanto conversava com meu pai, que preparava as bebidas. Estavam engajados numa boa conversa, e as risadas me chamaram a atenção.

— Posso saber o motivo de tanta graça?

— Opa! Até que enfim... — comentou meu pai, quando lhe entregou o copo, e o Enzo se virou.

O ar escapuliu de meus pulmões. Além de lindo, estava irresistível, com os primeiros botões da camisa aberta, e seus olhos cintilaram de encontro aos meus. Ele me pegou em flagrante.

— Seu pai estava me contando umas aventuras nas coberturas de reportagens — Enzo disse, vindo em minha direção. Meu corpo, todo em ebulição, tremia sem controle.

— Nem parece que está doente. — Segurou meu queixo, erguendo minha cabeça e virando-a de um lado ao outro. Admirou-me com seus olhos verdes reluzentes, eu consegui ver além deles. — Você está linda!

Não havia como não ficar fascinada com esse homem! *Jesus!* O Enzo era aquele que não tinha problemas em demonstrar o que sentia.

Ele é demais, um fofo. Eu quero ele para mim!

E puxou-me, selando nossos lábios num beijo profundo, esquecendo-se da plateia, assim como eu.

Levei um choque, sentindo a textura de seus lábios. Uma corrente elétrica percorreu todo o meu corpo. Não teve como não ficar com as pernas bambas. Ele notou, agarrando minha cintura e colando-me respeitosamente.

Ele não esqueceu completamente do público.

A tosse de minha mãe, limpando a garganta, despertou-nos. Segurando em minha nuca, ele ainda ficou me olhando direto nos olhos por alguns instantes.

— Isso não vai acabar bem — comentou minha mãe, receosa. Aliás, ela repetia aquela frase em toda oportunidade.

Chata!

Embora admitisse que sua preocupação era válida, preferia ignorá-la; afinal, era quase nada comparada ao que estava experimentando.

Enzo segurou na minha mão e ficamos um ao lado do outro.

— Não se preocupe, dona Francielle, vou ser franco com o Régis, e ele vai ter que compreender.

Ela não respondeu, mas não precisava: sua expressão negativa já dizia tudo.

— Para dizer a verdade, não tenho uma opinião formada ainda! Porém, tenho que admitir, você trouxe vida à minha filha.

— Abner! — repreendeu minha mãe.

— É verdade! — confirmou. — Você pode não concordar comigo, nem precisa. Só de ver minha filha bem, com esperança, me basta.

Enzo me olhou, sério.

— Você reforça as palavras de seu pai?

— Em gênero, número e grau!

Ele piscou, satisfeito com a confirmação.

Com os lábios apertados, minha mãe ria e chorava ao mesmo tempo, cedendo.

— Obrigada. — Articulei com a boca.

Meu pai piscou.

— Mãe, todos os envolvidos são adultos. Então, por favor, deixe um pouco de lado essa atitude "isso não vai acabar bem...".

Sorrindo, concordou.

— Pense positivo como estou fazendo, andando para frente, um passo de cada vez. Eu rejeito tudo o que for negativo.

— Seu pai tem razão, a Annie corajosa e otimista anterior à doença voltou para nós.

— Vem, Enzo! — Agarrei sua mão e o puxei para o quarto.

CAPÍTULO 37

§

Enzo

A forma como enfrentou sua mãe iluminou minha alma. Estava diante de uma mulher de fibra, que sabia o que queria, roubando totalmente minha atenção. Só não a acompanhei ao sair do hospital por causa dos compromissos com meus pacientes. Eram muitas consultas, e todos faziam questão do meu atendimento. Não poderia frustrá-los. Caso contrário teria vindo, dado banho nela...

Uma de suas mãos soltou meu pescoço, enquanto nos beijávamos gostoso, sentindo seu cheiro fresco de banho, e fechou a porta.

Segurando sua cintura, eu me esfregava nela. Apertando seu corpo no meu, agarrei sua bunda e colei nosso quadril, para que sentisse minha ereção, e aprofundei ainda mais nosso beijo.

Annie ofegou, agarrando meus ombros.

— Enzo... — sussurrou, ofegante.

— Shhh... — Coloquei o dedo indicador em seus lábios, preocupado com seus pais nos ouvirem.

Contornei seus lábios com a língua, pedindo permissão para entrar novamente, que ela logo concedeu. Nossa língua se enroscou com paixão, enquanto suas mãos continuavam ao redor do meu pescoço, e as minhas ainda agarravam sua bunda.

— Seus lábios são tão macios e doces — murmurei, mordendo o inferior e puxando-o sensualmente, sentindo-a tremer em meus braços. — Deliciosa.

Parei o beijo deleitoso quando ela abriu o botão da minha calça, e encostei minha testa na dela.

— Hoje não podemos transar, lindinha! — alertei-a.

Resmungou chorosa e soltou o ar, frustrada, erguendo a cabeça e buscando meus olhos.

— Precisa de mais tempo para se recuperar — falei, alisando seus cabelos na lateral do rosto. — E seus pais estão muito perto, não quero que me olhem torto.

— Tá bom, doutor!

Fez um biquinho, rindo e, na ponta dos pés, selou meus lábios, enquanto subia a mão e abria sensualmente os botões da minha camisa, causando ondas de arrepios pelo meu corpo.

— Então me deixa sentir você, eu preciso — suplicou, tão excitada que meu pau, de tão duro, latejou dolorosamente.

— Deixo, deixo! Eu deixo tudo. — Rosnei em êxtase, jogando a cabeça para trás, curtindo aquele turbilhão de sensações. — Você já me ferrou! Estou dominado mesmo.

Rindo, ela continuou abrindo.

— E isso é ruim?

— De jeito nenhum. É muito bom, demais de bom... Maravilhoso! — Minha voz saía contida.

Ofegante, meu coração parecia que ia sair pela boca. Meu corpo todo tremia ao toque da Annie.

— Então quer dizer que está em minhas mãos?

Assenti.

Ela me levou às nuvens com a ponta dos dedos delicados, porém firmes e quentes, deslizando por todo meu peitoral, subindo e descendo, junto com seus lábios, roçando e aplicando leves beijos. Uma tortura!

— Pelas barbas do profeta, Annie! Está me deixando insano, e seus pais estão aí fora — alertei-a. Subindo seu vestido, atravessei o elástico da calcinha e apertei sua bundinha de pele macia, dura e apetitosa, que eu queria foder a qualquer custo. E encontrei seu calor úmido, seu clitóris inchado, chamando.

— Ah, Enzo! Eu quero você agora...

A gente quase transou de roupa e tudo. Não consegui segurar: abri minhas calças e desci junto com a boxer. Ela prendeu a respiração, sentindo meu pau duro e pulsando em seu meio escorregadio.

— CARALHO, ANNIE! — vociferei ao seu ouvido, trêmulo.

Segurei forte em sua bunda e delicadamente a levantei, enquanto suas pernas se cruzaram em volta de mim, nosso sexo faminto com o beijo. Foi um desejo mútuo, só que inviável para o momento. Recuei alguns passos e sentei com ela ali na cama.

— Eu quero muito você, mas precisamos esperar que se restabeleça um pouco mais — gemi em seus lábios, desenhando seu corpo com as mãos, explorando cada curva e músculos.

Ela discordou, colando sua testa na minha, respirando profundamente e deslizando sobre ele, que pulsava, alucinado por ela.

— Você é médico. Tem certeza de que não podemos dar um jeitinho? Devagar! — implorou.

— Mais um dia... — sussurrei em seus lábios, roçando a pele macia até o pescoço alvo, livre e perfumado. Ela gemia, tremendo à minha disposição, deixando-me louco.

— Por favor... — persistia.

Eu a apertava para baixo, esfregando meu garotão robusto nela, e ela rosnava, fazendo-me perder a razão.

— Ah, lindinha, assim eu não resisto.

— Não resista, por favor! — suplicou ela. — Não vamos deixar para amanhã o que podemos fazer hoje. Amanhã posso nem estar viva.

Estremeci de receio com aquela possibilidade. Já tinha perdido meu pai; não podia perder mais ninguém.

Beijei-a, aflito, mas cheio de tesão.

— Nunca mais repita isso — ordenei.

Ela me fitou, rindo, carinhosa.

— Tá bom... — murmurou apenas.

Estava certa: cada momento entre nós era único, e deveria ser especial, aproveitado.

— Espera!

Peguei minha carteira no bolso da calça, tirei dela um preservativo e rasguei nos dentes. Ela me olhava com aquela cara de safadinha. *Céus, que loucura!*

Ela saiu por um minuto de cima de mim, com seus olhos presos nele, excitada. Ele já estava todo lubrificado — vesti-o e passei meus dedos levemente em seu meio apetitoso, rugindo... Ela gemia, uma loucura saborosa.

— Vem para mim, vem... — pediu, manhosa, com as pernas abertas ao redor das minhas. Eu me deliciava com sua excitação quente.

— Não deveríamos ainda! — Um pouco da minha consciência gritava dentro de mim, alertando-me. — É...

Segurando minha cabeça, sua língua invadiu minha boca num beijo quente, arrebatador, causando espasmos. Segurou a base dele em pé, pulsando, e encaixou na entradinha. Parei de respirar em sua boca, ela também.

— É uma irresponsabilidade minha... — sussurrei, gemendo, com ela descendo lentamente. Meu pau latejava, invadindo seu interior quentinho. Eu sentia as contrações das paredes internas em torno dele e me arrepiava.

Agarrei sua cintura, apertando e a empurrando para baixo, preenchendo-a.

— Puxa, lindinha, seu interior é muito arrochadinho... Que delícia! — Gemi em seus lábios.

Sentia-me no céu. Nunca nenhuma mulher me fez sentir tão completo, em uma junção de emoções, entre coração, corpo e alma.

— Você também é demais.

Agarrado à sua cintura, eu fazia a maior parte do serviço. Subia seu corpo até a glande e a trazia de volta ao meu colo, aprofundando-o todinho dentro dela. E estocava mais rápido, depois mais lento, curtindo-a. Era arriscado, com seus pais a alguns metros, mas não tinha como parar.

— Eu vou gozar, Enzo, ahhh, ohhh!

Maluco e totalmente fora de mim, intensifiquei um pouco mais.

— Eu também, eu também...! — Rosnei, sentindo as contrações, e então todo aquele jato de realização saiu, fazendo-me agarrá-la com mais força, sentindo-a tremer em meus braços, atingindo o clímax junto comigo.

E nos beijamos por alguns instantes, ofegantes.

— Preciso segurar minha onda — disse arfante um tempo depois, quando equilibramos nossa respiração. — Por me achar invencível é que cheguei a esse ponto. — Soltou o ar magoada, punindo-se.

Segurei em seu lindo rosto, obrigando-a a me encarar. E ela sorriu, dolorosamente.

— Às vezes, essa minha confiança me faz errar feio.

— Uma coisa não tem nada a ver com a outra — discordei. — Precisa de confiança, e mais do que nunca. Esqueça o passado e se concentre no hoje — Beijei-a longamente, quando a porta do quarto explodiu, não nos dando a chance de nos recompormos. Apenas puxei seu vestido para baixo para esconder seu corpo.

— Espere, não entre assim! — Dona Francielle entrou gritando logo atrás do Régis, que tinha os olhos arregalados, numa expressão mortal

CAPÍTULO 38

§

Annie

Estava difícil definir o que estava sentindo ali, com aquela cena: os olhos castanhos do Régis ganharam um vermelho fogo. As faíscas que exalavam deles chegavam a ser palpáveis. Meus pulmões pareceram lacrar; faltou o ar com aquele olhar de total decepção.

Saltei do colo do Enzo; minha mãe se virou de costas ao ver sua condição. Em pé, ele se ajeitou rapidamente, e o Régis manteve aquele ar ninja, silencioso e mortal.

— É uma alucinação. Eu não vi nada disso, não é mesmo?

Enzo ficou mudo diante da indagação, assim como eu estava.

Meu pai entrou no quarto naquele instante, com a toalha de banho enrolada na cintura.

— Vamos conversar lá na sala. — Segurou no braço do Régis, que o puxou, descontrolado.

— Não antes de ouvir uma explicação desse canalha! — atacou o Enzo.

— Fique calmo, vamos sair para conversar — aconselhou-o.

— O CACETE, SEU FILHO DE UMA PUTA! ESTOU COM UMA ENORME INDIGESTÃO. — Avançou sobre o Enzo, agarrando na gola da sua camisa, transtornado. — FALSO, TRAIDOR, ENERGÚMENO!

— Não, por favor... — Minha voz quase não saiu. Meu coração batia num ritmo intenso.

Meu corpo, em total tensão, concentrou o sangue do pescoço para cima, e doía muito o local onde estava o cateter. Todo o descompasso atacou minhas pernas, que enfraqueceram. Meus joelhos se dobraram.

Meu pai não teve dúvida, veio me acudir e deixou os dois ali, a ponto de se matarem.

— Fique tranquila, minha filha. — Levou-me até a cama e me deitou.

— Pare com isso, não percebe o papel ridículo? Está prejudicando a saúde da Annie. — Enzo segurou a mão de Régis, tentando soltá-la.

Fora de si, Régis não ouvia. Preparou o punho direito para acertar o rosto de Enzo, que estava fixo em minha direção. Preocupado, meu pai se levantou num salto rápido e segurou seu braço no ar.

— Basta, já chega! É melhor os dois saírem daqui! — gritou.

Essa sacudida surtiu efeito, pois o Régis deixou os braços caírem na lateral do corpo. As lágrimas brotavam olhando o amigo, até me encontrarem ali na cama, partindo meu coração.

Régis era a melhor pessoa do mundo, e eu não tinha noção do que estava fazendo até aquele momento. Eu o destruía, machucava a pessoa que tinha me amparado nos momentos mais difíceis e dolorosos de minha vida.

Todo o sentimento de culpa me tomou e pesou muito em minha alma. Eu me considerava imunda, não conseguia respirar. Estava em crise, minha cabeça latejava, deixando tudo turvo.

— Meu Deus, filha! Por favor, ajudem! — Ouvi a voz aflita de minha mãe bem distante.

— Seus imbecis, irresponsáveis! — A outra voz foi do meu pai, e estava ainda mais distante até que tudo se apagou.

***

Eu parecia flutuar em algum lugar escuro, onde não havia meio de ver um palmo diante do nariz. Para todos os lados que olhava, era um breu total. O pânico acelerou meu coração, minha cabeça latejava com as batidas no tom de explosões, fazendo-me lembrar do Régis e do Enzo em uma quase luta corporal em meu quarto.

— Meu Deus! Onde estou? — Emiti um som muito baixo de voz quando consegui.

— Annie, meu amor... Você acordou! — A voz rouca ao pé do meu ouvido me trazia extremo conforto, segurança, e acalentou meu coração sobressaltado. — Que susto levamos.

Consegui ensaiar um pequeno sorriso, sentindo o hálito morno com aqueles lábios úmidos em minha testa. Relutava em abrir os olhos, temendo que estivesse no meio de um sonho, e que, ao acordar, toda aquela magia desaparecesse.

— Estou aqui com você, minha lindinha!

Lentamente abria os olhos, alimentando-me de sua feição angelical. Era assim que o enxergava, como um anjo sem asas, enviado por Deus ao meu socorro. Tudo para resgatar minha fé, para me provar Sua existência depois de duvidar Dele.

Debruçado sobre mim, seus braços estavam ao meu redor, e seus olhos verdes aflitos cintilavam ainda mais com as lágrimas.

— Enzo! — murmurei, e ele assentiu.

— Me desculpa por tudo — falou, arrependido.

Levei minha mão à sua face, esfregando sua barba já grandinha, que eu amava. Meu coração era dele, somente dele. Eu sabia... Sentia isso agora! Era mesmo a peça do quebra-cabeça que faltava para virar uma grande imagem, completa. Como meu pai disse: ele trouxe vida para mim.

— Você não teve culpa. — Olhei ao redor, notando que estava de volta ao hospital, só nós dois. — E o Régis, o que aconteceu?

— Não aconteceu nada, nós conversamos e está tudo certo. — Hesitava, e eu sabia que mentia. Só que decidi não questionar. — Não se atormente mais com isso. Só sua saúde importa, só você importa.

Levei a mão ao pescoço no local do cateter, sentindo um leve incômodo.

— Está tudo no lugar — garantiu, sorrindo, e selou meus lábios antes de pegar em minhas mãos. Beijou uma delas com todo o carinho e depois fez o mesmo na outra. — Você só teve uma quedinha de pressão, foi medicada, e está tudo sob controle agora.

Fechei os olhos mais tranquila, porque nele eu confiava cegamente. Era como se tudo o que tinha procurado em minha vida toda eu tivesse encontrado nele. Era, sem sombra de dúvida, a verdadeira e real medalha olímpica pela qual eu deveria lutar. E precisava ser merecedora.

Ele é o que tanto procurei.

Pois ele me curou, cicatrizando todas as feridas, não havia mais dores.

— Você acordou, filha! — Minha mãe não se conteve ao entrar no quarto e correu. Empurrou o Enzo para o lado e me abraçou. — Você está bem, meu amor?

— Estou sim, mãe.

— Abner, entra aqui, nossa filha acordou. — Levantou a cabeça, rindo, felicíssima.

Enzo me olhava orgulhoso. Mergulhei em seu rosto, agradecendo mentalmente por ele existir.

Junto com ele, entraram no quarto o Régis e, ao seu lado, a mãe do Enzo.

Por alguns instantes, fiquei atenta às expressões e atitude dos dois: a distância, um evitando olhar para o outro... deduzi que Enzo tinha mesmo mentido. Não tinham se acertado coisa nenhuma. Não fiquei abalada com minha conclusão, mas, feliz; afinal ele me poupava de todas as maneiras.

— Amore da minha vida! — Meu pai me abraçou forte, machucando um pouco.

— Ai, pai! — reclamei.

— Ah, desculpe, filhinha! — Levantou de imediato, apavorado, e segurei em sua mão.

— Foi só um apertinho. — Tranquilizei-o, humorada.

Riu, emocionado, e beijou a maçã do meu rosto. Régis nos fitou implacavelmente, mas eu não conseguia identificar sua expressão, o que sentia. Mas respirei aliviada; pelo menos seguiu ignorando o Enzo e permaneceu em silêncio ao lado da Dra. Solange, conversando alguma coisa com minha mãe. Não suportaria ver os dois brigando.

— Olá! — disse ao se aproximar da cama.

Ajuizado, Enzo recuou a uma distância segura.

— Oi... eu não queria...

Seu dedo indicador veio ao meu lábio com brandura.

Ouvi o grunhido do Enzo, enciumado, e ignorei, evitando o confronto. Permaneci focada no Régis; não podia machucá-lo mais e precisava de seu perdão.

Só não sabia como o conseguiria.

— Não quero explicações, só torço pela sua recuperação, e prometo que vou fazer tudo o que estiver ao meu alcance, tá?

Emocionei-me com seu tom de ternura.

Passou a mão pelo meu cabelo, e o Enzo grunhiu novamente.

Não olhei, sem coragem. E a Dra. Solange pegou no braço dele, tirando-o do recinto sob protestos, uma atitude linda que me deu ainda mais certeza de meus sentimentos.

— O que você fez por mim é impagável.

— Faria por qualquer pessoa.

Neguei com a cabeça, segurando sua mão sobre minha testa.

— Eu sei disso, sem sua ajuda talvez eu nem estivesse aqui.

— Você está bem. Graças a Deus! O fato de ficar vulnerável e ter a queda de pressão foi relacionada à tensão que causei com minha explosão. Pois a doença e o tratamento renal trazem prejuízo e algumas mudanças, que acarretam alterações em termos de integridade física e emocional — explicava em termos médicos, tentando ser imparcial, mas não conseguia, com a tristeza nítida em sua expressão. — Me desculpe, eu prometo que não vai se repetir.

Respirei fundo e soltei lentamente sua mão. Concluí que não havia como consertar, a não ser que eu desistisse do Enzo. E mesmo assim estava ciente de que aquela amizade abalada dificilmente seria a mesma.

— Você não teve responsabilidade alguma.

Ele torceu a boca e soltou o ar, exausto.

— Você vai dormir no hospital, e já deixei sua alta autorizada para amanhã cedo. — Ignorou meu comentário.

— Obrigada.

Então, cabisbaixo, saiu do quarto, deixando-me com meus pais.

CAPÍTULO 39

§

Enzo

— Eu vou pagar cada centavo dos custos do tratamento da Annie, você me entendeu? — Régis apontou o dedo indicador no meu nariz.

Irritado com sua petulância, agarrei seus dedos, jogando-os para longe do meu rosto.

— Você é um idiota de um comedor dos infernos. Não deve estar sendo sincero com a Annie, pegando a Lenny em seu consultório.

— Não peguei ninguém, ela me atacou! — defendi-me, indo em sua direção, possesso com seu atrevimento, e ele veio me peitar, corajoso.

— Acalmem-se! — Minha mãe segurou em seu braço, afastando-o. — Parem vocês dois, precisam respeitar o ambiente hospitalar!

Ele respirou fundo e, com a mão na cintura, baixou a cabeça.

— Qualidade de vida e apoio emocional é tudo de que Annie precisa durante o tratamento, portanto sugiro que vocês dois conversem longe da presença dela, poupando-a de qualquer tensão. Vocês entenderam? — falou alto e claro.

Consenti, mas Régis recusou, com muito sangue nos olhos.

— Estou com um ódio mortal só de olhar para você. Quando Lenny me ligou aqui no plantão, avisando dessa possível traição, achei que fosse intriga de uma mulher ressentida. — Rosnou, apontando o dedo. Minha mãe viu que não havia diálogo; então, prudente, segurou no dedo dele e o puxou.

— Quero falar com esse traíra dos infernos! — protestava, irritado, tentando retornar, mas minha mãe não deixou, levando-o em direção aos elevadores.

As enfermeiras do andar estavam assustadas com a cena, o que o deixou ainda mais furioso.

— O que foi, por que estão me olhando desse jeito?

Perdidas, as meninas começaram a dispersar. Naquele momento, a porta do elevador se abriu e por ela saíram três médicos que visitavam o hospital: dois homens altos e magros e uma mulher bonita, com traços leves e pele clara. Seus cabelos negros, com as pontas cacheadas, destacavam-se sobre os ombros no jaleco branco.

— Está vendo só, seu amigo da onça, virei motivo de chacota dentro desse hospital. Está satisfeito? — Exasperou-se, sem se preocupar com a plateia assistindo aquele papelão. — Estou igual a marido traído: o último a saber.

— Não traí você, seu cabeça dura! — gritei. — Precisamos sentar para conversar, vou explicar os detalhes. Você vai entender! — Tentei, inocente. Afinal, era o mínimo que devia a meu amigo, após o flagrante no quarto da casa da Annie.

Apesar de agirmos juntos em seu socorro, não nos dirigimos a palavra nem o olhar. Nos ignoramos completamente.

Ele rosnou, tentando se soltar da minha mãe.

— Por favor, Dra. Solange, preciso falar com esse calhorda! — vociferou, conseguindo se libertar das mãos dela, e recuou, trombando com a médica alguns passos atrás dele. — Me desculpe — falou, rapidamente. Nem esperou ela aceitar o pedido e já se virou, vindo ao meu encontro, sendo interceptado pela mão da minha mãe, que segurou com força seu braço, arrastando-o em direção ao elevador.

— Depois vocês conversam, aqui não é lugar para lavar roupa suja. — Fez questão de ser ríspida enquanto o arrastava.

— Em respeito à senhora, eu concordo. — Ainda o ouvi dizer, antes de entrarem no elevador e a porta se fechar.

***

Muito austera, minha mãe não me deixou passar a noite ao lado da Annie. Queria muito iniciar o ano ao lado dela. No entanto, temia o retorno do Régis, o que não seria nada difícil: aquela possessividade assustava até a mim. Eu não o reconhecia, porém não o julgava. Acho que teria a mesma reação se estivéssemos em lados diferentes. Tentei o socorro do Alexandre, que não atendia ao telefone. O cara tinha dado um chá de sumiço.

Não abri mão de levá-la para casa na manhã seguinte; madruguei no hospital. Abalada, tentou entrar no assunto Régis e, por meio de uma espécie de pacto, eu a convenci a se concentrar apenas no tratamento e no seu bem-estar.

Pena que não foi possível passar muito tempo ao seu lado, pois era meu plantão e havia alguns pacientes, casos urgentes, aguardando.

— É seu último paciente, Dr. Enzo — avisou Érica, entrando em minha sala.

— Está enganada, Érica. — Alexandre, que também foi convocado para o dia, entrou logo atrás dela com uma expressão de realização. Cerrei meus olhos especulativos. — Preciso de um cardiologista de plantão, será que consigo um? — brincou sentando-se todo largado na cadeira à minha frente.

— Acho que posso quebrar seu galho. — Entrei na sua linha de humor. — Obrigado, Érica! Pode ir para casa.

— Obrigada — agradeceu, saindo em seguida.

— Primeiro, gostaria de saber onde meu amigo estava ontem. O mundo caindo, e você sumido.

Inclinou a cabeça, curioso, e se ajeitou na cadeira.

— Como assim?

— O Régis me flagrou com a Annie.

Seus lábios se abriram, apavorados.

— Não creio! — Debruçou-se sobre a mesa, pasmo. Juntou as mãos, cruzando os dedos. — Me admira muito você ainda estar aqui, vivo!

— Estou me sentindo péssimo. — Encostei-me à cadeira e elevei minhas mãos à cabeça, inspirando profundamente.

— Razoável! — comentou, em tom de acusação.

Grunhi, irritado. Ele não me apoiava.

— Ah... Desculpa, Enzo! — disse, ao notar meu estado. — Estou perdido nesse meio turbulento. Vocês dois são meus melhores amigos, não consigo tomar partido. Embora seja solidário ao Régis. — Ponderou com sinceridade.

Entendi sua posição.

— Nem posso criticar você! E onde andou? Liguei um trilhão de vezes no seu celular.

Um sorriso contagiante se abriu em seu rosto.

— Comemorando a passagem do ano com a Leila, não podia atender. Ela me colocou na corda bamba, e eu podia cair por qualquer descuido — suspirou, apaixonado.

Balancei a cabeça, rindo, confuso.

— Como assim?

— Eu parecia o rei do circo, estava dando um show de malabarismo. Ela é uma loucura! — Ele revirou os olhos pensativo, e notei que estremeceu.

— Estou curioso para saber como é isso.

Ele riu, tarado.

— Se um dia eu tiver coragem, te conto.

Comecei a rir do seu jeito, quando ele se levantou decidido.

— Bem, vou ver o que posso fazer em prol dessa nossa amizade, que um dia foi sincera — atacou novamente, porém não me importei, porque o Alexandre era daqueles que consertava os problemas que surgiam no meio do caminho.

— Obrigado, amigo!

— O que eu não faço pela nossa amizade? — Bateu com as mãos abertas na mesa e seguiu em direção à porta. — Valeu, Enzo!

— Até.

Resolvi descansar também. Meu dia tinha sido repleto de consultas complexas, e o tempo que parei para respirar, a Annie os preencheu, pois não conseguia parar de pensar nela. Ficava atento, ansioso para os resultados de compatibilidade saírem.

Arrumei minha mesa e saí. A Érica ainda não tinha saído.

— Sabe se o Régis está no hospital? — perguntei, porque ele também estava de plantão.

Ela deu de ombros.

— Não o vi hoje. — Eu a conhecia bem; apenas ergui a sobrancelhas. — Bem, ele ligou para a secretária dele, pedindo para cancelar todas as consultas — disse, cedendo à minha pressão. — Não é novidade para ninguém o que aconteceu, né?

Assenti.

— Infelizmente é verdade.

Ela sorriu sem graça.

— Preciso de um favorzão seu.

— Claro!

— Não posso pedir a senha ao Régis, mas preciso acessar o prontuário da Annie. Por isso preciso que tire xerox dele todo.

Seus olhos arregalaram.

— Mas, doutor, está na Nefrologia. — Seu rosto ficou da cor de suas sardas.

— Por favor, assumo toda a responsabilidade.

Ressabiada, concordou.

— Vou voltar para minha sala e esperar lá.

Não encontrou dificuldade e logo estava de volta, trazendo os papéis. Para o meu coração ansioso, o tempo era curto, e como precisava dele a fim de analisar minuciosamente os exames, como sempre fazia com os do meu pai, guardei-os na gaveta para o dia seguinte.

Segui para casa, na intenção de tomar um banho antes de ir para a casa da Annie.

Desliguei o motor na garagem de casa, na parte descoberta, e permaneci ali dentro sem pressa, sem sequer um sorriso. O vento soprava mais forte, e pequenas gotas começavam a cair sobre o carro. O para-brisa embaçava o vidro com minha respiração agitada. Eu sabia exatamente o que significavam aquelas duas motos estacionadas logo na entrada. Só podia ser coisa do Alexandre, o apaziguador!

Engraçado, entrar significava perder tempo, e o tempo para mim se tornara precioso como a vida da Annie.

Por fim, respirei fundo, soltei o ar com força e desci.

Este é o mundo real. Tenho que enfrentar as feras.

— Enzo? — Valquíria preparava um lanche na cozinha e veio apreensiva ao meu encontro, quando abri a porta.

— O Régis está lá na sala — cochichou, olhando em direção à porta.

— Por isso entrei por aqui; vi as motos lá fora. O Alexandre também está, né?

Assentiu, nervosa.

— Chegou muito abalado, e a mamãe está lá tentando colocar ordem em sua cabeça. Ele, inclusive, ameaçou se demitir — Valquíria me comunicava, com os olhos voltados para a porta da sala de jantar, amedrontada.

Balancei a cabeça, incrédulo.

— Ele não pode fazer isso. — Reagi, desanimado.

Não queria o mal do meu amigo; afinal, ele era fundamental na administração do hospital, e era somente isso que importava. Eu o amava como um irmão e ia amá-lo pelo resto da minha vida, pois não era de esquecer o que as pessoas faziam por mim.

Segui para a sala.

Sentado no sofá, ao lado da minha mãe, ele baixou a cabeça e não olhou em minha cara.

— Aí está você! — Alexandre veio me recepcionar, vestido casualmente numa c-alça jeans clara e camisa preta, disfarçando, como se não tivéssemos nos falado há pouco.

— Atrasei com as consultas — expliquei, olhando-o ali, impassível, e minha mãe ergueu as sobrancelhas bem feitas. — Tudo bem, Régis?

Ele torceu a boca e deu de ombros.

— Com dificuldade para absorver o que está acontecendo, mas enfim... — Ele se levantou, evitando meu olhar.

— Viemos buscar você para uma noitada, só nós três. Vai ser bom colocar os pingos nos *is*. — Interveio Alexandre, aproximando-se dele, passando a mão pelo seu pescoço e colando os ombros.

Balancei a cabeça em negativa. Meus planos incluíam apenas a Annie.

— Talvez possamos deixar essa diversão para amanhã.

— Hoje, cara! — Interrompeu-me Alexandre, convicto.

Régis grunhiu e me encarou irado.

— O doutor já deve ter marcado algo importante. — Rosnou, segurando na barra da camisa verde-escura mais larga do que o habitual, puxando-a para baixo.

Um calafrio desceu por minha espinha. Seu tom frio me incomodou. Dei de ombros, pensando que era minha obrigação me explicar. Ele merecia minha sinceridade.

— Vamos sair, sim — confirmei. — Só me deem um tempo para um banho.

Antes eu ligaria para a Annie e explicaria os motivos da minha ausência. Ela atendeu ao primeiro toque.

— Oi, lindinha, que saudades! — falei assim que ouvi sua voz, com aquele frio gostoso na barriga, diferente. Ela fazia de mim um bobão encantado.

— *Onde está você?*

— Cheguei agora em casa, princesa! Minha mãe marcou uma reunião, talvez não consiga te ver hoje.

Resmungou, chateada.

— Não fique triste, vou recompensar. Prometo que amanhã cedo, antes de ir ao hospital, passo na sua casa.

— *Amanhã tenho hemodiálise* — comentou, insegura.

— Então, vou te levar ao hospital e ficar deitado juntinho de você até o final do procedimento.

— *Lindo!*

— Maravilhosa! Durma com os anjos e comigo no pensamento.

— *Um pedido desnecessário, você já habita em mim.*

Meu coração pulou de felicidade.

— E você em mim. Um beijo, lindinha!

— Outro.

***

Como nos velhos tempos, os três motoqueiros seguiam pela marginal do rio Pinheiros, em direção ao bar em Pinheiros, bairro nobre da zona oeste de São Paulo. Localizado em um terraço de hotel, além de bar, também era uma balada, e às 21h já estava com uma fila enorme na porta. Nossa amizade com o dono facilitou a entrada direta.

Todo o ambiente era chique e aconchegante, com pessoas bonitas e descoladas. A mulherada ficou dando sopa quando entramos, piscando e se esfregando, garotas que já pegamos em outras oportunidades. Subimos para o mezanino, de onde se viam as luzes de São Paulo.

— A mesa do canto foi reservada aos três — informou a garçonete, apontando em direção à mesa vaga. — O que vão beber?

— Eu quero uma garrafa de veneno — disse o Régis, com amargura. Ele evitava me olhar.

A garçonete riu, achando estranho.

— Traga três chopes, por favor — pediu Alexandre.

— Acho que já está na hora de parar com a agressividade — falei quando a garçonete se foi. — Vamos conversar como os dois homens maduros que somos.

Deu uma gargalhada histérica, afrontando-me, e ficando inclinado com as mãos espalmadas sobre a mesa. Alexandre também levantou, atento.

— Eu quero que você vá se foder, Enzo!

Levantei-me, preparando-me para sua reação. E, como sempre, o Alexandre foi quem jogou água no incêndio fazendo-nos sentar novamente.

— Como todo mundo, também estou desconfortável com essa história.

Régis riu, debochado.

— Eu não procurei por nada disso! A primeira vez que vi Annie foi no elevador do prédio do Dr. Leonard, e, inusitadamente, no estacionamento, nos envolvendo num quase acidente.

Ele baixou a cabeça e permaneceu assim enquanto eu me explicava:

— E no mesmo dia nos trombamos na livraria, no dia do lançamento do Alexandre.

— Isso é verdade — afirmou o Alexandre, mas foi completamente ignorado.

— E depois nos encontramos em Fernando de Noronha. Foi então que nossa amizade progrediu. Não sabíamos de nossa vida fora da ilha...

Contei tudo o que podia contar. Sua respiração acelerou; levantou a cabeça, e seus olhos tomaram um vermelhão, como seu rosto. Parecia possuído por uma força maligna, que nos assustou. Olhamo-nos por uma fração de segundos, atentos.

— Eu temperei e você degustou lá em Fernando de Noronha! Acha justo? — gritou e bateu com força sobre a madeira, chamando a atenção de várias pessoas ao redor, e levantou-se num impulso, nervoso. — Você é um enganador, não gosta de verdade da Annie, porque se gostasse não deixaria Lenny te chupar... — Jogou mais uma vez na minha cara.

— Calminha! — Alexandre segurou em seu ombro por trás, tentando afastá-lo, pois seus olhos emanavam ódio, e aquilo não poderia dar bons resultados.

— CALMA O CARALHO! — gritou, soltando-se do Alexandre, e se aproximou de mim. — Quero que você fique longe da Annie. Eu a amo e não vou engolir ela com você.

Agora quem riu fui eu.

— Isso não é um jogo, com vencedor e perdedor. Annie e eu estamos juntos, e é fato! Precisa aceitar, cara! Não traímos ninguém...

Ria como um louco, empurrando-me com seu peito. E eu me segurava para não socar a cara dele, pois paciência tinha limite.

— É isso mesmo. E seja homem, que esta conversa e a adversidade fiquem apenas entre nós; ela não pode sofrer estresse. Aja como o médico responsável que é.

Ele ria histericamente e continuava me empurrando, inconformado, possesso. Mais um pouco eu cairia escada abaixo.

— Pare com isso, Régis. — Segurando em seu braço, Alexandre o afastava. — Somos amigos.

Totalmente fora de si, agarrou a gola da minha camisa jeans e me sacudiu. Como eu não tinha sangue de barata, agarrei sua mão, soltando-a, e o empurrei para trás. Régis voltou com o punho fechado para me acertar, mas eu o acertei antes.

Ele se desequilibrou e caiu de bunda no chão.

Uma gritaria tomou conta do bar. Os seguranças se aproximaram para socorrer, quando o Régis, ainda sentado, levou as mãos para trás, pegou uma arma que estava em sua cintura e apontou em direção à minha cabeça. A gritaria foi geral, pessoas correndo, querendo se proteger de um possível tiroteio.

— Posso conviver com a recusa da Annie, mas não há a menor possibilidade de conviver com você tocando-a. — Ele se levantou e encostou o cano na minha testa.

— Abaixa essa arma, cara — pedi com as mãos levantadas.

Ele rugiu.

— Onde arranjou isso, seu desmiolado? — questionei.

— Comprei de um *noia* a um precinho de banana. Achei uma oportunidade e tanto para acabar com a sua raça.

— Régis, não seja idiota! — gritou Alexandre ao seu lado.

— A Annie é minha! — bateu na minha boca com o cano do revólver e voltou à minha testa.

Vi uma possibilidade de sair da sua mira. Com a agilidade e força ganhas nos meses que treinei em Noronha, agarrei em sua mão e a torci. Seus dedos afrouxaram, e o Alexandre tirou a arma de sua mão.

— Seu maluco! — Descontrolado, fechei o punho e, sem pensar, soquei-lhe a cara.

Ele caiu de costas no chão.

E ficou ali, com a mão na boca, enquanto chorava feito um bebezão.

— Precisamos chamar a polícia — informou o segurança.

— Por favor, não. Está controlado e tudo calmo agora. — Bati em seu ombro. — Estamos saindo.

Contrariado, assentiu.

Saímos os três em silêncio. No estacionamento, Régis cuspiu no chão, passando a mão no ferimento que causei em sua boca. Subiu na moto, ligou e saiu em disparada, sem nem colocar o capacete.

— Acho que vou atrás dele — informou o Alexandre, batendo em meu ombro, e pegou sua moto.

— Valeu!

Fiquei ali, refletindo sobre tudo por algum tempo. E a única conclusão à qual cheguei foi que me afastar da Annie estava fora de cogitação.

Doa a quem doer.

Coloquei meu capacete, subi na moto e saí dali convicto de minhas decisões.

CAPÍTULO 40

§

Annie

O sol batia em meu rosto, aumentando minha temperatura com o sonho maravilhoso que tive, no mirante, apreciando a linda vista da Baía dos Porcos, do Morro Dois Irmãos. Suspirei e abri os olhos, totalmente arrepiada, recordando sua ereção na minha bunda. Ainda podia sentir suas mãos quentes e grandes em meu estômago, acariciando-o.

— Uauuuu! — Perdi o fôlego e me sentei na cama, com o coração apertado de saudade.

Embora tivesse avisado que não viria, eu o esperei... A esperança é a última que morre. E me agarrei a ela por um longo período, até que acabei pegando no sono.

Peguei o celular sobre o criado-mudo e comecei a rir da mensagem que tinha deixado para mim.

Oi, lindinha! Está muito tarde, né? Você deve estar dormindo, liguei apenas uma vez e desisti para não importunar. Olha! Amanhã bem cedinho passo na sua casa. Vamos juntinhos para o hospital, quero que tenha muito conforto e felicidade na sua segunda hemodiálise. "Eu me chamo felicidade!". Beijos molhados e gulosos, te adoro! Rindo, emocionada, joguei-me de costas na cama, suspirando. Esse gesto já fazia parte da rotina desde que o conheci.

Joguei o lençol para o lado, quando ouvi a campainha e logo em seguida a voz da minha mãe atendendo o Enzo. Todos os pelos do meu corpo já levantaram, ajeitei meus cabelos e amarrei o lenço no pescoço, ansiosa. Porém, não tive tempo de nada, a impressão que tive foi de que o Enzo entrou correndo, invadindo a casa.

— Oi, lindinha, vim te buscar! — Sua voz saiu falha, em meio a um sorriso contagiante no rosto másculo.

Respirei fundo com a beleza estonteante na roupa branca, cabelos úmidos e olhos brilhando.

— Oi! — respondi com aquela onda de alegria dentro do peito, ofegante.

— Filha, você quer ajuda no banho? — Ofereceu minha mãe a um centímetro atrás do Enzo, quando ele se virou surpreso. Acho que não esperava que ela estivesse ali, e o esbarrão foi inevitável. A vasilha rasa que ela segurava se virou e uma calda quase líquida deu um banho nele, tingindo-o de marrom.

— Ah, meu Deus! Eu sou muito desastrada mesmo! — Apavorada e vermelha como uma pimenta malagueta, passava a mão pela roupa dele na intenção de limpá-lo, causando um estrago ainda maior.

Eu me debulhava de rir, com a mão no pescoço.

— Está tudo bem, dona Francielle. — Contagiados com meu riso, os dois riram também.

— Para de rir, menina! — advertiu, sem conseguir se conter, e explodiu numa gargalhada.

— Achou engraçado, né? — brincou, vindo em minha direção. Curvou-se e, segurando em meu rosto, beijou-me de maneira carinhosa.

— Vou buscar uma roupa do Abner — informou minha mãe, saindo de fininho, e fechou a porta atrás de si.

— Hum... é muito bom receber um beijo desses logo pela manhã — sussurrei em seus lábios.

— Estava morrendo de saudades, me desculpa por ontem. — Segurou em minhas mãos, tirando-me da cama, analisando meu rosto. Parou as mãos atrás do pescoço para tirar o lenço. Tentei impedi-lo; fiquei um pouco constrangida. — Não precisa usá-lo comigo... Você é ainda mais linda quando acorda.

Não respondi, o roxo ao lado dos seus lábios me chamou atenção.

— O que aconteceu? — perguntei, tocando com a ponta do dedo.

Ele riu, sacudindo a cabeça.

— Sei lá, acho que bati em algum lugar.

Torci a boca, desconfiada, mas sem tempo de questionar. Minha mãe entrou no quarto, trazendo uma calça jeans e uma camisa preta de mangas longas do meu pai, e saiu em seguida. Privacidade era algo que todos tinham em casa.

— Acho que o senhor precisa de um banho. — Segurando na barra da camisa, eu a tirei, lambendo seu abdômen todo arrepiado. — Está todo melado.

— Também acho — falou, virando a cabeça em direção à porta. — E seus pais...?

— Eles não vão entrar aqui, garanto.

Enquanto eu abria sua calça, ele segurou em minhas mãos e as levou aos lábios, beijando-as.

— Depois do flagrante, acho melhor a gente se comportar. Pedi desculpas aos seus pais e não estou certo se aceitaram.

A contragosto, concordei.

***

O Enzo não pôde ficar ao meu lado no procedimento como tinha programado, por ter uma emergência para atender. Eu sentia um clima estranho; a sensação de que ele me escondia algo era imensa, e o Régis era a prova disto. Embora atencioso e superprofissional, estava diferente, tenso, com uma marca roxa ao lado do lábio, como a do Enzo, e também preocupado. Quase não me dirigia a palavra.

— Obrigada. — Agradeci quando terminou de me examinar.

— De nada — respondeu, ríspido.

Sentada na poltrona ao meu lado, minha mãe levantou a sobrancelha.

— Régis, a gente ainda não conversou como deveríamos.

Soltou o ar e me encarou com desdém.

— Acho que não há necessidade de conversa alguma.

Segurei em sua mão.

Ele tremeu e baixou os olhos, nervoso.

— Só gostaria de dizer que você é um cara admirável, e nada do que está ocorrendo foi programado. Foi uma surpresa para todos.

— Está tudo bem, Annie. — Sorrindo, com os lábios comprimidos, levantou a cabeça, analisando cada traço do meu rosto. — Concentre-se apenas em ti. Logo, logo, se Deus quiser, vamos ter um rim para você.

Respirei, emocionada com suas palavras, e apertei sua mão.

Ele acenou com um sorriso fraco.

— Está tudo sob controle. Tenho algumas consultas, depois eu volto.

— Obrigada.

Ele grunhiu e saiu.

— Parece que aceitou — comentou minha mãe, levantando-se.

— Se conformou, você quer dizer! — Balancei a cabeça consternada. — Não queria magoá-lo.

— Não temos como escolher a quem amar, infelizmente. — Beijou minha testa. — Vou até a cantina tomar um cafezinho e não demoro.

— OK.

Fechei os olhos quando ela saiu e logo ouvi o ruído da porta. Não os abri, acreditando serem enfermeiras ou mais médicos. Eles entravam com frequência, monitorando tudo.

— E aí, enferma! — Aquela voz irônica adentrou minha alma. Abri os olhos de imediato. A tal de Lenny entrou, trajando um jaleco branco, com os cabelos presos num coque no alto da cabeça. — Está sendo bem cuidada ou será que tem alguma reclamação a fazer?

— Saia daqui agora! — esbravejei, irritada com sua forma arrogante.

Ela riu histérica e se aproximou.

— Eu vou gritar. — Aliás, era a única coisa que poderia fazer, estando conectada à máquina.

— Está com medo de mim? — zombou.

— Sou prevenida — retruquei, olhando em seus olhos maldosos.

— Lenny? O que você está fazendo aqui? — perguntou a enfermeira que entrou em seguida, colocando-se ao seu lado.

— Uma visitinha — respondeu, sem tirar os olhos ameaçadores dos meus, com a nítida intenção de me intimidar.

— É melhor sair, você não tem autorização para estar aqui. — Advertiu a profissional, que, aliás, era um doce de pessoa. — Senão vou chamar a segurança!

Ela resmungou, num sorriso cínico.

— Não precisa, já estou saindo mesmo, porque o ar aqui dentro está contaminado, e não quero ser infectada.

E saiu rindo, debochando, deixando-me alarmada.

— Sabe por que ela foi afastada? — perguntei à enfermeira, que torceu a boca, hesitante.

— Não exatamente.

A incerteza estava no tom de sua voz. Notava que todos me poupavam, e eu sentia que havia algo acontecendo, todo mundo estava estranho. Até aquele machucado na boca do Enzo...

Meu coração acelerou e minha cabeça girou numa tontura intensa com a sensação de vômito. Fechei os olhos, respirando fundo; tudo aquilo me fazia mal, então decidi me resguardar. Minha condição me pedia tranquilidade, pois, doente, eu nada poderia fazer. O melhor era bloquear aquilo tudo. Eu precisava viver, e faria qualquer coisa por isso.

E já havia dado um grande passo, a força me dominava. Por essa razão, decidi que, ao final do procedimento, iria até o consultório do Enzo, faria uma surpresa e aproveitaria para conhecer melhor aquelas instalações luxuosas.

CAPÍTULO 41

§

Enzo

Só consegui dar umas três passadinhas para ver a Annie; minha agenda estava abarrotada de consultas. E, na última, deparei com o Régis, que me cumprimentou educadamente, como se estivesse alheio às desavenças. Só que eram apenas aparências. Ao esbarrar comigo na porta, fez questão de chocar seu ombro contra o meu com violência. Annie notou, mas também preferiu o silêncio.

Apesar de tudo, Régis me surpreendia com sua atitude. Na presença da Annie, ele se mostrava imune aos problemas. Isso já era um grande avanço!

O mais preocupante no momento era a Lenny, porque soube pela enfermeira do andar que esteve no quarto da Annie. Assim que levasse a Annie para casa em segurança, eu a procuraria. Precisava dar um ponto final nessa história.

No entanto, as coisas se anteciparam. Como se tivesse surgido do nada, Lenny abriu a porta do meu consultório, olhando-me com aquela cara de cachorra engatada. Irritado com sua falta de humanidade, não perdi a chance.

— Eu não conhecia seu dom de fofoqueira — ataquei.

Ela grunhiu, rindo, inconformada, vindo se sentar na cadeira à minha frente.

— Só estava defendendo o que é meu — disse, fitando-me toda esperançosa.

— Você é ridícula, Lenny! — Acusei-a e me levantei, parando ao seu lado na cadeira. Ela se encolheu, amedrontada com minha expressão.

E era para sentir medo mesmo — eu estava por um fio. Defenderia a Annie em qualquer circunstância!

— Nós não temos nada. E outra, mulher, será que não aprendeu nada em sua profissão? Annie está debilitada, e tensões podem agravar seu estado de saúde vulnerável.

Ela deu de ombros, como quem diz "Não estou nem aí".

— Pare de ser desumana. — Segurei em seu braço, levantando-a.

— Eu quero mais é que ela morra! — gritou, encarando-me com a maior cara de pau.

— Então essa era sua intenção, quando decidiu ir ao quarto da Annie?

Revirou os olhos, soltando o ar com força.

Empurrei-a para longe de mim.

— Você me dá nojo! Acabou de estragar os últimos resquícios de respeito que ainda nutria por sua pessoa.

— Não, por favor, Enzo! — gritando, segurou em meu braço. — Eu te amo.

— Não entendo um amor doentio que é capaz de matar. — Puxei meu braço, indo para a janela, e dei -lhe as costas. — Deixei uma ordem na recepção, proibindo sua entrada nos andares superiores.

— Você não pode me tirar da sua vida assim, é cruel! Eu preciso de você. — Sua voz embargada me abalou, mas durou pouco. Não poderia vacilar com ela.

Virei-me. Ela soluçava ali, de cabeça baixa.

— Aliás, eu gostaria de saber: como consegue subir?

Encolheu-se, acuada. Parecia que protegia alguém.

— Eu autorizei — disse o Régis, entrando e me peitando. — Ainda sou o administrador deste hospital, ou não?

Inclinei minha cabeça, com o cenho franzido, indignado.

— As regras não mudaram, apesar de tudo.

Ergueu as sobrancelhas.

— Você está ciente de que a Lenny entrou no quarto da Annie durante o procedimento da hemodiálise, deixando-a transtornada, colocando a vida dela em risco?

Um vermelho tomou seu rosto, e ele virou para a Lenny, que, cabisbaixa, não fez comentário algum.

— Você pirou, garota?

Ela deu de ombros, soluçando.

— Eu não estava no meu juízo normal.

— Ainda está usando aquelas porcarias? — perguntei, preocupado.

Ela negou efusivamente com a cabeça.

— Estou limpa, eu juro!

Um juramento em vão. Seu olhar vago indicava o contrário.

— Vou resolver isso — prometeu Régis, segurando em seu braço, e a levou em direção à porta, sem encontrar resistência.

— Eu já volto, preciso conversar com você — alertou-me ao sair.

Fiquei curioso com o que teria para falar.

Aproveitei o intervalo para saber da Annie. Liguei para o quarto para onde tinha sido levada depois do procedimento, e me disseram que já tinha comido e estava descansando.

Analisava alguns prontuários de pacientes, quando os abandonei, lembrando dos exames da Annie ali na gaveta. Eu precisava examiná-los. Meu coração pedia por isso; era como se eu pudesse encontrar alguma resposta importante. Algo que procurava. O problema é que não houve tempo, a porta se abriu no momento em que os peguei.

O Régis voltara mais rápido do que imaginei. Larguei o exame sobre a mesa e me levantei.

— Desci com ela até a recepção e reforcei a ordem. A partir de hoje, ela não entra sem a minha ou sua autorização — explicou, parado à porta.

Estava estranho... Parecia zangado.

— A segurança de nossos pacientes vem em primeiro lugar. E, como deve ter percebido, Lenny não está equilibrada. Não aceito negligências no meu hospital. — Meu tom de voz saiu alto e áspero. Notei isso com a expressão severa do Régis.

Ele bufou, batendo com as mãos nas pernas.

— Fala como se fosse o todo-poderoso! — Hostilizou-me.

Franzi a testa com seu tom.

— Não percebe o mal que você faz a todos, Enzo?

Reagi à agressividade.

— É melhor baixar o tom de voz, estamos num ambiente hospitalar. Ou então saia da minha sala agora! — ordenei, apontando para a porta.

Travou a mandíbula, passando as mãos nervosas pelo cabelo.

— Será que pode me fazer um favor? — disse entredentes.

Grunhi, irritado.

— Não, não vou me afastar da Annie... Se é esse o favor.

Ele riu, indignado.

— Não ia te pedir isso, mesmo porque sei que vou perder meu tempo.

— Exatamente. — Dei a volta pela mesa e fui me sentar em minha cadeira, ouvindo-o resmungar algo que não entendi; só sabia que não eram palavras amigáveis. E, segurando nos braços da poltrona, fitei-o. — Vou ser bem sincero contigo. Eu te amo, meu amigo. Jamais na minha vida pensei que um dia depararíamos com uma situação assim. Mas precisa entender que, às vezes, somos obrigados a tomar certas atitudes que machucam. Me perdoe!

Inconformado e fora de si, veio se sentar na cadeira à minha frente, bem no momento em que o Alexandre entrou na sala, acompanhado por minha mãe e Valquíria. Atrás das duas, vinha a Érica. Entendi que fora ela quem pedira por socorro.

— Está tudo bem por aqui? — perguntou o Alexandre, vindo ao nosso lado na mesa.

Minha mãe, Valquíria e Érica permaneceram à porta.

— É muita hipocrisia sua! — Acusou-me, ignorando todos na sala. — Se me considerasse um amigo de verdade, no momento em que soube quem era a Annie e o que ela significava para mim, você se afastaria. É o que os amigos fazem: protegem uns aos outros.

Régis apertou os lábios e ergueu as sobrancelhas.

Meu coração se apertou, parecia inflar e quase não cabia dentro do peito. Sentia uma puta dor em estar naquela posição, no entanto não via alternativa.

Annie tinha se tornado uma razão a mais na minha vida, e por ela eu enfrentaria o mundo. Bati com as mãos abertas sobre a mesa, com tantos olhares me acusando.

— PUTA QUE PARIU! — gritei e me levantei, furioso, sentindo-me um criminoso da pior espécie. *Que se dane!* — Pode tirar seu cavalinho da chuva para não se molhar, porque eu não pretendo nem vou me afastar, e ponto final. Conforme-se.

Dei a volta e, quando me virei de frente, ele segurava as folhas xerocadas dos exames da Annie.

— MAS O QUE SIGNIFICA ISSO?! — Descontrolou-se e veio em minha direção, com o papel estendido na minha cara.

— Calma, Régis! — Alexandre segurou em seus ombros pelas costas, e as mulheres, gritando, aproximaram-se também.

— Régis, pare já com isso! — ordenou minha mãe, segurando seu braço.

Ele sequer ensaiou a intenção de obedecê-la, o que foi inusitado, pois era a pessoa que mais seguia seus conselhos.

— Você invadiu meu departamento para pegar os exames da Annie? — perguntou, sacudindo o papel à minha frente.

Respirei fundo.

— RESPONDE, SEU COVARDE! — gritou novamente.

— Já falei para baixar o tom ou se retirar da minha sala. — Fui ríspido em resposta à sua ousadia. Entendia seu estado de nervos, razão de todo o seu descontrole, porém paciência tinha limite.

— Tira ele daqui, mamãe — pediu a Valquíria, apavorada.

— Vou chamar os seguranças — informou a Érica e saiu correndo da sala, deixando a porta aberta por precaução.

— O caso da Annie é do meu total interesse. Vou acompanhar de perto, por isso pedi uma cópia do prontuário. — Tentei falar calmamente, embora estivesse quase estourando também.

Ele rosnou, nervoso.

— Isso é uma afronta! — exclamou entredentes. — Quem?

Franzi a testa. Não acreditava que fazia tal exigência.

— Basta, Régis!

— Quem atendeu ao seu pedido? — persistiu.

Negava com a cabeça. Não tinha que lhe dar satisfação.

— Não foi um pedido, foi uma ordem. — Precisei deixar minha arrogância falar mais alto, tudo estava ultrapassando os limites.

Minha mãe acenou de cabeça, advertindo-me.

— Se você se esqueceu, existe uma hierarquia, que nunca foi quebrada — argumentou o Régis em sua defesa.

Fechei os olhos, exausto de toda a discussão.

— Portanto, Dr. Todo-Poderoso, a solicitação deveria ter vindo diretamente a mim.

Estalei a língua, jogando as mãos para o alto.

— A burocracia, nesse caso, é apenas um detalhe.

Seu rosto ganhou um vermelho intenso.

— Tenho o respeito dos funcionários.

Ele riu, histérico.

— Não se pode confiar em funcionários, mesmo! Vou demitir a pessoa traidora.

— VOCÊ NÃO VAI DEMITIR NINGUÉM! — vociferei, apontando em sua cara, com raiva da sua ousadia e desrespeito. — Eu mando nessa porra, sou o dono desse hospital, e ponha-se no seu lugar, senão quem vai ser demitido aqui, por desrespeito, é você — esclareci em tom baixo, porém firme e, claro, falei só da boca para fora. Jamais cometeria essa atrocidade com meu irmão de coração.

Furioso, ele se soltou do Alexandre e de minha mãe e veio descontrolado para cima de mim, agarrando a gola da minha camisa.

— Ontem eu perdi a chance de te matar, mas agora não vou perder. — Deu-me um soco.

As mulheres gritaram, e o Alexandre segurou meu braço no ar com o punho fechado, evitando mais murro na cara do Régis. E o filho da puta, covarde, aproveitando-se da minha distração, acertou um soco embaixo do queixo. Desequilibrei-me, caindo de bunda no chão, dando chance para ele agarrar minha gola novamente.

— O que está acontecendo aqui? — A voz chorosa do meu amor desviou minha atenção. Ao lado de sua mãe e de sua amiga Leila, estava com as mãos nos lábios, e de seus olhos saíam uma enxurrada de lágrimas.

— Annie? — Levantei-me quando o Régis saiu de cima e recuou. Pelo menos tinha ética, e respeitou o estado da paciente.

— Não chega perto de mim nunca mais. Vocês não podem se matar por minha causa. — Chorando, debilitada, deu as costas e abandonou o ambiente.

Isso me deixou arrasado.

— Annie, Annie? — Corri para o corredor.

— Por favor, se realmente se preocupa com minha saúde, me deixe em paz... — pediu em meio ao choro, sem ao menos se virar para trás.

Minha mãe segurou meu braço, levando-me de volta para minha sala, pois havia uma plateia no corredor, e fechou a porta.

— Vocês conversam depois — sussurrou ao meu ouvido.

Meu coração acelerou ao deparar com aquele sorrisinho satisfeito no rosto do Régis.

— Olha só o que você fez, seu imbecil!

Aquilo foi o estopim: parti para cima, soquei sua cara e o joguei no chão e, em cima dele, dei mais dois murros. Enquanto minha mãe e Valquíria choravam, o Alexandre não conseguia me tirar dali. Ninguém poderia, o ódio me cegou e me transformou num insano, avolumando minha força.

Os dois seguranças que entraram enfim conseguiram me tirar de cima dele, um segurando em cada braço.

— Pode me largar. — Puxei meus braços para me libertar dos brutamontes, mais calmo e preocupado com a Annie.

O Régis caiu na real com o vexame e fechou os olhos com força, arrependido. Senti muita pena e remorso.

— O que estamos fazendo, nos agredindo, cara? Não podemos continuar com isso. — Ele se levantou. — Me desculpe, por favor. — Bateu em meu ombro. — Me desculpem vocês todos. — Retratou-se, olhando para cada um dos presentes na sala, e então saiu sem dizer mais nada.

— Gente! Que loucura! — exclamou Valquíria.

Fechei os olhos e respirei fundo. Tudo o que conseguia pensar era na saúde do meu amor. E, sem dizer nada, saí correndo ao seu encontro.

Annie não atendia o celular; tocava até cair. Meu coração doía em meu peito. Meus dedos doíam tamanha a força que exercia no volante, dirigindo como um louco pelas avenidas congestionadas de São Paulo.

Droga, devia ter pegado a moto.

Passei em vários sinais vermelhos, não respeitei nenhum limite de velocidade, não dava. Tinha pressa e, quando estacionei em frente à sua casa, desci rapidamente. Uma casa térrea branca, com um lindo e bem cuidado jardim num bairro de classe média de São Paulo. Joguei meu olhar para a janela do seu quarto, na esperança de ela estar lá me esperando. Mas não estava.

O portão da rua e a porta da garagem, uma rampa, estavam abertos, ou melhor, escancarados. Fiquei intrigado e, ao mesmo tempo, angustiado, e comecei a rezar. Não apertei a campainha. Apenas entrei no quintal, fechando o portão, segui para a porta da sala e bati.

— Eu sabia que era você! — Seu pai atendeu a porta, olhando-me confuso.

— A Annie está bem? — perguntei, olhando pelo seu ombro e vendo movimentos no interior.

— Está, sim, graças a Deus!

Respirei aliviado; a notícia tirou um peso de minhas costas.

— Ficou muito entristecida depois de tudo o que presenciou, e agora dormiu um pouco. Dê um tempo para ela, OK?

Não, eu não vou dar um tempo para ela me esquecer.

— Enzo? — A voz do Carlinhos me tirou dos devaneios.

— Você aqui? — Estranhei.

Ele me deu um abraço.

— O Ivan veio visitar a sobrinha, e resolvi vir junto, aproveitar para conhecer São Paulo. Mas e você?

— O Enzo é médico, dono do hospital onde a Annie faz o tratamento. — Contou-lhe o senhor Abner.

Ele me olhou, incrédulo.

— Cara, que doideira é essa? — Bateu em meu ombro. — Nunca me falou que era médico.

— Estava de férias de tudo.

— Entre, por favor. — Convidou o senhor Abner.

Respirei aliviado com o convite, pois adentraria o ambiente a qualquer custo.

— Este é o Ivan, meu irmão. — Apresentou o senhor Abner.

Aproximei-me do sofá, apertando sua mão estendida.

— Muito prazer, Enzo Bennet.

— O prazer é meu, Ivan Campbell — disse, gentilmente.

Se me dissessem que era gêmeo do pai da Annie, eu acreditaria. A semelhança era incrível, tirando os músculos definidos.

— Tive o prazer de conhecer sua casa, é muito bonita.

Ele sorriu com o elogio.

— Obrigado. Sou meio extravagante.

— Enzo? — Saindo do quarto da filha, dona Francielle me olhou perplexa. — Acho melhor você voltar depois. A Annie está muito nervosa.

— Por favor, preciso conversar com ela — implorei, indo em sua direção. Ela hesitou.

— Uma boa conversa sempre é produtiva. — Interveio Ivan em minha defesa.

Ainda relutando, ela me deu passagem.

— Obrigado.

***

O quarto estava à meia-luz, com janelas e cortinas fechadas, e Annie estava deitada de lado, de costas para a porta. Sua imagem inflamava meu coração, que se envolveu em algo incrivelmente inesperado. Um arrepio tomou meu corpo num calor dos infernos. *Eu a amo.* Esta era a mensagem que ele enviava para todo o meu corpo em erupção.

Comecei a rir sozinho da minha conclusão. Não era eu falando, era meu coração me dizendo, e meu cérebro reagiu em felicidade. Era tudo o que precisava na minha vida.

— Por favor, mãe, me deixa sozinha. — A vozinha chorosa envolveu meu coração apaixonado.

— Eu amo você, Annie...

Ela prendeu a respiração, sem se mover.

— Eu te amo tanto que meu coração está doendo aqui dentro do peito.

Caminhei em direção à cama, olhando o movimento rápido da respiração em suas costas.

— Ignore tudo, todos...

Aproximei-me da cama, e ela ainda permaneceu estática.

— Se você sente o mesmo por mim, esqueça todo mundo e se entregue ao meu coração, deixe-o te abraçar.

Deitei com ela e a abracei sem encontrar resistência. Ficamos de conchinha.

— Você é tudo para mim — sussurrei em seu ouvido, sentindo seus suspiros. Acariciei sua barriga com carinho e a puxei, unindo nosso corpo. Queria unir nossa alma. Eu a queria para mim, só para mim.

— Repete que me ama, repete... — pronunciou em voz embargada e doce.

— Eu te amo. — Soprei em seu ouvido, aninhando-a melhor em meus braços. — Te amo, te amo, te amo... — Ela se encolheu.

— Eu também te amo... — balbuciou. — Mas não podemos prosseguir, Enzo, você não entende? — murmurou.

Gelei com aquela conclusão equivocada e discordei.

— Não fale besteira — implorei, aspirando seus cabelos e beijando-os. — Nascemos para ficar juntos, não percebe?

Ela se virou e segurou meu rosto, unindo nossos olhos verdes. Ali estava o sinal: eu via através dela, e ela de mim. Sabia que minhas pupilas estavam tão dilatadas quanto as dela.

— Por que não contou sobre ontem?

Dei de ombros, rindo, e beijei a ponta do seu nariz.

— Tudo o que tenho feito é cuidar de você, poupá-la de tensões. E o Régis tem feito o mesmo. Não queria que tivesse presenciado mais uma discussão entre nós.

— Ele ameaçou você? Por acaso foi com alguma arma?

Balancei a cabeça com um sim. Seus lábios se abriram, e o medo tomou toda a sua expressão.

— Ele poderia ter matado você! — falou ela, beijando meus lábios, meu queixo, totalmente trêmula em meus braços. — Não dá para ser o pivô de tantas desavenças. Vocês sempre foram amigos e...

Beijei seus lábios, silenciando-a.

— Fique tranquila, tudo vai se resolver.

Ela negava, descrente.

— Como? — Seu dedo polegar deslizava pelos meus lábios entreabertos. — Não há solução para esse caso, o Régis nunca vai aceitar! Vocês vão acabar se matando.

— FODA-SE ELE, FODA-SE O MUNDO! — vociferei, segurando em seu rosto. — A pauta aqui somos nós dois. Não podemos ceder a ninguém, e não pretendo ficar longe de você. Vamos permanecer unidos, e ponto final.

— É o meu desejo também, só que o Régis é a melhor pessoa deste mundo.

— Ele é, concordo com você, mas EU TAMBÉM SOU, PORRA! — Exaltei-me sem querer. Ela travou.

Apertei meus lábios, arrependido com a elevação da minha voz.

— Me desculpe, lindinha! Me desculpe... — Colei minha testa à dela.

E ficamos alguns segundos um respirando o ar do outro.

— É muita perversidade com ele. Chega a ser injusto com tamanha generosidade, ele não merece! — resmungou, magoada.

— Eu amo você, Annie, e nada vai me fazer ficar longe. Isso é fato! — falei baixinho e convicto, para ela enfiar na cabeça de uma vez por todas.

Ela assentiu, cedendo, convencida de que eu era o melhor para ela. Seus braços passaram ao redor do meu pescoço e ficamos ali, juntinhos, em silêncio, refletindo sobre todo aquele turbilhão de emoções que nascia com a força do universo.

Até que dormiu em meus braços, exausta pelo dia turbulento. Então voltei para casa.

***

Os dias seguiram na calmaria. Annie sempre adormecia em meus braços. Quinze dias se passaram sem novas desavenças com o Régis. Nossas conversas giravam exclusivamente em torno do hospital. Confesso que sentia falta de sua amizade.

Lenny deu chá de sumiço. Ninguém mais ouviu falar dela, e presumi que seu lado humano tinha falado mais alto, pois essa qualidade sempre fez parte de seu íntimo. Deve ter repensado seus atos, e, por isso, escolheu sumir do mapa. Talvez envergonhada.

Como os familiares não tinham tipo sanguíneo compatível, restou inscrever a Annie na lista de receptores de rim de doador falecido, da Central de Transplantes do Estado. Apesar do desconforto do tratamento, fiz de tudo para melhorar sua qualidade de vida. Levei-a para jantar, batia cartão em sua casa, e ela na minha. Nossa família acabou se unindo, e confesso que a cumplicidade era tamanha que a Annie parecia nem precisar mais de um órgão para sobreviver. Ela transbordava felicidade, assim como eu. Quanto mais eu a conhecia, mais minha paixão crescia.

Depois de um jantar maravilhoso em sua casa — um banquete que o senhor Abner, excelente cozinheiro, tinha preparado —, voltei empanturrado para casa.

E já na garagem, sentindo a indigestão pelo excesso, lembrei-me dos exames. Queria analisar melhor, uma mania que tinha sempre que alguém que amava adoecia. E, devido a essas duas razões, segui para o hospital, considerando a pequena distância.

Os papéis não estavam em lugar nenhum; imaginei que a Érica talvez tivesse guardado de volta na gaveta.

Meu coração paralisou uma batida e voltou a acelerar em seguida, e meu corpo entrou em uma espécie de terremoto de tanto tremor. Eu não estava acreditando no que meus olhos captavam dentro da gaveta. Parecia mentira!

Como não pensei nisso antes?

CAPÍTULO 42

§

Annie

O cheiro do Enzo ficou impregnado em minha pele. Meu corpo inteiro flamejava com as lembranças de seus braços ao meu redor. Mesmo encontrando o Régis com frequência, e ele sempre muito educado e compreensivo, eu não pensava em certo ou errado, mesmo porque já tinha tomado minha decisão. Ficaria com o Enzo para o que desse e viesse. E, na primeira oportunidade, conversaria mais uma vez com o Régis. Eu precisava de um perdão sincero.

Apesar de nada ter se resolvido em relação à minha doença, sem expectativa de surgir um doador falecido compatível, eu me sentia outra, leve, feliz e com esperança. Sentia-me abraçada pelo mundo, eu não era apenas desejada; também era amada pela pessoa que amava de paixão.

Benditos sejam aqueles dias no elevador, no estacionamento, na livraria, em Fernando de Noronha... Benditos sejam o oceano, a natureza, as ondas, a Baía do Sancho, a Baía dos Porcos, a Praia da Conceição, o Bar do Meio, o pôr do sol! Bendito seja Deus!

Deitada em minha cama, elevei as mãos ao alto, agradecendo com a força do meu coração, da minha alma.

Mesmo que eu não tivesse a chance de sobreviver devido à doença, não importava! Só a felicidade que experimentava já me bastava.

— ELE ME AMA, PORRA! — Berrei, quando minha mãe entrou no quarto.

— Também não tenho dúvidas. — Entrou, rindo, e foi direto abrir as cortinas. — Um amor como o de vocês não pode ser obra apenas do acaso, minha querida. — Os raios do sol invadiram o quarto, banhando meu corpo, aquecendo meu coração apaixonado. Enzo conquistou o coração dela também, aliás, de toda a família.

— Acredita no destino? — perguntei, já com minha crença toda nele.

Na mesma empolgação que eu, veio se sentar ao meu lado na cama e me abraçou.

— Em minha opinião, foi o destino. Tantas coincidências não acontecem juntas. — Falou baixinho ao pé do meu ouvido e segurou em meu rosto. — Seu pai e eu conversamos muito sobre esse assunto.

— Conversaram?

— Estamos do seu lado e do Enzo. É uma pena que tenha o Régis no meio do caminho. — Deu de ombros. — Ele vai ter que aceitar.

— É o que o Enzo acha também.

— E você?

— Eu o amo, mamãe — admiti, ganhando um novo abraço e um beijo na maçã do rosto.

— Então você ama a pessoa certa, a que lhe trouxe vida nova. — Bateu levemente em meu rosto e se levantou. — Agora levante-se, tome um banho e saia deste quarto. Seu tio Ivan veio para ficar perto da sobrinha querida dele.

— É para já! — Saltei toda feliz da cama, espreguiçando. — Bendito tio Ivan, que me ofereceu sua casa em Noronha.

Aliviada com minha alegria, saiu do quarto.

***

Depois do banho, fui me encontrar com eles do lado de fora da casa. Tio Ivan, o Carlinhos, meu pai, minha mãe e a Leila, que chegou cedo, conversavam na varanda, tomando um bom café da manhã. O sol não estava tão quente, devido à brisa leve que soprava. Respirei fundo, confiante. Havia algo contagiante dentro do meu peito — eu não conseguia definir que sentimento era aquele, mas era para lá de bom.

Fechei meus olhos, recordando os lábios, o cheiro, além das declarações de amor do Enzo. *Deve ser por essa razão.*

— Assim que estiver melhor, eu mesmo faço questão de apresentar toda a ilha a você — disse tio Ivan depois que lhe contei em detalhes sobre minha permanência em sua casa.

— Não vai demorar muito — confirmou a Leila, sentada ao lado do meu tio.

Franzi a testa, pensando que até parecia ler meus pensamentos.

— Se Deus quiser... Se Deus quiser.

— E ele quer, minha filha. — Minha mãe, que estava sentada no chão ao meu lado abraçada aos joelhos, bateu em minha perna, confiante também.

A confiança estava em todos.

Conversávamos animados, com o tio Ivan contando-nos sobre suas aventuras pelo mundo do esporte, e eu estava feliz por ele. E o engraçado é que, dessa vez, não sentia tristeza alguma; ao contrário, aquelas ondas de contentamento me transformaram.

Meu pai se levantou ressabiado assim que o Régis, vestido com a roupa do hospital, parou com sua moto em frente à casa.

— Seja educado, Abner — rogou minha mãe.

Fiquei ali sentada, observando. Sentia certa culpa, porém ela acabou perdendo o significado. Foquei no Enzo, como ele mesmo pediu, como meu coração desejava.

— Bom dia, pessoal — cumprimentou, segurando o capacete com as duas mãos, escondendo seu nervosismo.

Todos cumprimentaram hesitantes, inclusive eu, porém notei uma leveza em sua expressão. Estava diferente.

— Quer tomar café com a gente? — Convidou minha mãe.

— Já tomei o meu, obrigado — respondeu, e me olhou com cara de chorão. — Será que a gente poderia bater um papinho?

— Claro! Vamos entrar. — Levantei, segui em direção à porta e entrei. — Sente-se. — Convidei, apontando em direção ao sofá.

— O que tenho a dizer é rápido — respondeu, parado no meio da sala. — Sobre aquele dia, quando presenciou a discussão entre mim e o Enzo... — Começou envergonhado.

Baixei minha cabeça, sem uma opinião formada.

— Olha, Annie, fui um tolo; nunca agi com violência antes. Só gostaria que compreendesse meu lado. — Ele se abaixou na minha frente e segurou em meu queixo, obrigando-me a encará-lo. — Me desculpe, não vou dizer que aceito seu romance com o Enzo. Enfrento uma batalha atrás da outra contra esse sentimento aqui no meu peito. — Espalmou sobre ele, fitando-me diretamente nos olhos. — Dói tanto quanto a única solução que sobrou para mim, que é abrir mão de você.

Ameacei baixar a cabeça, mas ele não deixou. Seus dedos apertaram um pouco mais meu queixo.

— Prometo que não vou mais interferir. Aliás, essa já é a postura que adotei nos últimos dias. Você percebeu, né?

Assenti em meio a um sorriso fraco.

— Não vou mais confrontar o Enzo. Quero seu bem desde sempre. Gostaria muito de reforçar que darei meu melhor em prol da sua saúde.

Toquei sua face quente com a ponta dos dedos. Achei lindo ele reconhecer. Suas pálpebras se fecharam junto, com um suspiro profundo.

— Não queria que fosse assim, eu juro.

Ele assentiu.

— Acredito em você. É o coração quem escolhe, não é mesmo?

Concordei.

Levantou e beijou minha face.

— Desejo tudo de bom para você. E fique serena, porque, no que depender de mim, você logo estará com um rim novo.

Sorri, esperançosa.

— Tomara!

— Fique bem, preciso ir. Tem um paciente meu que vai entrar em cirurgia daqui a pouco.

— Boa sorte.

— Para você também.

Permaneci ali observando-o sair. Estava com o coração leve, admirando-o, pois demonstrava ser muito mais do que eu tinha imaginado.

O dia passou muito rápido. Eu já estava impaciente, sem conseguir falar com o Enzo. Seu celular só dava caixa postal, no hospital diziam que ele não estava em atendimento. Sua mãe ficou tão preocupada quanto eu.

Enfim, o Enzo tinha dado um chá de sumiço.

CAPÍTULO 43

§

Enzo

Já passava da meia-noite quando saí do centro de diagnóstico do hospital, uma ala reservada aos mais variados tipos de exames. Pedi sigilo aos funcionários quanto à minha permanência.

Precisava de confirmação e só então revelaria a novidade.

Cheguei em casa, e minha mãe, que estava sentada à mesa na cozinha, tomando um chazinho, levantou-se, descarregando um caminhão de perguntas e preocupações.

— O que aconteceu, menino? Estávamos em pânico, todo mundo atrás de você, já estava quase indo aos hospitais da cidade, delegacia...! — Desabafou, olhando-me da cabeça aos pés, estranhando minha roupa causal, calça jeans e camiseta preta.

— Exagerada! — brinquei.

Ela rosnou, muito brava.

— Mas onde esteve?

— Por enquanto é segredo! — Beijei sua testa num sorriso contagiante, segurando em seu ombro.

— Acha engraçado, né, seu moleque? — Bateu em meu ombro.

Abracei-a com força.

— Calma, mãezinha, estava fazendo algo magnífico, mas não posso dizer mais nada por enquanto. — Beijei sua face rosada e aspirei seu perfume no pescoço.

— O que você está aprontando?

Pisquei e segui em direção à sala de jantar. Puxei a cadeira e sentei ali por alguns instantes, olhando ao redor, pedindo em pensamento para o meu pai dar uma forcinha. Achei que o tivesse perdido para sempre, mas ele nunca esteve tão presente. *Eu te amo, meu velho!*, pensei, respirando fundo. Minha mãe, que estava parada à porta só observando, confusa, tossiu, despertando-me, e me virei, sorrindo.

Sua testa vincou, assustada.

— Você está muito esquisito, Enzo.

— Confiante: essa é a definição correta. — Levantei e segui para o meu quarto, e ela veio no meu encalço, desconfiada.

— A Annie ligou. — Parei na escada. Minha mão congelou no corrimão, com meu coração acelerado e aquele friozinho na barriga.

Precisava de tranquilidade, por isso deixei o celular na minha cama.

— Ela ligou aqui em casa? — Nunca havia tido uma atitude dessa e me emocionei, sentindo-me muito importante e amado.

— Ligou e, como todo mundo, estava preocupada.

— Vou retornar a ligação.

Correndo, alcancei o corredor dos quartos e, assim que entrei no meu, joguei-me sobre a cama.

Três toques e então desliguei, acreditando que estivesse dormindo.

Oi, lindinha, desculpa o meu sumiço, só posso lhe dizer que foi por uma boa causa. Depois conversamos, tá? TE AMO! Finalizei a mensagem com o coração apertado de saudades.

Não consegui pregar os olhos; de tão ansioso, meu ritmo cardíaco estava nas alturas. Levantei às cinco da madrugada e fui direto para o hospital. O duro foi segurar minha onda, ávido pelo resultado. Mas não havia outro jeito a não ser aguardar alguns dias.

Annie notou minha distração quando estava perto dela; eu vagava a todo instante, angustiado por um resultado positivo.

***

Quinze dias depois...

Eu não conseguia acreditar nos resultados, meu Deus!

Ergui a cabeça ao teto, como se estivesse conversando com Ele: *Obrigado, obrigado!* Com todos os resultados em mãos e junto com os exames da Annie, parti para a casa dela. Uma notícia assim só poderia ser dada pessoalmente.

Tudo conspirava a favor: o sol estava radiante no céu azul sem nuvens. A impressão que tive é de que Deus abria o caminho com suas mãos divinas: não havia trânsito, e todos os faróis pelo caminho estavam abertos.

O trajeto ficou ainda mais belo, meus horizontes se ampliaram. São Paulo, conhecida como a terra da garoa, mistura de etnias e de ideais, encantou-me de uma forma grandiosa, como nunca aconteceu antes. Prédios de belíssima arquitetura construídos nos mais diferentes estilos, formas e tamanhos; um verdadeiro acervo cultural ao ar livre.

Incrível!

— Annie, Annie! — Entrei pelo portão gritando. Seus pais saíram na varanda, confusos com minha empolgação.

— Que alegria é essa?

— Aqui neste envelope está a melhor notícia de nossa vida.

— Ai, meu Deus! — Dona Francielle colocou a mão na boca e chorou.

Coração de mãe sempre sentia as coisas.

— Ela está no quarto? — perguntei, invadindo a porta aberta. Já havia intimidade entre nós. — Bom dia, Ivan. Bom dia, Carlinhos — cumprimentei os dois ali na sala e segui direto para o quarto do meu amor.

Ela descia da cama, linda, só de camisola de seda branca curtinha.

— O que está havendo? — perguntou, assustada.

Empolgado, eu a tomei em meus braços, beijando sua boca, seu rosto, pescoço.

— Ah, meu amor! O que tenho aqui neste envelope é a melhor notícia do mundo.

Ela arquejou, me encarando, ofegante.

— O quê?!

— Está muito escuro aqui — comentei, correndo para abrir a cortina e as janelas. Uma brisa fresca invadiu o quarto e soprou seus cabelos, que voaram lindamente.

— Assim você está me matando de curiosidade.

— Há quinze dias... Lembra quando comi que nem um leão? — Rindo, assentiu, pois minha gula fora marcante para todos. Ela, inclusive, comentou que eu passaria mal. — Eu precisava me medicar. Então fui para o hospital e aproveitei para pegar seus exames.

Ela me olhava atenta, sem entender.

— E, por acaso, o exame antigo do meu pai estava na gaveta. O tipo sanguíneo batia com o seu.

Ela balançou a cabeça.

— Espera, sente-se. — Puxei-a para a cama e sentei ao seu lado.

Seus pais estavam à porta, ouvindo, atentos.

— Então na hora me bateu aquela certeza. — Iniciei a notícia divina. — Tenho o mesmo tipo sanguíneo do meu pai. Era uma chance, e fui pesquisar.

Seus lábios se abriram. Na verdade, todos ficaram de queixo caído.

— Esse é o motivo do meu sumiço há quinze dias.

— É... e que ficou muito mal explicado... — Mencionou, estreitando os lindos olhos verdes.

Eu a abracei forte.

— Precisei fazer rodeios. Não poderia criar expectativas sem uma certeza, entende? — sussurrei em seu ouvido.

— Ah, Enzo! — As lágrimas brotavam de seus lindos olhos.

— Fui submetido a uma bateria de exames, passei o dia inteiro internado — expliquei, tocando seu rosto quente com a ponta dos dedos. Ela estava ofegante, surpresa.

— Não vai me dizer... — Sua voz saiu contida, as lágrimas descendo pela bochecha.

— Sim, meu amor, é possível! Posso ser seu doador, o sangue é compatível. Lembra quando nos encontramos em Noronha, e disse que eu talvez fosse sua chance de sobrevivência?

Assentiu, emocionada, sem conseguir falar.

— Nossa alma já se conhecia...

Sua mãe começou a chorar junto com ela.

Tomei-a em meus braços, beijando o topo de sua cabeça, ouvindo seus soluços de alegria.

— E você está pensando em ser meu doador? — perguntou ao pé de meu ouvido.

Um silêncio se estendeu por todo o ambiente. Todo mundo parou de respirar, menos eu.

— Você ainda pergunta? Eu vou te dar tudo! — E caí deitado com ela na cama, abraçando-a e beijando-a.

— PUTA QUE PARIU! — gritou seu pai, batendo com força no batente da porta, assustando a todos.

Levantamo-nos de imediato, tensos.

— Eu falei que esse cara trouxe vida para minha filha, CARALHO! — completou, rindo, na maior alegria, e todos rimos, felizes.

— Pode se trocar. Vamos, ao hospital, refazer todos os exames para garantir, e depois é só entrar com uma autorização judicial, que a lei exige por não sermos parentes.

***

Com exceção do Régis, que recusou o convite, eu e a Annie, seus pais, minha mãe e minha irmã, Carlinhos e o Ivan, Alexandre e a Leila estávamos vestidos a caráter, com roupas coloridas, vivenciando um carnaval histórico.

O exterior da minha casa parecia um carro alegórico, com uma decoração criativa: guirlanda na porta, água em vasinhos de vidro transparente pelos cantos da casa e no quintal, guardanapo de pano e garrafas coloridas e enfeitadas com máscaras carnavalescas, entre outros detalhes. Tudo muito colorido e contagiante.

Uma tradição em minha casa, desde quando meu pai era vivo, e um gosto que sempre acompanhou minha mãe. Este ano, contudo, ela havia decidido não enfeitar a casa. Até o réveillon passou despercebido, com tantos problemas, e então resolveu comemorar o Carnaval com a alegria que tomou conta de toda a família. Todos se uniram por uma única causa. Annie não era só amada por mim, todos a amavam. Não tinha como não gostar dela, devido à sua meiguice, educação e beleza. Suspirei, olhando-a ali toda emocionada e minha.

— Que este carnaval seja o primeiro de dezenas, meu amor! — Com uma das mãos, ergui a taça de champanhe, num brinde, e com a outra enlacei sua cintura, colando nosso corpo sedento, tomando seus lábios num beijo intenso, molhado, gostoso e único, empurrando-a para mais perto da piscina. — Eu te amo, Annie, o que sinto por você chega a doer... — sussurrei em seus lábios trêmulos.

— Se depender de mim, será meu homem, meu doutor, meu doador, minha vida, meu tudo... — sussurrou de volta, mordendo meu lábio inferior, puxando-o levemente. — Nem acredito que daqui a alguns dias vou respirar com uma parte sua dentro de mim. — Fungou.

— Ah, meu anjo! — Cruzei os braços em suas costas, colando-a por inteiro ao meu corpo. Ambos tremíamos de paixão, desejo... Entre nós era sempre assim, sentimentos em abundância. — Acho que essa era minha missão, dar muito mais que apenas um atendimento. Nasci para te dar uma parte minha.

Ela grunhiu, chorando e, segurando meu rosto, beijou-me.

— Está preparado para me doar tanto? — murmurou, jorrando sua saliva doce como mel dentro de minha boca.

— Isso não é uma pergunta saudável para um homem apaixonado. — Cutuquei meu nariz contra o dela e lambi em volta dos seus lábios entreabertos. Ela sorria levemente. — Tudo o que eu respiro é sua vida, ela não pode me abandonar; eu morreria sem ela.

— Seu lindo! — Em seu rosto cintilavam as luzes de néon. Esfregou a face na ponta do meu nariz, e ficamos ali, de olhos fechados. — Obrigada por existir, obrigada por compartilhar comigo seu órgão vital, e obrigada por me amar.

Suas palavras fluíam com encantamento.

— Não faço isso por você — comentei, sorrateiro.

Ela me olhou em meio a um sorriso confuso.

— Faço por mim... — Ri. — O ar que eu respiro é você, sem ele, eu morro.

— Que lindo! — Selou meus lábios. — E você é a luz do meu amanhecer... — Desceu, roçando meu rosto sobre a barba cerrada e, em seguida, embaixo do meu pescoço — ... entardecer... — E continuou descendo, deixando um rastro de arrepio e beijando meu peito exposto, com os primeiros botões da camisa branca abertos. — ... e anoitecer.

Gemi excitado e a apertei com vontade.

— Cuidado, mocinha! Está cutucando a onça com vara curta.

— Delícia! — Rosnou em minha boca, se esfregando no meu garotão alucinado para sentir seu calor. Passeava a mão no vestido fino, tão fino como uma segunda pele.

— Será que os convidados terão a chance de dar um abraço no casalzinho enjoativo, que só sabe ficar no love... Que melaço! — Ralhou o Alexandre, e se colocou entre nós, abraçando-me.

Sorrindo, Annie se afastou, entretanto logo foi puxada por seus pais, que a beijavam e abraçavam, desejando muita sorte e saúde. Era o que todos desejávamos com a força de nosso coração. Pelo ombro do Alexandre, fiquei ali suspirando, focado em seu rosto lindo cintilante, que irradiava beleza e muita esperança.

Ela piscou e mandou um beijo no ar, quando notou minha paquera.

— Boa sorte, amigão — falou Alexandre ao meu ouvido.

— Estou precisando muito mesmo!

— Espero que você e o Régis cheguem a um acordo.

Afastei-me, descrente.

— É o que espero também, porém não creio que seja possível uma reaproximação entre nós.

Apertou os lábios, porque no fundo concordava comigo.

Alguém sairia machucado dessa história.

— É uma pena! — Lamentou ele.

— Vamos deixar o tempo correr, quem sabe! Mas, e aí, meu nefrologista! Está preparado para a grande cirurgia? — Mudei de assunto.

Ele riu, confiante.

— Estou preparadíssimo! Será um prazer participar dessa intervenção cirúrgica.

Apertei seus ombros, agradecido.

Minha mãe cortou nossa conversa, dando-me um abraço apertado e depois na Annie.

— Ah, minha querida, eu desejo seu renascimento.

Annie fechou os olhos, esperançosa, quando minha mãe disse isso.

— Você merece tudo de bom. — Afastou, fitando-a nos olhos.

— Obrigada.

A mão carinhosa de minha mãe, que sempre me confortou, acariciou o rosto do meu amor.

— Estou feliz com você na minha família. — Abraçou-a novamente. — Seja muito, mas muito bem-vinda, tá?

A Annie assentiu.

— Gostei de você desde a primeira vez que te vi. Senti que havia algo especial. — Ela olhou para mim e piscou. — O Enzo que o diga!

— Não — Annie suspirou — Não sou especial... O Enzo mudou minha vida, ele me resgatou do abismo mais profundo, mais escuro, e me trouxe de volta à superfície. E agora vai me dar uma parte dele... Ele, sim, é especial!

Rindo, emocionada, minha mãe a abraçou forte.

— Ah, minha querida, vocês dois são os melhores exemplos que já vi. — Afastou-se, batendo levemente no rosto da Annie. — Se Deus quiser, o transplante vai correr bem, e logo vai se livrar dessas parafernálias no pescoço. — Tocou no lenço floral.

Annie fechou os olhos, e toda a expectativa ficou registrada em sua expressão.

— Se Deus quiser! — Proferiu com a voz contida.

Apertei seu ombro ao meu.

— E Ele quer, meu amor. — Beijei-a longamente.

— Quero abraçar minha futura cunhadinha também. — Linda, Valquíria chegou falando alto, dançando e segurando a taça acima da cabeça. — Vem cá! — Puxou-me e me beijou no rosto, e depois foi a vez da Annie, pronunciando palavras lindas de afeto e força.

Depois desapareceu do ambiente com o Ivan.

***

Dez dias depois...

Annie permaneceu internada, e repetimos todos os exames necessários. Quando já não havia dúvidas de que eu poderia ser o doador, ela iniciou o tratamento com os imunossupressores, para evitar a rejeição ao novo rim, e nossa cirurgia foi marcada.

O Régis não era mais o mesmo amigo de antes, mas deixou de ser hostil. Pelo contrário, dedicou-se ao máximo ao caso da Annie, como o profissional competente e brilhante que era.

Soltei o ar com força, quando a enfermeira entrou comigo na maca no pré-operatório. Dr. Glauco e sua equipe já aguardavam para a intervenção e conversamos um pouco, quando o Régis entrou.

— Você está bem? — Régis perguntou, educadamente.

— A pergunta é, você está?

Ergueu a sobrancelha, deixando-me intrigado.

— Estou pensando em matar você na mesa de cirurgia — falou, sério, sem humor algum.

Acenei de cabeça.

— Você não teria essa chance! — mencionei, pensando que, apesar de o Régis acompanhar a cirurgia, era o Dr. Glauco, urologista, quem realizaria o transplante renal.

Ergueu a sobrancelha mais uma vez, inclinando a cabeça. Naquele instante, bateu uma insegurança.

— Se eu fosse você, ficaria mais atento! Ainda mais com a presença do homem que ama sua mulher. — Fiquei ressabiado com a frieza no tom de sua voz, quando o Alexandre entrou.

Ele também acompanharia a intervenção.

— Além de homem, você é um médico, e assumiu o compromisso com a vida — retruquei.

Ele deu de ombros.

— É brincadeira dele. — Alexandre tentou consertar.

— É, sei...

— Bem, você quem sabe, está por sua conta e risco — disse com desdém, e entrou na sala de preparação ao lado.

— Será que ele falou sério?

— Ele só está magoado. — Bateu em meu braço. — Vamos nos preparar.

— Vou até a sala ao lado, preciso falar um tiquinho com a Annie.

— Vai lá e seja rápido! — Aconselhou-me.

Não perdi tempo, ela já estava na maca, seus cabelos já dentro da touquinha, seus olhos fechados e suas mãos unidas, com o bracelete da sorte entre elas, sobre os lábios em oração.

Aproximei-me na ponta dos pés.

— Oi, lindinha!

Ela suspirou e abriu os olhos, rindo nervosa.

— Ah, meu amor. — Enlaçou os braços ao redor do meu pescoço e começou a me abraçar com muita força. — Estou morrendo de medo — murmurou.

Arqueei e beijei seus lábios com todo o meu amor, recebendo totalmente o dela.

— Não tenha — sussurrei em seus lábios. — Estamos nas mãos dos melhores e mais capacitados profissionais da área. A cirurgia vai ser bem-sucedida.

Ela assentiu, nervosa.

— Pense positivo, tá bom?

— Tá!

— Eu te amo muito, e este nosso amor vai se perpetuar. Vamos ter filhos lindos, todos de olhos verdes.

— Todos? — indagou, rindo.

— Sim, senhora, tenha em mente que você vai procriar muito, não pretendo ser pai de apenas um.

— Isso que eu chamo de otimismo. Obrigada, meu amor, obrigada por você existir, obrigada por tudo o que está fazendo por mim. Eu te amo.

— Eu também te amo muito.

Ela me abraçou forte mais uma vez, levou o bracelete sobre os lábios e beijou com fé. Eu fiz o mesmo, com a mesma crença. Naquele instante entrou a enfermeira.

— Posso guardá-lo para você?

Annie suspirou antes de beijá-lo novamente, e então o entregou à moça, que assentiu e saiu da sala.

Despedimo-nos com toda a esperança do mundo.

— Até daqui a pouco, lindinha.

— Até, se Deus quiser... — Ofegou e fechou os olhos com força.

CAPÍTULO 44

§

Enzo

Aos poucos minha consciência foi voltando. Ouvia vozes de homens e mulheres ao fundo, mas não conseguia identificar os donos. Minhas pálpebras pesavam uma tonelada. E, quando consegui abri-las, notei que estava na sala de recuperação pós-anestésica, onde permaneci com outros pacientes por uma ou duas horas, sob a observação dos anestesistas e enfermeiras, auxiliados por monitores de pressão arterial, frequência cardíaca e oximetria, que media a quantidade de oxigênio no sangue.

Após esse período, eles me levaram para o quarto. Meu coração apertava, pensando na Annie, só que não estava em condições de falar.

— Filho! — Ouvi a voz de minha mãe, quando os enfermeiros entravam comigo no quarto e me transferiram da maca para a cama. Sem conseguir falar, consegui exprimir um sorriso questionador. Minha mãe sabia o que eu precisava saber com urgência. — Sossega esse coraçãozinho. — Tocou com a ponta de seus dedos delicados e precisos de médica. O calor irradiou pelo meu corpo, tomado de uma paz interior indescritível. — A cirurgia foi um sucesso, a Annie está muito bem.

Respirei, relaxando, e fechei os olhos. Aquilo era tudo o que minha alma desejava saber. Naquele estado de tranquilidade, tudo se apagou.

***

— Mãe? — chamei-a quando a vi na poltrona bem próxima a janela. Mesmo no escuro, notei seu pescoço pendendo para o lado; ela estava dormindo profundamente. — Mãe? — insisti. A minha ansiedade estava me matando.

— Enzo. — Levantou e se aproximou da cama, afagando meu cabelo.

— Tem certeza de que a Annie está bem?

— Sim, meu filho. — Curvou e beijou minha testa. — Agora é oficial, meu bem! Ela respira através de você.

Assenti, com os olhos repletos de lágrimas.

— Graças a Deus!

A enfermeira entrou naquele instante.

— Vou avisar o Régis que você acordou — informou minha mãe. Segurei em sua mão quando ameaçou se afastar. — Ele foi ótimo, Enzo, e me pediu para avisá-lo.

— Tudo bem. — Soltei-a, convencido.

Ele parecia estar ouvindo atrás da porta, pois tão logo minha mãe mandou a mensagem pelo celular, que todos os médicos carregavam consigo, ele entrou na sala.

— Como se sente, Enzo?

— Meio dolorido, sonolento, mas estou bem.

Um sorriso leve surgiu em seu rosto.

— Obrigado.

— Por quê? — Inclinou a cabeça meio arrogante. — Por poupar sua vida?

— Régis! — Minha mãe chamou-lhe a atenção.

Revirou os olhos, abrindo um sorriso mais bem-humorado, porém ainda contido.

— Brincadeira! — Colocou a ponta dos dedos no bolso da calça. Era sutil, mas notava uma diferença. Tinha deixado de ser meu amigo do peito e me fazia uma falta tremenda. Era inadmissível o rumo que nossa vida tinha seguido. Eu, ele e o Alexandre tivemos inúmeros momentos divertidos. Sentia falta do sorriso espontâneo no rosto do Régis, agora numa mistura de tristeza e fúria. Não queria que nada disso estivesse acontecendo. Juro que não!

— Só precisava te dizer que o transplante foi um sucesso. — Continuou ele, com um sorriso de alívio. — Agora é só aguardar a recuperação. Você fica só alguns dias internado, a Annie vai precisar de um pouco mais de tempo.

— Obrigado.

— Parabéns, Enzo! — suspirou, e seus olhos lacrimejaram. — Você a salvou.

Comovida, minha mãe foi abraçá-lo.

— Além de um médico brilhante, você é um ser humano maravilhoso, único.

— Faço minhas as palavras dela.

— Não sei se isso te interessa, mas Lenny se internou em uma clínica de reabilitação.

— Sério?

— Sim, ela se conscientizou do mal que estava fazendo a si própria. Fiquei muito orgulhoso dela.

— Vamos torcer para que supere essa fase.

Meneou a cabeça levemente.

— Finalmente, caiu em si. Convenceu-se de que sozinha não conseguiria se libertar do vício.

Sorri, muito feliz por ela.

— Mais um pouco e seu corpo não aguentaria mais. Fiquei abalado com seu estado físico, o inchaço pelo corpo, sabe?

— Ela vai conseguir, é uma mulher forte. — Fui sincero.

Apesar de tudo o que tinha acontecido, Lenny era uma ótima pessoa.

— Ela mandou lembranças, e disse que está completamente arrependida do que fez.

Balancei a cabeça, impassível.

— Já passou. Espero que saia dessa, de verdade.

Ele concordou de cabeça.

— Então é isso, Enzo. Você e a Annie tem o caminho livre daqui por diante.

Seu tom triste me deixou arrasado. Porém, não poderia dizer nada, apenas ficar feliz, pois a Annie era minha razão de viver.

E então ele preferiu ficar em silêncio, e saiu em passos apressados do quarto.

— Oi, maninho. — Valquíria entrou alguns instantes depois, com aquele sorrisão escaldante, os cabelos, como sempre, perfeitos, e o macacão estampado de boca larga, que era sua marca registrada. — O Salvador!

Ela me abraçou.

— Minha mana Caetana.

Ela caiu na gargalhada.

— Não me chame assim, sabe que não gosto — disse com humor.

— Chegou agora?

— Está louco? — Ralhou e se sentou na beirada da cama. — Acha mesmo que estaria longe do meu irmãozinho num momento como este? A pessoa mais nobre que eu conheço neste mundão, que presenteou outra pessoa com uma parte de si! Sem dúvida alguma é o presente mais iluminado que pode existir, uma verdadeira demonstração de amor ao próximo. — Beijou-me a testa, e recebi o carinho de olhos fechados. — Imagina! Não arredei o pé do hospital, estava na sala de espera conversando com a Leila, ela é muito divertida. Otimista que só.

Ri, lembrando do papo dela com a Annie, na primeira hemodiálise.

— Engraçada ela é mesmo.

— Os pais da Annie pediram para te avisar que depois eles vêm te dar um abraço.

CAPÍTULO 45

§

Annie

Passei dois dias sem olhar no rosto do meu amor. Foi o tempo que ele permaneceu internado, e falamos apenas por telefone. Estava morrendo de vontade de beijar seu rosto, sobre aquela barba sedosa e linda, e agradecer, olhando em seus lindos e cintilantes olhos verdes. Riscar seu peitoral duro e meu. E quando ele veio me ver pela primeira vez, com seu órgão dentro de mim, matei a saudade. Fiz tudo e muito mais do que tinha planejado. E, após sua alta, ficou dez dias do meu lado. Finalmente tinha chegado o dia de ir para casa. Graças a Deus.

Prontinha, mas ainda deitada, estava ansiosa, esperando por ele para me levar para casa. E já estava estranhando a demora e a ausência dos meus pais, da Leila... Nem a mãe e a irmã do Enzo compareceram no hospital, e também não via a cara do Alexandre, sempre tão presente. Embora estivesse um pouco frustrada, deixei para lá, já que todos bateram cartão no hospital ao longo de minha estadia.

Respirei fundo quando a porta do meu quarto se abriu, mas meu sorriso murchou quando o Régis entrou.

— Pelo jeito, não era eu quem você esperava. — O tom de sua voz destilou certo rancor.

— Achei que fosse o Enzo. — Fui sincera.

Seus olhos perambularam pelo ambiente antes de voltarem a mim.

— Não se preocupe, daqui a pouco ele vem.

— Já agradeci o Dr. Glauco, e preciso te agradecer também. Você foi brilhante!

Sorriu, orgulhoso.

— Cumpri meu dever apenas. — Sua voz sumiu no final da frase. Escondeu a ponta dos dedos trêmulos no bolso da calça. — Estou feliz com o resultado. — Anunciou com um sorriso caloroso no rosto, e fixou seus olhos castanhos nos meus.

— Obrigada mais uma vez — respondi apenas.

Cheguei à conclusão de que, quanto menos tocasse no assunto, melhor seria para cicatrizar a ferida.

— De nada! — Tirou as mãos do bolso. — Foi um prazer cuidar de você! Agora é seguir uma dieta balanceada e tomar as medicações corretamente, e o futuro lhe aguarda! Poderá seguir com uma vida normal.

Estendi os braços, chamando-o para um abraço. Hesitou, mas acabou se curvando, aceitando meu gesto. Senti o quanto estava ofegante.

— Tenho orgulho de você. — Falei baixinho ao pé de seu ouvido.

Constrangido ou amedrontado, ergueu o corpo, recuando uns dois passos.

— É melhor manter certa distância — disse, encarando-me. — Meus sentimentos por você continuam os mesmos, e são nobres!

— Me desculpe! — Senti um calor subir para meu rosto, sei que corei.

— Seja disciplinada desta vez, mocinha — brincou, mais relaxado. — Chega de abusar da sorte. Precisa se lembrar de que você é humana e, como qualquer ser humano, tem limites.

Revirei os olhos, estremecendo.

— Nunca mais vou me esquecer disso. Pode ter certeza.

Ele sorriu, satisfeito, e segurou em minha mão.

— Torço por uma recuperação rápida. Fica bem, OK?

— Obrigada.

Assentiu e deu-me as costas, seguindo em direção à porta, onde esbarrou com o Enzo. Lindo! De calça branca e uma camiseta chumbo, que marcava seu porte delicioso. Estranhei, pois esperava meus pais, meu tio Ivan e o Carlinhos, que vieram de Noronha no dia da cirurgia, a Leila...

— E aí, Régis, beleza? — Enzo perguntou com os olhos em mim e piscou, deixando-me ainda mais saudosa de mergulhar naquela boca linda.

— Beleza! E com você?

Enzo avançou um passo, repousando a mão em seu ombro

— Bem também. Obrigado, valeu por me deixar viver.

Como um garoto birrento, Régis deu novamente de ombros, com desdém.

— Fazer o quê? — disse, tentando ser ríspido, entretanto não deu certo, pois vacilou com um pequeno sorriso no canto da boca. — A sorte é que eu não tenho instinto assassino. Olha, Enzo... Eu queria muito não ser seu amigo, pois facilitaria muito as coisas para mim se você não fosse esse cara legal, que me ajudou, que esteve sempre comigo nas fases boas e ruins. Eu teria o maior prazer em socar sua cara. — Embora sorrisse, expressava sua mágoa.

— Ah, vem aqui, meu irmão. — Enzo o puxou e lhe deu um abraço caloroso, recebido com satisfação. Ali estava registrado o afeto entre irmãos. Não teve como não me emocionar.

— Valeu, Enzo. Bem, vou indo. — Sua voz saiu embargada, porém firme. — Boa sorte para vocês.

Meu coração se partiu em dois ao vê-lo sair do quarto, sua tristeza era quase palpável.

— Preparada para ir para casa, minha lindinha? — Enzo debruçou sobre a cama, cruzando seus braços ao meu redor. Deixamos o assunto Régis de lado para não interferir no momento. Ele me levantou, aconchegando-me em seus braços fortes, com todo cuidado.

— Estava te esperando... — murmurei em seu ouvido.

— Então vamos... — Colocou a máscara em meu rosto e saímos, caminhando abraçados pelo corredor de mármore. Por onde eu passava, agradecia a todos pela atenção e carinho.

Respirei fundo quando saímos pela porta da frente do hospital, com o congestionamento na avenida. Preferi que fosse assim, pois precisava me conectar com a parte externa, o sol, a brisa, até a poluição. Ali estava a chance que me foi concedida.

— Eu nunca havia visto um dia tão lindo... É maravilhoso! — exclamei, deitando a cabeça em seu braço. — E é graças a você. — Levantei a cabeça em busca de seus olhos. — Agora eu respiro vida.

Rindo, ele se posicionou à minha frente, passando os braços pelos meus ombros.

— E respira através de mim. — Colou sua cabeça na minha até o momento em que o motorista que tinha contratado chegou com um carro esporte e nos levou para casa.

***

Comecei a chorar de felicidade, assim que o Enzo abriu a porta da sala da minha humilde casa.

— SURPRESA! — gritaram em coro todos aqueles de quem senti falta no hospital.

Não consegui conter a emoção com aquela faixa branca linda, onde estava escrito: SEJA BEM-VINDA! TE AMAMOS!

Na mesma emoção, Enzo passou o braço pelo meu ombro, apertando-me.

— Viu só como você é querida? — E beijou minha cabeça.

Com aquela onda de felicidade, saí de seus braços, abracei a todos e agradeci pelo carinho. Notei que a Leila sumiu de repente da sala e, junto com ela, o Alexandre.

— Agora é vida nova, meu amor! — falou minha mãe com a maior certeza do mundo, bem baixinho, ao pé do meu ouvido, soluçando, passeando com as mãos pelas minhas costas.

— É, sim, mãe... — respondi. — Infelizmente aprendi da maneira mais difícil, mas aprendi. — Afastei, segurando em seu ombro, fitando-a. — A partir de agora, vou cuidar de mim e ser um exemplo para outros atletas. Quero contar minha história.

— E o papai vai estar do seu lado quando for discursar — disse, segurando minhas costas, beijando meus cabelos.

Virei-me e o abracei.

— Eu te amo, pai! Obrigada por suas palavras lindas de ânimo. — Sua mão veio ao meu rosto quando se afastou. De seus olhos não saía uma lágrima sequer; ao contrário, eles brilhavam como seu rosto, naquele sorriso iluminado e escaldante.

— O papai te ama mais! — E me abraçou forte novamente.

— Será que as amigas têm direto ao abraço também? — Leila chegou brincando, com aquele seu jeito espevitado.

Meu pai e eu olhamos para ela no mesmo instante; tinhas as mãos na cintura e os botões da sua camisa floral azul-clara estavam abertos, mostrando seus seios. Acenei de cabeça, mas ela deu de ombros, sem entender.

— O quê?

Abracei-a rapidamente.

— Feche os botões da sua camisa, seus seios estão prontos para fugir.

Ela estremeceu, arqueando um pouco o corpo, enquanto disfarçadamente os fechava.

Meu pai notou e disse:

— Licença, meninas! — E seguiu para onde estavam Enzo, a mãe dele e a minha conversando.

— A mãezona do Alexandre é muito entrona — cochichou, inclinando a cabeça.

Ri e a abracei novamente.

— Você é uma bela de uma sem-vergonha, amiga! — sussurrei em seu ouvido, e ela caiu na gargalhada.

— Também! Gostoso desse jeito! — Jogou o olhar para ele no canto da sala, conversando com meu tio Ivan e a Valquíria, toda sorridente. E acho que não estava muito interessado no papo, pois de imediato notou que falávamos dele e sorriu, erguendo o copo em sua mão, oferecendo um brinde. — Viu só que safado! É assim, fica o tempo todo me comendo com os olhos. — Ela sorriu e piscou, insinuante.

Caí na risada.

— Você é impulsiva, Leila!

Ela segurou em minhas mãos, olhando-me com ternura.

— Ah, amiga, estou tão feliz por você!

— Obrigada, Leila!

— Eu também, Annie! — disse Carlinhos, quando se aproximou, parando ao lado da Leila. — Espero que se recupere rápido para voltar a Fernando de Noronha! Tem muitos passeios ainda para fazer.

Concordei, sorrindo.

— Talvez você possa ir também, Leila — sugeriu todo interessado, encarando minha amiga, que corou.

— Ela vai, sim, e sou eu quem vai ter o prazer de levá-la — disse Alexandre, meio ríspido, parando do outro lado e enlaçando a cintura da Leila, que ria toda orgulhosa.

— Será um prazer recebê-los — respondeu o Carlinhos, muito educado. — Com licença. — Saiu, um pouco sem graça.

— Folgado esse cara! — reclamou, encarando Leila. Ela deu de ombros, como quem diz: “Eu não tive culpa” e, logo em seguida, me olhou, disfarçando um sorriso, sentindo-se satisfeita com a demonstração de ciúmes.

— Carlinhos é um cara legal! — Tentei diminuir a tensão.

— Legal...! — retrucou baixinho, como se falasse consigo mesmo.

— Chega de comemorações por hoje. — Enzo chegou, diminuindo a tensão, e beijou minha testa.

— Vem, querida, vou te colocar na cama para descansar. — E foi me arrastando em direção ao quarto.

— Duvido muito que ela consiga, com você grudado desse jeito! — brincou o Alexandre, quando o Enzo fechava a porta atrás de nós.

CAPÍTULO 46

§

Annie

Cinco meses depois...

Não posso dizer que esses cinco meses foram fáceis. A recuperação do transplante exigiu muito cuidado, não só da minha parte, como também da equipe que me acompanhava, isso sem contar o arsenal de medicamentos imunossupressores, pelos quais devo agradecer a Deus, pois foram muito eficazes, evitando a rejeição do órgão. Sei que terei de tomá-los pelo resto da vida, mas isso é um pequeno detalhe diante de estar aqui, respirando, com uma qualidade de vida excepcional e o coração apaixonado. O rim do Enzo funcionava melhor que a encomenda em meu corpo.

Ele se manteve firme e forte ao meu lado, aliviando todo o estresse. Em todos os retornos ao hospital para controle, Enzo me acompanhou fielmente.

Todos os atendimentos foram com o Régis. E o mais surpreendente, com um sorriso animador, sem deixar escapar nenhum sinal de ressentimento. *Ele é demais!* A amizade foi nitidamente afetada, não havia meios de ser como antes, mas o bom era que não havia mais aquela disputa entre eles. Pareceu finalmente se convencer de que nunca teríamos um relacionamento.

E cheguei à conclusão de que não tive a oportunidade de conhecê-lo antes, como agora! Eu não tinha lhe dado a chance.

Além de um profissional extraordinário, era de uma humanidade sem igual. Com a frequência no hospital, presenciei feitos excepcionais, que abalaram meu coração.

Em relação ao meu amor, não era diferente. O Enzo era muito mais do que imaginei e esperei, ele era como um sonho realizado, praticamente um personagem dos livros que tanto amava ler. Ele, sempre tão presente, me mostrava o lado bom da vida!

Eu te amo!

Suspirei, pressionando de leve seu braço forte ao meu redor ali na cama, sentindo sua respiração na lateral do meu rosto. Abri os olhos e me virei, sorrindo e chorando ao mesmo tempo. Olhar em seu rosto relaxado, dormindo, soava como um presente de Deus, uma vida toda realizada.

Fazia a sondagem com frequência quando acordava no meio da noite ou antes dele, pela manhã. Seus olhos em constante movimento sob as pálpebras me traziam a sensação de que eu estava presente em seus sonhos. E ele sempre confirmava que sim ao acordar.

Mandei um beijo silencioso estalado e olhei ao redor do quarto. Agora era nosso. Mudei-me para sua casa uns dias depois da intervenção, devido à exigência de cuidados que procedimentos como o meu requeriam e, claro, por exigência do Enzo, mesmo sob protesto dos meus pais.

Ficou impossível nos mantermos longe um do outro.

O quarto era tão espaçoso que podia me perder dentro dele. Fixei meus olhos na poltrona perto da porta do closet com o coração agradecido, como se seu pai estivesse ali sentadinho, observando-nos. Enzo falava tanto das vezes em que o pai maravilhoso estivera ali. Que passei a amá-lo com a força do meu coração.

Obrigada, agradeci mentalmente.

Graças a ele, eu estava aqui com meu amor, e tinha que agradecer em dose dupla: por colocar o Enzo no mundo, tão gostoso e tão lindo só para mim, e pela compatibilidade de nossos órgãos, tornando possível toda a minha saúde.

— Já acordou, amor? — Fechei os olhos com o sopro do Enzo ao pé de meu ouvido. Um arrepio tomou todo o meu corpo, e ele me beijou com imensa sensualidade, puxando-me para mais perto, para sentir sua ereção em ponto de bala na lateral de minha perna, totalmente descoberta.

Ele rosnou com toda a luxúria pairando no ambiente.

— Ah... Que dureza! — gemi e me virei de frente. Sua língua quente e úmida invadiu minha boca num beijo faminto, guloso.

Abri minhas pernas e, em seguida, ele acomodou seu pau gostoso entre elas, encostando-se em meu centro, fazendo-me soltar gritinhos de prazer, enquanto ele também gemia.

E me apertou ainda mais contra seu corpo, como se quisesse nos fundir em apenas um.

— Preciso muito sentir você, meu amor, muito, muito... — sussurrou em minha boca se atarracando mais e mais, em uma fome desenfreada.

— Também necessito... — balbuciei, trêmula, sentindo seu tremor. — Eu não aguento mais brincar... — Revelei.

— Já não suporto mais essas nossas brincadeirinhas de criança. — Com sua boca grudada na minha, passou a mão por baixo, prendendo-me em seus braços, apertando-me. Seu pau pulsava em mim, levando-me às nuvens, e eu gemia como louca, desejando-o, enquanto ele deslizando deliciosamente.

— Quero foder você como um macho alfa.

— Ah, que delícia... Você é médico, sabe se podemos ou não.

— Passaram-se muito mais de oito semanas — disse e pulou em cima de mim, curvado e de joelhos para não colocar muito peso sobre meu corpo, me beijando amorosamente. Um beijo que foi intensificando e ficando quente de tesão.

Com uma mão, acariciava suas costas fortes, e com a outra contornei seu pau robusto, duro e pulsando. Fui pressionando e fazendo o movimento de vai e vem, enquanto ele gemia, tremendo compulsivamente.

— Ah, meu amor... Não aguento mais, você está preparada para mim? — murmurou entredentes, rígido.

Eu assenti.

Estremecendo, levou sua mão até minha vagina e, com os dedos deslizando em minha excitação, mordeu meu pescoço levemente, deixando-me maluca, ainda mais excitada.

— Molhadinha!

Fechei os olhos, com o lábio inferior preso entre os dentes, viajando, curtindo seus carinhos, sentindo as contrações dolorosamente gostosas, contorcendo-me na cama, agarrada aos lençóis.

— Estou com a boca cheia de água para sentir seu sabor. — Rugiu, roubando outro beijo prolongado, molhado e gostoso, como roubou meu coração. Sentindo a fragrância de sua pele máscula, fiquei alucinada!

Seus lábios abandonaram os meus, deslizaram para meu queixo, aplicando beijos sensuais, provocantes. Depois desceram pelo pescoço e abocanharam o seio direito, sugando-o delicadamente, passando a ponta da língua ao redor da auréola. Eu delirava; meus dentes quase perfuravam meu lábio inferior de tanto que o apertava com o desejo nas alturas.

— Que pele macia! — elogiou baixinho, gemendo, sentindo minha pele toda arrepiada, e lentamente foi subindo sua mão e lábios para minha mandíbula e depois pescoço, sem pressa alguma. Ele gostava de me torturar daquela maneira.

Enzo segurou meu rosto. Nossos olhos, que estavam enevoados de desejo, se comunicaram por alguns instantes.

— Eu amo você, Annie... Muito. — Beijou-me com ternura.

— Eu também te amo.

— Então, você aceita se casar comigo? — segredou em meus lábios.

Retesei. Não podia acreditar na maravilha que estava ocorrendo em minha vida.

— Por favor, diga que sim. Faça um doutor feliz — implorou, todo trêmulo de tesão.

Que encantador!

— Aceito, meu Dr. Delícia, aceito!

E o beijo foi intenso, antes de ele soltar minha boca e descer ao seio esquerdo, repetindo todo o ritual do direito.

— Annie Campbell Bennet? — perguntou, descendo os lábios, roçando pela minha barriga, deixando um rastro de arrepio por todo o meu corpo, trilhando o caminho do desejo, sensualmente. Travei com a ponta de sua língua entre meus lábios vaginais, exigindo seu espaço merecido.

— Ohhh...! — Entorpecida, totalmente entregue, gemi com aquela língua circulando meu clitóris inchado, enquanto ele agarrava meu quadril arqueado, tomando tudo de mim, deixando-me impotente. — Sim... Annie Campbell Bennet... — balbuciei, contorcendo-me, mordendo o lábio sem sentir dor, porque com o Enzo eu só conseguia sentir prazer. Ele me proporcionou muito mais do que vida. Meu coração, meu corpo e minha alma se uniram a ele. — Respiro através de você, tudo agora lhe pertence! — falei, gritando e me torcendo com o tratamento que fazia lá embaixo. — É tudo seu! Tudoooo!

— Boa menina... — murmurou, subindo de volta, aplicando beijos ardentes por todo o meu corpo até minha boca. Devorou-a num beijo feroz, prolongado, encaixado, com a ponta pressionando minha entrada. — Estou louco para sentir seu calor...

Agarrei sua cintura e lentamente girei com ele na cama, ficando só com os joelhos ao seu redor. Curvei-me, riscando seu peito musculoso com a ponta dos dedos, saboreando sua pele arrepiada embaixo deles, explorando cada músculo. Segurou em minha cintura, rugindo, tremendo e modelando cada parte do meu corpo com as mãos.

— Que cintura fina, barriga lisa, sua pele branquinha, seios grandes e apetitosos. Perfeita! Linda! — sussurrou, levantando o tronco, e beijou um seio depois o outro.

— Shhh... — Empurrei-o pelo ombro e ele sorriu tomado de desejo. Com o polegar, contornei seus lábios cheios entreabertos e depois passei a língua ao redor deles, sentindo-os molhados.

— Agora fique quietinho, é minha vez de degustar você. — Agarrei seu garotão... Agora era meu, muito meu, e ele gritou.

— CARALHO! QUE DELICIOSO!

Aplicando beijos sensuais e molhados, fui descendo, deixando-o maluco. Seu pau enorme pulsava ereto. Admirei por alguns instantes aquele instrumento enorme, ouvindo sua respiração ofegante, cheia de expectativa.

— Ele é lindo, amor...

— Ele é todo seu, use e abuse.

— Esteja certo disso.

E, segurando-o pela base, esfreguei no meu rosto, no meu nariz e, aos poucos, fui lambendo aquela delícia toda. Ele juntou meus cabelos num rabo de cavalo, tremendo, e empurrou o pau pulsante para dentro da minha boca.

— Ah, que tesão louco, Annie. Você arrasa, mulher!

Suas palavras de incentivo me fizeram engolir aquele membro inteiro, ou até onde deu... impossível caber tudo na minha boca.

— Isso, chupa, chupa forte. Ohhh, gostoso... Que boca da porra é essa? Gostoso demais! Chupa... Isso... — Segurando minha cabeça, ele me ajudava no entra e sai. Ele enlouqueceu de tesão. Sentia seu pau latejar dentro da minha boca, quando me puxou para cima. — Vem aqui, chupando assim eu gozo na sua boca.

E me beijou longamente.

CAPÍTULO 47

§

Enzo

— Eu vou foder você gostoso, amor, e com todo cuidado, tá?

Tremendo e ofegante, ela assentiu.

E deixou tudo comigo, em total confiança.

Saltei para fora da cama e a puxei comigo até a poltrona, para meu colo. Ela abriu as pernas ao redor do meu quadril, encaixando a ponta ereta do meu pau duro em sua abertura molhada e minha. Só minha! Prendemos nossa respiração na expectativa e nos beijavamos com luxúria.

— Quero que nossa primeira transa completa após o transplante seja aqui nesta poltrona. Sei que meu pai está abençoando esta união — murmurei em sua boca, descendo com as mãos abertas por suas costas lisinhas, de pele macia e linda. Segurei em sua cintura, pressionando-a para baixo, muito devagar, rasgando seu interior justo, preenchendo-a. Ela soltava pequenos gemidos, engolidos por meus lábios famintos, que exploravam cada centímetro de sua boca magnífica.

— Ah, isso é um deleite, você é muito apertadinha, nossa! — gritei, sentindo espasmos, estava sensível com todo o tratamento dela.

Voltei a beijar seus lábios, desejando ter mais dela. Suas mãos agarravam meus cabelos, arranhando minha nuca, enquanto beijava seus ombros e pescoço, estocando lentamente, poupando-a.

Ainda teríamos uma vida toda para transar... Aliás, transar, não. Fazer amor.

Com ela, nunca foi apenas uma transa, e nunca vai ser, eu sei, eu sinto!

Ainda assim, ela acabou dominando o momento; sozinha, levantava e descia, facilitando meu lado. Fiquei ensandecido. Beijava sua boca, devorava sua língua, chupava seus mamilos rosados e duros de tesão, passando a ponta da minha língua ao redor deles e chupando-os para dentro da minha boca, deixando-a louca, gemendo alto, entregue e bela!

— Enzo... — Gemeu, arqueando as costas, oferecendo-me seus seios.

— Oi, amor. — Dei um impulso, penetrando-a mais profundamente, e ela soltou um suspiro e me olhou, respirando entre os lábios entreabertos, entorpecida. — O quê? — perguntei, penetrando-a devagar, fazendo-a soltar gemidos baixos e torturantes.

Ele crescia, pulsando dentro dela. Segurei em sua cintura com uma mão, trazendo seu corpo para mais próximo do meu, aprofundando com mais força. Sua mão trêmula, como todo o seu corpo suado, subiu até minha nuca encharcada embaixo dos cabelos. Ela se movimentava comigo, ofegante, respirando com a boca aberta, viajando. Olhando para ela, ali tão vulnerável, e tive a certeza de que era a mulher da minha vida.

Selei nossos lábios, penetrando-a com mais força, e ela gemia no meio do beijo, junto comigo.

— Puta que pariu, Enzo, eu vou gozar! Mais forte, por favor, mais forte! — Implorou entredentes, e eu dei a ela tudo o que me pedia.

Sem fôlego, segurei sua bunda e a levantei sem sair de dentro. Totalmente encaixado, levei-a para a mesa de canto, colocando-a sentada ali. Segurei em suas coxas enquanto ela deitava o corpo no tampo de madeira. Comecei a estocar com mais força, e seu corpo correspondia totalmente aos movimentos intensos. Uma loucura só nossa.

Ela se contorcia ali, enquanto eu massageava seu peito, ouvindo seus gemidos de prazer, deixando-me ainda mais excitado. Apertei suas coxas com força, enquanto me devorava com seu olhar de prazer.

— Você é o máximo, doutor!

Comecei a gemer com sua declaração manhosa. A cada palavra pronunciada por sua boquinha, eu me emocionava.

— Não posso ficar sem sua consulta. Jamais!

— Meu termômetro de última geração estará sempre disponível para medir sua temperatura.

Ela rugiu alto, quando arremeti com força e segurei, sentindo-o latejar.

— Enzo, aaaaah...! — Ela mordia lindamente os lábios, contraindo-se inteira, quando eu tirava lentamente até a ponta e arremetia novamente; e o movimento se intensificou, em um ritmo alucinante como o de nosso coração. — Vou gozar! Ohhhh!

— Eu também, lindinha, vou gozar juntinho com você.

Os espasmos tomaram nosso corpo.

— Goza primeiro, goza! — gritei, sentindo a quentura sobre meu pau, que latejou dolorosamente. Senti que enrijeceu totalmente e o tirei, gozando em seu ventre, deitando sobre ela, e esfregando por ali.

— Desculpe, amor! Precisei tirar por precaução, ainda é cedo para uma gravidez. Ofegante, agarrou em minhas costas, e ficamos por alguns instantes recuperando nossa respiração.

— Vou te levar para a cama.

Peguei-a no colo.

— Para o banheiro, acho que quero um pouco mais... ou muito mais.

Sorrindo, beijei-a e segui com ela para o banheiro, trocando carícias, deliciosamente apaixonados.

Abri o registro e ficamos ali, abraçados embaixo da água morna, acariciando nossa pele. Recostando a cabeça em seu peito, ouvia as batidas de seu coração diminuindo o ritmo e acalmando.

— Amor? — chamei baixinho em seu ouvido. — Estava aqui pensando, já que você não pode competir, talvez seja interessante preparar futuros atletas com sua experiência e formação em educação física.

Ela arqueou a cabeça, fitando-me surpresa.

— Engraçado você tocar no assunto, venho pensando nisso o tempo todo.

Rocei a ponta do meu nariz no dela, que enrugou.

— Você fica tão linda com esse narizinho enrugado.

Ela me apertou feliz.

— Vou colocar em prática essa ideia, gostei.

Segurei seu queixo e nossos olhos sorriram.

— Mas somente depois do nosso casamento, tudo bem?

Rindo, ela concordou, e nos beijamos intensamente.

Virei-a de costas, tomando posse de seu corpinho gostoso. Com a mão livre sobre suas costas, acariciava sua pele indo até seu bumbum, acariciei-o por algum tempo e lhe dei um pequeno apertão. E a vi soltar um pequeno suspiro; jogou a cabeça para trás, deitando em meu peito, e virou o rosto, me dando a língua. Chupei gostoso, e meu garotão já se preparava para mais uma guerra.

— Seu beijo é muito excitante — disse, já me reacendendo

E fizemos amor mais uma vez.

CAPÍTULO 48

§

Annie

Meu coração quase não cabia no peito de tanta felicidade: parecia mentira que tinha chegado a semana do casamento. Ainda estávamos arrumando as coisas para esse passo em nossa vida. Inclusive, o Enzo tinha comprado um clube esportivo. A escola para a formação de futuros atletas estava em pleno funcionamento mesmo antes de nos casarmos, a realização de mais um sonho, tudo graças ao Enzo.

Estava trabalhando na secretaria. Era hora do almoço dos funcionários, então, eu mesma estava fazendo uma nova matrícula, de um garotinho de 8 anos, bem habilidoso na piscina, quando parei de preencher a ficha, porque meus olhos escureceram. Respirei fundo e larguei a caneta sobre a mesa.

— Você está bem? — perguntou a mãe do garoto, olhando-me com uma expressão preocupada.

Afirmei que sim, movimentando a cabeça, e respirei fundo, só que não estava. Sentia minha cabeça girar e a bile subindo pela garganta. Levantei-me, e ela segurou em meu braço, notando meu desconforto.

— Você está pálida, meu bem — disse, aflita, ajudando-me a sentar novamente.

— Pode chamar minha mãe, por favor? Ela está lá na piscina. — Minha mãe tinha dado um tempo na rotina puxada de sua profissão e optava por trabalhar comigo.

— Filho, fique aqui com ela — pediu ao garoto, que concordou. Coitadinho, percebi que seus olhos assustados cresceram com aquela responsabilidade.

Também fiquei com medo. A insegurança batia à porta do meu coração, mas bastaram dois minutos para que minha mãe chegasse. Ela me colocou no carro e corremos para o hospital.

O Enzo estava fora da cidade, fazendo um curso de especialização. Além de lindo e um noivo exemplar, era dedicado, pois levava muito a sério a profissão. Tinha um discurso próprio, que dizia: "Para ser médico, precisa ser disposto, estudar até o fim da vida e se manter sempre atualizado".

O Régis também estava fora da cidade, e foi o Alexandre quem me deu toda a assistência. Fiquei tensa, enquanto me examinava. Ao contrário de mim, ele permaneceu sereno, de um jeito até perturbador. Achei estranho aquele sorriso de canto que permaneceu em sua boca, até ele pedir para colherem o meu sangue.

— Acredita que meu organismo esteja rejeitando o rim?

Ele apertou meu braço num sorriso diferente, que não consegui identificar, e caminhou em direção à saída.

— Tenho absoluta certeza que não. Tenho outras suspeitas. — E saiu, deixando-me no vácuo.

Ué!

E não é que tinha razão? Uma hora depois, voltou, trazendo as boas novas: eu estava GRÁVIDA!

Foi um susto, meu coração disparou no peito, e minha mãe se aproximou da cama, mergulhada numa tensão nítida.

Eu não sabia se ria ou se chorava. Fiquei muito feliz e, por outro lado, temerosa.

— Ai, Alexandre... Acha que é possível levar esta gravidez adiante?

No início tomamos cuidado, mas, dormindo juntos todos os dias, com tanto fogo e paixão, fomos relaxando e aconteceu.

Ele sorriu, confiante.

— A gravidez de uma paciente transplantada sempre será mais arriscada e perigosa, porém é possível, sim — explicou, segurando em minha mão. — O tempo mínimo recomendado é de um ano, no seu caso, já se passaram um ano e três meses do transplante, e tudo corre às mil maravilhas. Além do mais, você será bem assistida aqui no hospital.

Respirei aliviada.

— Posso ligar para o Enzo? — perguntou, animado.

— Não!

Ele franziu a testa, indagador.

— Ele chega hoje à noite. Gostaria de lhe fazer uma surpresa.

— Dra. Solange?

Neguei de cabeça.

— Darei a notícia hoje à noite, quando todos estiverem reunidos.

— Você me incluiu nessa, certo? — cobrou, sorrateiro.

— É claro, né, Alexandre! Você e minha amiga querida.

Minha mãe me acompanhou até uma loja de roupinhas de bebê e comprei uma chupeta transparente, um cartão, no qual deixei minha mensagem, e uma fitinha de seda. Quando cheguei em casa, pendurei tudo na porta do banheiro.

Às oito da noite, quando o Enzo chegou, coincidentemente eu estava no banho.

— Cheguei, meu amor. — Ouvi sua voz saudosa, quando abriu a porta do quarto. — Hum... Está no banho, que delícia, vou te morder inteirinha.

Eu tremia embaixo da água do chuveiro, ansiosa com sua reação.

— Estamos grávidos! — falou, com a voz embargada, e eu comecei a chorar — Annie?

Ofeguei, quando abriu o boxe, rindo feito bobo, incrédulo, com a chupeta na mão, e focou na minha barriga.

Emocionada, acariciei-a com minhas mãos.

— É verdade?

Assenti.

— Estamos grávidos, meu amor.

— Não acredito! — Invadiu o boxe de roupa e tudo, chorando e me abraçando. Lindo!

— Você só tem completado minha vida, lindinha! Eu te amo. — Selou meus lábios num beijo diferente, intenso.

Foi o banho mais romântico de todos, perfeito. E não foi diferente no jantar. A família reunida mergulhou em alegria. Todos conheciam os riscos, porém deixamos essa parte de lado. Seguiríamos um passo de cada vez.

— Ainda não tive a chance de parabenizar o paizão fresco — comentou Alexandre, puxando Enzo para um abraço acalorado.

Leila estava entretida, do outro lado da sala, engatada numa conversa com a Valquíria, que devia estar divertida. Ambas riam muito, gesticulando efusivamente.

— Agora, sim, posso dizer que o senhor está com o cabresto — sussurrou, rindo ao pé do ouvido do Enzo, que riu.

— Eu ouvi isso! — protestei, encarando-o com olhos cerrados, simulando estar ofendida.

Rindo, repousou a mão em meu ombro.

— Desculpa, não queria ofender... É só papo de amigos — explicou-se, sem o menor constrangimento.

Balancei a cabeça, insatisfeita.

— Vai chegar sua vez... — alertou Enzo, jogando o olhar sobre minha amiga. Ela não fazia a menor ideia do que acontecia ali. *Coitada!*

Ele fez uma careta, que logo deu lugar a um sorriso fraco e indeciso.

— É, quem sabe um dia eu me anime a trocar de lugar com o pássaro!

Enzo começou a rir, enquanto fiquei indignada. Ele se afastou de fininho, indo em direção à Leila e à Valquíria.

— Não entendi — falei com o Enzo, que me abraçou pela cintura.

— Não encuca, amor! — Beijou minha testa. — É só uma brincadeira nossa. Uma expressão muito usada.

Dei de ombros, ainda no vácuo.

— Nunca ouviu falar que casamento é como uma gaiola: vemos os pássaros do lado de fora?

Neguei de cabeça, caindo na gargalhada. Uma coisa eu tinha que admitir: o Alexandre era uma figura e tanto!

A gravidez trouxe um ânimo novo para nossa vida, a semana passou sem nem notarmos, e chegou o dia tão especial: nosso casamento.

— Ah, mamãe, estou tão nervosa! — reclamei, olhando-me no espelho, já pronta para ir à igreja.

Mal podia esperar para encontrar o Enzo diante do altar e dizer um SIM bem grande. Mas sabe como é, né? A insegurança sempre batia na hora H, e era o que estava acontecendo comigo naquele momento.

Apesar do nervosismo, sentia-me uma princesa. O vestido branco, longo, mais parecia uma obra de arte, com o acabamento em pedras similares a diamantes. Era perfeito! Formoso! Aliás, era o vestido mais magnifico que já vi. E ele era meu, combinando com o dia mais perfeito de toda a minha vida.

Minha mãe segurou em meu ombro e beijou a maçã do meu rosto.

— Eu também estaria, no seu lugar, filhinha!

— Ah...! — resmungou Leila, sentada na minha cama, com um ar triste, com os cabelos presos num coque e fios ondulados emoldurando o rosto, vestida de preto, um vestido longo, lindíssimo. — Será que um dia o Alexandre vai me pedir em casamento?

— É claro que sim, amiguinha — respondi, batendo na face, colocando um pouco mais de cor. Acho que estava pálida de nervoso.

— Sei, não. Aquele homem só pensa no hospital. É mais fácil ele pedir o hospital em casamento, e não eu.

Caí na gargalhada junto com minha mãe.

— Precisa ter paciência, menina! — Minha mãe aconselhou. — Se pressionar demais, o homem foge.

E ela se benzeu em tom de humor, e mais uma vez rimos, mas nem assim me descontraí.

— Agora vem, Annie. — Minha mãe me puxou pela mão. — O carro que vai te levar para a igreja já chegou e está lá na garagem.

— Está bem, está bem, só um minuto que me esqueci de colocar meu bracelete. Não posso me casar sem ele.

Ela riu, compreensiva.

De repente, a porta do meu quarto se abriu, e inacreditavelmente o Enzo surgiu por ela, fazendo-me suspirar. Meus olhos se encheram de lágrimas, com o coração inflamando.

— Ah, amor... Está lindo! — As palavras quase não saíram, de tão sufocada que estava com a emoção.

Não estava exagerando em nada: ele realmente era o meu deus grego rebelde. O cabelo desgrenhado indicava que tinha vindo de moto. A camisa branca, o terno escuro. Perfeito! Seus olhos verdes lacrimejaram quando me viram.

— Você está linda... — disse, com aquele sorriso apaixonado que eu amava de paixão, colocando os cabelos caindo ao redor do rosto, atrás da orelha.

Ai, assim eu enfarto!

Não conseguia nem respirar.

— Saia daqui, Enzo! — gritou minha mãe. Com uma mão ela o empurrava pelo peito, e a outra tentava fechar a porta, sem sucesso. — Dá azar ver a noiva antes do casamento — argumentou, apavorada.

Nada conseguia cortar nossa comunicação visual.

— Por favor, Enzo, você deveria estar na igreja! — Ele veio caminhando devagar em minha direção ali no espelho e, parando na minha frente, segurou em meu rosto, estudando-o com atenção.

— Entre nós, não existe isso. Azar é para os fracos — falou e selou meus lábios num beijo demorado, promissor, o melhor de todos.

Rindo, minha mãe chamou Leila, e as duas saíram de fininho, fechando a porta atrás de si.

— Eu precisava vir, garantir que você não me abandonaria no altar — sussurrou em meus lábios e desceu, beijando meu pescoço... Meus seios explodiam no decote do vestido e meu ventre me fazia gemer, arrepiada.

De joelhos no chão, abraçou minha cintura, deitando a cabeça em minha barriga.

— Preciso cuidar de vocês duas, vai que algum louco resolve sequestrá-la — falou com nosso bebê e beijou minha barriga, abraçando-me ainda mais forte.

— Ninguém seria louco de separar o que Deus uniu. — Proferi, infiltrando meus dedos em seus cabelos. — Eu te amo tanto, Enzo!

Ele se levantou, abraçou-me com ternura e beijou-me mais uma vez.

— É... — sussurrou em minha boca e buscou meu olhar. — Já foi mais do que provado que nosso amor é blindado. Foi construído de acordo com as Escrituras.

— Ah, lindo! — Abracei-o forte, muito forte.

— Enzo, pelo amor de Deus, os convidados já devem estar todos na igreja, e nada do noivo! — Ralhou minha mãe, quando abriu a porta.

— Já estou indo, chego lá rapidinho de moto — explicou, rindo. Segurou em minha mão e deu mais um beijo.

— Não desvia do caminho da igreja, hein?

Balançou a cabeça negativamente.

— Jamais.

Seguiu em direção à porta.

— Sogrinha linda! — Inclinou-se para pressionar um beijo suave na bochecha da minha mãe, que sorriu, toda sem graça.

— Vai logo, seu moleque! — Bateu no ombro dele.

Corri até a sala e suspirei com o jeito saltitante como saiu.

— Estamos atrasadas, filha.

Concordei e deixamos a casa.

O dia estava lindo e ensolarado, do jeito que imaginei que seria o clima em meu casamento, tudo conspirava a favor dessa união desde o começo.

***

O sol da tarde, com todo o glamour, cintilava alto ao céu, e aquecia minhas costas, ali em frente à porta fechada da igreja. Ao lado do meu pai, preparava-me para o grande momento.

A marcha nupcial começou e, trêmula, abracei meu pai, temendo cair de tão nervosa, quando a porta começou a abrir lentamente.

— Relaxa, minha filha.

Assenti e inalei todo o ar que consegui.

Eu sabia que todos os olhares estavam sobre mim, no entanto não conseguia ver mais ninguém. Meu foco estava no meu amor. Sozinho, ele iluminava tudo com seu brilho intenso.

De longe, notava seus olhos marejados em meio àquele sorriso que amava.

— Eu te amo. — Articulou com a boca, e abanou o braço com o bracelete que achou na livraria e que tinha guardado com ele, levando-me a um nível de emoção extremo.

Fiquei sufocada, sem conseguir respirar.

Fechei os olhos, com os lábios entreabertos, respirando lentamente, buscando o equilíbrio, e os abri no instante em que ele jogou um beijo no ar. Nossa ligação ia além do físico: consegui sentir aquele beijo e me arrepiei toda. Incrível!

— Vamos — meu pai sussurrou e me tirou do meu devaneio amoroso.

E entramos na Paróquia São Bento, no Morumbi. Só naquele instante consegui recuperar o equilíbrio e prestar atenção aos detalhes ao redor. Não conhecia a igreja e me apaixonei. Era linda. O altar marcante e diferente formava um círculo, além das cores fortes e o desenho serem lindos. Estávamos atrás de vida, de cores, e aquele lugar completava nosso espírito de felicidade. A Dra. Solange, que sugeriu esta igreja, confidenciou que seu falecido marido gostava de frequentar as missas lá, aos domingos.

Aceitei fazer as honras a ele.

Tudo estava perfeito, inclusive a decoração, com os mais variados tipos de flores nobres. Dra. Solange e Valquíria fizeram questão de cuidar de tudo, e estavam lindas no altar. Minha mãe, tio Ivan, Carlinhos, Leila, Alexandre: todos estavam muito elegantes e felizes. Só faltava mesmo o Régis para completar o time. Respirei fundo para dissipar aquela sensação péssima de dor em meu peito sempre que ele me vinha à cabeça. Sabia que a mesma tristeza habitava o coração do Enzo.

A cada passo era uma lágrima que descia por minha face. Temia borrar a maquiagem. Não conseguia segurar a emoção por tudo que tinha passado na vida, e também por ter a chance de estar ali.

Eu creio em Ti, meu Deus, eu creio, perdão por um dia duvidar de Ti, perdão, pensava, enquanto lágrimas desciam em cachoeira. E todos choravam comigo, inclusive o Enzo, esperando-me, com as mãos na frente, uma sobre a outra. Apesar de sutil, notei seu tremor.

Ele estava maravilhoso. O terno escuro foi mais do que acertado, pois destacava o verde de seus olhos imersos em lágrimas. A barba bem feita, marcando seu maxilar... Não conseguia tirar os olhos dele, estava simplesmente lindo, o homem mais lindo que já vi na vida, e ele era meu. Só meu!

Nosso! Né, bebê?, pensei apertando minha barriga de forma imperceptível, mas notei que o Enzo percebeu. Sorriu lindamente, emocionado, com os olhos em minhas mãos segurando o buquê.

— Precisa me incluir nessa conversa — sussurrou ao meu ouvido, quando meu pai entregou minha mão a ele. — Você está linda!

— E você, perfeito! — elogiei, antes de ficarmos à frente do altar para Deus abençoar nossa união mais uma vez, pois Ele já tinha feito isso quando nos colocou frente a frente naquele elevador.

Agora eu entendo os planos de Deus.

Obrigada, pensei, olhando para o Cristo.

Na saída da igreja, cumprimentávamos todos antes da recepção, quando o Régis estacionou sua moto. Vestia calça jeans e jaqueta de couro preta.

— Me desculpem por não participar da cerimônia — disse ele, ao se aproximar, segurando o capacete embaixo do braço direito e colocando no chão, ao lado do pé.

— Sentimos sua falta — Enzo falou e apertou minha mão.

Ele me abraçou primeiro, beijando minha face, e depois abraçou o Enzo, batendo forte em suas costas, demonstrando todo seu amor de amigo. Partiu meu coração.

Em seguida, segurou na minha mão e na do Enzo, encarando-nos com os olhos imersos em lágrimas.

— Eu amo vocês dois, amo com a força do meu coração. — Sua voz saía contida, o que nos fez chorar também. — Mas não consigo conviver entre vocês, devido ao que sinto por você, Annie.

Solucei, sem saber o que dizer. Soltei da mão do Enzo e o abracei forte. Ele ficou chorando em meu ombro.

— Me desculpe.

Ele negava com a cabeça.

— E obrigada por tudo.

Ele se afastou, limpando suas lágrimas com as costas das mãos.

— Não tem o que agradecer.

— Claro que tenho, você me salvou.

— Eu participei. Foi o Enzo quem te salvou de todas as maneiras, não eu.

Enzo o puxou para um abraço sincero, e ficaram algum tempo ali, emocionando a todos.

— Você é meu melhor amigo, Régis.

— E você é o meu.

Ele segurou em nossas mãos mais uma vez.

— Desejo toda a felicidade do mundo para o casal. Estou de partida, Enzo.

Enzo ficou perplexo.

— Para onde você vai?

Deu de ombros.

— Ainda não sei meu destino. Vou seguir pelas estradas da vida e ver aonde chego. Um dia, quem sabe, eu consiga retornar.

— Boa sorte! — Enzo repousou a mão em seu ombro. — Estaremos sempre te esperando.

Ele sorriu, assentindo.

— Eu sei.

— O que é isso, cara?! Não pode abandonar os amigos desse jeito! — disse o Alexandre, aproximando-se com a Leila dependurada em seu braço.

— Venham aqui vocês dois. — Abriu os braços, chamando o Enzo e o Alexandre. Foi lindo ver os três abraçados, com as cabeças unidas. — Vocês são meus melhores amigos. Nunca vou me esquecer de tudo o que passamos juntos.

— Nem a gente, cara! — Alexandre bateu em seu ombro e o Enzo também. — Somos três garotões adultos.

Os três riram, emocionados.

— Se cuida, viu? — Enzo aconselhou-o.

Assentiu e então se despediu de todos. Subiu na moto e bateu continência antes de colocar o capacete.

Enzo me abraçou pela cintura e todos nós ficamos imóveis, contemplando a moto até ela virar a esquina.

— Nossa vida nunca será a mesma sem o Régis — comentou Alexandre, entristecido, e abraçou a Leila pela cintura.

Enzo concordou e respirou fundo.

— Vamos deixar a tristeza de lado. Agora o momento é de comemoração, né, lindinha?

Assenti, suspirando, e ele me deu um beijo gostoso.

— Será que minha esposa topa subir na minha moto? — cochichou ao pé do meu ouvido.

— Pensei que nunca fosse me convidar!

Piscou, satisfeito. Acenou para o motorista trazer a moto e pediu para sua mãe levar o carro até o local da festa.

Já sobre a moto, curvou-se para mais um beijo e colocou seu capacete. Prendi meus cabelos para trás e coloquei o meu antes de subir. Pegou minhas mãos e as envolveu em sua cintura. Seus dedos passeavam sobre a frase gravada na pulseira em meu pulso.

— Podemos ir, meu amor? — Sua voz saiu abafada.

Eu assenti.

— Prometo que vou ser cuidadoso com os dois amores da minha vida — falou o que eu já sabia, sempre soube!

Agora era eu quem passava os dedos sobre a frase na pulseira em seu pulso, pensando que, no fundo, nunca tinha perdido a fé.

Se perder a capacidade de sonhar, vai perder muito mais do que o combustível da vida: irá desnutrir sua alma.

Eu nutri minha alma. Ganhei tudo da vida!

E então deu a partida e saímos embaixo de uma explosão de aplausos, abraçados pelo vento.

Toda a atenção das pessoas nas ruas em que passávamos era nossa. Estavam encantadas, e nos sentíamos assim também.

A recepção aconteceu em um salão requintado na Oscar Freire, rua nobre de São Paulo. Apesar de ficar até o final, o clima em nossa família estava triste. Foi dura a despedida de nosso grande amigo.

— O que acha de sairmos de fininho? — Curvado, Enzo sussurrou ao pé do meu ouvido, segurando em minha mão, que estava apoiada sobre minha perna. Ele a levou para sua rocha, pulsando.

— Amor! — Prendi a respiração, olhando ao redor, preocupada se alguém tinha notado o que acontecia embaixo da toalha.

Minha mãe e a dona Solange estavam distraídas no assunto de estética, meu pai explicava não sei o que para o Carlinhos, que olhava desanimado para a Leila e o Alexandre, que deixavam o salão. A Valquíria e o tio Ivan haviam sumido há algum tempo.

— Quebra meu galho, lindinha! — suplicou, rosnando, enquanto eu apertava gostoso e o deixava louco. — Por favor! Estou na seca... Mereço você, não acha?

— O que vocês dois estão cochichando aí? — indagou meu pai em voz alta, com um sorriso de canto. É claro que tinha notado a safadeza.

Todos os olhares foram sobre o Enzo, que corou de imediato. Rapidamente ele se ajeitou na cadeira, parecendo perdido.

— Acho que vamos embora, estou exausta! — expliquei, salvando-o do momento constrangedor.

Um sorriso iluminado brotou no rosto do Enzo, que se levantou, segurando minha mão e me puxando da cadeira.

— Não pode se cansar. — Enlaçou minha cintura e beijou minha testa. — Já cumprimentamos todos, estamos saindo de fininho.

— Acho que vocês estão certíssimos — concordou Dra. Solange.

— Vou pegar o carro, mãe. — Avisou-a. — Arranje uma carona, OK?

Ela riu sem comentar, e todos acabaram rindo também, inclusive eu.

E, antes de qualquer outro comentário, Enzo me arrastou para fora do salão.

— Está preparada, lindinha? Vou te comer inteirinha! — Avisou ao abrir a porta do carro e me beijar.

— Preparadíssima! — sussurrei e entrei, enquanto ele se preparava para fechar a porta em seguida.

CAPÍTULO 49

§

Enzo

Como a Annie necessitava de cuidados especiais devido à gravidez, nossa lua de mel seria por aqui mesmo. Mas estava valendo! Estar com ela me bastava. O clima estava fervendo dentro do carro, com massagens, chupadas, tudo a que tínhamos direito.

Com um trânsito a vencer, a Annie tomava as rédeas da situação, e como era habilidosa. Sua pegada me levava à loucura, eu estava superexcitado.

Bem que carros poderiam ter motoristas automáticos.

— Ah, lindinha! Vamos parar por aqui mesmo — afirmei, já dando seta e entrando num motel de luxo, próximo à Ponte Estaiada, na zona sul de São Paulo.

— Espera um instante, Enzo! — gritou, jogando o banco para trás. Parei alguns centímetros antes do atendimento.

Rindo, subiu a calcinha, que estava nos tornozelos.

— Pronto?

— Sim — respondeu com os olhos no jaleco e estetoscópio no banco de trás.

Não conseguia mais segurar minha onda. Meu pau já latejava dolorido e aquele atendente da recepção lerdo não facilitava em nada.

— Céus, que leseira! — cochichei.

Annie caiu na gargalhada. E notei que já estava em posse dos meus materiais médicos. Franzi a testa, porém não houve tempo de questionar sua intenção. O rapaz me entregou a chave eletrônica.

— Aqui está, Sr. Enzo. A suíte presidencial já está preparada.

Ufa! Até que enfim...

— Obrigado. — Agradeci, pegando a chave de sua mão e tomando o rumo de nosso quarto.

A suíte era espaçosa e arejada. Entrei com meu amor em meus braços, os lábios colados aos dela, num beijo ardente e nosso. Fechei a porta com o pé.

— Hoje pretendo te fazer a mulher mais feliz do mundo — sussurrei em seus lábios, apertando-a. Ela soltou um gemido excitante.

— Eu já sou a mulher mais feliz deste mundo. Ganhei seu rim, sua semente. — Levou a mão na barriga. — Esqueceu?

Neguei com a cabeça.

— Ainda não foi o suficiente! Tem alguns ajustes ainda a serem feitos.

Arqueou a cabeça, buscando meus olhos maldosos, e riu curiosa.

Beijei a ponta de seu nariz e a coloquei em pé no chão.

— Será que posso saber quais seriam estes ajustes? — Rindo, tirei o jaleco que ela estava vestindo e o estetoscópio de sua mão e os joguei sobre a cama redonda.

Peguei em sua cintura, colando nosso corpo, e beijei o canto de seus lábios, deslizando para a pele macia de seu pescoço, enquanto ela inclinava a cabeça, deixando tudo à minha disposição, do jeitinho que eu gostava. Sentia-a toda arrepiada, como eu estava. A euforia era geral dentro da calça, meu prisioneiro estava ensandecido e doloroso na expectativa da liberdade.

Desci até seu colo, seu ventre e caí de joelhos à sua frente. Erguendo seu vestido, com a cabeça arqueada, vi seu olhar enevoado de desejo, com a respiração encurtada. Uma delícia! *Linda!*

— Quero você totalmente nua embaixo desse vestido — falei, descendo sua calcinha.

Ela rosnou, e seus lábios se entreabriram.

— Quero deixar claro, mocinha, que acabou a moleza!

— Ah! — gemeu quando sentiu meus dedos deslizando em seu néctar saboroso. — E o que pretende, doutor?

Tremi na base com seu tom de voz sensual e provocante.

Entrei com a cabeça debaixo da saia e, agarrado à sua bunda, pressionava-a contra minha boca. Minha língua deslizava naquele mel doce, delicioso, arrancando seus suspiros e gritinhos de tesão.

— Agora quem manda sou eu, vou levantar sua saia sempre que desejar, vou ter você na hora que bem entender. E não adianta reclamar.

— Ohhhh... Jesus! — gritou, rugindo.

Eu chupava, lambia a portinha e metia a língua com gula, faminto! Tomando tudo dela, me alimentando, me empanturrando.

— Então quer dizer que sou sua submissa?

— Sim, senhora!

Estava cada vez mais molhadinha, deixando-me louco. Estremeci, e meu pau forçava o zíper para sair.

— Delicioso, muito delicioso. Eu amo você!

Saí de baixo da saia e me levantei. Empurrei Annie pelo ombro até a cama. Ela abriu o zíper de minha calça e enfiou a mão, deslizando-a sobre a dureza. Eu gemia desesperadamente.

— Que delícia, doutor! — murmurou, rosnando.

Estava na maior expectativa, queria que enfiasse a mão e o pegasse com vontade, como sabia fazer melhor do que ninguém. Só que sua mão o abandonou, me deixando no vazio. Então pegou o jaleco e o estetoscópio e entregou em minha mão.

— Preciso de uma consulta, doutor! — falou, provocante, cravando os dentes no lábio inferior.

— E você quer a caráter?

Ela assentiu, manhosa.

Rindo, corri para o banheiro. Não queria perder tempo. Voltei com jaleco de botões fechados, estetoscópio no pescoço e a barraca armada. Ela rosnou, cravando os dentes no lábio inferior e estreitou os olhos, deixando-me alucinado.

— Doutor! — balbuciou, com os olhos nele, enquanto eu me aproximava. — Vem aqui me examinar, vem. — Levantou-se e o agarrou sobre o tecido, gemendo e me fazendo gemer.

— Caralho! — Agarrei sua cintura, mas ela beijava meu rosto, puxava os pelos da barba, com os dentes causando dores prazerosas, e abria os botões lentamente, uma tortura!

Abriu o jaleco. Seus olhos avaliaram toda minha nudez, de cima a baixo, antes de tirá-lo.

— Perfeito! — Riscou meu peitoral com as unhas, descendo junto com seus lábios, aplicando beijos molhados e maravilhosos.

Eu apertava seus seios sobre a roupa, louco para cair de boca neles, e arranquei o vestido e seu sutiã, deixando-a como veio ao mundo.

— *Mamma mia!* — Sua mão o agarrou com vontade. Ele estava latejando, e eu gritei de tesão quando encaixou em meio ao seu calor úmido e escorregadio, rebolando deliciosamente.

Ela tirou o estetoscópio do meu pescoço, e colocou no seu peito.

— Olha só, doutor, como meu coração está acelerado — comentou, provocando com seus olhos verdes.

— Realmente, seu estado é sério. Você está a ponto de enfartar.

— Minhas pernas estão até bambas, acho que é fraqueza de fome! — Insinuou. Caiu de joelhos e começou a dar pequenas lambidas de leve na cabeça do meu pênis, que pulsava em sua língua.

Aos poucos, foi descendo, até conseguir engolir quase todo. Eu forçava a cabeça dela contra ele, que maluco!

— Que boca, que boca... chupa, amor, chupa... Chupa tudo... — Gemia.

Ela obedecia e adorava. Sua saliva doce o cobriu, deixando-o pronto para preenchê-la e foder com ela loucamente. Ela me empurrou de costas sobre a cama e veio por cima de mim, passando direto, dando-me o prazer de degustar mais um pouco da sua xaninha cheirosa e saborosa. Depiladinha, rosada e minha, só minha e de mais ninguém. Eu mato se alguém ousar chegar perto.

Ela rebolava, gritando de tesão, fazendo minha língua deslizar totalmente por ela. Sentava e minha língua entrava inteira naquela gostosa.

— Quero ser fodida com força.

Ensandecido, eu lambia tudo dela, lubrificava todos os seus canais. Eu não iria perdoar e fui claro.

— Hoje eu vou te comer inteirinha, e não tem choro nem vela, a senhora me entendeu?

— Entendi, doutor — respondeu, se virando e tomando posse do meu pau. Chupava com vontade, pegava com força. E eu continuei meu trabalho minucioso.

Comecei a dar mordidas em seu clitóris, e ela se contorcia num 69 perfeito, preparando-se toda para mim.

— Nossa, lindinha! Acho que está queimando de febre. — Levantei, e segurando em sua bunda a tirei da cama. Suas pernas se fecharam à minha volta e a levei para a mesa larga de canto. — Agora chegou o momento de medir sua febre.

— Ai, que gelado! — reclamou, gemendo toda trêmula em contato com o mármore frio. — Acho que estou mesmo febril, doutor. Vai colocar seu termômetro de última geração? — perguntou, bem safada.

— É claro! Preciso confirmar sua temperatura.

Ela não se aguentou e riu da brincadeira.

Inclinou-se quando entrei no meio das suas pernas, a fim de seus seios ficarem em minha boca, e chupei gostoso, dando aquele trato nos biquinhos rígidos de prazer, ao mesmo tempo que introduzia o dedo em seu interior quente. Muito excitada, ela atirou a cabeça para trás, berrando meu nome a plenos pulmões, elogiando-me, suspirando e me masturbando, naquele vai e vem gostoso. Ambos estávamos com a respiração acelerada.

— Eu não aguento mais — murmurei, tremendo, em seus lábios, e abri suas pernas. — Preciso te foder agora...

Deitou-se na mesa e levantei suas pernas, colocando-as em meus ombros e conduzi a ponta dura na entrada excitada. Ela prendeu a respiração e eu também. Lentamente empurrei, penetrando-a e sentindo a contração ao redor.

— Você é muito gostosa, amor... Que bárbaro!

— Ele é bárbaro! — Rosnou, quando arremeti fundo, tirei devagar e parei. — Quero mais, quero tudo. — Gemia e gritava, e eu dava tudo o que ela desejava. Estocava forte e com mais vontade. Ela me levava à loucura. Enfiei tudo e movimentava rápido.

— Mais rápido, Enzo! Mais rápido.

Nós dois já estávamos aos berros, ela agarrada ao mármore e eu às suas coxas, exercendo força sem pensar que poderia deixar marcas roxas. Penetrei-a da forma mais intensa, porém sem machucá-la. E foi com sua permissão, em total delírio de prazer. Já não conseguia mais respirar, não tinha mais ar nos pulmões.

Uma loucura!

E numa arremetida final, as comportas foram abertas e a inundei. Gozei tudinho dentro dela, com contrações que nunca experimentei antes.

— Enzo! — gritou, quando atingiu o ápice. Eu sentia os espasmos do seu corpo. Tivemos orgasmos múltiplos, que nos deixaram realizados.

Deitei sobre ela e ficamos ali abraçados, ofegantes, trocando beijos e carícias no maior chamego por alguns longos minutos. Era sempre assim depois desses momentos incríveis e dos orgasmos maravilhosos.

— A paciente foi medicada. — Levantei ainda desnorteado, assim como ela, e, antes de pegá-la em meu colo, beijei seu ventre. Em seguida, envolvi em meus braços, colando nosso corpo nu. Ela estava uma delícia... Toda derretida, suspirando. — Agora preciso te colocar na cama para relaxar.

Respirou fundo, passando a mão delicada em meu rosto, admirando minha face, enquanto caminhava com ela em direção à confortável cama.

— Você é o melhor médico do mundo. Curou todos os meus males, literalmente.

— E você é minha paciente predileta. — Nessa brincadeira gostosa, deitei-a sobre os lençóis macios e me juntei, bem atrás dela.

Ficamos ali de conchinha, bem grudados, com nosso amor sendo declarado no silêncio do abraço, e adormecemos.

CAPÍTULO 50

§

Annie

— Enzo, acorda! Acorda, amor! — Acordei gritando, mergulhada numa poça de água sobre a cama cinco meses depois. Estávamos cientes de que nossa filhinha seria prematura.

— Nossa Senhora, a bolsa estourou! — Pulou nervoso da cama e ficou perdido, olhando para os lados, sem saber como agir.

Nem parecia médico, atordoado até mais do que eu. Pegou-me no colo, eu de camisola branca longa, ele apenas na calça de pijama preta, e já saía comigo pela porta, quando gritei e ele parou.

— Amor, pegue meu bracelete.

Rapidamente o pegou sobre a penteadeira e deixou o quarto.

O amuleto da sorte que nunca abandonei e que usei nos momentos mais especiais de nossas vidas. Acabou se tornando um talismã para ele também.

— Mãe, Valquíria, minha filha vai nascer! Corram, venham me ajudar! — Ele descia as escadas de dois em dois degraus, levando-me nos braços. Eu gemia mais de medo do que de dor.

Depois do casamento, continuamos morando na casa de sua mãe, devido à minha condição de transplantada e por causa da gravidez de alto risco, para mim e para o bebê. O acompanhamento pré-natal foi intenso, tanto com o obstetra quanto com o Alexandre, nefrologista que passou a acompanhar meu caso depois que o Régis foi embora. Ele também cobria o lugar do Enzo como administrador quando necessário.

As consultas foram diferenciadas e multidisciplinares, dando especial ênfase ao controle da pressão arterial, da função renal, aos episódios infecciosos e ao bem-estar da minha criança. Enzo acreditava, assim como eu, que ficar rodeada por médicos até nossa filhinha, Maria Júlia, nascer era mais seguro. O que foi ótimo, pois adorava sua mãe e sua irmã. Valquíria acabou voltando para casa entusiasmada com a ideia de ser titia.

— Ah, meu Deus! — gritou dona Solange no pé da escada, com os cabelos desalinhados em volta do rosto.

— Estou levando a Annie para o hospital, e espero vocês lá. Avise os pais da Annie, por favor.

E saiu comigo pela porta da garagem.

***

Uma cesariana foi realizada, e correu tudo bem, sem complicações. O Enzo assistiu ao parto. Apesar de prematura e de baixo peso, nossa menina nasceu linda e saudável. Ainda não dava para confirmar se seus olhos ficariam verdes, mas tudo indicava que sim, pois eram bem clarinhos.

Depois de todos os cuidados, a alta hospitalar ocorreu mais de um mês depois do pós-operatório. Ela precisou permanecer na incubadora até atingir o peso ideal. Toda a família ficou grudada, e por fim tudo deu certo, sem intercorrências para nenhuma de nós.

— Oi, filhinha, olha o papai aqui. — Enzo parecia um bobão, segurando a mão da Maria Júlia, enquanto meu pai empurrava a cadeira de rodas. — Olha, ela riu para mim! — Só faltava pular pelo corredor de mármore do Hospital Bennet.

— Riu nada, moleque! — advertiu sua mãe, rindo muito.

— É claro que riu! — Meu pai precisou frear a cadeira com o Enzo se curvando sobre mim para beijar a testinha dela. — Ela é linda demais! — exclamou com um sorriso magnífico, apaixonado, e me beijou rapidamente, quando ouvi o peidinho dela em meu colo.

— Amorzinho, você fez cocozinho? — sussurrei sobre sua testinha. — Acho que ela fez cocozinho. — Então vamos voltar para o quarto. Minha filha não pode sair do hospital suja.

Todos rimos, com Enzo empurrando meu pai para o lado e assumindo o controle da cadeira de volta ao quarto.

— Mãe, chama a enfermeira para trocá-la. — Pediu, ao colocá-la no bercinho ao lado da cama onde permaneci internada.

— Faço questão de trocar. — Minha mãe já se prontificou, e dona Solange também.

— Eu ajudo.

E todo mundo ficou ao redor do bercinho, babando naquela coisinha linda da mamãe. Maria Júlia não parava com as perninhas; parecia que pedalava, e aquilo deixou o Enzo pasmo.

— Gente! Esta menina tem o seu DNA, querida! Com certeza vai ser atleta. — Seu queixo caiu.

Meu coração ganhou uma batida diferente. Fiquei observando: não eram só as perninhas que movia efusivamente, os bracinhos também, uma fofa!

Não podia me levantar, mas estendi a mão segurando na dela, emocionada. Era um grande presente.

Enzo foi atrás da cadeira e me abraçou, beijando meu rosto.

— Estou achando que será uma triatleta como a mãe.

CAPÍTULO 51

§

Annie

Além de ser altruísta, o meu amor era também intuitivo. Tinha um bom olho, e estava mesmo com a razão! À medida que nossa linda menina crescia, demonstrava habilidade na água e na corrida. Eu a treinava no clube e a cada dia ela se superava mais. E, com um pouco mais de quatro anos, finalmente surgiu a primeira oportunidade de competir como recreação.

Partimos para Fernando de Noronha, na Baía Sueste. O motivo da escolha foi justamente pela pureza das águas, um convite ao lazer e à prática de esportes. Ela competiria em duas modalidades, no chamado Biátlon Infantil.

Toda a família estava presente. Invadimos a casa do tio Ivan, que ficou muito feliz em reunir todos os seus familiares queridos. Detalhe: a Valquíria já era quase uma moradora da ilha. E meu tio me devolveu a medalha de ouro do Triátlon Internacional de Santos, que acabou ficando em sua casa, no fatídico dia em que passei mal. Fiz questão de levá-la comigo na competição da minha filhinha para dar sorte.

— Está preparada, meu amorzinho? — perguntei, prendendo seus lindos cabelos loiros dentro da touca verde de natação, assim como o maiô e, claro, seus olhos. Fisicamente, ela era totalmente como o pai, mas, por sorte, nos gostos era totalmente parecida comigo, o que me dava o maior orgulho.

— Estou sim, mamãe... Vou ganhar a competição de hoje e, quando crescer, vou ganhar uma medalha olímpica de ouro para você.

Comecei a rir e a chorar. Abracei-a forte enquanto Enzo nos abraçava.

— Vocês duas são minhas campeãs — disse, todo derretido e orgulhoso, beijando a maçã corada do rostinho dela, que abriu os bracinhos, abraçando-nos.

E, colocando a mãozinha na boca, mandou um beijo aos avós e aos tios na arquibancada, toda preparada para o evento.

Ela só trazia alegria.

— Enzo, Annie? — De imediato reconheci a voz da Meg. Mais gordinha, vestia um maiô preto comportado, diferente dos minúsculos biquínis que costumava usar anos atrás quando a conheci. Seus cabelos continuavam loiros, porém curtos. Vinha em nossa direção de mãos dadas com o Robson, que não tinha mudado nada, e um garotinho quase da idade da Maria Júlia, que era a cara do pai.

— Lá vem a encrenqueira e o girafa albina — cochichou Enzo. Cutuquei seu ombro com o meu, repreendendo-o.

Ele riu, sarcástico.

— Meg, é você mesmo?

Assentiu com sutileza, talvez pelo que tinha acontecido no passado, e me abraçou.

— Estou muito feliz em encontrar você aqui em Fernando de Noronha — disse, e olhou para Maria Júlia. — Nem precisa me contar que é filha de vocês.

Enzo segurou no ombro da Maria Júlia, que ergueu a cabeça.

— Quem é ela, papai?

Meg se abaixou em sua frente, colocando a mão em forma de concha no rostinho corado.

— Sou uma amiga dos seus pais.

Maria Júlia sorriu, inocente.

— Você é muito linda, viu?

— Eu vou competir, você vai me assistir?

— É claro que sim — disse Meg, e se levantou, olhando para o Enzo. — E vou torcer muito por você.

— Parabéns, Enzo, sua família é linda!

— Obrigado. — Abraçou-me pela cintura e puxou a Maria Júlia pelo ombro.

— Robson e eu — apontou ele, que corria atrás do garotinho que ia em direção ao mar —, nós nos casamos um tempo depois de vocês irem embora. Somos primos de terceiros grau — justificou. — O Marcos é nosso filho, ele tem quatro anos.

— Fico feliz por você.

— Obrigada. Eu estava no caminho torto, ele me colocou nos trilhos.

— Aliás, naquela época você esqueceu um objeto que incriminou a Annie e quase fez um estrago em nossas vidas, ainda bem que o universo encontrou um jeito de nos unir novamente — Enzo falou, sem pensar.

— Amor... — Articulei com a boca.

Ele deu de ombros, tipo "já saiu".

Senti pena do seu constrangimento.

— Me desculpem! — Baixou a cabeça e respirou fundo antes de levantar e nos encarar novamente. — Vocês guardaram ressentimento de mim?

— Nenhum... Já passou! — falei à frente do Enzo, que acenou.

— Isso é bom... — Riu aliviada. — Vou lá para a arquibancada torcer por você. — Acariciou o rostinho da Maria Júlia.

— Vai começar, mamãe! — gritou Maria Júlia toda ansiosa, nem prestando atenção ao que a Meg dizia.

— Obrigada, Meg.

Ela meneou a cabeça e se afastou.

— Vai lá, filhinha, e faça bonito, estaremos torcendo muito por você — Enzo beijou seu rostinho.

— Nós te amamos.

Enzo me abraçou, deitando sua cabeça sobre a minha, enquanto ela corria saltitante ao local onde iniciaria a competição.

— Parece um sonho não acha, amor? — perguntou, suspirando o ar puro da maresia. — Juntos, prestigiando aquele pedacinho de gente, que significa tanto para nós. — Acenou com a cabeça. Ambos ficamos abobados, olhando para nossa menininha pronta para iniciar a partida, tão linda, tão nossa!

Rindo, selei seus lábios, segurando apertado sua bochecha, admirando cada canto de seu rosto másculo.

Ele sorriu apaixonado.

— É um sonho real. Eu te amo tanto!

— Eu te amo ainda mais.

Agarrou minha cintura colando nosso corpo ardente, nosso coração batendo no mesmo ritmo. Com os lábios no topo da minha cabeça, presenteou-me com seu hálito morno, de restauração, de vida!

— Você só trouxe alegria à minha vida.

Levantei a cabeça e selamos nossos lábios mais uma vez, confirmando todo nosso amor no lugar mais marcante de nossas vidas, um dos mais perfeitos do planeta, abraçados pelo céu azul infinito. Eu me sentia plena e cheia de amor compartilhando um momento como aquele, depois de tanto tempo, com uma família linda.

***

— Vai, Maria Júlia, está quase lá! — Enzo gritava junto comigo e com toda a família, na maior torcida.

— Ela ganhou, ela ganhou! — Saí correndo quando chegou e a peguei no colo. Enzo nos abraçou, erguendo-nos, e girou conosco.

— Parabéns, meu amor, parabéns! — Chorava, beijando seu rostinho, enquanto Enzo beijava do outro lado.

— Minha campeã.

— Agora só falta ganhar sua medalha olímpica, mamãe! — disse em sua inocência, quando Enzo nos colocou de volta no chão. Eu a abracei forte, chorando em soluços.

— Já ganhei tanto, filhinha. Ganhei a chance de estar aqui com você. — Afastei-me, fitando o Enzo. Seus olhos brilhavam, e toquei seu rosto com a ponta dos dedos. Ele fechou os olhos, respirando fundo.

— Minhas duas lindinhas especiais! Vocês são meu combustível de vida, eu amo muito vocês — sussurrou e abriu os olhos, sorrindo realizado, assim como eu.

— Ganhei o papai, que tornou este instante possível.

— Eu te amo — murmurou, emocionado.

— Ganhei você! — Beijei sua face com todo amor deste mundo.

— Não chore, mamãe. — Ela me abraçou forte, muito forte.

— É de felicidade — falei no seu ouvidinho, e ela encolheu os ombros rindo, sentindo cócegas.

Uma fofa!

Enzo nos abraçou forte, colando sua cabeça com a nossa.

— Eu te amo, mamãe. — E beijou meu rosto. — Eu te amo, papai. — Beijou o pai.

— Que linda essa declaração de amor. Nós também te amamos, filhinha. — Enzo nos beijou, fazendo gracinha e rimos.

— Vocês dois são lindos. Eu ganhei tudo, tudo e muito mais... VOCÊS DOIS SÃO MEU SONHO OLÍMPICO!

— Então vamos comemorar essa conquista no mar — sugeriu Enzo, pegando em nossas mãos. E, naquela sintonia, fomos rindo em direção às águas azuis e cristalinas.

Primeira edição (outubro/2017)
Papel de Capa Cartão Triplex Ningbo Fold 250g
Papel de Miolo Offwhite Lux Cream 70g
Tipografia ITC Berkeley Oldstyle Std
Gráfica GRAFILAR